ULRIKE SCHWEIKERT

Die Astrologin

Das Buch

Württemberg im Jahre 1620: Der Dreißigjährige Krieg hat in Europa begonnen, und Soldatentruppen ziehen durchs ganze Land. Sie kommen auch nach Leonberg, wo die junge Hebamme Sibylla mit ihrem Mann und ihrer kleinen Tochter lebt. Während Sibylla eines Abends bei einer Geburt hilft, geschieht ein schreckliches Unheil: Plündernde Landsknechte erschlagen ihren Mann in einem Handgemenge und verschleppen die kleine Helena. Seit ihrer Kindheit hat Sibylla die Gabe des zweiten Gesichts. Sie spürt, dass etwas Schreckliches passiert, doch sie kommt zu spät, um das Unglück zu verhindern. Nach diesem Schicksalsschlag hält Sibylla nichts mehr in ihrer Heimat. Fest davon überzeugt, dass Helena noch lebt, macht Sibylla sich allein an die Verfolgung der Landsknechte, die ihr das Liebste auf der Welt genommen haben …

Die Autorin

Ulrike Schweikert ist in Schwäbisch Hall geboren und aufgewachsen. Nach einer Banklehre studierte sie Geologie und Journalismus und begann, nebenher an ihrem ersten historischen Roman zu arbeiten. Seit ihrem fulminanten Romandebüt *Die Tochter des Salzsieders* ist sie eine der erfolgreichsten deutschen Autorinnen historischer Romane und begeistert ihre Leserinnen und Leser immer wieder mit faszinierenden Geschichten und lebensnahen Heldinnen. Ulrike Schweikert lebt und schreibt in der Nähe von Stuttgart.

Von Ulrike Schweikert ebenfalls bei Blanvalet erschienen:

La Caminata-Romane:
Das kastilische Erbe; Das Vermächtnis von Granada

Nachtmahr-Reihe:
Das Erwachen der Königin; Die Schwester der Königin;
Das Vermächtnis der Königin

Historische Romane:
Das Siegel des Templers; Die Herrin der Burg; Das Kreidekreuz;
Die Dirne und der Bischof; Das Antlitz der Ehre; Die Astrologin

ULRIKE
SCHWEIKERT

Die Astrologin

Historischer Roman

blanvalet

MIX
Papier aus verantwortungsvollen Quellen
FSC® C014496

Verlagsgruppe Random House FSC® N001967

2. Auflage
Taschenbuchausgabe 2017 bei Blanvalet, einem Unternehmen
der Verlagsgruppe Random House GmbH,
Neumarkter Straße 28, 81673 München

Umschlaggestaltung: www.buerosued.de
Umschlagmotiv: Arcangel Images/Svetlana Sewell; www.buerosued.de
Karte: Jürgen Speh
Herstellung: sam
Satz: Uhl + Massopust, Aalen
Druck und Bindung: GGP Media GmbH, Pößneck
Printed in Germany
ISBN 978-3-7341-0552-4

www.blanvalet.de

Prolog

Prag, Mai 1618

»Das Maß ist voll! Wir lassen uns das nicht länger bieten. Die Stände haben Ferdinand zum König von Böhmen gewählt und ihm ihr Vertrauen ausgesprochen – trotz großer Bedenken, das muss ich betonen. Auch ein König muss Verträge und Gesetze achten. Kaiser Rudolf hat in seinem Majestätsbrief von 1609 allen Protestanten Böhmens die Freiheit ihres Glaubens zugesichert. Daran hat sich Kaiser Matthias gehalten, und das muss nun auch König Ferdinand!«

Graf von Thurn schlug mit der Faust auf das Pult vor sich. Die versammelten Vertreter der protestantischen Stände applaudierten.

Heinrich Matthias von Thurn strich sich über seinen dichten, ergrauten Bart. Schweiß stand ihm auf der hohen Stirn, die von Falten zerfurcht wurde. Der Tag war gekommen. Heute würde Böhmen Geschichte schreiben: Niemals mehr würde Böhmen von den Habsburgern herumgeschubst werden und zum Objekt seiner papistischen Zukunftsträume gemacht. Sollten sie in Wien so viele Marienstatuen aufstellen, wie sie wollten, hier in Prag wehte der freie Wind des neuen Glaubens.

Der Graf ließ einige Augenblicke verstreichen, ehe er sich wieder Gehör verschaffte und weitersprach. »Die Zeit ist gekommen, dem König die Stirn zu bieten. Dieser Brief kommt einer Kriegserklärung gleich.« Er hob das Schreiben in die Höhe, das die Gemüter derart in Wallung gebracht hatte. »Wir nehmen es nicht länger hin, dass er Protestanten auf den königlichen Gütern unterdrückt und uns unsere Kirchen raubt. Und wir lassen uns auch unsere Protestantentage nicht verbieten. Weder von König Ferdinand noch von Kaiser Matthias oder wer auch immer diesen Brief im Namen des Kaisers verfasst hat.«

Wieder erhoben sich die Stimmen. Der Ton wurde rauer. Die Worte schärfer. Gut so. Die Menge war bereit, zum Hradschin zu ziehen, um den Statthaltern auf der Königsburg ihre Antwort zu überbringen. Eine Antwort, die mit Blut geschrieben sein würde. Pergament und Tinte waren genug verschwendet worden. Die heutige Tat der böhmischen Stände würde die Aufmerksamkeit des Königs Ferdinand erringen. Dieses Mal würde er sich nicht mit einem Achselzucken seinem Jagdvergnügen zuwenden und es seinen Statthaltern von Prag überlassen, den Ständen zu antworten.

»Auf die Burg!«, rief der Graf. Die Adels- und Kirchenmänner nahmen den Ruf auf.

Die Menge setzte sich in Bewegung und stürmte über die Brücke zur Prager Kleinseite hinüber. Ihr Zorn ließ sie die Steige zum Hradschin hinaufeilen, weiter an der St.-Georgs-Basilika vorbei zum alten Königspalast, wo neben dem großen Saal die Kanzleiräume der Statthalter zu finden waren. Die Männer drängten in den Sitzungssaal, wo nur vier der zehn Statthalter sie erwarteten, obgleich Graf Thurn ihr Kommen angekündigt hatte.

Er spürte, wie der Zorn sich in seiner Brust zusammenzog. Jede kleine Demütigung glich einem Stich in sein Herz. Nun gut, sie würden dennoch ihre Botschaft heute deutlich machen.

Graf von Thurn ließ den Blick über die Vertreter des Königs schweifen. Der Oberstburggraf Adam von Sternberg war da und der Burggraf von Karlstein, Jaroslav von Martinitz, Sternbergs Schwiegersohn, außerdem der Großprior des Malteserordens Diepold von Lobkowitz, ein guter Mann, ganz im Gegensatz zu dem Oberstlandrichter Wilhelm von Slavata. Von Thurn schürzte die Lippen. Im Hintergrund erkannte er noch einen der Sekretäre.

Der Streit war bereits in vollem Gange. Die Vertreter der Stände verlangten zu erfahren, wer wirklich für das Antwortschreiben des Kaisers verantwortlich sei. Die Statthalter aber verweigerten die Antwort und verschanzten sich hinter ihrem Eid, dass Verhandlungen der Geheimhaltung unterlägen.

Graf von Thurn erhob seine Stimme, die den Saal durchdrang. »Wir verlassen diesen Raum nicht, ehe wir erfahren, wem wir diesen ›Kaiserbrief‹ verdanken! Also: Ist einer von Euch hier dafür verantwortlich? Ja oder nein?«

Der Beifall der Ständevertreter auf seine harschen Worte artete in einen Tumult aus.

»Uns ist bewusst, dass Ihr nichts damit zu tun habt«, versicherte er dem Oberstburggrafen und dem Prior mit einer angedeuteten Verbeugung, um sich dann mit grimmiger Miene den anderen beiden Statthaltern zuzuwenden. Der Kreis um sie wurde enger. Die Luft schien zu vibrieren wie bei einem Gewitter, bevor der erste Blitz niederfuhr.

»Die beiden haben den Brief verfasst!«, sprach der böhmische Adelsmann Colonna von Fels endlich aus, was die aufgebrachte Menge längst zu wissen glaubte, und deutete auf Martinitz und Slavata, die keinen Ton herausbrachten. Vielleicht war ihnen bewusst, dass es zwecklos sein würde, jetzt noch zu leugnen. Der Stab war über ihnen gebrochen.

»Verlasst den Saal, ich bitte Euch«, forderte Graf von Thurn die Herren von Sternberg und Lobkowitz auf. »Es ist besser für Euch.«

Doch sie schüttelten halsstarrig den Kopf.

»Schafft sie raus, ehe ihnen etwas geschieht!«, befahl von Thurn.

Einige Männer packten die beiden und zerrten sie aus dem Saal. Die Tür schlug krachend zu.

»Und nun zu Euch, meine feinen Herrn!« Graf von Thurn sah Jaroslav von Martinitz und Wilhelm von Slavata voller Verachtung an. »Ihr wisst, wie wir so etwas in Böhmen handhaben?«

Martinitz stieß einen Schrei aus, doch da wurde er schon durch den Raum geschleift. Vergeblich wehrte er sich gegen die Übermacht. Sie hoben ihn hoch und warfen ihn durch das Fenster der Schreibstube.

Ein »Jesus Maria« entfuhr ihm noch, als er fast zwanzig Schritte tief in den steil abfallenden Graben stürzte, der die Südseite des Burgbergs umgab.

»Na, da wollen wir mal sehen, ob ihm seine Maria wirklich hilft«, spottete der Ritter Ulrich von Kinsky. Er beugte sich vor und stieß einen Ruf der Verblüffung aus. »Bei Gott, seine Maria hat ihm tatsächlich geholfen. Seht, er lebt noch und scheint nicht sonderlich schwer verletzt.«

Die Männer drängten sich an die Fenster, um das Wunder zu sehen. Graf von Thurn griff nach Wilhelm von Slavatas Handgelenk. »Ihr bleibt schön hier!«, raunte er ihm zu und sah mit Befriedigung, wie der Funke von Hoffnung, der in seinen Augen aufgeblitzt war, wieder erlosch.

»Edle Herren«, rief er laut, »hier habt Ihr den anderen!«

Und so zogen sie auch den Oberstlandrichter zum Fenster und beförderten ihn über die Brüstung. Slavata ergriff das Fensterkreuz und klammerte sich in seiner Verzweiflung fest, doch einer seiner Henker schlug mit einem Degengriff auf seinen Handrücken, bis er mit einem Aufschrei losließ.

Graf von Thurn beugte sich vor. Er sah, wie sich Slavata an einem der unteren Fenstersimse eine Wunde am Kopf zuzog, neben Martinitz im Graben landete und dann in den Morast hinabrollte. Auch der bedauernswerte Sekretär flog hinterher, obgleich der mit der Sache vermutlich nichts zu tun hatte.

Doch was war das? Graf von Thurn wollte seinen Augen nicht trauen. Nicht nur Martinitz schien einen Schutzengel an seiner Seite gehabt zu haben. Auch der Sekretär erhob sich nahezu unverletzt. Beide schlitterten zu Slavata hinunter, der sich stöhnend den blutigen Kopf hielt und sich wohl an der Hand verletzt hatte. Doch auch er schien mit dem Schrecken davongekommen zu sein.

Der Graf unterdrückte einen Fluch. Das durfte doch nicht wahr sein! Da musste der Teufel seine Hand im Spiel gehabt haben, oder waren ihre dicken Mäntel, die den Aufprall auf dem steil abfallenden Hang gedämpft hatten, ihre Rettung gewesen?

Er wusste es nicht, doch es stieß ihm sauer auf, dass sie die Rolle in dem von ihm so sorgfältig geplanten Stück nicht so spielten, wie sie ihnen zugedacht war. Egal, die Botschaft der protestantischen Stände an den König und den Kaiser war deutlich, und eine Antwort aus Wien würde sicher nicht lange auf sich warten lassen.

»Und wie geht es jetzt weiter?«, erkundigte sich Colonna von Fels, als die drei durch den Graben davonhumpelten.

»Schickt ihnen ein paar Kugeln hinterher, vielleicht erwischen wir sie noch, und dann wählen wir so schnell wie möglich unser Direktorium. Wir müssen uns darauf vorbereiten, was von Wien aus auf uns zukommen wird. Kaiser Matthias und König Ferdinand müssen nun unseren Forderungen nachkommen oder sich holen, was sie ihr Recht glauben.«

Von Fels wiegte den Kopf. »Wir sollten ein Heer aufstellen. Der König ist schwach, aber ich denke, er wird trotzdem nicht kampflos abdanken und es unserem Direktorium überlassen, die Wenzelskrone an einen anderen Kandidaten zu vergeben, der unsere Freiheiten respektiert.«

Graf von Thurn nickte. »Ja, das denke ich auch. Und wenn mich die Stände zu ihrem Generalleutnant wählen, dann will ich Euch als meinen Feldmarschall an meiner Seite.«

»Gern. Jedenfalls sollten wir uns schnell entscheiden und mit dem Werben beginnen. Soweit mir bekannt ist, haben die böhmischen Stände keinen einzigen Mann unter Waffen.«

»Ihr sagt es«, bestätigte Graf von Thurn mit einer Grimasse.

In Wien lag der Kaiser krank im Bett, als ihm seine Erzherzöge schonend von dem Versuch berichteten, seine Prager Minister zu beseitigen. Vor Zorn biss die Majestät in ihr Betttuch. Eine Woche lang schäumte Matthias vor Wut, doch dann beruhigte er sich wieder und überließ es seinem Cousin Ferdinand als König von Böhmen, sich um das Problem zu kümmern.

Der Obrist der mährischen Stände, Albrecht Wenzel von Waldstein, verzog höhnisch den Mund, als er von den Vorgängen in Prag erfuhr.

»Böhmische Toren«, murmelte er. »Sie können nicht einmal ihre Statthalter richtig über die Klinge springen lassen.«

Kapitel 1

Leonberg, Sommer 1620

Es war ein nasskalter Morgen. Nebelschwaden zogen durch die Gassen. Ein grauer Himmel drückte mit tief hängenden Wolken auf die Stadt. Fröstelnd griff Sibylla nach ihrem Wolltuch und schlang es sich um die Schultern.

»Man sollte nicht glauben, dass wir noch immer August haben«, brummte sie missmutig, als sie nach dem Schürhaken griff, um die über Nacht sorgsam gehütete Glut wieder anzufachen. Sie legte ein paar dünne Späne darüber, wartete, bis die ersten Flammen an ihnen emporzüngelten, und schob erst dann einen dicken Scheit in den Ofen. Mit einem Holzlöffel rührte sie den am Vorabend eingeweichten Getreidebrei durch, gab Butter und ein wenig Honig hinzu und rührte ihn weiter, bis er warm war.

Schritte näherten sich der Küche. Ein kalter Luftzug umwehte ihre Füße, als sich die Tür öffnete. Doch dann legten sich zwei wärmende Männerarme um ihre Taille.

»Ich wünsche dir einen guten Morgen, meine Liebste. Habe ich verschlafen? Das tut mir leid. Warum hast du mich nicht geweckt?«

Sie wandte sich um und erwiderte die Umarmung. Für einen Moment schloss Sibylla die Augen und atmete genießerisch den noch bettwarmen Geruch ihres Gatten ein.

»Ich wünsche dir auch einen guten Morgen, lieber Peter«, antwortete sie. »Und nein, du hast nicht verschlafen. Ich bin früh dran, um euch das Essen zuzubereiten. Aber wenn du schon auf bist, kannst du dich auch gleich zu mir an den Tisch setzen.«

Er vergrub sein Gesicht in ihr langes goldblondes Haar, das sie so früh am Morgen noch nicht aufgesteckt und unter einer Haube verborgen hatte. Im Schein des Herdfeuers schienen kleine Flammen über ihre Locken zu huschen. Ihrem Haar jedenfalls sah man die Jahre nicht an, die vergangen waren, seit sie mit Peter Berchtold nach Leonberg gekommen war. In ihrem Gesicht jedoch glaubte sie, die ersten Fältchen entdecken zu können, auch wenn ihr Mann das stets bestritt. Er wurde nicht müde, ihr zu versichern, dass sie mit ihrer schlanken Gestalt und dem seit der Geburt des Kindes etwas üppigeren Busen die schönste Frau war, die ihm jemals unter die Augen gekommen sei. Er liebe alles an ihr, sogar die kleinen Sommersprossen auf ihrer Nase.

Sie versicherte ihm mit einem warmen Lächeln, dass auch sie ihn liebe und dass sie glücklich sei, einen so gut aussehenden Mann geheiratet zu haben. Und das war er, groß und stattlich, das sandfarbene Haar stets sorgfältig geschnitten, der Bart sauber gestutzt. Seine Haltung hatte stets etwas Vornehmes, was ihm nicht von allen Seiten Sympathie eintrug, doch Sibylla mochte es. Sie verstand nicht, wie manche dazu kamen, ihm Hochmut vorzuwerfen. Dabei musste man nur einen Blick in seine braunen Augen werfen, um zu wissen, was für ein durch und durch guter Mensch er war.

Ein Geruch stieg ihr in die Nase.

»Oh nein!« Sibylla stieß einen Schrei aus, wand sich aus seinen Armen und begann hektisch den aufspritzenden Brei umzurühren. Mit einem Zipfel ihrer Schürze umfasste sie den heißen Griff des Kessels und zog ihn vom Herd.

»Jetzt wäre mir der gute Brei fast angebrannt!«, schimpfte sie und warf ihrem Mann einen strafenden Blick zu.

Peter runzelte die Stirn. »Willst du mir verbieten, mein eigenes Weib zu umarmen? Liebst du mich denn nicht mehr?«

»Natürlich liebe ich dich, du dummer Mann.« Sibyllas Ausdruck wurde weich. »Aber wenn das Frühstück verbrennt, haben wir nichts zu essen und müssen hungrig zur Arbeit gehen.«

»Oder schnell zum Bäcker laufen und uns ein paar Kreuzerwecken besorgen«, widersprach er.

»Ach ja? Und dann bereits nach der Hälfte des Monats ohne einen Heller dastehen?«

Sibylla sah, wie ein gequälter Ausdruck in seine Miene stieg, und sie hätte sich auf die Zunge gebissen, hätte sie den letzten Satz dadurch zurücknehmen können.

»Ich weiß, dass ich zu wenig verdiene«, sagte er leise.

»Ach was, es reicht doch«, widersprach sie schnell. »Und außerdem bringt meine Arbeit auch noch etwas ein. Es gibt auch heute wieder etwas zu tun. Deshalb bin ich so früh aufgestanden.«

Sie deutete auf ihre Hebammentasche, die fertig gepackt neben der Tür stand, doch die Miene ihres Mannes blieb unverändert. Er stellte drei Tonschalen auf den Tisch und legte neben jede einen Löffel, während Sibylla Pflaumenmus und eine Schüssel frische Himbeeren dazustellte. Als sie zwei der Schalen mit dem dicken Brei gefüllt hatte, nahm er sie noch einmal in seine Arme.

»Du solltest aber nicht arbeiten müssen. Es wäre meine Aufgabe, meine Familie zu ernähren, während du dich um unsere Kinderschar kümmerst.«

Sibylla küsste ihn auf die Nase, dann schob sie ihn energisch von sich, setzte sich auf die Bank und griff nach ihrem

Löffel. »Ich arbeite aber gern. Wozu bin ich sonst so viele Jahre bei Ursula Benzlin in die Lehre gegangen? Und außerdem ist es vielleicht ein Segen, dass wir keine ganze Kinderschar durchfüttern müssen. Wir haben eine gesunde Tochter. Dafür sollten wir Gott danken.«

»Er will mich für meine Sünden strafen, und du musst dafür leiden.«

Sibylla machte eine wegwerfende Handbewegung. »Nicht jede schwere Geburt ist eine Strafe Gottes, und außerdem gibt es schlimmere Schicksale. Jedes Jahr ein Kind zu gebären und es dann wieder sterben zu sehen wie die Wiedeckerin, das ist eine Prüfung, an der man zugrunde gehen kann. Ich bin mit meinem Los zufrieden, und das solltest du auch sein.« Energisch tauchte sie den Löffel in ihre Schale und schob sich das süße Mus in den Mund.

»Dennoch hättest du Besseres verdient, als mit einem armen Schulmeister verheiratet zu sein«, beharrte er auf seinem Standpunkt.

Sibylla unterdrückte einen Seufzer. Sie liebte ihren Mann von Herzen, doch wenn er dieser trüben Stimmung verfiel, war es für sie schwer, ihn da wieder herauszuholen.

»Ich bin lieber die Gattin eines Schulmeisters als die heimliche Sünde eines Pfarrers!«

Peter Berchtold zuckte zusammen. Das waren offensichtlich nicht die richtigen Worte gewesen, ihn aufzuheitern, doch sie legte noch einmal nach.

»Wenn du dich endlich zu Luthers Lehre bekennen würdest, könntest du sicher sofort die Stelle als Kaplan bekommen, die schon so lange unbesetzt ist.«

Peter schüttelte energisch den Kopf. »Nein, du weißt, das kann ich nicht.«

»Weil wir in deinen Augen Ketzer sind?«, fuhr sie ihn schroffer an, als sie es vielleicht beabsichtigt hatte.

»Nein, du weißt, dass ich das nicht denke. Ich schätze die Menschen hier in Leonberg, die mir eine neue Heimat gegeben haben, und ich akzeptiere ihren Glauben. Aber ich wurde katholisch getauft und zum Priester geweiht. Ich kann meinem Gott nicht untreu werden.«

Sie unterdrückte die Frage, ob er das nicht längst getan hatte. »Glauben wir nicht an denselben Gott?«, fragte sie stattdessen.

»Ja, schon, und trotzdem …« Er hob hilflos die Schultern. An diesem Punkt kamen sie wie so oft einfach nicht weiter. Peter besuchte zwar wie alle anderen in Leonberg mit seiner Familie den lutherischen Gottesdienst, doch in seinem Innern war er noch immer katholisch.

»Würdest du lieber in Ellwangen leben?«, fragte Sibylla leise.

Allein der Name der Stadt ließ ihn zusammenzucken. »Nein!«, rief er. »Wie könnte ich, nach all dem, was dort geschehen ist. Nach all den Prozessen und den unschuldigen Opfern auf dem Scheiterhaufen? Nein, ich bin glücklich, mit dir hier eine neue Heimat gefunden zu haben.«

»In Leonberg sind wir in Sicherheit«, stimmte Sibylla ihm zu.

Er öffnete den Mund, um etwas zu erwidern, doch er schloss ihn wieder, als sich die Tür öffnete und ein Mädchen von acht Jahren in einem langen weißen Nachthemd in die Küche trat. Verschlafen sah es sich um.

»Ist es schon so spät?«, erkundigte sich das Kind und zog einen Schmollmund. »Bekomme ich nichts?«

Sibylla sah, wie sich das Gesicht ihres Mannes aufhellte, als er seine Tochter sah.

»Mein Schatz, natürlich bekommst du etwas! Komm zu mir. Sieh, es gibt noch welche von den Himbeeren, die du gepflückt hast«, begrüßte er sie strahlend.

Die Himbeeren zauberten ein kurzes Lächeln auf ihr Gesicht, als sie neben ihrem Vater Platz nahm, doch dann wurde ihre Miene wieder mürrisch.

»Ich kann heute nicht zur Schule gehen«, behauptete sie.

»Nein? Warum nicht?«, erkundigte sich Sibylla.

»Mir ist nicht gut.«

»Was fehlt dir denn, mein Schatz?«, mischte sich ihr Vater mit echter Besorgnis in der Stimme ein, während Helena überlegte.

»Mein Bauch tut mir weh«, sagte sie schließlich.

»Sibylla? Du hast doch sicher einen Kräutersud, der ihr hilft?«

Sibylla schwankte zwischen Ärger und Belustigung, als sie das Entsetzen im Gesicht ihrer Tochter sah.

»Ich habe da durchaus etwas, das ganz schrecklich schmeckt, aber bestimmt hilft«, behauptete sie leichthin.

»Ich weiß nicht«, gab Helena gedehnt zurück. »Vielleicht ist es besser, wenn ich einfach wieder ins Bett gehe?«

Peter Berchtold sah seine Frau Hilfe suchend an. »Was hat sie nur immer? Mal ist es der Bauch, dann der Kopf und dann wieder ist ihr übel. Sie ist doch nicht ernsthaft krank?«

»Nein, Helena will nur nicht zur Schule gehen, nicht wahr?«

Das Kind lief rot an und senkte den Blick auf die Tischplatte.

»Das kann nicht sein!«, widersprach Peter entrüstet. »Die Kinder haben überhaupt keinen Grund, sich vor meinem Unterricht zu fürchten. Ich schlage sie nicht oder zwinge sie, meine Gunst mit Brennholz oder Essensgaben zu erkaufen.«

Sibylla legte beruhigend ihre Hand auf die seine. »Ich weiß. Es sind andere Zeiten eingezogen, seit du den Posten von Schulmeister Beutelspacher übernommen hast. Ich erinnere mich noch gut an die vielen Stockschläge, die Anna und ich damals einstecken mussten. Und wie wir im Winter Holz geschleppt haben, um nicht zu erfrieren, oder ihm den größten Teil unseres Mittagsmahls gegeben haben, um seinen schmierigen Tatzen zu entgehen.«

»Das gibt es bei mir nicht. Keiner meiner Schüler hat je mehr als eine Ohrfeige einstecken müssen. Und das auch nur die, die besonders frech und respektlos waren.«

»Ich weiß, mein Liebster. So einen Schulmeister wie dich hätten wir uns früher gewünscht«, versicherte ihm seine Frau.

»Und warum will Helena dann nicht in die Schule gehen und bekommt stattdessen Bauchschmerzen?«, verlangte er zu wissen.

»Die anderen behaupten, dass es mir besser ginge und ich von dir bevorzugt würde«, piepste Helena. »Ich könnte es mir gut gehen lassen, während sie hart rangenommen würden.«

»Das ist eine infame Lüge!«, brauste Peter auf. »Ich habe dich nie bevorzugt. Ja, ich denke gar, dass ich mehr von dir verlange als von den anderen Kindern. Du bist meine Tochter! Es ist mir wichtig, dass du eine tadellose Schülerin bist.«

Sibylla schenkte ihrem Mann einen milden Blick. »Das ist vermutlich das Problem. Sie hat Angst, sich und damit dich vor der Klasse zu blamieren, ist es nicht so?« Helena nickte. »Und vermutlich hat sie gestern mit ihren Freundinnen so viele Himbeeren gepflückt, dass sie die Rechenaufgaben nicht geübt hat, wie sie es hätte tun sollen.«

Der Blick, den Helena ihrem Vater zuwarf, sprach Bände und war dazu geeignet, auch den härtesten Mann zum Schmelzen zu bringen.

»Jedenfalls denke ich, dass wir auf den Kräutersud verzichten können und ihr beide das mit dem Rechnen schon hinbekommt«, schloss Sibylla, schob ihre leere Schale von sich und erhob sich.

»Ich muss jetzt gehen und nach der Tochter von Richter Mochel sehen. Die Wehen haben vor einer Stunde eingesetzt.« Sie trat zu Helena, küsste ihre Stirn und gab auch ihrem Mann einen Kuss. »Ich weiß nicht, wie lange es dauert. Es ist das erste Kind. Es könnte sich also hinziehen. Macht euch etwas zu essen, wenn ich heute Mittag noch nicht da bin.«

»Sei vorsichtig«, riet Peter. »Ich bete darum, dass alles gut geht.«

Sibylla spürte seine Besorgnis und lächelte ihn beruhigend an. »Es wird schon gut gehen. Bislang verlief die Schwangerschaft ohne besondere Schwierigkeiten.«

»Und doch kommen immer wieder Kinder oder Mütter oder gar beide unerwartet bei der Niederkunft zu Tode«, erwiderte ihr Mann bedrückt.

»Ja, auch das gehört zum Leben. Das müsstest gerade du wissen.«

Er atmete tief aus. »Ich weiß, dass unser Leben in Gottes Hand liegt, aber ich weiß auch, dass die Leute nur allzu oft den Teufel mit ins Spiel bringen oder die Schuld ihren Mitmenschen in die Schuhe schieben. Dann geht das Gerede los, Verdächtigungen werden getuschelt und eilen wie ein Lauffeuer durch die Stadt.«

»War das nicht schon immer so? So sind die Menschen eben.«

»Ja, es war schon immer so, doch seit Lutherus Einhorn zum Vogt ernannt wurde, darf man das dumme Gerede nicht mehr mit einem Schulterzucken ignorieren. Der will gern noch die eine oder andere Hexe brennen sehen!«

Sibylla wandte sich noch einmal um und schlang ihre Arme um ihn. Für einen Moment waren sie beide in ihren schlimmen Erinnerungen von Kerkerhaft und Folter gefangen und von Menschen, die qualvoll bei lebendigem Leib im Feuer der Scheiterhaufen verbrannten.

»Ich will noch was essen!«

Helenas Stimme durchbrach die Finsternis und brachte sie in die Gegenwart zurück. Sibylla löste sich von ihrem Mann und griff nach ihrer Tasche. »Ich muss jetzt gehen. Lass dich von deinem Vater verwöhnen.«

Sie tätschelte ihr das Haar, das dem ihren so ähnlich war, und erlaubte sich für einen Moment, an ihre tote Zwillingsschwester zu denken, deren Name nun ihre Tochter trug. Dann wandte sie sich ab und verließ eilig das Haus.

Sibylla sollte recht behalten. Die Geburt zog sich über Stunden hin, doch am frühen Abend hielt die junge Mutter ihren ersten Sohn in den Armen, und der Richter konnte sich über einen gesunden Enkel freuen. Zufrieden packte Sibylla ihre Hebammentasche und ließ die junge Mutter mit ein paar guten Ratschlägen in der Obhut ihrer Familie zurück.

Beschwingt überquerte sie den Marktplatz und bog dann in eine stille Gasse ein. Aus der anderen Richtung eilte ein Mann mit gesenktem Kopf auf sie zu. Sibylla wich ihm aus, doch in diesem Moment wich auch er zur Seite, sodass sie gegeneinanderstießen. Die schwere Hebammentasche entglitt ihren Händen und polterte zu Boden.

»Verzeihung!«, rief der Mann, ohne sie recht anzusehen. Offensichtlich war er in seine eigenen Gedanken versunken. Die tiefen Falten auf seiner Stirn verrieten Sibylla, dass es keine heiteren sein konnten. Sie betrachtete den Mann neugierig. Mit seiner vornehmen schwarzen Kleidung und dem breiten, gefältelten Kragen passte er nicht recht nach Leonberg. Vielleicht ein Advokat des Herzogs?

»Verzeihung«, sagte er noch einmal, als er sich bückte und ihr ihre Tasche reichte.

»Danke. Es ist nichts passiert, werter Herr.«

Nun sah er sie aufmerksam an, so als versuche er, sich an

etwas zu erinnern. Sein Blick wanderte noch einmal zu der Tasche in ihrer Hand. »Natürlich, Ihr seid die Wehmutter, die vor vielen Jahren als Findelkind nach Leonberg kam und bei Ursula Benzlin in die Lehre ging, nicht wahr? Meine Mutter hat mir von Euch erzählt. Ich denke, an Eurem Haar hätte ich Euch sofort erkannt, wenn Ihr es nicht so sorgsam unter Eurer Haube verstecken würdet.«

Sibylla blinzelte verwirrt, doch dann erkannte sie ihn. »Magister Johannes Kepler, oder soll ich Hochwürden sagen?«

Er winkte ein wenig müde ab.

»Ich hätte Euch in Prag vermutet oder in Wien. Der kaiserliche Mathematicus und Astrologe! Ihr habt es wahrlich weit gebracht. Ihr habt die Horoskope für Kaiser und Könige erstellt!«

Wieder wehrte Johannes Kepler ab. »Das habt Ihr von meiner Mutter, nicht wahr?«

»Ja, das ist richtig«, bestätigte Sibylla schmunzelnd. »Sie ließ keine Gelegenheit aus, von ihrem berühmten Sohn zu berichten.«

Kepler stöhnte. »Ich wünschte, sie hätte nur über die Familie geredet und sich nicht durch ihr Gerede über andere so viele Feinde gemacht.«

»Sie hat ein wenig geklatscht, wie alle Weiber in Leonberg«, wandte Sibylla ein. »Das Leben hat ihr sonst nicht viele Freuden geboten.«

»Ja, da habt Ihr recht«, nickte Kepler. »Das Schicksal ist nicht gerade sanft mit ihr umgesprungen. Mein Vater und mein Bruder haben ihr das Leben immer schwer gemacht, doch ich fürchte, ihre härteste Prüfung steht ihr noch bevor.«

Nun nickte auch Sibylla. Sie spürte, wie die Beklemmung nach ihrer Brust griff und ihr die Luft zum Atmen abschnürte. »Sie sitzt noch immer im Obertorturm ein, nicht wahr? Habt Ihr sie besucht?«

»Ja, und es geht ihr nicht gut. Sie wurde peinlich befragt. Der Vogt lässt nicht locker. Er will sie brennen sehen, aber das werde ich nicht zulassen. Ich besorge jedes Gutachten, das er sehen will. Sie ist keine Hexe, und ich werde das beweisen!«

Johannes Kepler ballte die Hände zu Fäusten. Sibylla sah die Verzweiflung in seiner Miene. Es war ein ungleicher Kampf, doch wenn es einer schaffen konnte, seine Mutter vor dem Scheiterhaufen zu retten, dann der Hofmathematiker des Kaisers!

»Ich wünsche Euch, dass Ihr es schafft«, stieß Sibylla voller Inbrunst aus. »Lutherus Einhorn ist ein verblendeter Fanatiker, der – wie so viele Ratsherren und Richter – denkt, die Hexerei mit Feuer ausrotten zu müssen. Und er hegt einen persönlichen Groll gegen Eure Mutter.«

»Ja, ich weiß«, stöhnte Kepler. »Sie hat sicher keine Gelegenheit ausgelassen, ihn zu verspotten.«

»Ja, sie hat ihn gehänselt wie andere auch, aber das dürfte meiner Meinung nach kein Grund sein, einen Menschen zu foltern und auf den Scheiterhaufen zu bringen!«

»Wenn es doch nur so wäre. In diesen Zeiten genügt es, das Misstrauen seiner Mitmenschen zu erregen, um der Hexerei verdächtigt zu werden. Und wehe, der Stein ist einmal ins Rollen gekommen.«

Sibylla schloss schaudernd die Augen. »Ich weiß, und dabei habe ich gehofft, mit den Mauern von Ellwangen ein für alle Mal diesen Wahnsinn hinter mir zu lassen. Ich dachte, im protestantischen Württemberg sei alles anders. Hier würden Recht und Ordnung herrschen und nicht Willkür und Wahn.«

»Das könnt Ihr nicht vergleichen«, wandte Johannes Kepler ein. »In Eichstätt, Ellwangen und anderen katholischen Bistümern herrscht tatsächlich reine Willkür. Dort sind keine

Advokaten zugelassen, und es gibt keine Verteidigung für die Angeklagten. Hier in Württemberg dagegen zählt das Recht noch etwas.«

Sibylla hörte wohl das verzweifelte Hoffen, mit dem er sich an seine eigenen Worte klammern wollte. Unwillkürlich stellte sie ihre Tasche ab und ergriff die Hände des kaiserlichen Mathematicus. Er sah sie erstaunt an, doch Sibylla schloss die Augen und versank in ihr Inneres, das sie so oft mit schrecklichen Visionen quälte. So standen sie in der Gasse und waren dennoch in diesen Augenblicken nicht Teil dieser Welt.

Sie spürte seinen erwartungsvollen Blick auf sich ruhen, als sie die Lider langsam wieder hob.

»Eure Mutter wird nicht auf dem Scheiterhaufen sterben«, sagte sie schlicht, doch mit solcher Überzeugung, dass die Erleichterung wie eine Welle durch seinen Körper lief.

»Kämpft für sie! Es wird sich auszahlen, auch wenn ich fürchte, dass ihr kein sehr langes Leben beschert sein wird.«

Johannes Kepler starrte sie stumm an. Verwunderung machte sich in seinem Gesicht breit, dann so etwas wie Hochachtung. »Ich glaube Euch!«, stieß er hervor, sichtlich selbst verblüfft über seine Worte. »Aber sagt mir, wie macht Ihr das?«

Rasch entzog Sibylla ihm ihre Hände und wandte den Blick ab. »Ich weiß es nicht«, sagte sie leise. »Es ist einfach in mir, und es wird stärker. Ich versuche, es zu unterdrücken, doch es hat schon immer zu mir gehört.«

»Es ist eine gefährliche Gabe«, gab er ebenso leise zurück. »Ihr müsst sehr vorsichtig damit sein und Euch genau überlegen, wem Ihr Euer Vertrauen schenkt. Ihr könntet sonst nur allzu schnell die Zelle meiner Mutter teilen.«

Sibylla nickte. »Das ist mir bewusst. Meist sage ich nichts, obgleich mich das Wissen manches Mal fast zerreißt.«

»Das ist klug. Daran solltet Ihr Euch halten. Tut es zu Eurer eigenen Sicherheit. Die meisten Menschen wollen über ihr Schicksal gar nicht so genau Bescheid wissen.«

»Das ist nicht wahr!«, protestierte Sibylla. »Alle lechzen danach, welche Zukunft die Sterne für sie bereithält. Ihr müsstet das doch am besten wissen. Ihr habt Horoskope für den Kaiserhof erstellt!«

»Ja, die Sterne haben großen Einfluss«, lächelte Johannes Kepler. »Ihre Stellung zueinander im Augenblick unserer Geburt bestimmt unser ganzes Leben. Sie beeinflussen unsere Eigenschaften, ob wir ehrgeizig sind oder verzagt, ob wir Erfolg haben oder versagen, ob wir von den Menschen geliebt oder abgelehnt werden. Doch auch Krankheiten kann man aus dem Geburtshoroskop ablesen. Das ist eine hoch komplizierte Wissenschaft.«

»Das ganze Leben ist im Augenblick der Geburt vorherbestimmt?« Sibylla war nicht überzeugt. »Das kann ich nicht glauben. Wozu treffen wir dann Entscheidungen? Wozu strengen wir uns an, ein gottesfürchtiges Leben zu führen? Glaubt Ihr, in meinem Horoskop stand bereits, dass ich um Haaresbreite dem Feuer entgehe und nach Leonberg fliehen werde?«

»Nein, so konkret ist es nicht«, gab Kepler zurück. »Es sind nur Wahrscheinlichkeiten, die sich ergeben, wenn Ihr nicht selbst aktiv werdet. Wenn Ihr Euer Horoskop kennt, dann wisst Ihr, was auf Euch zukommt, oder worauf Ihr achten müsst, um dem Schicksal vielleicht doch eine andere Wendung zu geben. Der aktuelle Verlauf der Sterne, und vor allem die Stellung der Planeten zueinander, hat natürlich auch weiter Einfluss auf Euer Leben. So kann man für die nächsten Monate oder Jahre jeweils weitere Horoskope erstellen und diese dann in Bezug zu den Konstellationen der Geburtsstunde setzen. Wie ich schon sagte, eine komplizierte Wissenschaft.«

»Oder eine Frage des Glaubens«, sagte Sibylla mit einem Lachen.

»Das könnt Ihr sehen, wie Ihr wollt, doch ich gebe Euch einen Rat: Wenn es wieder einmal über Euch kommt und Ihr es nicht lassen wollt, einem Eurer Mitmenschen sein Schicksal zu verraten, dann sagt zumindest, Ihr hättet es in den Sternen gelesen. Sagt, Ihr wärt Astrologin, Ihr hättet die Wissenschaft der Sterne studiert. Das ist nicht so verdächtig wie Eure Gabe, die sich keiner erklären kann.«

Sibylla lächelte ihn an. »Ich, eine Astrologin, die die Wissenschaft studiert hat? Magister Kepler, das klingt für mich recht albern, aber gut, ich werde mir Eure Worte merken, falls mich mein Mund wieder einmal in Verlegenheit bringt.«

Sie verabschiedeten sich voneinander. Johannes Kepler eilte weiter, Sibylla sah ihm nach, bis er in Richtung Obertor ihren Blicken entschwand. Dann erst wandte sie sich ab und machte sich auf den Heimweg.

Kapitel 2

Leonberg, Sommer 1620

Sibylla schlief schlecht in dieser Nacht. Immer wieder fuhr sie schweißnass aus ihren Albträumen auf und starrte mit weit aufgerissenen Augen in die Dunkelheit.

»Was ist denn?«, murmelte ihr Mann noch halb im Schlaf und griff nach ihrer Hand.

»Ach nichts«, wiegelte sie ab. »Ich habe nur schlecht geträumt.«

Wirklich?

Sibylla versuchte, die düsteren Gedanken zu verscheuchen. Dieses Mal war nicht das Feuer zu ihr gekommen, um sie mit seiner sengenden Hitze zu verzehren. Es waren Bilder von Blut und Gewalt, die ihr Herz rasen ließen.

Es ist nur ein Traum!, sagte sie sich immer wieder, doch der Schlaf wollte nicht wieder kommen. Kalte Angst nahm ihr die Luft zum Atmen und quälte sie bis zum Morgen.

Zuletzt musste sie doch in einen unruhigen Schlummer gefallen sein, denn als sie wieder hochfuhr, war es bereits hell in der Kammer und Peter stand angezogen vor ihrem Bett.

»Ich wünsche dir einen guten Morgen, mein geliebtes Weib«, sagte er mit einem Lachen. »Willst du heute den Tag verschlafen?«

Sibylla sprang aus dem Bett. »Nein, natürlich nicht. Warum hast du mich nicht geweckt?«

»Ich dachte mir, du brauchst deinen Schlaf, nachdem du diese Woche wieder zwei Nächte am Lager einer Wöchnerin gewacht hast. Nein, du musst dich nicht beeilen. Ich hole heute zur Feier des Tages Wecken beim Bäcker.«

»Feier?« Sibylla runzelte die Stirn. »Was gibt es heute denn zu feiern?«

Peter hob die Schultern. »Es ist ein herrlicher Tag, ich habe noch Zeit, bis ich zur Schule muss. Haben wir nicht jeden Grund zu feiern? Wie leben, wir lieben uns, wir sind eine glückliche Familie, uns geht es gut.«

Sibylla spürte wieder den eisigen Schauder in ihrem Rücken, und es war ihr, als könne sie Blut förmlich riechen. Sie schüttelte sich und zwang sich zu einem Lächeln. »Das ist ein schöner Einfall, auch wenn ich dich als verschwenderisch rügen sollte. Ich gehe heute noch ins Backhaus, um unser Brot für die nächste Woche zu backen. Aber vielleicht hast du recht. Wir sollten unser Leben genießen, solange der Herrgott uns seine Gunst schenkt.«

Etwas in ihrem Ton ließ ihn aufschrecken. Er sah sie einige Augenblicke ernst an, sagte aber nichts und wandte sich dann ab. »Helena? Wo ist mein Sonnenschein? Kommst du mit zum Bäcker?«

»Oh ja! Bekomme ich dort einen Honigkringel?« Das Mädchen jauchzte.

Sibylla hörte die beiden die Treppe hinuntersteigen. Dann fiel die Tür hinter ihnen ins Schloss und ließ sie in der Stille des Morgens zurück. Sibylla ließ sich noch einmal auf das Bett sinken und versuchte, sich den Traum ins Gedächtnis zurückzurufen. Was hatte er zu bedeuten? Welche Gefahr konnte ihnen hier im friedlichen Leonberg drohen? Mit der Hexenverfolgung des Vogts hatten diese Bilder nichts zu tun, da war sie sich sicher. Nein, er hatte sein Augenmerk nicht auf die Hebamme und ihre Familie gerichtet. Ein wenig ruhiger erhob sie sich wieder, kleidete sich an und ging in die Küche, um das Feuer anzufachen.

Kurz darauf kehrten Helena und ihr Vater zurück. Helena strahlte mit ihren honigklebrigen Lippen. Peter brachte nicht nur zwei weiße Kreuzerwecken für jeden mit, es lag auch eines der Flugblätter gefaltet im Korb, die seit Monaten immer wieder in der Stadt aufgetaucht waren.

Sibylla stellte sich und Peter einen Becher warmen Met auf den Tisch und Helena Milch. Zu den Wecken gab es Griebenschmalz und weichen Käse, aber auch Pflaumenmus und eingekochte Quitten.

»Was ist in der Welt dort draußen geschehen?«, erkundigte sich Sibylla, nachdem sie das erste Brötchen verzehrt hatte und Peter noch immer unverwandt auf das Papier starrte, ohne sein Frühmahl anzurühren.

»Ich habe dir schon damals vor zwei Jahren prophezeit, dass der Fenstersturz von Prag schlimme Folgen haben wird«, sagte er, ohne von dem Flugblatt aufzusehen.

»Ja, das war eine schlimme Sache«, bestätigte Sibylla. »Die böhmischen Stände hatten sicher kein Recht dazu, die Vertreter des Kaisers so einfach aus dem Fenster zu werfen. Aber der Kaiser hatte auch kein Recht, die zugesagten Freiheiten ihres Glaubens einfach so unter den Tisch fallen zu lassen. Mit Zwang – wie in den österreichischen Erblanden – die katholische Lehre wieder einzuführen und protestantische Kirchen zu beschlagnahmen, das konnte nicht gut gehen.«

»Das hat er ja gar nicht getan«, widersprach Peter. »Es ging nur um ein paar Unstimmigkeiten, die einige Kirchen und ihre Güter betrafen.«

»Und um die Protestantentage, die er einfach verboten hat«, erinnerte Sibylla.

»Ja, weil die Stände diese Zusammenkunft dazu missbrauchten, gegen ihren Kaiser zu wettern!«

Sie schmunzelte. »Wie ich sehe, hat der Habsburgkaiser in Leonberg einen eifrigen Verteidiger gefunden.«

»Nein«, entgegnete Peter. »Ich bin nur der Meinung, die Stände haben kein Recht, sich so gegen ihren Kaiser aufzulehnen, Menschen aus Fenstern zu werfen und ein Heer gegen ihren Landesherrn zu schicken!«

»Aus Wiener Sicht gesehen nicht«, stimmte ihm Sibylla zu und nahm sich einen Löffel Pflaumenmus. »Ich nehme an, es hat dem Kaiser einen gehörigen Schreck versetzt, dass sich die Mähren dem Aufstand angeschlossen haben und – soweit ich gehört habe – auch die protestantischen Stände Oberösterreichs Forderungen nach mehr Freiheit stellen.«

»Ja«, ihr Mann nickte zur Bestätigung, »und noch mehr hat es ihn vermutlich erschreckt, dass das Heer von Graf Thurn die Kaiserlichen geschlagen und fast bis vor Wien gerückt ist, doch wenn hier die Wahrheit geschrieben steht, dann wendet sich das Blatt nun.«

Sibylla vergaß ihr Brötchen. »Was? Wie das? Es hieß doch, die Kaiserlichen hätten keine Chance.«

»Anscheinend hat der Kaiser nun einen fähigen Obristen, der ihm eine kampftaugliche Truppe aufgestellt hat. Albrecht Wenzel von Waldstein, ein böhmischer Magnat. Seine Kürassiere haben ganze Arbeit geleistet. Hier wird noch einmal die Schlacht bei Langenlois erwähnt, bei der die Aufständischen bereits im Februar große Verluste erlitten haben und Kommandant von Fels nur knapp entkommen konnte. Nun hat wohl der Feldherr des Kaisers, Graf von Bucquoy, die Aufständischen um Graf von Thurn bei Horns in eine Falle gelockt. Thurn selbst war wohl nicht dabei, aber viele seiner Männer sind gefallen, und auch Colonna von Fels wurde getötet. Die Aufständischen haben sich nach Böhmen zurückgezogen. Der Traum, Wien in die Knie zu zwingen, ist – zumindest vorläufig – ausgeträumt. Die Kaiserlichen werden ihnen folgen und sie immer weiter bedrängen, bis sie sie besiegt und den Aufstand niedergeschlagen haben. Ende des Kapitels!«

Sibylla hob die Brauen. »Ach ja? Und wie genau sieht deiner Meinung nach dieses Ende aus? Dass alle Böhmen und Mähren wieder brav zur Messe gehen und die katholischen Prälaten ihre Finger nach all den verloren gegangenen Gütern ausstrecken, nur weil irgendein katholischer Habsburger, der zufällig König geworden ist, das so will?«

Ihr Mann erwiderte ihren Blick. »Ja, so lautet die Vereinbarung, auf die sich alle beim Augsburger Religionsfrieden geeinigt haben: Der Reichsfürst ist berechtigt, die Religion für die Bewohner seines Landes zu bestimmen. Dafür steht es jedem frei, das Land zu verlassen, wenn ihm das nicht gefällt.«

»Oh ja, das ist eine großartige Freiheit«, spottete Sibylla. »Ich lasse einfach meinen Hof zurück und alles, was sich meine Familie vielleicht über Generationen erarbeitet hat. Ich kehre meiner Heimat den Rücken, um so beten zu dürfen, wie ich möchte, und dann, wenn ich mir etwas Neues aufgebaut habe, kommt wieder ein anderer Fürst daher, der mir seine Religion aufzwingen will. Aber ich kann ja wieder auswandern!«

Peter stöhnte. Vielleicht war er diese Streitgespräche über den rechten Glauben und die Freiheit der Religion leid. Vielleicht war sein eigener Widerstreit in seinem Innern bereits mehr, als er ertragen konnte.

Sibylla ahnte, wie sehr er mit sich haderte und wie schwer er sich noch immer mit seinem Gewissen im protestantischen Leonberg tat, doch heute wollte sie die Worte, die in ihr aufstiegen, nicht ungesagt herunterschlucken. Sie reckte sich ein Stück. Ihre Stimme bekam einen energischen Klang.

»Es wird erst Frieden einkehren, wenn die Fürsten endlich begreifen, dass jeder Mensch das Recht hat zu glauben, was er will. Jeder Einzelne muss frei sein, so zu beten, wie er will!«

»Das würde uns zerstören«, widersprach ihr Mann. »Die Menschen sind wie Kinder, die die Hand der Eltern brauchen, um den rechten Weg zu finden und nicht im Dickicht der Irrlehren verloren zu gehen. Wenn jeder das tun und lassen könnte, was er will, würde das jeder Ketzerströmung Tür und Tor öffnen, und bald wäre die rechte Lehre gar nicht mehr zu erkennen. Wir bräuchten keine Kirchen mehr, keine Messe und keinen Gottesdienst. Jeder würde ja selbst zu wissen glauben, was für ihn richtig ist.«

»Ach ja?« Sibylla stemmte die Hände in die Hüften. Die warnenden Worte, die in ihr aufstiegen, unterdrückte sie. »Du meinst, wir brauchen unsere Pfarrer und Kirchenfürsten, um die Ketzer zu bekämpfen? Um die reine Lehre nicht zu beschmutzen? Oh ja, weg mit allen, die abtrünnig sind. Auf den Scheiterhaufen mit ihnen, mit den Ketzern und den Hexen!«

»Das habe ich nicht gesagt und auch nicht gemeint.« Peter erhob sich. Er sprach leise und beherrscht, doch die Qual in seinem Blick war schlimmer, als hätte er sie angeschrien. Sibylla öffnete den Mund, doch er hob die Hand. »Für heute ist es genug!« Damit wandte er sich um und verließ die Küche.

Helena starrte ihre Mutter fragend an. Sie verstand noch nicht, worum es ging, konnte aber sehr wohl die Spannung spüren.

»Iss dein Brötchen«, forderte Sibylla ihre Tochter auf. Ihr selbst war der Hunger vergangen. Sie fühlte sich plötzlich unendlich erschöpft, doch sie fürchtete sich davor, die Augen zu schließen und die Bilder wieder einzulassen, die sie in der Nacht gequält hatten.

Den ganzen Tag über versuchte Sibylla ihre düsteren Ahnungen zu verdrängen. Sie schleppte einen Korb mit Wäsche zum Waschhaus am Unteren Tor, doch die Arbeit beschäftigte nur ihre Hände, nicht ihren Geist. So bemühte sie sich, den Gesprächen der anderen Frauen zu folgen, aber der hohle Tratsch ging ihr bald auf die Nerven. Als die Reinboldin vorbeikam, ging es natürlich wieder um die Keplerin, die im Turm auf ihren Hexenprozess wartete. Die Frau des Glasers blieb stehen, stemmte die Hände in die Hüften und zählte mit ihrer klagenden Stimme all die Leiden auf, die sie angeblich durch den bitteren Trank, den die Keplerin ihr einst gegeben hatte, erdulden hatte müssen.

»Aber nun wird unser Vogt der Hexe das Handwerk legen«, fügte sie mit so viel Selbstzufriedenheit hinzu, dass Sibylla zum ersten Mal an diesem Tag ihre eigenen Sorgen vergaß.

»Du bist ein wenig voreilig«, mischte sie sich ein. »Das Gericht wird erst einmal klären, ob an den Beschuldigungen überhaupt etwas dran ist. Noch ist der Vorwurf der Hexerei lediglich eine Behauptung! Wenn die Advokaten, die ihr Sohn Johannes aus Stuttgart kommen lässt, ihre Unschuld beweisen, wird sie freigelassen, und wer weiß, vielleicht gibt es dann den einen oder anderen Prozess wegen böswilliger Verleumdung!«

»Ach ja? Meinst du etwa mich?«, keifte die Reinboldin. »Du solltest dich lieber um deine eigenen Angelegenheiten kümmern und zusehen, dass dir die Wöchnerinnen und ihre Kinder nicht wegsterben. Ist nicht erst letzte Woche das kleine Mädchen des Schusters aus der Schmalzgasse ganz unerwartet gestorben, und das, noch ehe es getauft wurde? Was würde wohl passieren, wenn der Verdacht aufkäme, eine gewisse Wehmutter habe seine Seele dem Teufel verkauft?«

Sibylla versuchte die Übelkeit zu unterdrücken, die in ihr aufstieg. So viele Jahre hatten sie hier in Leonberg in Frieden gelebt. Die Schrecken von Ellwangen waren langsam verblasst, doch nun schien es auch hier in Württemberg mit dem Frieden vorbei zu sein.

Sibylla schenkte der Reinboldin einen eisigen Blick. »Ich denke, wenn du so etwas behaupten würdest, würden alle an deinem Verstand zweifeln oder den Punkt zu der Liste der Verleumdungen hinzufügen, die den Richtern vorgelegt würde.«

Sie maßen sich mit Blicken, bis die Reinboldin sich mit einem Ruck abwandte und davonstürmte. Sibylla sah ihr nicht nach. Sie packte ihren Korb mit nasser Wäsche und machte sich auf den Heimweg. Unterwegs holten sie wieder ihre Ängste ein. Sie beschleunigte ihre Schritte, sodass sie außer Atem das kleine Haus in der Kirchgasse erreichte, das sie mit Peter und Helena bewohnte.

Sibylla stieß die Tür auf. »Helena?«

Keine Antwort. Sie sah sich in der Küche und der Stube um, ging hinunter in den Keller und stieg dann zu den Kammern unter dem Dach hoch, wo neben den beiden Schlafkammern der winzige Verschlag zu finden war, den Peter sein Studierzimmer nannte. Als sie die Tür öffnete, saß er vor dem Fenster, ein aufgeschlagenes Buch auf dem wackligen Tisch, den er sich selbst zusammengezimmert hatte. An seinem Blick konnte sie ablesen, dass er ihre Auseinandersetzung noch nicht vergessen hatte.

»Was gibt es?«, erkundigte er sich steif.

»Wo ist Helena?«

»Sie wollte Himbeeren pflücken gehen.«

»Allein? Wo? Wo ist sie hingegangen?« Sibylla hörte selbst die Panik in ihrer Stimme.

Peter runzelte die Stirn. »Sie sagte, sie wolle eine Freundin fragen. Warte, ich glaube sie sprach von Maria, der Tochter von Bäcker Braun, die in der Bank neben ihr sitzt. Ist etwas geschehen?«

Sibylla ging nicht darauf ein. »Weißt du, wohin sie wollte?«, fragte sie stattdessen.

Wieder überlegte er. Vermutlich war er wieder einmal mit seinen Gedanken in seinen Büchern gewesen und hatte seiner Tochter nicht richtig zugehört. »Sie sagte, sie wolle zum Löschteich vor die Stadt, aber willst du mir nicht endlich sagen, was los ist?«

»Ich hatte einen schlechten Traum heute Nacht, der mich noch immer nicht loslassen will.«

Sie hätte erwartet, er würde ihre Sorgen beschwichtigen, doch seine Miene war ernst, als er sich erhob und den Arm um sie legte.

»Betraf es Helena? Weißt du etwas Genaues?«

Sie schüttelte den Kopf und wandte den Blick ab. »Nein, es ging nicht nur um Helena. Es war etwas Größeres, das unsere ganze Welt aus den Fugen gerissen und zerschmettert hat. Ich finde keine Ruhe mehr. Ich gehe sie suchen.« Schnell stürmte sie aus der Kammer und lief die Treppe hinunter.

»Warte!«

Ihr Mann eilte ihr hinterher. »Ich will deine Fähigkeiten nicht infrage stellen, aber was sollte ihr da draußen am Löschteich zustoßen? Die Mädchen spielen oft vor der Stadt, und die Leute dort in der Vorstadt haben ein Auge auf sie. Sie kennen Helena und wissen, wo sie hingehört. Du selbst hast immer großen Wert darauf gelegt, dass sie früh selbstständig wird. Willst du sie jetzt an dein Schürzenband fesseln?«

»Nein, Unsinn, aber ich muss nach ihr sehen.«

Peter wollte etwas erwidern, doch ein Klopfen an der Tür unterbrach ihn. »Ja?«, fragte er stattdessen.

Ein Mann mit gerötetem Gesicht kam hereingestürmt. »Sibylla, du musst kommen. Dem kleinen Sebastian geht es nicht gut. Er hat Fieber. Meine Lise weiß nicht, was sie tun soll, und ihr Vater macht uns alle ganz verrückt und bejammert schon den Verlust seines Enkels!«

»Ich komme gleich«, sagte Sibylla widerstrebend. »Ich denke, es wird nicht lange dauern, und dann hole ich Helena«, fügte sie an Peter gewandt hinzu.

»Nein!«, widersprach er bestimmt. »Geh du zu deinem fiebernden Schützling, und sieh zu, dass nicht noch ein Kind ungetauft stirbt. Ich werde derweil zum Löschteich rausgehen und nach den Mädchen sehen.«

Vor Erleichterung ließ Sibylla hörbar die Luft entweichen. Sie drückte Peter einen Kuss auf die Wange. »Danke«, sagte sie, dann griff sie nach ihrer Tasche und folgte dem jungen Vater zum Haus des Richters Mochel.

Es dauerte zwar länger, als Sibylla gedacht hatte, doch der Abend war noch nicht hereingebrochen, als sie das prächtige Haus am Marktplatz verließ. Dem Knaben ging es schon besser, und der alte Mochel hatte sich wieder beruhigt. Kaum war sie auf der Straße, entdeckte sie Maria, die in einem Korb Brot austrug. Sibylla lächelte das Mädchen an.

»Grüß Gott, Maria. Wie war eure Ausbeute an Himbeeren heute?«

Das Mädchen machte einen Schmollmund. »Ich durfte nicht mit. Mama hat es mir verboten. Sie sagt, ich sei frech gewesen und würde heute bis zum Abend helfen müssen.«

Sibylla starrte sie an. »Dann ist Helena allein gegangen?«

»Ja.« Maria nickte eifrig. »Dabei wollten wir heute hinter dem Friedhof bis zum Wäldchen gehen. Dort gibt es eine ganze Hecke voll von Beeren.«

Sibylla spürte, wie ihr kalt wurde. Die Furcht kehrte mit einem Schlag zurück und ließ sie taumeln. Sie verabschiedete sich nicht einmal von Maria, sondern lief einfach los.

Sibylla rannte nach Hause, doch noch bevor sie die Tür aufgerissen und nach beiden gerufen hatte, wusste sie, dass sie keine Antwort erhalten würde.

Die Gefahr hing wie eine finstere Wolke über ihnen. Sibylla konnte sie spüren. Sie schmeckte Blut auf der Zunge. Mit einem Aufschrei ließ sie ihre Tasche fallen, wandte sich um und lief wieder los. Vielleicht war es noch nicht zu spät. Sie sah die Nachbarn nicht, die sie freundlich grüßten und ihr dann verwundert nachsahen. Die letzten Häuser von Leonberg huschten an ihr vorüber und verschwammen mit den schrecklichen Bildern, die sich nicht mehr vertreiben ließen. Ein unangenehmer Geruch stieg ihr in die Nase. Menschen, viele Männer, die lange unterwegs gewesen waren und deren Kleider nach altem Schweiß und dem Leben auf der Straße stanken.

»Sibylla!«

Sie glaubte, ihre Stimmen zu hören. Wilde, bärtige Gesichter tauchten vor ihrem Innern auf, mit Staub bedeckte Kleider, durchgelaufene Schuhe, doch der Stahl ihrer Messer und Spieße blitzte hell.

»Sibylla? He, wohin so eilig? So warte doch!«

Schnelle Schritte hinter ihr. Eine Hand griff nach ihrem Arm. Sibylla versuchte sich loszureißen, doch dann erkannte sie den Mann, der sie noch immer festhielt.

»Was ist denn los?«, erkundigte er sich besorgt. »Du siehst aus, als wärst du dem Teufel persönlich begegnet.«

»Ach, du bist es, Andreas«, begrüßte sie den Mauerwächter. »Lass mich los! Ich habe heute keine Zeit, mit dir zu plaudern. Ich bin in Eile.«

»Das habe ich gesehen, aber sag mir doch, wohin du willst. Du solltest heute lieber nicht aus der Vorstadt raus.«

»Warum? Was ist passiert?«, stieß Sibylla hervor.

Andreas hob die Schultern. »Ich weiß es nicht. Zwei Bauern haben von einer Horde Fremder erzählt, die ihnen ihr Schwein weggenommen haben. Sie sollen dort draußen irgendwo am Waldrand lagern. Jetzt hat mich der Billfinger losgeschickt, um der Sache auf den Grund zu gehen.«

Sibylla spürte, wie sie blass wurde. »Helena ist irgendwo dort draußen. Sie wollte Himbeeren pflücken. Lass mich los, ich muss sie suchen!«

»Das ist gefährlich«, wandte Andreas ein, wich aber unter ihrem wilden Blick zurück. »Lass uns zusammen gehen«, schlug er stattdessen vor und reichte ihr seine Hand.

Sibylla drückte sie dankbar und sah, wie er errötete. Fast zehn Jahre waren seit ihrer kleinen Romanze vergangen, und Andreas hatte längst eine eigene Familie gegründet, war Vater zweier stolzer Knaben, doch noch immer musste er einen Teil seines Herzens für die Hebamme aus Ellwangen aufgespart haben.

»Ja, komm, wir müssen uns beeilen. Ich habe ein ganz schreckliches Gefühl. Peter ist vor Stunden losgezogen, nach ihr zu suchen, aber er ist noch nicht zurück.«

Andreas nickte nur und drückte noch einmal ihre Hand. »Das hat vielleicht nichts Schlimmes zu bedeuten. Wir werden sie sicher bald finden.«

Kapitel 3

Leonberg, Sommer 1620

Schweigend eilten sie nebeneinander her. Wie gern hätte Sibylla ihm geglaubt. Sie passierten das Untere Tor und liefen durch die Vorstadt zwischen Löschteich und dem Friedhof über die Wiese auf das nahe Wäldchen zu. Die Sonne stand bereits tief und ließ die Bäume lange Schatten werfen.

»Helena? Helena!«, rief Sibylla mit zunehmender Verzweiflung, doch nur das Rauschen des Windes antwortete ihr.

»Helena, Peter, wo seid ihr?«

Sie spürte, wie Tränen in ihr aufstiegen, und blinzelte heftig, um sie zu vertreiben.

»Wir werden sie finden«, beschwor Andreas. Er blieb stehen und sah sich ratlos um. Weder von den Vermissten noch von den Schweinedieben war etwas zu sehen oder zu hören.

»Sie sind wieder weg«, erklang unvermittelt eine knarzige Stimme aus einem Gebüsch. Sibylla und Andreas fuhren zusammen.

Ein Weiblein in zerlumpten Kleidern, das Sibylla öfter beim Betteln gesehen hatte, kroch aus einem Holunderbusch hervor und klopfte sich Erde und trockenes Gras von ihrem Rock.

»Wer ist weg? Sprich gefälligst, Weib!«, fuhr Andreas die Frau an. »Was hast du gesehen?«

»Die Männer. Viele fremde Männer, die hier nicht hergehören und die zum Glück weitergezogen sind.«

»Was waren das für Männer?«, forschte Andreas weiter. »Was wollten sie?«

Sie lachte ein wenig spöttisch. »Das waren Söldner, und so wie sie gesprochen haben, stammen sie nicht von hier. Mehr weiß ich nicht. Glaubst du, ich hätte sie gefragt, woher sie kommen und was sie hier treiben? Ich bin nicht verrückt und hänge an meinem armseligen Leben. Mir war es lieber, dass sie nur das Schwein aufgeschlitzt haben. Das Gequieke hat sich angehört, als würden sie einem Menschen die Seele rausschneiden.«

»Hast du ein Kind gesehen?«, unterbrach Sibylla. »Ein Mädchen, acht Jahre alt, mit rotblondem Haar? Ich suche meine Tochter Helena.«

»Ein Kind?« Das faltige Gesicht der Alten wirkte plötzlich noch eingefallener. »Ich glaube, ich habe die Stimme eines Mädchens gehört.« Sie verstummte und wandte den Blick ab. Andreas griff grob nach ihrem Arm und schüttelte sie. »Was ist passiert? Sag es uns!«

»Ich weiß es nicht, aber ich habe den Lehrer gesehen. Er kam den Weg entlang, und er hat mit den Männern gesprochen. Mutig, habe ich mir gedacht. Dass er sich in das Söldnerlager traut, denn das sind üble Burschen, die eine andere Vorstellung von Spaß haben als gottgefällige Menschen!«

Sibylla schluckte trocken. »Du hast meinen Mann gesehen? Wann war das?«

»Das war noch früh am Nachmittag, glaube ich«, überlegte die Alte. »Ich bin lieber in meinem Versteck geblieben. Dann muss ich wohl eingeschlafen sein, und jetzt sind alle weg.«

»Der Lehrer Berchtold ist nicht zurückgekommen? Und du hast das Mädchen auch wirklich nicht *gesehen*?«, hakte Andreas noch einmal nach.

Die Alte schüttelte den Kopf. »Ich habe doch schon gesagt, dass ich geschlafen habe«, behauptete sie. Jedenfalls war sie nicht bereit, mehr preiszugeben. Sie verschränkte trotzig die Arme vor ihrem schlaffen Busen. »Ist der Herr Stadtwächter nun mit seiner Befragung fertig? Kann ich gehen?«

Andreas zuckte hilflos mit den Schultern. »Ja, wenn du uns nicht helfen kannst.«

Sibylla sah, wie ein Anflug von Mitleid über das faltige Gesicht huschte. »Da kann niemand mehr helfen«, murmelte sie und eilte dann erstaunlich flink davon.

Sibylla wurde es für einen Moment schwarz vor den Augen, und ihre Knie gaben nach. Andreas konnte sie gerade noch auffangen.

»Ich habe es gesehen und nichts getan«, keuchte sie. »Ich habe sie in ihr Verderben laufen lassen. Oh, Andreas, ich kann mir das niemals vergeben.«

»Du weißt ja noch nicht einmal, ob ihnen wirklich etwas zugestoßen ist«, wiegelte er ab. »Vielleicht halten sie sich noch irgendwo im Wald versteckt?«

Für einen Moment fasste Sibylla neuen Mut. Sie löste sich aus Andreas' Armen und raffte ihre Röcke. »Komm schnell«, forderte sie ihn auf. »Es wird bald dunkel. Vorher müssen wir sie finden!«

Er folgte ihr bis zum Waldrand. Sie riefen immer wieder Helenas und Peters Namen, doch erhielten keine Antwort. Nach einiger Zeit stieg Sibylla der Geruch eines schwelenden Feuers in die Nase, und dann sah sie eine dünne Rauchfahne hinter einigen Büschen aufsteigen. Auf einer kleinen Wiese unter den Obstbäumen hatten die Männer anscheinend Rast gemacht. Sibylla lief los, doch es war ihr, als hielten schwere Gewichte ihre Beine fest. Sie wollte so schnell wie möglich dorthin und fürchtete dennoch nichts mehr als das, was sie dort erwarten könnte. Zaghaft trat sie zwischen die letzten Büsche und ließ den Blick schweifen. Sie spürte, wie Andreas sich näherte und hinter ihr stehen blieb.

»Hier haben sie gelagert«, sprach er das Offensichtliche aus. An drei Stellen war das Gras verbrannt. Eines der Feuer schwelte noch. Reste ihrer Mahlzeit lagen verstreut im niedergedrückten Gras. Scherben eines Tonkrugs mischten sich mit der Asche. Der Schädel des geschlachteten Schweins starrte sie aus toten Augen an.

»Es müssen viele Männer gewesen sein. Mehrere Dutzend«, sagte Andreas.

Sibylla nickte nur. Sie konnte nicht sprechen. Sie hatte wieder den metallischen Geruch von Blut in der Nase. Sie versuchte sich einzureden, dass dieses von dem geraubten Schwein stammte, doch sie wusste es besser. Widerstrebend trat sie auf den Lagerplatz hinaus und sah sich um.

»Helena? Peter?« Ihre Stimme zitterte.

Ihre Füße trugen sie bis zum Feuer und führten sie dann zu einem Weißdornbusch. Da lag etwas. Etwas Großes. Ihr Herz erkannte ihn, noch ehe ihre Augen und ihr Geist seine Gestalt in der Dämmerung erfasst hatten.

Sibylla eilte zu ihm und ließ sich auf die Knie fallen. »Peter!«, stieß sie aus und griff nach seinen Schultern. Er rührte sich nicht. »Andreas!«, schrie sie.

Er hastete an ihre Seite und half ihr, den reglosen Peter umzudrehen. Sein Gesicht war, abgesehen vom Schmutz auf seinen Wangen, totenbleich, seine Augen geschlossen. Doch was Sibylla scharf die Luft einziehen ließ, war der nasse Fleck auf seiner Brust, der sein Hemd und das Wams dunkel färbte und sich weiter ausbreitete. Seine Hände aber krampften sich um seinen Unterleib.

»Heilige Jungfrau«, entfuhr es Sibylla unwillkürlich. Sie legte ihre Hände um die seinen. Dickes, dunkles Blut quoll zwischen ihren Fingern hervor, als sie seine Hände zur Seite schob. Vorsichtig hob sie das Wams an und schob das Hemd beiseite. Sie stöhnte, als sie die hässliche Wunde in seinem Bauch sah.

»Lebt er noch?«, erkundigte sich Andreas mit verzagter Stimme. Sibylla beugte sich vor. Sie legte ihr Ohr an sein Herz und ihre Hand an seinen Hals. Da entfuhr ihm ein Stöhnen, und Peters Körper zuckte zusammen.

»Er lebt!«, stieß Andreas erleichtert aus.

»Ja, aber wie lange noch, wenn er weiter so viel Blut verliert?«

Sibylla riss ein Stück aus ihrem Rock, drehte den Stoff zusammen und drückte ihn auf die Wunde. Dann legte sie Peters Hände darauf, ehe sie sich der Verletzung in seiner Brust zuwandte. Vorsichtig öffnete sie sein Hemd.

»Zwei Stichwunden«, sagte sie grimmig. »Diese Mörder!«

»Noch lebt er«, widersprach Andreas.

»Ja, die Klinge muss an seiner Rippe abgeglitten sein. Sonst wäre er vermutlich schon tot.«

Wieder stöhnte Peter und bewegte den Kopf. Dann öffnete er die Augen.

»Halte still!«, sagte Sibylla mit rauer Stimme. »Ich muss deine Wunden verbinden. Ach, wenn ich nur meine Tasche hier hätte.«

»Sibylla!«, flüsterten die aufgeplatzten Lippen.

»Ja, ich bin hier, aber was hast du nur gemacht? Wie konnte das passieren, und wo ist Helena? Hast du sie gefunden?«

Sie drückte einen weiteren Stoffknäuel auf die Wunde in seiner Brust und sah Peter eindringlich an.

Er runzelte die Stirn. Es schien ihm schwerzufallen, die Erinnerung in seinem Geist zu finden.

»Peter, wo ist Helena?«, drängte Sibylla auf eine Antwort.

»Ich weiß es nicht«, stöhnte er. »Diese Männer, Söldner aus den Spanischen Niederlanden, sie waren hier.«

»Ja, das weiß ich, aber sie sind weitergezogen. Hast du Helena gefunden?«

Seine Augen schlossen sich wieder, doch er atmete weiter. Sibylla stieß einen Schrei der Verzweiflung aus. »Peter, du musst wach bleiben. Sag mir, was mit Helena geschehen ist!«

»Ich werde weitersuchen«, bot Andreas an. »Hier kann ich dir nicht helfen. In diesem Zustand können wir ihn kaum in die Stadt zurückbringen, oder soll ich es trotzdem versuchen, ihn zu tragen?«

Sibylla schüttelte den Kopf. »Lauf in die Stadt, und hole ein paar Männer und einen Karren. Wir müssen den Wald durchsuchen, ehe es völlig finster ist. Und bring meine Tasche mit. Sie steht unten in der Diele. Ich versuche in der Zwischenzeit, die Blutung zu stillen.«

Zögernd erhob sich Andreas. »Kann ich dich hier allein lassen?«

»Ja. Nun lauf!«

Er wandte sich um und rannte los, während Sibylla sich mühte, Peters Geist zurückzuholen. Endlich öffnete er wieder die Augen. Zwei Tränen rannen ihm die Wangen hinunter und tropften ins Gras.

»Ach, Sibylla, es tut mir so leid«, flüsterte er. »Ich konnte deine Schwester nicht retten, und nun … unsere Tochter …«

»Wo ist sie?«

»Ich weiß es nicht. Sie war hier bei den Söldnern. Sie waren … grob mit … grob zu ihr.« Er konnte die Worte bei der Erinnerung an das Geschehene nur stammeln. »Ich habe alles versucht, glaub mir. Ich hatte kein Geld, sie zu bezahlen. Ich habe sie angefleht, doch sie lachten nur. Als ich ihnen mit Gottes Zorn drohte, da wurden sie wütend.« Peter keuchte. Seine Stimme schien ihm zu versagen. Sibylla beugte sich herab und sah ihn eindringlich an.

»Weiter! Was ist weiter geschehen?«

Peter holte rasselnd Atem. Die Erinnerung schien ihn mehr zu quälen als seine Verletzungen. »Helena weinte so bitterlich«, fuhr er endlich fort, wenn auch stockend. »Ein Kerl mit schwarzem Bart hat sie festgehalten. Sie wollten meinen Worten einfach kein Gehör schenken, da habe ich mich auf ihn gestürzt. Er hat Helena zwar losgelassen, aber sein Messer gezogen.« Wieder rannen ihm Tränen herab. »Ich konnte nichts tun, Sibylla, glaube mir. Er hat mich niedergestochen, sie haben mich einfach liegen gelassen. Ich konnte nichts mehr sehen. Dann haben sie das Lager abgebrochen, und es wurde still. Haben sie Helena getötet?«

»Ich weiß es nicht. Sie ist nicht hier. Wenn sie nicht in den Wald geflohen ist, dann haben sie sie vielleicht mitgenommen.« Sibylla umfasste die Schultern ihres Mannes. »Bitte, versuche dich zu erinnern: Haben die Männer gesagt, wohin sie ziehen?«

Er schloss die Augen. Sein Geist schien sich wieder zurückzuziehen.

»Peter!« Sibylla schüttelte ihn. »Du musst dich erinnern. Wie soll ich sie sonst finden und zurückholen?«

»Das kannst du nicht. Es ist unmöglich. Es sind zu viele«, hauchte er. »Man bräuchte eine ganze Kompanie.«

»Ich werde unsere Tochter retten, mit oder ohne Hilfe, das schwöre ich dir, oder ich will verdammt sein!«

»Sprich nicht so«, stöhnte er. »Du darfst Gott nicht herausfordern.«

»Ach nein? Was könnte er mir noch antun? Er hat mir schon einmal meine Familie genommen, meine Mutter auf den Scheiterhaufen gebracht und nicht verhindert, dass meine Schwester Hand an sich gelegt hat. Und nun nimmt er mir meinen Mann und mein Kind. Nein, er hat keine Trümpfe mehr in der Hand, mich zu quälen. An meinem eigenen Leben liegt mir nichts, wenn ich es nicht dazu nutzen kann, Helena zu retten.«

»Ich werde dir nicht dabei helfen können«, sagte er und drückte ihre Hand.

Sie schwieg.

»Du weißt es, nicht wahr? Du hast schon zu viele Menschen sterben sehen. Es wird nicht mehr lange dauern. Ich kann die Kälte spüren, die sich bereits meiner Glieder bemächtigt.«

Sibylla hätte ihm gern widersprochen, doch sie wusste, dass er recht hatte. »Ich würde dich heilen, wenn es in meiner Macht stünde. Ich liebe dich. Du darfst mich nicht verlassen. Ich brauche dich doch.«

Er erwiderte ihren Blick erstaunlich klar. »Ich weiß. Ich liebe dich doch auch. Ich müsste dir jetzt zur Seite stehen, aber meine Zeit ist abgelaufen. Egal wohin meine Seele gehen wird, wenn es an diesem Ort eine Möglichkeit gibt, dir zu helfen, dann werde ich es tun.«

Sibylla lächelte verzweifelt. »Ja, schick Helena einen Engel, der auf sie achtgibt, bis ich sie gefunden habe und nach Hause holen kann.«

»Ich werde mein Bestes tun!«, versprach er, dann schloss er wieder die Augen. Sibylla hielt seine Hände und lauschte den schwächer werdenden Atemzügen, während die Dämmerung zur Nacht wurde.

Plötzlich regte er sich noch einmal und sah sie an. »Es waren Männer für das Heer des Kaisers«, sagte er. »Sie haben nicht gesagt, wohin sie ziehen, aber sie haben den Obristen erwähnt, der sie geworben hat. Wir haben über ihn gesprochen.«

»Wir haben über einen Obristen des Kaisers gesprochen?«, wunderte sich Sibylla.

»Ja, in dem Flugblatt, da steht sein Name drin.«

Sibylla legte die Stirn in Falten und kniff die Augen zusammen. »Der Hauptmann der Kürassiere, der die Böhmen zurückgeschlagen hat. Ja, wie hieß er? So etwas Ähnliches wie Wallenstein, nicht wahr? Albrecht von Waldstein, das war es!«

Peter nickte. Erleichterung entspannte seine Züge. »Ja, zu ihm ziehen sie. Sie werden in Böhmen für den Kaiser kämpfen.«

»Böhmen«, wiederholte Sibylla und versuchte sich vorzustellen, wie weit das entfernt sei. Wie viele Tagesreisen waren es von Leonberg? Und wie groß war die Chance, ein kleines Mädchen in diesem großen Land aufzuspüren?

Sibylla wollte nicht darüber nachdenken. Sie wollte sich einen Funken an Hoffnung bewahren, für den es weiterzuleben lohnte. Sie beugte sich vor und küsste ihren Mann zärtlich auf den Mund. »Du musst dich nicht grämen. Du hast alles richtig gemacht. Du hättest sie nicht retten können. Nicht meine Schwester und auch nicht unsere Tochter. Aber ich schwöre dir, ich werde nicht ruhen und unser Kind zurückholen.«

»Oder selbst den Tod finden«, sagte er und schloss für ein letztes Mal seine Lider.

»Oder selbst den Tod finden«, bestätigte Sibylla. »Ich liebe dich, Peter. Du hast mir die schönsten Jahre geschenkt«, sagte sie noch, aber sie war sich nicht sicher, ob er sie noch hören konnte.

Als die Männer aus der Stadt mit dem Karren kamen, konnten sie nur noch einen Toten auf die Pritsche laden. Verloren stand Andreas da, Sibyllas Hebammentasche in den Händen.

»Es ging nicht schneller«, versicherte er ihr.

Sibylla erhob sich steif und schüttelte ihren zerrissenen Rock aus. Sie spürte, wie der Wind über ihre tränennassen Wangen strich. »Wir hätten ihn nicht retten können. Nicht bei diesen schrecklichen Stichwunden. Du trägst keine Schuld. Die liegt allein bei diesen Söldnern, die mir meinen Mann und mein Kind geraubt haben, aber ich schwöre dir, ich werde mich an ihre Fersen heften, bis ich sie gefunden habe!«

Andreas griff nach ihrer Hand. »Das kannst du nicht tun!«

»Nein? Wer sollte mich daran hindern? Du etwa?« Sie starrte ihn wild an.

»Niemand will dich an etwas hindern, aber es ist dunkel, du weißt nicht, wohin die Männer gezogen sind, und du kannst dir ja nicht einmal sicher sein, ob sie Helena wirklich mitgenommen haben. Lass die Männer den Wald durchsuchen, und begrabe zuerst deinen Mann. Wenigstens das hat er verdient! Ich werde versuchen herauszufinden, welchen Weg die Söldner nehmen, und dann sehen wir weiter.«

Sibylla sah zu ihm auf. »Andreas, du bist ein lieber und ein kluger Mann. Ich bin sehr froh, dich meinen Freund nennen zu dürfen.«

»Du weißt, ich wäre gern mehr für dich gewesen …«

»Ja, ich weiß, aber unser Leben ist anders verlaufen, und nun lass uns in die Stadt zurückfahren und mich Totenwache für meinen Mann halten.«

»Ich begleite dich, komme morgen in aller Frühe zu dir und werde berichten, was ich bis dahin erfahren habe.« Sibylla nickte.

Die Männer hoben den Leichnam auf den Wagen. Andreas schwang sich auf den Kutschbock. Sibylla setzte sich neben ihn. Während der Karren mit seiner traurigen Fracht den Mauern Leonbergs entgegenrumpelte, erhellten die Fackeln des Suchtrupps das Wäldchen, und Helenas Name schallte durch die Nacht.

»Guten Morgen, Sibylla.«

Andreas stand in der Tür und drehte verlegen seine Kappe in den Händen.

Sie sah von dem vor ihr aufgebahrten Leichnam auf. Ihre Wangen waren trocken. Manches war zu schrecklich, um sich mit Tränen zu trösten.

»Gibt es denn etwas Gutes an diesem Morgen?«

Sie wusste es, noch ehe er den Kopf schüttelte. »Nein, leider nicht. Die Männer sind gerade erst zurückgekommen, doch sie konnten von Helena keine Spur entdecken. Oder fast keine. In einem Strauch hing dieses Band.« Er reichte Sibylla den hellblauen Stoffstreifen. »Könnte es Helena gehören?«

Sie streckte die Hand aus und griff mit zittrigen Fingern danach. »Ja, das ist Helenas Haarband.«

»Hast du irgendetwas über diese Söldner herausbekommen?«

»Leider nur, dass sie nach Osten gezogen sind.«

Sibylla nickte. Sie erhob sich steif. »Würdest du bitte einen Augenblick bei Peter bleiben? Ich bin gleich zurück.«

Andreas warf dem toten Schulmeister einen scheuen Blick zu, setzte sich aber an dessen Seite und faltete brav die Hände, während Sibylla die Treppe hinauf in die kleine Studierstube eilte.

Für einen Moment blieb sie stehen, von Erinnerungen überwältigt. Wie oft war sie in den vergangenen Jahren in diese Kammer getreten, immer das vertraute Bild vor Augen: Peter an seinem wackeligen Tisch, den er stolz seinen Sekretär nannte, ein aufgeschlagenes Buch in seinen Händen oder einen Stapel Flugblätter, die er wie Schätze sammelte. Er schien die schneidende Kälte des Winters nicht zu spüren und auch nicht die dumpfe Hitze des Sommers, sondern hatte – vielleicht aus alter Gewohnheit – stets ordentlich gekleidet fast jeden Tag stundenlang studiert. Es war Sibyllas Aufgabe, ihm in den kalten, feuchten Stunden eine Decke umzuhängen oder dafür zu sorgen, dass er im Sommer einen kühlen Trunk zu sich nahm.

Beim Spätmahl hatte er ihr dann berichtet, was er Neues gelesen und erfahren hatte.

Vorbei. Sie würde nie wieder heimlich die Augen verdrehen, während er versuchte, ihr die Zusammenhänge der Politik mit den Intrigen der Mächtigen begreiflich zu machen. Sibylla wünschte sich, sie hätte ihm aufmerksamer zugehört. Wie oft waren ihre Gedanken zu den alltäglichen Problemen der Familie abgeschweift oder zu ihren Frauen und deren ungeborenen Kinder, die sie auf die Welt brachte. Wie viele Fragen hatte sie ihm nicht gestellt? Wie viele Gelegenheiten versäumt, ihn in die Arme zu schließen und ihm zu zeigen, dass er ihr Glück war?

Zu spät. Ihr gemeinsames Leben war für immer vorbei, und sie konnte ihm nicht mehr helfen. Aber vielleicht war es für Helena noch nicht zu spät. Sibylla trat an den Tisch und ließ die Augen schweifen, bis sie das entdeckte, was sie suchte. Dann fiel ihr Blick auf ein Flugblatt, das sie noch nicht kannte. Rasch überflog sie den Inhalt und nahm es dann ebenfalls an sich, ehe sie in die Stube zu Andreas zurückkehrte, der mit gesenktem Blick über Peters geschundenen Körper wachte. Als Sibylla eintrat, sah er auf.

»Was hast du da?«

Sie trat zum Fenster und breitete die Karte, die sie geholt hatte, auf der Kommode aus. »Sieh, hier ist Stuttgart, und das ist Leonberg. Und dort drüben, weit im Osten, liegen Prag und hier weiter südlich Wien an der Donau.«

Andreas blickte gehorsam auf die Karte und nickte, obgleich Sibylla den Eindruck hatte, dass er nicht verstand. Vielleicht hatte er noch nie eine Landkarte gesehen.

»Du hast gesagt, die Männer seien nach Osten gezogen, nicht wahr?« Andreas nickte. »Und Peter sprach vor seinem Tod von einem Obristen des Kaisers, der für ihn Truppen anwirbt, um gegen die Aufständischen in Böhmen zu kämpfen.«

Nun zuckte er gleichmütig mit den Schultern.

»Hast du nicht vom Fenstersturz in Prag gehört und von dem Aufstand der Protestanten gegen den Kaiser?«, fragte sie vorwurfsvoll.

»Ich lese diese Flugblätter nicht«, verteidigte sich Andreas. »Und was man so redet, ist meist verwirrend. Ich interessiere mich eben mehr für die Menschen, die ich kenne, und das, was in der Stadt und in unserem Land passiert.«

Sibylla unterdrückte ein Stöhnen. »Egal, jedenfalls haben die Truppen des Kaisers – oder, genauer gesagt, die Kürassiere dieses von Waldstein – die Aufständischen geschlagen, ehe sie die Donau vor Wien überqueren und die Stadt belagern konnten. Das steht in diesem Flugblatt, und ich denke, dass der Kaiser seine Truppen nun, da er wieder Oberwasser hat, nach Böhmen schicken wird.«

»Könnte stimmen«, versicherte ihr Andreas, vermutlich weil er ihr nicht widersprechen wollte und ihr Erstaunen über seine Unwissenheit ihn in Verlegenheit brachte.

»Die Frage ist nur, wo werden die Einheiten des Kaisers zusammentreffen? Vermutlich noch jenseits der Grenze. Irgendwo diesseits der Donau.« Ihr Finger strich die gewundene blaue Linie zwischen Linz und Wien ab. Wieder zuckte Andreas mit den Achseln.

»Das sieht hier auf diesem Pergament nicht so weit aus, doch sieh nur, Leonberg und Stuttgart sind nicht einmal einen Fingerbreit voneinander entfernt. Ich war zwar noch nie in Stuttgart, aber ich weiß, dass man einen Tag geht, bis man das Tor erreicht. Wien und Böhmen und wovon du noch gesprochen hast, sind sehr, sehr weit weg!«

Sibylla nickte unbeeindruckt. »Ja, das ist mir klar. Zu Fuß würde es mehrere Wochen dauern. So viel Zeit habe ich nicht. Außerdem hoffe ich, die Männer einzuholen, ehe sie das Feldlager erreichen. Ich werde also reiten.« Sibylla sah Andreas an. »Würdest du mir dein Pferd leihen?«

»Ich habe kein Pferd. Ich meine keines, das mir gehört. Ich darf die Pferde der Stadt nur benutzen, wenn ich Kontrollritte oder Botengänge machen muss. Ich kann es dir nicht überlassen. Glaube mir, ich würde dir ein Pferd kaufen, wenn ich so viel Geld hätte.«

»Aber du könntest mir eines besorgen, nicht wahr? Ich habe noch das Geld, das meine Ziehmutter Ursula Benzlin mir vererbt hat. Das müsste für ein Pferd reichen.«

Andreas starrte sie an. »Du willst das wirklich tun? In diesem riesigen Reich nach einem einzelnen Kind suchen, das einfach überall sein könnte?«

»Ich habe nur dieses eine Kind!«

»Ja, ich weiß, verzeih.« Betreten sah er zu Boden. »Ich verstehe dich, und ich sollte dich begleiten. Allein ist das für dich viel zu gefährlich.«

Sibylla hörte aus seiner Stimme, wie schwer es ihm fiel, ihr das anzubieten. Bewegt griff sie nach seinen Händen.

»Ach Andreas, du weißt, dass das nicht geht. Du hast eine Familie, für die du sorgen musst. Du kannst nicht deine Arbeit hinwerfen, den Rat vor den Kopf stoßen und einfach mit mir davonziehen. Das haben deine Frau und deine Kinder nicht verdient. Wovon sollen sie leben?«

»Wir wären doch in ein paar Tagen wieder zurück, nicht wahr?«, wandte er ein.

Sibylla sah ihn lange an, ehe sie antwortete. »Ich weiß es nicht, aber etwas in mir sagt mir, dass ich die Mauern von Leonberg so schnell nicht mehr sehen werde.«

»Wirst du überhaupt jemals zurückkommen? Werde ich

dich wiedersehen?« Andreas schluckte. Er drückte ihre Hände, als wäre er am Ertrinken.

»Ich kann es dir nicht sagen. Ich sehe nur dunkle Wolken über meiner Zukunft und kann Helena nur verschwommen wahrnehmen, aber ich muss es versuchen. Das verstehst du doch, oder?«

Er nickte. »Ja, und ich besorge dir das beste Pferd, das man in Leonberg bekommen kann.«

»Gut, dann geh jetzt, und beeile dich. Je größer der Vorsprung der Söldner ist, desto schwerer wird es für mich, sie einzuholen.«

Andreas versprach, sich sogleich auf die Suche nach einem geeigneten Ross zu machen. Nachdem er das Haus verlassen hatte, machte sich Sibylla daran, ihre Tasche und ein Bündel zu packen. Dann ging sie zum Pfarrer, um alles für Peters Begräbnis zu besprechen.

»Dann gebe ich meinen verstorbenen Gatten vertrauensvoll in Eure Hände. Betet für ihn, denn ich werde nicht da sein, um ihn zu seiner letzten Ruhestätte zu begleiten.«

Der Pfarrer starrte sie entsetzt an. »Sibylla! Das könnt Ihr nicht tun.«

»Er würde es verstehen.« Sie blieb standhaft. »Die Lebenden brauchen uns mehr als die Toten. Wenn es noch eine Chance gibt, unsere Tochter zu retten, werde ich sie nicht leichtfertig verstreichen lassen.«

Sie sah die Missbilligung in seinem Blick, doch das kümmerte sie nicht.

»Lebt wohl, Hochwürden«, sagte sie nur und wandte sich ab.

Sibylla kehrte noch einmal in das Haus zurück, das acht Jahre lang ihr Zuhause gewesen war. Ein letztes Mal küsste sie die bleichen, kalten Wangen ihres Mannes, dann schloss sie die Tür und ging mit ihrer Tasche und dem Bündel davon, ohne sich noch einmal umzusehen.

Am Unteren Tor wartete bereits Andreas auf sie und führte, wie versprochen, ein Pferd am Zügel. Sibylla war sich bewusst, dass das ganz sicher nicht das beste Pferd von Leonberg war, doch vielleicht das beste, das man für ihre mageren Ersparnisse hatte bekommen können. Immerhin machte es einen gut genährten Eindruck und hatte einen sanften Blick. Es war gesattelt, Gott sei Dank, darin würde sie die langen Ritte, die ihr bevorstanden, hoffentlich aushalten können.

»Danke, Andreas. Und nun lass uns Abschied nehmen. Wünsche mir Glück!«

»Ich werde jeden Tag für dich und Helena beten«, versprach er mit Tränen in den Augen. Dann zog er sie in seine Arme und küsste sie auf den Mund. Verlegen ließ er sie wieder los.

»Verzeih.«

»Es gibt nichts zu verzeihen. Komm, hilf mir in den Sattel. Der Tag verfliegt viel zu schnell.«

Andreas hob sie hoch, sodass sie ihr Bein über den Pferderücken schwingen konnte. Sie sah noch einmal zu ihm hinunter. Ihre Hände berührten sich noch einmal, dann schnalzte Sibylla mit der Zunge und drückte ihre Beine an den Pferdeleib. Bereitwillig verfiel das Pferd in einen flotten Trab. Bald lag die Vorstadt mit dem Friedhof, wo Peter seine letzte Ruhestätte finden sollte, hinter ihnen, und Sibylla bog in den Karrenweg ein, der zur Handelsstraße nach Osten führte.

Kapitel 4

Von Leonberg an die Donau, Sommer 1620

Die ersten Tage klammerte sich Sibylla an die Hoffnung, die Männer schnell einholen zu können. Sie verlangte sich und ihrem Pferd viel ab und ritt meist, bis es dunkel wurde. Dann verkroch sie sich in einer Scheune auf dem Feld oder ritt, wenn der Hunger sie zu sehr plagte, zu einem Gehöft, in der Hoffnung, für sich und das Tier etwas zu essen zu bekommen. Meist hatten die Menschen Mitleid mit ihr, wenn sie von ihrer Suche berichtete, doch sie sah auch die Blicke, die sich die Bauersleute zuwarfen, wenn sie davon sprachen, wie wenig Hoffnung bestand. Doch Sibylla gab nicht auf. Wie hätte sie jetzt umkehren können? Wohin sollte sie gehen? Nach Leonberg zurück, wo keiner mehr auf sie wartete? Außer vielleicht Andreas, doch der hatte seine eigene Familie. Nein, es gab nur den Weg nach vorn, auch wenn sie den Männern kaum näher zu kommen schien.

Wen auch immer Sibylla auf ihrem Weg über die Landstraße oder in den Dörfern und Städten traf, fragte sie nach den Söldnern aus den fernen Niederlanden, die in Richtung Osten zum Heer des Kaisers zogen. Manches Mal fürchtete sie, ihre Spur verlieren zu können, doch dann stieß sie wieder auf Menschen, die den Haufen gesehen hatten, und auch das Mädchen mit dem rötlichen Haar, das mit ihnen ritt, neben zwei Weibern, die sich offensichtlich dem Tross anschließen wollten. Wie immer, wenn Kriegsvolk durch das Land zog, waren die Söldner für alle ehrlich arbeitenden Leute ein Gräuel: Diese Männer nahmen sich, was sie wollten, um ihren Hunger auf Brot und Fleisch zu stillen, und wonach ihnen sonst noch der Sinn stand. Jede Mutter brachte sich und ihre Töchter sofort in Sicherheit, wenn sie sich näherten, und verbarg sie vor ihren Blicken, um ja keine Begehrlichkeiten zu wecken. Da war der Verlust von ein paar Hühnern einfacher zu verkraften.

Da der Hunger der Männer anscheinend kaum zu stillen war, war es für Sibylla nicht zu schwer, ihrer Spur zu folgen. Die Klagen der Bauern wiederholten sich. Gerade in den kleinen Weilern und auf etwas abseits gelegenen Höfen bedienten sich die Söldner ungeniert. Städte dagegen schienen sie zu meiden oder ohne längeren Aufenthalt zu durchqueren, wenn sie nicht zum Zechen in ein Wirtshaus einkehrten. Hier scheuten sie offensichtlich, die Zeche zu prellen oder einen Händel anzufangen, der ihnen die Stadtwache auf den Hals hetzen könnte.

Sibylla folgte dem Söldnerhaufen vorbei an Nürnberg bis nach Südosten an die Donau hinunter, durch Regensburg hindurch und dann am Ufer entlang bis nach Passau. Dort verließen die Männer den Fluss. Inzwischen hatten sich ihnen offensichtlich noch mehr Söldner und einige freie Weiber aus den Städten angeschlossen, die sich als Huren beim Tross des kaiserlichen Heeres ein besseres Auskommen erhofften als in ihrer Heimat, in der sie, verachtet und von den ehrbaren Leuten ferngehalten, die gleichen Dienste anboten, um ihr Überleben zu sichern.

Die Tage verstrichen. Sibylla hatte bald das Gefühl, kein anderes Leben gekannt zu haben. Ihr warmes Zuhause, die regelmäßigen Mahlzeiten jeden Tag und das zufriedene Gefühl, satt und warm neben einem geliebten Menschen am Abend einzuschlafen und am Morgen wieder aufzuwachen, schienen in ein anderes Leben zu gehören, so weit weg, dass Sibylla Peters Gesicht nur wie durch Nebel sah.

»Ich gebe nicht auf«, sagte sie immer wieder zu seinem Geist oder was immer noch von ihm übrig war. »Ich werde unsere Tochter finden und sie retten, das verspreche ich dir.« Doch der Geist schwieg und spendete ihr keinen Trost auf der einsamen Landstraße.

Drei Tage nachdem Sibylla den breiten Strom der Donau verlassen hatte und auf einem ausgefahrenen Karrenweg stetig nach Osten geritten war, erreichte sie gegen Abend einen kleinen Weiler, der nur aus drei Gehöften bestand. Eines davon war offensichtlich verlassen. Zumindest befand es sich in einem erbärmlichen Zustand. Die anderen beiden Höfe jedoch schienen bewohnt. Sibylla hörte einen Hund bellen. Sie passierte einen Pferch mit einigen Ziegen und ritt gerade zwischen ein paar krummen Apfelbäumen hindurch, als sich das Gebell des Hundes bis zur Raserei steigerte. Die braune Stute hob den Kopf und drehte die aufgerichteten Ohren nach vorn. Sie schnaubte leise und blieb stehen. Sibylla drückte ihre Fersen in ihre Seite, um sie vorwärtszutreiben, hielt dann aber inne. Das Bellen des Hundes ging in ein klägliches Jaulen über und verstummte dann abrupt. Sibylla spürte, wie sich das Pferd unter ihr verspannte, und auch ihr stellten sich die Nackenhaare auf. Der Wind wehte Männerstimmen zu ihr herüber. Dann erklang Gelächter. Es war kein freundliches Lachen. Sibylla ließ sich vom Pferd gleiten. Sie ergriff die Zügel und führte ihre Stute hinter den Pferch der Ziegen. Dort band sie das Tier an einen knorrigen Baum. Vorsichtig lugte sie hinter dem Verschlag vor. Es war kein Mensch zu sehen, doch immer wieder vernahm sie Stimmen, die von dem Hof kommen mussten, den das erste Bauernhaus mit der nahegelegenen Scheune bildete. Sibylla lauschte, konnte die Worte aber nicht verstehen. Ihre innere Stimme warnte sie, näher heranzugehen. Dort, auf der anderen Seite der Giebel, lauerte Gefahr. Wieder das raue Lachen mehrerer Männer, das sie unwillkürlich zurückweichen ließ.

Wenn der Bäcker am Morgen die Wahrheit gesprochen hatte, dann war sie noch immer eine Tagesreise hinter den gesuchten Söldnern. Diese Männer dort im Hof konnten also nichts mit ihnen zu tun haben.

Und wenn doch? Was, wenn sie hier eine Ruhepause abhielten und Sibylla an ihnen vorbeiritt, ohne ihre Chance zu ergreifen?

Was für eine Chance?

Sibylla hatte auf ihrem Ritt so viel Zeit gehabt, über das Problem nachzudenken, doch noch immer war ihr keine Idee gekommen, wie sie die Männer würde überzeugen können, ihr Helena zurückzugeben. Die wenigen Münzen, die sie noch in ihrem Beutel bei sich trug, würden sicher nicht Anreiz genug sein. Und an Schmuck trug sie nur ein einfaches silbernes Kreuz um den Hals, eines von zwei gleichen Schmuckstücken, die Peter ihr und Helena geschenkt hatte. Sibylla nahm das Kreuz und rieb es zwischen den Fingern, wie so oft, wenn sie unter Anspannung stand oder sich nicht entscheiden konnte. Sie fühlte die kleine Gravur, die sie heimlich auf der Rückseite der beiden Kreuze hatte anbringen lassen: der Lebensbaum der Mutter Erde. Sie wusste, dass Peter den alten Aberglauben ablehnte, doch Sibylla fühlte sich diesem Symbol näher als dem Marterinstrument, an dem Christus den Tod hatte erleiden müssen.

Sibylla hatte sich noch nicht entschieden, was sie jetzt tun sollte, als ein Schrei die Luft durchschnitt. Es war der Schrei einer Frau, der abrupt wieder aussetzte, noch ehe Sibylla einen Schritt getan hatte.

Sie dachte nicht mehr darüber nach, was in dieser Lage ratsam sei. Hier brauchte jemand Hilfe. Das genügte, um sie vorwärtszutreiben. Sibylla eilte auf den Weg hinaus, der zwischen Scheune und Haus durch ein Tor in den ummauerten Hof führte, und ging dann in Deckung, ehe sie jemand vom Hof aus sehen konnte. Langsam tastete sie sich weiter vorwärts. Nun vermochte sie die Stimmen deutlich zu hören und auch einige der Worte zu verstehen. Die Männer schienen guter Stimmung zu sein, ganz im Gegensatz zu der Frau in ihrer Mitte, die noch einmal laut aufschrie, ehe sie wieder zum Schweigen gebracht wurde.

»Lass sie doch schreien«, riet einer der Männer. »Vielleicht verrät sie uns dann, wo sie ihr Geld versteckt haben.«

Sibylla hatte eine ziemlich klare Vorstellung von dem, was sich dort nur wenige Schritte von ihr entfernt abspielte, und es gefiel ihr gar nicht. Es wäre vernünftig und ihrem Leben zuträglich, sie würde sich leise zurückziehen, ehe sie entdeckt werden würde, und sich so schnell wie nur möglich im Schutz der Dämmerung davonmachen, doch sie brachte es nicht übers Herz. Die Frau wimmerte nun leise, während ein Mann roh lachte.

»Wo sind die anderen?«, wollte ein anderer Mann wissen. »Bist du hier allein auf dem Hof?«

Ein Klatschen und ein Wimmern, aber keine Antwort. Vorsichtig schob sich Sibylla ein Stück weiter vor und lugte in den Hof. Als Erstes sah sie zwei tote Hühner und ein geschlachtetes Schwein. Die Tiere lagen neben einigen Bündeln vor dem großen Speichenrad eines Heukarrens und waren offensichtlich von den Männern getötet worden, die sich nun um die Frau scharten, die halb entblößt auf dem Boden lag. Einer der Kerle erhob sich gerade und ordnete sein Wams, während ein anderer Anstalten machte, sich erneut des Opfers anzunehmen. Zwei jüngere Männer, kaum dem Knabenalter entwachsen, hielten die Frau am Boden. Vor dem Haus sah Sibylla eine weitere Frau liegen. Sie war sicher deutlich älter. Ihre Haube war ihr vom Kopf gerutscht. Das graue Haar hatte sich gelöst. Ihre Augen waren geschlossen. Sie rührte sich nicht. So verdreht, wie sie dalag, würde sie sich vermutlich nie wieder rühren. Sibylla ballte zornig die Hände zu Fäusten.

»Ich habe nicht viel gefunden«, erklang eine Stimme von der offenen Haustür her. Ein weiterer Kerl mit dichtem Bart und langem Haar trat mit einer brennenden Lampe und einigen Gegenständen in den Armen zu den anderen und ließ sie – was sich die Bauersleute hart erarbeitet hatten oder vielleicht in der Familie schon lange als Erbe weitergegeben worden war – achtlos in den Staub fallen. »Alles nur Plunder«, sagte er verächtlich und kickte gegen einen Zinnkrug.

»Ich hab's euch doch gesagt, dass sie das Wertvollste versteckt haben«, mischte sich der Kerl ein, der der Frau gerade Gewalt angetan hatte. Sibylla sah, wie sich ihr Gesicht in tiefem Schmerz verzog und ihr Blick zur Scheune wanderte. Anscheinend hatten die Männer mit ihrer Annahme recht.

»Wir haben Zeit«, sagte der Bärtige und zog ein Messer aus seinem Gürtel. »Sie wird es uns schon verraten.«

Er stieß seinen Kumpan von ihr runter, kniete sich auf ihre Brust und drückte ihr die Luft ab. Sie konnte nicht einmal schreien.

»Nun, dann sprich, meine Süße. Dann lassen wir dich vielleicht am Leben. Wo ist das Geld?«

Ein tonloses Keuchen entwich ihrem Mund, als sie mit Mühe den Kopf hin- und herbewegte. Verzweifelt sah sich Sibylla nach einer Waffe um. Mit ihrem kleinen Messer würde sie nichts ausrichten. Sie blickte zur Scheune hinüber. Vielleicht könnte sie ungesehen dort hinübergelangen. Doch selbst wenn sie dort einen Spieß oder einen Dreschflegel fand, was konnte sie gegen fünf Männer ausrichten? Sie würde lediglich den Platz neben der Bäuerin im Staub einnehmen, um deren Schmach zu teilen.

Einer der jungen Männer hielt nun eine brennende Lampe in der Hand. »Das ist deine letzte Chance, uns zu sagen, wo du deine Schätze versteckst«, rief er und trat der Frau hart in die Seite. »Sonst brennen wir den ganzen Hof nieder. Dann hast du auch nichts mehr davon. Wir fangen mit der Scheune dort an.«

Er machte einige Schritte auf das Gebäude zu. Die Bäuerin aber stieß einen markerschütternden Schrei aus. Schien ihre Gegenwehr zuvor für immer erloschen zu sein, entwickelte sie nun plötzlich Kräfte, mit denen die Männer nicht gerechnet hatten. Fast wäre es ihr gelungen, den Bärtigen abzuwerfen und sich aufzurappeln, da riss er sie an ihren Haaren zurück. Sie kreischte, mehr noch aus Verzweiflung denn aus Schmerz, als der Jüngling die Lampe durch das offene Scheunentor warf. Sibylla hatte Verständnis, dass sie um ihre wenigen Güter weinte, ob der Gewalt, die man ihr antat, doch für diese Verzweiflung musste es einen anderen Grund geben. Sie gipfelte in einem Hilferuf, der ihre Seele durchbohrte.

Da verstand sie.

Ja, in der Scheune befand sich das Wertvollste, was die Bauersfrau besaß, doch es war nichts, was die Strauchdiebe zu Geld machen konnten. Vielleicht hatte sie die Männer kommen sehen und dann ihr Kind oder ihre Kinder vor ihnen in der Scheune versteckt.

Die Lampe fiel neben einem Strohhaufen zu Boden und zerbarst. Gierig stürzte sich das Feuer auf die leicht verdauliche Nahrung. Sibylla war wie erstarrt. Die Männer johlten, als die ersten Flammen aufstoben. Die Frau schrie in ihrer Not.

Nein!

Sibyllas Inneres schrie mit ihr.

Feuer. Die Flammen der Scheiterhaufen, die sie für immer hatte vergessen wollen, leckten an ihr hoch und brannten an ihrer Haut und ihrer Seele. Sibylla wand sich in stummer Pein. Ihr war es, als dringe ein Wimmern durch das Fauchen der Flammen.

»Maria!«, rief die Mutter.

»Nein!«, schrie Sibylla dieses Mal laut. Und wenn es ihr eigenes Verderben würde. Sie konnte nicht länger zusehen. Sibylla rannte los.

Es war ihr, als habe die Zeit beschlossen, plötzlich langsamer zu verstreichen. Ihre Beine bewegten sich so träge, als würde sie durch tiefes Wasser waten. Sie spürte die Überraschung der Männer, die sie anstarrten, sie hörte durch das Knistern des Feuers den Hufschlag heraneilender Pferde, die durch das Hoftor brachen, noch ehe sie das Tor der Scheune erreichte.

Noch mehr beutehungrige Söldner?

Sibylla wandte den Kopf, während sie auf das offene Scheunentor zurannte, an deren Seiten bereits die Flammen emporschlugen. Sie gewahrte einen Mann auf einem schwarzen Schlachtross vor einer Gruppe Reiter, die ihm folgte. Ihre Blicke trafen sich für einen Wimpernschlag. Die Flammen schienen sich in seinen schwarzen Augen widerzuspiegeln. Dann hatte Sibylla die Scheune erreicht und stürzte sich in das Inferno. Die Flammen brannten in ihrem Gesicht, der Rauch machte sie blind und ließ sie husten, doch als das Feuer für einen Moment Kraft für den nächsten Sturm sammelte, vernahm sie das Wimmern eines Kindes. Sibylla stürzte auf einen Verschlag zu, den sie in der hinteren Ecke unter dem Heuboden erahnte. Sie presste sich ihren Ärmel vor die Nase und versuchte langsam zu atmen. Tränen schossen in ihre Augen, doch sie griff nach dem Riegel und stieß ihn beiseite. Nun schrie das Kind. Die Flammen hatten die trockenen Bretter erreicht und begannen sich in die Wände des Holzverschlags zu fressen. Sibylla fürchtete, ihr Rock und ihre Haare könnten jeden Augenblick Feuer fangen, doch sie riss an der Tür. Holzsplitter bohrten sich durch ihre Haut, dass ihr das Blut über die Finger rann, doch die Tür klemmte. Sibylla trat mit aller Kraft dagegen, dann zog sie wieder, bis ein Hustenanfall sie schüttelte. Der heiße Atem des Feuers zerrte an ihren Röcken. Da endlich gab die Tür nach.

»Maria?«, keuchte Sibylla und tastete sich nahezu blind vorwärts, bis sie einen Arm zu fassen bekam.

Das Kind schrie und wehrte sich.

»Komm, wir müssen hier raus. Deine Mutter wartet draußen!«

Der Widerstand erlahmte für einen Moment. Beherzt zog Sibylla das Kind an sich und hob es sich auf die Hüfte. Das Mädchen musste an die drei Jahre alt sein und starrte die fremde Frau aus weit aufgerissenen Augen an.

»Wir schaffen das«, stieß Sibylla mit rauer Stimme aus und bückte sich unter der niederen Tür durch.

Das Geräusch von splitterndem Holz ließ sie auffahren. Der Pfeiler zu ihrer Linken gab unter den an seinem Fuß nagenden Flammen nach. Sibylla sprang. Das Kind in ihren Armen und die Atemnot zogen wie Bleifesseln an ihr. Der Pfeiler krachte zu Boden, gefolgt von den Brettern des Dachbodens. Sibylla hechtete nach vorn, doch eines der Bretter traf sie an der Schulter. Der Schmerz raubte ihr für einen Moment die Sinne, sodass sie ins Taumeln geriet. Funken sprühten um sie auf. Noch einmal stießen die Flammen hoch bis unter das Dach. Das Brüllen glich einem Triumphschrei. Gleich würden die restlichen Stützpfeiler nachgeben und die Scheune in sich zusammenfallen. Sibylla musste sich zusammenreißen. Sie hatte eine Aufgabe zu erfüllen. Sie durfte nicht unter diesem Scheiterhaufen begraben werden!

Sibylla straffte den Rücken. Ihre Schulter schmerzte, ihr linker Arm schien zu nichts mehr zu gebrauchen. Mit dem rechten drückte sie das Kind an sich.

Wo war das Tor? Der Rauch war inzwischen so dicht, dass sie sich verwirrt umsah. War es schon so dunkel draußen, dass das Tageslicht ihr nicht mehr den Weg weisen konnte?

Doch was war das? Der Rauch schien sich vor ihr zusammenzuziehen und eine Form anzunehmen. Es war die Silhouette eines Mannes, die sich aus den Schwaden löste und auf sie zukam. Sibylla drückte das Kind noch fester an sich. Reichte es den Kerlen nicht, Schande über Frauen und Kinder zu bringen? Wollten sie sich nun noch an ihrem schrecklichen Ende laben?

Trotzig hob Sibylla das Kinn. Da sah sie, wie der Mann den Arm hob und ihr die offene Hand entgegenstreckte. Es war der Blick aus den schwarzen Augen, der den Qualm durchdrang und wie eine kühle Brise an ihr herabglitt.

Der Augenblick dehnte sich zur Ewigkeit. Da stand dieser Mann mit dem schwarzen Haar und dem dichten Bart hoch aufgerichtet vor ihr und sah sie an. Flammen umkränzten ihn und loderten um ihn auf, doch er schien es nicht einmal zu bemerken. Furcht um sein Leben kannte er offensichtlich nicht. Seine Miene war unbeweglich, als er vortrat und ihr das Kind aus dem Arm nahm. Er ergriff ihre Hand.

»Komm!«, sagte er und zog sie rasch auf das Tor zu. Die Hitze kräuselte sein Haar, doch er kümmerte sich nicht um das Inferno. Er setzte beharrlich und mit unerschütterlicher Ruhe einen Fuß vor den anderen, bis sie auf den Hof traten. Er zuckte nicht einmal zusammen, als die Scheune mit Getöse hinter ihnen zusammenbrach. Er ging einfach ungerührt weiter, bis sie der Hitze so weit entkommen waren, dass sie nicht mehr auf ihrer Haut glühte. Mit einem Aufschrei kam die Bäuerin auf sie zugerannt und nahm ihm das Kind aus den Armen, um es zu küssen und zu herzen.

Mit einem Blick wurde Sibylla klar, dass sich die Lage auf dem Gehöft grundlegend verändert hatte. Die Plünderer kauerten mit gefesselten Händen neben ihrer Beute, bewacht von grimmig dreinschauenden Bewaffneten, die zu dem Gefolge des Schwarzhaarigen mit dem feurigen Blick gehören mussten. Ihre Pferde standen auf der anderen Seite des Hofs und drängten sich furchtsam zusammen, so weit wie möglich von den Resten der brennenden Scheune entfernt. Die Bäuerin hatte ihre Kleider, so gut es ging, wieder in Ordnung gebracht und versuchte nun den Schrecken über das Glück, ihr Kind gerettet zu wissen, zu überwinden.

Der dunkle Retter legte ihr kurz die Hand auf die Schulter, dann wandte er sich Sibylla zu, die ihn stumm anstarrte. Eine Flut von Bildern schoss durch ihre Gedanken, so schnell, dass sie sie kaum begreifen konnte. Wer war er, der wie ein Engel Gottes durch das Feuer ging, um ein einfaches Weib und ein Kind aus den Flammen zu holen?

Doch da trat ein Mann heran und unterbrach ihre Gedanken.

»Hauptmann, was sollen wir mit diesen Taugenichtsen machen?« Er deutete auf die fünf Männer, die trotz der Fesseln an den Handgelenken noch immer das Haupt hoch trugen. »Sie behaupten, sie würden zu den Truppen des Kaisers gehören und wären auf dem Weg ins Hauptlager, um gegen die ketzerischen Böhmen zu ziehen, und sie hätten sich lediglich ein wenig Proviant besorgt.«

»Sie wollen sich uns anschließen und mit uns nach Horn ziehen«, mischte sich sein Kamerad ein.

»So, wollen sie das? Unter meinem Kommando dienen? Darüber hätten sie nachdenken sollen, ehe sie hier plünderten und mordeten. Ehe sie eine Frau schändeten und ein Kind den Flammen überließen! Wer unter mir dient, der hat sich an meine Regeln zu halten. Ich sorge dafür, dass die Truppe verpflegt wird und ihren Sold bekommt, und dafür ist mir die Truppe absoluten Gehorsam schuldig.«

»Sollen wir sie gleich hier aufhängen?«, wollte der Mann wissen. Seine Stimme klang so gleichmütig, dass Sibylla die Frage für einen geschmacklosen Scherz hielt, obgleich die Marodeure den Tod sicher verdient hätten. Sibylla sah zu dem kleinen Mädchen hinüber, das sich noch immer weinend an seine Mutter drückte, die nun neben der toten, alten Frau kniete.

Ja, es wäre durchaus gerechtfertigt gewesen, sie von einem Richter zum Tode verurteilen zu lassen. Sie hatten sich unmenschlich und grausam aufgeführt. Ein hungriger Magen war keine Rechtfertigung für Mord, Vergewaltigung und Brandstiftung! Dennoch war Sibylla nicht so naiv zu glauben, dass dieser Vorfall außergewöhnlich war. Im Umfeld der großen Armee würden noch unzählige Familien ihr Gut, ihre Ehre und ihr Leben lassen müssen. Von den Verwüstungen erst gar nicht zu sprechen, die den Menschen bevorstand, in deren Ländereien die gegnerischen Armeen aufeinandertreffen würden.

Die Antwort des Kommandanten ließ Sibylla aufhorchen.

»Ja, schafft sie rüber in den Obstgarten, und hängt sie auf. Ich dulde keine Plünderungen! Sie werden keine Gelegenheit bekommen, es noch einmal zu tun.«

Meinte er das wirklich ernst? Offensichtlich! Die Männer des schwarzen Kommandanten traten zu den Gefangenen und zogen sie hoch. Sibylla riss die Augen auf. Auch die Plünderer trauten ihren Ohren nicht. Offensichtlich hatten sie nicht damit gerechnet, sich für ihr Tun auch nur rechtfertigen zu müssen. Als die Söldner sie aus dem Hof in den

Obstgarten schleppten, protestierten sie und schrien. Einer fluchte. Der Jüngste begann gar zu weinen, doch die Soldaten zerrten sie davon. Sibylla wandte sich mit einem Schaudern ab. Vielleicht hatten die Männer wirklich den Tod verdient, doch sie wollte nicht zusehen, wie sie ihnen Stricke um die Hälse legten, die Seile über die knorrigen Äste warfen und dann die Körper hinaufzogen. Die Schreie erstarben, sobald sich die Schlinge zuzog, doch der Todeskampf dauerte an. In ihrem Geist sah sie die zuckenden Glieder, Gesichter, die anschwollen und sich erst rot und dann blau verfärbten, bis das Mienenspiel im Augenblick des Todes erschlaffte.

Sibylla schloss für einen Moment die Augen und dachte an die Seelen, die sich nun ihrem Schöpfer stellen mussten. Würde er sie auch verurteilen und ihnen den Weg in die Hölle weisen? Oder ins Fegefeuer, an das die Protestanten nicht glaubten?

»Wie geht es dir, Frau?«, hörte sie den Kommandanten mit freundlicher Stimme fragen. »Bist du verletzt?«

Sibylla öffnete die Augen und sah, wie die Bauersfrau den Kopf schüttelte. »Nein, Herr Kommandant, es ist nichts, was nicht wieder in Ordnung kommen wird. Ihr und die Rothaarige habt mir das Liebste gerettet, was ich habe, und dafür will ich Euch danken. Wir haben wirklich nicht viel und auch kein Geld versteckt. Ich schwöre es!«

Der Kommandant nickte. »Ich glaube dir, doch wo sind dein Mann und das Gesinde? Du lebst doch mit dem Kind nicht allein hier.«

Sie schüttelte den Kopf. »Mein Mann und die anderen sind auf dem Feld. Sie kommen sicher bald zurück. Ich bin mit Maria und meiner Mutter hiergeblieben, um im Garten zu arbeiten und die Wäsche zu machen.« In ihrem Blick glänzten Tränen, als er über den toten Körper streifte, der noch immer verrenkt im Staub lag. »Sie wollte nicht zulassen, dass die Männer mir Gewalt antun.«

Der Kommandant nickte. Er legte seine Hand kurz an ihren Arm. »Ich bringe die Tote hinein, dann kannst du sie für ihr Grab vorbereiten.«

Sie folgte ihm mit dem Kind. Unter der Tür drehte sich die Bäuerin noch einmal um und sah zu Sibylla hinüber.

»Ich danke dir und werde dich in meine Gebete einschließen«, sagte sie. »Gottes Engel haben dich geschickt. Ich heiße Elsbeth. Kann ich etwas für dich tun? Du bist verletzt. Dein Arm muss versorgt werden. Komm doch mit in die Küche.«

Sibylla nannte ihren Namen und folgte der Bauersfrau ins Haus. Während Elsbeth ihr den Ruß aus den schmerzhaften Brandwunden wusch, erkundigte sie sich, woher Sibylla komme und wohin sie wolle.

»Auch ich will mein Kind retten«, gestand sie und erzählte der Frau, was sich vor zwei Wochen in Leonberg zugetragen hatte.

Sie hörte mit mitleidiger Miene zu. »Hier sind sie nicht vorbeigekommen«, sagte Elsbeth dann. »Ich kann nicht sagen, dass ich das bedaure. Aber wie das so ist. Wenn es dich heute nicht trifft, dann vielleicht morgen. Gott hält für jeden seine Prüfung bereit, und wir dürfen nicht verzweifeln und uns fragen, warum uns das harte Los trifft.«

Sibylla empfand Bewunderung für die Mutter, die gerade so Schlimmes erlitten hatte. Und dennoch war ihr Kind gerettet und zurück in ihren Armen. Sibylla wollte sich nicht vorstellen, was Helena in den Händen der Söldner alles erleiden musste. Wenn sie überhaupt noch am Leben war.

Gequält schloss sie die Augen. Wie durch einen Nebel konnte sie Helenas Gesicht sehen. Sie atmete noch. Irgendwo dort draußen war ihre Tochter und wartete darauf, dass ihre Mutter endlich kam und sie befreite.

Kapitel 5

Sommer 1620

»Hast du Schmerzen?«, erkundigte sich die Bäuerin, als Sibylla mit einem unterdrückten Stöhnen die Augen schloss.

»Die Schulter«, stieß sie zwischen den Zähnen hervor. Ihr Arm hing nur nutzlos herab und ließ sich nicht bewegen. Schwindel erfasste sie, und sie fürchtete, es würde ihr schwarz vor Augen werden. Elsbeth tastete vorsichtig über das Gelenk. »Das sieht nicht gut aus«, sagte sie bedauernd. »Ich kenne mich da leider nicht aus. Der nächste Bader lebt zwei Reitstunden von hier Richtung Süden.«

»Der könnte ihr auch nur sagen, dass die Schulter ausgerenkt ist«, erklang die Stimme des Kommandanten.

Sibylla wandte langsam den Kopf, da stand er schon neben ihr, griff mit der einen Hand nach ihrem verletzten Arm, den anderen legte er ihr um den Leib. Sein Knie drückte gegen ihren Rücken. Ehe sie begriff, was er vorhatte, gab es einen Ruck. Es knackte in ihrer Schulter, und ein höllischer Schmerz durchfuhr sie, der sie laut aufschreien ließ. Sterne blitzten auf. Die Küche um sie wankte. Sibyllas Körper wehrte sich gegen die Gewalt, da ließen die Hände bereits wieder von ihr ab, und ihr Peiniger trat zurück. Als draußen Maria zu weinen begann, eilte Elsbeth hinaus und ließ die beiden in der Küche allein zurück.

»Und? Versuch, den Arm zu bewegen«, forderte der Kommandant sie auf.

Sibylla wischte sich mit der anderen Hand die Tränen von den Wangen. So schnell und heftig der Schmerz gekommen war, so plötzlich war er auch wieder verebbt. Zaghaft bewegte sie erst die Finger, dann den ganzen Arm. Dankbar sah sie zu ihm auf. »Es geht«, sagte sie erleichtert.

»Dann ist alles wieder da, wo es hingehört«, stellte er zufrieden fest.

Da stand er vor ihr in seinem schwarzen Wams, den ebenso schwarzen Beinlingen und Stulpenstiefeln, eine blutrote Schärpe von der Schulter zur Hüfte, in der ein Messer und eine Pistole steckten. Auch sein Hut war schwarz. Die lange Feder hatte sich in der Hitze gekräuselt. Nur der breite weiße Spitzenkragen hellte die Erscheinung ein wenig auf. Seine Haltung war voller Stolz. Er hatte eine hohe Stirn, das Haar trug er kurz geschnitten, der Bart war gepflegt, seine Nase markant, die Wangenknochen bildeten einen hohen Bogen. Ohne sichtbare Rührung stand er vor ihr. Kein Lächeln hob die roten Lippen. War sein Ausdruck majestätisch oder abweisend? Vielleicht beides.

Sibylla war es, als sehe sie ihn in diesem Augenblick zum ersten Mal, und doch kam er ihr unendlich vertraut vor. Bilder huschten in ihr vorüber. Sie sah ihn auf einem riesigen Pferd, das Schwert zum Kampf gezogen, und sie hörte seine Stimme, die das Geschrei der Truppe und den Kanonendonner übertönte. Es war ihr, als könne sie den Pulverdampf und das vergossene Blut riechen. Immer schneller wechselten die Bilder, und sie hörte ihre eigene Stimme seinen Namen rufen.

»Fehlt dir noch etwas?«, erkundigte er sich, als Sibylla ihn noch immer stumm anstarrte.

Alle Vorsicht vergessend, öffnete Sibylla den Mund und

stieß die Worte hervor, die ihren Geist durchfluteten: »Ihr seid Wallenstein, der Generalissimus des Kaisers! Euer Gnaden, Herzog von Friedland, ich danke Euch!« Sie versank in einen Knicks. »Ihr seid der große Feldherr, der den Habsburgern die Kaiserkrone rettet. Noch in Hunderten von Jahren wird man von Euch sprechen, denn die Welt wird so schnell keinen Feldherrn wie Euch zu sehen bekommen.«

Er starrte sie verblüfft an. »Du irrst dich!«, entgegnete er ihr. »Zwar stimmt es, dass ich Albrecht Wenzel von Waldstein aus Böhmen bin, den manche Wallenstein nennen, das ist richtig, doch ich bin weder Herzog noch General. Ich bin Obrist des Kaisers und nur ein mittelloser Soldat, seit die aufständischen Mähren beschlossen haben, meine Güter zu konfiszieren und mich auf Lebzeiten aus Mähren zu verbannen.«

Sibylla blinzelte verwirrt. »Aber ich habe es ganz deutlich geseh…« Sie brach ab, als sie die Neugier in seiner Miene sah, und verfluchte im Stillen ihre Gedankenlosigkeit. Wurde sie denn niemals klug?

»Was hast du gesehen?«, hakte der Obrist des Kaisers nach.

»Ach nichts«, wehrte sie ab, »das war nur so ein Einfall. Vergesst, was ich gesagt habe.« Doch sie sah in seiner entschlossenen Miene, dass er sie nicht so leicht mit einer Ausrede davonkommen lassen würde. Er hob die Brauen und sah sie unverwandt an. Der Blick war so zwingend, dass sie ihm nicht ausweichen konnte.

»Das hast du dir jetzt einfach so ausgedacht? Warum? Um mir zu schmeicheln? Nein, das nehme ich dir nicht ab. Also sage mir: Was bedeutet, du hast es *gesehen*?«

Für einen Moment hatte Sibylla Johannes Keplers Gesicht vor Augen, und sein Rat klang ihr in den Ohren. Sie reckte sich ein wenig und begegnete kühl den brennenden, dunklen Augen.

»Es steht in den Sternen geschrieben!« Sie trat an das kleine Fenster und deutete zum Himmel hinauf, an dem sich die ersten Lichtpunkte vom dunkler werdenden Firmament schieden.

Der kaiserliche Obrist starrte sie verblüfft an. »Du kannst in den Sternen lesen?«

»Ja, die Astrologie ist eine anerkannte Wissenschaft«, antwortete Sibylla würdevoll.

»Oh ja, ich halte sehr viel davon. Ich kenne große Gelehrte und habe interessante Gespräche über die Kraft und den Einfluss der Sterne geführt, aber, nun ja, mit studierten Gelehrten, nie mit einer Frau. Man muss in Mathematik und Astronomie bewandert sein, um die komplizierten Stellungen der Sterne zueinander berechnen und auswerten zu können. Und dazu muss man eine Universität besucht haben.«

Nun schien es eher Misstrauen, was Sibylla in seinem Blick wahrnahm, doch sie ließ sich nicht irritieren. Sie hatte diesen Weg eingeschlagen, nun musste sie ihn weitergehen. Sie wandte sich ihm wieder zu, straffte sich noch ein wenig und legte alles Selbstvertrauen in ihre Stimme, das sie aufbringen konnte.

»Die Sprache der Sterne ist kein Privileg der Männer, die Universitäten besucht haben. Doch Ihr habt natürlich recht, man muss viele Dinge lernen, um sie richtig zu verstehen und interpretieren zu können. Ich komme aus Leonberg, einer Stadt des Herzogs von Württemberg, in dem einer der berühmtesten Mathematiker und Astrologen aufgewachsen ist. Wir haben viele Nächte gesprochen, gerechnet und natürlich den Lauf der Sterne beobachtet«, behauptete Sibylla kühn. »Vielleicht habt Ihr seinen Namen schon einmal gehört. Er hat Horoskope für den Kaiser erstellt!«

»Johannes Kepler? Du hast mit Johannes Kepler studiert?«

»Ja«, bestätigte Sibylla, überrascht über das Strahlen in seiner Miene und den Enthusiasmus in seiner Stimme. »Ihr kennt ihn?«

»Wer kennt ihn nicht!«, rief Wallenstein. »Ich habe mich lange bemüht, bis er mir ein Geburtshoroskop erstellte. Dieser Mann ist ein Genie! Sieh, ich trage eine Abschrift immer bei mir.« Er öffnete seinen Beutel und nahm ein zusammengefaltetes Blatt aus einer Lederhülle.

»Ist es ein gutes Horoskop?«, erkundigte sich Sibylla, ohne näher zu treten. Von Weitem konnte sie nur ein Quadrat mit einer Raute und einem weiteren, kleineren Quadrat im Innern erkennen, an dessen Rand römische Ziffern notiert waren. In den zahlreichen gleich großen Dreiecken, die sich aus der Figur ergaben, befanden sich die Zeichen, die sich auf die Stellung der Sternzeichen und der Planeten beziehen mussten, so viel wusste Sibylla.

Horoscopium gestellt durch Ioannem Keplerum stand groß darüber. Darunter folgten die Voraussagen, neben denen von anderer Hand Kommentare ergänzt worden waren.

»Ist es ein gutes Horoskop?«, fragte Sibylla noch einmal. Sie wandte absichtlich den Blick ab, um nicht neugierig zu erscheinen, obwohl sie gern gewusst hätte, was Magister Kepler dem Hauptmann prophezeit hatte.

»Meinst du, ob es mir schmeichelt und mir ein gutes Leben voraussagt oder ob es zutreffend ist?« Er lachte kurz auf, doch es klang eher freudlos. »Nein, schmeichelnd sind die Eigenschaften nicht, die die Sterne in mir sehen. Immerhin haben sie meine Ehe mit Lukrezia vorausgesagt, einer sehr wohlhabenden Witwe, auch wenn all ihr Vermögen nun in die Hände der Rebellen gefallen ist. Sie musste es zum Glück nicht mehr erleben. Gott habe sie selig. Ansonsten gibt es anscheinend nicht viel, auf das ich mich freuen könnte. Der Pfad des Lebens ist mit Dornen gepflastert, nicht wahr?«

Wieder dieses jähe Interesse und der Blick, der sie bis in die Tiefen ihrer Seele zu durchbohren schien. Sibylla wusste nicht, wie gut der Mathematicus des Kaisers in seinem Fach war. Sie war sich nicht einmal sicher, wie stark der Einfluss der Sterne wirklich auf den Verlauf eines Lebens wirkte, doch sie glaubte deutlich das schwere Leiden zu spüren, das diesem Mann erst kürzlich zu schaffen gemacht hatte.

»Ihr wart krank, ja mehr, Ihr habt dem Tod ins Auge gesehen und habt Euch noch nicht ganz davon erholt. Es war nicht das erste Mal, dass Ihr Euch gefragt habt, ob Eure Zeit schon gekommen sei, Eurem Schöpfer zu begegnen«, fügte sie leise hinzu.

»Das ist wahr«, gab er zu. »Dieses Mal war es noch schlimmer, aber ich habe darauf vertraut, dass mein Leben noch nicht zu Ende ist.«

»Das ist es nicht«, rief Sibylla spontan. »Ihr habt noch so viel Großes vor Euch!«

Forschend sah er sie an, während er das Blatt sorgsam wieder zusammenfaltete und in seinem Beutel verstaute. »Ich würde gern mehr davon erfahren.«

Sibylla hob abwehrend die Hände. »So einfach ist das nicht. Die Sterne verraten uns viel, aber es ist nicht so, als würde man die Zukunft aus einem Buch ablesen.«

»Natürlich nicht«, bestätigte Wallenstein. »Ich weiß, dass es eine komplizierte Rechnerei mit allerlei Tabellen und Instrumenten ist, ehe man zu neuen Erkenntnissen gelangt, aber vielleicht haben wir die Zeit, den Dingen in aller Ruhe nachzugehen. Ich wüsste gern mehr. Es könnte mir helfen, solltest du recht behalten und der Kaiser mich zu seinem General ernennen. Im Augenblick führt Graf von Bucquoy das Heer des Kaisers an, und es gibt keinerlei Anzeichen dafür, dass der Kaiser ihm den Oberbefehl entziehen wollte.« Er sah Sibylla fragend an.

Sie hob die Schultern. »Darüber kann ich Euch nichts sagen. Vielleicht ist Eure Zeit noch nicht gekommen.« Sie suchte nach einer Ausrede, die ihn überzeugen würde, und sagte dann: »Ich bin auf der Reise und trage keine Bücher und Tabellen mit mir.«

Das schien ihm einzuleuchten. Vielleicht war er enttäuscht. Sie konnte es nicht sagen. Er war ein Meister darin, seine Gesichtszüge zu beherrschen, um nichts von seinen Gefühlen preiszugeben. Sibylla dachte, das Thema wäre nun beendet und die gefährlichen Klippen erfolgreich umschifft, als er sie nach ihrer Reise fragte.

»Ich habe gehört, du bist auf der Suche nach deiner Tochter?«

Sibylla nickte. »Ja, ich will die Hoffnung nicht aufgeben. Helena ist erst acht Jahre alt, aber ein Trupp Söldner hat sie mitgenommen – nachdem sie meinen Gatten niedergestochen haben!«

»Was für Söldner?«

»Männer, die für Euer Regiment irgendwo im Norden angeworben wurden!«, entgegnete Sibylla schärfer, als sie beabsichtigt hatte. »Sie erwähnten Euren Namen.«

Wallenstein runzelte die Stirn. »Ich habe Werber in die Spanischen Niederlande geschickt, um noch ein Regiment Kürassiere aufzustellen, doch ich dachte, die Männer wären schon alle im Hauptfeldlager eingetroffen. Zwischen Horn und Zwettl hat sich das kaiserliche Heer gesammelt und bricht in diesen Tagen nach Norden auf, sobald das Heer der Liga unter Herzog Maximilian von Bayern eingetroffen ist.«

»Dann werde ich die Männer dort finden. Bisher ist es mir leider nicht gelungen, sie einzuholen. Sie sind mir noch immer einen Tagesritt voraus.« Sibylla zog sich vorsichtig ihr Tuch über den verwundeten Arm und machte Anstalten, sich abzuwenden.

»Wo willst du hin?«, erkundigte sich Wallenstein. »Doch nicht etwa hinaus in die Nacht, um diesen Söldnern nachzueilen?«

Sibylla sah ihn an und lächelte ein wenig bitter. »Wenn es Aussicht auf Erfolg hätte, vermutlich schon, doch ich bin nicht tollkühn. Ich gehe hinaus, mein Pferd versorgen, das hinter dem Ziegenschuppen auf mich wartet. Ich denke, Elsbeth wird mir gestatten, die Nacht hier zu verbringen. Sobald es hell ist, reite ich wieder los. Jetzt weiß ich ja, wie das Ziel der Männer heißt.«

»Und was machst du, wenn du sie gefunden hast?« Seine Stimme klang nun erstaunlich sanft.

Sibylla reckte kampflustig das Kinn. »Ich werde sie auffordern, mir mein Kind zurückzugeben!«

»Und das werden sie dann tun? Einfach so?« Er lachte freudlos. »Sie werden nicht etwa auf den Gedanken kommen, es könnte sich lohnen, sich zu der Tochter auch die Mutter zu nehmen?« Er trat auf sie zu und streckte die Hand aus. »Ein so schönes Weib mit solch prächtigem Haar?« Seine Stimme war nun tief und ein wenig rau. Sie konnte seinen Atem auf ihrer Wange spüren. Sein Blick hielt sie in seinem Bann. Sibylla konnte sich nicht bewegen, während seine Finger durch die goldblonden Locken glitten. Sie hatte gar nicht bemerkt, dass sie ihre Haube verloren und sich ihr Haar gelöst hatte.

»Meinst du, sie würden dich einfach so wieder gehen lassen? Es herrscht Krieg! Das Weib ist die Beute des Siegers, ist es nicht so?«

Sibylla erwiderte seinen Blick. Sie empfand keine Furcht. Da war etwas an diesem Mann, das ihn von den anderen unterschied, selbst wenn er sich als einfachen Soldaten des Kaisers bezeichnete.

»Sie haben sich gar nichts verdient! Noch haben die Truppen des Kaisers nicht gesiegt«, erwiderte sie trotzig. »Wer weiß, vielleicht jagen die Aufständischen sie schneller wieder aus Böhmen heraus, als sie sich umsehen können.«

Nun schien Wallenstein belustigt und tat einen Schritt zurück. »Das glaubst du? Dann kennst du ihren Heerführer Graf von Thurn nicht. Er ist ein Eiferer und ein großer Redner, wenn es um die Freiheit der Protestanten geht. Er hat vielleicht den Mut, ein paar Beamte des Kaisers aus dem Fenster zu befördern, aber ein Feldherr ist er nicht. Wenn die Böhmen unter seinem Kommando kämpfen, dann Gnade ihnen Gott!«

»Ihr seht Euch wohl schon in Prag sitzen«, erwiderte Sibylla heftig.

Wallenstein wiegte den Kopf hin und her. »Ich kenne mein Schicksal nicht so genau, aber ich halte es durchaus für möglich, Weihnachten in Prag feiern zu können. Doch das ist im Augenblick nicht die Frage. Wir waren bei deiner Tochter Helena. Wie wäre es, wenn du mit uns kommst? Wir ziehen zum Feldlager und suchen sie. Wenn es sich wirklich um meine Männer handelt, dann werde ich ihnen keine andere Wahl lassen, als das Mädchen herauszugeben. Und ich verspreche dir, dass dir unter meinem Schutz nichts geschieht.«

Sibylla sah ihn forschend an. »Das ist sehr freundlich von Euch. Ihr seid großzügig, oder nennt Ihr mir nun den Preis, den ich dafür bezahlen muss?«

Er schüttelte den Kopf. »Ich würde es keinen Preis nennen. Ich bitte dich einfach um deine Gesellschaft. Ich möchte noch mehr über die Sterne erfahren und was du aus ihnen herausliest.«

Sibylla unterdrückte ein Stöhnen. Sie sah den Hauptmann plötzlich mit elendigen Schmerzen, leidend, fast tollwütig vor Pein und Zorn vor sich. »Und wenn es Euch nicht gefallen sollte, was ich in ihnen lese?«

»Man muss auch ein schweres Schicksal annehmen«, erwiderte er schroff. »Ich weiß, dass mir Saturn und Jupiter bei meiner Geburt nicht günstig standen. Kepler hat mir einen unruhigen Geist bescheinigt, der allem misstraut und der nicht nur die menschlichen Sitten und Gebote verachtet, sondern auch die Religion! Die Sterne halten mich für wollüstig, ohne Liebe für meine Familie und meine Untergebenen. Ungestüm und streitbar nennen sie mich. Was also könntest du mir noch sagen, was mich aus der Bahn werfen würde?«

Sibylla nickte nur stumm. War es wirklich klug, sich auf dieses Abenteuer einzulassen? Andererseits: Hatte sie eine andere Wahl? Sie war doch schon mittendrin, und im Grunde hatte sie von Anfang an gewusst, wie schlecht ihre Chancen standen, wenn ihr nichts anderes blieb, als auf die Großherzigkeit der Söldner zu bauen. Hätten diese ein Herz, wäre Peter noch am Leben und ihre Tochter daheim in der Schule, wo ein Kind ihres Alters hingehörte! Wenn der Hauptmann seine Männer zur Räson brachte, konnten sie ihm das Kind nicht verweigern. Vielleicht mussten sie gar fürchten, für ihre Vergehen so hart bestraft zu werden wie die Marodeure, deren leblose Körper draußen an den Bäumen hingen.

Doch wie sollte sie die Sache mit den Sternen hinbekommen? Sie war fast geneigt, Johannes Kepler für seinen Rat zu verwünschen. Sie hatte doch keine Ahnung von Astrologie. Würde es ihr gelingen, den Hauptmann zu täuschen?

Es geht doch nur um ein paar Tage, redete sich Sibylla ein. Sie hatte bereits mehr in ihrem Geist gesehen, als alle Sterne und Planeten zusammen ihr über das Leben dieses Mannes hätten verraten können. Die Frage war eher, wie viel sollte sie davon preisgeben?

»Nun? Du zögerst?«

Sibylla streckte ihm die Hand entgegen. »Nein, Herr Obrist, ich nehme das Angebot an.«

Er ergriff ihre Hand und drückte sie. Plötzlich überfiel Sibylla die Ahnung, dass sie sich nicht in ein paar Tagen wieder trennen würden. Es war eine Gewissheit in ihr, dass dieser Mann ein wichtiger Teil ihres Lebens werden würde. Wie konnte das sein?

Sibylla beschloss, heute nicht mehr darüber nachzudenken. Sie war erschöpft, ihr Arm schmerzte, und ihr Magen brannte vor Hunger. »Dann werde ich jetzt nach meinem Pferd sehen.«

»Und ich werde die Bäuerin bitten, uns die toten Hühner und das Schwein für ein Nachtmahl zu überlassen. Ich denke, sie wird nichts dagegen haben.«

»Nein, das denke ich auch«, stimmte ihm Sibylla zu. Sie verließ die Küche und trat hinaus in die Kühle des Abends. Im Hof begegnete sie drei Männern und einer Frau mit Sensen über der Schulter, die angesichts der rauchenden Trümmer der Scheune völlig aufgelöst waren. Elsbeth war ihnen entgegengeeilt und berichtete nun, was sich zugetragen hatte. Der Bauer nahm seine Frau in die Arme, um sie zu trösten, und dankte dann den fremden Rettern. Das getötete Schwein und die Hühner waren ein geringer Preis, den er gerne gab, und so saß Sibylla eine Stunde später neben Wallenstein und seinen Männern um ein großes Feuer und nagte das saftige Fleisch von einer Schweinerippe. Über ihr glänzte der Sternenhimmel. Eine Sternschnuppe löste sich und fuhr, einen hellen Schweif hinter sich ziehend, hernieder. Wenn die Sterne auch mit ihr sprachen, so hoffte sie, bedeutete das ein gutes Zeichen, das ihr Mut machen sollte.

Kapitel 6

Böhmer Wald, Herbst 1620

Zu Sibyllas Enttäuschung waren die Ligatruppen des Herzogs von Bayern bereits Tage vorher im Heerlager eingetroffen. Sie hatten ihren Proviant aufgefrischt und geruht, dann war der Großteil des Heeres aufgebrochen. Als sie Zwettl erreichten, fanden sie nur noch die verwüsteten Felder vor, auf denen die Armee gelagert hatte, und ein Fähnlein von Reitern, das auf seinen Kommandanten von Waldstein gewartet hatte. Die Söldner, die Helena entführt hatten, waren nicht unter ihnen. Sibylla spürte die Enttäuschung, die ihr Herz zusammenzog. Es gelang ihr nicht mehr, die Hoffnung zu beschwören und die Angst zu unterdrücken, ihr Kind für immer verloren zu haben.

Nachdem sich der Kommandant – wie versprochen – seine Männer vorgenommen hatte, konnte er nur bestätigen, dass keiner von ihnen durch Leonberg gezogen war.

Sibylla spürte, wie ihre Beine ihr den Dienst versagten. Sie ließ sich ins vertrocknete Gras sinken und barg das Gesicht in den Händen. Es war alles so hoffnungslos. Was sollte sie jetzt tun? Wohin konnte sie gehen?

»Sie werden mit dem Hauptheer gezogen sein«, vermutete Wallenstein. »Mit meinen beiden Fähnlein, die Bucquoys Männer unterstützen. Daher schlage ich vor, du kommst mit uns, bis wir uns mit ihnen vereinen. Oder willst du lieber nach Hause zurück?«

»Ich habe kein Zuhause mehr«, sagte Sibylla und ließ die Hände sinken. »Ich habe es schon zweimal verloren. Der Tod hat es sich geholt.« Sie sprach nicht weiter, und Wallenstein fragte nicht. Wie hätte sie ihm sagen können, dass ihre Mutter in Ellwangen als Hexe verbrannt worden war? Sie konnte sich lebhaft vorstellen, was die Männer hier von einer Hexenbrut hielten. Sie würden sie davonjagen, wenn nicht Schlimmeres.

Und Wallenstein?

Sibylla sah in sein ernstes, bärtiges Gesicht. Er glaubte an die Sterne, aber er war kein Mann, der jedem abergläubischen Unsinn nachhing. Er hatte einen klaren Verstand und wägte die Fakten sorgsam ab. Würde er sie für etwas verurteilen, das man ihrer Mutter vorgeworfen hatte?

Vielleicht nicht. Vielleicht würde sie es ihm irgendwann erzählen.

Er streckte ihr die Hand entgegen. »Komm, wir müssen los. Ich denke, sie sind uns nicht mehr weit voraus. Der Tross kommt nur langsam voran. Wenn ich recht behalte, dann werden wir deine Helena bei ihm finden.«

Sibylla nickte und ließ sich von ihm auf ihr Pferd helfen. Sie betete, dass Helena dort auf eine verständnisvolle Frau gestoßen war, die sich ihrer angenommen hatte und sie vor den Männern der Truppe beschützen würde.

Sie hatten die Grenze nach Böhmen hinter sich gelassen und zogen durch dichten Wald nach Norden. Der Weg wand sich mal nach rechts und dann wieder nach links, stieg steil bergan und fiel dann ins nächste Tal ab. Hier oben auf der Höhe des Böhmerwaldes war es vor allem nachts bereits empfindlich kühl. Eine Ahnung von Herbst färbte die Blätter der Bäume bunt, die dem finsteren Nadelgehölz einen heiteren Anstrich gaben, wenn es der Sonne mal gelang, die dichten Wolken zu durchdringen. Wenigstens regnete es im Moment nicht.

Sibyllas Umhang war noch vom letzten Regenguss durchweicht. Sie hatten keine Zeit, bei jedem Wolkenbruch unter den dichten Zweigen Schutz zu suchen. Wallenstein trieb seine Männer an. Er wollte rasch zum Heer aufschließen. Vielleicht fürchtete er, bei der entscheidenden Schlacht zu spät zu kommen. Auch wenn Sibylla im Augenblick erbärmlich fror, war ihr das ganz recht. Sie wollte Helena auf alle Fälle in Sicherheit wissen, ehe die Kanonen zu donnern begannen und die Heere aufeinandertrafen, um die Entscheidung mit Blut und Tod zu erzwingen.

Der Weg stieg wieder an. Nebel hüllte sie ein. Er dämpfte das Hufgetrappel und narrte die Sinne. Lautlos ging der Tag in die Nacht über. Wallenstein ließ an einer fast kahlen Kuppe anhalten und das Lager aufschlagen. Die Männer banden die Pferde an, suchten im Unterholz nach halbwegs trockenem Reisig und stellten ein paar Zelte auf. Den meisten blieb allerdings nichts anderes übrig, als sich mit ihren Decken unter die wenigen Bäume zurückzuziehen, um dort – der Nieselregen hatte wieder eingesetzt – kaum geschützt die Nacht zu verbringen. Wallenstein teilte die Wachen ein und schritt einmal die Lichtung ab, ehe er ins Lager zurückkehrte. Sein Bursche, ein dünner Bengel von vierzehn Jahren mit sandfarbenem Haar, den alle nur Jascha nannten, hatte bereits das Zelt für seinen Kommandanten aufgebaut und ein Feuer in Gang gebracht. Nun wartete er darauf, ihm die Stiefel auszuziehen und ihm mit dem Nachtmahl zur Hand zu gehen. Nebenan hatte Wallensteins Oberstleutnant Peter de la Motte sein Lager aufgeschlagen.

Sibylla stellte das kleine Zelt, das er ihr gegeben hatte, ein wenig abseits der Männer auf und band ihr Pferd an den Baum daneben. Sie schätzte die Ruhe, ungestört ihren Gedanken nachgehen zu können. Dennoch ertappte sie sich immer wieder, wie ihr Blick voller Sehnsucht zu dem lodernden Feuer hinüberglitt, um das sich ein Dutzend der Männer versammelt hatten. Ein verlockender Duft trieb über die Lichtung. Den Männern war es am Morgen gelungen, ein Reh zu erlegen, das nun über dem Feuer briet. Sibylla blickte auf den verschrumpelten Apfel in ihrer Hand. Ihr Magen knurrte. Ehe sie weiter darüber nachdachte, hatte sie sich bereits erhoben und ging auf die Feuerstelle zu. Sie trat in den Schein, der feurig auf ihrem Haar tanzte, und spürte, wie sich die Blicke der Männer auf sie richteten.

»Komm, setz dich zu uns«, forderte sie einer der Reiter auf, der Hannes hieß. Ein kräftiger Kerl, dessen Haar bereits ergraut war. Eine hässliche Narbe zog sich von seinem Ohr zum Hals herab. Offensichtlich war das nicht sein erster Feldzug. Auch viele der anderen Männer hatten schon gedient und Schlachten erlebt, einige von ihnen bereits unter Wallensteins Kommando.

Hannes nahm sein Messer und schnitt ein Stück Fleisch von der Keule. »Willst du?«

Sibylla nickte und nahm das Fleisch dankend entgegen. Sie setzte sich in die Runde nahe am Feuer und genoss die Wärme, die ihre feuchten Kleider und die steifen Glieder durchdrang. Mit einem Ohr lauschte sie den Scherzen und großen Reden der Männer, die von ihren bevorstehenden Heldentaten sprachen. Sie würden den böhmischen Rebellen in den Hintern treten und sie aus Prag davonjagen. Erstaunt stellte Sibylla fest, dass deren Religion keine Rolle zu spielen schien. Es gab unter Wallensteins Männern etliche, die ebenfalls dem protestantischen Glauben anhingen. Und selbst der Kaiser schien ihnen nicht wichtig. Sie hatten sich für einen Feldzug werben lassen, im Gegenzug wollten sie ihren Sold und vielleicht einen Teil der Beute. Dafür waren sie bereit, zu kämpfen und ihr Leben zu lassen.

Eine Hand auf ihrem Oberschenkel riss sie aus ihren Gedanken. Ein junger Kerl mit sandfarbenem Haar grinste sie mit seinen Zahnlücken an.

»Ich heiße Max. Weißt du, dass du wunderschön bist? Ich habe noch nie solches Haar gesehen. Es sieht aus, als würde es brennen.«

Sibylla fing seine Hand ab, die durch ihr Haar streichen wollte, und schob die andere energisch von ihrem Schenkel. »Danke«, sagte sie, sah ihn aber abweisend an und rückte deutlich von ihm ab.

»Sie mag dich nicht!«, spottete Hannes. »Was soll sie auch mit solch einem Habenichts anfangen. Du könntest ihre Dienste ja nicht einmal bezahlen. Also verzieh dich, Max!«

Der junge Mann wandte sich beleidigt ab, doch nun richtete sich auch das Interesse der anderen auf Sibylla. Sie spürte, wie sich die Stimmung veränderte.

»Ich habe genug Geld«, behauptete ein finsterer Kerl, der die vierzig sicher schon lange überschritten hatte. Sein langes, ungepflegtes Haar aber war noch immer so tiefschwarz wie sein Bart. Er erhob sich, trat zu ihr und beugte sich vor. »Gib mir einen Kuss, Süße!«

Sibylla sprang auf und wich noch weiter zurück. »Nein, entschuldigt, ihr habt da etwas falsch verstanden. Ich gehöre nicht zu den freien Weibern, die dem Heer im Tross folgen. Ich bin nur hier, weil ich meine Tochter suche. Ich bin eine anständige Bürgerin aus Leonberg und arbeite als Hebamme. Bitte, lasst mich in Frieden. Ich möchte euch nicht kränken, aber ich werde mir keinen Mann nehmen! Heute nicht und auch an keinem anderen Tag.«

»Bist du verheiratet?«, wollte Hannes wissen.

Sibylla schluckte. Der Gedanke an Peter schmerzte sie. »Ich war es, viele Jahre lang, aber mein Mann wurde ermordet. Von den Männern, die mir meine Tochter geraubt haben.«

»Dann bist du jetzt ganz allein?«, hakte der Schwarzhaarige nach. Das Glitzern in seinen Augen gefiel ihr gar nicht.

»Du brauchst einen Mann!«, stimmte ihm ein Hochaufgeschossener zu. »Du gehörst jetzt zu uns, und wir passen auf dich auf, dafür, dass du ein wenig nett zu uns bist.«

Er war so schnell hinter ihr, dass Sibylla nicht ausweichen konnte, und drückte ihre Arme gegen ihren Rücken, sodass sie sich nicht mehr wehren konnte. Seine Zunge fuhr genießerisch über ihre Wange. »Komm schon, sei ein liebes Kätzchen. Wir Männer brauchen ein wenig Wärme in diesen unwirtlichen Nächten.«

»Oh ja, sei nicht so kratzbürstig!«, stimmte der Schwarzhaarige zu, der sich nun ebenfalls an sie drängte. Seine Lippen drückten sich auf die ihren, mit seiner Hand griff er ihr grob in den Schritt.

Sibylla versuchte den Kopf zur Seite zu drehen und trat nach seinem Schienbein. Als sie laut aufschreien wollte, presste sich eine Hand auf ihren Mund. Eine andere griff in ihr Haar und zog ihren Kopf nach hinten. Sie keuchte und trat verzweifelt um sich, doch ihre Füße trafen nur einen Holzpflock. Sie hörte die Männer lachen.

»Was für eine wilde Hummel! Ich melde mich auch an. Das macht sicher Spaß mit ihr. Die Letzte, die ich hatte, lag nur wie ein toter Fisch unter mir und glotzte mich aus großen Augen an.«

»Lasst sie los!«

Für einen Moment schien alles um sie einzufrieren. Sibylla spürte, wie sich die Männer der Stimme zuwandten.

Sie schielte zur Seite, um die Quelle zu sehen. Sie hatte die Stimme schon gehört, wusste aber nicht, zu wem sie gehörte.

»Lasst sie los!«, wiederholte der Mann noch einmal barsch.

»Warum?«, wollte der Schwarzhaarige wissen.

»Weil ich dir sonst mein Messer in die Brust stoße, Tibor«, erwiderte die Stimme plötzlich ganz nah.

Sibylla sah ein Gesicht vor dem ihren auftauchen. Blaue Augen blickten in ihre grauen. Ein schmales, aber männliches Gesicht, gerahmt von kurz geschnittenem hellbraunem Haar, die Wangen und das Kinn von einem gestutzten Bart bedeckt.

»Das würdest du nicht wagen!«, behauptete Tibor, doch Sibylla spürte, wie sich der Griff lockerte. Auch der Lange trat zurück.

»András, was bildest du dir ein? Bist du jetzt der Beschützer der freien Weiber?«, rief Hannes.

»Ja, verschwinde Sporr! Verdirb uns hier nicht den einzigen Spaß, wenn du schon nicht mitmachen willst.«

András Sporr warf dem Sprecher auf der anderen Seite des Feuers einen eisigen Blick zu. »Ihr habt sie gehört. Sie ist eine anständige Witwe aus Leonberg, und ihr lasst eure Finger von ihr, wenn sie das nicht will, verstanden?«

»Sagt wer?«, wagte Max aufzubegehren.

»Im Augenblick nur ich«, gab ihr Helfer zurück. »Aber du kannst gerne den Hauptmann fragen, was er dazu meint, wenn du dich an einer Person vergreifst, die unter seinem persönlichen Schutz steht. Ihr solltet mir dankbar sein, dass ich euch vor dieser Dummheit bewahre. Oder hat jemand von euch Sehnsucht nach einem Strick um den Hals?« Er machte eine ausladende Handbewegung. »Bäume gibt es hier genug!«

Ein Murmeln machte die Runde. Sibylla konnte die Unsicherheit der Männer spüren. Vielleicht mischte sich bei dem einen oder anderen auch Wut darunter, doch die Hände, die sie festgehalten hatten, ließen von ihr ab. Die beiden Kerle mieden ihren Blick und kehrten zu ihren Plätzen zurück. Für einen Moment herrschte betretene Stille, sodass nur das Knistern des Feuers zu hören war. Sibylla hob den Blick und blieb an den blauen Augen hängen.

»Ist alles in Ordnung?«, fragte die angenehm warme Stimme.

»Ja, ich habe Euch zu danken.«

»Ich bin András Sporr, nur ein einfacher Kürassier. Sag einfach András.«

Sibylla reichte ihm die Hand. »Und ich bin Sibylla Schenckh aus Leonberg.«

»Sibylla mit dem flammenden Haar, ja, ich weiß.« Ehe sie fürchten musste, ihre Ehre nun auch gegen ihn verteidigen zu müssen, ließ er ihre Hand los und trat mit einem Kopfnicken zurück.

Schnelle Schritte näherten sich. Ein Schatten traf sie, eine kräftige Hand legte sich auf ihre Schulter.

»Was ist hier los?«, polterte Wallensteins Stimme über die Lichtung. Sibylla sah, wie die Männer unwillkürlich die Köpfe einzogen.

Sporr hob beide Hände. »Es ist alles in Ordnung, Hauptmann. Es ist eine kalte Nacht, die Männer stärken sich und wärmen sich am Feuer. Dennoch, wenn Ihr mir einen Vorschlag gestattet, wäre es besser, wenn die Witfrau Sibylla ihr Zelt näher dem Euren aufstellen würde und so in den Genuss Eures Feuers kommen könnte.«

Die Augenbrauen schoben sich noch weiter zusammen. Wallenstein ließ einen finsteren Blick durch die Runde schweifen. »So, das denkst du also, Sporr. Soll ich jetzt fragen, wie du auf diesen Gedanken kommst?«

Der Kürassier hielt dem finsteren Blick gleichmütig stand. »Nein, das braucht Ihr nicht!«, sagte er mit fester Stimme.

Sibylla sah, wie sich Wallensteins Miene entspannte. Sie konnte gar den Hauch eines Lächelns erahnen.

»Soso, dann gibt es auch nichts, wofür es dir zu danken gälte?«

András hob lässig die Schultern. »Ich wüsste nicht wofür, mein Hauptmann.«

»Gut. Ich denke, die Witfrau Sibylla hat deinen Vorschlag gehört und wird ihm folgen. Ich lade sie mit Freuden ein, sich an meinem Feuer zu wärmen und mein Mahl zu teilen, auch wenn es hier im Lager keinen Grund gibt, dass sie um ihre Sicherheit fürchten müsste!« Den letzten Satz sprach er ein wenig lauter und so deutlich, dass er sicher keinem der Männer entging, auch wenn viele so taten, als ginge sie das alles nichts an.

Wallensteins Finger gruben sich in ihre gesunde Schulter. »Komm!«, sagte er nur, dann wandte er sich ab und ging davon.

Sibylla sah noch einmal zu András hinüber, der nun gelassen zum Feuer trat, sich ein Stück vom Rehbraten abschnitt und zwischen den Männern Platz nahm. Er schien sie bereits vergessen zu haben, doch als sie sich abwandte, spürte sie, wie sein Blick ihr folgte, bis sie mit der nächtlichen Dunkelheit verschmolz.

Weitere drei Tage waren verstrichen. Seit dem Vorfall am Feuer behandelten Wallensteins Kürassiere Sibylla mit mehr Respekt oder ließen sie einfach in Ruhe. Einige suchten ab und zu das Gespräch mit ihr, wenn sie nicht gerade in der Nähe des Hauptmanns ritt. Am meisten freute sie sich, wenn András Sporr seinen wunderschönen Schimmel neben ihre Stute lenkte. Er fragte sie nicht aus, sondern ritt schweigend neben ihr her, doch wenn sie ihn aufforderte, erzählte er von seinem letzten Zug unter Hauptmann von Waldstein oder von den Böhmen, wie sie die Stände in Mähren ohne Kampf auf ihre Seite gebracht und dann gegen Wien gezogen waren. Doch ihm und seinen Mitreitern war es gelungen, sie an einer Überquerung der Donau zu hindern.

Es war schon gegen Mittag, und sie hatten den dichten, dunklen Wald hinter sich gelassen, als zwei Reiter zurückkehrten, die Wallenstein zuvor auf Erkundung geschickt hatte, unter ihnen der grauhaarige Hannes. Er ritt einen knochigen Fuchs mit verfilzter Mähne, der ihn treu schon durch einige Kämpfe getragen hatte.

Die Männer hielten an, und die Kundschafter überbrachten ihre Neuigkeiten. Sibylla trieb ihre Stute näher an Wallensteins Rappen heran und hörte gerade noch, wie Hannes sagte: »Sie lagern vor Rakonitz. Kennt Ihr die Stadt?«

Wallenstein nickte. »Ja, sie liegt einen Tagesritt westlich von Prag und ist gut befestigt. Ich nehme an, Thurn hat sich dort verschanzt?«

Hannes hob die Schultern. »Ich weiß es nicht. Jedenfalls ist Graf Thurn nicht mehr der Heerführer der Rebellen.«

»Bist du dir sicher?« Wallenstein runzelte die Stirn, doch Hannes nickte.

»Sind sie endlich dahintergekommen, was für ein lausiger Stratege er ist. Wie schade. Wer führt das Heer jetzt?«

»Fürst Christian von Anhalt.«

»Hm, wir werden sehen, aus was für einem Holz er ist«, überlegte Wallenstein. »Wir dürfen wohl nicht hoffen, dass er sich als ebenso unfähig erweist. Sprich weiter. Was tut sich?«

Hannes schüttelte den Kopf. »Bislang nichts. Das Heer der Böhmen hat eine gute Stellung inne mit der Stadtfestung, die Truppen der Liga und des Kaisers lagern ein Stück entfernt. Man könnte sagen, sie starren sich seit ein paar Tagen nur an und warten, dass der andere den ersten Schritt tut.«

»Bucquoy wird sie nicht angreifen, solange sie sich hinter den Stadtmauern verschanzen, aber vielleicht lassen sie sich ja rauslocken.« Wallenstein nahm die Zügel seines Rappen wieder auf. »Zu schade, dass Thurn aus dem Rennen ist. Ihn hätten wir sicher zu einer Dummheit verleiten können. Auf, reiten wir weiter, ich hoffe, die anderen warten mit der Schlacht auf uns!«

Sibylla sah zu András, der breit grinste.

»Ist der Graf wirklich so ein schlechter Feldherr, wie Kommandant Wallenstein sagt? Warum haben ihn die Böhmen dann ernannt?«

András hob die Schultern. »Er war immer die treibende Kraft des Aufstands. Er hasst alles Katholische, und den Kaiser insbesondere, daher will er natürlich unbedingt den Sieg davontragen, aber das eine hat mit dem anderen ja nicht unbedingt etwas zu tun. Ich kann dir ein paar Geschichten erzählen, dann magst du dir selbst ein Urteil bilden.«

Sie ritten weiter, und Sibylla war froh, dass er sie mit seinem Bericht ablenkte. Endlich kamen sie ihrem Ziel näher. Jetzt konnte es sich nur noch um Stunden handeln, bis sie zum Heer des Kaisers aufschlossen. Die Frauen und Mädchen, die im Tross den Söldnern folgten, lagerten sicher ganz in der Nähe. Bald würde es sich zeigen, ob Sibylla ihre Tochter glücklich wieder in die Arme schließen durfte oder ob ihre Reise mit einem weiteren Klagelied enden würde. Lag ihr Kind längst tot und irgendwo in der Wildnis verscharrt? Sibylla lauschte in sich hinein, bis sie Helenas Gesicht sehen konnte. Sie hatte Spuren von Dreck auf der Nase, aber sie lächelte. Ihr langes Haar war zerzaust und zu zwei nachlässigen Zöpfen geflochten. Das Mädchen griff nach dem silbernen Kreuz, das es um den Hals trug. Das Lächeln verblasste, als sie es umdrehte und mit der Fingerkuppe über den eingravierten Lebensbaum strich. Sibylla traten Tränen in die Augen. Ihre Hand umschloss ebenfalls das Kreuz und tastete nach dem Baum, der sie verband. Die Hoffnung schmeckte so süß und verlockend. Wie sehr sehnte sie sich danach, Helena in ihre Arme zu schließen und einfach mit ihr nach Hause zu reiten.

Kapitel 7

Prag, Herbst 1620

So viele Menschen! Sibylla hielt ihr Pferd an und ließ den Blick schweifen. Was für ein Bild! Eine Stadt aus Zelten und Wagen und Tausenden von Pferden, so weit das Auge reichte.

Wallenstein trieb seinen Rappen neben ihre Stute und folgte ihrem Blick über das weitläufige Lager des vereinigten katholischen Heeres.

»Das ist unglaublich und erschreckend zugleich«, fügte Sibylla hinzu und schluckte. »Wie viele Männer stehen dort unter Waffen, bereit, sich gegenseitig umzubringen?«

»Soweit ich weiß, sind es knapp vierzigtausend Mann unter dem Befehl von Graf Bucquoy – na ja, und dem Herzog Maximilian von Bayern. Sein Oberbefehlshaber ist Johann t'Serclaes von Tilly – ein fähiger Mann. Seinen Namen muss man sich merken.«

»Vierzigtausend Menschen!«, wiederholte Sibylla fassungslos.

»Unter Waffen«, betonte Wallenstein. »Der Tross besteht sicher noch mal aus ein paar Tausend Menschen und Hunderten von Wagen. Unter ihnen nicht nur die freien Weiber, die bei jedem Kriegszug wie die Fliegen angeschwärmt kommen. Es sind Schmiede und Sattler, Pferdeburschen und

Waffenmeister, Bader, Quacksalber und Krämer. Aber auch viele Frauen und Kinder der Offiziere folgen dem Heer.«

Sibylla schüttelte noch immer den Kopf. Es war nicht einfach, das alles zu erfassen.

»Siehst du dort drüben? Diese Fähnlein gehören auch zu meiner Reiterei. Dort drüben ist Oberstleutnant Conti mit seinen Männern, und gleich daneben lagert Rittmeister zu Pappenheim mit seiner Kavallerietruppe.«

»Und die Böhmen?«, erkundigte sich Sibylla, nachdem sie den Anblick langsam verdaut hatte.

»König Friedrich soll kaum dreizehntausend Mann unter Waffen haben.«

Sibylla sah Wallenstein erstaunt an. »König Friedrich? Ist denn nicht der neue Habsburger Kaiser Ferdinand auch König von Böhmen?«

»Nicht mehr«, knurrte Wallenstein. »Zumindest wenn es nach den Aufständischen geht. Sie haben den rechtmäßigen König Ferdinand einfach abgewählt – übrigens während er in Frankfurt einstimmig zum Kaiser des Heiligen Römischen Reichs gekürt wurde. Die böhmischen Stände haben dem protestantischen Kurfürsten Friedrich von der Pfalz die Krone angetragen, der nun in Prag sitzt und vielleicht schon ahnt, dass er die Wenzelskrone nicht mehr lange auf dem Haupt tragen wird.«

»Jetzt erinnere ich mich«, fiel es Sibylla wieder ein. »Peter hat mir darüber aus einem Flugblatt vorgelesen. Ich hatte es nur vergessen.«

Oberstleutnant de la Motte schloss zu ihnen auf. »Wollen wir hinunterreiten, Hauptmann? Noch scheint alles ruhig, aber wer weiß, vielleicht geht es noch heute los. Die Aufständischen scheinen unruhig hinter ihren Mauern.«

Wallenstein beschirmte die Augen und sah zu der befestigten Stadt mit ihren beeindruckenden Mauern und Türmen hinüber. »Dann sollen sie kommen. Sie werden sich mehr als nur eine blutige Nase holen.«

Er hob den Arm und schnalzte mit der Zunge. Sein Pferd fiel in einen flotten Trab. Die Männer folgten ihm. So ritten sie in das Lager der vereinigten Truppen des Kaisers und der Liga ein, wo der Hauptmann allseits freudig und respektvoll begrüßt wurde. Er ritt bis zu der kleinen Zeltgruppe, wo seine Offiziere ihr Quartier aufgeschlagen hatten. Sibylla hielt sich ein wenig im Hintergrund, ließ sich schließlich vom Rücken ihrer Stute gleiten und blieb dann neben ihrem Pferd stehen, unentschlossen, was sie jetzt machen sollte. So beobachtete sie Wallenstein, der von zwei Männern um die dreißig begrüßt wurde. Einer von ihnen hatte ein vernarbtes Gesicht, wirkte aber dennoch sympathisch. Der zweite wirkte gepflegter und war eher wie ein Adeliger bei einem Hoffest gekleidet denn wie ein Offizier im Feldlager. Die Offiziere begrüßten einander. Dann wandte sich Wallenstein um und winkte Sibylla herbei, doch näher zu treten.

»Das hier ist Oberstleutnant Conti.«

Der italienische Adelige zog seinen Hut und begrüßte sie mit einem Kratzfuß. »Signora.«

»Und das ist Rittmeister Graf zu Pappenheim, ein tollkühner Streiter für die Liga, der buchstäblich stets mit offenem Visier kämpft.«

Daher die vielen Narben, dachte Sibylla. Der Angesprochene grinste schräg. Vielleicht waren ihre Gedanken zu offensichtlich.

»Meine Freunde nennen mich Schrammenhans. Woran das nur liegt?«

»Ich kann es mir nicht denken«, entgegnete Sibylla in ebenso leichtem Tonfall, während sie ihm die Hand reichte.

»Und das, meine Herren Offiziere, ist die Witfrau Sibylla

Schenckh aus Leonberg, die unter meinem persönlichen Schutz steht. Sie ist auf der Suche nach ihrer Tochter, die vermutlich von Söldnern aus den Spanischen Niederlanden gegen ihren Willen hierhergebracht wurde.«

»Dann solltet Ihr Euch drüben am Waldrand im Lager des Haupttrosses umsehen«, schlug Rittmeister zu Pappenheim vor.

Sibylla nickte. »Danke, ich werde sofort hinüberreiten und mir dann einen Platz für die Nacht suchen.«

»Dort gibt es sicher auch noch ein Plätzchen für Eu…«, sagte Pappenheim, doch Wallenstein fiel ihm ins Wort.

»Du wirst dein Zelt hier neben dem meinen aufstellen, und ich sehe dich vor Einbruch der Dunkelheit! Wir können zusammen essen«, sagte er barsch, dass es wie ein Befehl klang. In Sibylla regte sich Widerstand, doch er erstickte ihren Protest im Keim.

»Ein Heerlager ist ein gefährlicher Ort für eine anständige Frau. Ich gebe dir einen meiner Männer mit. Du wirst hier nicht ohne Begleitung umherstreifen!«

Sibylla dachte an den Abend im Wald und an die Bauersfrau mit den Marodeuren. Widerstrebend stimmte sie ihm zu.

Da das geklärt war, wandte sich Wallenstein ohne ein weiteres Wort ab und ging davon, um sich bei den beiden Generälen der Heere zu melden und die Pläne für die kommenden Stunden zu hören. Sibylla sah ihm nach. Sie fühlte sich plötzlich so verlassen zwischen all den vielen fremden Menschen.

»Soll ich dir mit deinem Pferd helfen?«

Die Stimme riss sie aus ihren Gedanken. Jascha sah sie aus seinen großen braunen Augen an.

»Der Hauptmann ist sicher eine Weile weg, also wenn du willst, dann helfe ich dir und baue das Zelt auf.«

»Das können wir später noch machen«, schlug Sibylla vor.

»Jetzt bitte ich dich, mich zu den Wagen des Trosses zu begleiten.«

»Um nach deiner Tochter zu suchen?«

Sibylla nickte.

»Gut«, sagte Jascha nur und schwang sich wieder in den Sattel seines Pferdes.

Es war schon fast Mitternacht, als Wallenstein mit den anderen Offizieren endlich zurückkehrte. Sibylla kam es so vor, als würde sie bereits Stunden mit Jascha und András am Feuer sitzen. Jascha hatte es tatsächlich geschafft, genügend Holz für den Hauptmann aufzutreiben, um ein ordentliches Feuer zu schüren, und dann in einem eisernen Topf ein Ragout aus Fleisch, Speck und Zwiebeln zu kochen, dessen Zutaten er einer Frau im Tross abgekauft hatte. Bei einer Dame mit zweifelhaftem Ruf, die sich offensichtlich nun auch als Bäckerin versuchte, hatte er Brot erstanden. Ein verführerischer Duft stieg aus dem Topf auf, doch Jascha bestand darauf, auf den Hauptmann zu warten. Zumindest die erste Stunde. Dann war auch sein Hunger so groß, dass er weich wurde und meinte, sie könnten es wagen, ein wenig zu probieren.

Als sich András Sporr zu ihnen gesellte und dankend ebenfalls eine kleine Portion nahm, waren sie längst gesättigt. Ein wenig besorgt schielte Jascha in den Topf. Ob das für den Hauptmann noch reichen würde? Er war zum Glück nur ein mäßiger Esser. Dennoch war der Bursche ein wenig unruhig. Den Zorn des Hauptmanns heraufzubeschwören war keine gute Idee.

»Er ist ein strenger und gerechter Lehrmeister«, gab Jascha zu. »Aber wehe, er gerät richtig in Wut, dann muss man um sein Fell fürchten.«

»Doch meist hat man dann seinen Zorn auch verdient«, ergänzte András.

»Das macht die Sache aber nicht weniger schmerzhaft«, sagte Jascha.

»Für wen wird es hier schmerzhaft?«

Die drei fuhren herum, als Wallenstein mit einer Fackel in der Hand durch die Zelte auf den kleinen Lagerplatz trat. Ihm folgten die Rittmeister.

»Willst du etwa sagen, dass es nicht mehr genug zu essen gibt?«, fuhr der Hauptmann fort. Sibylla sah, wie Jascha bleich wurde. Für Wallenstein würde es sicher noch reichen, aber für die anderen Offiziere?

»Ich wusste nicht, dass Ihr Eure Rittmeister mitbringt«, verteidigte sich Jascha. »Ich hatte nicht mehr viel. Wir müssen wieder Fleisch und Brot und Gemüse besorgen.«

»Das ist deine Arbeit«, winkte Wallenstein ab, »aber beruhige dich, wir haben bereits mit den hohen Herren gespeist. Ihr könnt euch den Rest teilen. Sehr verlockend sieht es eh nicht aus, das muss ich sagen.«

Jascha machte ein betrübtes Gesicht. »Es stand zu lange auf dem Feuer, außerdem verstehe ich nicht viel vom Kochen.«

»Das ist wahr«, stimmte ihm Wallenstein zu und ließ sich neben Sibylla ins trockene Gras sinken. Die beiden anderen Offiziere verabschiedeten sich und gingen davon.

»Ich könnte Jascha einige Kräuter zeigen, die das Essen schmackhafter machen«, bot Sibylla an.

Wallenstein sah sie an und zog die Stirn in Falten. »Soll das bedeuten, dass du noch länger hierzubleiben gedenkst?«

Sibylla spürte, wie ihr Herz schwer wurde. Sie überlegte noch, wie sie es sagen sollte, da sprach der Hauptmann das Offensichtliche aus.

»Du hast Helena noch nicht gefunden. Dachtest du wirklich, es würde so einfach? Unter diesen unzähligen Menschen?«

»Nein, eigentlich nicht.« Sibylla seufzte tief. »Ich habe ja erst einen Bruchteil des Lagers durchstreift, aber ich habe so viele Menschen nach ihr gefragt, und niemand wusste, wo sie zu finden ist.«

»Diese zwei Frauen mit dem Kräuterwagen haben sich doch an sie erinnert«, mischte sich Jascha ein.

»Sie haben sich an ein blondes Mädchen erinnert, das sie für älter hielten. Ich denke nicht, dass sie von Helena sprachen.«

»Dann wirst du eben morgen deine Suche fortsetzen«, ergänzte Wallenstein und begann, sich eine Pfeife zu stopfen.

»Kann ich das denn, oder muss ich fürchten, morgen in eine große Schlacht verwickelt zu werden? Was passiert, wenn die Böhmen trotz ihrer geringeren Zahl an Soldaten siegen?«

»Das wäre ganz schlecht«, sagte András mit einem Lachen, »aber ich denke, das musst du nicht befürchten.« Er erhob sich, verbeugte sich respektvoll vor dem Hauptmann und zog sich dann zurück.

»Solange wir nicht versuchen, gegen diese Mauern anzurennen«, sagte Wallenstein zwischen zwei tiefen Zügen aus seiner Pfeife. »Und das werden wir nicht tun.«

»Dann warten wir einfach ab?«

»Vorläufig ja. Ein paar Tage können wir es darauf ankommen lassen, ehe die Vorräte knapp werden oder die Männer zu unruhig.«

Sibylla erhob sich und klopfte sich die Grashalme aus dem Rock. »Dann werde ich morgen meine Suche durch das Lager fortsetzen. Jetzt bitte ich Euch, mich zu entschuldigen.«

»Halt, bleib. Wolltest du mir nicht noch etwas über die Sterne erzählen? Ich kann dir das Horoskop zeigen.«

Sibylla schüttelte den Kopf. »Nicht heute. Dies ist keine gute Nacht für weitere Prognosen«, behauptete sie.

»Wieder einmal«, brummte Wallenstein. »Sagen die Sterne

heute Nacht denn gar nichts? Schauen sie nur völlig stumm auf uns herunter?« Er deutete zu dem prächtigen Sternenhimmel über ihren Köpfen.

Sibylla lächelte. »So einfach ist das nicht. Hat Magister Kepler Euch das nicht gesagt? Es gibt für alles gute und schlechte Zeiten. Die Phase des Mondes spielt eine große Rolle, aber auch die Stellung der Planeten, da sie auf unseren Verstand und unser Gemüt einwirken. Auch er würde bei einem ungünstigen Stand keine Prognosen wagen oder gar ein ausführliches Horoskop erstellen.«

»Ist das so?« Wallenstein schien erstaunt. »Das wusste ich nicht. Gut, dann warten wir darauf, dass die Planeten eine günstige Position einnehmen.«

Sibylla floh, ehe er sie fragen konnte, wann das denn sein würde.

Zwei weitere Tage verstrichen, in denen sich die Heere tatenlos gegenüberlagen. Sibylla durchstreifte fieberhaft das riesige Lager auf der Suche nach Helena, doch niemand konnte ihr mehr als ein paar vage Erinnerungen an das rotblonde Mädchen liefern. Meist begleitete sie Jascha, wenn es seine Pflichten für den Hauptmann zuließen. Ab und zu bot sich auch András Sporr an.

Er war ein angenehmer Begleiter, der – im Gegensatz zu Jascha – nicht viel sprach. Wenn sie sich mit den Frauen und Männern im Tross unterhielt, zog er sich ein wenig zurück, behielt Sibylla jedoch stets im Auge und war sogleich zur Stelle, wenn er das Gefühl hatte, sie würde belästigt werden. Sobald es dunkel wurde, begleitete er sie zum Lagerplatz von Wallensteins Offizieren zurück. Dort saß sie dann am Feuer und wusste nicht, wie sie ihren zunehmenden Ängsten Herr werden sollte. Mit jedem Tag, der verstrich, wurde die Hoffnung ein wenig kleiner, und die Verzweiflung in ihr wuchs.

»Du hast wieder keinen Erfolg gehabt«, stellte Wallenstein fest, als er hinter sie ans Feuer trat. Er legte seine Hände für einen Moment auf ihre Schulter, und sie spürte den stummen Trost, den er ihr spendete.

»Nein«, bestätigte sie traurig. »Und was hat die Besprechung der Hauptleute dieses Mal ergeben?«

»Wir ziehen ab.«

»Was?«

Nicht nur Sibylla wandte sich ihm erstaunt zu. De la Motte und Conti traten mit fragender Miene näher. Pappenheim dagegen nickte wissend. Vielleicht hatte er an der Beratung teilgenommen.

»Wir haben mehr als doppelt so viele Männer unter Waffen und ziehen vor den Böhmen wie ein feiger Hund den Schwanz ein?«, ereiferte sich de la Motte.

»Oh nein, das würde ich so nicht sagen. Wir machen nur das, womit sie nicht rechnen, statt uns die Köpfe an ihren Mauern und Schanzen blutig zu rennen.«

Nun hatte er die Aufmerksamkeit aller Anwesenden. Sibylla sah zu ihm auf. Was für eine imposante Erscheinung! Wie er da hoch aufgerichtet in stolzer Haltung dastand in seinem schwarzen Wams und den schwarzen Beinlingen, die blutrote Schärpe über der Brust, die Beine in weißen Stulpenstiefeln. Eine neue Feder schmückte seinen Hut. Er warf einen Blick in die Runde, vielleicht um die Spannung noch ein wenig auszukosten, ehe er verkündete:

»Wir werden es den Aufständischen zeigen. Während sie sich hier verschanzen, werden wir hinter ihrem Rücken Prag einnehmen!«

Ein Raunen umwehte das Lagerfeuer. Jascha pfiff durch seine Zahnlücke und reckte die Faust in die Luft. »Ja!«, rief er. »Das wird den böhmischen Hunden eine Lehre sein.«

»Aber nur wenn der Plan gelingt«, stimmte Wallenstein zu.

»Wir müssen sie überrumpeln und so schnell in Prag sein, dass wir den Hradschin bestürmen, ehe Friedrich in seiner Burg und der von Anhalt hier in Rakonitz überhaupt ahnen, was wir vorhaben.«

Der Plan fand bei den Offizieren Anklang. Vielleicht auch weil alle die Warterei leid waren und auf eine Entscheidung gierten.

»Wann brechen wir auf?«, wollte de la Motte wissen. Es kam Sibylla so vor, als würde er am liebsten sofort losreiten.

»Wir löschen um Mitternacht die Feuer und machen uns in aller Stille aufbruchbereit«, antwortete Rittmeister zu Pappenheim an Wallensteins Stelle. »Dann ziehen wir so rasch wie möglich nach Westen. Der Tross wird uns nachfolgen, so schnell es ihm eben möglich ist. Wir lassen ein paar Fähnlein zu seinem Schutz zurück.«

»Wirst du beim Tross bleiben, um deine Suche fortzusetzen?«, erkundigte sich Wallenstein.

Sibylla überlegte nicht lange. »Ja, natürlich. Es gibt hier so viele Menschen. Ich gebe nicht auf, ehe ich nicht mit jedem von ihnen gesprochen habe.«

Ein Schatten huschte über sein Gesicht, den sie sich nicht recht erklären konnte.

»Dann lebe wohl. Ich werde nicht dabei sein, wenn das Heer die königliche Burg über Prag in Besitz nehmen wird.«

»Was? Warum nicht?«

Wieder dieser Unwille in seinem Gesicht. Sibylla glaubte seine Enttäuschung zu spüren, doch seine Stimme klang sachlich und fest wie immer.

»General Bucquoy hat eine Sonderaufgabe für mich. Der größte Teil meiner Truppe wird unter de la Motte und Conti mit ihm nach Prag ziehen. Der Rest kommt mit mir, um die wichtigsten Städte im Nordwesten von Böhmen zu besetzen. Erst geht es nach Laun, dann sind Schlan, Leitmeritz und

Aussig dran. Das Hauptheer wird ein kurzes Stück mit meinen Männern ziehen, um die Kundschafter des von Anhalt zu täuschen, dann aber in Richtung Prag schwenken.«

Sibylla musste nur kurz nachdenken. Sie wunderte sich selbst, wie schwer ihr die folgenden Worte fielen, doch sie sprach sie mit fester Stimme. »Dann heißt es für uns also tatsächlich Abschied nehmen. Ich danke Euch für alles, Hauptmann Wallenstein!«

Er sah sie fest an und sagte dann leise: »Ist es denn ein endgültiger Abschied? Oder wird dich der *Herzog und General* wiedersehen?«

Sibylla lauschte in sich hinein. Sie sah sein Gesicht in vielen Facetten vorbeihuschen, und sie sah sich selbst und die Jahre, die sich in ihre Züge eingruben.

Sie reichte ihm die Hand. »Die Bahnen unserer Planeten kreuzen sich noch häufig, und ich werde da sein, Euch als General die Gunst der Sterne zu wünschen.«

Er drückte ihre Hand. »Gut, aber das nächste Mal will ich mehr erfahren. Versprochen?«

»Versprochen!«

Für die Regimenter der Infanterie, die zu Fuß unterwegs waren, wurde es ein harter Marsch, doch auch die Menschen im Tross litten. Der November brach mit seiner ganzen winterlichen Härte über sie herein und verwandelte Wiesen und Wege in Morast. Der Wind umwehte die Männer und Frauen in Eiseskälte und zerrte an ihren Umhängen. Sibylla fror mit ihnen, doch immerhin saß sie auf dem Rücken ihrer Stute und hatte es daher nicht ganz so beschwerlich wie die, die sich zu Fuß durchschlagen mussten. Sie ritt in der Nähe des Karrens, in dem die Frau von Oberstleutnant de la Motte mit zwei anderen Offiziersfrauen reiste. Zusätzlich zu den Unsäglichkeiten der nasskalten Witterung waren die Nerven aller bis zum Zerreißen gespannt. Alles kam darauf an, dass die List gelang und das Heer den Burgberg als Erster erreichte. Die Kundschafter aber brachten keine guten Nachrichten. Es war András, der den Offiziersfrauen die Botschaft ausrichtete und sich dann zu Sibylla gesellte.

»Weißt du Genaues?«, erkundigte sich Sibylla bei András.

»Es sieht nicht gut aus. Fürst von Anhalt war aufmerksamer, als wir hoffen durften, und hat sein Heer sofort in Marsch gesetzt. Er versucht uns nun auf einer anderen Route zu überholen und peitscht seine Männer voran, noch schneller zu ziehen.«

»Könnt ihr es vor ihm schaffen?«, wollte Sibylla wissen.

András hob die Schultern. »Das werden die nächsten Stunden zeigen.«

»Warum schickt der General nicht die Kavallerie vor?«

»Weil uns die böhmischen Reiter von ihrer Zahl um die Hälfte überlegen sind.«

»Dann werden sie Prag vor euch erreichen«, folgerte Sibylla.

András antwortete nicht, vielleicht weil er ihr nicht zustimmen wollte.

»Reite mit mir zurück zum Heer«, bat András. »Der Tross zieht sich immer weiter auseinander. Bei diesem Wetter kannst du während des Marschs nichts ausrichten. Ich helfe dir bei deiner Suche, wenn alle wieder beisammen sind.«

Sibylla haderte mit sich. Sie hatte das Gefühl, Helena zu verraten, wenn sie ihm zustimmte, doch schließlich gab sie seinem Drängen nach und folgte ihm, nur um zu erfahren, dass sie mit ihren Befürchtungen recht behalten sollte.

In einem unmenschlichen Gewaltmarsch schafften es die Truppen der Aufständischen, das Heer von Kaiser und katholischer Liga zu umgehen und sich auf dem Weißen Berg, etwa eine Stunde westlich des Hradschin, zu formieren.

Als General Bucquoy seine Truppen am Fuß des Hügels

in Stellung brachte, erwarteten sie bereits die Kanonen der Böhmen. Heute war nichts mehr zu machen. Die Nacht brach herein, und das trübe Herbstlicht schwand schnell.

Rasch wurde ein provisorisches Lager errichtet. Die Heerführer trafen sich mit den wichtigsten Offizieren in General Bucquoys Zelt, während dem größten Teil der Männer nichts anderes übrig blieb, als sich für die Nacht ein Plätzchen zu suchen, an dem sie wenigstens ein wenig vor dem kalten Wind geschützt sein würden. Ungemütlich würde es für alle werden, und jeden trieb die Frage um: Was würde der Morgen bringen?

»Ich glaube nicht, dass es jetzt noch zur großen Entscheidungsschlacht kommt«, vermutete András. »Das Jahr ist bereits viel zu weit fortgeschritten. Der Winter steht vor der Tür. Eine Belagerung ist bei diesen Bedingungen schlichtweg unmöglich.«

»Und den Weißen Berg stürmen können wir auch nicht«, stimmte ihm ein Reiter vom Niederrhein zu, der Éric hieß und ein einnehmend schönes Gesicht hatte.

Das sah selbst der Befehlshaber der Ligatruppen Johann t'Serclaes von Tilly so, wie de la Motte nachher im kleinen Kreis verriet. »Tilly sagt, die Stellung der Böhmen auf dem Berg ist uneinnehmbar, und ich will ihm da nicht widersprechen.«

»Dann haben wir rein gar nichts gewonnen?«, ereiferte sich Graf zu Pappenheim und ballte die Hände zu Fäusten. »Sollen wir jetzt einfach aufgeben und unsere Männer ins Winterquartier schicken? Wünschen wir den Aufständischen und ihrem König einen gemütlichen Winter in Prag!«

»Ich denke, darauf wird es hinauslaufen. Im Frühjahr gibt es dann ein Wiedersehen, und die Karten werden neu gemischt.«

András sah, wie Sibylla den Kopf schüttelte. Neugierig sah er sie an.

»Bist du anderer Meinung?«, erkundigte er sich ein wenig belustigt.

Sie erwiderte seinen Blick, öffnete den Mund, doch hielt die Worte zurück, die ihr in den Sinn kamen und die Bilder beschrieben, die durch ihren Geist fluteten. Wenn sie mit Wallenstein allein gewesen wäre, hätte sie ihm verraten, was ihre Eingebung – oder die Sterne, an die Wallenstein glaubte – ihr verriet. Es würde zur Schlacht kommen! Es war ihr, als könne sie bereits das vergossene Blut riechen und die Schreie der zahllosen Sterbenden hören. Sie hob den Blick und heftete ihn auf Graf zu Pappenheim, der noch immer die Entscheidung herbeisehnte. Sie schluckte, als sie ihn vor ihrem geistigen Auge mit zahllosen Wunden niedersinken sah. Schaudernd schloss sie die Lider.

»Nun komm, verrate mir deine Meinung«, drängte András.

Sibylla sah ihn fest an. »Es wird zur Schlacht kommen! Die Entscheidung wird in wenigen Stunden fallen, und wir können nur hoffen, dass Gott unserer Sache gnädig ist.«

Es war gegen Mittag am nächsten Tag, als der Befehl zum Angriff gegeben wurde und sich der Ruf von einer Kehle zur nächsten fortsetzte. Denjenigen unter den Söldnern, denen angesichts des vor ihnen aufragenden, gut gesicherten Berges der nötige Mut oder vielleicht auch der glühende Zorn gegen die protestantischen Aufständischen fehlte, half ein Mönch, die nötige Wut in sich zu finden, um alle Zweifel niederzuringen. Laut lamentierend, zeigte er ein Bild der Heiligen Familie herum, auf dem angeblich die Protestanten allen abgebildeten Personen – außer dem Jesuskind – die Augen ausgestochen hätten. Vielleicht war es dieser Frevel, der genügte, um die katholischen Kämpfer zu überzeugen, dass diese Brut um jeden Preis besiegt werden musste, und zwar jetzt und heute. Und dazu mussten sie diesen Hügel erstürmen, egal, wie hoch der Preis dafür sein würde. Die

Kriegshörner erklangen. Die Infanteristen und die Kavallerie setzten sich in Bewegung. Vom Hügel her antworteten die Kanonen.

Die Schlacht hatte begonnen.

Kapitel 8

Prag, Winter 1620

An Hauptmann Albrecht Wenzel von Waldstein,

Sibylla hob die Feder und sah auf das leere Blatt Papier vor ihr. Warum tat sie das? Woher kam der Wunsch, dem Hauptmann zu schreiben? Er hatte seine Berichterstatter. Er war nicht auf ihre Beschreibung der Ereignisse angewiesen, und sie war ihm nichts schuldig.

Nein, darum ging es nicht. Sie hatte einfach das Bedürfnis, ihm von diesem dramatischen Tag zu berichten. Erstaunt stellte sie fest, dass ihr seine abendliche Gesellschaft und ihre Gespräche fehlten. Wallenstein fehlte ihr!

Sibylla tauchte die Feder ein und schrieb weiter.

Euer Gnaden,

vielleicht habt Ihr nie daran gezweifelt, aber ich konnte heute Mittag noch nicht daran glauben, dass ich den Abend hier in der Königsburg auf dem Hradschin verbringen werde.
Trotz des strammen Marschs waren die Protestanten schneller, sie haben den Weißen Berg als Erstes erreicht und ihre Kanonen in Stellung gebracht. Es war also an unserem Heer, den Berg gegen den Feind zu erstürmen.

Ja, die Truppen der Liga und des Kaisers haben gesiegt, obgleich Tilly es für unmöglich hielt und abgeraten hat. Aber Herzog Maximilian von Bayern bestand darauf, die Entscheidung noch heute herbeizuführen. Koste es, was es wolle.
Möchtet Ihr die Einzelheiten wissen, soweit ich sie wiedergeben kann?
Die Schlacht begann um die Mittagszeit mit einer Attacke unserer Kavallerie gegen den linken Flügel der Böhmen, der, soweit ich hörte, von Graf Thurn befehligt wurde. Wider Erwarten gelang es dem Grafen, dem Ansturm standzuhalten, ja ihn gar zurückzuwerfen. Auf der anderen Seite stürmten die spanischen Reiter und die wallonische Infanterie gegen die Aufständischen vor, doch auch hier gelang es den Böhmen, die erste Welle zurückzuschlagen und mit ihren Reitern weit in unser Heer vorzustoßen. Ich gestehe, dass ich fürchtete, mir müsse das Herz stehen bleiben. Da gab Hauptmann Tilly der italienischen und polnischen Reiterei den Befehl zum Angriff. Dicht an dicht preschten sie voran und fuhren wie eine wilde Orkanböe zwischen die ungarischen Reiter. Diese machten kehrt und flohen, doch Tillys Kavallerie ließ nicht von ihnen ab und trieb sie bis zur Moldau hinunter. Zahllose Ungarn warfen sich in den Fluss und hofften, sich in die Stadt am anderen Ufer in Sicherheit bringen zu können, doch in den Fluten wartete nur der Tod. Ich weiß nicht, wie viele von ihnen ertranken. Es waren Hunderte, wenn nicht mehr. Wer zählt in so einer Schlacht das Leid und die Toten? Am rechten Flügel unserer Truppen wiederum marschierte die Infanterie nach vorn und brachte den Vormarsch der Böhmen zum Stehen. Eine Weile wogte es hin und her, doch dann plötzlich entschloss sich ein böhmisches Fähnlein nach dem anderen zur Flucht. Ja, sie rissen gar ihre eigenen Musketiere und ihre Reiterei mit sich.
Das war das Ende. Die Regimenter der Böhmen lösten sich einfach auf. Sie versuchten nach Prag in die Stadt hinüberzu-

fliehen, doch noch einmal machte die Moldau reiche Beute und verschlang die Leichen der Ertrunkenen, während das siegreiche Heer des Kaisers und der Liga zum Hradschin zog, um die Burg in Besitz zu nehmen – allen voran mit stolz geschwellter Brust: Herzog Maximilian, der sich den Sieg vermutlich allein auf seine Fahne schreiben wird. Er hat verkündet, auf der Seite der Rebellen seien mehr als fünftausend Männer gefallen. Ich weiß nicht, ob das stimmt. Richtig ist sicher, dass das Heer der Böhmen große Verluste zu beklagen hat. Von den Kaiserlichen dagegen sollen es nur dreihundert sein. Leider muss ich Euch sagen, dass die meisten davon zu Euren
wallonischen Kürassieren gehört haben. Sie haben entschlossen und tapfer gekämpft.

Und noch einen Verlust haben wir zu beklagen. Ich sah noch, wie sich Oberstleutnant zu Pappenheim mit seinen Männern in die Schlacht stürzte, um einen Durchbruch der böhmischen Infanterie durch unsere Linien zu verhindern, was ihm mit seinen Reitern auch gelungen ist. Er selbst jedoch kehrte von diesem Vorstoß nicht zurück. Einer seiner Männer sagte mir, er habe gesehen, wie er – bereits getroffen von mehreren Hieben und Stichen – zu Boden ging, nachdem sein Pferd von einer Kugel getroffen worden war und seinen Reiter unter sich begrub. Der Herrgott sei seiner Seele gnädig!

Der neue König der Böhmen ist übrigens geflohen. Während seine Männer mit ihrer Haut seine Krone verteidigten, gab er hier auf der Burg ein großes Fest und tafelte üppig mit den anderen Adelsleuten, die sich um die Schlacht nicht scherten, bis Fürst von Anhalt ihn vom Wandel des Schlachtenglücks in Kenntnis setzte. Da waren unsere Regimenter schon auf dem Weg zum Hradschin. Die Reste seines Banketts standen noch auf der langen Tafel, als wir im Palast ankamen!

Hals über Kopf floh König Friedrich mit seiner Familie und seinem Gefolge den Burgweg hinunter und über die Brücke in die Stadt hinüber. Prag hat sich nicht geweigert, ihm seine Tore zu öffnen. Doch vermutlich wird er so schnell wie möglich weiterreisen. Lange wird Prag den Forderungen der Kaiserlichen sicher nicht Widerstand leisten.

Nun gehört die Burg auf dem Hradschin also wieder seinem rechtmäßigen Herrscher. Kaiser Ferdinand muss sie nur noch in Besitz nehmen. Unterdessen wird Herzog Maximilian sich an seiner statt von den hiesigen katholischen und utraquistischen Adeligen huldigen lassen. Ich habe mir sagen lassen, dass diese ehemaligen Hussiten hier über große Macht verfügen. Die einfache Bevölkerung ist sicher eher den Protestanten zugeneigt.

Es klopfte an der Tür. Sibylla legte die Feder beiseite, erhob sich und öffnete. Es war András, der seine Kappe vom Kopf zog und eine Verbeugung andeutete.

»Oberstleutnant de la Motte schickt mich und lässt fragen, ob du am Festmahl der Offiziere teilnehmen möchtest.«

»Ich habe leider nichts, was auch nur entfernt angemessen für solch einen Anlass wäre.« Sibylla sah an sich herunter. »Meine Kleider sind schmutzig und müssen dringend ausgebessert werden, und selbst dann würden sie sich nicht für einen königlichen Bankettsaal eignen.«

»Aber du hast doch sicher Hunger?«, lockte András mit einem Augenzwinkern. Auch seine Kleider hatten sicher schon bessere Zeiten gesehen. »Als Friedrich Hals über Kopf von der Burg geflohen ist, hat er ein üppiges Festmahl zurückgelassen. Außerdem können wir bei den Kürassieren sitzen, die Bucquoy für ihre Tapferkeit auszeichnet.«

Sibylla zögerte noch immer und fasste sich in ihr zerzaustes Haar, das dringend gewaschen werden musste.

András schüttelte den Kopf. »Also gut, du kümmerst dich um dein Haar, und ich sehe zu, ob ich dein anderes Problem lösen kann.«

Ohne ein weiteres Wort wandte er sich ab und ging eilig davon. Sibylla sah ihm nach und trat dann kopfschüttelnd in die Kammer zurück, die sich unter dem Dach des Nordflügels der Burg befand. Sicher hatte hier eine der Bediensteten gewohnt, die vielleicht mit dem König und seiner Festgesellschaft in die Stadt hinübergeflohen war.

Sie beendete den Brief und machte sich dann daran, ihr Haar zu waschen und zu so etwas wie einer Frisur aufzustecken. Sibylla war gerade fertig, als es wieder klopfte.

András streckte ihr einige Kleidungsstücke entgegen. »Ich hoffe, sie passen.«

»Woher hast du sie?«, wollte Sibylla wissen, doch er lächelte nur vor sich hin.

»Das musst du nicht wissen. Du darfst sie übrigens behalten. Und nun beeile dich. Die anderen gehen schon zu Tisch. Ich warte hier auf dich.«

»Warum?«, wollte sie wissen.

»Warum? Hat nicht der Hauptmann uns befohlen, uns um dich zu kümmern? Meinst du, es würde einer wagen, seine Wünsche zu ignorieren?«

Sibylla wusste nicht, ob das die ganze Wahrheit war, doch sie fragte nicht weiter nach. »Ich beeile mich«, versprach sie stattdessen und schloss die Tür. Als sie sie wieder öffnete, entfuhr András unwillkürlich ein Pfiff. Sibylla war bewusst, dass sie in den für ihre Verhältnisse edlen Kleidern wie verwandelt aussah: ein dunkelblauer Rock mit breiter Borte, eine rote Schoßjacke darüber, die in der Taille eng schloss. Ihr schlanker Hals wurde von einem hochgestellten weißen Spitzenkragen eingerahmt. Ihr nun wieder schimmerndes Haar bedeckte die zarte Haube nur am Hinterkopf, sodass sich einige Locken frech um ihre Schläfen ringelten.

»Und?«, fragte sie ein wenig atemlos.

Er verbeugte sich tief. »Ihr seid eine Augenweide, verehrte

Dame. Ich fürchte, man wird Euch sogleich entführen und zum Tisch der hohen Herren bitten.«

Sibylla kicherte und kam sich plötzlich sehr jung vor. »Sei nicht albern! Lass uns gehen. Ich habe heute noch nichts gegessen und bin sehr hungrig.«

András reichte ihr den Arm und führte sie zum großen Saal des neuen Palasts. An einer prächtigen Tafel mit weißem Leinen und feinem Geschirr saßen die hochrangigsten Offiziere. Am Kopfende hatte natürlich Herzog Maximilian von Bayern Platz genommen, der sich in seinem persönlich errungenen Sieg – wie er vermutlich dachte – sonnte. Zu seiner Seite saßen Graf von Bucquoy und Tilly. Daneben alle anderen Führer der Regimenter, manche mit ihren Frauen, die dem Tross gefolgt waren. Nur Gottfried Heinrich zu Pappenheim fehlte. Während sie aß, dachte Sibylla an den mutigen und so sympathischen Reiterführer, der den Sieg nicht mehr erleben durfte.

Die anderen Männer am Tisch prosteten ihr zu, und auch Sibylla hob ihren Becher auf den Sieg. Aber sie gedachte auch den tapfersten von Wallensteins Kürassieren, die im Kampf für den Kaiser ihr Leben gelassen hatten.

Nach nur wenigen Stunden Schlaf kleidete sich Sibylla am nächsten Morgen an und trat in den äußeren Hof hinaus. Es war ein kalter Novembermorgen. Sie zog sich fröstelnd ihr warmes Wolltuch um die Schultern, während sie sich umsah, ob sie unter den vielen Menschen, die bereits unterwegs waren, ein bekanntes Gesicht entdecken konnte. Drüben am Westtor entstand Unruhe. Irgendetwas war da los, das die von der langen Feier und dem Wein getrübten Gemüter erhitzte. Neugierig trat Sibylla näher.

Vor dem Tor auf der anderen Seite des Grabens standen einige Männer, deren abgerissene Kleider deutlich machten, dass sie nicht zu den gewöhnlichen Bewohnern der Burg gehörten. Sibylla sah, dass einige Kittel und Hosen blutig verschmiert waren. Sie trugen pralle Beutel auf den Rücken. Sibylla begann zu ahnen, was die Männer in aller Frühe vor der Stadt getrieben hatten: Sie mussten zum Schlachtfeld gezogen sein, um zwischen den Toten nach allem Möglichen Ausschau zu halten, was man zu Geld machen konnte. Doch das war es nicht, was die Wächter am Tor und die Schaulustigen aus ihrer Lethargie gerissen hatte. Es war der Mann, den sie nun unsanft auf den Boden legten. Im ersten Moment hielt ihn Sibylla für tot, doch er stöhnte, als sein Kopf auf den harten Grund stieß. Die Kleider des Mannes waren mit Blut durchtränkt, und Sibylla konnte so viele Stich- und Schnittwunden sehen, dass es ein Wunder war, dass er noch immer lebte.

»Verschwindet!«, herrschte einer der Wächter die Männer an und hob drohend seine Hellebarde, doch diese hatten offensichtlich andere Pläne. Sie rückten näher zusammen und plusterten sich trotz der auf sie gerichteten Eisenspitze auf.

»Wir gehen erst, wenn wir die Belohnung bekommen haben, die er uns versprochen hat!«

Wieder stöhnte der Mann. Sibylla schob sich ein Stück weiter nach vorn und kniete neben dem Schwerverletzten nieder. Sie sah in das blutverschmierte Gesicht, das neben den neuen Verletzungen auch alte Narben zeigte. Als der Mann die Augen öffnete, erkannte sie ihn.

»Das ist Graf zu Pappenheim. Dem Himmel sei gedankt, Ihr lebt noch! Wir dachten, Ihr seid verloren. Schnell, wir müssen ihn hineinbringen. Er darf nicht noch mehr Blut verlieren.«

Doch eine Hand schloss sich grob um ihren Arm. »Erst wenn wir die Belohnung bekommen, die er uns versprochen hat, dafür, dass wir ihm nicht nur seine Stiefel lassen, sondern auch sein Leben und sogar so nett waren, ihn hierherzuschleppen.«

»Ihr werdet euer Geld schon bekommen«, schimpfte Sibylla, aber die Männer stellten sich stur. Die Wächter waren verunsichert und wussten nicht, was sie tun sollten.

»Jemand muss Generalleutnant Tilly holen!«, entschied Sibylla. »Und ich brauche Tücher, um die Blutungen zu stoppen, und Wasser. Er braucht dringend Wasser!«

Sie sah in die Runde, doch keiner fühlte sich zuständig, ihren Forderungen nachzukommen.

»Guten Morgen! Was ist denn hier für ein Aufruhr?«

Sibylla fuhr herum und sah in András' heiteres Gesicht. Sie wiederholte ihre Worte. Das Lächeln verschwand und wich einem grimmigen Ausdruck.

»Das haben wir gleich. Ihr beiden tragt den Rittmeister über die Brücke drüben in die Wachstube und gebt der Witfrau alles, was sie braucht.« Die Plünderer protestierten, aber András fiel ihnen ins Wort. »Ihr kommt auch herein und wartet, bis der General kommt. Er wird dafür sorgen, dass ihr die versprochene Belohnung erhaltet. Ich selbst werde ihn holen. Los jetzt!«

Wie von Zauberhand kam Leben in die Umstehenden. Während András davoneilte, um Tilly zu suchen, halfen die Torhüter, den Verletzten in die Wachstube zu betten, wo Sibylla sich um die schlimmsten Wunden kümmerte. Sie war noch immer damit beschäftigt, als ein Arzt eintraf, den man eilig gerufen hatte. Er stellte sich als Andreas Stegmann vor, ein böhmischer Landesarzt, und sie sah bald, dass er etwas von seinem Beruf zu verstehen schien. Sie konnte Pappenheim ruhigen Gewissens seinen Händen anvertrauen. Sibylla machte ihm Platz und beobachtete ihn aus dem Hintergrund, bis er zurücktrat und seine Utensilien wieder in seiner

Tasche verstaute. Im Augenblick gab es für ihn wohl nichts mehr zu tun.

»Das habt Ihr gut gemacht, gnädige Frau«, lobte der böhmische Landesarzt, während Sibylla dem Verwundeten ein wenig Brühe einflößte. »Ihr kennt Euch mit der Versorgung von Verwundeten aus.«

»Eigentlich nicht so sehr, aber ich bin seit vielen Jahren Hebamme und beschäftige mich mit der Wirkung von eher unbekannten Kräutern, um gerade bei Wöchnerinnen Fieber und auch Wundbrand fernzuhalten. Mit Erfolg, darf ich sagen.«

»Das klingt interessant. Vielleicht können wir uns darüber einmal in Ruhe unterhalten.«

»Vielleicht«, antwortete Sibylla vage, deren ganze Aufmerksamkeit noch immer dem Rittmeister galt. »Wie geht es mit ihm nun weiter?«

»Ich schlage vor, ihn in eine ruhigere Kammer zu bringen und jemand zu seiner Pflege abzustellen. Ich werde am Abend noch einmal nach ihm sehen.«

Sibylla erblickte András, der gerade mit Generalleutnant Tilly eintrat. »Ich kann für Graf zu Pappenheim sorgen«, bot sie an. Die Männer nickten erleichtert.

»Gut, dann werden wir uns jetzt um seine Retter kümmern.«

Die beiden ließen sie mit dem Doktor und dem Verletzten allein.

»Wenn Ihr nichts dagegen habt, würde ich seine Verbände in regelmäßigen Abständen mit der Tinktur tränken, die ich bei den Wöchnerinnen verwende«, schlug Sibylla vor. »Ich habe noch eine Flasche bei mir.«

»Dürfte ich sie vorher sehen, und würdet Ihr mir verraten, was sie enthält?«

Sibylla nickte. »Natürlich.«

Im Anschluss wurde der Rittmeister in ein Gemach in einem Seitenflügel des neuen Palasts gebracht, wo er erschöpft in einen tiefen Schlaf fiel. Sibylla wich kaum von seinem Lager, flößte ihm in den Wachphasen stärkende Getränke ein und kümmerte sich um die Verletzungen, bis der Arzt am Abend wiederkam. Er war zufrieden mit dem Zustand des Patienten und wandte sich seiner Pflegerin zu.

»Habt Ihr heute schon etwas gegessen?«, erkundigte er sich in strengem Ton.

»Nicht viel«, gestand Sibylla.

»Dann wird es Zeit. Man wird in diesem Palast doch etwas zu essen bekommen. Ich denke, wir können Oberstleutnant zu Pappenheim für eine Weile alleine lassen. Er wird schlafen, und dann könnt Ihr ihm noch ein wenig Suppe und Euren geheimnisvollen Kräutertrank einflößen.«

Sibyllas Magen knurrte, daher willigte sie nur allzu gern ein. Im großen Hof trafen sie auf András, der etwas zu sehr betonte, er sei rein zufällig vorbeigekommen. Er bot sich an, ihnen im Saal des alten Königspalasts, wo für die Fähnleinführer und die anderen Offiziere aufgetischt wurde, einen Tisch und eine reiche Mahlzeit zu organisieren.

»Ihr seid mit dem Tross des kaiserlichen Heeres gekommen, nicht wahr?«, begann der Arzt das Gespräch, während sie eine kräftige Zwiebelsuppe löffelten. »Eine Hebamme unter den Trossfrauen ist ein wenig ungewöhnlich.«

»Ich gehöre nicht zum Tross. Ich bin mit den Kürassieren von Hauptmann Wallenstein geritten, der selbst nicht bei der Schlacht dabei war.«

Der Arzt hob fragend die Brauen. Also erzählte ihm Sibylla von Leonberg, von Peter und von Helena und ihrer noch immer vergeblichen Suche.

Der Arzt sah sie voller Mitgefühl an. »Es ist hart, sein Kind auf diese Weise zu verlieren. Und was habt Ihr jetzt vor?«

Sibylla hob die Schultern. »Ich weiß es nicht. Ich kann mit der Suche nicht einfach aufhören und nach Leonberg zurückgehen. Wozu? Es gibt dort niemanden, der auf mich wartet. Es ist mir bewusst, dass die Chance, Helena hier noch lebend zu finden, unendlich gering ist, und doch hätte ich das Gefühl, sie im Stich zu lassen, wenn ich aufgebe.«

»Dann wollt Ihr also in Prag bleiben?«, fragte Doktor Stegmann weiter.

»Ich denke schon. Wenn ich es schaffe, hier zu überleben.«

Er nickte bedächtig. »Es ist nicht leicht, als Witwe in einer fremden Stadt ein Auskommen zu finden, ohne seine Ehre aufzugeben.«

Sibylla sagte nichts. Sie wusste genau, wovon der Doktor sprach. Sie hatte in den letzten Tagen bei ihrer Suche nach Helena so viele Frauen getroffen, denen genau das nicht gelungen war. Sie verkauften alles, was ihnen ihr Überleben sicherte: ihre Ehre, ihre Seele und ihren Körper. Nein, das wollte Sibylla auf keinen Fall, doch so einfach war das nicht. Doktor Stegmann sah sie intensiv an. Sie dachten beide das Gleiche.

»Darf ich Euch einen Vorschlag machen? Ihr scheint mir eine patente Person, die nicht zimperlich ist und die bei Kranken und Verletzten nicht nur beherzt zufassen kann, sondern auch von der Pflege etwas versteht.«

Sibylla nickte, hielt sich jedoch mit einer Erwiderung zurück.

»Ich habe unten in der Malá Strana hinter dem Malteserkloster ein Haus mit einer Praxis, in der mich meine meist vermögenden Patienten der Bürgerschaft von hier und aus Prag drüben aufsuchen. Außerdem betreue ich interessante Fälle in einem kleinen Spital, das nur ein paar Schritte weiter in einer kleinen Gasse von einer freien Schwesternschaft geführt wird, die sich dem Dritten Orden des Franziskus verpflichtet haben. Sie nehmen übrigens auch immer wieder arme Frauen auf, deren Schwangerschaft problematisch verläuft, doch das nur nebenbei. Jedenfalls habe ich immer sehr viel zu tun. Zwar geht mir ein Lehrjunge für allerlei Besorgungen zur Hand, aber bei allen anderen Aufgaben stellt er sich nicht sonderlich geschickt an, sodass ich mir schon überlegt habe, mir einen der Medizinstudenten ins Haus zu holen … Doch seit heute Morgen könnte ich mir auch eine andere Lösung meines Problems vorstellen. Was meint Ihr? Würdet Ihr mir in der Praxis und im Spital bei der Pflege besonderer Fälle zur Hand gehen? Im Hinterhaus wäre eine recht großzügige Giebelkammer frei, in der Ihr wohnen könntet.« Der Doktor wischte sich den Mund mit einem weißen Tuch ab und erhob sich. »Überlegt es Euch. Ich werde Leutnant zu Pappenheim morgen zu den Terziarinnen verlegen lassen, um nicht immer zur Burg hinaufzumüssen. Wenn Ihr einverstanden seid, dann packt bis morgen Eure Bündel, und kommt mit mir.«

Ihre Gedanken kreisten, als Sibylla zu ihrem Patienten zurückkehrte. Gottfried zu Pappenheim war bei Bewusstsein und ließ sich mit einigem Protest von ihr füttern sowie neu verbinden, ehe er wieder in seinen Schlaf der Erschöpfung fiel und ihr nichts weiter blieb, als an seiner Seite zu sitzen und über ihre Zukunft nachzudenken. Ihre Grübeleien wurden ab und zu durch ein Klopfen an der Tür unterbrochen. Einige Offiziere schauten herein und erkundigten sich nach dem Zustand des Rittmeisters. Sogar die beiden Heerführer Tilly und Bucquoy ließen es sich nicht nehmen, nach dem Stand seiner Genesung zu fragen. Tilly hatte nichts dagegen, Pappenheim zu den Schwestern bringen zu lassen. Es war klar, dass es lange dauern würde, bis er wieder ein Kommando würde übernehmen können, falls überhaupt. Bei den Schwestern würde er sicher gut gepflegt werden.

Als letzter Besucher des Abends schaute András vorbei. Er hatte noch einmal die Burg und einige vor den Mauern der Burg aus dem Boden geschossene Lager durchsucht und nach Helena gefragt.

»Warum tust du das?«, fragte Sibylla gerührt. »Es ist nicht deine Aufgabe, nach meiner Tochter zu suchen.«

András hob die Schultern. »Wir Kürassiere haben im Moment nichts zu tun. Ich hätte natürlich stattdessen mit den anderen meinen Sold mit Würfeln oder dem Kartenspiel verzechen können.« Er lächelte.

Sibylla erwiderte sein Lächeln. »Dann bleibt mir nur, dir herzlich zu danken.«

»Du hast ja noch gar nicht gefragt, ob ich etwas herausgefunden habe.«

»Und, hast du?«, erkundigte sie sich, jedoch ohne große Hoffnung.

»Ja, vielleicht. Ich konnte zumindest einen der Männer aufspüren, die im Sommer durch Leonberg gezogen sind.«

Sibylla starrte ihn an und sprang dann auf. »Was? Wo ist er? Was sagt er?«

»Setz dich, und hör mir zu!«, verlangte András und sprach erst weiter, als sie gehorchte. »Er stammt aus einem Ort an der Küste, dessen Namen ich schon wieder vergessen habe, und er hat sich mit den anderen einem Werber für das kaiserliche Heer unter dem Hauptmann Wallenstein verpflichtet. Er erinnert sich an den Vorfall in Leonberg, streitet aber ab, mit dem Tod deines Mannes oder der Entführung des Kindes etwas zu tun zu haben. Er war nicht einverstanden, das Mädchen mitzunehmen, sagt er zumindest.«

»Haben sie ihr Gewalt angetan? Lebt sie noch?«, fragte Sibylla und fürchtete sich gleichzeitig vor der Antwort.

»Er sagt, dem Kind sei nichts geschehen. Eine Frau, die mit ihnen unterwegs war, hat sich ihm angenommen und die Männer stets verscheucht, wenn ihre Späße zu derb wurden.«

Sibylla ließ langsam die Luft entweichen. »Und wo ist sie jetzt? Hat er eine Ahnung, wo ich sie finden kann?«

»Leider nein«, gab András zu. »Er sagt, die Frau und noch zwei weitere Weiber mit ihren Kindern hätten das Lager vor Rakonitz mit einem Karren verlassen und Helena mitgenommen.«

Sibylla stöhnte. »Wohin?«

»Vielleicht nach Prag, das hat dieser Söldner vermutet, aber er wusste es nicht sicher. Er behauptet aber, dass das rothaarige Mädchen danach nicht mehr im Lager war.«

»Wusste er die Namen der Frauen?«, drängte Sibylla.

»Die Frau, die bereits aus den Niederlanden mit ihnen gezogen war, heißt Deike. Die Namen der anderen wusste er nicht mehr.«

»Ich muss unbedingt mit ihm sprechen. Vielleicht erinnert er sich noch an mehr.«

Er hob die Schultern. »Wenn du meinst.«

»Wo sonst könnte ich weitersuchen?«, rief Sibylla.

»Wenn sie nach Prag gezogen sind, dann sind sie jetzt Teil einer großen Schar, die in dieser Stadt ums Überleben kämpft«, überlegte András laut. »Der Tross löst sich rasch auf. Die Frauen, Krämer und Handwerker zerstreuen sich in alle Winde. Sie kehren heim, so sie irgendwo eine Familie haben, oder sie versuchen drüben in Prag oder hier am Fuß der Burg Fuß zu fassen.«

Sibylla nickte. »Dann werde ich meine Suche auf die Gassen konzentrieren, in denen sich die Gestrandeten und Gefallenen sammeln.«

»Dann bleibst du also hier?«, wollte András wissen.

»Natürlich! Jetzt, wo ich wieder Hoffnung schöpfen kann.«

Der Ausdruck in András' Gesicht wurde weich. »Was wirst

du in Prag tun, außer nach Helena suchen?«, erkundigte er sich vorsichtig.

»Du meinst, wovon ich leben werde?«, formulierte sie seine Gedanken aus und erzählte vom Vorschlag des Doktors.

»Das hört sich gut an«, stimmte András ihr zu.

»Und was wirst du tun, wenn das Heer nicht mehr gebraucht wird?«, erkundigte sich Sibylla im Gegenzug. András hob die Schultern.

»Noch werden wir nicht ausgemustert. Wir beziehen in Böhmen unsere Winterquartiere und warten erst einmal ab. Solange es Sold gibt, müssen wir uns nicht sorgen. Wer weiß, vielleicht gibt es im Frühling wieder etwas für uns zu tun.«

»Ich weiß nicht, ob ich das hoffen soll. Der Krieg ist ein blutiges Geschäft.«

»Und doch sind viele Söldner darauf angewiesen, denn sie wissen nicht, wohin sie sonst gehen oder wie sie sich ernähren sollen.«

Sibylla schüttelte den Kopf. »Ist es nicht schrecklich, sein Leben auf das Verderben anderer zu bauen?«

András hob die Schultern. »Mag sein, doch was bleibt uns sonst? Ich könnte zum Hof meiner Eltern zurückgehen – ein raues Stück Land südlich von Friedland, das kaum den Rest der Familie ernährt, obwohl sie sich dort den Rücken krumm schuften. Sie sind über jeden von uns froh, der in die Welt hinauszieht und irgendwo anders sein Geld verdient. Einen Teil meines Solds spare ich, damit sie den Mädchen eine Mitgift geben können.«

Sibylla ergriff spontan seine Hände. »Du bist ein lieber Mensch, dennoch kommt es mir sündhaft vor, um einen Krieg zu beten, der Wallensteins Kürassiere braucht.«

»Ich weiß, was du meinst, aber ich denke, dazu braucht es keine zusätzliche Hilfe Gottes. Die Menschen sind durchaus allein in der Lage, sich über Ländereien, Macht und die rechte Religion zu streiten. Machen wir einen Kompromiss: Kein Krieg mehr, aber ein wenig Unruhe in Böhmen, die einer wachsamen Truppe bedarf, um die Ordnung im Land zu sichern.«

Sibylla sah ihn belustigt an. »Gut, einigen wir uns darauf und hoffen, dass Friede und Verständnis für alle in die Herzen der Menschen einziehen.«

Er lächelte sie an. »Siehst du, es wäre so einfach, wenn alle auf uns hören würden.«

Damit verabschiedete er sich. Sibylla begleitete ihn zur Tür und sah ihm nach, wie er den nächtlichen Hof überquerte. *Ja, das wäre schön,* dachte sie, denn sie wusste tief in ihrem Innern, dass es nicht so kommen würde. Vielleicht würde der Winter eine Verschnaufpause für die Menschen bedeuten, doch dann stand neues Leid bevor. Ein mächtiger Sturm zog am Horizont auf, der mit zerstörerischer Wut nicht nur über Böhmen und Mähren hinwegbrausen würde. Mit erschreckender Klarheit sah Sibylla zerstörte Städte und verwüstete Landstriche, ganze Dörfer, die für immer von den Landkarten verschwinden würden, denn es würde niemand mehr da sein, die zerstörten Häuser aufzubauen und die Felder wieder zu bestellen. Der Krieg würde die deutschen und österreichischen Lande überrollen, und was die Heere übrig lassen würden, würde der Pest zum Opfer fallen. Sibylla sah in ihrem Geist elende Gestalten über abgebrannte Felder wanken, und sie hoffte mit Inbrunst, dass sie sich irren möge.

Kapitel 9

Prag, Winter 1620

Mehr als vier Wochen waren vergangen, und der Dezember hatte in Prag mit Schnee und eisigen Winden Einzug gehalten. Sibylla erfuhr, dass König Friedrich von der Pfalz über Breslau, Berlin und Hamburg bis nach Den Haag geflohen war. Er hatte versucht, nicht nur seine schöne Gemahlin und seinen Hofstaat auf seiner Flucht mitzunehmen, sondern auch die Kronjuwelen und manch anderes wertvolles Kleinod. Zumindest bei den Kronjuwelen sprachen die Prager Stadträte ein Machtwort und zwangen ihn, die Wenzelskrone und das Zepter wieder herauszugeben. Die Krönungsinsignien gehörten Böhmen und durften nicht außer Landes gebracht werden. Missmutig gab Friedrich nach. Ihm blieb keine Wahl, wollte er seine Flucht so schnell wie möglich fortsetzen, um nicht in die Hände der katholischen Armee zu fallen. Denn lange hielt die Stadt ihre Tore vor den Eroberern nicht verschlossen.

Als Kaiser Ferdinand vom Sieg in Prag in Kenntnis gesetzt wurde, zögerte er nicht lange. Er erklärte Friedrich für abgesetzt und sprach die Reichsacht über ihn aus. Die Prager Bürger weinten ihm keine Träne nach. Sie nahmen es Friedrich übel, dass er, statt bei seinem Heer auszuharren und ihm moralisch beim Kampf gegen die Katholiken bei der Verteidigung Prags beizustehen, sich lieber in seinen warmen Palast zurückgezogen hatte, um mit den fremden Adeligen, die er ins Land gebracht hatte, verschwenderisch zu feiern. Deshalb zögerten sie nicht, dem Heer des Kaisers die Tore zu öffnen. Für so einen König würden sie nicht ihre Haut zu Markte tragen!

Auch Christian von Anhalt war geflohen, sowie viele seiner Offiziere, doch das kümmerte Sibylla nicht. Sie erledigte jeden Tag ihre Arbeit, nahm wissbegierig alles auf, was sie von Doktor Stegmann erfuhr, und machte sich abends über die Moldau hinüber nach Prag auf, um in den armen Vierteln bei den freien Weibern und Bettlern Erkundigungen nach Helena anzustellen, doch sosehr sie sich auch bemühte, es gelang ihr nicht, Helenas oder die Spur der Frau, mit der sie gereist war, wieder aufzunehmen.

Bei einem ihrer Streifzüge durch Prag hatte Sibylla in einer Gasse nahe des Altstädter Rings etwas entdeckt, das sie für eine Weile von ihrem Kummer ablenkte. Nordwestlich des großen Marktplatzes erstreckte sich das jüdische Viertel, an dessen Grenze sie vor einem Gebäude stehen blieb, das ihr Interesse weckte. Das Haus war schmal und eigentlich eher unauffällig, doch über der Tür hing ein ungewöhnliches Schild aus einer Mondsichel und mit Strichen verbundenen Sternen. Sibylla hielt inne und sah durch das erleuchtete Fenster in einen Raum, dessen Wände von Regalen verdeckt wurden, die, ebenso wie die Tische, über und über mit Büchern bedeckt waren. Die einzige Stelle der Wand, an der sich kein Regal befand, zierte eine große Karte, auf der der Nachthimmel mit seinen Sternzeichen abgebildet war. Sibylla trat näher und drückte ihre Nase gegen die Scheibe, um die Titel der schweren Folianten zu entziffern, die auf dem Tisch unter dem Fenster lagen. Eines der Bücher war aufgeschlagen und zeigte eine ähnliche Horoskopdarstellung, wie Wallenstein sie ihr gezeigt hatte. Sibylla verdrehte den Kopf und war so in die Betrachtung der Buchseite vertieft, dass sie nicht bemerkte, wie sich die Tür öffnete und ein Mann aus dem Laden trat, der sie aufmerksam betrachtete. Sie erschrak, als er sie ansprach, und spürte, wie sie errötete.

»Verzeihung«, sagte sie, denn sie verstand kein Wort von dem, was er sagte. Ein wenig hatte sie inzwischen gelernt, doch noch immer war ihr die Sprache der Böhmen fremd. »Ich wollte nicht neugierig sein«, sagte sie und hob entschuldigend die Hände, während sie zurückwich. Der alte Mann mit seinem langen grauen Haar, dessen Schläfenlocken ihr verrieten, dass es sich um einen Juden handelte, lächelte freundlich. Natürlich trug er auch die typische kleine Kopfbedeckung, die im Westen Kappel hieß. Hier nannte man sie Jarmulka. Er war traditionell in ein langes schwarzes Gewand gekleidet.

»Ah, Ihr sprecht Deutsch«, antwortete er mit starkem Akzent. »Und Ihr interessiert Euch für die Sterne?«

»Ja, ich habe Euer Schild gesehen und dann die vielen Bücher!«

Ihr Staunen und ihre Begeisterung schienen ihm zu gefallen. »Ihr mögt Bücher, gnädige Frau?«

»Oh ja, sehr. Einst hat mir jemand aus der Ilias vorgelesen und mir das Buch der Odyssee geschenkt. Es ist der größte Schatz in meinem bescheidenen Heim in Württemberg. Leider musste ich es zurücklassen.«

»Das muss ein guter Freund gewesen sein«, antwortete der Jude. »Ich selbst habe das Werk mit viel Interesse gelesen. Wollt Ihr nicht hereinkommen und Euch die Bücher ansehen? Mein Name ist Isaak. Ich sammle und verkaufe Bücher, und ich deute die Sterne.« Er verbeugte sich vor ihr. Sibylla machte ein wenig verlegen einen Knicks.

»Ich habe nicht genug Geld, ein Buch zu kaufen«, gestand sie.

Der Jude sah sie aufmerksam an. Noch immer ließ die Lücke in seinem mächtigen Bart ein Lächeln erahnen.

»Aber Ihr habt doch gewiss Zeit, einen Blick in ein Buch zu werfen, nicht wahr? Und vielleicht auch die Muße, über das ein oder andere Thema mit mir zu plaudern? Ihr scheint mir eine aufgeweckte Person zu sein, denn ich muss gestehen, ich habe noch nicht viele Frauen in Prag getroffen, die die Ilias kennen und gar die Geschichte des Odysseus gelesen haben. Es würde mir Freude bereiten, wenn Ihr hereinkommt und mir ein wenig Gesellschaft leistet.«

Sibylla nahm die Einladung an und folgte Isaak in seinen Laden. Falls sie von der Bücherzahl in dem Raum, durch dessen Fenster sie geblickt hatte, schon beeindruckt gewesen war, so war Sibylla nun schlichtweg überwältigt. Es gab noch zwei weitere Räume voller in Leder gebundener Werke und mannsgroßer Karten, die sich mit dem Thema Sterne und Planeten beschäftigten. Staunend strich Sibylla an den Tischen und Regalen entlang und versuchte die Titel zu entziffern, doch nur ein Bruchteil der Bücher war in Latein abgefasst, die meisten dagegen in Sprachen, die sie nicht einordnen konnte.

Isaak ließ sie eine Weile allein und kam dann mit einem Tablett in den Händen herein, auf dem eine Kanne stand, aus der weißer Dampf aufstieg. Zwei feine Porzellanschalen standen daneben, über die sich feuerspeiende Fabelwesen ringelten. Ein feiner, wohltuender Duft stieg auf, als er die Tassen füllte. Er reichte Sibylla eine der Schalen. Sie schnupperte und runzelte dann die Stirn.

»Ich kenne viele Kräuter, aber diese sind mir fremd. Was ist das?«

»Das sind die Blätter des Teestrauchs, der im fernen China wächst. Niederländische Handelsschiffe bringen ihn von einer Insel, die Java heißt. Ein Vetter aus Amsterdam lässt mir immer ein paar Dosen schicken. Versucht ihn. Ich finde diesen Tee sehr bekömmlich.«

Sibylla nippte an ihrer Tasse und versuchte sich an dem fremden Getränk. »Danke, es schmeckt sehr fein und aromatisch.«

Isaak nickte erfreut. »Gut, sollen wir uns nun den geistigen Genüssen zuwenden?« Er lachte auf. »Ah, ich sehe Wissbegierde in Euren Augen aufblitzen, also dann, wenden wir uns den Büchern zu. Für was interessiert Ihr Euch, oder soll ich ein Thema vorschlagen?«

Sibylla ließ den Blick noch einmal durch den Raum wandern, dann stellte sie behutsam die Porzellanschale ab, erhob sich und trat an einen Tisch, auf dem mehrere Pergamentblätter mit geometrischen Figuren lagen, die Wallensteins Horoskopdarstellung ähnelten. Ihr Finger deutete auf die ineinander verschachtelten Quadrate und Dreiecke.

»Erzählt mir etwas über die Deutung der Sterne.«

»Ihr wollt also in die Zukunft blicken«, erwiderte Isaak, und sein Bart bewegte sich wieder.

Sibylla schnaubte abfällig. »Dazu brauche ich keine Sterne«, rutschte es ihr heraus, ehe sie die Worte zurückhalten konnte, doch der alte Jude neigte nur den Kopf vor und fragte stattdessen: »Was sollen die Sterne Euch dann verraten?«

»Ich möchte einfach wissen, wie es funktioniert. Wie funktioniert das mit dem Lauf der Sterne, wie erstellt man so ein Horoskop, und was kann man aus ihm herauslesen?«

Nun lachte der alte Jude, dass sich unzählige Fältchen um seine dunklen Augen eingruben. »Das ist alles?« Sie nahm den freundlichen Spott in seiner Stimme wahr. »Und das noch heute Abend?«

Sibylla hob die Schultern. »Wir können zumindest mit irgendetwas anfangen.«

Isaak nickte. »Ja, das ist vernünftig. Und dann sehen wir, wie weit wir kommen. Wie viel wisst Ihr bereits? Wo sollen wir beginnen?«

»Ich fürchte, ganz am Anfang. Ich kann kaum eines der Sternbilder am Nachthimmel benennen. Ich bin gerade mal in der Lage, den Nordstern auszumachen, um mich zu orientieren.«

Er hob die buschig grauen Brauen. »Das ist doch schon etwas. Dann wisst Ihr bereits, dass das Himmelsgewölbe in Bewegung, doch dieser eine Stern ein fester Anker am nächtlichen Firmament ist. Die anderen Sterne ziehen – zumindest scheinbar – ihre gleichmäßigen Bahnen um ihn, außer die Planeten, die auch Wandelsterne genannt werden, und die mit ihren seltsamen Schleifenmustern den Sternforschern seit Jahrtausenden Rätsel aufgaben. Kennt Ihr die Planeten? Sie sind nach den Göttern alter Religionen benannt.«

»Mars, Jupiter ... und Venus«, sagte Sibylla stockend.

Isaak nickte. »Richtig, das sind die, denen man den größten Einfluss nachsagt. Daneben gibt es noch Merkur, Saturn und Uranus. Doch zurück zu den Sternen, die immer die gleichen Stellungen zueinander wahren, obgleich sie – wie die Sonne und der Mond – im Osten auf- und im Westen untergehen. Die Menschen haben markanten Gruppen verschiedene Bilder zugeordnet, um sich zu orientieren. Die für das Horoskop wichtigen sind die Tierkreiszeichen der Ekliptik, das heißt die Bilder, durch die die Sonne auf ihrer Jahresreise wandert. Das sind dann die, die Ihr zu dieser Jahreszeit nicht sehen könnt, weil die Sonne sie bei Tag überstrahlt. Im Augenblick steht die Sonne am Mittag im Schützen und wandert dann Ende Dezember weiter in den Steinbock. Versteht Ihr?«

Sibylla zögerte. Isaak holte eine Abbildung hervor, auf der der Nachthimmel dargestellt war. Die Hauptsterne der

Sternbilder waren durch Linien verbunden. Durch die Tierkreiszeichen führte eine gebogene Linie, auf der verschiedene Daten vermerkt waren, die den jeweiligen Mittagstand der Sonne an diesem Tag angaben, wie Isaak ihr erklärte.

»Dann sind die Sterne also immer da? Auch bei Tag?«

»Ja, genau«, bestätigte Isaak. »Ihr könnt sie der hellen Sonne wegen nur nicht erkennen.«

»Und dieses Zeichen, unter dem ich geboren bin, das soll also Einfluss auf den Verlauf meines Lebens haben?«

Wieder lachte er. »Ja, doch Ihr seid zu schnell. Natürlich ist das Sonnenzeichen wichtig, aber wenn es nur das wäre, müsste das Schicksal vieler Tausend Menschen das gleiche sein. Sie würden sich nicht voneinander unterscheiden. Wir müssen schon genauer vorgehen, wenn wir ein Geburtshoroskop erstellen wollen. Wichtig ist zweitens der Aszendent. Das ist das aufsteigende Zeichen zur Stunde der Geburt, also das, das gerade am Horizont erscheint.«

»Welches ich aber nur sehen kann, wenn die Geburt bei Nacht stattfindet.«

Wieder dieses feine Lächeln. »Ja, meist sind wir auf Berechnungen angewiesen. Genauso, wenn wir bestimmen, wo sich die Planeten zur jeweiligen Geburtsstunde befunden haben. Wir teilen den Himmel dazu in zwölf Häuser ein.«

»Häuser?« Sibylla kaute auf ihrer Unterlippe und sah auf das Bild des Nachthimmels. »Ein Haus für jedes Sternzeichen?«

Isaak nickte anerkennend. »Ihr begreift schneller als die meisten meiner früheren Schüler. Es ist ein Vergnügen, mit Euch zu plaudern. Noch eine Tasse Tee, ehe wir weitermachen?«

Sibylla nickte und ließ sich auf den Schemel am Tisch sinken. »Erzählen Sie weiter!«, bat sie. Sie wollte noch viel mehr über diese geheimnisvolle Wissenschaft der Sterne erfahren.

Es war bereits spät, als sich Sibylla auf den Heimweg machte. Der Wächter am Brückentor mahnte sie streng, ließ sie aber passieren. Sie dankte ihm und eilte dann geduckt über die Brücke zur Kleinseite hinüber. Ein eisiger Wind strich über die Moldau und zerrte an ihrem Umhang. Über den Giebeln der Adelspaläste und Bürgerhäuser erhob sich der Hradschin samt Königsburg und dem Burgstädtchen vor dem Westtor. Sibylla tauchte in den Schutz der Gassen ein. Neben ihr ragten die beiden Türme der Kirche »Maria unter der Kette« auf. Sie rätselte, woher das Gotteshaus der ehemaligen Johanniterkommende diesen seltsamen Namen hatte. Vielleicht von den Ketten, mit denen früher nachts die Straßen gesperrt wurden. Die Kommende, deren Glaubensbrüder sich später Malteser nannten, war mehr als ein Kloster. Sie war über einen langen Zeitraum eine kleine, befestigte Stadt mit eigener Gerichtsbarkeit gewesen. Selbst heute noch konnte man die Grenze um die mehr als fünfzig Bürgerhäuser erahnen, die sich um die Kirche scharten.

Sibylla gelangte nun durch einen Bogen neben dem Kloster in die Welt der Höfe und Hinterhäuser jenseits der prächtigen Fassaden. Ihr war kalt, und sie sehnte sich nach der wollenen Decke ihres Bettes. Sie wollte gerade in den Hof treten, von dem aus die Stiege zu den beiden Kammern unter dem Dach führte, als eine schattenhafte Bewegung sie innehalten ließ. Sibylla fuhr zurück und blieb im Schutz des düsteren Durchgangs stehen, um die Gestalt zu betrachten, die im Hof auf und ab ging, stehen blieb und zu den beiden dunklen Dachfenstern hinaufsah, ehe sie ihre Wanderung wieder aufnahm. Wer war das, und was wollte er hier? Der Mann war sicher nicht ihr Brötchengeber. Dr. Stegmann war kleiner und von gedrungener Gestalt. Außerdem gab es für ihn keinen Grund, sich hier unter ihrem Fenster im dunklen Hof herumzutreiben. Das Licht der Mondsichel strich über einen Degen, den er mit sich führte. Sibylla zögerte noch immer. Seit ein Großteil der Armee sich aufgelöst hatte und es keinen Sold mehr für die Soldaten gab, wurde die Stadt von Männern überschwemmt, von denen nur wenige Ausschau nach Arbeit hielten, die meisten auf leichtes Geld, Branntwein und Frauen aus waren. Und dennoch spürte sie nicht das Ziehen in ihrem Bauch, das sie schon oft vor Gefahr gewarnt hatte. Ihr Bauch sagte gar nichts, dafür schien ihr Herz ein wenig schneller zu klopfen, was aber auch von dem strammen Marsch über die Brücke kommen konnte, oder?

Der Mann blieb wieder stehen und wandte sich dann abrupt um, so als habe er ihre Anwesenheit gespürt. Seine Hand fuhr in einem Reflex an den Griff des Degens. Der Blick schweifte durch die Dunkelheit. Sein Körper schien angespannt, als halte er nach einer möglichen Gefahr Ausschau. Da erkannte sie ihn.

»András!«

Die Hand glitt herab, sein Körper entspannte sich. Trotz der Dunkelheit spürte sie, dass er lächelte.

»Sibylla! Ich habe schon befürchtet, du würdest hier nicht mehr wohnen.«

»Willst du mich jetzt etwa fragen, woher ich so spät komme?« Sie hörte selbst, dass ihre Stimme ein wenig schroff klang.

Er schüttelte den Kopf. »Das geht mich nichts an. Ich freue mich nur, dass du da bist.«

Er verstummte. Sein Blick glitt von ihr zum Haus und wieder zurück. Sibylla fröstelte, dennoch scheute sie sich, ihn hereinzubitten und mit in ihre Kammer zu nehmen. Sie mochte ihn sehr gern, doch sie wollte auf keinen Fall einen falschen Eindruck erwecken und sich in eine Situation bringen, die ihre Freundschaft jäh beenden könnte.

»Hast du schon gegessen?«, fragte András, nachdem sie sich eine Weile schweigend gemustert hatten.

Sibylla schüttelte den Kopf. »Nur jede Menge Tee getrunken.«

»Tee?«

»Ein neuer Kräutersud aus Asien.«

»Aha.« Er nickte. »Ich habe Hunger«, fuhr András fort. »Ich würde vorn beim ›Goldenen Krug‹ noch etwas essen. Wenn du auch etwas möchtest, lade ich dich ein.«

Sibylla fühlte sich erleichtert. »Gerne!«

Sie hakte sich bei ihm unter und ließ sich hinaus auf die Straße führen. Nur wenige Häuser weiter leuchtete noch das Licht in den Fenstern des Wirtshauses. Der Wirt begrüßte sie freundlich. Sie bestellten jeder einen Krug Bier und einen Teller Eintopf. Das Schankmädchen musterte sie neugierig, als sie die Krüge abstellte und dann noch einmal mit zwei gut gefüllten Tonschalen zurückkehrte. Sibylla senkte den Blick. Es war ihr ein wenig unangenehm, denn sie konnte sich vorstellen, was das Mädchen von ihr dachte. Dabei war sie erst seit wenigen Monaten Witwe.

Das geht sie überhaupt nichts an!, wehrte sich eine trotzige Stimme in ihr. *Du hast deinen Mann geliebt und wärst ihm ein Leben lang treu geblieben, wenn es ihm vergönnt gewesen wäre, dein ganzes Leben mit dir zu teilen. Und außerdem ist überhaupt nichts dabei, ein Bier und einen Teller Eintopf mit einem Freund zu teilen. Das ist alles ganz harmlos!*

Zumindest konnte sie sich das einreden, solange sie ihren Blick auf das Kraut und die Fleischstücke in ihrer Schale richtete und nicht in seine blauen Augen sah. Sie war schweigsam, während András munter drauflosredete und ihre Befangenheit nicht zu spüren schien oder sie bewusst ignorierte.

»Wie geht es Graf zu Pappenheim?«, erkundigte er sich nach einer Weile.

»Der Rittmeister erholt sich erstaunlich schnell von seinen Verletzungen«, berichtete Sibylla.

»Das glaube ich gern«, sagte András. »Er schien mir ein zäher Kerl, mutig und verwegen. Wusstest du, dass er immer mit offenem Visier gekämpft hat?«

»Was ihm seine vielen Narben im Gesicht eingebracht hat, ja, Wallenstein hat es mir erzählt, aber ich weiß nicht, ob ich es mutig oder unvernünftig finde.«

»Solange er jemanden wie dich hat, der ihn wieder zusammenflickt«, entgegnete András mit einem Lächeln.

»Ich tue, was ich kann, doch der Kampf gegen Eiter und Wundbrand wird ebenso erbittert geführt wie der auf dem Schlachtfeld.«

»Und dennoch darf er sich täglich an deinem Anblick erfreuen. Fast wollte ich ein wenig neidisch werden.«

Sibylla freute sich über die Schmeichelei, ging aber nicht darauf ein, sondern wehrte ab: »Das wünschst du dir nicht wirklich! Er muss viele Schmerzen ertragen und bittere Medizin schlucken«, fügte sie mit einem verschmitzten Lächeln hinzu.

»Gut, dann lieber nicht«, stimmte ihr András zu. »Dann lieber mit dir bei einem Bier und Eintopf im Warmen sitzen.« Trotz seiner Worte schien er ihr irgendwie schwermütig.

»Was ist?«, erkundigte sich Sibylla.

»Ich bin gekommen, um mich von dir zu verabschieden.«

»Was?« Nun schlingerte nicht nur ihr Magen. Ihr Herz stolperte in ungleichen Sprüngen, und ihr wurde trotz der Wärme des Gastraums auf einmal kalt. Sibylla griff nach ihrem Krug, nahm einen tiefen Schluck und senkte ihren Blick auf die trübe Flüssigkeit. Sie antwortete erst, als sie sich sicher war, ihre Stimme im Griff zu haben.

»Wohin gehst du? Was hast du vor?«

András hob die Schultern. »Zurück zum Hof meiner Eltern. Vorerst zumindest. Mein Vater ist krank. Daher kann meine Mutter Hilfe gebrauchen, auch wenn sie dann einen mehr durchfüttern muss. Ich gehe nicht gern zurück, das kannst du mir glauben, aber was soll ich tun?«

Sibylla trank noch einen Schluck. »Dann wünsche ich deinem Vater schnelle Genesung, auf dass deine Hilfe bald entbehrlich wird.«

»Und dann?«

»Dann kannst du nach Prag zurückkehren«, schlug sie vor, ohne ihn dabei anzusehen.

»Ich glaube nicht, dass ich zurückkomme«, widersprach er leise. »Die Truppen sind abgemustert, und eine andere Arbeit finde ich hier in Prag nicht. Es sind einfach zu viele Männer, die nach Beschäftigung und Geld suchen.«

Sibylla nickte nur. Schweigend leerte sie ihre Schale und trank das Bier aus. András verfiel ebenfalls in Schweigen. Als sie beide fertig waren, ging er zum Tresen, um zu bezahlen. Sibylla erhob sich ebenfalls. Es gab nichts mehr zu sagen, doch plötzlich schien ihre Kammer nicht mehr warm und verlockend auf sie zu warten.

Trotz des eisigen Windes gingen sie langsam, so als sei jeder Schritt zu überlegen, doch irgendwann standen sie im Hof vor der Stiege, und es galt, Abschied zu nehmen.

»Dann sehen wir uns nicht wieder?«, fragte Sibylla, als sie ihm die Hand reichte.

Er umfasste sie mit seinen beiden Händen und hielt sie fest. »Ich weiß es nicht. Bist du nicht diejenige, die die Zukunft in den Sternen erkennen kann?« Er legte den Kopf in den Nacken. »Sieh hinauf. Du hast heute eine große Auswahl dort oben. Einer von ihnen wird es dir sicher verraten.«

Obgleich ihr Herz schwer in der Brust wog, musste Sibylla lachen. »Wie kommst du darauf, dass die Sterne mit mir sprechen?«

»Wallenstein hat es behauptet. Er sagte, du wärst eine große Astrologin und hättest ihm von seiner Zukunft erzählt. Wenn du seine dort oben siehst, dann vielleicht auch meine?«

»So einfach ist das nicht«, wehrte Sibylla ab. »Man muss ein Horoskop erstellen und dazu die Stellung der Sterne und Planeten berechnen. Das ist sehr kompliziert.«

Sein Blick kehrte zu Sibylla zurück und versenkte sich in dem ihren. »Das scheint mir auch so«, sagte er, und seine Stimme klang belegt. Er beugte sich ein wenig nach vorn, bis sie seinen Atem auf ihren Wangen spürte.

»Lebe wohl, Sibylla. Ich wünsche dir alles Glück dieser Welt und dass deine Suche doch noch ein gutes Ende nimmt.«

»Ich wünsche dir auch alles Gute«, erwiderte Sibylla. Dann schwiegen sie, als ihre Lippen sich fanden und ihre Arme einander umschlangen.

Für einen Moment erschien ihr Peters Gesicht vor Augen, und ihr Gewissen regte sich, doch es war so kalt und einsam in ihr, und sie hungerte so sehr nach Liebe, dass sie den Kuss erwiderte und sich gegen András presste. Sibylla spürte seine männliche Statur durch ihre Kleider und sog seinen Geruch in sich ein. Er war anders als der ihres Mannes, der sich vermutlich häufiger gewaschen hatte als die meisten Männer, und doch roch András nicht unangenehm. Er schmeckte nach Eintopf und Bier, dennoch waren seine Küsse köstlich. Seine Lippen lösten sich von den ihren und wanderten an ihrem Hals entlang. Seine Hand strich ihren Rücken herab. Dann löste er sich von ihr und streichelte über ihre Brüste. Sibylla wich zurück, bis sie eine Wand im Rücken spürte. András zögerte. Ihre Blicke trafen sich.

»Es geht nicht«, stieß sie hervor. »Bitte, versteh das.«

Er nickte traurig, trat aber wieder näher und küsste sie noch einmal so zärtlich, dass ihr Tränen in die Augen traten und über die Wangen rannen.

»Ich weiß, du bist eine anständige Frau«, raunte er in ihr Ohr. »Darf ich das bedauern?«

Er griff nach ihrer Hand, und sie setzten ihren Weg fort, jeder von ihnen gefangen in seinen eigenen Sehnsüchten.

Am nächsten Abend klopfte Sibylla wieder an Isaaks Tür. Er schien sich zu freuen, sie wiederzusehen, doch bat er sie nicht herein. Stattdessen holte er sich einen Mantel und trat dann wieder auf die Gasse hinaus. Sibylla sah ihn fragend an.

»Ich möchte Euch etwas zeigen«, sagte er. »Es ist nicht weit. Wollt Ihr mich begleiten?«

Sibylla nickte und ging dann an seiner Seite über den Altstädter Ring, auf dem sich die Menschen noch dicht drängten. Links von ihnen erhoben sich die Türme der Teinkirche, die von reichen Bürgerhäusern umgeben war, und vor ihnen der Turm des Rathauses, auf das Isaak zusteuerte.

»Wir müssen auf die andere Seite«, sagte Isaak.

Sibylla kam ein Gedanke. »Die Uhr! Ihr wollt mir die berühmte astronomische Uhr zeigen.«

»Genau. Ich bin mir sicher, Ihr habt sie bereits betrachtet, doch nach unserem Gespräch gestern versteht Ihr besser, was die einzelnen Zifferblätter zu bedeuten haben, und wir können unser Wissen rund um die Ekliptik noch einmal wiederholen.«

Sie blieben unterhalb der Uhr auf der Südseite des Rathauses stehen, das neben einem imposanten Turm aus zahlreichen Anbauten bestand, die der jeweiligen Strömung einer Epoche ihren Tribut zollten, im Gesamtbild aber eher einen chaotischen Eindruck hinterließen.

Isaak deutete zu der Uhr hinauf, die ein mechanisches Wunderwerk sein musste und mit ihren ineinandergreifenden astronomischen Zifferblättern sehr kompliziert aussah.

»Es ist kaum zu glauben, doch das Uhrwerk ist mehr als

zweihundert Jahre alt. Seitdem gab es einige Reparaturen und Umbauten. Doch lasst uns die einzelnen Elemente betrachten. Ganz außen seht Ihr mit den goldenen gotischen Zahlen die böhmische Stunde, die jeweils eine halbe Stunde nach Sonnenaufgang mit der eins beginnt. Das Ziffernblatt mit den römischen Zahlen zeigt die bürgerliche Stunde. Die Zwölf oben bedeutet Mittag, die Zwölf unten Mitternacht. So weit, so gut für eine Uhr, doch jetzt geht es weiter. Seht Ihr diese feine goldene Linie? Das ist der Äquator. Die Linie, die ihn von der römischen Fünf her kommend schneidet, der Wendekreis des Krebses, auf der anderen Seite dann der Wendekreis des Steinbocks. Zwischen ihnen wandert der Sonnenstand am Mittag im Laufe eines Jahres hin und her.«

Sibylla nickte brav, obgleich sie dem Gesagten kaum folgen konnte.

»Dann haben wir dort die goldenen Felder, die die Dämmerungsphasen anzeigen neben Sonnenaufgang und -untergang. Das Symbol der Sonne zeigt ihren Tagesverlauf und – ganz wichtig – der Ekliptikzeiger den Stand der Sonne im jeweiligen Tierkreiszeichen. Die Höhe der Sonne wird in Bezug zu den Wendekreisen und dem Äquator dargestellt.«

Sibylla stöhnte, doch Isaak ließ sich nicht beirren. »Und dann haben wir da noch den Mond mit seinen Phasen, die Ihr an der schwarz-silbernen Kugel des Mondanzeigers sehen könnt. Die Ekliptik, also der Spiegel des Himmeläquators, über den die Sonne scheinbar verläuft, wird durch dieses drehbare Ziffernblatt mit den Symbolen der Tierkreiszeichen dargestellt. Es dreht sich an einem Sternentag einmal um den Mittelpunkt, während auf seinem Rand die Sonne und der Mond entlanglaufen und ihre Stellung innerhalb der Tierkreiszeichen anzeigen.«

Isaak sah sie an und lachte. »Ich gebe zu, das ist noch ein wenig viel, doch wenn Ihr mehr gehört habt, dann könnt Ihr jedes Mal, wenn Ihr hier vorbeikommt, die Uhr betrachten und Euch ein Bild von unserem Sternenhimmel machen, selbst wenn gerade die Sonne am Himmel steht.«

Sibylla nickte stumm.

»Ich denke, für heute habe ich Euch genug zum Grübeln gegeben. Kommt wieder, wenn es Euch nach mehr gelüstet!«

Und das tat sie. Auch den folgenden Abend verbrachte Sibylla mit dem gelehrten Juden und lauschte aufmerksam, was er über Sterne, Planeten und über deren Einfluss auf die Menschen zum Besten gab. Sie lernte nicht nur etwas über die Symbole des Zodiak und der Planeten, über die Darstellung der Häuser und die Wichtigkeit der Aszendenten. Isaak erzählte ihr, welche Eigenschaften mit welchem Planeten in Verbindung gebracht wurden und was es vermutlich bedeutete, je nachdem in welchem der Häuser sie zum Zeitpunkt der Geburt zu finden gewesen waren.

»Die Planeten zu verstehen ist nicht einfach«, bemerkte Sibylla. »Warum ist Venus manchmal Morgenstern und dann wieder Abendstern? Warum überholen sich Saturn und Jupiter gegenseitig?«

»Das sind die eigentlich spannenden Fragen«, rief Isaak. »So ging es mir zu Anfang auch. Ich wollte nicht an eine Laune des Himmels glauben, erdacht einzig und allein, uns Menschen zu verwirren. Was also steckt hinter dem scheinbaren Eigensinn der Planeten? Die Astronomen früherer Zeiten wussten schon bald ihre Bahnen zu berechnen, aber wozu diese seltsamen Schleifen?«

Sibylla hob die Schultern, um ihre Ahnungslosigkeit zu zeigen.

»Wollt Ihr die Erklärung der Kirche hören oder die der Wissenschaft?«

»Gebt mir beide, dann kann ich selbst entscheiden, welche mir die richtige erscheint.«

»Das nenne ich klug!«, rief Isaak aus. »Dann hört gut zu. Für die Kirche ist einzig und allein wichtig, was in der Bibel steht – vor allem für diesen Luther und seine Anhänger. Die Erde ist das Zentrum aller Dinge, von Gott erschaffen und vom Firmament mit all seinen Sternen umhüllt. Warum die Planeten nicht an ihrem Platz bleiben wollen? Weil Gott es so gewollt hat. Vielleicht gefiel es ihm so besser?« Er hob seine dichten Augenbrauen und sah Sibylla an.

Sie lachte. »Diese Erklärung scheint Euch nicht zu genügen.«

»Nein. Euch etwa?« Sibylla schüttelte den Kopf. »Seht Ihr ... Habt Ihr den Namen Nikolaus Kopernikus schon einmal gehört?«, fragte Isaak.

Sibylla überlegte, war sich aber nicht sicher.

»Er stammt aus der früheren Deutschordensstadt Thorn im Norden und hat in Krakau studiert«, half Isaak ihr.

»Und er war Astronom«, schlussfolgerte Sibylla.

»Das auch. Er hat Griechisch und Astronomie in Bologna studiert, doch er war auch Arzt und studierte daneben in Padua Juristerei.«

»Ein vielseitiger Mann«, bemerkte Sibylla.

»Ja, einer der Großen der Wissenschaft. Doch kommen wir zurück zu den Planeten mit ihren merkwürdigen Schleifen. Diese lassen sich nämlich ganz wunderbar als Spiegelbild einer Bewegung erklären, wenn wir nicht die Erde in den Mittelpunkt rücken, sondern die Sonne und uns vorstellen, dass sich alle Planeten – und mit ihnen die Erde – auf festen Bahnen um sie bewegen.«

Sibylla kaute auf ihrer Lippe. »Davon habe ich schon gehört, doch diese Vorstellung stößt auf Ablehnung.«

»Bei den Männern der christlichen Kirchen!«, präzisierte Isaak. »Allen voran die Protestanten. Die katholische Kirche ist der Theorie unter den früheren Päpsten offener begegnet.

Heutzutage gerät man dagegen schnell in den Verdacht der Ketzerei, wenn man nur davon spricht.«

»Aber Ihr glaubt, dass Kopernikus recht hat?«

»Zumindest im Kern seiner Theorie, obgleich er vieles nicht schlüssig beweisen konnte und manches widersprüchlich bleibt; doch sicher wird es eines Tages einem anderen großen Mann gelingen, die Widersprüche aufzulösen. Die Bahnen der Planeten und der Erde um die Sonne sind nicht kreisrund, sondern elliptisch.« Er zeigte auf eine Skizze, die so eine Bahn zeigte. »Kepler stellte das Gesetz auf, dass die Sonne für jeden Planeten in einem der beiden Brennpunkte seiner eigenen Ellipse steht.«

Sibylla horchte auf. »Kepler? Ihr sprecht nicht etwa von Magister Johannes Kepler, dem kaiserlichen Mathematicus aus Leonberg?«

»Ah, Ihr habt von ihm gehört«, rief Isaak erfreut. »Ihr erstaunt mich immer wieder.«

»Ja, und nicht nur das«, bestätigte sie. »Vielleicht ist es zu viel, wenn ich sage, dass ich ihn seit seiner Kindheit kenne. Zumindest seiner Mutter bin ich oft begegnet, und ich habe noch wenige Tage vor meiner Abreise aus Leonberg mit Magister Kepler gesprochen.«

Sie schluckte, als die dramatischen Stunden vor ihrem inneren Auge aufstiegen, die ihr Leben für immer verändert hatten. Sie hatte Peter verloren, und Helenas Schicksal blieb in den Nachwehen der Kriegswirren verborgen.

»Ihr seid eine erstaunliche Frau«, sagte Isaak. »Wollt Ihr mir von Magister Kepler erzählen? Ich hege große Bewunderung für ihn, obgleich ich ihm leider noch nicht persönlich begegnet bin.«

Sibylla nickte. Sie berichtete alles, was ihr zu ihren Begegnungen mit dem Mathematicus einfiel. Nur seinen letzten Rat, den er ihr gegeben hatte, ließ sie aus. Sie wusste, dass er recht damit hatte und sie ihre Träume und Visionen für sich behalten musste – sie durfte sie nur preisgeben, wenn sie ihnen den Mantel der Astrologie umhängte, um nicht noch einmal in tödliche Gefahr zu geraten.

Sibylla sah den alten Mann mit seiner fremd anmutenden Haartracht und Kleidung an. Er war nicht nur Jude, er stammte aus einem anderen Land, sprach normalerweise eine andere Sprache, und doch fühlte sie sich in seiner Gegenwart wohl, ja so vertraut, dass sie ihm am liebsten alles erzählt hätte. Es drängte sie, über die düsteren Träume zu sprechen, die sie Nacht für Nacht heimsuchten und deren Bilder immer klarer wurden. Etwas Entsetzliches braute sich am Horizont zusammen, das ganze Länder in den Abgrund reißen würde, und nichts und niemand konnte es aufhalten.

Kapitel 10

Prag, 1621

Der Januar kam mit Sturm und Schnee und hüllte Prag in eine eisige weiße Decke. An den Ufern der Moldau bildeten sich Eisschollen, doch gelang es dem Frost nicht, den Strom gänzlich zu besiegen. Unaufhörlich wälzten sich die grauen Wassermassen unter der Brücke hindurch, die bereits unter Kaiser Karl IV. vor beinahe dreihundert Jahren erbaut worden war. So nahm der Winter seinen Lauf und hielt die Stadt bis weit in den März fest in seinem Griff.

An einem grauen Morgen klopfte es an Sibyllas Kammertür. Obgleich sie heute erst die Abendschicht bei Dr. Stegmanns Patienten übernehmen würde, war Sibylla bereits angekleidet und öffnete die Tür.

»Guten Morgen, Sibylla!«

Sie musterte den Mann auf dem Treppenabsatz, der seinen federgeschmückten Hut zog und sich verbeugte.

»Guten Morgen, General«, begrüßte sie den neuen Kommandanten von Prag.

Er hielt mitten in der Bewegung inne. »Du bist nicht überrascht über meinen Besuch«, stellte er fest. »Du hast wieder in den Sternen gelesen, nicht wahr?«

In der Tat hatte sie diese Nacht von Wallenstein geträumt, wie er durch Böhmen zog und – nahezu ohne Widerstand –

eine Stadt nach der anderen für den König zurückgewann. Ganz Prag sprach davon. Doch statt einer Antwort neigte sie nur den Kopf. Er schien das als Zustimmung auszulegen.

»Von meiner Ernennung hast du also bereits erfahren. Aber nenn mich nicht General. Ich bin inzwischen allerdings nicht mehr nur Kommandant von Prag. Der Kaiser hat mich auch zum Oberbefehlshaber von ganz Nordböhmen gemacht.«

»Ich gratuliere Euch«, sagte Sibylla. »Wollt Ihr hereinkommen?« Sie trat einen Schritt zurück, doch Wallenstein schüttelte den Kopf.

»Ich wollte dich bitten, mit mir zu kommen. Ich möchte dir etwas zeigen.«

Nun war sie doch ein wenig überrascht, griff aber nach ihrem warmen Umhang und band sich ein Tuch um den Kopf. Sie folgte ihm die Treppe hinunter durch den Hof auf die Straße hinaus. Er blieb stehen und reichte ihr den Arm.

»Wohin gehen wir?«, erkundigte sich Sibylla, die keine Ahnung hatte, was Wallenstein vorhaben könnte.

»Wir gehen nicht weit«, versicherte er. »Wir bleiben hier auf der Kleinseite.«

Mehr war er nicht bereit zu sagen. So schritt sie neben ihm her an den beiden Brückentürmen vorbei, der Moldau nach Norden folgend, und dann nach links ein Stück den Berg hinauf, bis er am Rand einiger Gärten stehen blieb, an den sich eine Gruppe von Bürgerhäusern und ein Kloster anschlossen. Das Gelände war weitläufig. Sibylla ließ den Blick über die noch immer kahlen Obstbäume schweifen, als plötzlich das Bild eines prächtigen Palasts in ihrem Geist entstand. Fragend sah sie Wallenstein an.

»Ich habe diesen Garten gekauft«, sagte er. »Und ich werde beizeiten diese Häuser und das Kloster erwerben. Ich werde sie abreißen lassen und mir an ihrer Stelle ein Palais bauen lassen, das prächtigste, das du jemals zu Gesicht bekommen wirst!« Sibylla vernahm den Stolz in seiner Stimme ganz deutlich.

»Dann hat der Kaiser also seine Schulden bei Euch beglichen?«

Seine Mundwinkel sanken herab. »Nein, der Kaiser leidet wie eh und je unter leeren Kassen. Nicht von ungefähr habe ich alle Kosten der Werbung und der Ausrüstung meiner Truppen für den Feldzug gegen die Rebellen in Prag geschultert. Ein Wunder, wenn die Männer nur ab und zu ihren Sold sehen. Der meine kommt zu der langen Liste an Schulden hinzu, die Wien inzwischen angehäuft hat.«

»Und wie stellt Ihr Euch das dann vor? Ich meine, wenn Ihr mir diese indiskrete Frage entschuldigt.«

Wallenstein wehrte ab. Nun lächelte er wieder. »Ich habe noch eine neue Aufgabe – neben meinem Posten als Obrist und Kommandant von Böhmen. Der Kaiser und noch mehr Herzog Maximilian sind fest entschlossen, das Kraut der Rebellion bis zur letzten Wurzel mit aller Härte auszureißen.«

Sibylla sah betrübt drein. »Es sitzen noch viele, die bei der Schlacht ergriffen werden konnten, oben auf der Burg im Weißen Turm, nicht wahr?«

Wallenstein nickte mit grimmiger Miene. »Ja, und es werden immer mehr. Wer sich am Aufstand beteiligt und sich mit Waffen gegen seinen Kaiser gestellt hat, wird verhaftet, sobald wir seiner habhaft werden können. Den Aufständischen wird der Prozess gemacht. Dazu hat der Kaiser eine Kommission bestellt, um seine Rebellenverordnung durchzusetzen. Neben Generalleutnant Tilly und Generalkommissar Michna bin auch ich Mitglied sowie mein Oheim Adam von Waldstein.«

»Und was macht diese Kommission?«, erkundigte sich

Sibylla, die noch nicht recht verstand, was dies mit seinem Besuch und dem Garten vor ihr zu tun hatte.

»Wir schätzen die Güter der Rebellen und ziehen sie dann im Namen des Kaisers ein, um sie zu verkaufen.«

»Ach, so will der Kaiser also seine Kasse füllen!«, rief Sibylla aus.

Wallenstein nickte. »Aber es ist nicht so einfach, wie er dachte, Käufer zu finden. Daher habe ich ihm angeboten, er könne meine Darlehen mit Land begleichen.«

»Und? Was hat der Kaiser dazu gesagt?«

Wallenstein stöhnte. »Im Prinzip, ja, doch er braucht ein neues Darlehen über sechzigtausend Gulden.«

Sibylla riss die Augen auf. »So viel Geld kann ich mir gar nicht vorstellen. Woher solltet Ihr das nehmen? Man redet darüber, dass Eure Güter in Mähren beschlagnahmt wären.«

Wallenstein nickte. »Das ist richtig, doch ich habe noch Silbergeschirr in Wien, das ich dem Kaiser geben kann. Dafür hat er mir die Herrschaft Jitschin verpfändet.«

»Aber ein Pfand ist nicht das, was Ihr wollt«, vermutete Sibylla.

»Ganz genau. Ich möchte die Ländereien erwerben. Der Kaiser ist einverstanden. Er muss nicht nur seine Schulden loswerden, er braucht dringend neues Geld für neue Truppen. Daher werde ich schon in wenigen Wochen der Herr über Friedland und Reichenberg sein.«

Sibylla lauschte seiner Stimme. »Das ist ein großer Besitz, nicht wahr?«

Sein Bart teilte sich zu einem seltenen Lächeln. »Oh ja! Ein wundervolles Land mit großen Möglichkeiten. Die Ländereien im Nordosten von Böhmen sind fruchtbar und bergen Bodenschätze. Die Menschen sind fleißig und können das Land in nur wenigen Monaten aufblühen lassen, wenn man sie richtig anleitet. Sie brauchen einen Landesherrn, der richtig hinsieht, ihnen aufmerksam zuhört und dann die Zügel straff in der Hand hält.«

»Herzog Albrecht von Friedland«, sagte Sibylla langsam.

Er wehrte ab. »Nein, das nicht, aber …« Wallenstein stutzte. Ein Lächeln machte sich auf seinem Gesicht breit. »Ein freies Herzogtum? Denkst du wirklich, dass der Kaiser so weit geht? Das würde mir durchaus gefallen!« Sein Blick glitt von ihr hinüber zur Wiese. »Vielleicht sollte ich die Pläne für das Palais noch einmal überarbeiten. Es sollte einem Herzog angemessen sein, was meinst du?«

Nach dem harten Winter kehrte endlich der langersehnte Frühling nach Prag zurück, und das Ufer der Moldau schmückte sich mit weißen und gelben Blüten. Es wurde wärmer, und die Menschen konnten endlich ihre warmen Umhänge in den Truhen verstauen. Überall wurden Tische und Bänke auf die Straße gestellt, wo sich am Abend die Menschen nach harter Arbeit trafen, um zu essen und zu trinken, zu plaudern und zu singen. Zu später Stunde, wenn Bier und Wein die Köpfe berauschten, schwangen die Frauen, die zu dieser Zeit noch nicht züchtig in ihrer heimischen Stube waren, die Röcke, und es wurde zum Klang der Fiedeln getanzt.

Sibylla arbeitete noch immer für Dr. Stegmann, und sie besuchte den Gelehrten Isaak, sooft es ihr möglich war. Ihre Streifzüge durch die dunklen, schmutzigen Gassen am Rande der Stadt waren weniger geworden. Sie kannte inzwischen jedes Gesicht und hatte mit so vielen Frauen und Männern gesprochen, die im Gewerbe der verbotenen Lust auf die eine oder andere Weise tätig waren, doch sie hatte keine Spur von Helena entdecken können. Sie musste woanders nach ihr suchen, aber wo? Sibylla war ratlos. Ihre Träume verrieten ihr nichts, und dennoch oder gerade deshalb klammerte sie sich an die Hoffnung, dass ihre Tochter noch irgendwo dort draußen war, nur, wo sollte sie ansetzen? Da sie auf diese Frage noch immer keine Antwort hatte, blieb sie in Prag und versuchte, so viel Geld wie möglich anzusparen. Spätestens wenn der Sommer kam, würde sie sich auf den Weg machen, hatte sie sich vorgenommen.

Sibylla bekam Wallenstein eine Weile nicht mehr zu Gesicht. Er war mit seiner Aufgabe, Prag und Nordböhmen für den Kaiser zu sichern und in seinem Auftrag die Ländereien der Rebellen einzuziehen, vollauf beschäftigt. Sibylla erwischte sich jedoch immer wieder dabei, dass sie nicht nur an András dachte und sich fragte, wie es ihm auf dem Hof seiner Eltern erging. Auch Wallenstein spukte bei Tag und Nacht durch ihre Gedanken. Ihre gemeinsame Geschichte war noch nicht zu Ende, doch die Bilder lagen nach wie vor nicht klar vor ihr. Nebel verhüllte die Zukunft, der sich nur ab und zu ein wenig lüftete. Was er dann allerdings freigab, ließ sie frösteln.

Worauf steuerte ihr Leben da zu? Und nicht nur ihr Leben. Das Leben der Menschen in halb Europa! Sibylla konnte nur beten, dass sie sich irren und es nicht so schlimm kommen möge, doch so recht wollte die Hoffnung in ihr nicht aufkeimen.

Im Mai kam ein junger Leutnant nach Prag, um nach den Genesungsfortschritten von Graf zu Pappenheim zu sehen. Von ihm erfuhr Sibylla, dass Wallenstein mit seiner Truppe nach Königgrätz gerufen worden war, um einen Bauernaufstand niederzuschlagen.

»Das wird keine große Sache«, sagte der Leutnant wegwerfend, »doch wenn Rittmeister Pappenheim sich für den nächsten großen Kriegszug ein wenig warm machen möchte, dann ist er unserem Hauptmann Wallenstein herzlich willkommen.«

Pappenheim reckte die Glieder. Er verzog das Gesicht, sodass seine Narben noch stärker hervortraten. »Das ist ein ganz prächtiger Vorschlag. Ich verliere hier zwischen diesen Beginen, die den ganzen Tag mit einem heiligen Gesichtsausdruck um mich herumhuschen, langsam den Verstand.«

Sibylla hob drohend die Schere, die sie gerade in der Hand hielt. »Also wenn Ihr behauptet, mich jemals mit heiliger Miene herumhuschen gesehen zu haben, dann ist das eine Lüge, die ich Euch nicht durchgehen lasse.«

Graf zu Pappenheim lachte. »Nein, das würde ich nicht riskieren. Ich versichere, Witfrau Sibylla kam stets mit grimmiger Miene, um mich zu maßregeln und mir irgendwelche unangenehmen Dinge aufzudrängen. Und sie hat mir den Genuss von Branntwein untersagt!«

Der Leutnant grinste. »Dann wird es Zeit, dass ich Euch vor diesen Grausamkeiten errette.« Er verbeugte sich in Sibyllas Richtung, die nun die Scherenspitze auf ihn richtete.

»Wagt es nicht«, sagte sie, doch ihr war klar, dass sie auf verlorenem Posten stand. Sie stimmte mit Dr. Stegmann überein, dass der Rittmeister sich noch einige Wochen schonen sollte, aber er war einfach nicht mehr in seinem Bett zu halten. Doch musste er gleich wieder in den Krieg ziehen?

Er sah ihr bekümmertes Gesicht und tätschelte ihr den Arm. »Mein treu sorgender Engel, Ihr solltet Euch nicht grämen. Wenn Ihr nicht gewesen wärt, dann würde ich vielleicht gar nicht mehr unter den Lebenden weilen. Jetzt aber ist Eure Aufgabe erfüllt, und ich muss zu dem Handwerk zurückkehren, das ich erlernt habe. Auch General Tilly ruft nach mir. Ich denke aber, unser wackerer Wallenstein wird mit den paar Bauern alleine fertig. Ich werde für Tilly nach Wien reisen.«

Sibylla steckte ihre Schere ein und reichte ihm die Hände.

»Dann bleibt mir nur, Euch alles Gute zu wünschen. Ich werde Euch vermissen. Was werdet Ihr in Wien machen?«

Die Miene Pappenheims wurde ernst. »Ich werde dem Kaiser die Urteile vorlegen, die das Prager Gericht über die Rebellen gefällt hat.«

Sibylla spürte ein unangenehmes Kribbeln im Nacken. »Es wird keine Gnade für die Aufständischen geben, nicht wahr?«

Der Rittmeister schüttelte den Kopf. »Nicht wenn der Kaiser die Urteile bestätigt.«

Im Juni kehrte Wallenstein nach Prag zurück und stand, wie beim letzten Mal, unvermittelt vor Sibyllas Tür.

»Nun, Kommandant, habt Ihr den Bauern in Königgrätz das Fürchten gelehrt und sie zurück zur Arbeit auf die Felder getrieben?«

Wallenstein hob die Augenbrauen und sah sie eine Weile schweigend an, ehe er ihr antwortete. »Selbst wenn manche Forderungen der Bauern berechtigt sein sollten, so kann der Kaiser es dennoch nicht dulden, dass sie sich bewaffnen und gegen ihren Herrn erheben.«

Sibylla erwiderte nichts, daher fuhr Wallenstein fort.

»Ja, sie sind auf ihre Felder zurückgekehrt. Es war eine Sache von wenigen Tagen, und es gab nur wenig Blutvergießen.«

Sibylla sah zu ihm hoch. »Aber das soll nicht das letzte Blut gewesen sein, das in diesen Tagen vergossen wird, nicht wahr? Auch wenn es in dieser Woche in Prag keine Bauern sein werden. Seid Ihr deshalb zurückgekommen? Wollt Ihr Euch das Schauspiel nicht entgehen lassen?«

Wallenstein schüttelte den Kopf. »Das klingt sehr bitter, Sibylla. Offensichtlich brauche ich dir nicht zu erzählen, dass der Kaiser auf die Vollstreckung der Urteile drängt, obgleich Fürst Liechtenstein immer wieder für Aufschub gesorgt hat. Ja, ich bin wegen der anstehenden Exekutionen hier, denn als Hauptmann von Prag ist es meine Aufgabe, mit meinen Männern für Sicherheit und einen reibungslosen Ablauf zu sorgen.«

Sibylla gab ihm widerstrebend recht. Doch ihre Miene zeigte ihm, dass ihr die Sache gar nicht zusagte.

Wallenstein beugte sich zu ihr vor. »Ich bin kein Mann, der sich an Gewalt und Tod berauscht, das kannst du mir glauben, aber der Kaiser ist gut beraten, wenn er sich in diesem Fall hart zeigt. Das Feuer ist noch längst nicht in allen Landesteilen erloschen, und er darf die Rebellen nicht mit falscher Milde bestärken. Er muss ein Exempel statuieren, wie es allen gehen wird, die das Schwert gegen den Kaiser erheben.«

»Sie wollten doch nur ihren Glauben leben«, widersprach Sibylla. »Sie haben das Recht gefordert, das ein früherer Kaiser ihnen verbrieft hat. Nun ist Ferdinand Kaiser, und er hat sich, als er das Versprechen gebrochen hat, ins Unrecht gesetzt! Er wollte sie mit Zwang zum katholischen Glauben zurücktreiben.«

Wallenstein nickte. »Das mag sein. Dennoch legitimiert es die böhmischen Herren noch lange nicht, gegen Ferdinand zu kämpfen, ihn abzusetzen und sich einen neuen König zu wählen.«

»Es wäre so einfach, wenn jeder jedem die Freiheit ließe, Gott auf die Weise zu verehren, die er für richtig hält.«

Wallenstein hob die Schultern. »Vielleicht wäre der Kaiser gut beraten, wenn er die Missionierung aller Länder nicht als seine höchste Aufgabe ansehen würde. Doch es steht uns nicht an, seine Regierung infrage zu stellen. Er ist und bleibt der Kaiser.«

Aus diesem Grund versammelte sich am nächsten Tag der Gerichtshof im Kanzleiraum der Prager Burg, durch dessen Fenster drei Jahre zuvor die kaiserlichen Statthalter in den

Graben geworfen worden waren. Mit stoischen Mienen nahmen die böhmischen Herren ihre Urteile entgegen.

Zwei Tage später weckte um fünf Uhr in der Frühe ein Kanonenschuss von der Burg die Bewohner der Kleinseite und in der Stadt Prag am anderen Ufer der Moldau. Sibylla zog sich rasch an und verließ ihre Kammer. Die Nacht über hatte es geregnet. Der Morgen war frisch, und ein paar Nebelschwaden schwebten über dem Fluss, als Sibylla die Brücke überquerte. Sie erreichte die Stadt, ehe die Tore wieder geschlossen wurden, um keine Störung der Zeremonie zu riskieren. Hatte Wallenstein den Befehl erteilt? Vermutlich. Sibylla wandte sich noch einmal um und sah über den Fluss zur Burg hinauf. Über dem Laurenziberg spannte sich ein farbenprächtiger Regenbogen. Was für ein friedlich schönes Bild an diesem blutigen Tag.

Sibylla machte sich auf den Weg zum Altstädter Ring, wo die Urteile vollstreckt werden sollten. Wallensteins Kürassiere ritten in Gruppen von sechs oder neun Mann durch die Straßen. Einige der Männer kamen ihr bekannt vor. Neben den Reitern patrouillierten auch die Musketiere mit ihren Büchsen durch die Stadt, um jeden erkennbaren Aufruhr schon im Keim zu ersticken. Sosehr Sibylla die vielen Bewaffneten missfielen, so musste sie doch anerkennen, dass Wallenstein die Lage offensichtlich im Griff hatte und nichts dem Zufall überließ. Sie betrat den weitläufigen Platz, der den Mittelpunkt der Altstadt bildete, gesäumt von den prächtigen Häusern freier Adeliger und reicher Bürger.

Sibylla sah sich um. Warum war sie überhaupt gekommen? Musste sie sich dieses schreckliche Schauspiel antun? Wollte sie sehen, wie die Reichen und Mächtigen Böhmens ausgelöscht wurden und mit diesen Männern viele der alten Geschlechter starben? Ihre Familien zum Auswandern oder zur Bedeutungslosigkeit verdammt wurden?

Sie wusste es nicht, doch jetzt war es zu spät, sich zurückzuziehen. Schon erklangen die Trommeln, und der Zug der Verurteilten näherte sich dem Platz. Acht Tamboure gingen ihnen voran und verteilten sich dann um das in schwarzen Stoff gehüllte Schafott. Stille kehrte ein. Tausende Prager der Alt- und der Neustadt sowie die Bewohner der umliegenden Weiler hatten sich versammelt und starrten nun hinauf zum Henker. Dort stand Johann Mydlář mit seinem Schwert, dessen Klinge in der Sonne blitzte. Es war scharf und bereit, mit einem Hieb den Kopf eines Verräters von seinem Hals zu trennen. Noch einmal wurden vom Gericht die Namen der Verurteilten genannt, die Anklagepunkte verlesen – Empörung, Landfriedensbruch und Majestätsbeleidigung – und das Urteil verkündet: Drei Männer sollten schmachvoll gehenkt werden, auf vierundzwanzig wartete das Schwert. Der erste unter den Edlen, Graf Joachim von Schlick, wurde vor den Scharfrichter geführt. Noch immer schwieg die Menge, doch die Tamboure schlugen wieder ihre Trommeln. Keiner sollte hören, was die Verurteilten vor ihrem letzten Atemzug zu sagen hatten. Ein falscher Schwur oder eine Verwünschung oder auch nur ein Schrei in Todesangst, um sich dann in die Hand Gottes zu begeben. Doch der Graf hielt sich stolz und beugte mit ernster Miene vor dem Henker das Knie.

Das Schwert sauste herab. Sibylla schloss die Augen, aber auch so stieg die blutige Szene in ihrem Geist auf. Sie hörte nur das Trommeln, und doch spürte sie in ihrem ganzen Körper, wie der Kopf zu Boden fiel. Es war ein gemeinsames Stöhnen, ein tiefes Ausatmen von Tausenden, das über den Platz wogte. Sie alle erschienen hier als brave Katholiken, doch wie viele von ihnen hatten sich zuvor Luther und dem neuen Glauben angeschlossen? Wie viele trugen seine Lehre auch heute noch in ihrem Herzen?

Als Sibylla die Augen wieder öffnete, zeigte der Henker

gerade der Menge den Kopf, ehe er ihn in einen Korb legte. Seine Knechte zerrten den leblosen Körper weg, um Platz für den nächsten Kandidaten zu schaffen. Es war der Rektor der Prager Universität. Dr. Jessenius sollte zuerst die Zunge herausgeschnitten werden, ehe es um seinen Kopf ging. Sibylla wandte sich ab und biss die Zähne zusammen. Sie hätte am liebsten den Platz verlassen, wenn es noch möglich gewesen wäre. Doch sie stand eingekeilt in der schweigenden Menge. Anders als bei der Hinrichtung manch eines Strauchdiebes war dies kein lustiges Volksfest. Nun, da die Köpfe ihrer Edlen fielen, schien den Menschen klar zu werden, dass es mit der Freiheit Böhmens vorbei war.

Als Sibylla wieder zum Schafott hochsah, führten die Knechte gerade einen alten Mann hinauf. Kaspar Kaplíř zählte sechsundachtzig Jahre und war der Älteste unter den Verurteilten. Da blieb er mit seinem Fuß in seinem langen Rock hängen und stolperte. Der Pfarrer, der die Rebellen zu ihrem letzten Gang begleitete, griff nach seinem Arm. Kaplíř dankte und hakte sich bei ihm unter. Er raunte ihm etwas zu. Der Pfarrer nickte wortlos und geleitete den Greis zum Henker, wo er schwerfällig auf die Knie sank.

Der Vormittag verstrich. Nach sechs durchtrennten Hälsen war die zuvor blitzende Klinge stumpf, und der Henker verlangte nach einem neuen Schwert.

Er musste an diesem Vormittag noch zwei weitere Male nach einer scharfen Schneide verlangen. Vier Stunden vergingen, dann endlich war es vollbracht. Zwölf der Köpfe steckten die Wachen auf Spieße, trugen sie unter Trommelwirbel durch die Stadt und befestigten sie dann als Warnung auf den Zinnen des Altstädter Brückenturmes. Ein Teil der Menge folgte den Wachen, der Rest zerstreute sich in den Gassen. Sibylla blieb unschlüssig am Rand des Platzes stehen und überlegte, ob sie Meister Isaak aufsuchen und ihn um eine Tasse Tee bitten sollte. Ihr Geist war in Aufruhr, und auch ihr Magen schien nach Beruhigung zu verlangen. Sie hörte Hufgeklapper, doch erst als es unmittelbar vor ihr verstummte, sah sie auf.

»Soll ich nun einen guten Tag wünschen, Herr Hauptmann?«, begrüßte sie Wallenstein unhöflich, der auf einem riesigen Fuchs saß und mit unbeweglicher Miene zu ihr heruntersah.

»Gehört sich das denn nicht?«, fragte er zurück.

»Ist es denn ein guter Tag?«, entgegnete Sibylla.

»Wartet hier«, befahl der Hauptmann seinen Männern, während er sich aus dem Sattel schwang. »Gehen wir ein Stück«, forderte er sie auf und reichte die Zügel einem jungen Mann mit blondem Haarschopf, der auf einem mageren Braunen saß.

»Darf ich Euch zu diesem erfolgreichen Tag gratulieren?«, stieß sie hervor, als sie sich ein paar Schritte entfernt hatten, doch Wallenstein blieb ruhig.

»Das war nicht meine Entscheidung«, stellte er richtig. »Ich war nicht Teil des Tribunals. Karl von Liechtenstein, den der Kaiser als Statthalter in Prag eingesetzt hat, führte den Vorsitz.«

Sibylla schritt weiter, Wallenstein folgte ihr und blieb an ihrer Seite.

»Und der Kaiser hat zu allem Ja und Amen gesagt«, stieß sie bitter hervor.

Wallenstein schüttelte den Kopf. »Nicht ganz. Er hat die meisten der zusätzlichen Verstümmelungen gestrichen, die vor den Enthauptungen geplant waren.«

»Na immerhin … Er scheint ja doch ein Herz zu besitzen.«

Wallenstein blieb stehen und sah sie an. »Ich wollte nicht in des Kaisers Haut stecken. Nicht nur die Rebellen haben mit einem milden Urteil gerechnet, da ihnen Herzog Maximilian, als sie sich ergaben, ihr Leben zugesichert hat. Aber der Kaiser steckt in einer Zwickmühle. Er ist kein grausamer Herrscher, das darfst du nicht glauben, doch es brennt an allen Ecken und Enden in seinem Reich. Denke nur an Mähren und an Ober- und Niederösterreich. Nicht nur der bayerische Herzog streckt seine gierigen Finger nach den Habsburger Landen aus und lacht sich für jede Schwäche des Kaiserhauses ins Fäustchen. Ferdinand musste Stärke zeigen. Und das hat er – aber ohne unnötige Grausamkeit.«

»Hm.« So ganz einig war Sibylla nicht mit ihm. »Es ist ein Kahlschlag in Böhmen. Die einen lässt er hinrichten, den anderen nimmt er die Güter und jagt sie aus dem Land.«

»Und doch schont er die Ehefrauen und Witwen und tastet ihr Vermögen nicht an«, verteidigte Wallenstein den Kaiser.

Sibylla sah mit blitzenden Augen zu ihm auf. »In Euren Augen kann der Kaiser nichts falsch machen, nicht wahr?«

Wallenstein schüttelte den Kopf. »Ich weiß sehr wohl um die Schwächen unseres Kaisers, doch ich bin mir auch der Schwere dieses Amts bewusst. Er ist unser aller Herr, und wir müssen seine Entscheidungen zur Kenntnis nehmen. Er ist übrigens zu einer Wallfahrt aufgebrochen und ist in dieser Stunde in Mariazell, um dort während einer Messe für die Seelen der Hingerichteten zu beten.«

»Mir wird schlecht!«, stieß Sibylla hervor. Wallenstein legte die Hand an ihren Arm, doch sie schüttelte ihn ab.

»Lasst mich gehen!«, forderte sie. »Vielleicht tue ich dem Kaiser unrecht, doch mir stehen noch die blutigen Bilder vor Augen, um die Sache mit Abstand zu betrachten. Ich muss mich jetzt für eine Weile von diesen Erinnerungen befreien und an etwas anderes denken.«

Sie blieb vor dem Haus mit dem Sternenzeichen stehen

und klopfte an die Tür. Wallenstein sah sich verwundert um. Es dauerte kaum einen Augenblick, bis Isaak öffnete. Er verbeugte sich vor ihr und begrüßte den Hauptmann, den er offensichtlich erkannte.

»Welche Ehre für mein bescheidenes Haus«, sagte er und trat zur Seite. »Wollt Ihr hereinkommen, Hauptmann Wallenstein?«

Dieser hob abwehrend die Hände. »Er ist Jude!«, sagte er zu Sibylla.

»Das ist mir nicht entgangen«, gab sie schnippisch zurück. »Meister Isaak ist ein großer Gelehrter der Sternenkunde und der Astrologie, und wir führen interessante Gespräche über den Lauf des Schicksals.«

Sibylla glaubte Neugier in Wallensteins Miene aufblitzen zu sehen, dennoch wich er einen Schritt zurück.

»Dann wünsche ich fruchtbare Gespräche«, sagte er. »Ich habe noch zu tun. Meine Männer warten. Ich empfehle mich.« Er tippte an seinen Hut und ging davon.

Sibylla folgte Isaak in sein Reich der Bücher. Als die Tür ins Schloss fiel, kam es ihr vor, als habe sie damit – zumindest für einige gnädige Stunden – auch die unbarmherzige Welt dort draußen ausgeschlossen.

Kapitel 11

Prag, 1622

Verehrte Sibylla,

du wirst dich vielleicht wundern, dass ich dir schreibe, doch ich denke oft an unser letztes Zusammentreffen an jenem unglückseligen Tag in Prag, das so unvermittelt geendet hat. Ich habe deine Verärgerung gespürt, und ich kann sie verstehen, doch ich weiß auch um die Notwendigkeit, einmal Härte zu zeigen, um späteres Leid zu verhindern. Vielleicht kannst du es irgendwann verstehen.

Sibylla ließ den Brief sinken. Vor ihrem inneren Auge stieg Wallensteins Gesicht so deutlich auf, dass sie schlucken musste. Monate waren vergangen, ohne dass sie ihn wiedergesehen hatte. Nun waren sie alle fort, und sie vermisste die Männer: Rittmeister zu Pappenheim und noch mehr András, doch am meisten schien ihr erstaunlicherweise der Kommandant selbst zu fehlen, obgleich sie ganz sicher keine zärtlichen Gefühle für ihn hegte. Ihr fehlten ihre Gespräche, seine klugen und ernsten Worte und seine Kraft, die er stets ausstrahlte. Begierig las Sibylla weiter.

Der Kaiser hat mich gleich nach jenem Tag erst nach Schlesien geschickt und dann – ehe ich mit meinen Männern dort ankam – zurück nach Mähren beordert.
Nach Böhmen dachte der Kaiser auch Mähren in den Habsburger Schoß zurückgeholt zu haben. Gerade hatte er seinen alten Statthalter, Kardinal Dietrichstein, wieder eingesetzt, als ihm das Land gleich wieder entrissen zu werden drohte.

Ich habe dir vor zwei Jahren im Herbst auf unserem Weg durch die Wälder Böhmens von Bethlen Gabor, dem Fürsten von Siebenbürgen erzählt. Er ist gierig, schlau und verschlagen. Seinem Wort kann man nicht trauen. Doch auf eines kann man fest zählen: Wenn er irgendwo einen Vorteil wittert und die Chance, sich Ländereien und Gold einzuverleiben, dann wird er diese ergreifen. Ist er nicht nach dem Aufstand in Böhmen mit seinen Reitern sofort losgezogen, um sich einen Teil des Kuchens zu sichern?
Nun sitzt er also wieder in Oberungarn und giert nach Mähren. Allerdings hat er wohl verstanden, dass er allein mit seinen Reitern keine der befestigten Städte erobern wird. Da kommt es ihm gerade recht, dass Haus Georg, der Markgraf von Brandenburg, sowie Fürst von Jägerndorf mit seinen Truppen in Mähren eingefallen ist.

Sibylla überlegte. An die Geschichten über den Reiterfürsten aus Siebenbürgen, der wahlweise mit den Türken oder mit verschiedenen christlichen Fürsten paktierte, konnte sie sich erinnern, von diesem Markgrafen hatte sie jedoch noch nichts gehört. Ihr war allerdings klar, dass er auf der Seite der protestantischen Fürsten stand. Vielleicht im Auftrag des in Böhmen so rasch wieder abgesetzten Kurfürsten Friedrich, der hier in Prag nur noch spöttisch »Winterkönig« genannt wurde. Sie las weiter.

Wie du weißt, bin ich in Mähren noch immer ein Verbannter, doch der Kaiser hat mir dennoch auch den Oberbefehl über die mährischen Regimenter übertragen, nur musste ich leider feststellen, dass es keine mehr gibt! Ich konnte gerade mal ein Regiment zusammenstellen, dabei ist die Lage ernst. General Bucquoy war mit seinen Truppen bereits vor Ort und zog Bethlen entgegen. Es gelang dem General, Pressburg zu erobern und Bethlen bis Kaschau zurückzudrängen. Doch der sandte Nachricht an Haus Georg und bat um Unterstützung – einen Brief konnten wir abfangen –, und er sandte Geld, um den Fürsten von Jägerndorf anzutreiben. Da endlich rief mich der Kaiser, von Jägerndorf unter allen Umständen aufzuhalten, um dieses Treffen mit Bethlen zu verhindern.
Ich zog im Eilmarsch bis nach Olmütz. Auch von Jägerndorf wollte in die Stadt und rückte mit zehntausend Mann an, doch ich war mit meinen Fähnlein zwei Stunden eher dort. Es gelang uns, die Stadt zu retten, doch mit so einem erbärmlichen Haufen an Männern konnte ich ihn mit seinen Truppen nicht aufhalten. Und so zog er weiter nach Süden, Bethlen entgegen. Vielleicht hätten wir es geschafft, wenn ich meine Männer mit dem Heer Bucquoys hätte vereinen können, doch dann passierte das große Unglück: Der kaiserliche Oberbefehlshaber Graf von Bucquoy fiel im Juli bei einem Scharmützel vor Neuhäusel. Ohne ihn wagten seine Regimenter nicht, sich Bethlen entgegenzustellen, und zogen sich stattdessen auf die Große Schütt, die Insel in der Donau vor Wien, zurück. Was konnte ich mit meinen wenigen Männern machen? Um uns gegen Bethlen zu wehren, fehlte es noch an allem. Insbesondere an einer schlagkräftigen Artillerie. Ich habe Kanonen geordert, doch alles dauert so lange. Nicht zu vergessen die große Schwierigkeit, hier in Mähren eine Armee zu verpflegen. Mähren ist verwüstet. Ich habe wieder und wieder mit Dietrichstein gesprochen, dass wir im Land eine Kriegssteuer erheben müssen, um alle zu betei-

ligen, doch er teilt meine Meinung nicht. Derweil hungern die Männer und plündern das Land. Sie zerstören das Letzte, was Mähren noch geblieben ist. Ich habe Dietrichstein Ordnung und Disziplin meiner Truppe versichert, wenn er seiner Verpflichtung nachkommt, sie zu verpflegen und ihren Sold auszuzahlen, doch diesen Teil vergisst er gern und beschwert sich dann beim Kaiser!
Ich sage dir, unsere Niederlage beim ersten Angriff des Feindes steht schon fest. Mit einer hungrigen Truppe ohne Moral kann man nicht kämpfen, aber das wollen die Herren in Wien nicht hören.

Sibylla war es, als könne sie Wallensteins Stimme hören. Sie sah ihn vor sich, wie er die Hände zu Fäusten ballte, zitternd vor Zorn angesichts der Ohnmacht, nichts für seine Männer tun zu können.

Ich habe nicht nur einmal an Ihre Majestät geschrieben. Ich teilte dem Kaiser mit: entweder ordentliche Verpflegung und Bezahlung oder ein unordentliches Kriegsvolk! So einfach ist die Rechnung. Doch nichts ist passiert. Auch die Verstärkung, die mir fest zugesagt wurde, ist wieder nicht eingetroffen. Dafür hat Bethlen Pressburg belagert und ist dann nach Mähren gezogen, wie ich es befürchtet habe. Was hätte ich mit den wenigen Männern tun können, das zu verhindern? Skalitz hat sogleich kapituliert. Der Hauptmann war mit seinen Männern zu Bethlen übergelaufen, der seine Finger nun nach Wien ausstreckte. Immerhin ist es mir gelungen, viertausend Mann zu werben, ehe sich der Siebenbürger auf den Weg gemacht hat. Und endlich traf auch ein Hilfskorps aus Spanien ein. Mit den Resten von Bucquoys Regimentern verfügte der Kaiser nun über achtzehntausend Mann gegen die dreißigtausend von Bethlen und dem Jägerndorfer. Glücklicherweise kam es den-

noch zu keiner großen Schlacht. Sie hätte den Untergang des Kaisers bedeuten können.
Ich will dich nicht mit den zahllosen Scharmützeln und dem ganzen Hin und Her belästigen, mit dem wir Bethlen hinhielten und beschäftigten, während meine Werber eifrig neue Kontingente zusammentrieben. Meine leichte Reiterei hat sich als schnell und wendig bewährt. Dabei hat sich übrigens ein junger Mann erfreulich hervorgetan. Du kennst ihn noch? András Sporr, der vor zwei Monaten wieder zu meinem Regiment stieß. Ich habe ihn lobend beim Kaiser erwähnt und ihn befördert.

Sibylla spürte ein warmes Ziehen in ihrer Brust. So viele Monate hatte sie nichts von András gehört und ihn bei seiner Familie in irgendeinem kleinen, böhmischen Dorf gewähnt, während er längst wieder im Sattel seines Streitrosses saß und für Wallenstein kämpfte. Sibylla versuchte sein Bild aus ihrem Kopf zu vertreiben und wandte sich wieder dem Brief zu.

Wir hielten Bethlen erfolgreich davon ab, die March zu überqueren und vor Wien zu ziehen, bis sich der Kurfürst von Sachsen bereit erklärte, ein Heer von Schlesien her nach Süden zu schicken. Nun endlich hatte der Siebenbürger genug und war zu Friedensgesprächen mit dem Kaiser bereit. Vielleicht kehrt nun endlich Ruhe ein. Fürst Karl von Liechtenstein ist, mit allen Vollmachten des Kaisers, zum Statthalter von Böhmen berufen. Kardinal Dietrichstein sitzt für den Kaiser in Mähren fest im Sattel. So habe ich endlich Zeit und Muße, mit dem Bau meines Palais in Prag zu beginnen und mich um meine Güter in Friedland zu kümmern, die der Kaiser mir nun auch als ewiges Erblehen zugestanden hat. Daher zeichne ich diesen Brief nun mit:

Dein ergebener Albrecht Wenzel Eusebius von Friedland

Sibylla faltete den Brief sorgsam zusammen und legte ihn in eine Schachtel, in der sie ihre wichtigen Erinnerungsstücke aufbewahrte, wie das hellblaue Haarband, das Helena am Tag ihrer Entführung getragen hatte, ein kleines Büchlein mit Gedanken, das Peter gehört hatte, und ein kleines Holzpferd, das Peter einst für Helena geschnitzt hatte. In der Schachtel bewahrte sie auch eine Feder und Tinte auf, und sie fand noch einige Blatt Papier. Sorgfältig strich Sibylla die schon vergilbten Bögen glatt. Sie hätte Wallenstein gern eine Antwort geschrieben. Ihm von ihrem Leben in Prag erzählt und vom Hadern der Menschen mit den Beschlüssen aus Wien, die sie sich nicht laut infrage zu stellen getrauten. Fürst von Liechtenstein herrschte auf dem Hradschin mit unumschränkter Gewalt und sorgte für Ruhe in der Stadt. Es war die Stille eines Friedhofs gepaart mit Furcht. Das Kriegsgeschehen spielte sich außerhalb von Böhmen ab, dennoch hatte das Volk unter den durchziehenden Soldaten zu leiden.

Gern hätte sie ihre Gedanken mit Wallenstein geteilt, doch wohin sollte sie ihren Brief richten? An Wallenstein, den Herrn von Friedland in Friedland?

So würden die Zeilen wohl kaum ihr Ziel erreichen. Sie musste sich gedulden, bis er wieder nach Prag kam, um den Fortschritt beim Bau seines Palais zu prüfen. Dennoch tauchte sie die Feder ein und ließ sie über das Papier gleiten. Feine schwarze Linien fügten sich zu Buchstaben und Wörtern zusammen.

Liebe Helena, mein über alles geliebtes Kind!

Sibylla hielt inne. Sie hatte nicht darüber nachgedacht und es nicht geplant. Was sollte es bringen, statt an Wallenstein einen anderen Brief zu schreiben, der seinen Empfänger noch viel weniger erreichen konnte? Dennoch tauchte sie die Feder noch einmal in die Tinte. Da war plötzlich ein Drang in ihr, die Worte, die sie in ihrem Geist und ihrem Herzen bewegten, festzuhalten. Sie schwarz auf weiß vor sich zu sehen, vielleicht um wenigstens sie unsterblich werden zu lassen. Sibylla schrieb weiter:

Ich vermisse dich schmerzlich. Ach mein einziges Kind, noch immer bin ich ohne Nachricht und weiß nicht, wie es dir geht. Ob du überhaupt noch irgendwo dort draußen in der Welt lebst und an deine Eltern denkst. Ich habe dein Bild lebhaft vor Augen, und es vergeht kein Tag, an dem ich nicht an dich denke und mich frage, was mit dir passiert ist, doch ich weiß nicht mehr, wo ich nach dir suchen soll. Die Spur der Frau, die sich deiner angenommen hat, verliert sich vor den Toren von Prag, und niemand erinnert sich an dich. Also bleibt mir nichts anderes, als die Worte zu schreiben und sie hier in dieser Kiste mit meinen Erinnerungen aufzubewahren. Ich will die Hoffnung noch nicht begraben, dass du sie einst lesen wirst. Ich liebe dich über alles. So viel ist seit deinem Verschwinden geschehen.

Wie von selbst flossen die Worte auf das Papier. Sie erzählte vom Tod Peters und von ihrer Reise zum großen Heerlager, von Wallenstein und ihrem Zug nach Prag. Von der Schlacht am Weißen Berg und ihrem Kampf um das Leben des Rittmeisters zu Pappenheim. Nur András erwähnte sie nicht. Warum auch? Was gab es da zu erzählen? Er war nur ein Mann, der ihren Weg gekreuzt hatte und den sie nicht wiedersehen würde.

Sie überging diesen Gedanken rasch, denn er schmerzte überraschend tief. Sibylla wollte nicht darüber nachdenken, wie sehr sie sich wünschte, es würde anders kommen. Sie würde Wallenstein wiedersehen, darauf musste sie sich konzentrieren, denn das war gewiss. Er begleitete ihre Träume und Visionen. Ihr gemeinsamer Weg war noch lange nicht zu Ende.

Doch wenn sie ihm und seiner Reiterei wieder begegnete, dann vielleicht auch András?

Rüde wischte sie den Gedanken beiseite. Das war jetzt nicht wichtig. Sie musste sich auf den Brief konzentrieren. Sie musste Helena von ihrer vergeblichen Suche erzählen, von ihrer Begegnung mit Isaak und den Geheimnissen der Sterne und von dem großen Blutgericht in Prag, das keiner hier je würde vergessen können.

Das Jahr nahm seinen Lauf, und das Leben in Prag kehrte wieder in seine normalen Bahnen zurück. Noch immer ächzte das Land unter der Last der Truppen. Nun waren es die Regimenter der Katholischen Liga unter Tilly, was für die Bauern keinen großen Unterschied bedeutete. In Prag selbst jedoch konnte man sich einreden, die dunklen Wolken seien weitergezogen. Sibylla ritt derweil immer wieder ins Umland aus und suchte in den Orten der Umgebung nach Helena. Obgleich stets ein Kopfschütteln die Antwort auf ihre Fragen war, konnte und wollte sie ihre Suche nicht aufgeben. Sie war sich sicher: Helena lebte, und so blieb auch die Chance, sie wiederzufinden.

Derweil nahm die Neuverteilung Böhmens und einiger eroberter Landstriche ihren Lauf. Die großen Gewinner waren der kaiserliche Statthalter Fürst von Liechtenstein, der vom Kaiser das schlesische Herzogtum Jägerndorf überschrieben bekam, und der Direktor des Geheimen Hofrats in Wien, Hans Ulrich von Eggenberg, der mit den neuen böhmischen Besitzungen zu einem der reichsten Fürsten des Reichs wurde.

Und über noch einen neuen böhmischen Herrn und seine riesigen Ländereien sprach man immer öfter auf der

Straße: Albrecht von Friedland, der sich bislang von Waldstein nannte.

Das Jahr verstrich, und es wurde Herbst. Nach dem nassen und ungewöhnlich kalten Sommer fiel die Ernte allerorts kärglich aus, nicht nur auf den von den Truppen verwüsteten Feldern. Die Preise stiegen und mit ihnen die Sorge der Menschen, wie sie über den Winter kommen sollten. Der Kaiser setzte in seiner üblichen Geldnot ein Münzkonsortium ein und ließ neue Münzen schlagen. Die alten wurden eingezogen, doch damit stiegen die Preise noch schneller, denn die neue Münze enthielt weniger Silber als die alte, sodass sie im Tausch gegen Gulden anderer Länder beträchtlich an Wert verlor. Wie befürchtet, stand den Böhmen ein harter Winter bevor. Es gab nicht einen Bürger in Prag, der nicht den Frühling herbeisehnte, um wenigstens an Brennholz sparen zu können.

Sibylla schaffte es mit ihrer Arbeit ganz leidlich über den Winter, auch wenn es ihr nicht gelang, auch weiterhin etwas zur Seite zu legen. Ganz im Gegenteil. Sie verdiente in diesem Jahr bei Dr. Stegmann zwar noch genauso viel wie im Jahr zuvor, doch die Preise waren inzwischen derart außer Rand und Band, dass sie immer wieder zu ihren zurückgelegten Münzen greifen musste, wenn sie nicht frieren wollte. Endlich wurde es Frühling, und mit der Wärme der Sonne kehrten auch die Lebensgeister der Prager zurück. Alles würde besser werden, irgendwann, ganz sicher!

Als Sibylla eines Abends von ihrer Arbeit im Spital der Beginen zurückkehrte, wurde sie im Hof von einem jungen Burschen erwartet. Sibylla blieb stehen und runzelte die Stirn, als er sich ihr zuwandte und auf sie zustürmte.

»Sibylla, endlich kommst du.«

Er lächelte breit und zeigte ihr seine Zahnlücke.

Da erkannte sie ihn. »Jascha, du bist ja ein richtiger Kerl

geworden.« Der einst dünne Bengel grinste noch breiter, hob die Arme und ließ seine Muskeln spielen.

»Beeindruckend«, kommentierte Sibylla spöttisch. »Was verschafft mir die Ehre deines Besuchs?«

Jascha warf sich in die noch immer ein wenig dünne Brust. »Der Kommandant, äh, ich meine der Graf schickt mich und lässt fragen, ob du zum Abendessen kommen magst.«

Graf? Dann hatte der Kaiser Friedland also zu einer erblichen Grafschaft erhoben. Sibylla wusste, dass dem weitere Schritte folgen würden, doch zumindest gehörte Wallenstein nun wieder zu den Magnaten wie früher in Mähren. Ein warmes Gefühl breitete sich in ihr aus, das sich ein wenig wie Erleichterung anfühlte. Wallenstein war zurück. Sie spürte, wie ihr Lächeln ihre Miene erhellte.

»Gern. Wo kann ich ihn finden? Willst du mich führen?«

Jascha nickte. »Natürlich. Komm mit.«

Sibylla sah an ihrem schmutzigen Gewand herunter. »Ich muss mich erst umziehen. Wartest du hier?«

Wieder nickte er, doch seine Miene zeigte deutlich, dass er für derlei Buhei kein Verständnis hatte.

Sibylla raffte ihren Rock und eilte in ihre Kammer hinauf, um sich Gesicht und Hände zu waschen, ihr Haar in Ordnung zu bringen und ein sauberes Kleid anzuziehen. Zum Schluss befestigte sie noch eine kleine Haube aus zarter Spitze über ihren aufgesteckten Locken und warf sich ihren Umhang über die Schulter. Dann folgte sie Jascha zu einem großen Haus auf der Kleinseite, das sicher einmal prächtig zu nennen gewesen war, seine besten Jahre aber bereits hinter sich hatte.

Jascha führte Sibylla eine Treppe hinauf und dann durch einen nur spärlich möblierten Saal in ein Speisezimmer, in dem im Kamin ein wärmendes Feuer brannte. Der viel zu große Tisch war für zwei Personen gedeckt, doch es war niemand zu sehen. Jascha verbeugte sich kurz und ließ sie dann allein. Sibylla trat ans Fenster und sah hinaus. Noch war es nicht dunkel, und so ließ sie den Blick zur Burg hinaufschweifen, wo hinter irgendeinem der erleuchteten Fenster Fürst Liechtenstein sitzen musste, in dessen Händen Böhmens Geschick nun lag. Als ihr Blick an dem Berg hinabglitt, erkannte sie, dass das Fenster auch eine gute Aussicht auf den großen Garten bot, den Wallenstein erworben hatte und auf dem bereits die ersten Grundmauern des neuen Palais entstanden.

Offensichtlich hatte Wallenstein das Haus oder diese Etage für seinen Aufenthalt in Prag gemietet, um ein Auge auf den Fortschritt der Bauarbeiten werfen zu können. Sibylla erkannte auch, dass bereits mit dem Abbruch des benachbarten Klostergebäudes begonnen wurde, das seit mehr als einem Jahr leer stand.

»Ich habe dich warten lassen, das tut mir leid.«

Sibylla fuhr beim Klang seiner Stimme herum und eilte ihm entgegen. »Wie schön, Euch zu sehen. Danke für die Einladung, Graf von Friedland.«

Er breitete die Arme aus und ergriff dann ihre Hände, um sie an seine Lippen zu führen. »Die Freude ist ganz auf meiner Seite. Du hast es also schon gehört, aber sprich nicht so. Für meine Freunde bin und bleibe ich Wallenstein.« Er sah sie aus seinen dunklen Augen so intensiv an, dass es ihr schwerfiel, den Blick nicht zu senken. Endlich ließ er sie los und trat zurück. Sie empfand Erleichterung, aber auch Bedauern. Um ihre Verlegenheit zu überspielen, trat Sibylla wieder ans Fenster und deutete auf die Mauern, die in Kürze mit der Dunkelheit der Nacht verschmelzen würden.

»Es geht voran. Seid Ihr deshalb nach Prag gekommen?«

Er trat neben sie. Seine Präsenz war so stark, dass sie ihn am ganzen Körper spürte, obgleich er sie nicht berührte. »Ich habe gelernt, dass man die Kontrolle behalten und die Zügel straff anziehen muss, wenn etwas funktionieren soll.«

»Das glaube ich gern«, stimmte sie ihm zu. »Wie geht es auf Euren Gütern voran? In der Stadt sagt man, Ihr seid nun der Herr über die größten Ländereien in Böhmen. Nicht nur Friedland und Reichenberg gehören nun Euch. Euer Hunger nach Land sei unersättlich.«

Wallenstein runzelte die Stirn. »So, sagt man das? Erzählt man sich auch, dass ich im Gegensatz zu Liechtenstein und Eggenberg und vielen anderen kein einziges Feld vom Kaiser geschenkt bekommen habe? Ich habe jeden Quadratfuß durch meine Arbeit und mit den Darlehen für seinen Krieg verdient.«

Sibylla hörte ganz deutlich in seiner Stimme den Ärger heraus, obgleich er leise und beherrscht sprach.

»Der Kaiser gibt mir, was er glaubt, nicht anders verkaufen zu können. Ich kümmere mich um die Ländereien, schließe die mit passender Lage Friedland und Reichenberg an, um die Grafschaft zu einer Einheit verschmelzen zu lassen, und verkaufe die anderen in ungünstiger Lage wieder, sobald sich eine Gelegenheit bietet.«

»Ihr seid ein guter Geschäftsmann und versteht es, das Land erblühen zu lassen«, stimmte ihm Sibylla zu.

»Man muss nur wissen, wo man den Hebel ansetzt. Die Bauern brauchen mehr Freiheit. Sie müssen Verantwortung übernehmen und für höhere Erträge belohnt werden. Man muss den Handel beleben, um das Handwerk voranzutreiben, dann übersteht man auch harte Zeiten und erntet danach die Früchte.«

Er führte sie zu Tisch, rückte ihren Stuhl zurecht und setzte sich dann ihr gegenüber. Eine junge Frau trat ein, knickste und brachte ihnen eine nach exotischen Gewürzen duftende Suppe und Wein. Ein Korb mit weißem Brot stand bereit.

»Ja, die Zeiten sind hart«, bestätigte Sibylla, »obgleich man dies beim Anblick Eurer Tafel nicht denken sollte.«

Danach tischte das Mädchen gebratene Wachteln, eine gefüllte Ente und glasierten Schweinebraten, Wildpastete und geräucherten Schinken auf. Dann stellte sie noch eine Schüssel mit Gemüse und Kräutern dazu.

»Die Leute leiden unter den hohen Preisen«, fuhr Sibylla fort. »Die neuen Münzen taugen nichts und werden immer weniger wert.«

»Das hat Hans de Witte vorausgesagt.«

Sibylla sah von ihrem Bratenstück auf. »Wer ist Hans de Witte?«

»Der kaiserliche Hofhandelsmann. Er betreibt ein Bankhaus und ist Mitglied des Münzkonsortiums, dem auch ich angehöre, und natürlich Fürst Liechtenstein, dessen Idee es übrigens war, den Gehalt an Silber zu verringern, um dem Kaiser Luft zu verschaffen.«

»Ihr meint, die Luft in seinen Truhen mit Geld aufzufüllen.«

Wallenstein lachte auf. »So könnte man sagen. Ich weiß nicht, was für Räte der Kaiser in Wien beschäftigt. Die Habsburger leiden schon immer unter leeren Kassen, doch nach dem Aufstand ist es geradezu dramatisch geworden. Ich will nicht von den Schulden reden, die der Kaiser bei mir gemacht hat. Er begleicht sie mit dem Land der Rebellen, auf der anderen Seite warten aber noch Tausende Männer, die für ihn ihr Leben riskiert haben, auf ihren Sold. Doch die schlimmste Last drückt ihn aus Bayern.«

Sibylla nahm sich noch einen Löffel Gemüse und ein Stück Schinken. »Aus Bayern?«, wiederholte sie. »Wie das? Ich verstehe nicht.«

»Herzog Maximilian von Bayern«, sagte Wallenstein mit vielsagendem Blick. »Der Vetter des Kaisers. Sie wurden einige Jahre gemeinsam erzogen, doch ich würde sagen, verwandtschaftliche Liebe ist es nicht, das sie verbindet. Ich sehe eher den Ehrgeiz des Herzogs und seine Furcht, der Habsburger Vetter könnte zu mächtig werden. Und noch etwas nagt an ihm und frisst an seiner Seele: Er ist zwar Herzog, doch er gehört nicht zu den Kurfürsten, die das Kaiserwahlrecht haben.«

Sibylla sah über den Tisch zu Wallenstein hinüber. Es war ihr, als krieche ein Schatten an ihm hoch, der sich immer bedrohlicher über ihm aufrichtete, so als wolle er ihn verschlingen. Im Zimmer schien es kälter geworden zu sein. Die Kerzen flackerten. Sibylla blinzelte, um den Spuk zu vertreiben, doch stattdessen sah sie, wie eine Hand sich erhob. Die eiserne Spitze der Hellebarde blitzte auf, ehe sie im tödlichen Stoß nach vorn schnellte. Wallensteins Wams war von blutroter Farbe und schien plötzlich nass zu glänzen. Sibylla spürte, wie sie blass wurde. Auch Wallenstein bemerkte es.

»Was ist mit dir? Bekommt dir das Essen nicht?«

»Nein, nein, es ist ganz wunderbar. Aber sagt, kennt Ihr den Herzog aus Bayern persönlich?«

Wallenstein hob nachlässig die Schultern. »Ich bin ihm bei der einen oder anderen Beratung begegnet, habe aber nicht mit ihm gesprochen. Er ist ein kleiner Mann, eher unscheinbar mit rötlichem grauem Haar und einer knochigen Stirn. Außerdem leidet er an Atemnot. Man sagt, er sei überaus ehrgeizig und auch rachsüchtig, sollte man es wagen, sich ihm in den Weg zu stellen. Außerdem ist sein Geiz geradezu legendär. Im Gegensatz zu den Habsburgern hat er es geschafft, die Finanzen Bayerns zu sanieren.«

»Habt Ihr den Herzog durch irgendetwas verärgert und ihn Euch zum Feind gemacht?«, erkundigte sie sich vorsichtig.

Wallenstein sah sie irritiert an. »Nein, wieso sollte ich?«

Sibylla zuckte mit den Achseln. »Ach, nur so ein Gedanke.« Sie versuchte die Vision zu vertreiben und brachte ihren Gastgeber auf das ursprüngliche Thema der klammen Kassen des Kaisers zurück. Wallenstein nahm den Faden wieder auf.

»Der Aufstand in Böhmen und Mähren, die leeren Geldtruhen und der desolate Zustand der kaiserlichen Armee haben Ferdinand gezwungen, sich an seinen Vetter zu wenden und ihn und die Katholische Liga um Hilfe zu bitten. Du weißt, dass Tilly Oberbefehlshaber der Liga ist und dem Herzog unterstellt?«

»Ich erinnere mich an ihn«, sagte Sibylla.

»Du kannst dir sicher sein, dass Herzog Maximilian sich die Hände gerieben hat, als er dem Kaiser zu Hilfe eilen durfte, und dass er die Gelegenheit genutzt hat, ihm eine prächtige Liste von Forderungen zu überreichen. Nicht nur dass sich der Kaiser verpflichtet hat, für alle Kosten und Schäden aufzukommen und ihm als Sicherheit gar seine österreichischen Ländereien verpfändet. So wie meine Informanten berichten, hat der Kaiser ihm auch zugesagt, er dürfe alle Ländereien behalten, die das Ligaheer erobert. Und hier kommt wieder die Kurwürde ins Spiel. Als jener unglückselige Friedrich von der Pfalz von seinem Königsstuhl in Prag vertrieben und vom Kaiser geächtet wurde, marschierte der Bayernherzog schnurstracks in die Kurpfalz ein und ließ sie besetzen. Maximilian gierte schon immer nach dem Kurhut, obgleich der Kaiser diesen nicht einfach so an den Fürsten eines anderen Herzogtums vergeben darf, aber wer kann schon sagen, was die beiden zu Beginn der böhmischen Katastrophe hinter verschlossenen Türen besprochen haben? Ich kann mir gut vorstellen, dass Ferdinand in seiner Not bereit war, dem bayerischen Vetter alles zu versprechen, und nun ist die Gelegenheit gekommen, den Kaiser daran zu erinnern. Jetzt darf sich Maximilian an den Habsburger Stammlanden gütlich halten, solange der Kaiser seine Kriegsschuld noch nicht bei ihm bezahlt hat. Dabei geht es um Millionen Gulden!«

»Die der Kaiser über dieses Münzkonsortium zusammenbekommen will«, schlussfolgerte Sibylla.

»Genau. Alle Silberminen arbeiten auf Hochtouren, und es werden immer mehr Münzen geschlagen. Das Recht hat der Kaiser an das Konsortium verpachtet, um sofort an Geld zu kommen.«

»Ein für beide Seiten gutes Geschäft, nur das Volk zahlt die Zeche.«

»So war es schon immer«, gab Wallenstein ungerührt zu.

Sie aßen eine Weile schweigend und warteten dann, bis das Mädchen den Tisch abgeräumt hatte, ehe sich Wallenstein einem neuen Thema zuwandte. Er trat zu ihr und setzte sich neben sie. Wallenstein nahm das ihr schon bekannte Papier aus seiner Brusttasche, das er offensichtlich immer bei sich trug, entfaltete das Horoskop und legte es auf den Tisch.

»Wir sind noch immer nicht dazu gekommen, über die Einzelheiten zu sprechen. Ich habe nicht vergessen, was du bei unserer ersten Begegnung gesagt hast. Ich bin jetzt Graf von Friedland und führe die Armee von Böhmen und Mähren. Seit Bucquoys Tod ist der Posten des Oberkommandierenden der kaiserlichen Armee vakant, doch es ist nicht mein Name, der im Kriegsrat in Wien gehandelt wird. Vermutlich wird Marchese Caraffa zum General ernannt, und doch nanntest du mich Herzog und General. Wie also wird es weitergehen?« Er tippte auf das Blatt. »Was sagen meine Sterne?«

Sibylla hatte genug bei Meister Isaak gelernt, um der Frage gelassen zu begegnen. Sie zog das Blatt zu sich und prüfte, in welchen Häusern die Zeichen der Planeten standen. Als sie aufblickte, war ihr noch immer, als könne sie Blut auf seinem

Wams sehen, doch sie verscheuchte die düsteren Gedanken und wandte sich dem zu, was ihr erst vor wenigen Nächten im Traum erschienen war.

»Es kommen gute Tage auf Euch zu«, sagte sie betont heiter. »Eine Frau wird Euch Glück und Reichtum bescheren.«

Wallenstein machte eine wegwerfende Handbewegung. »Eine reiche Heirat hat mir schon Kepler prophezeit, allerdings für das falsche Jahr. Ich habe mich bereits 1609 mit Lukrezia vermählt, die als Witwe reiche Güter in Mähren mit in die Ehe brachte, die mir dann die Aufständischen wieder genommen haben. Leider starb Lukrezia vor fast zehn Jahren, kinderlos.«

Sibylla bekundete ihr Beileid, blieb aber bei ihren Worten. »Die Sterne sprechen von einer zweiten Frau, der Ihr schon bald begegnen werdet.«

»Vielleicht in Wien«, mutmaßte Wallenstein.

Sibylla sah ihn überrascht an. »Ihr reist nach Wien?«

Er erhob sich und trat neben Sibylla. »Ja, der Kaiser will mich zum Generalwachtmeister ernennen. Ich möchte eigentlich nicht reisen, doch ich kann nicht wieder ablehnen.« Plötzlich ging ein Ruck durch seinen Körper, und er richtete seinen Blick starr auf seinen Gast. »Komm mit mir!«

»Was?«

»Ich möchte, dass du mich nach Wien begleitest.« Er ergriff ihre Hände und zog sie hoch. »Das ist eine wunderbare Idee, meinst du nicht? Wir könnten auf der Reise über die Sterne und all die großen und kleinen Ereignisse im Reich plaudern. Und dann zeige ich dir Wien. Es ist eine erstaunliche Stadt. Wir werden in die Hofburg geladen, und vielleicht lernst du den Kaiser kennen. Du wirst vielleicht enttäuscht sein: Er ist ein kleiner, korpulenter Mann mit einem roten Gesicht und einem Buckel, aber er ist der Kaiser.«

Sibylla lachte abwehrend. »Ihr erlaubt Euch einen Spaß

mit mir. Ich kann nicht mit Euch nach Wien. Ich habe hier in Prag meine Arbeit bei Dr. Stegmann, die ich nicht einfach so zurücklassen kann. Meine Ersparnisse sind schon jetzt auf einen kärglichen Haufen geschrumpft.«

»Ich spaße nicht«, beharrte Wallenstein. »Ich möchte dich an meiner Seite. Ich habe das Gefühl, du tust mir gut, und ich kann mit dir wie mit keinem Mann über alles offen sprechen. Du bist meine persönliche Astrologin. Du brauchst deine Arbeit bei dem Doktor nicht mehr. Ich bin nicht auf der Suche nach einer reichen Frau. Ich bin schon reich. Ich werde dich fürstlich bezahlen. Bitte, schlag ein!«

Er trat so dicht an sie heran, dass seine Wärme sie einhüllte. Sein Gesicht schwebte vor dem ihren. Sein Blick hielt den ihren in Bann.

»Ich werde darüber nachdenken«, stieß sie hervor, ehe sie ein Stück vor ihm zurückwich.

Kapitel 12

Wien, 1623

Im Verlauf ihrer Reise fragte sich Sibylla einige Male, ob der Teufel sie geritten hatte, als sie Wallenstein das Versprechen gab, nicht mehr von seiner Seite zu weichen. Er hatte ihr im Gegenzug neben einem großzügigen Gehalt zugesichert, sie bei der Suche nach Helena mit seinem gesamten Netz an Informanten, das er sich über die Jahre aufgebaut hatte, zu unterstützen. Vielleicht waren es dieses Versprechen und das Wissen, dass sie von Prag aus nichts mehr erreichen konnte, die sie diesen Schritt wagen ließen. Außerdem musste sie sich eingestehen, dass sie neugierig auf die Kaiserstadt war und auf den Habsburger, dessen Launen und Überzeugungen das Schicksal so vieler Menschen im ganzen Reich bestimmten.

Im Gegensatz zu ihrer abenteuerlichen Reise nach Prag musste Sibylla dieses Mal nicht die Nächte frierend unter einer feuchten Decke im Wald zubringen oder sich mit einem Haufen rauer Gesellen am Lagerfeuer ein kärgliches Mahl teilen. Sie ritten auch nicht vom Morgengrauen bis in die Nacht, bis ihre Muskeln schmerzten und ihre Haut an Hintern und Beinen wund wurde. Wallenstein befand sich auf einem guten Weg, zu der Riege der einflussreichen Männer im Reich zu gehören, deren Geld und Meinung geschätzt wurden. Dessen war er sich bewusst, und dementsprechend reiste er auch: Ein Dutzend Bewaffnete begleiteten sie zu ihrer Sicherheit, außerdem Jascha sowie zwei Mägde, die in einem der beiden Karren saßen. Sibylla wusste nicht, was Wallenstein alles mit sich führte. Neben mehreren Truhen mit Kleidern und einigen Haushaltsgegenständen, auf die er nicht verzichten wollte, hatte er Geschenke für den Kaiser und ein paar andere Herren dabei, auf deren Wohlwollen er zählte. Das gehörte sich offensichtlich, denn Wallenstein war ganz sicher kein Schmeichler. Er fand stets klare Worte und hatte keine Hemmungen, seine Meinung darzulegen, was in den höheren Kreisen bei Hof nicht immer geschätzt wurde. Und er wurde durchaus laut, wenn man ihn zu sehr reizte. Doch am wenigsten konnte er Dummheit und Ungerechtigkeit ertragen.

Während sie an einem Weiler rasteten, betrachtete Sibylla ihre Begleiter. Einer der Männer, die zu ihrem Schutz dabei waren, fiel ihr besonders ins Auge. Octavio Piccolomini war sein Name. Er stammte aus Florenz. Auf eine düstere Weise war er ein gut aussehender junger Mann von vielleicht Mitte zwanzig mit dichtem schwarzem Haar und einem gepflegten, kleinen Bart. Wallenstein schien viel von ihm zu halten und sprach häufig mit ihm, was von Jascha mit sichtlicher Abneigung beobachtet wurde.

Sibylla erinnerte sich, bei der Schlacht um Prag Piccolomini als Rittmeister unter dem Befehl General Bucquoys gesehen zu haben. Anscheinend hatte er sich gut gehalten und war durch Tapferkeit aufgefallen. Nun nach Bucquoys Tod hatte er sich Graf zu Pappenheim und dessen Kürassierregiment verpflichtet. Jedenfalls schien Wallenstein von seinen Qualitäten überzeugt und sprach nur lobend über ihn.

Sibylla wusste nicht recht, was sie von ihm halten sollte. Er sprach kaum mit ihr und schien sie bewusst zu ignorieren. Vielleicht passte es ihm nicht, dass eine Frau mit ihnen reiste, die mehr war als eine Magd oder eine Heereshure? Und dennoch ertappte sie ihn immer wieder, wie er sie heimlich beobachtete. In Wallensteins Anwesenheit behandelte er sie höflich, doch sie hatte den Eindruck, dass er ihr mit Misstrauen begegnete. Nun, dann beruhte dieses Gefühl wenigstens auf Gegenseitigkeit. In Sibylla stieg jedes Mal ein ungutes Gefühl auf, wenn sie seinen Blick auf sich spürte, das sich noch verstärkte, wenn sie ihn mit Wallenstein zusammen sah.

War sie etwa eifersüchtig, dass Wallenstein ihm sein Vertrauen schenkte und sich so gut mit ihm verstand?

Unsinn! Sie wischte den Gedanken beiseite und beschloss, gar nicht mehr über den jungen Italiener nachzudenken. Er würde nicht lange bei ihnen bleiben. Wenn er erst zu Pappenheims Regiment zurückgekehrt wäre, würden sie ihn nicht wiedersehen. Doch so recht gelang es Sibylla nicht, ihren Worten Glauben zu schenken. Tief in sich wusste sie, dass Octavio Piccolomini noch eine Rolle in ihrem Leben spielen würde, und sie ahnte, dass diese ihr nicht gefallen würde.

Trotz Wallensteins Angebot, ihr eine Kutsche mit bequemen Kissen und einer neuartigen Federung zur Verfügung zu stellen, entschied sich Sibylla, an seiner Seite zu reiten. Egal, wie komfortabel eine Kutsche auch gebaut war, man wurde auf den ausgefahrenen Straßen Böhmens arg herumgeschleudert. Doch noch mehr scheute sie sich vor der Langeweile, wenn sie Tag um Tag dazu verdammt sein würde, mit ihren Gedanken alleine zu sein. Wallenstein wusste immer etwas Interessantes zu erzählen. Natürlich hätte sie auch eine der Mägde bitten können, ihr in der Kutsche Gesellschaft zu leisten, doch die beiden zeichneten sich eher durch Liebreiz denn durch ein gewisses geistiges Niveau aus, und an schlichtem Geplauder war Sibylla nicht interessiert. Sie vermisste schon jetzt ihre Treffen mit Isaak. Immer wieder sandte sie ihm stumm ihren Dank: Wie viel er ihr doch beigebracht hatte. Nicht nur über Sternbilder und den Einfluss der Planeten, an den er nicht so recht glaubte, ganz im Gegensatz zu Wallenstein. Jedenfalls war Sibylla jetzt in der Lage, mit Wallenstein oder im Kreis anderer gebildeter Männer über das Thema zu plaudern, ohne heimlich Ängste durchstehen zu müssen, sie könne sich blamieren oder auf unangenehme Fragen stoßen.

So war die Reise an Wallensteins Seite ein Vergnügen. Der kürzlich ernannte Graf von Friedland war ihr ein angenehmer Begleiter, der es nicht an Aufmerksamkeit fehlen ließ, wobei er ihr gegenüber jedoch nicht überflüssigerweise zu viel Rücksicht nahm. Es gab Stunden, in denen sie nur schweigend nebeneinanderher ritten und er mit ernster Miene in seinen eigenen Gedanken versunken blieb. Dann wieder sprachen sie über die Lage im Reich und die so unlösbar erscheinenden Konflikte. Sibylla stellte immer wieder erstaunt fest, wie gut Wallensteins Kenntnisse über die vertrackte Situation waren. Das sorgsam gepflegte Netz an Informanten funktionierte offensichtlich hervorragend.

»Der Kaiser hat die Fürsten im Februar auf dem Regensburger Kurfürstenkonvent ordentlich geschockt«, erzählte er. »Und den Bayernherzog Maximilian ans Ziel seiner Träume gebracht.«

Sibylla erinnerte sich, was ihr Wallenstein bei ihrem Abendessen in Prag erzählt hatte. »Er hat Maximilian von Bayern tatsächlich zum Kurfürsten der Pfalz ernannt?«

Wallenstein nickte. Er schien zufrieden, vielleicht weil sie sich an seine Worte erinnerte. Die Tat des Kaisers dagegen schien er für brandgefährlich zu halten, sodass sie nicht seine Zustimmung fand, obgleich er auf katholischer Seite stand und der Aufschrei vor allem aus den Mündern der protestantischen Fürsten gekommen war.

»Weil Herzog Maximilian katholisch ist?«, hakte sie nach.

»Genau, weil damit das religiöse Gleichgewicht unter den Kurfürsten, das bis dahin geherrscht hat, zugunsten Habsburgs und der katholischen Partei verschoben wird.«

»Ich dachte, der Bayernherzog sei dem kaiserlichen Vetter gar nicht so zugetan?«, fragte Sibylla zurück. »Er erpresst und schwächt ihn, wo er nur kann. Waren das nicht Eure Worte?«

»Du hast gut zugehört«, freute sich Wallenstein. »Aber das ist eben nur die eine Seite der Medaille. Wenn es um den katholischen Glauben in seinem Land geht, dann ist Herzog Maximilian vermutlich genauso fanatisch wie der Kaiser.«

Sie ließ das Gesagte eine Weile sacken, bevor sie fragte: »Wie konnte der Herzog die Kurpfalz so einfach einstreichen? Gab es denn keinen Widerstand?«

»Oh doch, das kannst du mir glauben«, antwortete Wallenstein lachend. »Auch die protestantischen Fürsten haben ein Heer aufgestellt. Du darfst nicht denken, dass die Kämpfe in Böhmen und Mähren die einzigen im Reich waren. Im Westen wurde mindestens genauso erbittert gekämpft, mit vielen Toten und Verletzten und großem Leid für die Bürger und Bauern.«

»Erzählt mir davon, bitte. Wie Ihr wisst, stamme ich aus Ellwangen und habe viele Jahre in Leonberg gelebt. Ist meine Heimat etwa auch verwüstet worden, während ich in Prag war?«

Wallenstein dachte kurz über ihre Frage nach, dann schüttelte er den Kopf. »Ich kenne diese Städte nicht, aber ich glaube nicht, dass ich ihre Namen im Zusammenhang mit irgendeiner Schlacht oder Belagerung gehört habe.«

Sibylla ließ erleichtert den Atem entweichen. »Berichtet mir, wie sich das Geschehen entwickelt hat«, forderte sie ihn auf.

»Erinnerst du dich an die Führer der Protestanten, die für

den Winterkönig vor Prag fochten?«, begann Wallenstein seinen Bericht. »Neben Christian von Anhalt stehen auch der Kurfürst Georg Wilhelm von Brandenburg, der junge Reichsfürst Christian von Halberstadt, der Markgraf Georg Friedrich von Baden-Durlach und natürlich der Graf Peter Ernst von Mansfeld – einer der treibenden Kräfte beim Aufstand der Böhmen – auf der Seite der Protestanten. Offiziell hat sich die Protestantische Union nach der Schlacht am Weißen Berg aufgelöst«, erklärte Wallenstein weiter, »da weder der Brandenburger noch der englische König dem Prager Winterkönig zu Hilfe kommen wollten, doch das war eben nicht das Ende. Der Mansfelder konzentrierte nach der Niederlage seine Truppen und zog durch die Oberpfalz hinauf bis zum Rhein, um das Fürstbistum Speyer zu erobern. Tilly dagegen ließ mit seinen Truppen die Oberpfalz besetzen. Es war wohl eine einzelne Sternstunde des Mansfelder, als Tilly südlich von Heidelberg eine Niederlage einstecken musste und dabei nahezu alle seine Kanonen einbüßte. Der Mansfelder war von seinem überraschenden Erfolg so verzückt, dass er großzügig auf die Unterstützung der Truppen von Baden-Durlach verzichtete und auf eigene Faust loszog, in Hessen und im Elsass zu plündern. Tilly nutzte die Gunst der Stunde und zog gegen Georg Friedrich. Im Neckartal bei Wimpfen verlor der Markgraf prompt beinahe alle seine Regimenter. Das war wohl die Wende im pfälzischen Krieg. Derweil plünderte Mansfeld die Bistümer Münster und Paderborn und wandte sich dann in Richtung Rheinpfalz, um sich mit dem Herzog von Halberstadt und dessen Truppen zu vereinigen. Tilly muss zu diesem Zeitpunkt elftausend Mann unter Waffen gehabt haben, aber das schreckte den Halberstädter offensichtlich nicht. Er versuchte bei Höchst den Main zu überqueren«, schloss Wallenstein seine Ausführungen. »Ich sage dir, Tillys Truppen haben ein Schlachtfest gehalten, wie dieser Krieg es noch nicht gesehen hat. Fast die Hälfte der Armee des Halberstädters wurde getötet oder versank in den Fluten.«

Sibylla versuchte sich das Grauen vorzustellen. So viele sinnlos verlorene Leben für einen Feldherrn, der sich überschätzt und die Lage falsch beurteilt hatte. Oder für das Recht, seine Gebete anders zu sprechen und kein Schäfchen des Heiligen Vaters in Rom mehr zu sein?

»Nach dem Sieg bei Höchst belagerte Tilly Heidelberg, doch die Besatzung aus deutschen und holländischen Protestanten verteidigte die Stadt über Monate. Erst im Herbst mussten sie kapitulieren. Tilly hat die Stadt daraufhin zur Plünderung freigegeben.«

Er sprach diese Worte ohne sichtbare Gefühlsregung. Sibylla versuchte, sich nicht so genau auszumalen, was sie für die Bewohner der Stadt bedeutet hatten. Ein Mob von Soldaten, die vermutlich hungrig und ohne Sold monatelang tatenlos vor den Mauern der Stadt ausgeharrt hatten, durfte sich nun nehmen, nach was ihm der Sinn stand. Nein, es war besser, nicht daran zu denken, was sie in Heidelberg angerichtet hatten, nachdem sich die Tore endlich für sie geöffnet hatten.

»Damit war der Widerstand der Protestanten gebrochen – vorläufig zumindest, denn nun kommen wir wieder zum Hut des Pfälzer Kurfürsten zurück. Mit seinem Entschluss, ihn dem Bayernherzog zu geben, hat der Kaiser nicht nur die deutschen protestantischen Fürsten gegen sich aufgebracht. Er zwingt König Christian von Dänemark förmlich dazu, sich doch noch für Markgraf Georg Friedrich einzusetzen, denn der ist mit der Nichte des Dänenkönigs verheiratet. Und das ist noch nicht alles: Frankreich – obwohl katholisch – nutzt die Empörung, um sich zu einem Führer der Opposition gegen Habsburg und Spanien aufzuschwingen und diese zumindest mit großen Worten und mit Geld zu stärken.«

»Dann ist der Krieg also noch lange nicht vorbei«, schlussfolgerte Sibylla.

»Das scheint dich nicht zu überraschen.«

»Nein«, sagte sie bedrückt. »Ich habe noch viel Blutvergießen und unsägliches Leid gesehen. Es steht in den Sternen geschrieben«, fügte sie rasch hinzu.

Wien war eine wehrhafte Stadt, zumindest war das Sibyllas erster Eindruck, als sie den Ring der Vorstädte hinter sich ließen. Sie ritten über eine Brücke, die den Wienfluss überspannte, auf ein ödes Feld zu, das sich bis zu einem breiten Wassergraben erstreckte. Aus ihm erhoben sich die imponierenden Sternschanzen, die die Mauerabschnitte dazwischen schützten, sodass sich kein Feind ungesehen bis an die Mauer hätte heranschleichen können. Beeindruckt sah sich Sibylla um. Auch Wallenstein schien angetan.

»Es hat lange gedauert, doch jetzt sehen die Befestigungsanlagen gut aus. Ich glaube, es gibt nur noch entlang der Donau einen Abschnitt der alten Stadtmauer, der der Kraft unserer heutigen Artillerie kaum gewachsen sein dürfte. Schon vor einhundert Jahren, als die Türken unvermittelt vor Wien standen und die Stadt belagerten, entging Wien nur mit viel Glück dem Untergang … oder der helfenden Hand der Heiligen Jungfrau, wer weiß. Die Witterung war so widrig, dass die Türken abzogen, ehe die Mauern fielen. Allen war klar, dass etwas geschehen musste. Die Mauer der Babenberger bot der Stadt keinen Schutz mehr und musste durch Schanzen und Bollwerke ersetzt werden, die auch einem Beschuss durch Kanonen standhalten. Die Wiener haben Glück, dass sich die Türken bis jetzt nicht mehr haben blicken lassen. Immerhin haben sie fast einhundert Jahre gebraucht, um so weit zu kommen. Und der Abschnitt an der Donau ist noch immer nicht fertig!«

Sie ritten durch das Stubentor, ein fast dreißig Schritt tiefes, kastenartiges Gewölbe mit einem aufgesetzten Glockentürmchen. Hinter dem Stubentor folgten sie der Wollzeile, die ihren Namen von den hier niedergelassenen Wollwebern und Händlern hatte. In den dicht an dicht gebauten Häusern, deren Giebel alle zur Straße zeigten, befanden sich aber auch zahllose Wirtshäuser und ein Dampfbad. Am Ende thronte der Palast des Erzbischofs, zu dessen Linken sich der Stephansdom in den Himmel erhob.

Sie setzten ihren Weg fort. Sibylla ritt neben Wallenstein. Piccolomini und acht der Männer folgten ihnen mit ein wenig Abstand. Der Rest der Truppe blieb bei den Wagen zurück, die nur langsam vorankamen und sicher erst in ein paar Stunden eintreffen würden. Neugierig sah sich Sibylla in der Stadt des Kaisers um. Es schien ihr, als würde Wien wie so viele Städte unter der Enge innerhalb der Stadtmauer leiden. Viel zu viele Menschen suchten den Schutz hinter Toren und Türmen, sodass Wohnraum ein knappes und teures Gut war. Darunter litten zumindest die einfachen Wiener. Wie sie bald schon erfuhr, genoss der Adel die großzügigen Räume seiner Stadtpaläste, und so mancher protzte mit einer schönen Fassade und den hohen Fenstern der »Belle Etage«, hinter der sich ein repräsentatives Speisezimmer, ein Ballsaal oder eine Galerie mit Spiegeln und Gemälden verbarg.

Wallenstein hielt sein Pferd im Hof eines gepflegten Gebäudes nahe der Michaelerkirche an. Gleich auf der anderen Seite des Platzes erhob sich die Hofburg, wo Kaiser Ferdinand II. residierte. Ob sie ihn während ihres Aufenthalts hier in Wien zu Gesicht bekommen würde? Sicher hatte Wallenstein seine körperlichen Schwächen übertrieben, vermutete Sibylla. Hatte ein Kaiser nicht groß und stattlich zu sein in all seiner Pracht?

Sie musste selbst über ihre kindliche Vorstellung lächeln.

Wallenstein war ständig unterwegs. Sibylla wusste nicht, mit was für Leuten er sich traf. Irgendwelche einflussreichen Offiziere der kaiserlichen Armee und verschiedene Männer von Adel, die Mitglieder im Kriegsrat oder anderen Ministerien waren. Abends war er meist geladen, speiste in prächtigen Palästen und führte Gespräche. Soweit Sibylla es mitbekam, ging es um Böhmen und Mähren, um die konfiszierten Güter und um das Münzkonsortium, aber auch um die Spannungen im Westen, wo der Krieg kein Ende finden wollte. Generalleutnant Tilly hatte alle Hände voll zu tun, um keinen Boden an die Protestanten zu verlieren.

An diesem Abend war Wallenstein in das Palais des Reichsgrafen Karl von Harrach geladen, bestand aber dieses Mal darauf, dass Sibylla ihn begleitete. Da an diesem Tag die Kleider geliefert worden waren, die er bei einer Schneiderin für sie bestellt hatte, ließ er ihre Ausrede, sie würde nicht zu den vornehmen Gästen passen, nicht gelten. Sibylla gab nach und begab sich in ihr Gemach, um sich von einer Magd beim Umkleiden und Frisieren helfen zu lassen.

Als sie eine Stunde später an einem der großen Spiegel in der Galerie des Palais vorbeikam, konnte sie nicht anders, als stehen zu bleiben und sich selbst zu bewundern. Das konnte nicht die Hebamme Sibylla Schenckh aus Leonberg sein, dachte sie, als ihr Blick über das kunstvoll aufgetürmte Haar strich, in das die Magd geschickt kleine weiße Federn gesteckt hatte. Ihr Gesicht schimmerte matt im Kerzenlicht. Ihren Hals zierte ein Band aus Perlen und Rubinen. Eine feine Rüsche umrahmte ihr Dekolleté. Der Rest des Kleides mit seinen keulenförmigen Ärmeln und dem weit ausgestellten Rock war dagegen geradezu monströs! Der schwere, bestickte Atlas rauschte bei jedem Schritt um ihre Beine. Der Seidenstoff schillerte im Schein der Kerzen und schien den Farbton ihres Haares aufzunehmen.

»Nun? Bist du mit deiner Erscheinung zufrieden?«

Sibylla fuhr herum und spürte, wie sie rot wurde. Es war ihr ein wenig peinlich, von Wallenstein bei ihrer eitlen Selbstbetrachtung ertappt worden zu sein, doch ließ sie es sich nicht anmerken, nickte hoheitsvoll und dankte ihm für das Kleid.

»Na, dann können wir ja aufbrechen«, sagte er nur und bot ihr seinen Arm.

Sie fuhren mit der Kutsche zum Palais Harrach, obwohl es nicht weit von ihrem Quartier lag. Das unterstrich die Wichtigkeit der Gäste. Zu Fuß gingen nur die einfachen Leute des Volkes.

Sibylla sah sich neugierig um und merkte, dass ihr Herz vor Anspannung schneller schlug. Was hatte eine einfache Hebamme in solch einem Grafenpalast verloren? Hoffentlich blamierte sie an diesem Abend weder sich noch Wallenstein.

»Wir sind da!«

Der Schlag wurde geöffnet. Im von Fackeln erhellten Hof standen einige Diener, die den Gästen beim Aussteigen halfen und sie die breite Treppe hinaufbegleiteten. Der Hausherr Karl von Harrach begrüßte Wallenstein überschwänglich, runzelte bei Sibyllas Anblick aber die Stirn.

»Meine persönliche Astrologin, die ehrenwerte Witfrau Sibylla Schenckh«, stellte Wallenstein sie vor.

Der Graf reichte ihr die Hand und hieß auch sie willkommen. Falls er es seltsam fand, dass Wallenstein eine Astrologin in seinem Gefolge hatte, so ließ er es sich nicht anmerken. Er bat sie herein und stellte die anderen Gäste vor. Einer von ihnen, Maximilian von Waldstein, war ein Vetter Wallensteins. Die beiden begrüßten einander herzlich.

Maximilian von Waldstein war ein umgänglicher Mann, der Sibylla in eine leichte Plauderei verwickelte. Die beiden sahen zu ihrem Gastgeber hinüber, der so prächtig gekleidet war, dass sich Sibylla den Kaiser nicht strahlender vorstellen konnte.

»Graf von Harrach ist ein wichtiger Mann mit großem Einfluss, nicht wahr?« Sie sah ihren Gesprächspartner fragend an.

Der gluckste leise, antwortete aber ernst. »Oh ja, er ist neben von Eggenberg der wichtigste Berater des Kaisers, der große Stücke auf ihn hält. Nicht umsonst hat der Kaiser Harrach nach der erfolgreichen Schlacht am Weißen Berg riesige Güter in Böhmen geschenkt, was seinen Reichtum nun schön abrundet.«

Sibylla sah ihn an, doch der Spott schien nicht mit Missgunst gepaart. Plötzlich erhellte ein Lächeln sein Gesicht, das sie sich erst erklären konnte, als sie sich umwandte und in die gleiche Richtung sah. Der Gastgeber wurde nun von zwei jungen Damen gerahmt, die er als seine Töchter Katharina und Isabella vorstellte. Die beiden waren eine Augenweide, wobei die wundervollen Kleider, die sie trugen, die kunstvollen Frisuren und der Schmuck noch zu ihrem Glanz beitrugen. Unvermittelt stiegen Bilder vor Sibylla auf, und ehe sie sich zurückhalten konnte, entfuhr ihr erstaunt: »Sie ist seine Braut! Wallensteins zweite Braut!«

»Welche?«, wollte Maximilian wissen. »Katharina?«

Sibylla schalt sich im Stillen, doch nun gab es kein Zurück. Sie betrachtete die beiden jungen Damen. »Nein, Isabella«, sagte sie. »Ich habe gehört, sie wird Euren Vetter Albrecht heiraten«, log sie. Zum Glück entspannte sich die Miene ihres Begleiters wieder.

»Das ist ja großartig«, sagte er. »Ich wusste gar nichts davon. Ich habe nämlich vor, Katharina zum Altar zu führen, und hätte es nicht gern gesehen, wenn Albrecht mir dabei in die Quere käme. Ist sie nicht ein prachtvolles Weib? Und solch einen Schwiegervater sollte man auch nicht ausschlagen!«

Sibylla nickte nur und überlegte, ob sie mit Wallenstein über das Thema sprechen oder den Dingen ihren Lauf lassen sollte.

Einige Tage später war es dann so weit. Sie waren in die Hofburg geladen. In weiser Voraussicht hatte Wallenstein die Schneiderin gleich angewiesen, Sibylla auch eine Hofrobe zu nähen, die am Tag zuvor geliefert worden war. Der lange, steife Überwurf wurde ohne Reifrock getragen. Dafür betonte ein Polster die Hüfte. Mehrere Unterröcke sorgten für das nötige Volumen und brachten den schimmernd roten Stoff zur Geltung. Das eng anliegende Mieder war aus goldbesticktem Brokat und lief in einer langen Spitze aus. Die Ärmel waren reich verziert und endeten in zarter Spitze, die auch das Dekolleté zierte und sich als steifer Kragen in ihrem Nacken erhob. Ihr Haar war kunstvoll aufgesteckt und mit einer doppelten Reihe von Perlen verziert. Handschuhe und Fächer vervollständigten ihre Garderobe.

Wallenstein trug wie üblich rot und schwarz, nur der Kragen und die kurzen Stiefel waren weiß.

Sie fuhren vierspännig an der Hofburg vor, obgleich sie lediglich den Platz hätten überqueren müssen. Hatte Sibylla bereits die Pracht im Palais Harrach geblendet, so fühlte sie sich in der Hofburg wie in einem Traum. So viele verschwenderisch gekleidete Menschen, die riesigen Lüster, die vielen Kerzen, die Stimmen und der Wein in zarten Kristallgläsern. Sibylla dachte, ihr müsse schwindelig werden. Da erhob sich eine Stimme über das Gemurmel, die Ihre Kaiserliche Hoheit Ferdinand II. von Habsburg ankündigte. Alle Gäste wandten sich um und verfielen in Verbeugungen und Knickse.

Bis zu diesem Zeitpunkt hatte Sibylla gedacht, Wallenstein habe dem Kaiser mit seiner unschmeichelhaften Beschreibung unrecht getan, doch die Wirklichkeit war – vielleicht wegen der Pracht, die ihn umgab – tatsächlich ernüchternd. Gewiss, der Kaiser war prunkvoll gekleidet, doch während die nur maßvoll verzierte Kleidung Wallensteins dazu angetan war, seine imposante Gestalt und sein einnehmendes Gesicht zu unterstreichen, wirkte das überladene Gewand des Kaisers eher lächerlich und betonte noch seine körperlichen Mängel. Nein, ein schöner Mann war er wirklich nicht. Sein Haltungsfehler ließ ihn noch kleiner erscheinen, als er eh schon war, sein Gesicht war fleischig und gerötet, das rötliche Haar strähnig. Sein Schnauz- und Knebelbart konnten die vorgeschobene Unterlippe nicht verbergen. Mit hervorquellenden Augen betrachtete er die Gäste. Offensichtlich sah er nicht gut. Sein Gesichtsausdruck war allerdings von einer Gutmütigkeit, die ein wenig einfältig wirkte.

Der Kaiser, so sagte man, war stets um Harmonie bemüht und schob Unangenehmes von sich weg, um sich lieber mit Leidenschaft der Jagd und der Musik zu widmen, wenn er nicht gerade einer Messe beiwohnte, inbrünstig betete oder auf Wallfahrt war. Die Verteidigung des wahren Glaubens war seine wichtigste Mission, daran ließ der Kaiser niemals Zweifel aufkommen. Das hatte er der Jungfrau Maria geschworen, und so nachgiebig und konfliktscheu er in vielen Dingen war, wenn es um die Reinheit der katholischen Lehre ging, ließ er nicht mit sich reden. In Glaubensfragen gab es für ihn keine Toleranz.

Sibylla spürte die Abneigung in sich wachsen, während sie diesen kleinen, hässlichen Mann betrachtete, der mit seinem Eifer so viele Menschen ins Unglück stürzte und noch so viel Leid und Tod über das Deutsche Reich bringen würde.

Dann wanderte Sibyllas Blick zu der Frau an seiner Seite. Die Kaiserin, eine geborene Prinzessin Eleonore von Mantua, die er im vergangenen Jahr geheiratete hatte, war die zweite Frau des Kaisers, nachdem seine Cousine Maria Anna von Bayern vor sieben Jahren gestorben war. Die neue Kaiserin war sicher zwanzig Jahre jünger als ihr Gatte. Auch sie war eher klein zu nennen, hatte ein rundes Gesicht und üppige Formen. Dennoch war sie deutlich hübscher anzusehen als ihr Mann.

Der Kaiser bat um Ruhe und rief dann einen Mann an seine Seite: Girolamo Caraffa, den Marchese von Montenegro, den er als neuen General der kaiserlichen Armee vorstellte.

Sibylla schielte zu Wallenstein hinüber. Hatte er sich doch noch Hoffnung gemacht? Würde ihm der Oberbefehl nicht zustehen, nach dem Einsatz, den er für den Kaiser gebracht hatte? Und dem Vermögen, das er stets, ohne zu fragen, aus eigener Tasche in die Ausrüstung und Versorgung des Heeres gesteckt hatte, wenn Wien wieder einmal versagte?

Eure Zeit wird kommen, sagte sie stumm. *Geduld, General Wallenstein, Geduld!*

Ernst sah er zum Kaiser und dem neuen General hinüber. Sie konnte in seiner Miene nicht lesen, ob er sich übergangen fühlte. Immerhin ernannte ihn der Kaiser an diesem Abend noch zum Generalwachtmeister, was zumindest eine kleine Anerkennung war.

Graf von Harrach trat zu Wallenstein und flüsterte ihm etwas ins Ohr. Der neu ernannte Generalwachtmeister nickte, ohne eine Miene zu verziehen. Später tanzte er mit Harrachs Tochter Isabella. Wallenstein war zwar eine imposante Erscheinung, doch sein Tanzstil ein wenig steifbeinig, ganz im Gegensatz zu seiner zukünftigen Frau, die sehr hübsch aussah und sich mit viel Grazie bewegte. Sie war gerade zweiundzwanzig Jahre alt und eine frisch erblühte Schönheit, die sich ihrer Wirkung bewusst war und das Leben genoss. Dennoch schien sie Sibylla nicht eitel, auch wenn sie die kleinen Schmeicheleien an diesem Abend sichtlich genoss.

Als sich Wallenstein etwas später zu Sibylla gesellte und das junge Fräulein von Harrach mit einem anderen Offizier tanzte, bemerkte sie, wie er sie immer wieder in der Menge suchte.

»Sie ist eine gute Wahl«, sagte sie.

Wallenstein stutzte und wandte sich Sibylla zu. »Was meinst du?«

»Isabella von Harrach, die Ihr gerade beobachtet habt. Sie wird Euch eine gute Frau sein.«

»Dir bleibt wirklich nichts verborgen«, sagte er, und zum ersten Mal erlebte sie ihn verlegen. Er wandte seinen Blick wieder den Tanzenden zu, wo Isabella gerade über etwas lachte, das ihr Begleiter ihr zuflüsterte.

»Sie ist eine reizende Person«, sagte Wallenstein. »Nicht nur, dass sie eine hübsche junge Frau ist, man kann sich durchaus eine Weile mit ihr unterhalten, ohne Langeweile zu verspüren.«

Sibylla unterdrückte ein Schmunzeln. »Ja, es gibt Frauen, die nicht nur hohlen Klatsch von sich geben.«

Wallenstein verstand den Wink durchaus. »Ich spreche den Frauen ihren Geist ja gar nicht ab, aber auch dir muss aufgefallen sein, dass es nicht viele wie dich gibt. Du bist gar die einzige Astrologin, die ich in meinem Leben bislang getroffen habe.«

»Das glaube ich gern«, murmelte Sibylla, kehrte dann aber wieder zu ihrem eigentlichen Thema zurück. »Ihr tut gut daran, sie um ihre Hand zu bitten. Sie ist Euch zugetan, und auch der Graf hält viel von Euch. Er wird in diese Verbindung freudig einwilligen. Außerdem ist Graf von Harrach nicht nur ein reicher Mann. Er gehört zum inneren Kreis bei Hof und hat das Ohr des Kaisers.«

Wallenstein sah sie lange an. Sie konnte nur raten, was in ihm vorging. Seine Miene war wie so oft verschlossen.

»Ich werde solche Fürsprecher brauchen«, sagte er schließlich. »Ist es das, was du mir sagen willst?«

Sibylla sah ihn an und versuchte die tiefe Traurigkeit, die sie plötzlich verspürte, zu vertreiben. Die Bilder, die in ihr aufstiegen, ängstigten sie, doch es gab nichts, was sie dagegen tun konnte, oder vielleicht doch? Würde sich das Schicksal erbarmen, wenn er jetzt den rechten Pfad wählte?

Sie erwiderte Wallensteins intensiven Blick. »Ich fürchte, es werden Zeiten kommen, da Ihr jeden Fürsprecher bei Hof bitter nötig haben werdet.«

»Die Zukunft ist offenbar ein harter Geselle, der es uns nicht leicht machen wird.«

»Ja, so ist es«, sagte sie leise. »Ich würde gern etwas anderes sagen.«

Kapitel 13

Wien, 1623

Sibylla schreckte hoch und sah sich in ihrem Zimmer um. Sie war noch immer in Wien und lag in einem feinen Bett unter einer dicken Daunendecke, die ihr fast zu warm war. Der Mond schien zum Fenster herein und warf einen silbernen Streifen über den glänzenden Parkettboden mit seinen hellen und dunklen Mustern. Hatte der Mond sie geweckt? Nein, irgendetwas war dort draußen los. Ein Flackern huschte am Türspalt auf und ab. Da war jemand vor ihrer Tür. Er klopfte zögerlich.

»Ja?«

»Sibylla? Bist du wach?«

Sie warf die Decke beiseite, sprang aus dem Bett und griff nach ihrem Wolltuch. Sie legte es sich um die Schultern, ehe sie zur Tür ging und öffnete.

Jascha stand in einem knielangen Hemd und einer Hose vor ihr, die beide dringend einer Wäsche bedurft hätten. Als er ihren Blick bemerkte, errötete er.

»Was gibt es mitten in der Nacht?«, wollte Sibylla wissen, die sich diesen merkwürdigen Auftritt nicht erklären konnte. Doch plötzlich zuckte Schmerz durch ihren Geist, der nicht ihr eigener zu sein schien. »Ist etwas passiert?« Sie griff nach Jaschas Schulter.

»Der Kommandant«, stieß der junge Mann hervor.

»Wallenstein? Was ist mit ihm?«

»Er ist nicht er selbst. Ich dachte, er sei nur betrunken und wegen irgendetwas zornig, aber da ist noch etwas anderes.« Jascha riss die Augen auf. »Ich fürchte mich nicht so leicht, das musst du mir glauben, Sibylla, aber jetzt macht er mir Angst, und ich kann nicht zu ihm zurück. Nicht alleine, aber wen könnte ich fragen, ohne ihn noch zorniger zu machen?«

»Mich«, sagte sie entschlossen, »deshalb bist du doch gekommen?«

Jascha zögerte. »Ich weiß nicht, ob das eine gute Idee ist. Er hat sogar seinen Degen gegen mich gezogen!«

»Was?« Sibylla war empört. Ganz gleich, wie viel Wallenstein über den Durst getrunken hatte, solch ein Verhalten war eines Grafen und Kommandanten der kaiserlichen Armee nicht würdig.

Barfuß und nur mit ihrem Nachthemd bekleidet, das Wolltuch über den Schultern, stürmte sie durch die Galerie zur anderen Seite des Palais, wo Wallenstein sein Schlafgemach bezogen hatte. Sie klopfte an die Tür und trat dann ein, ohne auf Antwort zu warten.

Noch ehe sie ihn zu Gesicht bekam, trafen sie ein tierisches Brüllen und ein Fluch, den er ganz sicher in seiner Beichte erwähnen sollte, um Vergebung für den Gebrauch solch eines Wortes zu erhalten.

»Wallenstein, was ist in Euch gefahren? Reißt Euch zusammen!«, herrschte sie ihn an.

»Du? Was willst du hier? Verschwinde!«

Er starrte sie aus blutunterlaufenen Augen an. Wallenstein trug noch immer seine Hosen und Stiefel, nur das Wams hatte er abgelegt. Sein Hemd stand offen und hing ihm unordentlich aus der Hose. Seinen Degen hielt er in der Hand, die Spitze drohend erhoben, doch Sibylla ließ sich nicht beeindrucken.

»Ich verschwinde erst, wenn ich weiß, was hier los ist, und Ihr den Degen beiseitegelegt habt.«

Wallenstein richtete die Spitze auf Jascha, der noch immer in der Tür stand. »Vorher schneide ich dem Tölpel die Seele raus.«

»Das werdet Ihr nicht tun«, widersprach Sibylla. »Jascha, du kannst gehen. Schließ die Tür.«

Der Bursche zögerte. »Bist du sicher?«

»Ja, das bin ich. Ich werde hier alleine fertig.«

Wallensteins Augen funkelten, als er den Degen auf sie richtete. »Ach ja? Versuch es!«

Jascha suchte das Weite und zog die Tür hinter sich zu, während Sibylla die Hände in die Taille stemmte und Wallenstein unverwandt ansah.

»Was ist mit Euch los? Ihr habt heute Abend ungewöhnlich viel getrunken, aber das ist kein Grund, sich so aufzuführen! Wollt Ihr nicht einfach Euren Rausch ausschlafen?«

»Nichts anderes wollte ich«, verteidigte sich der Kommandant, »als dieser Tölpel, statt mir die Stiefel auszuziehen, mir fast den Fuß abgerissen hat!«

»Das war sicher nicht seine Absicht«, schimpfte Sibylla. »Also, legt Ihr jetzt den Degen weg? Dann helfe ich Euch aus Euren Stiefeln.«

Achtlos warf Wallenstein den Degen zur Seite, dass er mit einem Klirren davonschlitterte und einen unschönen Kratzer im Holz des Bodens zurückließ. Er rutschte von der Lehne des Sessels in das Polster und streckte sein Bein. »Aber sei vorsichtig!«, befahl er.

Sibylla verdrehte die Augen, sagte aber nichts. Sie stieg stattdessen über das ausgestreckte Bein, beugte sich nach vorn und umfasste mit beiden Händen das feine weiße Leder des Stiefels.

Wallenstein bäumte sich auf und schrie. Dann fluchte er. Sein Bein zuckte, dass es Sibylla aus dem Gleichgewicht brachte und sie auf die Seite fiel. Schimpfend rappelte sie sich wieder auf und brachte ihr Nachthemd in Ordnung, ehe sie sich Wallenstein zuwandte. Sein zuvor noch gerötetes Gesicht war nun blass und schweißnass. Er atmete stoßweise. Sibylla starrte ihn irritiert an.

»Was ist mit Euch los? Ihr seid gar nicht betrunken.«

Wallenstein lachte freudlos. »Doch, das bin ich. Sehr sogar.«

»Und was ist mit Eurem Bein? Habt Ihr Euch verletzt?«

Er schüttelte den Kopf. »Nein, es sind nur wieder diese verfluchten Schmerzen, die mich eines Tages noch umbringen.«

Sibylla sah auf die weißen Stiefel herab. »Ich werde mir das ansehen, aber dazu muss ich Euch die Stiefel ausziehen. Haltet Euch hier am Fußteil des Bettes fest, und beißt von mir aus auf ein Stück Holz, aber die Stiefel müssen runter!«

»Koste es, was es wolle«, ergänzte er und lachte wieder. »Du bist mir eine feinfühlige Krankenschwester! Also los, worauf wartest du?«

Endlich lagen die Stiefel am Boden. Vorsichtig zog Sibylla die Strümpfe herunter. Wallenstein schrie nun nicht mehr, doch sie spürte, wie sein Körper sich vor Schmerz versteifte. Endlich sah sie auf seine nackten Beine herab. Sie konnte keine Wunde entdecken, doch gut sahen sie nicht aus. Vor allem die Füße waren von den Zehen bis zu den Knöcheln dick angeschwollen. Vorsichtig strich sie über die gerötete Haut. Sie war heiß und trocken.

»Das sieht nicht gut aus«, sagte sie.

»Das fühlt sich auch nicht gut an«, konterte Wallenstein.

Sie sah zu ihm auf. »Ihr habt nicht zum ersten Mal einen solchen Gichtanfall«, stellte sie fest.

»Nein, das Podagra sucht mich seit Jahren immer wieder heim, sodass ich tagelang mein Lager nicht verlassen kann.«

Sie griff ihm unter die Achsel und half ihm ins Bett. Er stöhnte, schien nun aber ernüchtert.

»Der schwere Wein hat Euch nicht gutgetan«, rügte Sibylla.

»Ich weiß«, stimmte er ihr zu. »Ich spüre schon seit Tagen, dass da wieder etwas auf mich zukommt, aber ich war nicht vernünftig. Es macht mich wütend, weil ich so gar nichts dagegen tun kann«, schimpfte Wallenstein. »Wie könnte ich mich jetzt tagelang ins Bett legen und mich hier verkriechen? Ich habe Verpflichtungen!«

»Schon möglich«, stimmte ihm Sibylla zu. »aber mit dieser schmerzhaften Entzündung in den Beinen geht Ihr nirgendwo hin. Es mag ja sein, dass Ihr nichts dagegen tun könnt – außer dem Wein eine Weile zu entsagen und nicht so viel fettes Fleisch zu Euch zu nehmen –, ich dagegen könnte Eure Schmerzen durchaus lindern und Euch früher auf die Beine helfen, als wenn Ihr einfach nur abwartet.«

Wallenstein stöhnte und ließ sich in seine Kissen sinken. »Ich will keinen dieser Quacksalber sehen, die mich wieder zur Ader lassen.«

Sibylla trat an das Bett heran und legte ihm ihre Hand auf den Arm. »Wenn Ihr nicht wollt, dann braucht Ihr keinen Arzt zu rufen. Ich weiß von Dr. Stegmann, wie man die Schmerzen und die heiße Schwellung des akuten Podagra behandelt. Es ist sicher ohne Gefahr, wenn ich Euch von meinen Mädesüßtropfen gebe und einen Aufguss aus Weidenrinde bereite. Anders sieht es bei der Herbstzeitlosen aus. Sie ist eine hochwirksame Heilpflanze, die Euch helfen wird, in hoher Dosierung ist sie aber auch ein tödliches Gift.«

Wallenstein lachte rau und hustete dann. »Das heißt, die Schmerzen verschwinden so oder so. Entweder weil du mich heilst oder weil du mich ins Grab bringst.«

»Es ist Eure Entscheidung. Ich weise Euch nur auf das Risiko hin.«

»Damit ich mich nicht beschwere, wenn du mich umbringst? Nein, ich denke nicht.« Sein Grinsen war eine verzerrte Grimasse. »Mach alles, was du willst, aber tu etwas gegen diesen verfluchten Schmerz!« Er umfasste ihre beiden Handgelenke und zog sie zu sich. »Bitte«, hauchte er.

Sibylla musste sich beherrschen, nicht zu stöhnen, so sehr umklammerte er ihre Arme.

»Ich schickte Jascha noch heute Nacht zum Apotheker. Bis er das Arzneipulver besorgt, gebe ich Euch schon mal etwas aus meinem eigenen Medizinkästchen, das Euch helfen sollte, ein wenig Schlaf zu finden. Macht Euch keine Sorgen. Wir bekommen Euch wieder auf die Beine.«

Trotz ihrer Worte konnte Sibylla die Zuversicht, die sie ihm geben wollte, selbst nicht empfinden. Sie würde zwar seine Schmerzen lindern und vielleicht dazu beitragen, dass er sein normales Leben schneller wieder aufnehmen konnte, doch heilen würde sie ihn nicht, und sie spürte mit einer fast beängstigenden Gewissheit, dass dieses Leiden ihn noch häufiger und immer schlimmer quälen würde. Aber das war nicht das Einzige. Irgendwo tief in ihm verborgen lauerte noch ein Feind in seinem Körper, den sie nicht zu benennen wagte. Vielleicht war das heute auch nicht der rechte Zeitpunkt, ihn danach zu fragen.

Sibylla löste sich aus seinem Griff und trat zurück. »Lauft nicht weg«, sagte sie mit einem schiefen Lächeln. »Ich bin bald zurück.«

Er schimpfte vor sich hin und warf ihr ein Kissen hinterher, als sie zur Tür ging.

Zum Glück erholte sich Wallenstein von seinem Gichtanfall schneller als befürchtet. Zwei Wochen später war er wieder auf den Beinen, sonst hätte er womöglich in einer Sänfte zu seinem Schwiegervater getragen werden müssen, um die Einzelheiten des Ehekontrakts zu besprechen. Sibylla riet ihm zwar zu lockeren Stiefeln, die sie mit Fell auskleiden ließ, ansonsten war Graf Albrecht Wenzel von Friedland ein tadelloses Bild von einem Mann, als er dem Vater der Braut seine Aufwartung machte. Isabella willigte gern ein, und auch Graf von Harrach hatte nichts gegen den Schwiegersohn einzuwenden. Auch mit Wallensteins Vetter Maximilian einigte sich Graf von Harrach rasch, sodass dieser Isabellas Schwester Katharina ebenfalls eine Woche später zum Altar führte.

Es wurde ein rauschendes Fest. Das Palais Harrach kam Sibylla wie ein Märchenpalast vor. Es wurde bis in den frühen Morgen getrunken und getanzt, ehe sich die beiden Paare verabschiedeten und die Vettern Wallenstein ihre Bräute in die Ehegemächer entführten.

Die Frischvermählten genossen den Sommer in Wien, so als würde er niemals enden. Vielleicht weil jeder von ihnen ahnte, dass das Schicksal ihnen gerade einmal eine Atempause gönnte, ehe es sie wieder in seine Netze einfing.

Eigentlich hätte der Krieg nun zu Ende sein können. Die böhmischen Rebellen waren besiegt. Tilly lag mit seinem Heer noch im Westen, doch dort war alles ruhig. Die Pfalz war noch immer von Bayern und Spanien besetzt. Nun hätte sich nur noch der Winterkönig Friedrich unterwerfen müssen. Aber da war noch der Dorn in den Augen der protestantischen Fürsten, den ihnen der Kaiser durch die widerrechtliche Ernennung von Maximilian von Bayern zum Kurfürsten hineingestoßen hatte. Würden sie ihre Kräfte noch einmal sammeln und ein Heer entsenden?

Die Herren vom Kriegsrat in Wien zuckten mit den Achseln. Für sie schien der Fall erledigt.

»Nichts ist erledigt«, beschwor Wallenstein immer wieder, nicht nur seinem Schwiegervater gegenüber. Er sprach auch vor den anderen Räten und vor dem Kaiser.

»Majestät, Ihr müsst mir gestatten, die Truppen aufzustocken. Ihr müsst Stärke demonstrieren, nur dann lässt sich dieser Krieg wirklich beenden.«

Die Kriegsräte wehrten ab. Auch der frischgebackene General Caraffa war nicht so recht von der Gefahr überzeugt, auch wenn er zugab, dass der Kaiser im Augenblick gerade einmal zehntausend Mann unter Waffen hatte, die durch die schlechte Ausrüstung und die nur schleppende Bezahlung immer weniger wurden, doch wie gewöhnlich war der Kaiser knapp bei Kasse, und die anwesenden Fürsten und Grafen wollten dem Kaiser nicht zu erhöhten Ausgaben raten.

»Ein Heer ist teuer«, stellte Graf von Fürstenberg fest. Graf von Trauttmansdorff stimmte ihm zu. »Tilly hat den Protestanten den Zahn gezogen. Die Sache ist zu Ende!«

»Und was ist mit Bethlen Gabor?«, verlangte Wallenstein zu wissen. »Wie gedenken die Herren dieser Gefahr zu begegnen?«

Bei der Erwähnung des streitlustigen Fürsten von Siebenbürgen hoben die Herren nur die Schultern, und der Kaiser bemerkte: »Wir haben einen Friedensvertrag geschlossen. Wisst Ihr das nicht mehr?«

Wallenstein gab auf. Hier würde er nichts mehr erreichen. Er war frustriert und erzürnt, als er zum Palais Harrach zurückkehrte und Sibylla von der Unterredung berichtete.

»Wir haben einen Friedensvertrag mit Bethlen geschlossen«, wiederholte er und schüttelte den Kopf. »Ich kann es nicht glauben. Der Kaiser ist tatsächlich davon überzeugt, eine Unterschrift auf einem Stück Papier könne den Siebenbürgenfürsten mit seiner Gier nach Land und Gold im Zaum halten. Das Reich steht mit nicht einmal zehntausend Mann da, die ich mich scheue, überhaupt ein Heer zu nennen. Ein trauriger Haufen von Taugenichtsen ist das, die vermutlich beim ersten Kanonenschuss davonrennen würden.«

Sein Gesicht rötete sich, seine Hände waren zu Fäusten geballt, sein Atem wurde schneller, und er starrte Sibylla wild an, als sie auf ihn zutrat und die Fäuste mit ihren Händen umschloss.

»Ich kenne mich zu wenig in der großen Politik aus, um sagen zu können, wer die Motive dieses Fürsten aus Siebenbürgen besser einschätzen kann, doch ich weiß, dass der Krieg leider noch lange kein Ende finden wird. Allerdings fürchte ich, dass Ihr im Moment nicht mehr erreichen könnt, daher schlage ich vor, Ihr beruhigt Euch und geht zu Eurer Frau, die Euch sicher schon voller Sehnsucht erwartet.«

Die Fäuste unter ihren Händen entspannten sich. Wallenstein atmete tief aus. »Was bist du nur für ein Mensch? Bist du überhaupt einer von uns oder ein Engel, den der Herrgott an meine Seite gestellt hat?«

Sibylla lachte auf. »Nein, keinesfalls ein Engel. Wiederholt so etwas auf keinen Fall vor anderen. Ihr könntet Euch dem Vorwurf der Ketzerei aussetzen. Ich bin nur eine schwache Frau, die mit den Mächten des Schicksals hadert.«

»Du *schwach*?« Er lachte auf. »Du bist das stärkste Wesen, das ich kenne. Ein Fels in der Brandung, eine Eiche im Sturm. *Mein* Fels in der Brandung«, fügte er leise hinzu. Dann zog er sie in seine Arme und presste sie an seine Brust. »Du darfst mich niemals verlassen, hörst du? Ich brauche dich!«

Sibylla versuchte, sich aus seiner Umarmung zu befreien, doch er war zu stark. »Ihr braucht mich nicht. Ihr seid Wallenstein! Ihr werdet die Welt in Erstaunen versetzen und ihr das Fürchten lehren. Die Zeit wird kommen, da werden sie

Euch zuhören, auch der Kaiser! Die Mächtigsten des Reichs werden sich Euren Entscheidungen beugen.«

»Auch Caraffa?«, wollte er wissen.

Sibylla schnaubte verächtlich. »Caraffa ist nicht einmal eine Randnotiz der Geschichte. Von Euch wird man noch in Hunderten von Jahren sprechen!«

»Dann kommst du mit meinem Horoskop also voran?«, wollte er wissen.

»Aber ja«, log sie. »Ich habe viele Berechnungen bereits abgeschlossen, aber wir müssen noch über manche Ereignisse Eurer Jugend sprechen. Die Vergangenheit hat immer auch Einfluss auf die Zukunft.«

»Wir haben noch viel Zeit«, sagte er. Seine Stimme klang plötzlich belegt. »Ich vertraue dir.« Unvermittelt beugte er sich zu ihr herab und küsste sie mit einer Leidenschaft, die etwas von Verzweiflung hatte. Sibylla wollte sich wehren, aber sie konnte nicht. Es war wie eine Flut, die sie mit sich riss. Sie war nicht mehr sie selbst. Sie verschmolz mit diesem Mann und seinem so einzigartigen Schicksal, und sie sah mehr von ihm und von sich selbst, als ihr lieb war. Die verborgene Zerstörung hatte bereits begonnen.

Sibylla stöhnte auf. Endlich gelang es ihr, ihren Kopf wegzudrehen. Er hielt inne.

»Ich vertraue Euch auch«, sagte sie. »Und ich werde bei Euch bleiben, bis zum letzten Atemzug. Aber nicht auf diese Weise! Ich werde niemals das Bett mit Euch teilen, und Ihr werdet mich nicht dazu drängen. Zerstört nicht, was uns verbindet. Es ist zu wertvoll und zu zerbrechlich.«

Wallenstein ließ sie los. »Ich würde dir niemals Gewalt antun. Dir nicht und keiner anderen Frau!«

»Das weiß ich«, beschwichtigte sie ihn.

»Ich habe jetzt eine Gattin, die mir viele Kinder schenken wird. Schon bald wird sie einen Erben gebären, der irgendwann alle Ländereien von Friedland und Reichenberg erben wird.«

In diesem Moment ertönte ein zaghaftes Klopfen an der Tür. Die beiden fuhren auseinander, als sich die Klinke senkte und die frischgebackene Gräfin von Friedland eintrat.

»Ach, hier seid ihr«, sagte Isabella und sah mit fragender Miene von einem zum anderen. »Ist etwas geschehen?« Sie runzelte die Stirn. Ihr Lächeln wirkte gequält.

Wallenstein räusperte sich. »Nein, mein Herz, was gibt es?«

»Ich habe mich gefragt, ob du vergessen hast, dass wir uns gleich nach deiner Rückkehr zu Tisch setzen wollten? Das Essen ist aufgetragen und wird kalt, wenn wir nicht anfangen.«

Wallenstein schenkte seiner Frau ein Lächeln. »Es tut mir leid, meine Liebe. Ich habe Sibylla von der Sitzung des Rats berichtet. Wir können sofort anfangen.« Er trat auf sie zu und reichte ihr den Arm. Isabella aber wandte sich Sibylla zu. Die junge Gräfin sah sie ernst an. Sie spürte, dass etwas nicht in Ordnung war, konnte es aber nicht benennen. Sibylla hätte ihr gern versichert, dass kein Grund zur Eifersucht bestand, doch sie fühlte sich wie eine ertappte Sünderin.

Isabella besann sich. Ihre Erziehung ließ sie die Fassung wahren. »Kommst du, Sibylla?«, sagte sie höflich, aber kühler als sonst. »Maximilian und meine Schwester Katharina sind heute unsere Gäste. Sie haben einen Freund aus München mitgebracht, der sicher interessante Neuigkeiten aus Bayern zu berichten hat.«

Sibylla dankte mit gesenktem Blick und folgte den beiden ins Speisezimmer hinüber.

Wallenstein beschloss, bereits am nächsten Tag abzureisen.

»Was soll ich noch hier in Wien, wenn keiner auf mich hört«, sagte er. »Die schlechten Nachrichten werden mich auch in Prag oder in Friedland erreichen.«

Sibylla widersprach ihm nicht. Doch es dauerte natürlich noch einige Tage, bis Isabella all ihre Habseligkeiten gepackt und ihre Garderobe für ihre neue Aufgabe als Gräfin von Friedland vervollständigt hatte.

War es Sibylla schon auf der Hinreise vorgekommen, als würden sie mit unendlich viel Gepäck reisen, so wurde sie nun eines Besseren belehrt. Ihr schien es, als würde der Zug aus Karren und Kutschen immer länger. Wallenstein entschied, dass sie vorausreiten beziehungsweise -fahren würden und die Karren mit den Möbeln und Truhen ihnen folgen sollten, so schnell es eben ging. Er heuerte wieder einige Männer als Leibwache an, dann machten sie sich auf den Weg zurück nach Prag. Jascha betrachtete seine neue Herrin zuerst mit Misstrauen, doch Isabella verstand es, ihn mit ihrer fröhlichen Art und mancher Süßigkeit bald auf ihre Seite zu ziehen. Nur Sibylla gegenüber zeigte sie sich oft zurückhaltend. War sie nur gehemmt, oder wurde sie von Gefühlen der Eifersucht gequält? Sibylla fuhr immer wieder mit Isabella in der Kutsche, statt an Wallensteins Seite zu reiten, um die junge Ehefrau zu überzeugen, dass sie von ihr nichts zu befürchten hatte.

Vielleicht befürchtete Isabella gar nicht, ihr Gatte könne Sibylla zu seiner Geliebten machen. *Vielleicht hält sie mich für zu alt, um eine Gefahr zu sein,* dachte Sibylla halb belustigt, halb verärgert. Es musste wohl ihre so ungewöhnliche Stellung als Astrologin sein, die Isabella so etwas wie Furcht einflößte.

»Ich habe kein Geburtshoroskop«, gestand sie Sibylla. »Und eigentlich bin ich darüber auch ganz froh. Findest du das unvernünftig?«

Sibylla wehrte ab. »Nein, warum sollte ich?«

»Weil es dein Beruf ist, den Menschen zu sagen, was das Schicksal für sie bereithält, wie sie sich entwickeln werden und welches Unglück am Wegesrand auf sie lauert.« Sie schauderte. »Ich will nicht jetzt schon wissen, worüber ich bittere Tränen vergießen werde und wann mich der Tod zu sich holt.«

Ich wüsste viele Dinge lieber auch nicht, stimmte Sibylla ihr im Stillen zu. »Ganz so ist es nicht«, schränkte sie Isabellas Aussage ein. »Das Horoskop sagt uns, wie es werden könnte, doch wir sind der Macht der Sterne nicht hilflos ausgeliefert. Ebenso ist es mit unseren Eigenschaften, die die Planeten beeinflussen, doch auch sie sind nicht in Stein gemeißelt. Wenn wir wissen, wo unsere Schwächen liegen und wo Gefahren lauern, können wir bewusst dagegensteuern und einen anderen Weg wählen. So unterscheidet sich ein Horoskop, das im Laufe des Lebens erstellt wird, immer von dem der ersten Stunde. Wie sehr, kommt auf jeden Einzelnen an.«

»Das verstehe ich«, überlegte Isabella, »aber es gibt doch auch viele Dinge, auf die wir keinen Einfluss haben und die wir nicht ändern können. Ich will Albrecht viele gesunde Kinder schenken, aber ich scheue mich, dich danach zu fragen. Was, wenn mich deine Antwort in Verzweiflung stürzt? Was soll ich dann tun? Ihm sagen, er solle mich verlassen und sich eine andere Frau suchen?«

Sibylla schluckte. Sie hatte bereits einiges in ihren Visionen gesehen, und nicht alles würde Isabella gefallen. Es war sicher besser, sie bei ihrer abwehrenden Haltung Horoskopen gegenüber zu lassen.

»Findest du mich feige?«, erkundigte sie sich ein wenig trotzig.

»Ich finde deine Einstellung ganz vernünftig«, beschwichtigte Sibylla sie. »Man kann sich auch unnötig verrückt machen, wenn man zu sehr an die Kraft der Sterne glaubt. Vielleicht sind die Sterne unfehlbar, aber wir Menschen sind es nicht, und so wissen wir auch nicht alles immer richtig zu deuten. Ich rate dir, sei unbesorgt, genieße die gemeinsame Zeit, die Euch vergönnt ist, und schließe ihn in deine Gebete ein, wenn er nicht bei dir sein kann. Alles andere liegt in Gottes Hand.«

Sie schien erleichtert, doch dann verdüsterte sich ihre Miene wieder. »Er wird mich häufig allein lassen, nicht wahr? Er sagte mir, er halte nichts davon, wenn Offiziere ihre Ehefrauen und Kinder auf Kriegszüge mit sich nähmen.«

»Ich weiß, und ich denke, er wird für Böhmen und den Kaiser immer wieder unterwegs sein, aber er wird zu dir zurückkommen«, versicherte Sibylla. »Er ist eine treue Seele, auf die du dich verlassen kannst, solange Euer Leben währt.«

»Das glaube ich auch«, stimmte ihr Isabella zu. »Auch wenn ich ihn gern besser verstehen würde. Er ist oft so ernst und in sich gekehrt. Ich weiß gar nicht, was er denkt und was ihn so beschäftigt. Mit dir spricht er darüber, nicht wahr?« Wieder dieses Aufblitzen von Eifersucht.

»Zuweilen«, gab Sibylla zu. »Er ist ein Mensch, der eine Weile braucht, bis er sich öffnet. Hab Geduld mit ihm, und zeige ihm dein Interesse, dann wird er seine Gedanken mit dir teilen.«

Isabella nickte. Sie schwieg eine Weile und kaute auf ihrer Unterlippe herum, während ihr Blick durch das Fenster der Kutsche über die weite Landschaft glitt, die unter der Sommersonne brütete. »Wenn er für den Kaiser wieder in den Krieg ziehen muss, wirst du ihn dann begleiten?«, fragte sie schließlich.

Sibylla zögerte zunächst, antworte dann aber mit fester Stimme: »Ja, ich habe es ihm versprochen.«

Isabella seufzte schwer, doch mühte sich um ein Lächeln. »Das ist vermutlich gut so, und ich bemühe mich, mich daran zu gewöhnen. Darf ich dich bitten, mir von Zeit zu Zeit zu schreiben, wenn Albrecht zu beschäftigt ist?«

Gerührt ergriff Sibylla Isabellas Hände. »Ja, das verspreche ich, und ich schwöre dir, dass ich mich um ihn kümmere, sollte er meine Fürsorge nötig haben.«

Isabella erwiderte den Druck ihrer Hände. »Ich danke dir. Vielleicht können wir Freundinnen werden. Dann werde ich meine Schwester Katharina nicht so schmerzlich vermissen. Und bitte, sage mir, wenn ich mich töricht verhalte oder Albrecht ungewollt Ärger bereite. Du kennst ihn besser als ich. Ich will, dass er mich lieb gewinnt. Ich weiß wohl, dass mein Vater ein wichtiger Vertrauter für ihn ist…«

»Aber deshalb hat er dich nicht geheiratet, Isabella!«, fiel ihr Sibylla ins Wort. »Er muss dich nicht erst lieb gewinnen. Er liebt dich bereits mehr, als er sich vielleicht in diesem Augenblick bewusst ist. Ich bin mir sicher, dass er dir ein aufmerksamer und treuer Ehemann sein wird, der sich jedes Mal freut, wenn er zu dir nach Hause kommt.«

Isabella standen Tränen in den Augen. »Ich danke dir. Ich werde mich nach ihm verzehren. Das spüre ich jetzt schon.«

Kapitel 14

Böhmen, 1623

Prag. Je näher sie der Stadt kamen, desto unruhiger wurde Sibylla. Es war fast so ein Gefühl, als würde sie heimkommen. Helena spukte wieder durch ihre Träume und beherrschte ihre Gedanken, obgleich sie keine Hoffnung mehr hegte, ihre Tochter noch in Prag zu finden.

Wien war für sie so etwas wie ein Ausflug in ein anderes Leben gewesen, jetzt war sie wieder Sibylla Schenckh, die vor der Hexenverfolgung aus Ellwangen geflohen war, Pfarrer Peter Berchtold geheiratet und ihm eine Tochter geboren hatte, deren Namen sie immer an ihre verlorene Zwillingsschwester erinnern sollte.

Kaum in Prag angekommen, besuchte sie ihren Freund, den Gelehrten Isaak, und unterhielt sich die halbe Nacht angeregt mit ihm, während Jascha, den Wallenstein ihr als Begleiter aufgedrängt hatte, sich tödlich langweilte und sich nur mit einem Berg jüdischen Backwerks besänftigen ließ.

Seit der Sitzung des Kriegsrats in Wien, bei dem weder der Kaiser noch die hohen Herren Handlungsbedarf gesehen hatten, waren kaum zwei Wochen vergangen, da erreichte Wallenstein der Befehl, in Prag die Truppen mobilzumachen. Herzog Maximilian von Bayern rief um Hilfe gegen den Halberstädter. Dieser hatte sich wieder nach Westen gewandt und wartete nun in Westfalen auf Ernst von Mansfelds Truppen zu seiner Unterstützung. Man müsse Tilly dringend einige Regimenter schicken, verlangte der Bayernherzog.

Wallenstein war entsetzt. »Will der Kaiser Böhmen völlig entblößen? Dann können wir gleich eine Einladungskarte an Bethlen schicken.« Doch trotz allen Schimpfens gehorchte er dem kaiserlichen Befehl und schickte Tilly zwei seiner Kürassierregimenter. Mit ernster Miene beobachtete er den Aufbruch der Truppen. Sibylla konnte seine Besorgnis spüren, sagte aber nichts. Es gab nichts, das seine Bedenken hätte zerstreuen können.

»Wenn wir alle verbleibenden Männer in Böhmen und in den Garnisonen in Mähren zu denen im Stammland der Habsburger hinzuzählen, kommen wir nicht über siebentausendfünfhundert hinaus! Was denken sich diese Räte in Wien?«, fragte Wallenstein sich verzweifelt.

Zwei Tage später verließen sie Prag und reisten weiter nach Friedland in die Stadt Jitschin, die seine vorherigen Herren bereits zu einer kleinen Residenzstadt ausgebaut hatten. Wallenstein hatte ein kleines Haus direkt am Marktplatz gekauft und schmiedete nun Pläne, auch in Jitschin ein seiner Familie angemessenes Palais errichten zu lassen. Isabella ließ sich von seinem Tatendrang anstecken, wirkte dann aber wieder verzagt.

»Es ist alles so groß und viel«, gestand sie Sibylla. »Ich fürchte, das steigt mir über den Kopf. Wie soll ich das in Ordnung halten und verwalten, wenn Albrecht auf Reisen ist? Was, wenn ich einen Fehler mache?«

»Dann wird er dir verzeihen«, behauptete Sibylla. »Aber ich glaube nicht, dass du dich fürchten musst. Ich weiß, er hat bereits einen Mann im Auge, der die Verwaltung der Ländereien übernehmen soll. Er sprach von einem Landeshauptmann von Taxis, der ihm aufgefallen sei.«

Doch noch hatte Wallenstein die Zügel selbst in der Hand.

Sein erstes Bestreben war die traurige Brandruine des Schlosses auf der anderen Seite des Platzes zu räumen, um Raum für sein neues Palais zu schaffen.

Vor dem Fenstersturz von Prag hatte die Grundherrschaft mit der Stadt Jitschin einer Familie Smiřický gehört, deren letzter männlicher Erbe zu geistesschwach war, um die Nachfolge antreten zu können. Es kam zu Erbstreitigkeiten unter seinen beiden Schwestern. Während einer Unterredung, um den Streit beizulegen, war im Februar 1620 das ganze Schloss in die Luft geflogen. Man sprach von fünfzig Toten unter den Trümmern. Wie es zu der Explosion des Schießpulvervorrats hatte kommen können, wurde nie geklärt. Nach der Schlacht am Weißen Berg jedenfalls wurden die Güter von der kaiserlichen Kommission eingezogen und dann an Wallenstein verkauft. Nun würde also ein neues Schloss entstehen. Größer und moderner als der alte Bau. Und er wollte eine neue Kirche errichten lassen, so groß und prächtig wie die sagenhafte Kathedrale von Santiago de Compostela.

Sibylla und Isabella sahen einander nur an, sagten aber nichts. Die Zukunft würde zeigen, welche der großen Pläne Wallenstein würde umsetzen können.

Es war ihnen keine Ruhezeit vergönnt. Anfang August kam es, wie Wallenstein es vorausgesehen hatte. Der Fürst aus Siebenbürgen witterte seine Chance und setzte seine Truppen in Marsch. Wallenstein schickte seine Informanten aus und brachte nur allzu schnell in Erfahrung, was da auf Böhmen und Mähren zukam: Eine Armee von fünfzigtausend Reitern wälzte sich durch Ungarn auf sie zu. Das war noch schlimmer als erwartet. Wallenstein sandte einen Eilboten nach Wien. Der Kaiser musste schnellstens die Werbetrommel rühren und eine Armee aufstellen, die diesen Ansturm aufhalten konnte, doch die Kriegsräte blieben zögerlich. Sie hielten die Truppen des Kaisers für ausreichend, Wien und den Kronländern Schutz zu gewähren. Sie waren berauscht von Tillys Sieg über den Halberstädter, dessen Nachricht gerade in Wien eingetroffen war.

Der tolle Halberstädter hatte den Juli über in Westfalen abgewartet, dass Ernst von Mansfeld zu seinen Truppen stoßen sollte. Dies hatte Tilly die Zeit verschafft, Verstärkung durch die kaiserlichen Truppen anzufordern, die Wallenstein ihm im Eiltempo geschickt hatte. Als Christian von Halberstadt begriff, dass der Mansfelder nicht kommen würde, um an seiner Seite zu kämpfen, war es bereits zu spät. Als er mit seinem Heer abmarschierte, war ihm Tilly bereits hart auf den Fersen und holte ihn kurz vor der niederländischen Grenze ein. Es war eine fürchterliche Schlacht, bei der das Heer des Halberstädters aufgerieben wurde. Von fünfzehntausend Soldaten überlebten gerade einmal zweitausend. In Wien jubelten die Räte. Die Nachricht machte sie blind für die Gefahr, die aus dem Osten heranschritt. Nein, schrieben sie Wallenstein, sie hielten das kaiserliche Heer für schlagkräftig genug. Es würden keine Werber ausgesandt. Mehr Truppen würden die Mittel des Kaisers übersteigen und seine sowieso leeren Kassen weiter belasten.

Wallenstein starrte auf das Schreiben aus Wien. Sibylla sah, wie sich seine Wangen verfärbten. Sie zog ein wenig das Genick ein, als er lospolterte. Er nannte diese verdammten Räte alles Mögliche, das man lieber nicht vor Frau und Kindern wiederholen sollte. Doch Sibylla verstand seinen Zorn, der von seiner Fassungslosigkeit herrührte und vielleicht auch ein wenig Furcht enthielt. Wallenstein besaß im Gegensatz zum Kaiser und seinen Beratern genug Weitsicht und Fantasie, um zu wissen, was solch eine Bedrohung bedeutete.

Er zerknüllte den Brief mit dem kaiserlichen Siegel und warf ihn ins Feuer.

»Was werdet Ihr jetzt tun?«, fragte Sibylla mit bemüht ruhiger Stimme.

»Ich werde jedenfalls nicht zusehen, wie Bethlen Mähren und Böhmen überrennt und Friedland besetzt. Ich habe eine Frau, die ich schützen muss!«

»Aber was könnt Ihr tun?«, hakte Sibylla nach.

»Ich werde Truppen werben, egal, was die in Wien sagen. Wir rufen die Regimenter zusammen und schicken sofort die Werber los, neue Fähnlein aufzustellen. Wir müssen Pferde kaufen und die Waffenschmieden des Landes antreiben. Wir brauchen Kanonen und Pulver. Wir müssen die Mauern und Wälle der Städte und Garnisonen befestigen, denn ich sage dir, es sieht allerorten nicht gut aus. Die Armee war nach Bucquoys Tod monatelang kopflos. Alles ist sich selbst überlassen worden und in einem schlimmen Zustand. Das werde ich jetzt ändern!«

»Ist das nicht Caraffas Aufgabe?«, erkundigte sich Sibylla.

»Ja, ich werde mich mit ihm abstimmen«, knurrte Wallenstein, »aber ich lasse mich nicht daran hindern, mir meine Regimenter zu werben. Ich bin kaiserlicher Obrist und Kommandant von Böhmen. Dieses Recht habe ich. Und wenn diese Bande in Wien sich nicht bewegt und nicht bezahlt, dann muss ich eben mein eigenes Vermögen für die Werbegulden und die Ausrüstung heranziehen.«

»Das wird teuer«, wandte Sibylla ein.

»Oh ja, sehr teuer«, stimmte er ihr zu. »Aber was ist die Alternative? Bethlen alles kampflos überlassen? Nein! Eher sterbe ich.«

»Was werden die Hofräte und der Kaiser dazu sagen?«, erhob nun Isabella, die bislang geschwiegen hatte, ihre Stimme.

»Der Kaiser wird mir dankbar sein«, behauptete Wallenstein mit einem trotzigen Unterton. Sibylla konnte nur hoffen, dass er mit seinem Vertrauen in den Kaiser nicht danebenlag.

Erstaunlicherweise behielt Wallenstein mit seiner Einschätzung recht. Ein kaiserlicher Bote brachte dankbare Worte des Habsburgers und eine Urkunde, die Wallenstein in den Rang eines Fürsten erhob und die Länder Friedland und Reichenberg in ein erbliches Herzogtum umwandelte. Für einen Abend ließ Wallenstein die Arbeit ruhen und für die Familie und Freunde ein Festmahl auftischen. Während alle fröhlich tafelten, aß der neu ernannte Herzog nur mageres Hühnerfleisch und trank mäßig von einem leichten Rotwein. Er nahm sich Sibyllas Ratschläge zu Herzen, jedes Risiko zu vermeiden, das zu einem weiteren Gichtanfall führen könnte.

Am nächsten Tag reisten Wallenstein, Jascha und Sibylla nach Prag ab. Isabella blieb in Jitschin und versprach, alles im Sinne ihres Gatten zu regeln. Da Wallenstein inzwischen einige Dienstboten und Helfer eingestellt hatte und sich der Verwalter von Taxis als äußerst fähig erwies, war er nicht sonderlich besorgt, als er von seiner Gattin schied.

Dieses Mal war der Ritt eine Herausforderung. Da sie ohne Kutsche und Karren unterwegs waren, drängte Wallenstein zur Eile und ließ sie nicht eher ruhen, bis es dunkel geworden war. In Prag angekommen, verlor er keine Zeit. Er übergab sein Pferd einem Knecht und eilte sofort in sein Arbeitszimmer, wo er die Männer versammelte, die er mit diversen Aufträgen vorausgeschickt hatte. Sibylla blieb im Hintergrund, doch sie beobachtete fasziniert, mit welcher Kraft Wallenstein unermüdlich an der Umsetzung seiner Pläne arbeitete und mit welcher Energie er sich und seine Leute antrieb. Er schien die perfekte Vision einer Verteidigungsstrategie vor Augen zu haben und setzte alles daran, sie so schnell wie möglich zu verwirklichen, denn die Zeit drängte, das machten ihm seine Botschafter Tag für Tag klar. Trotz des Drucks, unter dem er stand, war er nun ganz ruhig, entschied schnell, gab klare Anweisungen und schien niemals den Überblick zu verlieren. Wallenstein hatte sich in den Kopf gesetzt, innerhalb nur weniger Wochen die gröbsten Versäumnisse zu beheben, die der fahrlässigen Untätigkeit des Kriegsrats geschuldet waren. Er besorgte von überall her Waffen, kaufte wagenweise Pulver, bestellte Sattelzeug aus Köln, Nürnberg und Augsburg. Ganze Pferdeherden wurden nach Prag getrieben. Die Werber rührten ihre Trommeln und führten Männer allen Alters und Herkunft heran, die sich Wallensteins Reiterei anschließen wollten.

Sibylla begann zu begreifen, warum dieser Mann über alle anderen hinausragen und in der Erinnerung unsterblich werden würde.

Wenn Wallenstein doch nur ein wenig mehr Zeit gehabt hätte, doch Bethlen würde seine Chance nicht leichtfertig verspielen. Bereits im September erhielt General Caraffa mit seinem kleinen Heer den Befehl, nach Mähren aufzubrechen. Die Soldaten machten sich auf den langen Weg nach Hradisch. Es war bereits Oktober, als sie das Ufer der March erreichten, über die sie erst einmal mühsam eine Brücke schlagen mussten.

Auch für Wallenstein und sein neues Reiterregiment war der Tag des Aufbruchs gekommen. Sie wollten sich von keinem Tross aufhalten lassen, so war Sibylla die einzige Frau im Heer. Sie stand zu ihrem Versprechen, bei Wallenstein zu bleiben. An seiner Seite ritt sie mit den Offizieren der Fähnlein voran. Einige der Männer kannte sie noch von der Schlacht am Weißen Berg. Vor allem einen, dessen Anblick ihr die Röte ins Gesicht trieb. Auch András Sporr war Wallensteins Ruf gefolgt und meldete sich zum Dienst in seinem Kürassierregiment. Wallenstein war ebenfalls erfreut, den tapferen Reiter wieder in seiner Truppe zu haben. Er ernannte

András zum Leutnant und überließ ihm ein Fähnlein aus Südböhmen.

Sibylla gratulierte ihm, als sie sich in der Dämmerung allein hinter einer alten Scheune trafen. Sie verschränkten die Hände ineinander und hielten einander fest. Ihre Blicke verschmolzen. Sibylla wusste nicht, wie lange sie reglos voreinander standen, unfähig ihre Gedanken und Gefühle in Worte zu fassen.

»Ich freue mich sehr, dich wiederzusehen«, sagte sie schließlich, als sie die Spannung nicht mehr aushielt.

Er beugte sich vor und küsste zärtlich ihren Mund. »Ich freue mich auch«, raunte er ihr ins Ohr, als er um sie herumging, als wolle er sie von allen Seiten betrachten. Dann blieb er hinter ihr stehen und legte seine Arme um ihre Mitte.

»Kann es sein, dass dieses prachtvolle Weib noch immer ohne Mann ist?«, hauchte er ihr ins Ohr. Der warme Luftzug kitzelte und ließ wohlig alle feinen Härchen in ihrem Nacken aufrichten. Sibylla lehnte sich gegen ihn. Es tat so gut, für diesen Augenblick nicht die unantastbare Astrologin des Hauptmanns zu sein. Nur eine Frau, die von einem Mann begehrt wurde. Nur eine Frau, die bereit war, sich der Liebe hinzugeben.

Seine Zähne knabberten an ihrem Ohr, dann wanderten seine Lippen über ihren Hals herab, während seine Hände ihre Brüste umfassten. Seine Finger nestelten an der Verschnürung ihres Kleides und fuhren dann unter den Stoff. Sibylla stöhnte, als er vorsichtig begann, ihre Brustwarzen zu kneten. Sie spürte, wie ein Feuer in ihrem Schoß aufloderte und die Hitze sich über ihren Leib auszubreiten begann.

Nein, das durfte sie nicht tun! Nur leichtfertige Frauen und freie Weiber gaben sich einfach so einem Mann hin.

Sie presste sich gegen seinen Körper und spürte sein hart aufgerichtetes Geschlecht in ihrem Rücken. Es machte ihr keine Angst. Es stachelte ihre Lust noch mehr an. Sacht erhöhte sie den Druck und bewegte langsam ihr Gesäß hin und her. András stöhnte leise. Seine Zähne gruben sich in ihren Hals.

»Willst du mich in den Wahnsinn treiben?«

Er löste sich von ihr, drehte sie zu sich herum und zog sie an sich. »Komm, lass uns in die Scheune gehen«, drängte er.

Sie zögerte. Ihr Körper verlangte nach Zärtlichkeit und nach der Lust der Vereinigung. Und doch durfte sie dem Verlangen nicht nachgeben. Was würde danach sein? Wollte sie sich wirklich zu den leichtfertigen Soldatenweibern gesellen? Was hätte Peter wohl dazu gesagt? Sibylla schwankte, doch ihr Widerstand schmolz dahin.

Vielleicht war es ein Glück, dass in diesem Augenblick Jascha angerannt kam und Wallensteins Befehl zum Aufbruch überbrachte.

Wallensteins Reiterei erreichte Caraffas Heer, noch ehe sie ihre Arbeiten an der Brücke beendet hatten. Die beiden kaiserlichen Heerführer begrüßten sich höflich, aber kühl. Für Wallenstein bedeutete das Zusammentreffen, dass er sich nun dem Befehl des kaiserlichen Generals unterordnen musste. Caraffa hatte Wallensteins eigenmächtiges Handeln zwar mehr Männer beschert, aber es hatte ihn auch Ansehen in Wien gekostet, vor allem da der Kaiser vom uneigennützigen Einsatz seines neuen Herzogs zu Tränen gerührt war.

Sie schlugen das Lager auf. Wallenstein bestand wie immer darauf, dass Sibylla ganz in seiner Nähe blieb. Im Gegensatz zu seiner Reiterei hatte Caraffas Heer einen nicht gerade kleinen Tross dabei, der aus den üblichen Krämern, Handwerkern, Köchen und natürlich Huren bestand, die jedes Heer anzog. Es waren allerdings auch wieder einige Offiziersfrauen dabei, zu deren Schutz der General eine Wachtruppe abkommandierte. Sibylla blieb dennoch lieber an Wallensteins Seite und nahm mit ihrem kleinen Zelt vorlieb, während der General und der Herzog durchaus komfortabel untergebracht waren.

»Du bist jederzeit willkommen«, sagte er zu Sibylla, als er sie zum Abendessen einlud. Viele der anderen Offiziere aßen und zechten mit ihrer Mannschaft, was gut ankam. András erzählte Sibylla, was die Männer redeten, wenn Wallenstein sich in die Abgeschiedenheit seines Zelts zurückzog.

»Manche halten ihn für zu überheblich, mit ihnen zu trinken«, sagte er. »Andere beschweren sich über seine strenge Disziplin. Jeder falsche Schritt werde sofort bestraft. Es ist erstaunlich. Der Hauptmann sieht und hört einfach alles, und wehe, es setzen sich ein paar ab, um ein Gehöft zu plündern oder auch nur die Verpflegung auf eigene Faust aufzubessern! Ich finde das richtig, doch viele denken, auf so einem Feldzug solle man der Truppe auch ihren Spaß gönnen. Der Hauptmann hat schon einige Männer deswegen durch die Spieße gejagt!«

Sibylla nickte. Sie erinnerte sich noch lebhaft an ihre erste Begegnung, als er die Marodeure und Vergewaltiger kurzerhand hatte aufhängen lassen.

»Er ist hart, das ist richtig, aber wie soll er diese Truppe sonst zusammenhalten? Dafür ist er gerecht und sorgt für die Männer, dass sie verpflegt werden und ihren Sold bekommen. Nur so kann er das Beste aus ihnen herausholen. Der Gegner, der auf uns wartet, ist übermächtig!« Sie hielt inne und sah András misstrauisch an. »Was ist? Warum grinst du so unverschämt?«

»Ich freue mich, dass unser Hauptmann eine so leidenschaftliche Fürsprecherin hat. Ich denke, nicht einmal der Kaiser kann solch feurige Anhänger sein Eigen nennen.«

»Das bin ich auch nicht. Ich bin niemandem zu eigen!«, gab Sibylla scharf zurück. »Ich bilde mir meine eigene Meinung, und die vertrete ich.«

András hob abwehrend die Hände. »Friss mich nicht

gleich auf. Ich denke ja ähnlich. Es ist richtig, hart durchzugreifen. Viele der Männer lieben ihn dafür oder haben zumindest Respekt und werden bis zum letzten Blutstropfen für ihn kämpfen. Was Caraffas Männer für den General vermutlich nicht tun werden. Ich denke, da sind viele drunter, die beim ersten Pulvergeruch ihre Flinten und Spieße wegwerfen und sich verdrücken.«

»Dann dürfen wir uns keine Hoffnung auf den Sieg machen«, sagte Sibylla bedrückt.

András trat noch ein Stück näher. Er hob die Hand und berührte mit seinen Fingerspitzen ihr Kinn. Das Licht eines Lagerfeuers ließ einen Schatten über sein Gesicht tanzen und seine Augen erglühen. »Es gibt immer Hoffnung. Wenn wir sie verlieren, verlieren wir unser Leben, lange bevor der Tod uns zu sich holt.«

Sibylla mühte sich um ein Lächeln. »Ich kenne Caraffa nicht und kann nicht sagen, wie gut er als Feldherr ist, aber ich kenne Wallenstein, und ich weiß, er ist der beste Stratege, den dieses Jahrhundert sehen wird. Wenn wir eine Chance haben, dann mit ihm.«

Wieder lächelte András, doch dieses Mal nahm sie einen Hauch von Schmerz wahr.

»Darf ich dich etwas fragen? Ich weiß, es ist ungehörig und geht mich nichts an, aber ich muss es einfach wissen.« Er holte tief Luft, und Sibylla kannte die Frage, noch ehe er stotternd begann, die Worte zu formulieren.

»Du und der Kommandant, ich meine, ich weiß, du bist seine Astrologin, aber …«

Sibylla fiel ihm ins Wort. »Ja, das bin ich. Und es geht dich nichts an. Dennoch sage ich dir: Ich bin seine Astrologin und seine Vertraute, mit der er alles besprechen kann, was ihm auf der Seele lastet. Nicht mehr und nicht weniger. Und nun will ich über dieses Thema nicht mehr sprechen.«

»Die Männer sprechen aber darüber!«

Sibylla trat einen Schritt zurück. Sein Arm sank herab. »Das kann ich mir denken. Für sie gibt es nur zwei Sorten Frauen: Ehefrauen und Huren. Alles andere geht über ihre Vorstellungskraft. Du musst selbst entscheiden, ob du ihnen oder meinen Worten glauben willst.«

Er schwieg, und so wandte sie sich ab und kehrte in Wallensteins hell erleuchtetes Zelt zurück.

Am nächsten Tag überquerten sie die March, doch sie kamen gerade einmal bis zu dem kleinen Ort Skalitz, als sie ein völlig erschöpfter Bote einholte. Caraffa ließ anhalten und berief seine höchsten Offiziere zu einer Besprechung, die sich über Stunden hinzog. Die Männer warteten und wurden zunehmend unruhig. Sibylla nutzte die Zeit und hielt ihre Stute am Zügel, um sie unter einem Baum grasen zu lassen. András folgte ihrem Beispiel und führte seinen Apfelschimmel zu ihr.

»Was denkst du, ist geschehen?«, erkundigte sich Sibylla mit einem besorgten Blick auf das Gehöft, in das sich die Kommandanten zu ihrer Besprechung zurückgezogen hatten.

»Nichts Gutes, schätze ich«, meinte András. »Ich denke, Bethlen ist bereits näher, als wir dachten.«

»Dann wird es also bald zur Schlacht kommen?« Bei dem Gedanken konnte sie ein Schaudern nicht unterdrücken. Sie ließ ihren Blick über die Männer schweifen, die General Caraffa mitgebracht, und über die Reiterei, die Wallenstein in so kurzer Zeit angeworben und ausgerüstet hatte. Es war keine schlechte Truppe, auch wenn es den meisten Männern an Erfahrung fehlte. Und es erschien ihr eine riesige Armee zu sein, dabei waren es nicht einmal achttausend Mann, die hier auf den Befehl ihres Generals warteten. Von Osten kamen fünfzigtausend auf sie zu! Es war Wahnsinn. Warum sahen die Minister in Wien das nicht? Wie blind war der Kaiser? Würde er hier und jetzt seine ganze Armee opfern, um erst zu begreifen, wenn es zu spät war? Für die Männer hier, für Sibylla, András und Wallenstein und vor allem für Böhmen und Mähren und vielleicht auch für Wien. Würde der Kaiser schon in wenigen Tagen auf der Flucht sein und Bethlen Gabor mit seinen siegreichen Truppen in Wien einziehen?

Sibylla versuchte ihre trüben Gedanken zu verscheuchen. Sie konnte nicht klar sehen, was vor ihnen lag, doch es fühlte sich bitter an, nach Entbehrung und Schmerz.

Gut, dachte sie. *Dann werden wir wenigstens noch am Leben sein.*

Da öffnete sich die Tür des Bauernhauses, und die Kommandanten traten heraus. Die Fähnleinführer rückten heran, um zu hören, was sie beschlossen hatten. Auch Sibylla und András traten näher.

»Bethlen Gabor hat mit seiner Armee die Waag überschritten«, verkündete Caraffa.

Sibylla überlegte. So genau kannte sie sich in der Geografie nicht aus. Die Waag war ein Fluss, der durch Mähren und Ungarn floss, so viel war klar. Er war ein natürliches Hindernis für ein Heer, das nun offensichtlich überwunden worden war. Doch wohin würde sich das Heer aus Siebenbürgen wenden? Nach Wien oder nach Böhmen und Mähren?

»Der Kaiser ruft uns«, sprach der General weiter. »Wir sollen mit dem gesamten Heer nach Pressburg ziehen, um Bethlen den Weg nach Wien abzuschneiden.«

Sibylla versuchte zu erahnen, was der General von diesem Befehl hielt, doch sie war sich nicht sicher. Ihr Blick suchte Wallenstein, der seine Offiziere um sich scharte und ihnen Anweisungen gab. Er fasste sich kurz. Die Männer nickten und eilten zu ihren Fähnlein, um die Befehle weiterzugeben. Offensichtlich würden sie sofort aufbrechen, deshalb führte Sibylla ihre Stute zu einer steinernen Tränke und kletterte in den Sattel. Sie ritt an Wallensteins Seite, der ebenfalls aufgestiegen war. Seine Miene war noch grimmiger als sonst, dennoch wagte Sibylla, ihn zu fragen, was das zu bedeuten habe.

»Was das bedeutet? Das hast du doch gehört. Bethlen ist nah, und wir werden all unsere Kräfte dafür einsetzen, den Kaiser und Wien zu schützen. Dafür lassen wir Böhmen und Mähren völlig schutzlos zurück. Er muss es sich nur nehmen!«

»Was ist mit Isabella? Was geschieht mit Friedland?«

Er sah sie stumm an, ehe er fortfuhr: »Im Moment können wir nur hoffen und beten, dass sich Bethlen an uns festbeißt und es nicht zum Schlimmsten kommt.«

Sibylla schluckte, sagte aber nichts. Wallenstein hob die Hand, dann trieb er sein Pferd an. Seine Männer folgten ihm.

Weit kamen sie nicht. Plötzlich raste ein Reiter auf sie zu. Es war einer der Kundschafter, die Caraffa ausgeschickt hatte. Als er näher kam, sah Sibylla, dass ein Pfeilschaft aus seinem Arm ragte und Blut seinen Ärmel tränkte. Sie musste seine Worte nicht hören, um zu begreifen, dass er auf die Truppen aus Siebenbürgen gestoßen war. Zumindest auf einen Teil seiner leichten Reiterei, die ihm dicht auf den Fersen war. Caraffa und Wallenstein reagierten schnell und schickten ihre Reiter los. Die Männer zu Fuß rotteten sich zusammen und bildeten eine kreisrunde Abwehrformation, um die Karren mit der Artillerie und den Proviant zu schützen. Sibylla begab sich in ihren Schutz, wie Wallenstein es ihr eingeschärft hatte. Es war ein schreckliches Durcheinander. Überall wurden Befehle gebrüllt, Büchsen krachten, Rauch stieg in den Himmel, dazwischen Schreie und das Trommeln von Hufen, das die Erde erbeben ließ.

Dann war es auch schon vorbei. Die Angreifer machten kehrt und ritten in fliegendem Galopp davon. Wallenstein ließ sie verfolgen, doch schon bald kehrten seine Männer unverrichteter Dinge zurück. Die Ungarn waren zu schnell und zu wendig, als dass die Kürassiere mit ihren schweren Waffen und Rüstungen ihnen hätten folgen können. Die Bilanz dieses Überfalls waren mehrere Dutzend Tote und Verletzte. Die Toten wurden in einen Graben geworfen, wo man ihnen mit ein wenig Erde und Zweigen ein notdürftiges Grab bereitete. Die Verletzten wurden auf die Karren geladen, wo Sibylla sich mit den Badern und Chirurgen um sie kümmerte. Zwei der Männer waren so schwer verwundet, dass man sie unmöglich über längere Strecken würde transportieren können. Ihre Kameraden trugen sie zum nächsten Bauernhaus und überließen den Leuten dort die Pflege. Dann brach die kaiserliche Armee wieder auf. Sie fanden ein verwüstetes Land vor. Die Felder waren zerwühlt, ein Teil der späten Feldfrüchte noch nicht geerntet. Nun waren sie nicht einmal mehr als Schweinefutter zu gebrauchen. Sie kamen an abgebrannten Scheunen und Höfen vorbei. Kein Mensch war zu sehen. Die Bauern waren entweder tot oder geflohen.

»Da hat jemand ganze Arbeit geleistet«, brummte Wallenstein. Jeder wusste, wen er meinte, doch alle waren schockiert, was diese Armee in so kurzer Zeit angerichtet hatte. Alles war verwüstet! Hier konnten vermutlich nicht einmal mehr die Überlebenden genug Nahrung finden, geschweige denn die Männer des kaiserlichen Heeres.

»Sie haben alles mitgenommen, was sie tragen konnten, und den Rest vernichtet«, fasste András die Lage zusammen. »Bethlen weiß genau, was er tut.«

Bedrückt zogen sie weiter. Kaum zwei Stunden später erfolgte der nächste Überfall nach dem gleichen Muster. Dieses Mal kam er völlig ohne Vorwarnung von hinten, obgleich

Wallenstein seine Kundschafter in alle Richtungen geschickt hatte. Nicht alle kehrten zurück, und am Abend gab es weitere Tote zu beklagen, während nach András' Bericht Bethlens Reiter nur wenige Verluste hinnehmen mussten.

»Sie kommen wie ein Blitz aus heiterem Himmel, stoßen zu wie eine Schlange und sind dann wieder verschwunden.«

Wallenstein nickte mit nachdenklicher Miene. »Ich denke, wir können von den ungarischen Reitern in seinen Reihen noch lernen. Wir sind zu langsam und unbeweglich und bieten ihnen daher ein leichtes Ziel. Bethlen ist kein Mann großer Feldschlachten. Er ist ein Partisan, der aus dem Hinterhalt auf seine Chance wartet. Dem müssen wir uns anpassen. Ich werde einen Teil meiner Reiterei umstellen.«

Caraffa verzog das Gesicht. »Wir sollen uns von einem Banditen aus den Bergen seine Taktik aufzwingen lassen?«

Wallenstein lachte rau. »Der Bandit verfügt über schlagende Argumente. Fünfzigtausend, um genau zu sein.«

Dagegen wusste General Caraffa nichts zu sagen. »Wir ziehen uns wieder über den Fluss zurück«, entschied er nach einer Weile. Die anderen Kommandanten nickten. Auch Wallenstein widersprach nicht.

Kapitel 15

Göding, 1623

Das Heer kam nur langsam voran. Die Dörfer und Weiler am rechten Ufer der March waren zwar nicht so verheerend getroffen wie die Ostseite, dennoch wurden sie immer wieder von Bethlens Reitern bedrängt. Viel ausrichten konnten sie dagegen nicht. Das kaiserliche Heer war einfach zu klein, um sich aufzuteilen und einen größeren Ausfall zu wagen. So behielt der Siebenbürger die Oberhand und erhöhte von Tag zu Tag den Druck, während Caraffa und Wallenstein mit ihren Truppen immer langsamer vorankamen.

»Wir werden nicht bis Pressburg kommen«, ahnte András schon am zweiten Tag, nachdem sie den Fluss überquert hatten, und leider behielt er recht. Am vierten Tag erreichten sie das Städtchen Göding am rechten Ufer der March und schlugen dort ihr Lager auf. Die Offiziere quartierten sich in den Bürgerhäusern am Marktplatz ein. Den Bewohnern blieb nichts anderes übrig, als sich in die kleinen Kammern unters Dach zurückzuziehen oder zu Verwandten umzusiedeln. Sie protestierten verhalten, doch allen war klar, dass die Vorratskammern nach Abzug der Armee leer zurückbleiben würden. Sibylla hatte Mitleid mit den Menschen. Göding war keine reiche Stadt. Wie sollten die Menschen über den Winter kommen? Doch die Männer des Heeres hatten auch

Hunger und mussten gegen eine Übermacht antreten. Vielleicht würde es in diesem grausigen Spiel nur Verlierer geben.

Die Kommandanten trafen sich im Haus der Herren von Leipa, die aufseiten der Aufständischen gestanden und nach der Schlacht am Weißen Berg das Land verlassen hatten. Ihre Güter waren eingezogen worden und warteten noch auf einen neuen Herrn. In dem großen Gebäude nahe der Kirche lebten nur noch zwei Diener und eine alte Frau, die nun in die Küche humpelte, um den Offizieren Suppe zu kochen.

Sibylla folgte den Männern in den Saal. Sie blieb in einer Ecke nahe der Tür stehen und lauschte stumm, bis die Entscheidung gefallen war. Dann kehrte sie mit Wallenstein zurück in ihr Quartier.

»Wir werden uns also vorerst in Göding verschanzen«, stellte sie fest.

»So ist es. Wir kommen nicht weiter. Wenn wir uns irgendwo eingraben, dann hier. Der Ort ist gut. Wir haben die March im Rücken, im Südwesten schützen uns der lange Teich und der Sumpf, durch den kein Reiter hindurchkommt. Im Norden steht der Wald so dicht, dass wir ebenfalls keine Attacke zu Pferd befürchten müssen. Den Rest können wir zügig mit Schanzen ausbauen.«

»Und dann? Dann wird uns Bethlen einschließen und Göding belagern«, vermutete Sibylla.

Wallenstein nickte mit grimmiger Miene. »Das ist möglich. Caraffa wird mit der gesamten Reiterei nach Norden eilen, um zu verhindern, dass Bethlen sich auch noch den Rest von Mähren einverleibt und Böhmen noch dazu. Ich hoffe, er kommt bis nach Kremsier.«

»Das heißt, wir bleiben nur mit der Infanterie hier zurück?«

»Die sollte reichen, Bethlen draußen zu halten.«

»Das vielleicht schon. Aber wir sitzen in einem Mauseloch, aus dem es kein Entrinnen gibt«, überlegte Sibylla.

»Nicht ohne Hilfe von außen«, war Wallenstein gezwungen zuzugeben.

»Ja, aber was ist mit Wien? Und mit dem Kaiser?« Sie dachte, er würde wieder explodieren und laut werden, doch Wallenstein beherrschte seine Emotionen.

»Der Kaiser wird jetzt einsehen, dass er schlecht beraten war, und uns schleunigst Entsatz schicken. Er muss Männer anwerben, und er muss seine Regimenter aus dem Westen zurückrufen, dass sie uns unterstützen. Der polnische König muss endlich Truppen senden! Alleine wird Caraffa Mähren nicht verteidigen können – und wir uns hier nicht befreien.«

»Ist der Kaiser sich der Dringlichkeit der Lage überhaupt bewusst?«, wollte Sibylla wissen.

»Das hoffe ich für ihn und für unser aller Leben. Ich werde noch heute einen Brief an Harrach schreiben, den er dem Kaiser vorlegen muss. Ein schneller Reiter kann Wien in wenigen Stunden erreichen. Wir müssen handeln, solange die Linien noch nicht geschlossen sind.«

Er machte sich sogleich daran, das wichtige Schreiben aufzusetzen. Als Sibylla ihm einen Krug mit verdünntem Wein brachte, zeigte er ihr die Zeilen. Sie beugte sich vor und las:

Der Feind streift durch alle Orte. Er ist stark. Die Türken und Tartaren unter Bethlens Reitern verwüsten das Land und führen das Volk als Sklaven weg. Es ist unbedingt vonnöten, dass wir rasch eine leichte Reiterei aufstellen, um ihnen gleichwertig zu begegnen.

Auch ist es unabdinglich, dass bald Unterstützung aus dem Reich und aus Polen kommt, denn wenn man zu lange zögert, werden wir hier nicht mehr am Leben sein. Wir können hier zehn Tage überstehen. Mehr ist nicht zu hoffen. Die Verpflegung ist mager, vor allem für die Pferde ist keine Furage aufzutreiben.

»Zehn Tage nur«, wiederholte Sibylla. »Das ist nicht viel Zeit, um Hilfe zu schicken.«

»Nein, ist es nicht«, stimmte ihr Wallenstein zu. »Aber das passiert, wenn man so viel Zeit ungenutzt verstreichen lässt.«

Er faltete das Papier und versiegelte es, dann reichte er es dem Boten, der schon darauf wartete und sofort gen Wien aufbrach.

»Die Kavallerie wird im Morgengrauen aufbrechen. Wenn sie hierbleibt, dann ist unser gesamter Bestand an Pferden in Gefahr.«

Sibylla verließ das Haus und suchte András, der mit einigen Feldwebeln in einem Wirtshaus untergekommen war. Sie traten in die Nacht hinaus, um den Blicken der anderen zu entgehen. Auf ihre spöttischen Kommentare legte keiner von beiden wert.

»Dann heißt es jetzt wieder einmal Abschied nehmen«, sagte Sibylla, als sie ihm die Hände reichte. »Werden wir uns wiedersehen?«

»Wenn Gott uns gnädig ist«, antwortete András.

»Das ist mir zu wenig. Was glaubst du, wird geschehen?«

András überlegte, aber sie konnte seinen inneren Widerstreit spüren. Wollte er ihr die Wahrheit sagen oder sie beruhigen?

»Du musst nichts sagen«, flüsterte sie daher. »Ich weiß, wie verzweifelt unsere Lage ist.«

»Nein, nicht verzweifelt«, widersprach er, doch glaubte er seinen eigenen Worten?

Sibylla wollte nicht weiter darüber nachdenken. Sie reckte ihm ihr Gesicht entgegen und küsste ihn mit aller Leidenschaft, die sich in ihr aufgestaut hatte. Wenn sie einander verlieren sollten, dann würde ihr wenigstens diese Erinnerung bleiben. András schlang seine Arme um sie und drückte sie an sich. Sie versanken ineinander und vergaßen, wo sie waren und was sie erwartete. Alles rückte in weite Ferne.

»Komm, lass uns von hier verschwinden«, bat er. »Lass mich diese Erinnerung mitnehmen, die uns für immer aneinander bindet.«

Sibylla konnte nicht sagen, wie weit sie an diesem Abend gegangen wäre, doch ein Räuspern holte sie jäh aus ihrem kurzen Traum.

»András, komm rein. Der General ruft alle Rittmeister zu einer Besprechung.«

Die dunkle Gestalt verschwand wieder ohne einen weiteren Kommentar, dennoch war der Zauber verflogen, und sie befreite sich aus seinen Armen.

»Dann musst du wohl gehen«, sagte sie mit belegter Stimme.

»Ja, das muss ich wohl«, gab er zurück. Er strich noch einmal über ihre Wange, dann wandte er sich ab und ging zum Haus zurück. Sibylla blieb noch eine Weile allein im Dunklen stehen, ehe sie sich zu ihrem eigenen Quartier aufmachte.

Als sie am Morgen erwachte und in die Stube hinunterkam, in der Wallenstein mit einigen anderen Männern beim Frühmahl saß, sah sie erstaunt, dass auch General Caraffa unter ihnen war.

»Was ist geschehen?«, erkundigte sie sich. »Ich dachte, die Reiterei sollte bereits vor dem Morgengrauen aufbrechen.«

Wallenstein nickte. »So war es geplant, doch in der Nacht kam ein Bote aus Wien. Er versicherte, dass das polnische Heer bereits in Marsch gesetzt wurde, von dem ein Teil die Verteidigung von Mähren übernimmt. Der Großteil der

Streitmacht aber zieht direkt nach Ungarn, was Bethlen in eine Zwickmühle bringt.«

»Er wird sich zurückziehen müssen«, mischte sich Caraffa ein und klang sehr zufrieden. »Wir müssen hier also nur ruhig ausharren, bis er die Nachricht ebenfalls erhält. Und dafür werden wir schon sorgen!«

Sibylla nahm sich ebenfalls eine Schale und füllte sie mit Mus. Während sie aß, lauschte sie den Gesprächen der Männer und horchte in sich hinein, was ihr Geist und ihr Gefühl zu dieser Wendung sagten. Wenn wirklich Hilfe kam, dann war es vernünftig, die Reiterei nicht leichtsinnig zu opfern. Sie empfand Erleichterung, dass sich András und die anderen nicht in Gefahr begeben mussten, und doch blieb ein Druck, der auf ihrer Seele lastete. Die fröhliche Stimmung der Offiziere griff nicht auf sie über. Sie spürte, wie Wallenstein sie beobachtete und die Stirn runzelte.

»Hast du irgendetwas in den Sternen gelesen?«, fragte er leise.

Sibylla schüttelte den Kopf. »Nein, ich weiß nicht, warum es mir nicht gelingt, ihre Zuversicht zu teilen.«

Wallenstein brummte. »Vielleicht weil es zu schön ist, um wahr zu sein? Fünfzigtausend Polen, die nach Ungarn ziehen? Mir fällt es auch schwer, das zu glauben, aber im Moment bleibt uns eh nichts anderes übrig, als abzuwarten. Unsere Kundschafter melden, dass Bethlen den Ring um uns geschlossen hat.«

Sibylla schluckte. Sie ließ ihren vollen Löffel wieder sinken. Sie hatte das Gefühl, keinen einzigen Bissen mehr herunterzubekommen. Sie waren also eingeschlossen. Nicht nur die Infanterie mit ihren Fußsoldaten. Auch die Kavallerie war noch da mit Tausenden Pferden, für die kaum ein Grashalm aufzutreiben war. Wie viele Tage konnte das gut gehen?

Die Stunden schienen dahinzuschleichen. Jeder Tag wurde zur Ewigkeit. Zum Glück hatte der jetzige Herr von Göding, Zdenko von Zampach, einige Getreidevorräte in seinem Schloss und in einem Speicher der Stadt gelagert, sodass sie die Männer noch ein paar Tage satt bekommen würden. Caraffa verteilte die Wachen. An den kritischen Stellen wurden weiter Schanzen ausgehoben, doch die Belagerer ließen sich nicht blicken. Dass sie dennoch in der Nähe waren und nur auf einen Ausfall der Kaiserlichen warteten, bestätigten die Kundschafter. Von dem versprochenen Entsatz aus Polen war nichts mehr zu hören. Wallenstein ließ alle seine Verbindungen spielen, aber er konnte nichts in Erfahrung bringen. Auch aus Wien war nichts mehr zu hören. Dafür saß er den halben Tag an einem Sekretär und schrieb nach Wien an Graf von Harrach und jeden, der Einfluss nehmen konnte, sogar an den Kaiser selbst. Als Sibylla ihn ansprach, zeigte er ihr bereitwillig seine Briefe.

Er fand deutliche Worte. Er beschönigte ihre aussichtslose Lage nicht. In jedem Schreiben forderte er Neuwerbungen und schlug im Detail vor, wo wie viel Mann eingesetzt werden sollten, um Böhmen, Mähren und Schlesien zu schützen. Er schien den Überblick über alle Städte und Garnisonen zu haben und wusste, wo welche Tücke lauerte.

Auch dieser Tag verstrich, ohne dass sich etwas änderte, außer dass die Vorräte schwanden und die Pferde weiter abmagerten. Von nahender Hilfe war nichts zu hören. Dagegen zogen die Belagerer den Ring enger. Wallenstein schrieb an Harrach und bat ihn, seine Frau Isabella aus Böhmen zu evakuieren. Offensichtlich fürchtete er das Schlimmste.

Der Feind bleibt noch auf seinem Posten, schrieb er. *Obgleich er eine Brücke über den Fluss geschlagen hat, glaube ich nicht, dass er so unvorsichtig ist, den Versuch zu wagen, die Stadt im*

Sturm zu nehmen. Er hat keine Artillerie, nur seine leichte Reiterei. Daher wird er den Hunger seine Arbeit verrichten lassen. Es wird nur noch wenige Tage dauern. Um die Pferde steht es bereits elendig. Es ist nicht möglich, auch nur einen Karren mit Verpflegung oder Furage durch die Linien zu bekommen. Die Stimmung ist verzweifelt, vor allem bei den Reitern, aber wir können nichts tun. Wir versuchen die Männer so lange wie möglich aufrecht zu halten, aber Ihre Majestät muss dringend neue Truppen werben. Wenn wir hier vernichtet werden, darf nicht das ganze Reich verloren gehen.

Wieder strichen zwei endlos erscheinende Tage dahin. Einer von Wallensteins Boten, die er in den Norden geschickt hatte, schaffte es, zurück durch die Linien zu schlüpfen, doch die Kunde, die er brachte, war vernichtend. Ja, der polnische König habe begonnen, Truppen zu werben, doch noch seien sie nicht marschbereit.

Alle, die sich im Saal des alten Herrenhauses versammelt hatten, schwiegen. Ihnen war klar, dass das einem Todesurteil gleichkam, denn dass es den Wienern gelungen sein könnte, innerhalb dieser wenigen Tage Truppen aufzustellen, daran glaubte keiner.

»Wir müssen einen Ausfall wagen«, durchbrach Caraffa schließlich das lähmende Schweigen. »Die Speicher sind so gut wie leer. Wir müssen etwas zu essen besorgen, koste es, was es wolle!«

»Es wird uns viel kosten«, sagte Wallenstein, der den Gedanken nicht gutheißen konnte, dennoch war auch ihm klar, dass sie irgendetwas unternehmen mussten.

Sie machten die Kavallerie und einige Fähnlein zu Fuß bereit, um zu den Feldern durchzubrechen, auf denen noch Rüben zu holen waren. Auch András war unter den Berittenen und führte seine Männer an. Allen sah man die Entbehrung an. Noch schlimmer war es um die Pferde bestellt. Sie waren so abgemagert, dass die Rippen scharf hervortraten. Manches Ross weigerte sich gar, seinen Reiter zu tragen, und legte sich nieder, kaum dass der Sattel auf den Rücken gelegt wurde. Die anderen waren kaum zu einer schnellen Gangart zu bewegen. Dennoch mussten die Reiter sie antreiben. Sie hatten nur eine Chance, wenn sie die Belagerer überraschten und sich schnell wieder hinter ihre Mauern und Barrikaden würden zurückziehen können. Wallenstein bot sich an, den Ausfall zu kommandieren, obgleich er von seinem Scheitern überzeugt war. Die Aussicht auf den eigenen Tod trug er jedoch mit Gleichmut. Allerdings erwartete er auch von seinen Männern, dass sie ihm tapfer bis in den letzten Atemzug folgen würden. Er sah das Leid und hatte Verständnis für die Ängste, dennoch duldete er keine Feigheit und keine Schwäche, und wer bei dem Versuch zu desertieren erwischt wurde, hatte drakonische Strafen zu fürchten. Doch die Reihen lichteten sich in jeder Nacht zusehends. Immer mehr Männer versuchten zu fliehen oder liefen zum Heer der Belagerer über.

Im frühen Morgengrauen wagten sie den Ausfall. Sibylla brachte es nicht über sich, auf einen der Türme zu steigen und zu sehen, wie die verzweifelten Männer in ihr Verderben ritten.

Natürlich hatte Bethlen damit gerechnet, und seine Reiter hielten Ernte mit dem Schwert. Es war ein hoher Blutzoll, den die Kaiserlichen für ein paar Rüben bezahlen mussten. Es gelang ihnen nicht einmal, alle ihre Verletzten in die Stadt zurückzuschaffen. Die ungarischen Reiter gaben ihnen den Rest. Die Toten blieben zwischen faulenden Rüben unter dem Novemberregen zurück. András und Wallenstein kehrten unverletzt zurück. Sibylla erhaschte nur einen kurzen Blick auf sie, dann machte sie sich daran, dem Feldscher bei der Versorgung der Verwundeten zur Hand zu gehen.

András kam am Nachmittag vorbei. Er war grau im Gesicht vor Erschöpfung und vor Hunger.

»Es gibt Gerüchte, dass Bethlen den Sturm auf die Stadt vorbereitet.«

Sibylla sah nicht von der Wunde auf, die sie gerade säuberte. Der Mann stöhnte vor Schmerz, doch sie hatte nichts, mit dem sie die Pein hätte lindern können. »Und? Denkst du, da ist etwas dran?«

András zögerte, ehe er antwortete. »Wallenstein sagt, trotz unserer geringen Zahl und unseres schlechten Zustands habe er keine Chance, die Stadt allein mit seiner Reiterei einzunehmen.«

»Möge Gott geben, dass es wahr ist«, stieß Sibylla hervor.

»Wallenstein schreibt dem Kaiser, dass er eher hofft, dass die Türken uns im Sturm nehmen, als dass hier alle am Hunger verrecken oder sich auf die Seite des Feindes schlagen.«

»Aber in Wien stellen sie sich noch immer taub«, zischte Sibylla. »Ich kann es nicht begreifen!« Nun sah sie doch auf und stemmte ihre blutigen Hände in die Hüften. »Der Kaiser und seine Räte tun einfach nichts. Wir sind ihnen keinen einzigen Gulden wert. Doch sehen sie nicht, was geschieht, wenn diese Armee uns erst einmal vernichtet hat? Denkt der Kaiser, dass sie dann friedlich wieder nach Siebenbürgen abzieht?«

»Anscheinend führt er Gespräche mit Bethlen, aber der will sich nicht auf Friedensverhandlungen einlassen.«

Sibylla schnaubte und blies sich eine Haarsträhne aus dem Gesicht. »Warum sollte er? Er hält alle Trümpfe in der Hand.«

»Ja, so sieht es aus. Er prahlt anscheinend damit, dass er zu Weihnachten mit dem türkischen Großwesir in Prag frühstücken würde. Übrigens ist auch unser alter Freund Graf Thurn aus seiner Versenkung aufgetaucht und will zu Martini eine Martinsgans in Prag verspeisen.«

»Da hat er ja noch eine Woche Zeit, sich das passende Federvieh zu besorgen«, erwiderte Sibylla spöttisch.

»Anderseits«, fuhr András fort, »sprechen die Spione unseres Kommandanten davon, dass in Bethlens Lager großer Unfriede herrscht. Die türkischen Truppen wollen plündern und rauben, nicht hier untätig belagern. Auch die Versorgung seines Heeres lässt zu wünschen übrig.«

Sibylla seufzte. »Das mag ja alles stimmen, doch wie viele Tage halten wir noch durch?«

András zuckte mit den Achseln. »Wir haben begonnen, die Pferde zu schlachten, ehe sie verenden und uns nicht einmal mehr für unsere Kessel taugen. Keinem fällt das leicht. Ich habe meinem treuen Ross eigenhändig die Kehle durchgeschnitten. Wallenstein ist zu uns gekommen und hat uns versprochen, jedem aus seinem eigenen Beutel sein Pferd zu ersetzen, doch jetzt muss dieses Opfer gebracht werden, auch um die Tiere von ihrem Leid zu erlösen.«

Sibylla sah, dass seine Augen feucht glänzten.

Es war schon spät, als sie in ihr Quartier zurückkehrte. Wallenstein war noch auf und ging ruhelos auf und ab.

»Kann ich etwas für Euch tun?«, erkundigte sich Sibylla sanft.

Er starrte sie wild an, doch als er ihr antwortete, war seine Stimme beherrscht. »Nein, du kannst nichts tun, und Wien will nichts tun. Die Herren merken nicht, wenn ihnen die Ungarn etwas vorlügen und Bethlen sie hinhält. Sie denken tatsächlich, wir kämen hier noch davon, und sie müssten weiterhin nichts tun. Es ist eine Schande. Ich habe Harrach ganz deutlich geschrieben, dass sie uns in wenigen Tagen endgültig ausgehungert haben, wenn dann überhaupt noch jemand in Göding zurückgeblieben ist. Die Soldaten laufen jetzt in Scharen zum Feind über. Vergangene Nacht waren es über achtzig! Wie könnten wir sie aufhalten? Die Offiziere sind ununterbrochen unterwegs, um den Männern Mut zuzusprechen, aber die sind verzweifelt. Sollen wir sie alle erschießen? Wir haben nicht einmal dazu genug Pulver!«

Immer wieder gelang es einem Boten, durch die Linien zu schlüpfen, und endlich kam Nachricht aus Wien, doch die Botschaft des Kaisers war kurz und riet seinem Kommandanten lediglich, mit Bethlen Verhandlungen zu führen und einen Waffenstillstand auszuhandeln. Wallenstein schnaubte bitter und schrieb zurück, dass er gern alles tun würde, dies Kunststück zustande zu bringen. Die Männer allerdings seien inzwischen bereits zu erschöpft, um bei Alarm zu den Waffen zu greifen.

Es blutet mir das Herz, wenn ich sehe, dass der Kaiser so um sein Land kommt und die ganze Armee zugrunde geht, so sie sich nicht schon auf die Seite des Feindes geschlagen hat.

Wieder verstrich ein Tag und noch einer. Hohlwangig schlichen die Männer durch die Stadt oder lagen nur apathisch herum. Die aufmunternden Worte ihrer Offiziere bewirkten kaum mehr eine Reaktion. In den Töpfen schmorte das Fleisch ihrer Pferde, die sie eigenhändig geschlachtet hatten. Der Geruch von Pestilenz hing in der Luft, und es gab die ersten Fälle von Ruhr und Fieber. Der Tod schien bereits durch die Gassen zu schleichen und sich hämisch die knochigen Hände zu reiben. Er nahm sich Zeit und schien sich seiner reichen Beute sicher.

Als Sibylla an diesem Abend hungrig und erschöpft zu ihrem Quartier zurückkehrte, wartete Wallenstein auf sie. Wie so oft ging er in Gedanken versunken auf und ab, doch als sie eintrat, hielt er inne und fixierte sie mit einem Blick, der ihre Mattigkeit vertrieb. Sie waren allein.

»Wie geht es dir?«, erkundigte er sich.

Sibylla sah ihn verwirrt an. »Wie es einem in dieser Lage eben geht. Danke der Nachfrage. Ich werde nun einige Stunden schlafen, um den Hunger zu vergessen.«

Wallenstein griff nach ihrem Arm und führte sie zum Tisch, wo eine abgedeckte Schale stand. »Iss!«, befahl er, als er das Tuch herunternahm. Der Eintopf war noch warm, und es lag sogar ein Stück Brot daneben.

Sibylla sah zu Wallenstein auf. »Das ist sicher Euer Mahl.«

»Mich zwingt man nicht so schnell in die Knie.« Er machte eine wegwerfende Handbewegung. »Aber du brauchst deine Kräfte. Die Männer brauchen dich. Ich sehe doch, wie sie neuen Mut fassen, wenn du nur nach ihnen siehst oder ein paar Worte mit ihnen wechselst. Du bist von Magie umgeben. Es ist vermutlich die Kraft der Sterne, die durch dich auf andere überspringt.«

Sibylla war zu müde, um mit ihm zu diskutieren, so dankte sie ihm und ergriff den Löffel. Er sah ihr zu und schwieg, bis sie die Schale geleert und das Brot gegessen hatte. Als sie sich erheben wollte, hielt er sie auf.

»Ich muss dir noch etwas zeigen, ehe du dich zurückziehst.«

»Was gibt es? Ich bin so unglaublich müde.«

Wallenstein sah sie ernst an. »Keiner kann sagen, was der Morgen für uns bringt. Es könnte jede Stunde zu Ende gehen oder erst wenn wir uns in wenigen Tagen der Schwäche unserer Körper ergeben. Wer kann das schon sagen. Jedenfalls könnte ich es mit meinem Gewissen nicht vereinbaren, dies hier mit ins Grab zu nehmen.« Er griff in seine Tasche und reichte ihr etwas. Eine dünne Kette mit einem silbernen Kreuz.

»Danke«, sagte Sibylla und streckte die Hand nach dem Schmuckstück aus, doch noch ehe sie es berührte, durchzuckte ein heißer Strom wie ein Blitz ihren ganzen Körper und ließ sie erbeben. Sie umfasste das Kreuz mit zitternden Händen. Sie wusste, was sich auf dessen Rückseite befand: ein kleiner Lebensbaum, der an die Kräfte der Natur gemahnte, eingraviert in das christliche Kreuz. Ein Baum, wie er auch ihr eigenes Kreuz zierte, das sie immer um den Hals trug.

»Wo habt Ihr das her?«, verlangte sie zu wissen. Ihre Stimme drohte zu versagen.

»Ich habe dir gesagt, dass ich viele Boten beschäftige, die mir Informationen besorgen. Ich habe sie auch auf Helenas Spur angesetzt und auf die dieser Deike.«

»Dann habt Ihr sie gefunden?« Sibylla spürte, wie ein Schwindel sie erfasste. Das musste ein Traum sein. Alles um sie herum verschwamm. Sie sah nur noch das Kreuz in ihrer Hand und das Gesicht vor sich, von dem sie die erlösende Antwort hören wollte, doch die Miene blieb ernst.

»Ja und nein. Der Bote erfuhr von der Frau und von einem jungen Mädchen mit blondem Haar, das dieses Kreuz um den Hals getragen hat, als …«, er zögerte, ehe er fortfuhr. »Als man die beiden in ihr Grab legte.«

Ihr Mund war trocken, ihre Hände und Füße ohne Gefühl. Sie schien von trübem Wasser eingeschlossen und konnte nicht mehr atmen.

»Es war die Pest, der Schwarze Tod, der in den Orten um Prag gewütet hat.« Wallenstein trat neben sie und legte den Arm um ihre Schulter. Er schüttelte sie leicht. »Sibylla! Es tut mir leid, dir diese Nachricht überbringen zu müssen, aber ich fürchte, deine Tochter Helena ist tot.«

Sie weigerte sich zu begreifen, doch ihr Geist nahm die schreckliche Botschaft auf und sandte den Schmerz durch ihren ganzen Körper. Als er ein wenig nachließ und sie wieder einen klaren Gedanken fassen konnte, kamen ihr die Fragen nur so über ihre Lippen.

»Wann war das? Wo ist das geschehen? Kann ich ihr Grab besuchen?«

Wallenstein ließ sich Zeit mit seiner Antwort. »Sie starb in der Nähe von Brandeis, nur wenige Stunden nordöstlich von Prag. Anscheinend war es im Frühling, als der Schwarze Tod durch den Ort zog und Helena und Deike, bei der sie noch immer wohnte, mit sich nahm.«

Sibyllas Gedanken regten sich nur träge. Sie hob die Lider. »Seit wann wisst Ihr davon? Wann hat Euer Bote Euch die Kette gebracht? Hat er sie eben jetzt durch die feindlichen Linien nach Göding getragen?«

Das war offensichtlich die Frage, die er gefürchtet hatte. »Nein«, gab er zu. »Ich verwahre sie schon ein wenig länger. Ich habe auf den rechten Zeitpunkt gewartet, sie dir zu geben und mit dir darüber zu sprechen.«

»Also vor Göding? Noch bevor wir gegen Bethlen Gabor in den Krieg gezogen sind?« Sie las die Antwort in seinen Augen. Der Schmerz war der des Verrats. »Warum? Warum habt Ihr mich in meiner quälenden Ungewissheit gelassen?«

Ein seltsamer Ausdruck trat in seine Augen. Es war etwas Wildes, das sie nicht zu deuten wusste. Für einen Moment wirkte der sonst so beherrschte Kommandant, der keine Schmerzen und keine Entbehrung zu fürchten schien, verletzlich.

»Ich hatte Angst, du würdest nicht mit mir kommen, und ich brauche dich an meiner Seite. Es stehen mir noch so viele Herausforderungen bevor, die ich zum Wohle des Landes meistern muss. Wie könnte ich das ohne die Hilfe der Sterne? Ohne deine Hilfe? Ich schaue jeden Tag auf das Horoskop, das du mir für dieses Jahr erstellt hast, und es gibt mir Kraft weiterzumachen.«

Sie wandte den Blick ab, um ihren Zorn nicht zu verlieren, der in ihr aufwallte und den Schmerz des Verlusts für eine

Weile überdeckte. »Ihr habt mich belogen und unter falschen Voraussetzungen auf diesen aussichtslosen Feldzug geschleppt, auf dem wir nun alle ein unrühmliches Ende finden werden!«

»Ja, ich habe dir die Wahrheit verschwiegen, aus Eigennutz und Schwäche, das gebe ich zu, und ich bitte dich um Verzeihung, aber ich will nicht, dass du hier zugrunde gehst. Ich könnte dir meine besten Reiter mitgeben. Mein Pferd ist noch immer stark. Ihr könntet euch heute Nacht durch die Linien schlagen und bis nach Wien durchbrechen, so Gott will. Ich gebe dir ein Schreiben an Graf von Harrach mit. Er würde sich um dich kümmern, sollte ich mit den Männern hier den Tod finden.«

Sibylla sah ihn an. Wider Willen schmolz ihr Zorn, und der Schmerz kehrte zurück. »Nein! Wenn Ihr bei Eurer Truppe bleibt, so werde auch ich ausharren und das Ende, das uns bevorsteht, mit Euch teilen. Nun gibt es dort draußen nichts mehr, für das ich weiterleben müsste.«

Schwerfällig erhob sie sich. Ohne sich noch einmal umzusehen oder ein Wort zu sagen, verließ sie den Saal und stieg die Treppe zu ihrer Kammer hinauf. Dort legte sie sich in ihr Bett, doch trotz ihrer Erschöpfung fand sie keinen Schlaf. Helena huschte durch ihre Gedanken. Sie war so jung und so lebendig. Sibylla konnte sich einfach nicht vorstellen, dass sie irgendwo in einem kalten Grab lag, in dem ihr Körper vielleicht längst vermodert und zerfallen war. Und doch schien das Kreuz in ihrer Hand keine andere Erklärung zuzulassen.

»Ach mein Kind«, flüsterte sie. »Verzeih mir. Ich habe versagt. Ich habe mein Versprechen gebrochen. Ich werde es niemals wiedergutmachen können. Ich hoffe, du hast nicht zu sehr gelitten und bist nun bei Gott, wo seine Engel sich um dich kümmern, bis ich zu dir kommen werde. Wer weiß, vielleicht sehen wir uns bereits in wenigen Tagen wieder.«

Da sah sie Helena wieder vor sich. Sie war älter geworden,

ein junges Mädchen in der schönsten Blüte auf ihrem Weg zur Frau. Sie lachte. Sie warf ihr Haar zurück. Sie war warm und lebendig.

Wie konnte das sein? Begannen ihre Visionen sie zu narren, oder hatte sich Wallensteins Informant geirrt?

»Ich spüre es, du lebst«, flüsterte Sibylla in die Dunkelheit. »Und ich werde niemals aufhören, nach dir zu suchen! Wenn ich Göding lebend überstehe, dann werde ich dich eines Tages finden!«

In dieser Nacht und am anderen Tag gelangten keine Botschaften durch die feindlichen Linien.

Caraffa rief seine Offiziere zu sich, um sich noch einmal zu beraten. Sie mussten handeln. Ihre Zeit lief endgültig ab. Er schickte einen Boten ins Lager des Fürsten aus Siebenbürgen, um ihn um Verhandlungen zu bitten. Zu aller Überraschung kehrte dieser bereits nach einer Stunde zurück und verkündete, Bethlen habe bereits seinen Paladin Stanislaus Thurzo zwecks Verhandlungen nach Wien geschickt. Das hinderte Bethlen allerdings nicht, noch einen Versuch zu wagen, die Entscheidung zu erzwingen. Am nächsten Morgen zog er mit den wenigen Kanonen, die er hatte, vor die Stadt und feuerte aus allen Rohren. Um Pulver zu sparen, erwiderten die Belagerten den Beschuss nur halbherzig. Dann zogen die Reiter in Gefechtsformation auf. Wallenstein deutete auf die Fahnen.

»Das sind nur seine eigenen Männer. Dort drüben sind die ungarischen Husaren und dort die Türken.«

Er reichte Sibylla das Fernrohr. Sie sah sich die Männer an, die auf irgendetwas zu warten schienen, während die kaiserlichen Offiziere ihre Soldaten beschworen, in Deckung zu bleiben. »Mit seinen Reitern allein kann er die Stadt nicht nehmen!«, bekräftigte sie erneut.

»Das weiß Bethlen auch«, sagte Wallenstein, der das Fernrohr wieder vors Auge hielt. »Dort ist er, und er scheint mit den Rittmeistern der Türken zu sprechen. Sie sind sich uneins, scheint mir. Jetzt steigt der Fürst vom Pferd und zieht sein Schwert, doch die Türken weichen zurück. Ich denke, er will, dass sie zu Fuß stürmen, aber dazu sind sie nicht bereit.«

Offensichtlich war diese Forderung des Siebenbürgenfürsten eine zu große Zumutung, denn nach Stunden fruchtloser Diskussionen zogen sich die Belagerer wieder zurück, ohne den Sturm zu wagen. Wieder hatten die Eingeschlossenen einen weiteren Tag gewonnen.

Kapitel 16

Prag – Jitschin, 1623–1625

Weihnachten. Sibylla ließ den Blick über die festlich gedeckte Tafel schweifen, die nichts vermissen ließ. Im Glanz der Kerzenflammen schimmerte der rote Wein in den Kristallgläsern. Noch vor wenig mehr als einem Monat waren sie in Göding eingeschlossen gewesen, hungrig und verzweifelt. Wer von ihnen hatte sich noch der Hoffnung hingeben können, ungeschoren davonzukommen? Auch der Herzog hatte am Ende mit einer Niederlage gerechnet, obgleich er nicht aufgab, wenigstens einen Teil des Heeres zu retten.

Am Ende waren es verschiedene glückliche Umstände, die zu ihrer Erlösung führten und Bethlen Gabor zu einem Waffenstillstand bewegten.

Auch in seinem Lager hatten Hunger und das untätige Warten zunehmend zu Unzufriedenheit geführt. Weder Ungarn noch Türken waren für ihre Geduld bekannt. Dann das Fehlen der großen Geschütze und der Stolz der Türken, die auf ihre Pferde nicht verzichten wollten und so eine Erstürmung der Stadt unmöglich gemacht hatten. Außerdem konnte Bethlen nicht gewusst haben, wie schlecht es um die Eingeschlossenen stand. Es hätte nur noch weniger Tage bedurft, doch der Winter stand vor der Tür und quälte vor allem die Belagerer auf dem freien Feld mit Kälte, Regen und Sturm. In Summe hatten diese Umstände sie gerettet, sodass sie nun im warmen Speisezimmer in Wallensteins Haus in Prag zusammensaßen und gemeinsam das Weihnachtsfest feierten.

Sibylla dachte an die schrecklichen Tage voller Hunger und Angst zurück und an den Abend, als Wallenstein vom Tod ihrer Tochter gesprochen hatte. In manchen dunklen Stunden war Sibylla nahe daran, die schreckliche Nachricht zu glauben, doch dann erschien Helena wieder in ihren Träumen, und sie klammerte sich an der Hoffnung fest, die sie nun mit niemand mehr teilen konnte. Für Wallenstein stand ihr Tod unumstößlich fest. Seine Männer würden nicht weiter nach ihr suchen, aber wie sollte Sibylla alleine ihre Spur wieder aufnehmen können?

Sie würde warten müssen, bis der Krieg endlich zu Ende war. Dann würde sie mit der Suche in allen Dörfern und Städten Böhmens fortfahren. Es musste irgendwo jemand geben, der ihr einen Hinweis geben konnte.

»Schmeckt es dir nicht?«, erkundigte sich Wallenstein.

»Doch, natürlich. Ich dachte nur darüber nach, wie schnell das Leben unerwartete Wendungen nimmt.«

Sibylla hob ihr Glas und prostete dem Herzog zu, der nur an dem seinen nippte. Er wusste wohl, dass die Gicht noch immer in ihm lauerte und jeden Exzess sofort mit bösen Schmerzen zu strafen wusste. Und wenn er eines in diesen Tagen nicht gebrauchen konnte, dann war es, zu Untätigkeit verdammt zu werden und im Bett liegen zu müssen. Schon als sie von Göding nach Wien zurückgekehrt waren, musste er erfahren, dass auf seinen Gütern vieles im Argen lag. Spätestens seit die Herzogin von ihrem Vater nach Wien geholt worden war, hatte sich lähmende Untätigkeit über das ganze Herzogtum gelegt, in dem man dann mehr schlecht als recht weiterwirtschaftete, wie es seit Jahrhunderten üblich gewesen war.

Damit war jetzt Schluss. Der Herzog von Friedland war zurückgekehrt und bereit, voller Tatendrang all seine neuen Ideen umzusetzen. Zum Wohle des Landes und der Menschen, auch wenn viele das noch nicht recht begriffen.

In Prag war bereits der erste Trakt seines Palasts so weit fertiggestellt, dass die Familie einziehen konnte. Doch Wallenstein richtete sein Augenmerk nicht nur auf Prag und seinen Palast, viel wichtiger war ihm sein Herzogtum, das er aus seinem ärmlichen Schlaf riss.

In dem Landeshauptmann Graf von Taxis hatte Wallenstein einen fähigen Verwalter für das Herzogtum gefunden, der seine Visionen teilte und verstand, worum es Wallenstein ging. Die Grundlage jeden Erfolgs würde eine gut funktionierende, straff organisierte Verwaltung sein! Bankier de Witte kam regelmäßig zu Besuch und kümmerte sich um die finanziellen Angelegenheiten. Wallenstein ging es vor allem darum, das Handwerk zu stärken, die Tuchmacherei anzukurbeln und die Erträge auf den Feldern zu verbessern, indem er den Bauern Anreize gab, sich für ihr Land einzusetzen. Er wollte, dass es den Menschen besser ging, denn nur dann, so glaubte er, würden seine Untertanen gut arbeiten. So standen auch Schulen und Krankenhäuser auf seiner Liste, die er so rasch wie möglich bauen lassen wollte. Beim Handwerk setzte der Herzog vor allem auf die Produktion von Gütern, die im Kriegsfall benötigt wurden, was allerdings Isabellas Protest hervorrief.

»Ist es denn noch immer nicht vorbei? Der Kaiser verhandelt mit dem Fürsten aus Siebenbürgen über den Frieden, und im Westen hat Tilly gesiegt.« Sie sah abwechselnd zu Sibylla und ihrem Gatten, doch beide schüttelten die Köpfe.

»Bethlen verhandelt nur, weil ihm diese Atempause gerade in seine Pläne passt. Er gibt nicht auf. Er sammelt Kraft und wartet auf die nächste gute Gelegenheit, und im Westen braut sich noch Schlimmes zusammen. Die Protestanten haben nicht aufgegeben. Sie können einen katholischen Kurfürsten in der Pfalz nicht hinnehmen. Sie suchen nach neuen Verbündeten gegen Habsburg und Spanien, und ich fürchte, sie werden fündig werden.«

Wallenstein sah zu Sibylla hinüber, die ihm schweren Herzens zustimmen musste. Sie verstand zwar nicht so viel von der großen Politik, auch wenn sie in den abendlichen Gesprächen mit dem Herzog viel gelernt hatte, doch Wallenstein war erstaunlich gut informiert und besaß eine Weitsicht, die dem Kaiser und vielen seiner Räte leider abging. Der Herzog hielt sich noch immer ein teures Netz von Informanten in allen Ländern, die ihn über die Veränderungen und die Stimmung auf dem Laufenden hielten. Sibyllas Überzeugung stützte sich dagegen auf ihre Träume und Visionen, und die versprachen nichts Gutes. Diese Monate in Prag und Friedland waren nur eine Atempause, die sie nutzen mussten, um Kraft zu schöpfen, die sie später vielleicht stützen würde.

Sibyllas Gedanken wanderten aus Prag hinaus zu den Dörfern im Umland, wo András irgendwo Weihnachten bei seiner Familie verbrachte, falls er nicht bereits zu seiner Garnison zurückgekehrt war. Wallenstein hatte übrigens Wort gehalten und aus Friedland und seinen anderen Besitzungen Pferde holen lassen, um seinen Kürassieren die in Göding geschlachteten Tiere zu ersetzen. Die Männer dankten es ihm, und Sibylla wusste, sie würden es ihm nie vergessen. Diejenigen, die mit Wallenstein Göding überstanden hatten, würden ihm treu bleiben, egal, was noch auf sie wartete.

Der Frühling war da, und neben dem Palast in Prag wuchs auch das neue Palais in Jitschin, das Wallenstein auf den Ruinen der alten Burg bauen ließ. Mit dem frischen Grün auf den Feldern schien auch das ganze Herzogtum in frischem Glanz zu erstrahlen. Sibylla, die ihn wieder einmal begleitete, verfolgte mit Staunen seinen rastlosen Einsatz und seine klugen Entscheidungen, die bald schon üppige Früchte tragen würden. Die einzig Leidtragende war Isabella, die meist allein zu Hause blieb und geduldig auf ihren Gatten wartete. Sie versuchte sich nicht zu beschweren, doch ab und zu zeigte sie, dass es ihr nicht recht war, Sibylla immer um ihn zu wissen. War sie noch immer eifersüchtig? Dachte sie etwa, ihr Gemahl würde sie betrügen? Wann immer sich eine Gelegenheit ergab, versuchte Sibylla ihre Bedenken zu zerstreuen. Oder neidete sie ihr lediglich die vielen Stunden, die Sibylla mit Wallenstein verbringen durfte? Die wenigen, die Isabella blieben, versorgte sie ihn mit einem leichten Mahl oder massierte seine verspannten Glieder.

Es waren ihre Seelen, die sich näherkamen, während Sibylla Wallenstein bei seinen Ausritten durch die Ländereien begleitete, den Gesprächen mit dem Bankier und dem Verwalter lauschte oder bei den Versammlungen in den Dörfern und Weilern verfolgte, wie er den Leuten geduldig seine Pläne auseinandersetzte, aber auch unnachgiebig deren Einhaltung einforderte.

An einem der letzten Apriltage nahm Wallenstein sichtlich angespannt an der abendlichen Tafel in seinem Prager Palast Platz.

»Was ist geschehen?«, erkundigte sich Sibylla.

»Ich habe Nachricht aus Frankreich. Wir bekommen es nun mit einem Gegner zu tun, den der Kaiser nicht unterschätzen sollte.«

»Herrscht nicht noch immer die Mutter des jungen Königs in Paris?«, erkundigte sich Sibylla, die viel in den vergangenen Monaten über die Politik in Europa gelernt hatte.

»Maria de Medici, nicht wahr? Ludwig XIII. hat ihre Verbannung aufgehoben und sich wieder mit ihr versöhnt.«

»Ja, doch nicht mit ihr müssen wir rechnen«, fuhr Wallenstein fort. »Der neue, starke Mann heißt Armand-Jean du Plessis, Duc de Richelieu. Ludwig hat den Kardinal zu seinem ersten Minister ernannt, und ich glaube, er ist sich noch nicht im Klaren darüber, was für einen Mann er da an seine Seite gesetzt hat. Und unser Kaiser vermutlich auch nicht.«

»Wie meinst du das?«, wollte Isabella wissen. »Er ist Kardinal und damit der katholischen Sache verbunden.«

»Nein, meine Liebe, so einfach ist es in der Politik nicht«, schnaubte Wallenstein. »Ja, er ist katholisch, und er wird die Hugenotten in seinem Land mit harter Hand bekämpfen, aber er ist noch mehr ein Machtpolitiker, der die Interessen Frankreichs gegen Habsburg und Spanien stärken wird. Er hat einen Defensivpakt mit England geschlossen und unterstützt die Kurfürsten von Sachsen und Brandenburg, um ihre protestantische Freiheit zu verteidigen. Schweden führt Krieg mit Polen, und der Kardinal ermuntert den Dänenkönig, seine Macht in Norddeutschland zu sichern. Er will die Bistümer Münster und Halberstadt für seinen Sohn, nachdem der tolle Christian nach seiner Niederlage großmütig auf seinen Posten als Administrator verzichtet. Ich sage euch, es wird an einer ganz großen europäischen Koalition im Westen und Norden geschmiedet, während im Osten noch immer Bethlen sitzt und auf seine nächste Gelegenheit wartet.«

Isabella verzog das Gesicht. »Dann wird es bald wieder Krieg geben, nicht wahr?«

Sibylla und Wallenstein nickten.

»Und der Kaiser?«, erkundigte sich Isabella. »Hat er schon nach dir geschickt?«

»Aber nein«, wehrte Wallenstein in sarkastischem Tonfall ab. »Ferdinand erfreut sich der Musik und seiner Jagden, nimmt mit Inbrunst an Prozessionen teil und träumt vom Heiligen Römischen Reich deutscher Nation unter Herrschaft der katholischen Habsburger für alle Zeiten. Er wird so lange weiterträumen, bis ihn jemand hart aus seinem Schlaf reißt.«

»Und wer sollte das sein?«, wollte Sibylla wissen.

»Seine Räte, die ihn umgeben, ganz sicher nicht«, antwortete Wallenstein verächtlich. »Uns bleibt nichts anderes übrig, als unsere Zeit hier sinnvoll zu nutzen. Aber ich sage dir, irgendwann wird ein Bote aus Wien vor unserer Tür stehen und uns rufen.«

Doch der Bote aus Wien ließ vorerst auf sich warten. Sibylla nutzte die Zeit, um ihre Suche nach Helena wieder aufzunehmen, soweit es ihre Pflichten zuließen. Überall, wo sie hinkam, befragte sie die Leute. Außerdem gab sie einem Knecht, der häufig als Bote zwischen Prag und Jitschin unterwegs war, einige Münzen, doch er brachte ihr keine Neuigkeiten. Sibylla konnte allerdings auch nicht sagen, wie sehr er sich um Informationen bemühte. Auch sie selbst konnte nichts Neues in Erfahrung bringen.

Wallenstein kümmerte sich weiterhin um seine Ländereien und hielt die Ohren offen, doch noch schienen alle Parteien zu zögern. König Christian von Dänemark wollte erst angreifen, wenn England ihm ein Truppenkontingent gegen Tilly zur Verfügung stellte, doch die Engländer zauderten. Sie versicherten ihm zwar, auf seiner Seite zu stehen, und stellten finanzielle Unterstützung in Aussicht, aber es blieb erst einmal bei warmen Worten. In Wien nahm man von alldem nichts wahr oder beschloss, dass es nicht wichtig genug war, um aus dem behäbigen Nichtstun auszubrechen, während beim Dänenkönig Diplomaten aus England die Lage sondierten und Christian den erstaunten Besuchern bis ins Detail ausgearbeitete Pläne vorlegte.

Sibylla konnte nur wieder einmal den Kopf schütteln, wie es Wallenstein schaffte, an solch brisante Informationen heranzukommen.

»Mit viel Geld«, antwortete er trocken, »aber ich sage dir, das ist es wert und wird uns vielleicht noch öfter unseren Kopf retten.«

»Ich hoffe, Ihr habt recht, doch was nützt Euch Euer Wissen, wenn sich Wien nur seinen Festen hingibt und für alles andere um sich herum blind und taub bleibt?«

»Der Kaiser wird irgendwann aufwachen, und dann muss für ihn alles bereit sein, um schnell handeln zu können.«

Sibylla schüttelte den Kopf. Wallensteins Zuversicht und seine Treue zu Kaiser Ferdinand waren unerschütterlich.

Das Jahr nahm seinen Lauf, ohne dass an der Oberfläche viel geschah, und doch zogen sich die Wolken wieder zusammen. Sibylla konnte es spüren.

Im Herbst wurde ein weiterer Flügel des Schlosses so weit fertig, dass er bezogen werden konnte. Isabella war mit Feuereifer dabei. Sie reiste gar nach Wien, um Teppiche und Leuchter zu kaufen, Stoffe für Vorhänge auszusuchen und allerlei Hausrat zu ordern, den sie im Palais in Prag und in Jitschin brauchen würden. Außerdem bestellte sie zierliche Salonmöbel aus Paris, Spiegel und eine wertvolle Uhr mit einem Glockenspiel und einer Reihe kleiner Figuren, die bei jeder vollen Stunde ihre Runde drehten.

Wallenstein ließ sie gewähren, ja er bestärkte sie gar. Nichts schien für sein neues Domizil zu prächtig oder zu teuer zu sein.

Doch nicht nur der Palast in Wien und das Schloss seiner Residenzstadt sollten jeden Besucher zum Staunen bringen. Jitschin selbst sollte erstrahlen und ein Vorbild an Wohlstand und Tugend sein. Noch musste der große Kirchenbau warten, denn die Handwerker waren nach wie vor damit beschäftigt, Kriegsgüter herzustellen. Aber Wallenstein betrieb mit Feuereifer seinen Herzenswunsch, ein Bistum in Friedland zu gründen. Der Kaiser ließ Wallenstein gewähren und gestattete ihm, sich an den Papst zu wenden. Wallenstein zeigte Sibylla die Pläne für die Kathedrale und für den bischöflichen Palast. Er lud die Jesuiten ein und gründete mehrere Klöster, um für das Seelenheil der Stadt und ihrer Bewohner zu sorgen. Wallenstein war so ruhelos, dass er sich kaum ein paar Stunden Schlaf in der Nacht gönnte, ehe er wieder über Plänen brütete, die Briefe las, die täglich aus allen Landesteilen kamen, selbst welche verfasste oder sich sein Pferd satteln ließ, um selbst Hand anzulegen und mit eigenen Augen zu prüfen, ob alles so voranging, wie er es angeordnet hatte.

Er war ein Getriebener, der vielleicht tief in seinem Innern wusste, dass ihm nicht viel Zeit blieb. So kam es Sibylla wenigstens vor, doch sie konnte und wollte ihn nicht aufhalten, denn sie wusste, dass sein Gefühl ihn nicht täuschte.

Eines Abends, Wallenstein war noch unterwegs, bat die Herzogin Sibylla in ihr Gemach und schloss die Tür hinter ihr. Sibylla wunderte sich. Waren sie doch trotz der Monate, die sie hier zusammen verbracht hatten, keine engen Freundinnen geworden. Die Herzogin hielt sie auf Distanz, und Sibylla konnte ihr Verhalten nachvollziehen.

Heute aber hatte Isabella ihre Kammerfrau weggeschickt. Es ging also um ein Thema, das nicht für fremde Ohren bestimmt war. Sibylla ahnte angesichts Isabellas angespannter Miene, worum es ging, doch sie wartete, bis sich die Hausherrin aufraffte, den ersten Schritt zu tun.

»Du hast in Leonberg als Hebamme gearbeitet, nicht wahr?«

»Ja, ich habe jahrelang eine gute Hebamme begleitet«, versicherte sie. »Ich habe alles von ihr gelernt und dann später ihre Aufgaben übernommen.«

»Dann hast du sicher schon viel Not bei Frauen gesehen.«

»Es gibt immer beide Seiten«, sagte sie vorsichtig. »Not und Verzweiflung, aber auch Tränen der Freude.«

»Ich versichere dir, die Tränen, die ich nachts in mein Kissen weine, sind keine der Freude«, entgegnete Isabella harsch. »Er erwartet ein Kind von mir, das ist sein gutes Recht!«

Sibylla legte ihre Hände auf die Fäuste der Herzogin. »Er erwartet? Hat er das so zu dir gesagt?«

Sie schüttelte den Kopf. In ihren Augen glänzten Tränen. »Nein, er sagt nie etwas, aber ich weiß es, und ich wünsche mir doch auch endlich ein Kind.«

»Wallenstein ist viel unterwegs und arbeitet nahezu Tag und Nacht«, überlegte Sibylla. »Teilt er denn regelmäßig sein Lager mit dir? Ich meine …«

»Ich weiß, was du meinst«, fiel Isabella ihr ins Wort. »Ja, er ist häufig erschöpft und fällt sogleich in tiefen Schlaf, sobald sein Haupt das Kissen berührt, aber dennoch liegt er auch oft genug bei mir, dass ich endlich schwanger werden sollte!« Ihre Stimme war laut geworden. Erschrocken legte sie die Hand auf ihren Mund. »Ich habe dir einst gesagt, ich will nicht wissen, was das Schicksal mir bereithält, aber jetzt frage ich dich: Kannst du in den Sternen lesen, ob ich unfruchtbar bin?«

»Fragen wir erst einmal deinen Körper«, bremste Sibylla ihren Vorstoß und erkundigte sich nach dem Zyklus ihrer monatlichen Blutungen, nach Beschwerden und anderen Unregelmäßigkeiten.

»Dürfte ich dich auch untersuchen?«

Isabella wich einen Schritt zurück und hob abwehrend die Hände, dann ließ sie sie resignierend sinken. »Wenn du meinst, dass das notwendig ist.«

»Es könnte Klarheit schaffen und ist vielleicht zuverlässiger als so mancher Blick in die Sterne.«

Isabella gab nach. Sie hob ihre Röcke und lag dann verkrampft auf dem Bett, bis Sibylla fertig war und zum Krug auf der Kommode ging, um sich die Hände zu waschen.

»Und?«, erkundigte sich Isabella, als sie ihre Kleider wieder in Ordnung gebracht hatte.

»Ich habe nichts gefunden, was unnatürlich wäre«, sagte Sibylla. Dieser Teil ihrer Erkenntnis war einfach, doch wie sollte sie ihren Verdacht formulieren, ohne Isabella ganz vor den Kopf zu stoßen oder den Frieden der Eheleute zu gefährden? Sie war erleichtert, bei Isabella keine Anzeichen von der Franzosenkrankheit gefunden zu haben, denn sie war überzeugt davon, dass Wallenstein die Krankheit in sich trug, obgleich er offensichtlich seit Jahren nicht mehr an den offenen Geschwüren litt, die das erste Stadium dieser Seuche mit sich brachte.

»Weißt du, es liegt nicht immer an den Frauen, wenn eine Schwangerschaft ausbleibt«, sagte sie, als plötzlich ein Bild vor ihr aufstieg. Eine lächelnde Isabella mit einem Kind in ihren Armen. Das Bild war blass und schien noch weit entfernt, doch da war ein Kind. »Ich denke nicht, dass du dir Sorgen machen musst. Es ist im Augenblick alles ein wenig viel, doch du wirst mit Wallenstein ein Kind haben.«

»Sagen das die Sterne?«, wollte Isabella wissen.

»Ja«, antwortete sie schlicht.

Das Jahr ging ruhig zu Ende, und das nächste brachte erst einmal nicht viel Neues, außer dass an einem Frühlingsabend unerwarteter Besuch vor dem Palais auf der Kleinseite stand.

Eine Magd klopfte und richtete Sibylla aus, dass ein Mann unten im Hof mit ihr zu sprechen wünsche. Sibylla legte sich ihr Tuch um die Schultern und folgte ihr, obgleich sie sich fragte, wer der Mann wohl sein könnte. Der Gelehrte Isaak? Aber warum sollte er über die Moldau zur Kleinseite herüberkommen und nach ihr fragen? Sie hatten sich doch erst vergangene Woche gesehen. Wer konnte es sonst sein?

Sie wagte nicht, den Gedanken zu Ende zu denken, obgleich ihr Herz bereits freudig zu schlagen begann, noch ehe sie ihn in der Dämmerung ausmachen konnte.

»András, was für eine Freude!«, rief sie und eilte auf ihn zu.

Er ergriff ihre Hände und sah sie aufmerksam an. Auch sie suchte in seinem Gesicht nach den Spuren von Leid und Entbehrung, die sie zusammen in Göding erlitten hatten, doch man fand sie allenfalls in seinem Blick. Ansonsten sah er prächtig aus, und auch er schien von ihrem Aussehen beeindruckt.

»Du siehst wie eine Herzogin aus!«, sagte er bewundernd und vielleicht auch mit ein wenig Scheu.

»Lass das nicht die Hausherrin hören«, wehrte Sibylla ab.

»Ich weiß, das hast du mir schon einmal gesagt. Ich habe es nicht vergessen.«

Sie zwinkerte. »Dann ist es ja gut. Du kommst rechtzeitig zum Abendessen. Ich glaube, der Herzog ist bereits zurück und kleidet sich gerade um.«

»Das wird ihm nicht recht sein. Ich bin nur der Sohn eines einfachen Mannes.«

»Du bist einer seiner besten und tapfersten Rittmeister«, widersprach Sibylla. »Und wenn du glaubst, Wallenstein würde sich nicht freuen, dann kennst du ihn nicht. Und auch Isabella wird dich gerne kennenlernen. Die Herzogin ist eine umgängliche und herzensgute Frau. Du bist doch mutig!«, fügte sie hinzu. »Also komm!«

Wie Sibylla gesagt hatte, waren sowohl Wallenstein als auch seine Gemahlin erfreut, einen Gast an ihrer Tafel begrüßen zu können. Man plauderte recht harmlos, bis die Speisen wieder abgetragen wurden und der Diener noch einmal Wein nachgeschenkt hatte, doch dann beugte sich Wallenstein vor und fixierte András.

»Genug Gewäsch für heute. Ich weiß, dass schon wieder vieles im Argen liegt, aber sage mir, wie siehst du den Zustand des Regiments in deiner Garnison?«

»Soll ich ganz offen sprechen?«

»Das verlange von dir!«, forderte Wallenstein, dennoch schien András zu überlegen, welche Worte er wählen sollte.

»Die Lage ist übel. Die Armee ist in einem sehr schlechten Zustand. Wien hat schon wer weiß wie lange keinen Sold mehr bezahlt, und auch die Verpflegung ist nicht gerade üppig. Ich weiß, dass es drüben in Mähren noch schlimmer ist. Kardinal Dietrichstein hat die Rationen halbieren lassen.«

»Er ist ein Sturkopf«, schäumte Wallenstein. »Ich habe ihm gesagt, dass er das nicht tun darf, aber es steht nicht in meiner Macht, ihm Anweisungen zu geben.«

»Auch die Ausrüstung wird immer maroder, denn nichts wird ersetzt, nur alles notdürftig geflickt. Die Männer langweilen sich, und immer mehr quittieren den Dienst, der ihnen nichts bietet und sie nicht satt macht. Keiner tut etwas dagegen.«

»Ich weiß«, sagte Wallenstein. »Meine Briefe nach Wien finden kein Gehör. Sie verkleinern die Armee immer weiter, um Geld zu sparen, und sehen nicht, was für eine Gefahr sie heraufbeschwören. Der Dänenkönig scharrt schon mit den Hufen. Überall wirbt er um Unterstützung. Er ist so scharf auf Eroberungen, dass er nicht mehr lange warten wird, und dann steht der Kaiser ohne Heer da. Wenn es da oben losgeht, dann kann Tilly das nicht alleine stemmen, das weiß sogar der Herzog in Bayern, dem ich ausnahmsweise zustimmen muss. Herzog Maximilian fürchtet natürlich die Restauration von Friedrich in der Pfalz. Dieses Kuchenstück will er mit aller Macht verteidigen, aber es steht noch weit mehr auf dem Spiel. Graf von Harrach hat mir geschrieben, dass Maximilian den Kaiser drängt, Truppen anzuwerben, um ihn im Falle eines Angriffs im Norden des Reichs unterstützen zu können, doch Ferdinand ist nach wie vor von den friedlichen Absichten des Dänenkönigs überzeugt!«

»Aber Ihr glaubt, dass er sich irrt«, sagte András.

»Ich bin mir sicher. So sicher, wie ich sage, dass es nicht mehr lange dauern wird, bis Bethlen den Friedensvertrag mit dem Kaiser wieder bricht.«

»Dann müsste das Reich an zwei Fronten kämpfen«, ergänzte András.

»So wird es kommen«, prophezeite Wallenstein, »doch je früher wir eine schlagkräftige Armee aufstellen, desto eher können wir dieser Gefahr begegnen. Ich will kein zweites Göding erleben!«

»Ich auch nicht«, sagte Sibylla leise. »Aber wer könnte das verhindern?«

Wallenstein leerte sein Glas mit einem Zug und knallte es hart auf den Tisch. »Ich werde das verhindern!«, sagte er und erhob sich mit einem Ausdruck von so viel Entschlossenheit, dass keiner an seinen Worten zweifelte. »Ich reise noch morgen nach Wien. Wenn die Kriegsräte kein Heer aufstellen wollen, dann werde ich es eben tun. Ich werde auf meine Kosten Regimenter werben und sie auf das Beste ausrüsten. Wir werden sie zu einer so schlagkräftigen Truppe ausbilden, wie sie die Welt noch nicht gesehen hat. Und dann führe ich dieses Heer, wohin der Kaiser will. Nach Ungarn oder nach Norden ins Reich.«

»An wie viele Männer denkt Ihr?«, wollte András wissen.

»Fangen wir mit fünfzehntausend Mann zu Fuß und fünftausend Reitern an«, sagte Wallenstein und setzte sich wieder.

András starrte ihn ungläubig an. »Man wird Euch fragen, ob Ihr wirklich denkt, zwanzigtausend Männer im Feld halten und versorgen zu können.«

Wallenstein hob lässig die Schultern. »Zwanzigtausend vielleicht nicht, aber fünfzigtausend! Je größer die Armee, desto weniger wird sie auf Widerstand auch im eigenen Reich stoßen und desto schneller ist der Feind besiegt. Der Krieg wird den Krieg ernähren, wenn wir alle Länder dazu heranziehen.«

Sibylla schloss die Augen. Diese Zahlen machten sie schwindelig. Ein Heer solcher Größe konnte sie sich nicht einmal vorstellen. Und sie wollte sich noch weniger vorstellen, was passieren würde, wenn solch eine Kriegsmacht durch das Land zog und es zu einer Schlacht gegen die vereinigten Gegner kommen würde.

Kapitel 17

Von Böhmen nach Schweinfurt, 1625

Manchmal fragte sich Sibylla, ob auch in Wallenstein die Gabe der Hellsichtigkeit wohnte oder ob er einfach nur viel klarer als alle anderen sah und die Zeichen besser zu deuten wusste.

Es war spät im August, als sie in einem schlecht beleuchteten Zelt irgendwo auf ihrem Weg zwischen Eger und Schweinfurt saß und wieder einmal Feder und Tinte zur Hand nahm, um ihrer Tochter zu schreiben.

Auch wenn alle anderen überzeugt waren, dass Helena tot und begraben war, Sibylla konnte die Hoffnung nicht aufgeben, dass sie eines Tages diese Briefe in Händen halten würde. Das Kreuz hing nun mit dem ihren zusammen um ihren Hals. Vielleicht brauchte sie diese Briefe auch, um sich Helenas Geist nahe zu fühlen und die Hoffnung nicht endgültig zu begraben.

So rückte Sibylla die Lampe zurecht und tauchte die Feder ein. Wie immer schrieb sie ihr, wie sehr sie sie noch immer liebte und vermisste und dass sie nichts mehr herbeisehnte, als sie wieder in ihre Arme schließen zu können.

Das Leben geht vorbei, und ich kann an dem deinen nicht teilhaben. Jeder Monat, jedes Jahr, das verstreicht, ist unwieder-

bringlich verloren. Du wächst zu einer jungen Frau heran. Ich sehe dich in meinen Träumen, und ich wünsche mir so sehr, dass es dir gut geht und du bei lieben Menschen lebst.

Als sie den Brief beendet hatte, zog sie ein neues Blatt heran. Nicht nur Helenas Geist hielt sie in ihren Briefen lebendig. Auch an ihren Mann schrieb sie immer wieder und berichtete über den Fortgang des Krieges, auch wenn er diese Zeilen ganz sicher niemals würde lesen können. Sie wusste, dass sich Peter immer für die Politik im Reich interessiert hatte, und dachte, sie sei es ihm schuldig, alles genau zu berichten. Vielleicht trieb sie auch ihr Gewissen an, trotz ihrer Gefühle für András und für Wallenstein die Erinnerung an Peter wachzuhalten.

Lieber Peter,

jetzt komme ich endlich dazu, dir zu berichten, wie es weiterging.
Es kam, wie Wallenstein immer wieder gesagt hatte, doch selbst noch im Mai verringerte der Kaiser seine Truppenstärke, dabei sahen nun auch andere den drohenden Sturm von Norden über die Ostsee ziehen. Christian von Dänemark warb Truppen und stellte eine Armee auf. Und nicht nur das: Als der Posten des Obristen im niedersächsischen Kreis vakant wurde, meldete der Dänenkönig Interesse an und bekam ihn zugeschanzt. Außerdem schaffte er es, den protestantischen Herzog Johann Ernst von Sachsen-Weimar zu überreden, den Titel eines königlich-dänischen Reiterobristen anzunehmen und seinerseits Truppen anzuwerben. Ich kann mir nicht denken, dass nicht auch der Kaiser seine Spione ausgeschickt hat. Außerdem hält Wallenstein Wien über alles, was er in Erfahrung bringt, auf dem Laufenden. Jedenfalls war der Däne gar so dreist, seine Werber bis

ins Bistum Osnabrück zu schicken. Er kam Tilly und seiner Armee damit gefährlich nahe, aber der Kaiser glaubte noch immer, aus Dänemark drohe keine Gefahr. Dabei war Wallenstein bereits einen Monat emsig unterwegs, seine Armee auszuheben. Der Kaiser hatte seinen Vorschlag erfreut zur Kenntnis genommen, bedeutete es doch vorerst, dass er nicht ein Geldstück aus seiner Kasse herausgeben musste. Die Schuldverschreibung für das Darlehen über neunhunderttausend Gulden unterschrieb er, wie Graf Harrach uns versicherte, ohne mit der Wimper zu zucken. Manches Mal frage ich mich, wessen Geist unser oberster Herrscher ist, oder ist das zu blasphemisch? Wallenstein will jedenfalls nichts auf den Kaiser kommen lassen. Er ist unser gesalbter Herrscher, und damit basta. Ich hadere viel mehr und kann dies nicht so leicht akzeptieren. Wem aber sollte ich das sagen außer dir?
Doch zurück zu unserem Herzog von Friedland. Wallenstein war den ganzen Sommer über in seinem Element. Überall wurden die Werbetrommeln gerührt, und die Männer strömten in Scharen herbei. Das kannst du dir nicht vorstellen. Sie kamen mit Freude, denn Wallenstein sorgte dafür, dass jeder anständig gerüstet wurde. Dabei ging es nicht nur um Waffen und Munition. Er schaffte alles herbei, von den Pferden über Sättel und Zaumzeug bis zu Kleidern, Schuhen und Decken, aber auch tonnenweise leicht zu transportierenden Zwieback, um in der Verpflegung der Armee unabhängiger zu werden. Immer öfter schickte er mich mit Aufträgen über Land. Meist durfte Jascha mich begleiten, um auf mich achtzugeben, wie er stolz behauptete.

Ende Mai schien sich in Wien bei den Kriegsräten ein Meinungswandel abzuzeichnen. Vielleicht war es das dreiste Eindringen der dänischen Werber ins Bistum Osnabrück, das die Herren endlich aufmerken ließ. Man versprach nun, Wallenstein zu unterstützen, und trieb ihn gar zur Eile an, obgleich das ganz sicher unnötig war. Dann beschäftigte man sich damit, welchen Rang und Titel er erhalten sollte.

»Ich werde diese Armee befehligen und mir von keinem reinreden lassen«, beharrte der Herzog. Der Kriegsrat zauderte, insbesondere ihr Präsident Graf Collalto. Wallenstein sagt, der Kaiser habe schon vor Jahren den Fehler begangen, Herzog Maximilian zu erlauben, dass die kaiserlichen Truppen im Reich dem Ligaheer lediglich assistieren würden.

Doch in diesem Fall blieb Wallenstein hart. »Ich stelle dieses Heer nicht auf, um es nachher von einem unfähigen Kommandanten in den Tod schicken zu lassen. Nicht dass ich General Tilly für einen schlechten Mann hielte, aber der Kaiser sollte sich und seine Armee nicht den Interessen des Bayernherzogs unterstellen.«

Wie üblich fand Wallenstein in Wien klare Worte, was nicht jedem schmeckte.

Doch offensichtlich machten sie einige hohen Herren nachdenklich, sodass am Ende beschlossen wurde, Wallenstein zum General der kaiserlichen Armee zu ernennen, nicht nur als gleichberechtigten Heeresführer neben General Tilly, der im Gegensatz zu Wallenstein nicht Herzog ist, sondern nur Graf. Wallenstein darf sich nun Generalissimus nennen, was bedeutet, dass er freie Hand mit der kaiserlichen Armee hat.

Es dauerte nicht mehr lange, bis wir aufbrachen. Dabei war das Wetter in diesem Jahr nicht auf unserer Seite. Anfang Juni kam ein Kälteeinbruch mit Schnee, der einen Teil der Ernte vernichtete. So mussten Wallensteins Männer immer weiter reisen, um genügend Getreidevorräte in den Speichern aufzustöbern.

Wir marschierten rasch nach Norden, dennoch stand der Dänenkönig bereits in Holstein und marschierte nach dem Beschluss der niedersächsischen Stände ungeniert mit seinen Truppen in das Kreisgebiet ein. Noch im Juni überquerte seine Armee die Elbe und stieß Richtung Süden zur Weser vor. Spä-

testens als er im Juli bei Hameln ans linke Weserufer übersetzte, war das ein Einfall in fremdes Hoheitsgebiet. Nienburg wurde eingenommen. Tilly musste reagieren, er verließ mit seinen Truppen das Hauptquartier in Hersfeld und zog dem dänischen Heer entgegen. Als wenn das nicht genug wäre, meldete sich nun auch noch Ernst von Mansfeld mit einer Schar von Söldnern aus den Niederlanden zurück, die er laut Wallenstein mit dem Geld der englischen Krone angeworben hat.

Wieder einmal zieht sich die Schlinge zusammen, die sich um den Hals des Habsburger Kaisers gelegt hat. Und der bayerische Herzog will mit allen Mitteln an seiner unrechtmäßig verliehenen Kurfürstenwürde festhalten. Damit steht er unversöhnlich den Forderungen des dänischen Königs entgegen. Und der Kaiser? Der will, dass alle katholisch sind und selig ins Himmelreich eingehen. Er schließt die Augen, betet und will die Gefahr nicht sehen, die von allen Seiten auf ihn eindringt und ihn mit Bayern und Spanien in ganz Europa isoliert.

Und ich? Ich ziehe mit der katholischen Armee, obgleich mein Herz für die Protestanten und vor allem für eine Freiheit im Glauben schlägt. Ich weiß, du hast damit immer gehadert, doch ich bin sicher, dass Gott alle seine Kinder liebt und die Protestanten nicht verdammt. Kann ich mir wünschen, dass wir sie schlagen? Dass dieser Kaiser an Macht gewinnt und seine Jesuiten in alle Länder schickt, um das Rad der Geschichte zurückzudrehen? Doch wie könnte ich erhoffen, dass wir untergehen und alle Männer, die ich ins Herz geschlossen habe, verderben? Es dienen übrigens erstaunlich viele Männer in den Regimentern Wallensteins, die dem protestantischen Glauben anhängen. Er hat den Kaiser so weit gebracht, dass alle kaisertreuen protestantischen Länder geschont werden sollen. Es darf kein Krieg aus religiösen Gründen geführt werden, aber ist es denn so? Vielleicht vermischen sich die politischen Interessen mit denen des Glaubens. Wenn es einen gibt, der von einem katholischen

Reich Gottes hier auf Erden träumt, dann ist es ganz sicher der Kaiser!
Doch zurück zu Tilly. In seiner Bedrängnis schenkte ihm das Schicksal eine Atempause. Bereits im Juli überschritt Tilly mit der Armee der Liga die Weser und zog dem Dänenkönig entgegen, der sich in Hameln niederließ. Sicher hätte er Tilly längst eine große Schlacht aufgezwungen, ehe Wallenstein mit der kaiserlichen Armee marschbereit war, doch König Christian stürzte bei der Besichtigung der Festungsanlagen von Hameln vom Pferd, mehr als ein Dutzend Schritte tief in den Graben hinab, so wird berichtet. Andere sagen, nicht das Schicksal habe ihn aus dem Sattel gehoben, sondern seine Trunkenheit. Jedenfalls schien er im Sterben zu liegen. Seine Stellvertreter wurden nervös und befahlen den Rückzug bis nach Verden, sodass Tilly die Orte entlang der Weser besetzen konnte. Der König erholte sich in den Wochen darauf zwar wieder, aber die niedersächsischen Stände waren von dem Vorfall derart verschreckt, dass sie Tilly Verhandlungen anboten. Von Frankreich hatten sie in diesem Moment keine Hilfe zu erwarten. Kardinal Richelieu war damit beschäftigt, den Aufstand der Hugenotten niederzuschlagen. Unverhofft hatte also General Tilly alle Trümpfe in der Hand, dennoch nahm er das Verhandlungsangebot wahr. Wallenstein konnte darüber nur den Kopf schütteln. An Tillys Stelle hätte er die Entscheidungsschlacht erzwungen, vor allem mit dem Wissen, dass die kaiserliche Armee so gut wie zum Abmarsch bereitstand. So könnte der Krieg schon beendet sein. Stattdessen ziehen wir nun nach Nordwesten, um die beiden Heere miteinander zu vereinen.

Sie wollte Peter gerade noch schreiben, dass Isabella endlich guter Hoffnung war. Wallenstein hatte kurz vor ihrem Aufbruch die freudige Nachricht erhalten und seine Frau beglückt in die Arme geschlossen. Auch von Isabella schien eine Last abzufallen, die sie tiefer und tiefer gedrückt hatte. Sie ließ sich noch einmal von Sibylla untersuchen, die guten Gewissens sagen konnte, sie müsse sich keine Sorgen machen. Wenn alles gut gehen würde, könnte sie im Juni ihr erstes Kind in die Arme schließen.

Da fiel ein Schatten auf die Zeltwand. Sibylla ließ die Feder sinken und wandte sich um. Sie erkannte András' Silhouette und rief ihn zu sich. Er schlüpfte ins Zelt, blieb aber am Eingang stehen. Sibylla sah ihn fragend an.

»Was gibt es?«

»Es war ein harter Ritt und ein langer Tag. Ich habe dich nicht mit am Feuer der Offiziere gesehen, da dachte ich, ich sehe nach, wie es dir geht, und frage, ob du etwas brauchst.«

Sibylla dankte ihm für seine Fürsorge, versicherte ihm aber, dass sie alles habe, was sie brauche.

»Wallenstein sorgt gut für dich«, stellte András fest und schwieg dann. Auch Sibylla sagte nichts. Es schwebten genügend ungesagte Worte zwischen ihnen, die ausdrückten, was sie wirklich fühlten und begehrten, doch sie verharrten reglos zwei Schritte voneinander entfernt. Er vermutlich aus Rücksicht, sie nicht wieder zu drängen, Sibylla aus Furcht, all die Ängste und Schwächen in ihr könnten plötzlich aus ihr herausbrechen, wenn sie sich ihm ganz hingab. Und was wären die Folgen? Wie würde Wallenstein reagieren? Wie die anderen Offiziere, die sie inzwischen mit Respekt und Hochachtung behandelten? So ganz anders als die anderen Frauen im Lager, die sich entweder schamlos selbst feilboten oder vergeblich die Männer auf Abstand zu halten suchten.

War ihr die Meinung der Offiziere denn so wichtig? Sie sah die Gesichter der Männer, denen Wallenstein vertraute, vor sich: Johann von Aldringen, Obrist, Muster-, Zahl- und Quartierkommissar, der für Wallenstein die Werbung betrieben hatte und nun ein Regiment zu Fuß führte, dann die

Rittmeister Pechmann, der bei der Schlacht am Weißen Berg noch für die Seite der Aufständischen in die Schlacht gezogen war, Sporck, Isolani, Arnim, den Wallenstein besonders schätzte, und zu Sibyllas besonderer Freude auch Gottfried Graf zu Pappenheim, der seine Verletzung vollständig überwunden hatte. Einer der schlausten Köpfe war sicher der Freiherr von Gallas, der zu den höchsten Offizieren der kaiserlichen Armee zählte. General Caraffa dagegen hatte den Dienst quittiert, als Wallenstein zum General ernannt worden war, und auch die früheren kaiserlichen Generäle Marradas, Liechtenstein und Tiefenbach hatten ihren Rücktritt eingereicht und überließen ihre Regimenter dem neuen General Wallenstein.

Ein Wiedersehen, das Sibylla im Gegensatz zu Wallenstein nicht besonders freute, war die Rückkehr von Octavio Piccolomini, den der Herzog mit Freude zum Kommandeur seiner Leibgarde ernannt hatte. Dagegen war Rudolf Graf von Colloredo Wallenstein ein echter Dorn im Auge, doch er beugte sich dem Wunsch der kaiserlichen Berater und gab ihm ein Kommando. Allerdings weigerte er sich strikt, Colloredo zum Generalwachtmeister zu bestallen. Er drohte gar mit Rücktritt, sollte das geschehen.

»Ist der Graf wirklich so schlimm?«, hatte sich Sibylla erkundigt, als Wallensteins erster Zorn über diesen Vorschlag verraucht war.

»Er ist unzuverlässig und versteht nichts von Militärtaktik«, lautete das vernichtende Urteil. »Colloredo kann kein Heer führen und wird es niemals lernen.«

Nachdem András ihr Zelt wieder verlassen hatte, schlenderte Sibylla noch ein wenig durch die Dunkelheit und dachte über die Männer nach, deren Zelte mit einigem Abstand um das ihres Heerführers aufgestellt waren, während die von der Mannschaft gewählten Feldwebel stets in der

Nähe ihrer Fähnlein blieben. Als sie sich Wallensteins Zelt näherte, vernahm sie ihren Namen, aber es war nicht der General, der ihn aussprach. Sibylla runzelte die Stirn und trat näher heran.

»Die Männer vermissen Euch in ihrem Kreis, General«, sagte die Stimme nun, die sie nicht sofort einordnen konnte. Sie klang so samtig wie eine schmeichelnde Katze. Wallenstein brummte nur.

»Sie denken, Ihr habt angenehmere Gesellschaft gefunden, doch Ihr seid hier ganz allein.«

War das Piccolomini? Aber ja. Nur klang seine Stimme stets kühler, wenn er – was nicht oft vorkam – das Wort an Sibylla richtete.

»Ich würde mich wundern, Eure Astrologin nicht bei Euch zu finden«, fuhr er noch immer in dieser schmeichelnden Art fort, »wenn ich nicht wüsste, dass sie anderweitig beschäftigt ist.« Sibylla erstarrte. Sie brauchte sich nicht zu fragen, was Piccolomini damit andeuten wollte. »Ich weiß, dass Ihr den jungen Sporr schätzt und ihn, obgleich er ein einfacher Mann ist, seiner Tapferkeit wegen zum Offizier ernannt habt, aber habt Ihr ihm auch Eure Astrologin überlassen? Oder ist er etwa ohne Euer Wissen in ihr Zelt eingedrungen? Ihr Einverständnis schien er jedenfalls zu haben, denn ich vernahm keinen Hilferuf, der mich natürlich sofort zu ihrer Verteidigung herbeigerufen hätte.«

Sibylla ballte die Hände zu Fäusten. Dass es Gerüchte gab, war ihr klar, doch Piccolominis Versuch, Wallenstein gegen sie aufzubringen, erzürnte sie.

Sibylla erwog, in Wallensteins Zelt zu stürmen, um diesen unverschämten Italiener zur Rede zu stellen, doch Wallensteins Entgegnung hielt sie zurück.

»Ja, ich schätze den jungen Sporr, da habt Ihr recht, und ich sehe noch viel Potenzial in ihm. Er wird schon bald

Gelegenheit bekommen, es sich und der Welt zu beweisen. Wenn meine geschätzte Astrologin Sibylla ihm ihre Gunst schenkt, so ist das ihre Entscheidung. Kümmert Ihr Euch um Eure Männer, und sorgt Euch um ihre Schlagkraft und Disziplin, denn ich habe mitbekommen, dass es zu Raufereien nach einem Würfelspiel kam und sie eine der Mägde bedrängt haben, die ihr Einverständnis nicht gegeben hat! So etwas dulde ich nicht, macht das Euren Männern klar, sonst fühle ich mich gezwungen, selbst einzugreifen und Strafen zu verhängen, die ich für angemessen halte! Ihr könnt jetzt gehen und Euch zurückziehen. Schlaft und sammelt Eure Kräfte. Wir haben morgen einen langen Ritt vor uns.«

Sibylla zog sich zurück, ehe Piccolomini ins Freie trat, und schlüpfte wieder in ihr Zelt. Sie konnte sich seine Miene lebhaft vorstellen. Allerdings war das Thema noch nicht vom Tisch. Nur wenige Minuten später begehrte Wallenstein Einlass in ihr Zelt und stellte sie zur Rede.

»Du musst besser auf deinen Ruf achten!«, verlangte er. »Es fällt auch auf mich zurück, wenn die Männer über dich reden.«

»Die Männer oder jemand Bestimmtes?«, verlangte sie zu wissen. Sibylla meinte, platzen zu müssen, doch sie würde sich nicht die Blöße geben zuzugeben, dass sie gelauscht hatte.

»Das tut nichts zur Sache. Ich halte es jedenfalls für unklug, wenn du unter den Augen der Mannschaft den jungen Sporr in dein Zelt rufst.«

»Ich habe ihn nicht gerufen, und wir haben uns lediglich ein paar Minuten unterhalten«, verteidigte sie sich, doch Wallenstein war noch immer verärgert, das konnte sie spüren.

»Herr General«, sagte sie in scharfem Ton. »Ich bin Eure Astrologin, nicht Eure Mätresse, von der Ihr Treue fordern könnt. Es ist nicht Eure Sache, wem ich meine Gunst schenke.«

Sie wusste, dass sie sich auf dünnes Eis begab. Was würde geschehen, wenn sich Wallenstein von ihr abwandte? Ihre Worte trugen nicht gerade dazu bei, die Wogen zu glätten, dennoch konnte sie in diesem Moment nicht anders.

»Ach ja? Denkst du? Das sehe ich anders. Astrologie ist eine hohe Wissenschaft, und sie verdient es, von Menschen mit Charakter ausgeübt zu werden. Ich will von nun an kein Gerede mehr über dich hören. Wenn du dich für einen Mann entscheidest, dann heirate ihn, und verhalte dich nicht wie die Weiber aus dem Tross.«

»Ich habe an diesem Abend lediglich ein paar Worte mit ihm gewechselt, so wie im Moment mit Euch!«, gab sie zurück. »Wenn die Mannschaft über Euch und mich redet, ist das dann in Ordnung?«

»Wolltest du mir nicht ein neues Jahreshoroskop erstellen? Das ist deine Aufgabe, mit der du meinen Feldzug unterstützen sollst. Also mach dich an die Arbeit.«

Er verließ das Zelt. Sie spürte nur zu gut, dass er ihr noch immer zürnte.

Am nächsten Tag näherte sich der Teil der Armee, die Wallenstein anführte, der Stadt Schweinfurt. Wallenstein hatte die Regimenter vor ihrem Aufbruch aus Böhmen aufgeteilt, sodass sie in kleineren Einheiten zeitlich versetzt und auf verschiedenen Routen zu ihrem Ziel zogen, um die Bauern nicht zu sehr zu belasten. Damit gab er den Klagen des Markgrafen Christian von Brandenburg und der Bischöfe von Bamberg und Würzburg nach, die um ihr Land und die Erträge ihrer Felder fürchteten, gerade in diesem kalten, nassen Jahr, in dem nicht nur das Getreide am Halm verfaulte. Die Pest zog wieder einmal von einem Dorf zum nächsten und hielt in den Städten grausige Ernte. Nichts schien sie aufhalten zu können. Und nun noch diese Last. Auch die eigene Armee war für die Bevölkerung eine schwere Prüfung, selbst wenn es den Kommandanten gelang, Disziplin zu wahren und Plünderungen zu verhindern, was nicht immer funktionierte. Auch so zerstörten die Lager Wiesen und Felder, und der ständige Hunger der Soldaten schien nie befriedigt.

Wallenstein hatte für die Versorgung der Armee ein neues System der Kontribution eingeführt, dem Wien der wie üblich leeren Kassen wegen zustimmen musste. Von nun an wurden nicht mehr nur die eroberten Länder ausgebeutet, um die Armee zu unterhalten. Jeder Reichsstand in allen Ländern der Krone musste seinen Teil an dieser Kriegssteuer aufbringen. Natürlich war das Gestöhne um die Abgaben groß, aber Wallenstein wusste wohl, dass er kein besetztes Land gänzlich ruinieren durfte. Jedem sollte noch genug zum Überleben bleiben.

In Schweinfurt sollte nun die ganze Armee zusammentreffen. Laut der Urkunde des Kaisers offiziell vierundzwanzigtausend Mann, doch Sibylla hatte den Verdacht, dass es mehr waren.

»Mich wundert, wie einfach es schien, so viele Männer in dieser kurzen Zeit zu werben«, sagte sie, als sie neben Wallenstein auf die Mauern der Stadt zuritt. Von dem Vorfall am Abend zuvor sprachen sie nicht mehr.

»Es gibt mehr als genug Männer«, schnaubte Wallenstein, »die das vermeintlich schnelle Geld eines Kriegszuges lockt. Neben den Männern aus dem Reich und den Kronländern kommt meist Gesindel, brotloses Volk oder auch ganze Banden von Kosaken aus Polen, aber auch Spanier und Iren. Andere ziehen aus Italien oder den Spanischen Niederlanden herbei, wie die Wallonen. Die meisten übrigens Protestanten.«

»Selbst unter Euren Offizieren«, warf Sibylla ein.

»Das hat nichts zu sagen«, fuhr er fort. »Jedenfalls ist viel raues Volk darunter, das nicht viel taugt und schwer zu bändigen ist. Bei den Truppen muss man von vornherein hart durchgreifen und gleich ein paar hängen lassen, um zu zeigen, dass man es mit der geforderten Disziplin ernst meint und keine Schändungen und Plünderungen auf eigene Faust zulässt. Bei den vielen Offizieren und Feldwebeln, die kaum besser sind, ist es schwieriger.«

»Weil Ihr sie nicht einfach hängen lassen könnt?«, fragte Sibylla spöttisch.

»Genau«, antwortete er ernst. »Außerdem gibt es Regimenter, die einfacher zu führen sind und bei denen ich mich auf ihre Tapferkeit im Ernstfall verlassen kann, bei anderen habe ich Zweifel. Mit Polen und Ungarn habe ich schlechte Erfahrung gemacht. Meinem Feldmarschall Ilow – der übrigens kaum besser ist und mir manches Kopfzerbrechen bereitet – ist einmal ein ganzes Regiment Polen in der Schlacht einfach ausgerissen.«

»András hat mir erzählt, Ihr würdet alle Regimenter nehmen, doch keine Söldner des Papstes. Ist das wahr?« Sibylla sah ihn neugierig an.

Wallenstein spuckte verächtlich aus. »Und ob das wahr ist. Es gibt keinen Haufen von wüsteren Gesellen mit weniger Moral und Disziplin als die Söldner des Vatikans. Auf sie ist kein Verlass, und es würde mich vermutlich all meine Kraft kosten, ihre Mordlust außerhalb der Schlachten im Zaum zu halten. Nein, da bürde ich mir lieber Ungarn und Wallonen auf!«

Nach und nach trafen die Regimenter ein, gefolgt vom stetig anschwellenden Tross, der den Soldaten hinterherreiste. Sie schlugen ihr Lager auf den Oberdorfer Wiesen auf. Die

Stadt musste die schwere Aufgabe übernehmen, die Versorgung der Soldaten zu gewährleisten. Wallenstein selbst und seine höchsten Offiziere quartierten sich in den Wirtshäusern der Stadt ein. Auch Sibylla bezog für ein paar Nächte eine Kammer mit einem richtigen Bett, das sie nach den zugigen Nächten im Zelt genoss.

Wenige Tage später, als alle Regimenter versammelt waren, drängte Wallenstein zum Aufbruch. Wieder einmal der letzte Abend unter einem festen Dach, zumindest für die Privilegierten unter den Angehörigen des Heeres, die sich in diesen Stunden im Brauhaus am Markt trafen, um es sich noch einmal auf Kosten der Stadtväter wohl sein zu lassen. Mit Zwieback und alten Rüben würden sie vermutlich noch früh genug vorliebnehmen müssen. Sibylla setzte sich zwischen Graf zu Pappenheim und András. Gegenüber hatte Piccolomini Platz genommen, der sie immer wieder musterte. Sibylla wusste nicht, ob sie gern in seinen Gedanken gelesen hätte, ihr geneigt schienen sie jedenfalls nicht zu sein. So fühlte sie sich erleichtert, als ihn Colloredo in ein Gespräch verwickelte. Die beiden steckten die Köpfe zusammen und senkten die Stimmen, sodass sie nicht mitbekam, worüber die beiden sprachen. Dennoch hatte sie das Gefühl, dass es nichts Gutes war. Für sie? Nein, ein Mann wie Colloredo interessierte sich nicht für eine Frau, die einen Kriegszug begleitete. Dann ging es um Wallenstein?

Wo war er überhaupt? Er hatte für diesen Abend sein Kommen zugesagt, war aber noch nicht erschienen. Trotz des trüben Lichts und der vielen Männer in der Wirtsstube musste sich Sibylla nicht umsehen, um sich sicher zu sein. Wenn Wallenstein einen Raum betrat, dann konnte es jeder spüren. Er war keiner, der mit der Menge verschmolz.

Sobald Sibylla ihren Teller geleert hatte, erhob sie sich und entschuldigte sich bei ihren Banknachbarn. Dann hüllte sie sich in ihren Umhang und eilte in die Nacht hinaus. Jascha folgte ihr. Er zeigte zwar deutlich sein Missfallen, die Tafel so früh verlassen zu müssen, doch er ließ sich von Sibylla nicht abschütteln.

»Dem Kommandanten wäre es nicht recht.«

Er begleitete sie, ließ sich dann aber mit Freude zu den Offizieren zurückschicken.

Sibylla spürte, dass sie Wallenstein in keiner guten Stimmung antreffen würde, noch ehe sie die Hand hob, um an die Tür zu klopfen. Sein unwirsches »Ja?« bestätigte ihren Verdacht. Dennoch trat sie beherzt ein und schloss die Tür hinter sich.

»Ihr werdet vermisst, General«, sagte sie, was ihr ein Knurren eintrug.

»Sollen die anderen nur auf Kosten der Schweinfurter fressen und saufen. Ich muss mich mit anderen Dingen herumschlagen.«

Er saß an einem Sekretär, ein Schreiben im Kerzenschein vor sich, das er offensichtlich gerade erst erhalten hatte.

»Eine Nachricht von General Tilly?«, erkundigte sie sich.

»Eher eine über ihn oder genauer über seine Truppe, die dazu taugt, mir jeden Appetit zu verderben«, schimpfte er, reichte ihr aber den Brief.

Dass er damit nicht übertrieb, merkte Sibylla sofort. Sie wusste nicht, wer die Zeilen geschrieben hatte, aber das war auch zweitrangig, solange sie der Wahrheit entsprachen, und davon schien Wallenstein überzeugt.

Die eine schlechte Nachricht war, dass unter Tillys Regimentern die Pest wütete. Von seinen achtzehntausend Mann hätten sich achttausend infiziert, schrieb der Informant. Doch was Sibylla die Galle aufsteigen ließ, war die Schilderung auf der unteren Seite des Blattes.

Als die Armee nach Norden aufbrach, den Dänen zu folgen, kannten ihre Rohheit und ihre Mordlust keine Grenzen. Kein Dorf an ihrem Weg blieb ungeplündert. Die Soldaten hieben alles zusammen, was sich bewegte, egal ob Pfarrer oder Bürgermeister, Greis, Frau oder Kind. Selbst das Vieh, das sie nicht mit sich führen konnten, wurde abgeschlachtet und am Spieß gebraten. Sämtliche Kirchen, die in der Reichweite der Regimenter lagen, sind aufgesprengt und geplündert. Dorf um Dorf ging in Flammen auf mit so manchem Weib und Kind darin, die elendig mit verbrannten, wenn sie nicht vorher ans Licht gezerrt wurden, um sie zu schänden und ihnen die schlimmsten Gräuel anzutun. Sie scheuten sich nicht einmal, die Priester zu martern, um das eine oder andere Versteck von Kirchengütern aus ihnen herauszupressen. Die Ländereien von Braunschweig-Wolfenbüttel und ganze Landstriche von Brandenburg sind in einem breiten Streifen völlig ruiniert. Der General lässt sie gewähren, denn wie sonst könnte er die Soldaten beieinanderhalten. Haben sie doch seit Monaten keinen Sold gesehen.

Sibylla ließ das Schreiben sinken. Sie sah Wallenstein an, der ihren Blick erwiderte. Sein Zorn war verraucht.

»Es wird sehr schwer werden, solche schrecklichen Taten auf Dauer in unserem Heer zu verhindern, wenn Wien seinen Verpflichtungen nicht nachkommt. Noch ist die Truppe in guter Verfassung und giert danach, den Dänenkönig und seine Verbündeten zu schlagen, aber warte es ab, wenn erst einmal der Winter kommt, die Versorgung schlechter wird und das Geld ausbleibt. Es geht schneller, als man es sich vorstellen kann, dass aus einer disziplinierten Truppe ein marodierender Haufen wird.«

»Nein«, sagte Sibylla fest. »Nicht unter Eurem Kommando. Ihr werdet dafür sorgen, dass so etwas mit dem kaiserlichen Heer nicht geschieht. Daran glaube ich fest.«

Wallenstein kam mit schweren Schritten auf sie zu und blieb vor ihr stehen. Er beugte sich vor, nahm ihr Gesicht in seine Hände und küsste sie auf den Mund. Er sagte nichts, doch Sibylla verstand auch so, was er ihr damit sagen wollte.

Kapitel 18

Braunschweig, 1625

Sie zogen eilig nach Norden. Ein Hilferuf Tillys ließ Wallenstein seine Truppen zur Eile antreiben. Herzog Maximilians General fürchtete, die Belagerung Nienburgs nicht länger halten zu können. Es seien bereits tausendfünfhundert Mann gefallen, von den Verlusten durch die Pest gar nicht zu reden.

So wälzte sich die riesige kaiserliche Armee Meile um Meile voran. Noch ehe sie den niedersächsischen Kreis erreichten, schickte Herzog Christian von Braunschweig-Celle einen Boten mit einem Brief, in dem er wortreich versicherte, er und sein Bruder Herzog Georg, der kommandierende General des niedersächsischen Kreises, seien dem Kaiser treu ergeben. Er bat um Schonung seiner Dörfer und Städte beim Durchzug der Armee.

»Ach, so unvermittelt fällt es den Herzögen ein, dass der Kaiser ihr Herr ist und nicht Christian von Dänemark«, regte sich Wallenstein auf. Dennoch versprach er den Herzögen, seinen Offizieren entsprechende Anweisungen zu geben.

»Meint Ihr, sie halten sich daran?«, wollte Sibylla wissen.

»Das müssen sie«, behauptete der kaiserliche General. »Das ist ein Befehl!« Dennoch gab er zu, dass es einige Regimenter gab, die schwierig zu kontrollieren waren, was zuweilen auch an ihren Hauptleuten lag.

»Isolani ist ein wilder Geselle, den man nicht leicht zügeln kann. Er ist mir ein Dorn im Auge, aber ich brauche ihn. Keiner kommt mit den Ungarn und Kroaten besser zurecht. Und wir haben bei Bethlen gesehen, wie schlagkräftig die leichten Reiterregimenter sind. So schnell und wendig wie sie ist kein anderer zu Pferd. Doch selbst wenn das Rauben und Plündern den Ungarn und Kroaten im Blut liegt, werde ich das auch bei ihnen nicht hinnehmen, darauf kannst du dich verlassen.«

Doch Wallenstein konnte seine Augen nicht überall haben. Die Armee war einfach zu riesig, und die Regimenter zu Pferd und zu Fuß zogen sich auf dem Marsch nach Norden zu weit auseinander, als dass er über alle Männer die Kontrolle hätte behalten können.

Nur wenige Tage später kam der nächste Bote, ein Statthalter zweier Ämter, der einen weiteren Brief überbrachte. Der Herzog von Braunschweig-Celle lobte in seinem Schreiben die erstaunliche Disziplin der kaiserlichen Truppe, was er auch dem Kaiser gegenüber erwähnt habe, dennoch ließ er eine Beschwerde folgen, dass die Ämter Salzderhalden und Rotenkirchen geplündert worden seien, was der Statthalter bestätigte, da er es am eigenen Leib habe miterleben müssen.

Wallenstein lief vor Zorn rot an. »Wer ist dafür verantwortlich?«, schrie er. »Ich werde die Schuldigen finden und bestrafen!«

Sibylla bezweifelte, dass das so einfach werden würde, doch er ließ am Abend alle Offiziere antreten und sich den Marsch im Detail berichten, bis das Regiment gefunden war. Oberstleutnant Eichzell wurde verhaftet und in Eisen geschlagen, bis man ihm den Prozess machen würde. Dann versuchte er, die Plünderer in dessen Regiment aufzuspüren. Fünfzehn Soldaten waren alsbald überführt, führten sie gar noch einen

Teil ihrer Beute mit sich, einschließlich einiger Stück Vieh. Wallenstein ließ die Männer antreten und konfrontierte sie mit den Vorwürfen. Sibylla blieb ein wenig im Hintergrund und musterte die Soldaten. Die meisten waren bärtige Gestalten mit wilden Gesichtern, die sie eher an Strauchdiebe erinnerte als an die Männer in Wallensteins eigenen Regimentern. Sie erwiderten unverzagt den Blick des Generals und gaben ihre Verfehlungen unverblümt zu. Was war schlimm daran, ein paar Bauern zu schröpfen? Wer konnte ihnen den Spaß verwehren, die Frauen zu schänden? Und war es nicht ein Gewinn für alle, wenn die magere Zwiebackkost durch ein wenig Fleisch bereichert wurde?

»Ich habe den Herzögen von Braunschweig-Celle mein Wort gegeben, ihre Städte und Dörfer zu verschonen«, beharrte Wallenstein. »Ich bin der General, und nur mein Wort zählt. Wenn ich ein Versprechen gebe, dann muss man sich darauf verlassen können. Also, was bedeutet das für euch? Ihr habt mich in eine schwierige Lage gebracht. Ihr habt meinen Ruf aufs Spiel gesetzt, und das für Vieh und ein paar Münzen! In meiner Armee herrscht Disziplin, an die sich jeder Einzelne halten muss. Wer das nicht verstanden hat, muss es eben auf die harte Tour lernen. Hängt sie auf!«

Die Männer protestierten. Sibylla sah das Entsetzen in ihren Augen. Unter ihnen war auch einer der Trossbuben von kaum dreizehn Jahren, doch auch für ihn hatte Wallenstein kein Pardon. Die Männer seiner Leibwache griffen nach den Plünderern und fesselten ihnen die Hände auf den Rücken. Piccolomini ließ sie zu einem nahen Baum schleifen. Wallenstein blieb reglos stehen, nur sein Blick folgte den Verurteilten. Sibylla entschlüpfte ein Stöhnen, als das erste Tau über einen hohen Ast geworfen wurde und sich die Schlinge um den Hals zuzog. Sie wäre gern davongelaufen, doch sie traute sich nicht. Alle Offiziere standen dem General zur Seite und unterstützten damit seine Entscheidung. Wie hätte sie sich abwenden und sein Urteil infrage stellen können? Dennoch konnte sie sich das nicht ansehen. Sie senkte den Blick auf ihre Fußspitzen, doch die Schreie des Trossbuben und die Flüche der Verurteilten klangen ihr in den Ohren.

Es ist richtig, sagte sie sich immer wieder. *Nur mit Härte kann er eine Armee dieser Größe führen und verhindern, dass sie unsägliches Leid über all die Unbeteiligten in diesem Krieg bringt.*

Dennoch war sie von Trauer und Abscheu über das brutale Spektakel erfüllt. Sobald es möglich war, zog sie sich in ihr Zelt zurück und verließ es erst wieder, als am nächsten Morgen zum Aufbruch geblasen wurde.

Am 13. Oktober trafen sie in Hemmendorf aufeinander.

Was für ein Bild! Zwei Armeen zogen von den Hügeln herunter aufeinander zu, doch nicht um sich gegenseitig zu bekämpfen. General Tillys Ligaheer vereinte sich mit Wallensteins kaiserlichen Truppen zu einer riesigen Streitmacht. Staunend hielt Sibylla ihr Pferd an und ließ den Blick schweifen. Männer, Waffen und Pferde, Kutschen mit Kanonen und Karren mit Munition und Verpflegung, so weit das Auge reichte. Es war ein unglaublicher Anblick, der den Menschen des kleinen Ortes Angst und Schrecken einjagte. Vermutlich waren die meisten längst geflohen. Vielleicht ins nahe Lauenstein oder bis nach Hameln.

Sibylla wunderte sich, dass Wallenstein neben seinen höchsten Offizieren auch sie aufforderte, ihn zu seinem Treffen mit Tilly zu begleiten, das am Abend in Hemmendorf stattfinden sollte. Sie sah, wie Piccolomini verächtlich das Gesicht verzog. Er hielt offensichtlich nichts davon, eine Frau bei diesem Ereignis dabeizuhaben, doch Sibylla hatte nicht vor, sich von dem Kommandanten der Leibwache einschüchtern zu lassen.

Sie nickte Wallenstein zu und versicherte ihm, dass sie ihn mit Freuden begleiten würde.

So betraten sie einige Stunden später die Bürgermeisterstube des kleinen Ortes. Sibylla hielt sich bescheiden im Hintergrund. Sie schwieg, beobachtete und hörte zu. Allenfalls ihr prächtiges Kleid, das selbst in Wien in der Hofburg Gnade gefunden hätte, stach in der ländlichen Stube ins Auge. Wie Wallenstein war sie ganz in rot und schwarz gekleidet. Ein zarter Schleier bedeckte Sibyllas rötlich schimmerndes Haar.

Unter der niedrigen Decke der Amtsstube wirkte die imposante Gestalt Wallensteins noch größer. Tilly dagegen war ein kleiner, zierlicher Mann. Sibylla sah ihn an. Der große Feldherr, dem die Liga und allen voran Herzog Maximilian von Bayern ihre Armeen anvertrauten. Sie wusste, dass er aus dem Herzogtum Brabant stammte, einem Teil der Spanischen Niederlande. Auch er hatte bereits in Ungarn gegen die Türken gekämpft, der Beginn seiner steilen Karriere.

Als Sibylla ihn das letzte Mal gesehen hatte, hatten die Heere vor Prag gestanden. Wallenstein war damals im Gegensatz zu Tilly ein unbedeutender Obrist des Kaisers gewesen. Nun hatte sich das Blatt gewendet. Nun standen sich zwei Generäle gegenüber, wobei Tilly noch immer nur Graf war, Wallenstein dagegen ein freier Reichsfürst mit einem blühenden Herzogtum. Doch Tilly kam ihr nicht so vor, als würde er ihm den Aufstieg neiden. Sie hatten jeder ein Heer zu führen und einen gemeinsamen Gegner zu besiegen, das allein zählte. Selbstbewusst trat er Wallenstein entgegen und zog seinen Hut. Er trug die Kapitänsuniform der Spanier. Eine breite Schärpe zog sich von der Schulter schräg zu seinem Gurt, in dem eine Pistole mit kostbar verziertem Griff und ein Messer steckten. Nun neigte er zur Begrüßung das Haupt, sein Haar war kurz geschoren und schneeweiß. Er musste an die siebzig sein, wirkte aber wach und beweglich. Mit Schwung setzte er den Hut wieder auf und reichte Wallenstein die Hand. Sie setzten sich an den langen Tisch. Beide verloren keine Zeit für überflüssige Höflichkeitsfloskeln. Dass sie es geschafft hatten, ihre beiden Heere zu vereinen, war bereits ein Sieg gegen den Dänenkönig und die Protestanten. Er würde es nicht wagen anzugreifen. Vor allem nicht, wenn sie ihre Truppen so verschoben, dass sie den Gegner in die Zange nehmen konnten.

Anderseits war das Jahr schon weit fortgeschritten. An einen ausgedehnten Feldzug war nicht mehr zu denken. Das Winterquartier musste vorbereitet werden. Das war auch den hohen Herren in Wien und München klar, selbst wenn ihnen das nicht sonderlich schmeckte. Allerdings sollte diese Pause dem Dänenkönig keine Gelegenheit geben, sich in den säkularisierten norddeutschen Stiften weiter breitzumachen, wegen derer er diesen Krieg hauptsächlich vom Zaun gebrochen hatte. Es ging um die Städte Bremen, Halberstadt, Hildesheim, Magdeburg, Osnabrück und Verden, wo der dänische Prinz als Administrator eingesetzt war.

Schließlich gab der kaiserliche Beichtvater Lamormaini Wallenstein Weisung, sein Winterquartier in den Stiften Magdeburg und Halberstadt zu nehmen. Der Jesuit, der stets an der Seite des Kaisers zu finden war, entwickelte sich zunehmend zu dessen wichtigstem Berater, dem der Kaiser oft mehr Gehör schenkte als den Mitgliedern des Geheimen Rats.

Sie einigten sich darauf, dass Tilly in den Gebieten um Hildesheim und Braunschweig bleiben würde, während mit dem dänischen König und den niedersächsischen Kreisständen Verhandlungen aufgenommen werden sollten.

Mitten in die Gespräche platzte ein Bote des Kaisers, der Wallenstein aufforderte, einen erheblichen Teil seiner Truppe in die Erblande zurückzuschicken, um Wien vor der Gefahr aus Osten zu schützen. Wie der General vorausgesagt hatte, regte sich Bethlen Gabor wieder, und man fürchtete schon bald einen erneuten Kriegszug aus Siebenbürgen.

Sibylla spürte, wie schwer es Wallenstein fiel, seinem Zorn nicht freien Lauf zu lassen.

»Habe ich den Rat nicht schon vor Monaten gewarnt und geraten, Truppen zum Schutz der Erbländer auszuheben? Und hat nicht der Kaiser mir zugesichert, dass diese Regimenter hier allein meinem Befehl unterstellt sind und er kein Kriegsvolk von mir fordern wird?« Er sah den Boten mit zusammengekniffenen Augen an. »Du kannst nach Wien melden, dass ich nur dringend raten kann, eine eigene Truppe zu werben. Meine Regimenter kann ich hier nicht entbehren.«

Lieber Peter,

der Winter hat Einzug gehalten. Wenn ich durch das Fenster sehe, erkenne ich nur noch wirbelnde Flocken, die den Marktplatz und die umliegenden Häuser von Braunschweig verschlucken, wo sich die Delegationen der Verhandlungspartner beider Seiten seit einigen Tagen aufhalten.
Die Armeen sind derweil auf ihre Winterquartiere verteilt, doch du irrst, wenn du annimmst, die Soldaten wären einfach in eine Art Winterschlaf gefallen oder würden sich nur dem Trinken und Würfeln hingeben. Wallenstein ist ein strenger Zuchtmeister und hat das Ziel, aus diesem bunt zusammengewürfelten Haufen eine Armee zu formen, deren einzelne Glieder mit ihren Waffen gut trainiert sind, die aber auch im Ganzen schnell und wendig reagieren kann und in Treue auf ihre Offiziere und natürlich den General eingeschworen ist. Das ist kein einfaches Unterfangen, was du dir vielleicht vorstellen kannst. Erschwert wird

das Ganze dadurch, dass Wien wieder einmal den Sold schuldig bleibt und die Männer vor allem jetzt vor den heiligen Tagen nicht darben wollen. Wallenstein schickt ständig mahnende Schreiben nach Wien, sein Ton wird schärfer, aber die Räte sind gut im Ignorieren. Dabei hat Wallenstein ihnen eine genaue Aufstellung ausgearbeitet, wo sie in welcher Höhe die Kontributionen der Länder einziehen sollen. Ich kann nicht sagen, ob sie die Steuer überhaupt erhoben haben oder ob das Geld in den Wiener Truhen verschwindet. Jedenfalls haben die Offiziere alle Hände voll zu tun, Raufereien zu unterbinden und die Männer daran zu hindern, sich an den Gütern der Bürger und den Vorräten der Bauern zu bedienen. Ich weiß nicht, wie viel Sonderrationen Wein Wallenstein wieder einmal aus seiner Tasche bezahlt, um für Ruhe zu sorgen.

Unterdessen gehen die Verhandlungen weiter. War ich zu Anfang noch voller Zuversicht, dass der Konflikt ohne große Schlachten ein Ende finden könnte, so rücken nun die Positionen immer weiter auseinander, was sicher damit zu tun hat, dass der dänische König sich von seinen Verletzungen erholt und seine Armee stetig ausbaut. England und Holland unterstützen ihn mit vielen Tausend Gulden, was auch den Kreisständen neue Zuversicht einflößt. Ihre letzte Forderung in Braunschweig lautete, sie würden erst abrüsten, wenn sich Tilly und Wallenstein mit ihren Armeen zurückgezogen hätten und aller Schaden, den die Armeen angerichtet hätten, beglichen worden sei. Außerdem fordern sie für die neuen Besitzer der ehemals geistlichen Güter eine Besitzstandsgarantie, was insgesamt wohl genau das Gegenteil davon ist, was der Kaiser und die anderen katholischen Herren fordern. Niedersachsen will gar ein Ultimatum für den Abzug stellen. Ich fürchte, die Lage spitzt sich zu, sobald der Schnee geschmolzen ist. Dann werden die Waffen sprechen und sehr viel Leid über beide Seiten hereinbrechen.

Doch das ist nicht die einzige Sorge. Seit ein paar Tagen geht das Gerücht um, Ernst von Mansfeld habe wieder eine Truppe aufgestellt und ziehe von Hamburg heran, um nach Schlesien und Mähren zu marschieren. Wallenstein hält das zum jetzigen Zeitpunkt für ein Gerücht. Zu hoch liegt der Schnee in den Bergen. Sobald allerdings die Schneeschmelze einsetzt, kann es ernst werden, deshalb hat Wallenstein schon einmal seine Boten zu den Kurfürsten von Sachsen und Brandenburg geschickt, um für einen Durchzug der Armee deren Einverständnis einzuholen. Sachsen stellt kein Problem dar, doch Kurfürst Georg Wilhelms Neutralität ist ein wenig dänisch gefärbt. Wie Wallenstein erfahren hat, gestattet er dem Dänenkönig und auch Mansfeld, einen Teil ihrer Truppen in seinem Land zu stationieren, und ist bereit, für Proviant und Furage zu sorgen.

Du fragst dich, was Mansfeld in Schlesien und Mähren zu suchen hat? Die bittere Wahrheit ist, dass Bethlen Gabor, der Fürst von Siebenbürgen, tatsächlich den mit dem Kaiser geschlossenen Friedensvertrag aufgekündigt hat und sich ebenfalls zu einem Kriegszug bereit macht. Wallenstein wird nicht müde, Wien die Aufstellung einer eigenen Truppe ans Herz zu legen, doch ich glaube, er stößt noch immer auf taube Ohren. Was also wird das Frühjahr uns bringen? Im Augenblick hat Wallenstein beschlossen, nach seiner eigenen Einschätzung zu handeln und erst einmal seine Position an der Mittelelbe zu sichern. Collalto und Aldringen sind bereits mit einigen Regimentern zu Pferd und zu Fuß nach Anhalt unterwegs. Collalto war ja einige Zeit Präsident des Hofkriegsrats. Der Kaiser hat ihn nun zum Feldmarschall des Heeres ernannt und zu Wallensteins Unterstützung hergeschickt. Nun sind sie also nach Dessau unterwegs, um die Elbbrücken bei Roßlau zu besetzen. Auch András ist mit seinen Reitern mit dabei.

Unwillkürlich hielt Sibylla inne. Sie hatte András in ihren Briefen bislang nicht erwähnt. Es war ihr falsch erschienen, ihrem verstorbenen Mann von Rittmeister Sporr zu berichten, der so viel Platz in ihren Gedanken einnahm. Noch immer regte sich ab und zu ihr Gewissen und hielt ihr Verrat an seinem Andenken vor.

Aber Peter war tot. Seit fünf Jahren. Auf wen nahm sie Rücksicht? Warum ließ sie sich nicht auf ihn ein und verbot sich immer wieder, den letzten Schritt zu gehen, den ihr Herz und auch ihr Körper so begehrten? Weil es unsittlich war? András drängte sie seit ihrem letzten Kuss nicht mehr, doch wie lange würde er noch warten? Vielleicht hatte er schon jetzt in Dessau eine nette junge Frau gefunden, die sich gern den Zärtlichkeiten dieses Mannes hingab.

Sibylla war erstaunt, wie heiß das Gefühl von Eifersucht allein bei diesem Gedanken in ihr brannte. Dabei hatte sie kein Recht dazu. Mehr als ein paar Umarmungen und Küsse hatte es zwischen ihnen nicht gegeben.

Für einige Augenblicke gestattete sie sich, von diesen Momenten zu träumen und die Erinnerungen warm durch ihren Körper ziehen zu lassen. Warum war es dabei geblieben? Waren allein die Umstände schuld, die sie immer wieder gestört hatten? Hatte es nicht genügend Gelegenheiten gegeben? Ein aufmunterndes Wort hätte genügt!

Wallenstein wäre nicht erfreut, dachte sie, was sicher nur stimmte, wenn sie dem Verhältnis nicht den richtigen Rahmen gab. Grund zur Eifersucht hatte er nicht. Sie war lediglich seine Beraterin und Astrologin. Sie teilte nicht sein Lager und würde dies auch niemals tun. Allerdings hatte der General auch nie versucht, ihr auf diese Weise nahezukommen. Überhaupt schien er im Gegensatz zu vielen seiner Offiziere nicht häufig das Bedürfnis nach einer Frau in seinem Bett zu haben. Zumindest hatte sie noch nie eine der Lagerhuren in seinem Quartier gesehen. Dagegen schrieb er recht häufig nach Friedland, schilderte Isabella die Lage und erkundigte sich nach ihrem Befinden und dem Fortschritt der Schwangerschaft. Isabella selbst antwortete ihm stets prompt, ließ ihn grüßen, war um seine Gesundheit besorgt und sandte ihm sehnsuchtsvolle Küsse.

Sie sah die innige Szene des Abschieds noch einmal vor sich, wie Wallenstein seine Frau noch einmal in seine Arme genommen und voller Zärtlichkeit geküsst hatte, ehe sie zu diesem Zug aufgebrochen waren. Wallenstein war ein ernster Mann, der in wilden Zorn geraten konnte und der fast rücksichtslos seine Ziele verfolgte, wenn er von ihnen überzeugt war, doch er war auch ein guter Ehemann, der nicht nur die politischen Vorteile dieser Verbindung nutzte, sondern Isabella inzwischen von Herzen liebte.

Das rief ihrem Herzen seine eigene Sehnsucht zurück, und sie dachte wieder an András. Warum sollte sie nicht von *ihm* schreiben? Peter würde nicht wieder zurückkommen, aber András war da. Zumindest irgendwo zwei Tagesritte gen Osten, wo er in Dessau half, Befestigungsanlagen zu errichten, um den Elbübergang zu sichern. Sie müsste nur den Wunsch äußern, zu ihm zu reisen, dann könnte sie ihn schon bald wiedersehen. Doch was, wenn sie sich auf solch eine Beziehung einließe, die ihrem Ruf sicher nicht guttun würde? Wallenstein hatte ihr seine Meinung darüber klar kundgetan. Wenn, dann müsste sie András heiraten. Wollte er das überhaupt? Und wie stand sie dazu, noch einmal eine Ehe zu schließen? Was würde geschehen, wenn das Frühjahr kam und die große Entscheidungsschlacht nahte? Würde sie es ertragen, ihn in den Kampf reiten zu sehen? Würde sie es überleben, noch einen geliebten Menschen sterben zu sehen?

Bei der Vorstellung krampfte sich ihr Herz zusammen. Der Schmerz ließ sie aufkeuchen. Nein, es würde nur noch schlimmer werden, wenn sie ihrer Sehnsucht nachgab. Vielleicht war der Krieg ja bald schon zu Ende, redete sie sich ein. Vielleicht würden sie sich dann in einer friedlichen Welt begegnen und könnten frei entscheiden, ob sie ihren Lebensweg von nun an gemeinsam gehen wollten. Sie würde sich nur noch ein wenig gedulden müssen.

Sibylla schloss die Augen und tat für einen Moment so, als könne sie an ihre Worte glauben.

Wallenstein versuchte die Zeit, die ihm das Winterquartier verschaffte, so gut wie möglich zu nützen. Die Verhandlungen mit dem niedersächsischen Kreis und den Dänen wurden weitergeführt, doch er verriet Sibylla, dass er nicht daran glaubte, dass der Konflikt auf diese Weise beigelegt werden könnte.

»Die Dänen werden es erst begreifen, wenn sie eine empfindliche Niederlage einstecken müssen«, prophezeite er. Sibylla konnte ihm nicht widersprechen. So vergingen die Tage, und der Frühling rückte näher, als sie an einem eisigen Tag im Februar Wallenstein mit übler Laune antraf. Erst scheute er sich, ihr zu sagen, wer seinen Zorn erregt hatte, doch dann stieß er den Namen geradezu mit Verachtung hervor: »Collalto!«

Sibylla runzelte die Stirn. »Collalto? Sprecht Ihr von Graf Rambold von Collalto, dem ehemaligen Präsidenten des Hofkriegsrats? Ist er nicht mit Aldringen in Dessau, um den Mansfelder aufzuhalten?«

Wallenstein stieß ein Geräusch aus, das seinen Ärger unterstrich. »So dachte ich, doch er hat am 31. Januar beim Kaiser um seine Entlassung gebeten und hat sein Regiment bereits verlassen, ohne ein Wort an mich und ohne auf die Erlaubnis des Kaisers zu warten.«

»Was?« Für einige Momente war Sibylla sprachlos. »Warum? Ich verstehe das nicht. Ich dachte, alle Differenzen zwischen

Euch und ihm seien ausgeräumt? Hat nicht er um das Amt des Feldmarschalls gebeten und auf eigenen Wunsch den Hofkriegsrat verlassen?«

»Nun scheint er sich nach den warmen Wiener Sälen zurückzusehnen«, knurrte Wallenstein.

»Das kann doch nicht alles sein«, widersprach Sibylla. »Warum brüskiert er Euch in dieser Art? Er kann nicht einfach davonlaufen, ohne die Erlaubnis seines Generals einzuholen.«

»Offensichtlich kann er!«, gab Wallenstein zurück. »Es gibt da noch eine alte Geschichte, die ich längst vergessen glaubte. Es war im vergangenen Herbst, als Herzogin Anna Sophie von Braunschweig mich um einen Geleitbrief für einen Warenzug bat. Ich gab ihr mein Wort und stellte das gewünschte Schreiben für sie aus, dennoch wurde der Zug überfallen und ausgeraubt – von einem Oberstleutnant aus Collaltos Regiment. Als ich davon erfuhr, gab ich den Befehl, die Waren zurückzugeben, und drohte, es würde den Leutnant sonst seinen Kopf kosten. Anna Sophie erhielt ihren Besitz zurück, so kostete es den Leutnant lediglich seinen Posten.«

»Ich verstehe nicht«, sagte Sibylla.

»Collalto fühlte sich übergangen. Es wäre seine Sache gewesen, den Leutnant zur Rechenschaft zu ziehen. Außerdem waren etliche Fässer guten Weins unter der Beute, die er gern behalten hätte, ich bestand aber darauf, der Herzogin jedes einzelne Fass zurückzugeben. Das hat er mir anscheinend nicht verziehen. Dabei dachte ich, ich könnte auf seine Freundschaft zählen.«

Sibylla spürte seine Enttäuschung und dachte darüber nach, wie empfindlich große Männer doch sein konnten. »Und was wird jetzt aus ihm?«, wollte sie wissen.

Wallenstein hob die Schultern, als würde ihn das Ganze nichts mehr angehen. »Er nimmt seinen Posten als Präsident des Hofkriegsrats wieder ein, und ich bekomme Marradas als Marschall für meine Armee.«

»Einen Fürsprecher werdet Ihr in Wien in ihm nicht haben«, vermutete Sibylla.

Wallenstein schnaubte. »Nein, das sei dir versichert.«

Kapitel 19

Dessau, 1626

Bis Februar hatte die Winterruhe gehalten, dann wurden die Verhandlungen endgültig abgebrochen, und die Armeen bereiteten sich auf die unausweichliche Schlacht vor. Als Erster zog Graf von Mansfeld mit seinen Regimentern los, ihm folgte der General des dänischen Königs Fuchs, der Mansfelds Zug absichern sollte. Der König selbst zog nach Wolfenbüttel.

Wallenstein verließ in diesen Tagen sein Quartier in Aschersleben nur selten und brütete Tag und Nacht über den vielen Nachrichten, die seine Kundschafter ihm täglich brachten, und über einer riesigen Karte, auf der er die Bewegungen der Regimenter einzeichnete.

»Ich kann es nicht glauben«, murmelte er, als Sibylla zu ihm trat, um ihn zum Essen zu überreden.

»Was?«

»Es sieht tatsächlich so aus, als wolle der Mansfelder den Übergang bei der Dessauer Brücke erzwingen.«

Sibylla sah auf die Karte herab. »Will er nicht nach Schlesien und Mähren ziehen?«, erkundigte sie sich mit einem Stirnrunzeln. »Warum marschiert er dann nicht gleich am rechten Ufer nach Süden?«

»Weil er dann die Kräfte der Protestanten spaltet. Wir

würden mit unserer Armee zwischen ihm und dem Heer des Dänenkönigs stehen. Sein Nachschub und seine Rückzugsmöglichkeiten wären damit abgeschnitten«, erklärte ihr Wallenstein.

»Die Brücke ist doch gut befestigt«, sagte Sibylla hoffnungsvoll.

»Ja, doch ich werde zur Sicherheit noch ein Regiment dorthin verlagern.«

»Wir reisen nach Dessau?«, rief Sibylla und erschrak selbst über die Sehnsucht in ihrer Stimme. Wallenstein sah sie aufmerksam an.

»Nein. Du wirst das Regiment begleiten. Ich muss Tillys Hilferuf nach Goslar folgen, das von den Protestanten eingenommen wurde.« Sibylla protestierte halbherzig, doch er schnitt ihr das Wort ab. »Du wirst wichtige Post für Aldringen mitnehmen! Und ich nehme an, es ist dir nicht unangenehm, Leutnant Sporr wiederzusehen.«

Er sah sie grimmig an, dann wandte er sich wieder der Karte zu. »Sie konzentrieren ihre Truppen und ziehen elbaufwärts. Ich bin mir immer noch nicht sicher, ob er nicht doch die östliche Route nach Schlesien wählt. Jedenfalls habe ich Isabella geschrieben, sie solle Friedland verlassen und zu ihrem Vater reisen. Ich will sie und das Kind in Wien in Sicherheit wissen!«

Und so war Sibylla nach Dessau geritten, wo sie nach drei Monaten der Trennung András endlich wieder unter die Augen treten konnte, während Wallenstein mit einigen Regimentern nach Goslar zog.

Am 1. April erfolgte der erste Angriff. Sibylla stand neben András hinter einer der hölzernen Wehren und beobachtete eine Reiterformation, der ein Regiment zu Fuß folgte. Ein Stück weiter an der nächsten Schanze blickte Graf von

Aldringen durch ein Fernrohr. Er deutete auf den Hügel, wo sich die Linien formierten. Erstaunt ließ Sibylla den Blick schweifen.

»Ist das sein ganzes Heer?«, fragte Sibylla verwundet. »Glaubt Graf von Mansfeld, damit die Brücke zu erobern?«

András schüttelte den Kopf. »Nein, das wird nur ein Vorgeplänkel, um die Stärke unserer Verteidigungsanlagen zu prüfen. Seine Hauptstreitmacht ist noch nicht aufgezogen. Na, dann wollen wir ihm mal einen Vorgeschmack darauf geben, was ihn erwartet, wenn er die Brücke einzunehmen versucht!«

Seine letzten Worte gingen im Donner der Kanonen unter, die eine erste Salve abfeuerten. Die Geschosse gingen weit vor den gegnerischen Truppen im Feld nieder. Beißender Rauch stieg von den Geschützterrassen auf. Es stank nach Schwefel.

Es hat also begonnen, dachte Sibylla. Sie sah sich um. Die Offiziere um sie schienen alle zuversichtlich. Sie selbst war sich nicht sicher, ob es so einfach werden würde. Diesen Angriff würden sie sicher zurückschlagen, doch was war mit denen, die noch folgen sollten? Ernst von Mansfeld war kein Feldherr, der für seine Weitsicht bekannt war. Er war ein Kommandant, dessen Entscheidungen schwer vorhersehbar waren, weil sie zuweilen jeder Vernunft spotteten. Das machte ihn gefährlich. Die Frage war nur: für die Kaiserlichen oder für seine eigene Armee?

Der Angriff auf die befestigte Elbbrücke hatte nicht lange gedauert. Wie András gesagt hatte, wollte der Graf von Mansfeld offensichtlich nur testen, wie stark die Befestigung der Kaiserlichen war.

»Und was denkst du?«, erkundigte sich Sibylla ein paar Tage später. »Hat er eingesehen, dass die Brücke nicht zu nehmen ist?«

András stand neben ihr und sah über den Fluss hinüber, dessen Wasser sich in der Dämmerung von Grau zu Schwarz zu verfärben begann. Er hob die Schultern. »Ich denke nicht. Heute kam die Nachricht, der Mansfelder habe sich mit General Fuchs getroffen und sei mit der vereinten Armee elbaufwärts gezogen. Sie haben Rogätz angegriffen und die kaiserliche Besatzung vertrieben. Wenn sie uns mit vereinten Kräften angreifen, könnte es eng werden. Aldringen hat hier nur zwei Regimenter.«

»Aber die Verteidigung ist stark. Die ganzen Schanzen, die ihr gebaut habt, und die Kanonen. Sie können der Brücke nicht einmal nahe kommen.«

András schüttelte den Kopf. »Und wenn er zusammen mit den Regimentern von General Fuchs angreift? Außerdem haben auch die Protestanten Kanonen. Sie werden ganz sicher nicht ohne hier anrücken.«

Sibylla schob sich noch ein wenig näher, sodass sie seine Körperwärme spüren konnte, die irgendwie tröstlich wirkte. »Weiß Wallenstein davon?«

»Wenn der Bote ihn schon erreicht hat.«

»Und wird er uns mit der Hauptstreitmacht zu Hilfe kommen?«, drängte Sibylla weiter.

»Müsste nicht ich dir diese Frage stellen?« András sah sie von der Seite an. »Bist nicht du die Astrologin, die Sieg und Niederlage aus den Sternen lesen kann?«

Sibylla sah zum bewölkten Nachthimmel auf. »Ich sehe keine Sterne. Ich sehe nur den Tod, der reichlich Ernte halten wird.«

András legte ihr den Arm um die Schultern. »Bei den Protestanten! Wallenstein wird mit der Hauptstreitmacht rechtzeitig hier sein, darauf kannst du dich verlassen. Wir werden siegen!«

»Und dennoch wird es ein schreckliches Gemetzel, das so

viele Leben auslöschen wird. Wozu? Für was lassen sie ihr Leben? Für die richtige Art zu beten und das Vaterunser zu sprechen?«

András schüttelte den Kopf. »Das mag vielleicht dem Kaiser wichtig sein. Den anderen Fürsten geht es um Macht, um Ländereien und um ihren Einfluss auf Handelsrouten über Land und in der Ostsee.«

Wie András vermutet hatte, kehrten die Truppen des Mansfelders zurück, und sie brachten ihre Kanonen mit. Sofort begannen sie Schanzen zu errichten und Gräben auszuheben, während sie aus allen Rohren feuerten, um ihren Männern Deckung zu geben. Aldringen ließ zurückfeuern, doch er konnte den Bau der Verteidigungsanlagen nur verzögern, jedoch nicht verhindern, wenn er nicht seine Kavallerie rausschicken wollte, was er ganz sicher nicht tun würde. Hier in ihrer Brückenfestung im Schutz von sechsundachtzig Kanonen waren sie sicher. Auf freiem Feld würde er mit seinen zwei Regimentern gegen die Übermacht des Mansfelders verloren sein.

»Wir lassen uns nicht rauslocken!«, sagte er und gab der Artillerie Anweisung, den Feind auf Abstand zu halten. »Aber feuert nicht zu viel!«, mahnte er. »Wir wollen nicht im entscheidenden Moment ohne Pulver und Kugeln dastehen.«

Und so sahen die Verteidiger der Brücke zwei Tage lang zu, wie der Mansfelder seine Schanzen errichtete.

»Er wartet auf General Fuchs und seine Armee«, vermutete András.

»Und wir auf Wallenstein«, erwiderte Sibylla. »Wenn wir nur wüssten, wie es da draußen steht und wie weit er noch entfernt ist. Ich muss die ganze Zeit an Göding denken. Wieder sitzen wir eingeschlossen hinter Schanzen und Mauern und werden von einem übermächtigen Feind belagert.«

»Aber im Gegensatz zu Göding ist dort draußen eine schlagkräftige Armee unter dem fähigsten Feldherrn, den ich mir vorstellen kann und der zudem auf unserer Seite steht.«

Sibylla nickte, dann stieß sie einen Laut der Verblüffung aus. »Was passiert denn da?«

Sie sah zu Aldringen hinüber, der sein Fernrohr aus der Tasche nahm. »Sie ziehen sich zurück«, sagte er verblüfft. »Und sie scheinen es sehr eilig zu haben.«

»Was ist da draußen geschehen, von dem wir noch nichts wissen?«, fragte sich András laut. Er richtete seinen Blick auf Sibylla. Sie zuckte mit den Schultern, doch in ihrem Innern breitete sich ein warmes Gefühl aus, als sie ihre Gedanken auf Wallenstein konzentrierte. Sie sah sein Bild in sich aufsteigen. Stolz und gerade wie immer. Er strahlte Zufriedenheit aus. Sibylla sah zu Aldringen und überlegte, ob sie etwas sagen sollte, als ein Bote gemeldet wurde. Aldringen riss dem staubbedeckten Reiter das Schreiben aus der Hand und brach Wallensteins Siegel. Rasch überflog er die Zeilen. Sibylla und András starrten ihn an, um aus seiner Miene zu lesen. Endlich zeigte er ein erlösendes Lächeln.

»Was ist passiert?«, erkundigte sich András.

»Unser Hilferuf hat ihn noch vor Goslar erreicht, aber die protestantischen Truppen hatten die Stadt eh schon wieder geräumt, nachdem sie vom Nahen Wallensteins erfahren hatten. Er machte kehrt und marschierte Richtung Magdeburg, wo es zu einem Treffen kam, aus dem er als Sieger hervorging. General Fuchs ist mit dem Rest seiner Truppen geflohen.«

Die drei sahen einander an. »Ohne Fuchs in der Hinterhand wird Mansfeld keinen weiteren Angriff wagen«, vermutete András, aber Aldringen war nicht überzeugt.

»Wir müssen mit allem rechnen. Mansfeld weiß vielleicht noch nicht, dass sein Aufbruch sinnlos ist. Wallenstein kehrt bereits nach Aschersleben zurück, um die Hauptstreitmacht zu sammeln.«

»Mansfeld wird im Osten bleiben und vielleicht nach Schlesien ziehen«, vermutete András, aber er sollte sich irren.

Ein paar Tage blieb es ruhig. Die Männer hatten nichts Weiteres zu tun, als Wache zu schieben und Schäden auszubessern, die die Kanonen der Protestanten ihren Verteidigungsbauten zugefügt hatten. Die Brücke selbst war dick mit belaubten Ästen und Zeltplanen verkleidet, sodass sie fast nicht mehr zu sehen war. Sicher hoffte Aldringen, mit dieser Maßnahme mögliche Schäden an dem wichtigen Bauwerk gering halten zu können.

Es war am 21. April, als Sibylla neben Aldringen auf der Plattform des Brückenturms stand, als er plötzlich nach Osten deutete.

»Ich glaube, sie kommen tatsächlich zurück.«

»Der Mansfelder?«, fragte Sibylla.

»Ja, offensichtlich will er sich doch eine blutige Nase holen.«

»Die Frage ist, wessen Nase bluten wird«, murmelte András, der zu ihnen getreten war. Und auch Sibylla starrte fassungslos auf die wogenden Massen von Reitern und Infanteristen, die auf den Fluss zuzogen. Fähnlein um Fähnlein nahm seine Aufstellung. Und immer mehr Kanonen tauchten auf, aus denen sofort gefeuert wurde.

»Er hat seine gesamte Streitmacht mitgebracht«, stellte Aldringen fest, »aber das wird ihm nichts nützen. Lasst sie noch ein Stückchen näher herankommen, dann erwidert das Feuer!« Die Offiziere, die ihn begleitet hatten, eilten davon, um ihren Männern die Befehle zu geben. Außerdem schickte Aldringen noch einen Eilboten nach Aschersleben, der hoffentlich noch am selben Tag bei Wallenstein eintreffen würde.

Der Klang des Kanonendonners begleitete sie den ganzen Tag bis tief in die Nacht und schwoll bei Morgengrauen bereits wieder an. Die Luft war so erfüllt vom Schwefeldampf, dass man vom Turm aus ab und zu kaum mehr die feindlichen Linien erkennen konnte. Wollten sie sich etwa im Schutz des Pulvernebels heranschleichen? Aldringen blieb wachsam. Er ließ die Artillerie gerade so viel feuern, dass sie die Angreifer auf Distanz hielt, und kommandierte die restlichen Männer ab, die Schäden in den Befestigungen sofort zu beheben, soweit dies halbwegs gefahrlos möglich war. Bislang hielten sich die Verluste der Verteidiger in Grenzen, doch Sibylla hatte bereits alle Hände voll zu tun, die Wunden der Verletzten zu versorgen.

Ein weiterer Tag verstrich, und sie spürte, wie die Anspannung unter den Männern stieg. Noch waren sie hier relativ sicher, doch wie lange noch? Was, wenn ihnen die Munition ausging? Dann würden die Soldaten wie Heuschrecken über sie herfallen!

Noch ein quälend langer Tag. Sibylla hatte das Gefühl, sie würde langsam taub werden. Sie musste schreien, um sich zu verständigen. Wieder trug man einen blutüberströmten Mann in den hinter einer Schanze geschützten Lagerraum, der als Spital diente. Sibylla hatte ihm gerade seine Kopfwunde ausgewaschen und verbunden, als András hereingestürmt kam.

»Komm!«, rief er und ergriff ihre Hand. »Komm und sieh!«

Er wandte sich nicht dem östlichen Ufer zu, wo die Kanonen des Mansfelders donnerten, sondern führte sie auf die andere Seite, wo zwischen den Bäumen Fahnen auftauchten. Dann sah sie die ersten Reiter. Freund oder Feind? Hatten einige Regimenter gar an einer anderen Stelle die Elbe überquert und nahmen sie jetzt in die Zange? Sibylla kniff die Augen zusammen. Die erste Fahne erkannte sie nicht, die zweite aber ließ ihr Herz einen Sprung machen.

»Das sind Wallensteins Reiter!«, rief sie.

»Ja, und das andere Regiment ist das von Tiefenbach.«

Die Erleichterung war am ganzen Brückenkopf spürbar, als die beiden Regimenter durch das Tor hereinströmten. Zu Sibyllas Enttäuschung führte Wallenstein sein Regiment nicht selbst an. Er hatte Oberstleutnant St. Julian und Johann Wangler geschickt. Außerdem seinen Feldzeugmeister, den Grafen Schlick.

»Wenden wir uns also unserem Freund von Mansfeld zu«, sagte Aldringen.

»Ja, der wird sich noch umsehen. Wallenstein ist mit der gesamten Streitmacht hinter uns!«

Doch erst einmal verstärkte der Mansfelder am nächsten Tag den Beschuss, sodass Aldringen und Schlick alle Hände voll zu tun hatten, die Befestigungen zu reparieren.

Endlich, am nächsten Morgen, wurde Wallenstein gemeldet, im Schlepptau sechs Kavallerieregimenter und über zwanzigtausend Männer zu Fuß. Der General führte seine Truppen in einem Bogen heran und suchte alle Deckung, die er finden konnte, in der Hoffnung, vom Feind gar nicht bemerkt zu werden. Sollte der Mansfelder ruhig glauben, er sei mit seinen Truppen noch immer in der Überzahl.

Wallenstein begrüßte seine Offiziere und lobte den Ausbau der Festungswerke, dann wandte er sich Sibylla zu. Sie tauschten nur einen Blick, doch das genügte und sagte ihr mehr als wortreiche Beteuerungen, wie sehr er ihre Gesellschaft vermisst hatte. Mit Erstaunen stellte Sibylla fest, wie sehr auch ihr der oft so wortkarge und dann wieder aufbrausende Herzog gefehlt hatte.

»Morgen wird die Entscheidung fallen«, sagte Wallenstein, als er sich am Abend zu einem schnellen Mahl in eine der Wachstuben setzte. »Das wird ein schwarzer Tag für Ernst von Mansfeld!«

Keiner schien daran zu zweifeln, dennoch blieb die Stimmung angespannt. Jeder wusste, dass es bald auch um seine Haut ging und niemand vorhersagen konnte, wer den nächsten Abend noch leben und wer draußen auf dem Feld in seinem Blut den Tod finden würde.

Noch im Schutz der Dunkelheit führte Wallenstein einige seiner Regimenter unter dem Planen- und Blätterdach verborgen über die Brücke und dann hinaus in den Schutz der Wälder.

Als der Morgen heraufdämmerte, begann der stärkste Kanonenbeschuss, den sie bislang erlebt hatten, doch nichts deutete darauf hin, dass die Protestanten überhaupt bemerkten, dass sich das Blatt gewendet hatte, denn eine Stunde später stürmten Mansfelds Truppen vor. In immer neuen Wellen rannten sie gegen die Schanzen und wurden von den Verteidigern zurückgeworfen. Noch immer rührte sich Wallenstein mit seinen verborgenen Einheiten nicht von der Stelle. Drei Stunden dauerte der Angriff bereits, als gegen zehn Uhr endlich seine Trompeten erschallten.

Sibylla stand auf dem Turm und beschirmte ihre Augen gegen die Sonne. An der Spitze brach Oberst von Pechmann mit seinen Dragonern aus der Deckung, gefolgt von der Kavallerie eines anderen Offiziers, dessen Fahne Sibylla nicht kannte. Dahinter kamen mehrere Regimenter zu Fuß, die Wallenstein persönlich anführte. Sie sah ihn auf seinem riesigen schwarzen Streitross. Sein roter Umhang flatterte im Sonnenlicht. Er focht in vorderster Front. Immer wieder verlor Sibylla ihn aus den Augen. Wo András war, wusste sie nicht. Ein weiteres Signal ertönte, worauf noch zwei Regimenter aus dem Wald an der rechten Flanke hervorstießen. Als Letztes warfen sich die Fußsoldaten von Johann von Nassau, die noch auf der Brücke gewartet hatten, in die Schlacht.

»Sie kesseln die Infanterie ein«, sagte der Posten, der neben ihr auf dem Turm stand und seine Beobachtungen an einen Mann weitergab, der dann jedes wichtige Ereignis durch einen Boten an den General weiterleiten ließ, doch Sibylla hatte den Eindruck, dass Wallenstein auch so niemals den Überblick verlor und genau wusste, wann er was tun musste.

Schweigend sah Sibylla, wie die Kaiserlichen die protestantischen Infanteristen einkreisten und dann über sie herfielen. Die meisten wurden brutal niedergehauen, und es war ihr, als könne sie die Schreie der Sterbenden hören und das vergossene Blut bis hier auf den Turm herauf riechen.

»Sie fliehen!«

Zumindest versuchten sie es. Die Fußtruppen des Mansfelders schienen zu begreifen, dass es nichts mehr zu gewinnen gab. In einem heillosen Durcheinander wandten sich die Männer zur Flucht und rannten um ihr Leben. Manche wollten sich zur Kavallerie durchschlagen, andere rannten zum Ufer und warfen sich in den Fluss, wo sie zu Hunderten ertranken.

Mansfelds Fußtruppen waren verloren, doch seine Reiterei war noch immer intakt und formierte sich neu. Wallenstein hatte jedoch noch nicht alle seine Trümpfe ausgespielt. Er hatte von Bethlen und den Ungarn gelernt und schickte nun seine Reitertruppen los, die er bisher zurückgehalten hatte. Arkebusiere und Kürassiere. Da war András! Sibylla beugte sich vor und sah, wie er seinen Reitern voranpreschte, doch allen voraus ritt Isolani mit seinem Regiment leichter Reiter, die wie ein Rammbock die Truppen des Gegners auseinandertrieben.

Nein, dieser Übermacht konnten sie nicht standhalten. Wallensteins Kavallerie zersprengte den Rest des Mansfelder Heeres in kleine Gruppen, die sie vor sich hertrieben. Geradezu kopflos flüchteten sie nach Norden. Wallenstein setzte sich an die Spitze einer Reitergruppe und folgte den Fliehenden. Sibylla sah ihnen nach, bis keiner der Reiter mehr zu sehen war. Auf dem Schlachtfeld blieben Wallensteins Truppen als Sieger sowie die vielen Toten und Verwundeten zurück. Die Reste eines Regiments, das sich ergab, wurde gefangen genommen.

Es war schon lange dunkel, als die Reiter zurückkehrten. Sibylla unterbrach ihre Arbeit an der Seite eines Feldschers, wusch sich die Hände und folgte Wallensteins Ruf, mit seinen Männern an der Siegestafel Platz zu nehmen. Er selbst inspizierte noch die Gefangenen, fast alles Engländer, Iren und Schotten, und bot ihnen an, in eines seiner Regimenter einzutreten. Natürlich zum üblichen Sold.

Die Männer überlegten nicht lange. Das Kriegshandwerk war ein Geschäft. Solange jemand bezahlte, war ihnen egal, auf welcher Seite sie kämpften. Ein unbekannter Dänenkönig oder ein weit entfernter Kaiser – was machte das schon?

Danach wurde gefeiert.

»Komm, setz dich zu uns!«, drängte András.

Sibylla unterbrach ihre Arbeit bei den Verwundeten und überließ sie für eine Weile den beiden Feldärzten und den Mägden, die alle Hände voll zu tun hatten. Sie war hungrig, und ihre Beine sehnten sich nach einer kurzen Pause.

Die Männer waren noch ganz im Siegestaumel. Der Mansfelder hatte ein Drittel seiner Armee eingebüßt. Dass das sechstausend Menschenleben bedeutete, darüber wollte Sibylla nicht nachdenken. Wer würde die vielen Leichen verscharren? Wer die aufgedunsenen Leiber aus dem Fluss holen, wenn der Strom sie irgendwo ans Ufer schwemmte? Dennoch war sie froh, dass die Kaiserlichen lediglich einhundert Tote und zweihundertfünfzig Verwundete davongetragen hatten. Auch András hatte eine Schnittwunde am Arm erhalten, als er den Säbelhieb eines feindlichen Dragoners hatte abwehren müssen. Mit Sibyllas frisch angelegtem Verband saß er neben ihr und sprach dem Wein mehr zu als üblich – vielleicht auch mehr, als gut für ihn war. Allerdings war er dabei in guter Gesellschaft. Eimer um Eimer mussten die Mägde aus dem Keller heraufschaffen. Vielleicht verarbeiteten die Männer auf diese Weise die Anspannung der Belagerung und die Grausamkeiten der Schlacht. Der Einzige, der wie sie nur wenig trank, war Wallenstein. Sie sah zu ihm über den Tisch hinüber und lauschte den Berichten der Offiziere, die davon sprachen, wie sie die Reiter des Mansfelders bis nach Brandenburg hineingejagt hatten.

»Er dachte wohl, er könne sich in Zerbst verkriechen«, rief Isolani und lachte laut. »Aber da hat er sich verrechnet. Dabei hatten ihm die Bürger gleich ein so schönes Nest bereitet, als er zum ersten Mal vor ihre Mauern zog.«

»Verrat und Feigheit kann einem teuer zu stehen kommen«, sagte ein anderer und zog eine lange Goldkette mit einem Anhänger aus der Tasche. »Die werde ich meiner Frau mitbringen.«

Sibylla sah András fragend an. Nun fingerte er ebenfalls in seinem Wams und zog eine feine Anstecknadel mit Perlen und einem blitzenden Edelstein hervor. Er legte sie neben Sibyllas Teller. »Das ist für dich.« Sie berührte das Schmuckstück mit den Fingerspitzen, zuckte dann aber zurück, als habe sie sich verbrannt.

»Woher hast du das?«

»Aus Zerbst«, sagte er. Seine Augen schimmerten im Kerzenschein. Seine Aussprache war ein wenig schwammig. »Der General hat uns die Stadt zum Plündern freigegeben.«

»Wallenstein hat es erlaubt?«, keuchte Sibylla entsetzt.

András nickte schwer mit dem Kopf. »Jawoll, der Herzog von Friedland höchstpersönlich, oder haben wir noch einen anderen General, von dem ich nichts weiß?«

Er legte den Arm um sie und zog sie an sich, doch Sibylla schob ihn weg.

»Ich weiß, du meinst es gut, aber ich möchte es nicht. Nicht auf diese Weise. Leg es lieber zur Mitgift für deine Schwestern.« Sie erhob sich.

»Wo gehst du hin? Es ist gerade so schön.«

»Ich muss wieder nach den Verwundeten sehen. Ich habe versprochen, nicht lange wegzubleiben. Es gibt noch so viele Männer zu versorgen.«

Wieder bewegte András schwerfällig den Kopf. »So ist der Krieg. Es gibt immer welche, die überleben und feiern, und welche, die zur Hölle fahren. Und ich sage dir, es werden ihnen noch verdammt viele auf diesem Weg folgen, bis das alles überstanden ist.«

Sie hätte ihm gern widersprochen, aber sie wusste, dass er recht hatte, daher wandte sie sich ab und verließ den Saal.

Kapitel 20

Mähren, 1626

Lieber Peter!

Wochen sind vergangen, seit Wallenstein und seine Truppen so glorreich die Schlacht um die Elbbrücke bei Dessau gewonnen haben. Wallenstein schickte einen Heereswagen, voll beladen mit den eroberten feindlichen Fahnen, nach Wien. Das machte Eindruck, als die Zeugnisse dieses großen Sieges durch die Straßen zur Hofburg rollten, sodass sich sogar der Kaiser herabließ, seinem Feldherrn ein Lobesschreiben zu schicken. Ansonsten klagte er nur, dass die Bauern in Oberösterreich sich gegen ihn erheben und Wallenstein etwas dagegen unternehmen solle, doch in seiner direkten Art antwortete der Herzog, dass das eben die Folge der gewaltsamen Rekatholisierung sei, die Ferdinand mit aller Macht vorantreibe, und dass der Kaiser nun eben selbst Truppen aufstellen müsse, um gegen die Aufständischen vorzugehen. Wallensteins Armee würde hier im Norden gebraucht, wo der dänische König noch immer bereitstehe und auf seine Chance lauere.

Das hat der Kaiser sicher nicht gerne gehört und den Kritikern Wallensteins neue Nahrung gegeben. Im Kriegsrat gibt es einige Stimmen, die gegen ihn sprechen und seine große Macht in der Armee bemängeln, wie uns Graf von Harrach schreibt. Nun mäkeln sie, dass Wallenstein den Mansfelder hat entkommen und ihn nicht über die Grenzen nach Brandenburg hat verfolgen lassen. Doch wie hätte er das tun können? Brandenburg hat sich in diesem Krieg neutral erklärt. Wäre er mit dem kaiserlichen Heer dort unerlaubt eingedrungen, hätte er auch dieses Land in den Krieg hineingezogen und dem Kaiser einen neuen Gegner beschert. Aber die Räte in Wien wissen es natürlich besser! Natürlich wäre es für uns gut, wenn der Mansfelder ein für alle Mal vom Kriegsschauplatz verschwunden wäre, doch er hat sich nach Brandenburg zurückgezogen und rührt wieder die Werbetrommel. Ich fürchte, Wallenstein wird ihm bald erneut entgegentreten müssen. Wann und wo genau, kann keiner sagen.

Als sie geendet hatte, schrieb sie noch einen weiteren Brief an Helena.

Liebe Helena, mein geliebtes Kind,

ich möchte dich nicht mit Kriegsnachrichten langweilen. Wie geht es dir? Ach, könnte ich doch eine Antwort darauf erhalten. Ich wünsche mir so sehr, dass du trotz dieser schlimmen Zeiten wohlauf bist und mich noch nicht vergessen hast. Ich denke jeden Tag an dich und liebe dich sehr. Ist es nicht seltsam? Selbst in diesen Zeiten folgt das Leben der Menschen seinem natürlichen Gang. Neben dem Tod gibt es auch die Freude neuen Lebens. Ja, es ist so weit. Ich schreibe dir aus Prag, wo Isabella in den nächsten Tagen niederkommen wird. Ich werde also endlich wieder einmal als Hebamme gebraucht. Es war Wallensteins Wunsch, mich bei der Geburt an ihrer Seite zu wissen. Sein Vertrauen ehrt mich. Er hofft, selbst in wenigen Tagen kommen zu können, um sein Kind in Augenschein zu nehmen und Isabella endlich wieder einmal in die Arme zu schließen.

»Sibylla?« Isabellas Stimme klang ungewöhnlich schrill. Dem Ruf folgte ein Aufstöhnen.

Sibylla ließ die Feder fallen und lief hinüber in das Gemach der Herzogin, wo sie auf dem Boden kauerte. Ihr Mädchen schien in heller Aufregung.

»Sibylla, Ihr müsst etwas tun. Sie hat solche Schmerzen. Irgendetwas ist mit dem Kind!« Branka, das junge Mädchen aus Jitschin, das der Herzogin erst seit ein paar Wochen diente, riss seine braunen Augen weit auf und starrte Sibylla mit einem Blick an, der an ein verängstigtes Kaninchen erinnerte. Wieder stöhnte Isabella und krümmte sich zusammen.

Sibylla kniete sich neben sie und lächelte die Herzogin aufmunternd an. »Es ist also so weit. Das Kind möchte das Licht der Welt erblicken. Komm, ich helfe dir auf. Wir gehen zwischen den Wehen hier ein wenig auf und ab, damit wir die Sache vorantreiben. Und du, Branka, geh in die Küche, lass heißes Wasser aufsetzen, und bring mir ein paar saubere Tücher. Ja, und am besten schickst du mir Elzbieta. Sie soll mir zur Hand gehen, sobald sie ein Körbchen für das Kind hergerichtet hat.«

Die Köchin Elzbieta, die selbst schon drei Kinder zur Welt gebracht hatte und mit beiden Beinen fest auf dem Boden stand, war sicher die bessere Wahl als das junge Mädchen, das von Geburten keine Ahnung zu haben schien und vielleicht beim Anblick des Blutes gar in Ohnmacht fallen würde. Sibylla fragte sich, wie sie wohl aufgewachsen war. Vom Land kam sie ganz sicher nicht, so wie sie sich aufführte.

So marschierte sie mit Isabella in deren weitläufigem Schlafgemach auf und ab und stützte sie, wenn die nächste Wehe durch ihren Körper rollte. Draußen vor den Fenstern versank die Sonne und färbte das Wasser der Moldau rot, während die Spitzen der Türme von Prag am anderen Ufer golden aufblitzten.

Es zog sich. Isabella jammerte und schrie, dann wieder biss sie die Zähne zusammen und versuchte die Schmerzen tapfer zu ertragen. Sibylla tröstete sie und munterte sie auf, je nachdem, was gerade das Richtige schien, und sie versicherte ihr immer wieder, dass alles völlig normal verlief.

»Muss das so lange dauern?«, keuchte Isabella, als sie ihr nach der nächsten Untersuchung mitteilte, der Muttermund habe sich nun bereits einige Fingerbreit geöffnet.

»Das ist die Strafe Gottes für Evas Verfehlung im Paradies«, kommentierte die Köchin, was Sibylla nicht sehr hilfreich fand.

»Gott steht stets auf der Seite der Männer«, befand Isabella und begann inbrünstig zur Heiligen Jungfrau zu beten. Sibylla sagte nichts dazu. Die Mutter Gottes würde ihr die Schmerzen auch nicht ersparen, dachte sie, doch wenn es ihr half, sich zu entspannen, konnte es nicht schaden.

Es dauerte noch bis Mitternacht, dann war das kleine Wesen da. Ein gesundes Mädchen, wie Sibylla es in ihrer Vision gesehen hatte. Sie reichte Elzbieta das kleine Wesen, das strampelte und schrie, als sie es mit warmem Wasser abwusch. Dann wickelte Sibylla das Kind in ein weiches Tuch und legte es Isabella an den Busen. »Sieh zu, ob es schon trinkt«, riet sie ihr und half dem kleinen Mund die Quelle zu finden, aus dem es seine Kraft ziehen würde. Noch war es jedoch schwach und schlief schon bald erschöpft ein, Isabella folgte seinem Beispiel. Sibylla sah auf die beiden herab und spürte, wie Tränen über ihre Wangen liefen. Der Tag von Helenas Geburt stand ihr plötzlich wieder vor Augen, und es war ihr, als könne sie die zarte Haut ihrer Tochter spüren. Ihr süßer Geruch stieg ihr in die Nase.

Und nun war sie tot. Eines grausamen Todes gestorben. War der Tod Erlösung für sie gewesen? Nur des Nachts überkamen sie manchmal Bilder, in denen ihre Tochter noch lebte. Sibylla schüttelte den letzten Gedanken, der ihr etwas Trost spendete, ab und konzentrierte sich auf das Bild vor ihren Augen. Eine junge Mutter und ihr Kind. Glücklich und zufrieden. Konnte es etwas Schöneres geben?

Zu Isabellas großer Freude kam Wallenstein eine Woche später und schloss seine Frau in die Arme. Dann hob er behutsam das kleine Mädchen aus seinem Korb, das ihn aus seinen noch unschuldig blauen Augen ansah.

»Maria Elisabeth!«, sagte er feierlich, dann sah er seine Frau an. »Was meinst du?«

Isabella trat zu ihm und legte ihren Arm um seine Mitte. »Ja, wenn du es wünschst. Mir gefällt es. Wollen wir sie in Wien taufen lassen, wo ihr Großvater mit dabei sein kann?«

Wallenstein runzelte die Stirn. »Du willst mit unserer Tochter nach Wien reisen? Ist das eine gute Idee?« Er wandte sich zu Sibylla um und sah sie fragend an.

»Isabella, ich verstehe, dass du deinen Vater bei diesem Ereignis gern dabeihaben möchtest, aber die Landstraße ist ein gefährlicher Ort für so ein kleines Mädchen.«

»Wir würden ja nicht ohne Schutz reisen«, widersprach Isabella. »Hauptmann Piccolomini und seine Männer würden uns begleiten, nicht wahr?«

»Strauchdiebe sind nicht die einzige Gefahr auf einer Reise«, bemerkte Sibylla. »Du willst doch nicht riskieren, dass Maria krank wird!«

»Nein, natürlich nicht«, gab Isabella sofort nach. »Das war ein dummer Einfall. Entschuldigt.«

Damit war das Thema erledigt. Wallenstein machte sich daran, für den Sonntag in Prag eine Tauffeier zu arrangieren, bei der alles, was Rang und Namen hatte, das Palais am Fuß des Schlossbergs aufsuchen sollte, um dem Täufling seine Ehre zu erweisen.

»Wir haben nicht viel Zeit«, gestand Wallenstein Sibylla, als Isabella es nicht hören konnte. »In Wien will ich mich im Moment nicht blicken lassen. Der Kaiser würde versuchen, mich gegen die Aufstände in den Erblanden einzuspannen, doch ich werde bei meinem Heer gebraucht.«

Etwas in der Art, wie er das sagte, ließ Sibylla aufhorchen. »Was ist geschehen?«, wollte sie wissen.

»Wenn meine Quellen recht berichten, dann hat der Mansfelder seine Werbung abgeschlossen und rüstet sich für den nächsten Schlag.«

»Er will das kaiserliche Heer noch einmal angreifen?«, wunderte sich Sibylla. »Hat er nichts dazugelernt?«

»Er will sich nicht allein in die Schlacht werfen«, brummte Wallenstein.

»Dann muss er die Elbe überqueren, um sich mit den Truppen des Dänenkönigs zu vereinen«, schloss Sibylla. »Was? Warum lächelt Ihr so seltsam? Spottet Ihr über mich?«

»Aber nein, das würde ich niemals wagen. Ich erfreue mich an der Klugheit meiner Astrologin. Du würdest eine gute Strategin abgeben.«

Sie erwiderte das Lächeln. »Wollt Ihr mir jetzt das Kommando über eines Eurer Regimenter anbieten? Das kann ich nicht annehmen!«, scherzte sie, um zu überspielen, wie sehr seine Worte ihr schmeichelten. Und da war noch etwas, dessen sie sich vorher nicht bewusst gewesen war. Ein warmes, wundervolles Gefühl, ihm nahe zu sein. Es hatte nichts mit dem Aufwallen körperlicher Begierde zu tun, das sie immer wieder überkam, wenn sie in András' Nähe war. Es war eine ganz eigene, tiefe Verbundenheit, die ihr Leben lang währen würde.

Ein schmerzhafter Stich durchdrang das wundervolle Gefühl, und Sibylla fragte sich, wie lange ihnen das zusammen vergönnt sein würde. Wann würde das Schicksal zuschlagen und sie grausam auseinanderreißen?

Vielleicht wollte sie die Antwort gar nicht wissen, daher konzentrierte sie sich wieder auf die militärischen Fragen, über die sie gerade gesprochen hatten.

»Das war zuerst auch mein Gedanke«, fuhr Wallenstein fort, »doch ich fürchte, er hat anderes im Sinn. Er will nach Südosten, den langen Weg an der Elbe entlang nach Schlesien und Mähren …«

»… um sich mit Bethlen Gabors Heer zu vereinen«, schloss Sibylla und stöhnte.

»So ist es«, bestätigte Wallenstein. »Ich habe schon einen Boten zu Oberst Pechmann geschickt. Er soll sich mit fünftausend Reitern an Mansfelds Fersen heften. Außerdem habe ich Wien informiert. Sie müssen die Truppen und Besatzungen in Schlesien zusammenziehen und weiter rekrutieren, dann können wir verhindern, dass Mansfeld zu Bethlen durchkommt, ohne uns im Norden zu entblößen.«

»Wird Wien die Dringlichkeit der Lage erkennen und rechtzeitig handeln?«, wagte Sibylla einzuwerfen.

»Das hoffe ich um des Kaisers willen«, stieß Wallenstein zwischen zusammengebissenen Zähnen hervor, doch wie Sibylla befürchtete, war er in diesem Punkt nicht allzu hoffnungsvoll.

Sie hatten das Heereslager bei Zerbst noch nicht wieder erreicht, als sie die Nachricht erreichte, dass in Schlesien so gut wie keine Männer mehr zur Verfügung standen, da der Kaiser den Sieg bei Dessau zum Anlass genommen hatte, große Teile der Besatzungstruppen abdanken zu lassen. Auch die Werbung für ein neues Regiment hatte noch nicht begonnen. Schlesien lag also völlig ungeschützt da. Wallenstein fluchte vernehmlich.

»Der Kaiser zwingt mich, aus dem Norden abzuziehen. Ich muss mit Tilly sprechen. Das wird ihm gar nicht gefallen.«

Das konnte sich Sibylla vorstellen. Wenn Tilly allein auf sich gestellt sein würde, könnte der Dänenkönig allzu frech werden und – wenn England und Holland ihn weiter mit Geld und Truppen ausrüsteten – gar einen Sieg davontragen. Daran konnte keinem gelegen sein. Daher wunderte es sie nicht, dass Tilly Wallenstein dringend bat, ihm einen Teil seiner Regimenter zur Verstärkung dazulassen.

Inzwischen machte sich der Mansfelder mit seiner wiedererstarkten Armee unbeirrbar nach Südosten auf. Jede Botschaft, die der General von Pechmann oder einem anderen Kundschafter bekam, trieb Wallenstein die Röte ins Gesicht. Sibylla wagte kaum zu fragen.

»Mansfeld stößt in Schlesien auf keinen Widerstand. Ja, die Leute scheinen ihn gar freudig als den Retter zu begrüßen, der sie vom katholischen Joch befreit. Das hat Wien nun von seinen Jesuiten und den kurzsichtigen Sparmaßnahmen. Der Mansfelder ist in Mähren, ehe wir uns versehen. Und ich sage dir, Kardinal Dietrichstein ist keinen Deut besser als die anderen Pfennigfuchser im Kriegsrat. Ich ahne, dass die Verteidigungsanlagen und ihre Besatzungen in Mähren in keinem guten Zustand sind. Wir müssen sofort aufbrechen.«

In aller Eile rüsteten sie zum Abzug. Wallenstein versuchte, den Tross so weit wie möglich zu reduzieren. Er musste jetzt schnell handeln und plante, pro Tag weitaus größere Strecken zurückzulegen als sonst. Da waren die Karren nur hinderlich. Sibylla war froh, dass sie ein gutes Pferd bekam, welches Wallenstein ihr persönlich aussuchte. Dennoch würde es hart werden, das wusste sie. Dann musste sie eben die Zähne zusammenbeißen, dachte sie. Ihre Gedanken wanderten zu András, der mit seinen Fähnlein unter Oberst Pechmanns Kommando gestellt worden und irgendwo in Schlesien dem Mansfelder bereits auf der Spur war.

Alles war bereit. Sie verbrachten eine letzte Nacht im Lager bei Zerbst. Im Morgengrauen würden die Trompeten erschallen und das Heer losziehen. Sibylla wollte sich gerade auf ihr Lager zurückziehen, als sie einen zornigen Aufschrei hörte, gefolgt von solch wüsten Flüchen, dass sie sich rasch ihren Umhang wieder überwarf und hinüber in Wallensteins Kammer stürzte, die er für diese Nacht in dem einfachen Wirtshaus in Zerbst bezogen hatte.

»Was ist passiert?«, rief sie. Ihr Blick erfasste sein gerötetes Gesicht, die vor Wut verzerrte Miene und das Schreiben in seiner Hand, das das kaiserliche Siegel zierte. Wortlos hielt er ihr die Nachricht des kaiserlichen Rats hin. Sibylla musste sie dreimal lesen, ehe sie das Blatt sinken ließ. Ungläubig starrte sie Wallenstein an, der seinen Zorn nun an einem Hocker ausließ, den er mit dem Stiefel gegen die Wand schmetterte, dass er zerbrach.

»Das kann nicht wahr sein«, sagte sie schwach.

»Oh doch, das ist die bittere Wahrheit!«, polterte Wallenstein und raufte sich das Haar. »Ich solle doch bitte den Mansfelder besiegen, noch ehe er Schlesien erreicht, um den Reichsgebieten die Last der Kriegskontribution zu ersparen und zu verhindern, dass es vom Durchzug unserer Armee Schaden nimmt! Vielleicht sollte ich die Herren fragen, wie ich das bewerkstelligen soll, da sich der Mansfelder bereits seit drei Wochen in Schlesien befindet. Soll ich mit meinen Männern hinüberfliegen und ihn aus der Luft angreifen?«

Sibylla schüttelte nur fassungslos den Kopf.

»Der Feind ist längst im Land, und die Bevölkerung hält es mehr mit ihm als mit dem Kaiser, aber unsere Armee soll bitte draußen bleiben, um dem Land nicht zu schaden!«

Da half es auch nichts, dass der Kaiser ihm nun zu dem Heer, das er selbst aufgestellt und nach Norden ins Reich geführt hatte, sämtliche kaiserlichen Truppenreste unterstellte, die noch irgendwo von Flandern bis zu den Karpaten verstreut lagen, Wallenstein zum Obristenfeldhauptmann ernannte und ihm damit die Verantwortung für alles zuschob.

Wallenstein brauchte noch eine Weile, ehe er sich so weit beruhigt hatte, dass er eine Antwort verfassen konnte. Wie üblich hielt er sich nicht mit Höflichkeiten auf, sondern schilderte knapp die Situation in Schlesien und seine Absicht, sogleich mit vierzehntausend Mann aufzubrechen, die restlichen Regimenter aber zu Tillys Verstärkung unter dessen Befehl zurückzulassen. Er mahnte noch einmal, Wien müsse dem Mansfelder unbedingt einige Regimenter entgegenschicken, um ihn zumindest einige Tage lang aufzuhalten. Außerdem sei es nötig, Wallensteins Armee Verpflegung in Mähren bereitzustellen, da sie schnell und mit wenig Tross reisen würden. Schließlich faltete er das Blatt zusammen, erhitzte das Wachs und setzte sein Siegel darauf.

Noch Jahre später sollte Sibylla von diesem Marsch träumen, der alle an ihre Grenzen brachte. Wallenstein trieb die Truppe bis zur totalen Erschöpfung. Sie marschierten über Felder, kämpften sich durch sumpfige Auen und passierten eisige Bäche und Flüsse. Dann ging es hinauf in die Berge. Steil wanden sich die schlammigen Pfade auf Höhenrücken hinauf, dann wieder sahen sie stundenlang nichts als dichte Bäume um sich herum. Gerastet wurde nur so lange, wie es die Pferde und Menschen unbedingt nötig hatten. Bald verging den Männern die Lust an ihren groben Scherzen und das Bedürfnis, überhaupt zu sprechen. Jeder brauchte seine Kraft allein für den Weg, der noch vor ihnen lag. Während sich Sibylla todmüde im Sattel zu halten suchte, träumte ihr erschöpfter Geist von den Menschen, die ihr Leben begleitet hatten: Helena, ihre Zwillingsschwester, dann ihr Mann Peter und die kleine Helena, ihre geliebte Tochter. Alle tot und längst zu Staub zerfallen. Ob ihr Geist noch irgendwo war? Ob ihre Seele auf sie herabblickte? Sie wusste es nicht. Sie konnte nicht das Vertrauen aufbringen, das so viele in Gott und das himmlische Reich legten. Wallenstein hatte ihr von jenem Vorfall in seiner Jugend erzählt, der ihn dazu gebracht hatte, dem Glauben seiner protestantischen Familie den Rücken zu kehren und sich der Jungfrau Maria zuzuwenden. Im Spätsommer 1602 war Wallenstein Page für Markgraf Karl von Burgau auf Schloss Ambras bei Innsbruck gewesen, als er auf dem Sims eines offenen Fensters einschlief und in die Tiefe stürzte. Der Fall aus dem dritten Stockwerk hätte eigentlich tödlich für ihn enden müssen, doch er erhob sich unverletzt. Das konnte nur die rettende Hand der Mutter Gottes gewesen sein!

Dennoch war Wallenstein kein Fanatiker wie der Kaiser oder seine Jesuitenberater, ohne die er kaum mehr zu sehen war, wie Graf Harrach erst kürzlich geschrieben hatte. Dass der Kaiser ständig Sehnsucht nach seinem Beichtvater Lamormaini hatte und neben seinem täglichen Jagdvergnügen immer öfter die Messe besuchte und keine Prozession in Wien ausließ, hätte keinen kümmern müssen, doch seine enge Bindung zu den Jesuiten ließ ihn immer häufiger auf deren Ratschläge hören, die den Empfehlungen des Geheimen Rats entgegenstanden. Es schien nichts zu geben, zu dem die Jesuiten keine Meinung gehabt hätten. Und sie bestärkten den Kaiser in seinen rigorosen Bestrebungen, in allen seinen Ländern die Rückkehr zur reinen katholischen Lehre zu erzwingen.

Kein Wunder, dass die Bauern sich wehrten, wie Wallenstein bemerkte. Dennoch war er in seiner Kritik am Kaiser immer zurückhaltend. Ferdinand war sein oberster Herr, und es stand ihm nicht zu, seine Entscheidungen infrage zu stellen. Bei allen anderen, vor allem den Beratern des Kaisers, nahm Wallenstein kein Blatt vor den Mund.

Sibyllas Gedanken wanderten weiter ihren Weg voraus zu den Reitern Pechmanns. Folgten sie dem Mansfelder noch immer, oder war es zu einem Zusammenstoß gekommen? Wohin konnte sie das Ganze führen, und würde Wien die letzten Truppen, die in den Erblanden noch zur Verfügung standen, wirklich rechtzeitig nach Mähren senden, um Pechmann zu unterstützen? Dass der Rat rechtzeitig ein neues Regiment aufstellen würde, daran glaubte Sibylla nicht mehr, und vermutlich hatte auch Wallenstein diese Hoffnung begraben. Nicht umsonst jagte er sie die Berge hinauf und in die Täler hinab, bis jeder Knochen im Leib schmerzte. Die letzten Stunden des Tages hielt sich Sibylla mit dem Gedanken an András aufrecht. Sie versuchte, das Gefühl seiner Umarmungen und Küsse heraufzubeschwören, und malte sich ihr Wiedersehen aus. Als Wallenstein endlich halten ließ, kroch sie nur noch in ihr Zelt, das Jascha ihr aufgestellt hatte, und schlief, bis beim ersten Licht des Morgens zum Aufbruch geblasen wurde. Rasch warf sie sich ihren Mantel über und verließ ihr Zelt. Auch der General war bereits auf und für einen neuen Marschtag bereit. Die Männer wagten nicht zu murren. Normalerweise wurde bei einem Kriegszug jeden dritten Tag eine Pause eingelegt und kaum die Hälfte der Strecke zurückgelegt, die sie in den vergangenen Tagen hatten bewältigen müssen, doch die Männer schwiegen, aßen rasch ihre Morgenration und brachen danach auf.

Mit wehen Gliedern ging Sibylla auf Wallenstein zu, wünschte ihm einen guten Morgen und erkundigte sich nach der Lage.

Er erwiderte den Gruß erstaunlich heiter. »Der Mansfelder hat anscheinend nachgedacht und seinen Zug mitten in Böhmen angehalten. Vielleicht ist ihm endlich aufgegangen, dass er es selbst ist, der sich die Schlinge um den Hals legt.«

Sibylla sah den General fragend an. »Ich verstehe nicht.«

»Er selbst hat sich mit seinem Zug nach Osten von allem entfernt, was ihn hätte unterstützen können. Es gibt keinen Nachschub, keinen Entsatz, wenn er mit seinem Heer in Not gerät. Er ist im Reich des Kaisers und Bethlen mit seinem Heer noch weit weg. Pechmanns Reiter sitzen ihm im Nacken, und die lassen ihn das nicht vergessen. Sie sind eine Nadel in seinem Fleisch, die ständig sticht und ihm immer wieder wie der Blitz aus heiterem Himmel kleine Verluste beibringt.«

»Das habt Ihr von den Ungarn gelernt, nicht wahr?«

Wallenstein nickte. »Es ist immer gut, die Taktik des Feindes genau zu studieren und die eigene zu verändern, um ihn zu überraschen. Jedenfalls müssen die Zweifel in ihm plötzlich übermächtig geworden sein, denn wie einer meiner Spione mir berichtet, hat er vorgeschlagen, nach Westen abzuschwenken und durch Böhmen zu ziehen.«

Sibylla sah ihn verblüfft an. »Er will sich nicht mehr mit Bethlen treffen?«

Wallenstein zuckte die Achseln. »Anscheinend nicht, doch wir werden ihn nicht nach Westen entkommen lassen. Er hat es so gewollt, und nun muss er diesen Weg zu Ende gehen. Bis zu seinem bitteren Ende!«

Da der Mansfelder gerade in Prerau östlich von Olmütz stand, schwenkte Wallenstein ein wenig nach Westen, um ihm in Olmütz den Weg zu verstellen. Obgleich Graf von Mansfeld drei Wochen vor dem kaiserlichen Heer aufgebrochen war, hatten sie ihn Anfang September bereits eingeholt.

Als sie in die Stadt einzogen, war der General vom Zustand der Garnison wieder einmal entsetzt. Schon in Schlesien lag alles im Argen, aber in Mähren und in Böhmen war der Verteidigungszustand schlichtweg erbärmlich. Und nicht nur das. Trotz seiner vielen Briefe schickte Wien weder Regimenter zur Verstärkung, noch gab es Verpflegung für das Heer. Die Speicher entlang ihres Weges waren leer. Es kam einer Katastrophe gleich!

In Schlesien hatte es Wallenstein noch geschafft, seine Truppen zu disziplinieren, obgleich sie danach lechzten, der Bevölkerung, die den Mansfelder so freundlich aufgenommen hatte, eine Lektion zu erteilen, nun aber, geschwächt von dem harten Marsch und die schmalen Rationen leid, wurde der Ton rauer. Immer wieder brach Streit aus, der nicht selten mit Waffengewalt beendet wurde. Wallenstein konnte seine eigenen Regimenter noch recht gut im Zaum halten, doch seine Offiziere hatten oft nicht die Autorität oder den Ehrgeiz, Ausschreitungen zu verhindern. Wallenstein ließ in Bunzlau drei Deutsche und drei Kroaten wegen Plünderung und Kirchenschändung hängen, doch nur wenig später, nachdem Wallenstein mit seinen Regimentern den Ort verlassen hatte, fielen die Männer aus dem Regiment Merode über Bunzlau her. Sibylla hörte am Abend den Bericht des Obristen Johann Merode, der versicherte, er habe das alles verhindern wollen, doch die Wallonen hätten ihm den Gehorsam verweigert und alles zusammengehauen, was ihnen in den Weg gekommen sei. Sie versuchte wegzuhören, als er die Grausamkeiten schilderte, die die Männer in ihrem Blutrausch angerichtet hatten.

Wallenstein verhängte Strafen, doch alle wussten, dass der moralische Zerfall der Armee nicht mehr aufzuhalten war. Nicht ohne rechte Verpflegung und den längst überfälligen Sold. Er verfluchte wieder einmal die Wiener Herren, die ihn erneut hängen ließen, während sie in ihren Palais saßen und in der Hofburg dem schönen Leben frönten.

»Nur drei Tage hätte ich diese Räte gern einmal bei einem solchen Marsch dabei«, knurrte er. »Das würde sie vielleicht lehren, nicht nur ihre Zahlen hin und her zu rechnen und ihre Geldtruhen zu prüfen. Sieh dich nur um. Die Männer sind ausgelaugt.«

»Und sie sind krank«, warf Sibylla ein. »Ich habe bei nicht wenigen die Anzeichen der Pest gesehen. Sie dürfen sie nicht im ganzen Heer verbreiten!«

»Und wie sollen wir das verhindern?«, wollte Wallenstein wissen.

»Ich weiß es nicht. Aber es ist sicher nicht von Vorteil, wenn sie dicht an dicht mit all den anderen Erschöpften schlafen und den giftigen Atem der Pest miteinander teilen.«

Da die bereits Erkrankten den Marsch eh nicht mehr durchhalten konnten, mussten sie in den Siechenhäusern und Klöstern, die sie passierten, zurückbleiben.

Dem Rest der Truppe stand dagegen noch einmal ein Gewaltmarsch von Olmütz nach Kremsier bevor, um für den Mansfelder auch das letzte Tor nach Westen und damit durch Böhmen zu verschließen. So blieb dem Grafen nur der Weg nach Süden in die oberungarische Tiefebene. Er führte seine Männer über die Weißen Karpaten und schaffte es, die Waag zu überqueren, ohne dass Wallensteins Heer es verhindern konnte. Die protestantischen Truppen in einem Bogen zu überholen stand nicht mehr in den Kräften seiner Männer, und er wollte seine Reiter nicht alleine losschicken. Das Risiko war zu groß.

»Das ist nicht gut«, sagte Sibylla, als die Nachricht kam.

Wallenstein schüttelte den Kopf. »Nein, aber es ist nicht zu ändern. Er wird sich nun mit Bethlen vereinen. Wir müssen erst sehen, dass die Männer wieder zu Kräften kommen und die Pferde etwas zu Fressen haben, ehe wir weiterziehen. Ich weiß nicht, ob wir in Ungarn etwas vorfinden. Wenn nicht, wäre die Armee in einer Woche verloren. Außerdem brauchen wir dringend warme Kleidung für die Männer, wenn wir diesen Zug fortsetzen wollen.« Der Ton in seinem nächsten Schreiben nach Wien war dementsprechend scharf. Er pochte auf die einhunderttausend Reichstaler, die für die Männer aus der Kontribution ausstanden, und er forderte noch einmal Verpflegung, doch er gab offen zu, dass er wenig Hoffnung hegte, rechtzeitig etwas davon zu sehen.

»Nur Friedland kann uns jetzt noch helfen. Ich habe bereits von Schlesien aus an Taxis geschrieben, dass er alles herbeischaffen soll, was möglich ist. Mein Herzogtum wird keine Zahlungen schuldig bleiben. Wir werden diese direkt einziehen, ohne das Geld in die Nähe von Wien zu lassen!«

»Wir brauche vor allem Getreide!«, mahnte Sibylla.

Der General nickte. »Ja, so ist es. Taxis muss auf dem schnellsten Wege dreißigtausend Sack Weizen und Gerste herschaffen.«

»Aber das wird dauern.«

»Ich weiß«, er seufzte tief und setzte noch einmal ein Schreiben an Wien auf, das dringend forderte, wenigstens in Ungarn Vorräte bereitzustellen.

»Wir geben den Männern einige Tage Ruhe. Bis dahin müssten die Karren eingetroffen sein, die ich von Schlesien aus angefordert habe. Dann ziehen wir weiter.«

Die Pause tat dem Heer gut. Sibylla kümmerte sich, so gut es ging, um die Kranken und ließ diejenigen, bei denen sie die Pest vermutete, zu den Siechenhäusern vor die Stadt bringen. Doch das war nicht der einzige Schwund, den das Heer hinnehmen musste.

»Ich kann Mähren nicht so entblößt zurücklassen«, sagte Wallenstein. »Die Garnisonen müssen besetzt werden. Wenigstens die wichtigsten Städte müssen wir schützen, was Aufgabe von Kardinal Dietrichstein gewesen wäre. Er ist der Statthalter von Mähren, doch das kümmert ihn nicht. Wenn der Kaiser keine Truppen schickt, dann muss eben das Landaufgebot herangezogen werden, um die Städte vor Plünderungen zu schützen!« So fiel das also auch dem neuen Obristenfeldhauptmann zu. Er korrespondierte mit Dietrichstein, der sich prompt beschwerte, dass drei der Garnisonen nicht ausreichend geschützt wären. Die Besatzungen der Garnisonen wären einfach mit Wallensteins Heer mitgezogen und hätten die Garnisonen verwaist zurückgelassen. Das wolle er auch dem Kaiser vermelden!

Wallenstein zog verächtlich die Lippe hoch. »Ach, jetzt macht sich der Herr Kardinal ins Hemd.« Doch er behob den Fehler und schickte die Besatzungen wieder zurück.

Am Ende zogen sie – neben den Reitern – nur noch mit achttausend Mann zu Fuß weiter. Mehr als dreitausend hatten sie bereits wegen Krankheit und Erschöpfung zurücklassen müssen, der Rest war auf die Garnisonen verteilt worden.

Kapitel 21

Ungarn, 1626

Mein geliebtes Kind, liebe Helena,

ich würde dir gern von etwas anderem als vom Krieg berichten, doch wie könnte ich? Er erfüllt unser Leben. Ich kann nur hoffen, dass du dich an einem friedlichen Ort befindest, der nicht in diese Wirren des Krieges hineingezogen wird.
Ich bin jetzt in Ungarn. Ich kann es selbst nicht glauben, wo das Schicksal mich alles hinführt. Ungarn. Ein Land, von dem ich keine Vorstellung hatte, ehe wir die Waag überquerten und in die Ebene zogen, die nach Osten und Süden kein Ende zu haben scheint. Während Böhmen und Mähren ständig ein anderes Bild bieten von dichten Wäldern, schroffen Felsen, sumpfigen Tälern und weiten Flussauen oder Feldern, so ist Ungarn über Tage hinweg völlig flach. Die Weite narrt das Auge und verwirrt die Sinne, die plötzlich kein Gefühl mehr für die Entfernung haben. Gelbliches Gras, so weit das Auge reicht, dann wieder sumpfige Senken oder ein einsames Gehöft mit ein paar Rindern oder Pferden. Und was für wundervolle Pferde. Diese feurigen Rösser würden dir gefallen. Früher gab es wohl auch hier ausgedehnte Wälder. Wallenstein sagt, die Türken hätten weite Strecken abgeholzt, und unter jedem neuen Feldzug aus Siebenbürgen würden weitere Wälder fallen und das Land zur

Steppe machen. Doch ich greife vor. Hier in Ungarn warten nicht zwei Armeen auf uns, sondern drei, wie ich mit Schrecken feststellen musste. Ja, ich gebe zu, manches Mal überfällt mich nachts die Angst vor dem, was uns erwartet. Es ist nicht leicht, auf Gott zu vertrauen. Ich habe nicht das Gefühl, dass er sich besonders darum schert, was aus uns wird. Neben dem Mansfelder, der sich gerade wer weiß wo befindet, und Bethlen Gabor, der den Fluss Theiß überquert hat und nach Westen zieht, ist auch ein Heer von Türken in Ungarn, um ihn zu unterstützen. Sie sind wie auch Bethlens Truppe um die zwölftausend Mann stark und werden von einem Mann angeführt, der sich Murteza Pascha nennt. Was bedeutet, dass wir auch ohne den Mansfelder gegen eine doppelte Übermacht stehen. Dennoch zog Wallenstein sogleich unbeirrt den Türken entgegen, die sich in der Festung Neograd festgesetzt hatten. Trotz der Ruhetage, die das Heer gezwungen war einzulegen, ergab sich nun unverhofft doch noch die Gelegenheit, vor der Vereinigung der feindlichen Heere zuzuschlagen. Wallenstein schickte zweitausend berittene Musketiere. Zu unser aller Überraschung zogen sich die Türken allein bei der Nachricht, dass das kaiserliche Heer im Anmarsch sei, rasch zurück. Nun ging also die Verfolgung weiter, doch die Türken erreichten Bethlen Gabor vor den Kaiserlichen. Nur von dem Mansfelder war noch immer weit und breit nichts zu sehen.

Beide Armeen liegen sich nun in der Nähe von Eipel gegenüber. Auf der einen Seite wehen die Flaggen aus Siebenbürgen und der türkische Halbmond über blutrotem Grund. Auf der anderen Seite das Wappen des Kaisers. So viel weniger Fahnen, so viel weniger Zelte, Pferde und Männer. Es ist erschreckend, selbst wenn man nicht weiß, in was für einem schlechten Zustand sie sich befinden.

Ich gebe zu, mir rutschte das Herz in die Tiefe, und meine Knie wurden weich, doch Wallenstein stand wie immer aufrecht und war voller Zuversicht. Ich dachte an dich, mein Kind, und fragte mich, ob nicht doch ich als Erste unserem Schöpfer begegnen und auf der anderen Seite auf dich warten würde.

»Du musst dich nicht vor ihnen fürchten«, behauptete Wallenstein, aber ich horchte in mich hinein und fragte mich, ob dieser 30. September der Tag ist, der unser aller Schicksal besiegeln wird. Vielleicht bin auch ich in ein paar Stunden tot, zerhauen von einem türkischen Säbel oder einem Schwert aus Siebenbürgen. Ich weiß es nicht. Ich kann die Schlacht, die vor uns liegt, nicht sehen. Ach Helena, noch eine einsame Nacht hier auf dem freien Feld, über das der Wind schon herbstlich kalt von Norden herabweht und an den Zelten rüttelt. Ich fühle mich so allein. Die Schwärze scheint nach mir zu greifen. Was würde ich darum geben, dich noch einmal in meine Arme schließen zu dürfen.

»Sibylla?«

Sie ließ die Feder fallen und folgte Wallensteins Ruf. Eilig verließ sie das Zelt und gesellte sich zu ihm und einigen seiner höchsten Offiziere, die alle nach Osten zu dem um so viel größeren Lager hinübersahen, von dem sich eine kleine Gruppe von Reitern gelöst hatte, die rasch näher kam. In gebührender Entfernung hielten sie an und rammten demonstrativ eine Fahne in das dürre Gras.

»Ah, sie wollen verhandeln«, bemerkte der General. »Dann wollen wir mal hören, was sie zu sagen haben.« Wallenstein schickte Jascha los, Graf Esterházy zu holen, der eine kleine Zahl Männer führte. Er wählte ebenso viele Männer aus, wie Bethlen und der Türke geschickt hatten. Die Unterredung dauerte nicht lange. Bald schon kehrte der Paladin zurück, um zu berichten.

»Es ist, wie Ihr gesagt habt, General, Bethlen will einen Waffenstillstand, um ferner das Vergießen von christlichem Blut zu verhüten, wie er sich ausdrückte.«

Sibylla sah Wallenstein erstaunt an. Sie konnte es nicht begreifen, doch noch seltsamer erschien ihr, dass der General strikt ablehnte.

»Wir sind nicht im Sturm Hunderte Meilen marschiert, um ihn nun so einfach davonkommen zu lassen! Er ist nach Ungarn gezogen und hat den Friedensvertrag mit dem Kaiser gebrochen, jetzt muss er die Konsequenzen tragen, das lasst ihm ausrichten.«

»Ist das klug?«, fragte Sibylla, als sie ihn kurz darauf alleine vor seinem Zelt traf. »Wir sind so viele weniger als sie, und die Männer sind erschöpft.«

»Aber dazu sind wir hergekommen, nicht wahr?«, wandte Wallenstein ein. »Wir wollen verhindern, dass er dieses Spielchen gleich noch einmal macht, sobald wir ihm den Rücken gekehrt haben. Ich habe bereits Tausende Männer verloren, ohne dass eine Schlacht stattgefunden hat, und täglich lassen wir mehr Tote zurück. Soll das alles umsonst gewesen sein?«

Sibylla wusste nicht, was sie sagen sollte. Da lief eine Welle von Unruhe durch das Lager. Die Männer, die schweigend dagesessen hatten, sprangen auf und zeigten zur anderen Seite. Dann hörte Sibylla den Hufschlag.

Kam etwa der Mansfelder mit seiner Armee, um sie hier auf freiem Feld in die Zange zu nehmen? Hatte Wallensteins Netz von Kundschaftern versagt?

Er musste das Entsetzen in ihrer Miene gesehen haben, denn er legte beruhigend seinen Arm um ihre Schulter. »Nur Mut, meine tapfere Astrologin. Es sind unsere eigenen Reiter, die zu uns stoßen. Ich habe sie hergerufen, um unsere Kräfte zu bündeln. Wir werden jetzt jeden Mann brauchen.«

Und da stürmte schon der Mann heran, den sie am meisten vermisst hatte. András sprang von seinem Pferd und verbeugte sich vor Wallenstein. »Oberst von Pechmann wird gleich hier sein und berichten«, sagte er, ehe er sich umwandte und Sibylla ansah. Er trat nicht näher, doch die Sehnsucht vieler Wochen stand in seinen Augen. Auch Sibylla rührte sich nicht von der Stelle, obgleich sie nichts lieber getan hätte, als sich in seine Arme zu werfen. So strahlte sie ihn nur an, bis sie Wallensteins strengen Blick auf sich ruhen spürte. Zum Glück nahte der Oberst, und die beiden Feldherren zogen sich mit den anderen hohen Offizieren zurück, um den Plan für den Angriff zu besprechen.

»Wir sollten noch heute angreifen, jetzt, wo sie es am wenigsten erwarten«, drängte Pechmann. Sibylla wurde das Herz schwer, doch dann kehrten die Unterhändler Bethlens und des Paschas zurück. Sie baten um eine Nacht Waffenruhe. Wallenstein war dagegen, doch Esterházy drängte ihn zuzustimmen.

»Was verlieren wir, General? Vielleicht tut unseren Männern eine Nacht Schlaf gut, und auch die Pferde müssen sich ausruhen.«

Wallenstein war nicht überzeugt, gab aber nach. »Nun gut, dann wird die Entscheidung eben morgen fallen.«

Sibylla aß wenig und zog sich dann früh auf ihr Lager zurück, was nur bedingt mit dem kalten Wind zu tun hatte, der über die Ebene pfiff. Sie legte sich in Hose und Hemd unter die dicke Pelzdecke, die Wallenstein ihr gegeben hatte, und schloss die Augen. Sie spürte den harten Boden unter sich, der trotz eines zweiten Fells unter ihr seine Kälte in ihre Knochen aufsteigen ließ und ihre verhärteten Muskeln peinigte. Sibylla roch den Rauch der Feuer und hörte das Murmeln der Männerstimmen, die sich heute gedämpfter unterhielten. Auch sie schienen sich der Nähe des vielleicht übermächtigen Feindes bewusst. Wie würden die Männer ihre letzte Nacht vor der großen Schlacht verbringen? Manche hatten sich zurückgezogen, um alleine zu sein. Vielleicht um an Frau und Kinder daheim zu denken. Auch sie dachte an ihre Familie, die sie verloren hatte. Andere saßen mit ihrem Regiment zusammen und ließen die Becher kreisen, vielleicht um nicht an das zu denken, was bei Tagesanbruch auf sie wartete. Die Türken waren als besonders grausam verschrien. Es kursierten Geschichten über ihre Art zu töten, zu foltern und zu verstümmeln. Und die Männer des Fürsten aus Siebenbürgen? Sibylla fühlte einen eisigen Schauder. Nein, es war nicht ratsam, gegen sie eine Schlacht zu verlieren. Doch hatten sie eine Chance gegen diese zahlenmäßige Übermacht? Sibylla vertraute Wallenstein und war überzeugt, dass es keinen besseren Feldherrn für diese Aufgabe geben konnte, doch reichte das, wenn die Siebenbürgen und die Türken sie einfach überrannten? Für einen Moment hatte sie das Bedürfnis, die Decke beiseitezuwerfen und zu Wallensteins Zelt hinüberzueilen.

Um was zu tun? Sich wie ein Kind in seine starken Arme zu werfen und sich von seiner tiefen Stimme beruhigen zu lassen?

Würde es ihm gelingen, ihre Ängste zu beschwichtigen? Er war ein Mann, den seine Offenheit auszeichnete. Würde er nicht sagen, dass auch er den Ausgang der Schlacht nicht vorhersagen konnte? Und noch weniger, wer in ihr den Tod finden und wer mit dem Leben davonkommen würde?

Sie rührte sich nicht. Draußen verklangen die Stimmen, der Schein des Feuers wurde trüber. Vielleicht wäre sie eingeschlafen, doch da fiel ein Schatten auf die Zeltplane, und ihr Herz begann wild zu schlagen. Der Schatten kam näher und verharrte dann vor dem Eingang. Die Silhouette war nicht klar zu erkennen, doch ihr Herz ließ sich nicht täuschen. Der Schatten kam noch ein Stück näher, verharrte und zog sich dann wieder zurück.

»András!«, flüsterte sie. Der Schatten hielt inne.

»Darf ich eintreten?«, fragte er leise. Sie gestattete es ihm. Er schloss die mit Wachs beschichtete Plane, die den Wind draußen hielt, sorgfältig hinter sich. Für einen Moment blieb er in leicht gebückter Haltung inmitten des Zelts stehen, das nicht so hoch war wie das der führenden Offiziere.

»Ich wollte, ich meine …« Er verstummte, doch er brauchte ihr nicht zu sagen, warum er gekommen war. Sibylla hob einladend die Felldecke.

»Bleib hier«, sagte sie leise. Er ließ sich neben ihr nieder, zog seine Stiefel aus und rutschte nur mit Hosen und einem dünnen Hemd bekleidet unter ihre Decke. Dennoch hüllte seine Wärme sie ein, als er sie in seine Arme nahm und sie küsste. Ihre Hände fuhren unter das Leinenhemd und strichen über die harten Muskeln an seinem Rücken. Sie küssten sich, erst vorsichtig zärtlich, dann ungestüm und mit einer Leidenschaft, die etwas Verzweifeltes an sich hatte. Wortlos tasteten ihre Hände am Körper des anderen entlang. Gegenseitig halfen sie sich aus ihren Kleidern, bis kein Stück Stoff mehr zwischen ihren Körpern war. Sibylla schloss die Augen und fühlte nur noch seine Hände und seine Lippen, die ihren Körper erkundeten, der so lange von keinem Mann mehr berührt worden war. Das Gefühl von Kälte war verflogen. Nun glühte sie vor Wonne und presste sich an ihn. Sie konnte nicht verhindern, dass ihr Atem rascher wurde und ihr Unterleib heiße Wellen der Begierde aussandte. Dass es ihm ganz ähnlich erging, konnte sie deutlich spüren, denn sein aufgerichtetes Geschlecht drückte gegen ihren Schenkel.

Zu einer anderen Zeit und an einem anderen Ort hätte sie vielleicht Bedenken gehabt und ihr Gewissen oder ihre Vernunft befragt, ob das wirklich eine kluge Entscheidung sei, doch in dieser Nacht ruhte ihr Geist, nur ihr Herz und ihr hungriger Körper sprachen. Bereitwillig öffnete sie ihre Schenkel und zog András zu sich, der stürmisch in sie eindrang. Für einen Augenblick spürte sie einen kurzen Schmerz, doch dann wandelte er sich zu Lust, die sie leise aufstöhnen ließ, als er sich in ihr bewegte. András rollte sich auf den Rücken und zog sie mit sich, sodass sie nun auf ihm lag und sich frei bewegen konnte. Seine Hände umfassten ihre Hüften, während sie ihr Becken kreisen ließ. Sie konnte das Verzücken in seinem Gesicht nicht sehen, doch sie spürte seine Lust. Er zog sie zu sich herunter, liebkoste ihre Brüste, ihren Hals und dann wieder ihren Mund, der die Küsse hungrig erwiderte, bis er sie wieder auf den Rücken warf und immer schneller in sie stieß. Mit einem leisen Stöhnen ergoss er sich in ihr. Eine Weile lagen sie reglos aufeinander, dann rutschte er zur Seite, schlang den Arm um sie und hielt sie fest. Sibylla legte ihre Wange auf seine Brust und lauschte seinem Herzschlag. Seine Wärme war tröstlich, und doch stieg nun auch wieder die Furcht in ihr auf, wenn sie an das dachte, was sie erwartete.

Es war schön gewesen. Viel zu schön, um nur einmal genossen zu werden.

Herr im Himmel, betete sie im Stillen. *Lass diese Nacht nicht die einzige gewesen sein. Nimm ihn jetzt nicht von mir!*

Doch wie könnte Gott sich für dies sündige Verhältnis einsetzen? Sollte sie nicht um ganz andere Dinge beten? Doch sie fand keine Worte dafür. So beschloss sie, die ganze Nacht wach zu bleiben und seinem Atem zu lauschen, seinen Körper an ihrem zu spüren und jeden Augenblick, der ihnen geschenkt wurde, auszukosten.

Eine Hand berührte ihre Schulter. Eine Stimme raunte ihr ins Ohr. Sibylla fuhr hoch. Offensichtlich war sie doch eingeschlafen.

»Was ist?« Es war noch dunkel im Zelt, dennoch spürte sie, dass sich im Lager etwas rührte. »Geht es los?«

András hob die Schultern. »Ich weiß nicht. Irgendetwas Seltsames geht vor sich. Zieh dich rasch an.«

Er reichte ihr die lederne Reithose, das knielange Hemd, ein warmes Wams und den Umhang, dann schlüpften sie aus dem Zelt und sahen sich wachsam um. Im Osten hellte sich der Nachthimmel bereits auf. Die Sterne verblassten, der Mond war bereits untergegangen. Sibylla sah zu Wallensteins Zelt hinüber. Auch er war bereits auf und gerüstet. Er sprach leise mit Pechmann, Aldringen und zwei anderen Offizieren. Ihre Blicke wanderten immer wieder zum Feindeslager hinüber. Die Feuer dort waren niedergebrannt, doch mit zunehmender Helligkeit konnte man Zelte und Wagen erkennen.

»Sollen wir die Männer rufen, sich bereit zu machen?«, wollte Aldringen wissen.

»Noch tut sich bei den Türken drüben nichts«, bemerkte Pechmann. »Es ist ruhig.«

»Zu ruhig«, brummte Wallenstein und hielt sein Fernrohr ans Auge. »Die Pferde«, murmelte er. »Wo sind die Pferde? Haben sie sich bereits hinter dem Hügel gesammelt?«

»Wir müssen unsere Truppen sofort in Gefechtsposition bringen«, drängte Aldringen. »Sie versuchen uns zu überraschen und unserem Angriff zuvorzukommen, aber das soll ihnen nicht gelingen!«

Wallenstein ließ das Fernrohr sinken und schüttelte den Kopf. »Ich weiß nicht, aber ja, lasst die Männer antreten, und stellt sie auf, wie wir es besprochen haben.« Er winkte Isolani zu sich. »Und Ihr reitet derweil mit ein paar Männern dort hinüber auf diesen Hügel, wo Ihr eine gute Sicht auf das Lager habt. Findet heraus, was sich dort tut. Ich will es genau wissen, aber lasst Euch nicht gefangen nehmen. Ich habe ein seltsames Gefühl.«

»Sie sind weg!«, berichtete Isolani, als er zurückkehrte. »Bethlen und die Türken sind in der Nacht abgezogen.«

»Geflohen, der Feigling«, stieß Wallenstein hervor. »Was will man anderes von ihm erwarten? Er hat noch jede offene Feldschlacht gescheut.«

Die beiden Armeen waren im Schutz der Nacht abgezogen und hatten nicht nur den Großteil ihrer Zelte, sondern auch einen Teil ihrer Verpflegung zurückgelassen, was bei Wallensteins Männern mit Erleichterung begrüßt wurde.

Isolani schritt unruhig auf und ab, während sich die Mannschaft ein ungewöhnlich üppiges Frühmahl gönnte. »Wir müssen aufbrechen. General, warum lasst Ihr nicht zum Abmarsch blasen? Sie gewinnen immer mehr Vorsprung. Wir werden Tage brauchen, sie einzuholen, wenn wir uns nicht endlich beeilen.«

Piccolomini stimmte ihm zu. »Wie haben diesen Bastard nicht so lange gejagt, dass wir nun klein beigeben. Er hat versucht, uns reinzulegen. Das soll ihm nicht bekommen!«

Auch András und die anderen Offiziere sahen Wallenstein fragend an, doch der schüttelte den Kopf.

»Dieses Abenteuer ist hier und heute zu Ende oder, besser gesagt, bis in ein anderes Jahr verschoben. Ich werde keine Armee im Herbst ohne jede Unterstützung bei der Versorgung noch tiefer nach Ungarn hineinführen, nicht bei dem Zustand, in dem sich die Männer jetzt schon befinden. Wir kehren um.«

»Und der Mansfelder?«, wollte Aldringen wissen. »Was ist mit ihm und seiner Armee?«

Sibylla glaubte für einen Augenblick so etwas wie ein Lächeln in seiner Miene erkennen zu können.

»Ich denke, im Gegensatz zu Bethlen Gabor ist das Kapitel Ernst von Mansfeld endgültig abgeschlossen.« Er wandte sich ohne weitere Erklärung ab und ging davon. »Wir brechen in einer Stunde auf«, rief er über die Schulter zurück, ehe er in seinem Zelt verschwand.

Die Offiziere sahen einander fragend an. Isolani schimpfte leise vor sich hin, und auch Piccolomini zog ein finsteres Gesicht, aber Aldringen und einige andere schienen Wallenstein recht zu geben. Pechmann sagte gar: »Dies ist keine Armee mehr. Dies ist nur noch ein armseliger Haufen, zum Verderben verurteilt.«

Sibylla wollte ihm nicht zustimmen, doch sie spürte, wie recht er hatte. Das Verderben der Pestilenz waberte durch die Reihen der Zelte und reckte gierig seine Finger nach immer neuen Opfern. Auch an diesem Lagerplatz würden zahlreiche Gräber zurückbleiben. Namenlose Männer, die zu einem Feldzug aufgebrochen waren, um Ruhm und Ehre zu erlangen oder einfach nur ein wenig Geld für sich und ihre Familie zu verdienen, die irgendwo im Reich auf ihre Rückkehr wartete, doch alles, was sie hier gefunden hatten, waren Wechselfieber, Typhus und Ruhr, für das die Überlebenden einen Namen fanden: die ungarische Krankheit.

So zogen sie zurück ins Reich. Tag um Tag schleppten sich die Männer dahin. Auch Wallenstein ging es wieder schlechter. Seine Füße plagten ihn immer wieder. Sibylla gelang es nicht, die Schmerzen ganz zurückzudrängen und die Entzündung zu verhindern. An manchen Tagen plagte ihn das Podagra so sehr, dass er nicht in den Sattel steigen konnte und stattdessen auf einem der wenigen Karren, die sie noch mit sich führten, fahren musste.

Die Vorräte, die Bethlen und die Türken zurückgelassen hatten, waren schnell verbraucht. Es gab nichts mehr als die modrigen Rüben, die noch auf den Feldern waren. Sibylla warnte davor, sie zu essen, doch es gab nichts anderes mehr. Die Folgen waren schlimm. Noch mehr Fälle von Ruhr und Fieber. Noch mehr Tote. Wallenstein befahl, einen Teil der völlig entkräfteten Pferde zu schlachten. Auch Sibyllas Stute musste sterben. Sie lahmte bereits seit einigen Tagen und war so knochig geworden, dass es absehbar war, dass sie den Rückweg nicht überstehen würde. Sibylla übergab sie András und zog sich dann in ihr Zelt zurück, damit die Männer ihre Tränen nicht sehen konnten. Sie schämte sich selbst ein wenig dafür, denn so viele Männer starben Tag für Tag, und sie weinte um ein Pferd.

Wie so viele Kürassiere und Dragoner an diesen Tagen musste Sibylla allerdings nicht zu Fuß gehen. Noch nicht. Wallenstein gab ihr ein anderes Pferd. Sie dankte ihm und wiederholte die Frage, die sie ihm vor Tagen bereits gestellt hatte und die immer wieder durch ihren Sinn huschte. »Was ist mit dem Mansfelder und seinem Heer? Ziehen sie auch ins Reich zurück? Wo sind sie jetzt?«

Wieder dieser seltsame Gesichtsausdruck. »Sein Heer gibt es nicht mehr.«

»Was? Wieso denn?«, rief Sibylla aus.

»Vielleicht weil es mit dem seinen noch schlechter aussah als mit dem unseren? Das hat er wohl nicht bedacht, als er sich selbst von all seinen Verbündeten und Versorgungsmöglichkeiten abgeschnitten hat. Ich könnte mir vorstellen, dass es zu Meutereien und Fahnenflucht gekommen ist, wenn er keinen Sold bezahlen konnte. Und ich bin mir sicher, dass Bethlen Gabor zwar nichts dagegen hatte, sich von den Männern des Mansfelders unterstützen zu lassen, nicht jedoch um den Preis, dass er unser kaiserliches Heer an den Fersen kleben hat. Ich denke, bei Bethlen darf er sich nicht mehr blicken lassen. Einer meiner Kundschafter hat mir berichtet, der Mansfelder sei auf dem Weg nach Italien so schwer erkrankt, dass er sich vermutlich nicht wieder erholen wird.«

Lieber Peter,

ich habe lange nicht die Muße gehabt, dir zu schreiben. Vielleicht war alles auch zu entsetzlich, dass ich mich scheute, Worte dafür zu finden.

Zu spät haben wir Ungarn verlassen, um nach Mähren ins Winterquartier zu ziehen. Keiner wollte die Armee haben, um sie zu versorgen, obgleich ja eh nur ein kläglicher Rest von ihr geblieben ist. Kardinal Dietrichstein jedenfalls wehrte sich und beschwerte sich beim Kaiser, und so ging es wieder einmal hin und her, bis der Winter über uns hereinbrach und innerhalb nur weniger Tage zweihundert Männer erfroren. Wallenstein ließ die restlichen Männer dann doch nach Mähren ziehen, worauf in Wien wieder gezetert wurde, statt der Armee Verpflegung zu schicken! Wallenstein ließ wieder einmal aus Friedland holen, was möglich war, doch zumindest für die Pferde war es zu spät. Nicht ein einziges ist mit uns zurückgekehrt, und immer mehr Männer wurden krank. Auch Rittmeister Sporr lag zwei Wochen mit Fieber darnieder und war so geschwächt, dass wir mit seinem Tod rechnen mussten.

Ich war unermüdlich im Lager unterwegs, um das Leid zu lindern, aber was konnte ich schon tun? So zogen wir nach Norden, bis wir die Überlebenden endlich in den Dörfern in Mähren für den Winter unterbringen konnten. Bis dahin schrieb Wallenstein Dutzende zornige Briefe nach Wien, die den Kriegsrat erbosten und gegen ihn aufbrachten, uns aber keine Hilfe bescherten. Was sind das dort für Männer, die in Reichtum und Bequemlichkeit leben, aber kein christliches Mitleid haben und ihre Pflichten vergessen? Hätten sie nur einen Tag das Elend selbst miterlebt, vielleicht hätte es sie erweicht. Wallenstein dagegen ist so frustriert, dass er seinen Posten als General der Armee niederlegen will. Der Kaiser hat Graf Harrach angesetzt, Wallenstein zu überreden, die Armee weiterhin zu führen, doch vorerst bleibt er stur, was ich sehr gut verstehen kann. »Nicht zu diesen Bedingungen!«, sagt er. Er kann es ertragen, seine Männer auf dem Schlachtfeld sterben zu sehen, denn das ist Teil des Soldatenhandwerks, aber seiner Meinung gehört nicht dazu, elendig zu verhungern und zu erfrieren, weil irgendwelche Räte in Wien lieber ihre leeren Truhen beklagen. Harrach flehte Wallenstein an, nach Bruch zu kommen, zum alten Familiensitz der Grafen, um alles in Ruhe zu besprechen. Wallenstein sträubte sich noch eine Weile, doch dann verließen wir das Winterquartier und ritten nach Süden. Nur ein paar Männer seiner Leibwache und Piccolomini begleiteten uns zu dem Anwesen einen Tagesmarsch südlich von Wien. Graf Harrach hatte den Fürsten Eggenberg zu seiner Unterstützung mitgebracht.

Nächtelang haben die Männer geredet. Wallenstein hat einen Plan ausgearbeitet, wie es ihm möglich sein könnte, eine neue Armee aufzustellen und zu führen, ohne dass deren Versorgung von den Wiener Räten und dem Wort des Kaisers abhängig sein würde. Denn sosehr Wallenstein dem Kaiser treu ergeben ist und kein böses Wort gegen ihn hören will, so klar sieht er doch, warum Ferdinand ihn unbedingt halten will. Der Kaiser hat mittlerweile so viele Schulden bei Wallenstein angehäuft, die er nicht begleichen will oder kann, was er aber müsste, wenn er dessen Rücktritt annehmen würde. Also wird um die Bedingungen gefeilscht, zu denen er bereit ist zu bleiben. Wallenstein besteht auch darauf, jede Formulierung zu meiden, die dem Krieg ein religiöses Motiv bescheinigen würde. Es geht allein darum, die Rechte des Reichs und des Kaisers gegen fremde Ansprüche zu verteidigen. So will er die noch zaudernden protestantischen Fürsten zurück an die Seite des Kaisers holen. Wie klug und umsichtig! Ich kann nur hoffen, dass sich der Kaiser zu gegebener Zeit an seine Zusagen erinnert.

Als eine besondere Hürde für eine Einigung stellte sich bei allem Maximilian von Bayern heraus. Es war ihm ein Dorn im Auge, dass Wallenstein im Reich nicht Tilly unterstellt worden war – ja, nun sogar über ihm stand. Nun versuchte er mit allen Mitteln, den Kaiser unter Druck zu setzen, um das zu korrigieren. Außerdem hatte er eine Liste von Regimentern erstellt, die Tilly in seinem Kampf gegen den Dänenkönig unterstellt werden müssten. Es waren Wallensteins beste Truppen, selbst von ihm angeworben und ausgerüstet. Natürlich lässt er sich darauf nicht ein, doch wie wird der Kaiser entscheiden? Der Bayernherzog ist nicht nur sein Vetter. Er ist ein machtbesessener Fürst, der bereits bei seinem Kampf um die Kurfürstenwürde gezeigt hat, dass er mit allen Mitteln kämpft, wenn er etwas für sich haben will. Wenn der Kaiser Wallenstein nachgibt, dann wird sich die Abneigung des Herzogs vielleicht zu einer gefährlichen Feindschaft auswachsen. Wallenstein stärkt die Macht des Kaisers gegenüber den Landesfürsten, und das will Herzog Maximilian natürlich verhindern.

Sibylla hielt inne. Es überkam sie ein schreckliches Gefühl, wenn sie an Herzog Maximilian dachte. Sie ahnte, dass er die anderen katholischen Reichsfürsten gegen Wallenstein aufhetzen würde. Und dann gab es noch Collalto, der ihm wegen der Sache mit der Fürstin noch immer grollte. Sie wusste, dass Wallenstein nicht nachgeben würde, doch wie hoch würde der Preis werden, den er dafür bezahlen musste? Zu hoch! Vielleicht nicht sofort, doch sie spürte, sein Schiff steuerte in stürmische Gewässer geradewegs auf einen Abgrund zu.

Kapitel 22

Von Wien nach Schlesien, 1627

Lieber Peter,

Frühling in Wien! Es könnte so herrlich sein, durch den Garten der Hofburg zu schlendern und sich von den festlichen Sälen blenden zu lassen, wenn ich Wallenstein am Abend zu einer Einladung folge, doch das ist alles falscher Glanz an der Oberfläche. Wien ist ein Hexenkessel! Nicht nur Collalto und die Botschafter aus Bayern wettern gegen Wallenstein, dem der Kaiser in all seinen Forderungen recht gegeben hat. In seinem Namen stellt er nun ein neues Heer auf und hat dem Kaiser schon wieder sechshunderttausend Gulden vorgestreckt.
Bei diesen Summen, die sein treuer Bankier de Witte stets zuverlässig auftreibt, wird mir ganz schwindelig.
Sofort hat Wallenstein sich auf die Sache gestürzt und geht sie mit seiner üblichen Gründlichkeit an. Dieses Mal soll es seiner Armee gut gehen, das hat er geschworen, und er selbst wird die Kontributionen von seinen Vertrauten einziehen lassen, dass nicht nur die Ausrüstung und die Verpflegung stimmen. Dieses Mal will er auch regelmäßig Sold bezahlen. Doch was die Männer scharenweise zu seinen Fahnen laufen lässt, treibt vielen Fürsten die Zornesröte ins Gesicht. Graf von Harrach hält Wallenstein genau auf dem Laufenden, wer sich wieder über was

ereifert. Die katholischen Kurfürsten beschweren sich über die massive Truppenwerbung im Reich, obgleich der Kaiser genau das fordert. Maximilian schäumt, dass Wallenstein die Kontribution und auch die Quartierpflicht nicht nur den protestantischen Fürsten auflastet. Und auch sein alter Feind Kardinal Dietrichstein empört sich aus Mähren über die Lasten des Winterquartiers. Er hat einfach die Verpflegung der Männer halbiert. Als Wallenstein davon erfuhr, schritt er natürlich ein, was eine neue Schimpftirade aus Mähren zur Folge hatte. Ich bin besorgt, doch Wallenstein sagt, ich müsse mir keine Gedanken machen. Er irrt, glaube mir! Selbst Graf Harrach ist in Sorge. Herzog Maximilian hat einige katholische Reichsfürsten dazu aufgestachelt, Wallensteins Entlassung zu fordern. Wallenstein wird ihm zu mächtig und damit auch der Kaiser, den die Fürsten in ihrer Hand glaubten. Selbst der Sohn des Kaisers, Ferdinand III., der jetzt König von Ungarn ist und von seinem Vater im Vorgriff auf die böhmische Krone einige Ländereien zugesprochen bekommen hat, hat sich beim kaiserlichen Vater über Wallenstein beschwert und sich geweigert, seinen Anteil an den Quartierkosten der Armee zu übernehmen. Ja, er verlangte gar den Abzug aller Soldaten aus seinen Ländereien! Doch wie du dir vorstellen kannst, duldet Wallenstein keine Ausnahmen.

Ich selbst bin hin- und hergerissen. Ich bewundere seinen Sinn für Gerechtigkeit und seine Geradlinigkeit, mit der er sie durchsetzt, doch ich sehe auch die Schar seiner machtvollen Feinde wachsen, die es nicht gewohnt sind, dass man ihnen Paroli bietet.

So ist Wallenstein also schweren Herzens nach Wien gereist, um noch einmal von Angesicht zu Angesicht seine Stimme vor dem Kaiser zu erheben, und siehe, die laute Kritik ist verstummt, kaum hat er seinen Fuß in die Hofburg gesetzt. Doch freundlich sind die Blicke nicht, die ihm viele der Räte zuwerfen. Der General jedoch trägt es mit Fassung. »Die einen hassen mich, die anderen fürchten mich, so ist es an der Spitze. Das muss man wissen, wenn man sich dem Wind dort oben aussetzt«, sagt er nur.

Die Tür wurde aufgerissen, und Jascha stürmte herein. Sibylla ließ die Feder sinken.

»Was gibt es?«, erkundigte sie sich und überlegte, ob sie ihn daran erinnern sollte, dass man zuerst anklopfte und dann darauf wartete, hereingebeten zu werden, doch sein Gesichtsausdruck hielt sie davon ab.

»Es brennt!«, rief er. »Komm schnell. Der Palast des Bischofs steht in Flammen, und hinter dem Dom brennen die Häuser. Wenn es sich weiter ausbreitet, wird auch das Palais Harrach morgen nicht mehr stehen.«

Für einen Augenblick hoffte Sibylla, Jascha würde absichtlich übertreiben, doch die Furcht in seinen Augen war echt. Sie griff nach ihrem Tuch und folgte ihm die Treppe hinunter auf die Straße, wo sie vom Strom der aufgeregten Menschen in Richtung Domplatz mitgerissen wurden. Es war ein schauderhaftes Bild, wie sich der Turm von St. Stephan gegen das glühende Flammenmeer abhob.

»Das Feuer verfolgt uns«, keuchte Jascha. »Erst brennt es im Palais des Herzogs in Prag, und kaum sind wir in Wien, zündet der Teufel die Stadt an.«

»Rede keinen Unsinn«, erklang Wallensteins Stimme hinter ihnen. Sibylla fuhr herum. Sie war froh, ihn zu sehen. Die Menge um sie herum schien durch die Flammen aufgeheizt zu werden. Die bedrohliche Spannung drohte sich zu entladen. Manche der brennenden Häuser wurden geplündert, auf der anderen Seite versuchten die Familien einige Habseligkeiten in Sicherheit zu bringen, ehe die Flammen auf das nächste Gebäude übergriffen. Die Löscharbeiten kamen nur zögerlich in Gang und waren so unkoordiniert, dass Sibylla nun fürchtete, ganz Wien könne den Flammen zum Opfer fallen.

»Wie konnte das nur geschehen?«, rief sie.

Diese Frage bewegte die Wiener auch Tage später noch, als das Feuer endlich gelöscht werden konnte, nachdem es den Bischofspalast, zwei Klöster und einhundertfünfzig Häuser vernichtet hatte. Tatsächlich gab es Stimmen, die General Wallenstein dafür verantwortlich machen wollten, der in der Gunst des Höllenfürsten stehe! Sibylla war so zornig, dass es dieses Mal Wallenstein war, der sie beruhigte.

»Nein, ich war es nicht«, sagte er und zog eine Grimasse. »Ich denke, diese Schuld muss der Erzbischof auf sich nehmen. Er hat im Hof seines Palasts Bücher und Schriften verbrennen lassen. Lauter gefährliche Dinge von Ketzern und Protestanten und Professoren der Universität. Offensichtlich ist die Reinigungsaktion ein wenig außer Kontrolle geraten!«

Sibylla konnte es nicht fassen. »Was kommt wohl als Nächstes? Wann reisen wir wieder ab?«, wollte sie wissen.

»Bald«, gab er zur Antwort. »Sehr bald. Ich habe eine Armee nach Norden zu führen und Länder für den Kaiser zurückzugewinnen.«

»Ich wünsche Euch den Erfolg, der Euch zusteht, und dann den Respekt und die Entschuldigung des gesamten Kriegsrats!«

»An das Erste glaube ich gern, das Zweite wird wohl niemals geschehen.«

»Nein«, sagte Sibylla leise. »Das glaube ich auch nicht.«

Der Frühling schickte sich an, in den Sommer überzugehen, als die Armee zum Abmarsch bereit war. Sibylla war mit Wallenstein längst nach Prag zurückgekehrt, wo er das kurze Glück im Kreis seiner Familie genoss. Zumindest die wenigen Augenblicke am Tag, die er Muße hatte, sich Frau und

Kind zu widmen. Sibylla sah, wie glücklich Isabella in seiner Nähe war. Sie schien jede Minute auszukosten und in sich aufzusaugen. *Gut so,* dachte Sibylla, die immer wieder von düsteren Ahnungen heimgesucht wurde, wenn sie an die Zukunft der Herzogin dachte. Sie würde die schönen Erinnerungen brauchen, um ihr über die dunklen Tage, die kommen würden, hinwegzuhelfen.

Nun hatte Sibylla auch wieder Muße, an Helena zu schreiben, ihr zu sagen, wie sehr sie ihre Tochter vermisste und wie sie noch immer hoffte, irgendwann einen Hinweis über ihren Verbleib zu bekommen. Es war schwer, die Hoffnung aufrechtzuerhalten, doch wieder und wieder versuchte sie, ihre Tochter doch noch ausfindig zu machen. Fragte in jedem Ort, in den sie kam, und schickte Boten zu Städten, die sie noch nicht besucht hatte, soweit es ihre finanziellen Mittel eben gestatteten. Wallenstein erzählte sie davon nichts. Er würde nicht verstehen, dass sie sich mit der Todesnachricht nicht abfinden konnte.

Zu Sibyllas Erleichterung ging es András wieder gut. Er hatte die Erlaubnis bekommen, zu seiner Familie zu reisen, um sich dort zu erholen.

»Was so aussah, dass ich die gesamte Frühlingsaussaat übernehmen musste«, verriet er Sibylla, als er sie im Palais Wallenstein besuchte.

Sie rollte mit den Augen. »Du hättest mit uns nach Wien kommen sollen, dann hätte ich mich um dich gekümmert.«

»Soll ich mich etwa für die persönliche Leibgarde des Generals bewerben?« András warf Piccolomini einen düsteren Blick zu, als dieser über den Hof ging; doch der tat so, als würde er sie nicht sehen.

Sie schüttelte den Kopf. »Nein, ich denke, mit euch beiden würde es nicht gut gehen.«

»Außerdem habe ich größere Pläne, als mir von einem Piccolomini befehlen zu lassen.«

»Am besten, du übernimmst seinen Posten«, schlug sie vor.

András lachte, obgleich sie es durchaus ernst gemeint hatte, aber vermutlich würde Piccolomini den Posten nicht so einfach hergeben. Er war jetzt Oberst für Wallenstein neben seinem Posten als Kommandant der Leibgarde.

Im Juni brachen sie auf. Zuvor feierten sie aber noch mit Bankier de Witte, der vom Kaiser in den erblichen Ritterstand erhoben worden war. Kaiser Ferdinand war sich wohl bewusst, wie wichtig es für ihn war, sich die Treue und den Eifer des begnadeten Finanziers zu erhalten, der immer einen Weg fand, für Wallenstein frisches Geld aufzutreiben, um den Wünschen des Kaisers zu entsprechen. In diesem Fall eine exzellent ausgerüstete Armee, die nun bereitstand, nach Norden zu ziehen. Wallenstein entschied, Isabella und das Kind nach Jitschin zu begleiten, um von dort mit den Regimentern zusammen weiterzuziehen.

Es war ein prächtiger Zug, der sich am Morgen am Fuß des Hradschin aufreihte und dann langsam nach Osten rollte, sodass immer mehr Menschen angelaufen kamen und ihnen mit offenen Mündern nachstarrten. Voran rollten achtzehn Rüstwagen, sechsspännig, mit roten Lederplanen bedeckt, gefolgt von einem Dutzend vierspänniger Kaleschen sowie dem Reisewagen des Herzogs, in dem die Amme mit dem Kind saß, und die Sänfte, die Wallenstein seit seinem letzten schweren Anfall von Podagra ebenfalls mit sich führte. Rechts und links ritten Pagen in neuen Livreen mit schimmernden Knöpfen. Dahinter folgte Piccolomini mit den Männern der Leibwache. Der General selbst saß auf einem riesigen fuchsfarbenen Schlachtross, sein Koller war aus Elchleder, der weite Mantel scharlachrot. Isabella hatte sich entschlossen, mit ihm zu reiten, sodass sich Sibylla ein Stück abseits hielt. Das gab András die Gelegenheit, zu ihrer Seite aufzuschließen. Den Schluss bildeten die Munitionswagen und die Karren mit den Kanonen, von Pechmanns Reitern bewacht. Sibylla hatte sich sehr gefreut, den Kavallerieführer wiederzusehen. Er war ein sympathischer Mann, blitzgescheit und mutig, wenn es darauf ankam. Obgleich er bei der Schlacht am Weißen Berg noch auf der Seite der Rebellen gekämpft hatte, wusste Sibylla, dass Wallenstein ihn hoch schätzte und ihm vertraute.

»Was für ein Spektakel«, sagte András und schüttelte ein wenig ungläubig den Kopf.

»Ja, der General weiß es, sich zu inszenieren. Die Menschen lieben das Spektakel, doch es wird auch seinen Kritikern in Wien wieder neue Nahrung liefern, ihre Zungen an ihm zu wetzen, das darfst du mir glauben«, wandte Sibylla ein, doch András hob nur die Schultern.

»Wien ist weit weg. Das muss den General nicht kratzen. Er hat vom Kaiser alle Vollmachten und wird ihn nicht enttäuschen. Das wird die bösen Zungen zum Schweigen bringen.«

»Vielleicht«, sagte Sibylla. »Doch im Stillen werden Neid und Hass weiter gedeihen.«

In Jitschin blieben sie nur eine Nacht.

Es wurde wieder einmal Zeit, Abschied zu nehmen. Sibylla umarmte Isabella und herzte die kleine Maria Elisabeth. »Pass auf dich auf«, sagte sie und legte für einen Moment ihre Hand auf Isabellas Leib. Die beiden lächelten einander an.

»Was denkst du, wann ist es so weit?«, drängte Isabella, die überglücklich war, noch einmal schwanger zu sein.

Sibylla zögerte und versuchte ihr Lächeln beizubehalten. »Wenn alles normal verläuft, dann im Januar«, sagte sie und versuchte das schlechte Gefühl zu verdrängen, das schwer auf ihre Seele drückte.

»Wird es dieses Mal ein Sohn? Hast du es in den Sternen gesehen?«

»Ja, es wird ein Junge«, sagte sie, dann wandte sie sich ab und ging hinaus, um dem Herzog noch einige Augenblicke ungestört mit seiner Familie zu gönnen.

Sibylla ließ sich von Jascha auf ihr Pferd helfen. Der junge Mann war für einen Offiziersburschen nun eigentlich zu alt. Vielleicht sollte er einen Platz in der Leibgarde des Generals bekommen, dachte Sibylla und nahm sich vor, Wallenstein bei Gelegenheit diesen Vorschlag zu unterbreiten.

Lieber Peter,

von Jitschin sind wir nach Osten gezogen, um Schlesien für den Kaiser zurückzuholen. Du weißt, die Schlesier haben den Mansfelder mit offenen Armen empfangen und sich der protestantischen Seite zugeschlagen. Den Rest haben die Dänen in den vergangenen Monaten übernommen, sodass es kein Spaziergang werden würde.

Zuerst ging es über die Ausläufer der Heuscheuer Berge, durch Glatz bis an die Neiße. Dort, in Niederschlesien hat Wallenstein das Hauptquartier aufgeschlagen, und dorthin strömten die Regimenter aus Böhmen, Mähren, aber auch aus Franken, vom Rhein her und aus Schwaben. Du kannst es dir nicht vorstellen. Der General soll nun einhunderttausend Mann unter seinem Befehl haben. Allein vierzigtausend sammelten sich in diesen Tagen an der Neiße, ehe der Zug begann.

Der dänische Generalkommissar hier ist Joachim von Mitzlaff. Er verfügt über eine gut gerüstete Truppe, die er auf die befestigten Städte und andere Orte verteilt hat. Sie haben sich gut verschanzt. Wallensteins Plan war, sie alle zurückzuerobern und sich dann mit Tilly zu vereinen, der mit seinen eigenen und mit den Regimentern, die Wallenstein ihm im vergangenen Jahr hat

überlassen müssen, noch immer im Norden stand, ohne dass es ihm gelungen wäre, die Dänen zurückzudrängen.
Unser erstes Ziel war Leobschütz in Oberschlesien. Wallenstein hat über den Frühling die Artillerie verstärkt und schwere Kanonen gießen lassen. Mit den halben Kartaunen begann er noch am Abend unserer Ankunft den Beschuss. Du kannst es dir nicht vorstellen, wie der Boden bebt, wenn die schweren Singerinnen ihre Geschosse unter Pulverdampf auf die Stadt zu schleudern. Das Donnern und Krachen, wenn die Kugeln in die Stadtmauer einschlagen. Der beißende Schwefeldampf, der uns einhüllt, uns das Atmen schwer macht und die Sicht zur Stadt immer trüber werden lässt.
Wallensteins Rechnung ging auf. Bereits am nächsten Abend kapitulierte die Garnison. Der General ließ Gnade walten und forderte lediglich eine Geldbuße, die er dann unter den Truppen verteilte. Die Besatzung der Stadt beschloss, in seine Dienste zu treten und von nun an Wallensteins Befehl zu folgen.
Kaum anders ging es vor Jägerndorf, nur dass es eine Woche dauerte, bis die weiße Fahne aufgezogen wurde. Während Pechmann noch mit seinen Reitern die versprengten Reste der dänischen Besatzung aufspürte, zogen wir mit dem Hauptheer bereits weiter nach Cosel an der Oder, die der Herzog von Sachsen-Weimar für den Dänenkönig eingenommen und zur Festung ausgebaut hatte. Die Zitadelle war nun die stärkste hier im Land, mit Sternschanzen sowie Erdwällen und vor allem durch das Moor, den Fluss im Osten und die großen Teiche im Süden geschützt. Einige der Offiziere waren der Meinung, diese Stadt sei nicht im Sturm zu nehmen, doch Wallenstein ließ sich nicht aufhalten. Mit einer Handvoll Männer machte er sich in der Dämmerung selbst auf, die Umgebung genau zu erkunden und einen Weg für seine Stoßtruppen zu finden.
Bereits am nächsten Morgen führte er die Truppe durch den Morast auf den Wall zu. Die Dänen waren von dem unerwar-

teten Sturm auf ihre Schanzen überrascht und schickten, wie Wallenstein es vorhergesagt hatte, ihre Kavallerie aus. Das war die Stunde seiner Kanonen, die er vorher sorgfältig verteilt hatte, sodass sie die dänischen Reiter vor sich hertrieben, wie man Hirsche an den Jägern vorbeitreibt. Es gelang unseren Truppen, die dänische Kavallerie von der Festung abzuschneiden, sodass General Mitzlaff versuchte, sich nach Südosten in die Berge zurückzuziehen. Wallenstein hatte aber am Abend zuvor alle Pässe besetzen lassen, die Dänen mussten kehrtmachen und ritten direkt in Pechmanns Arme.
Ich habe gehört, wie Pechmann dem General versprochen hat, keinen einzigen dänischen Reiter am Leben zu lassen. Und so jagt er noch immer hinter ihnen her.
Das Hauptheer ist bereits vier Tage später, nachdem Cosel kapituliert hat, weiter nach Teschen und dann hierher nach Troppau gezogen. Sie wehren sich erbittert und schießen mit ihrer Artillerie die Rohre heiß, sodass unsere Truppen sich noch zurückhalten. Das Feld zwischen der Stadt und dem Lager ist von Einschlagkratern übersät.

Sibylla wollte gerade schreiben, dass das Lager zum Glück weit genug entfernt läge, als ein Pfeifen über ihr sie innehalten ließ. Sie hatte die Frage in ihrem Kopf noch nicht formuliert, als es ohrenbetäubend krachte und knirschte. Der Boden unter ihren Füßen erzitterte. Sie sprang auf und stürzte aus dem Zelt. Als Erstes sah sie die Flammen, die an der Zeltplane nur wenige Schritte von ihr entfernt emporschlugen. Da kam schon Jascha mit einem Eimer Wasser angerannt. Andere versuchten mit Decken die Flammen zu ersticken, die sich in das Zelt des Generals fraßen.

»Wallenstein!«, schrie Sibylla entsetzt und schlüpfte unter der bereits geschwärzten Plane hindurch in das Zelt. Jascha ließ den Eimer fallen und stürzte ihr nach. Er griff nach ihrem Arm und riss sie zurück. Sie starrte auf den Krater, den der Fünfunddreißigpfünder geschlagen hatte, und auf die Zerstörung, den zerschlagenen Tisch und die geborstene Truhe. Der Teppich und einige Felldecken brannten.

»Er ist nicht hier«, rief Jascha und zerrte sie aus dem brennenden Zelt, ehe es über ihnen zusammenstürzte. Zitternd stand Sibylla draußen in der Nacht und starrte auf die letzten Glutreste, die Jascha und der neue Bursche des Generals mit den Stiefeln austraten.

Plötzlich legte sich ein Arm um ihre Schulter. »Was ist mit dir, meine tapfere Astrologin? So ein Zufallstreffer wird dich doch nicht aus der Bahn werfen? Es ist nichts passiert! Der Tod hat mich schon öfter gestreift. Das war nur ein Streich seiner Dämonen. Also beruhige dich. Denen dort drüben geht schon bald der Atem aus, und dann gehören sie uns.«

Natürlich behielt der General wieder einmal recht. Nur wenige Tage später ergab sich auch Troppau den kaiserlichen Truppen. Wieder ließ der General Milde walten und gewährte freien Abzug. Er machte nur eine Ausnahme: Seinen protestantischen Vetter Hans Christian von Waldstein, der Troppau mit verteidigt hatte, ließ er in Ketten schlagen, um ihn in den Kerker zu werfen.

Sibylla versuchte versöhnlich auf den General einzuwirken. »Warum seid Ihr so hart gegen ihn? Ihr seid stets für Gerechtigkeit gegen alle, Freund wie Feind. Ihr verabscheut die Vetternwirtschaft in Wien, doch ist es auf der anderen Seite nicht auch verwerflich, seinen Vetter mehr zu hassen als seine anderen Gegner? Auch er hat für eine Überzeugung gekämpft.«

Wallenstein stöhnte und barg den Kopf in seinen Händen. »Hör auf, mich zu piesacken. Ich habe verstanden. Ich verspreche, ihm nur eine Lektion zu erteilen. Ein paar Wochen Kerker werden ihm nicht schaden, dann mag er meinetwegen ein besseres Quartier bekommen.« Damit musste sich Sibylla zufriedengeben. »Was macht übrigens das neue Horoskop, das du für mich ausfertigen solltest? Du wolltest die Auswirkung der Planentenkonstellation auf die weiteren Ereignisse des Krieges bestimmen. Wie lange wird das alles noch so weitergehen?«

»Der Krieg ist eine komplizierte Sache. Der Verlauf hängt nicht allein von den Sternen ab, aber ich werde mein Möglichstes versuchen.«

Plötzliche Unruhe vor dem Zelt nutzte sie als willkommenen Anlass, das Gespräch zu vertagen. Sie verließ hinter Wallenstein das Zelt, wo ihr erster Blick auf András fiel, der mit ernster Miene auf den General zutrat. Er schien unverletzt, doch in den Händen hielt er eine von Blut befleckte Beinschiene. Sibylla spürte Schmerz und Entsetzen. Bilder huschten durch ihren Geist. Reiter im Mondlicht, ein Hinterhalt und dann der Tod. Nur durch ein Rauschen hörte sie András' Stimme, der dem General berichtete.

»Sie haben die Warthe überquert, doch wir konnten sie am nächsten Tag einholen. Es war bereits Nacht, der Mond jedoch schien hell. Wir umzingelten Mitzlaffs Männer. Ich denke, er hat Oberst Pechmann erkannt und das Ganze war eine Falle. Ich konnte nicht genau sehen, wie es ablief, doch Pechmann setzte zwei dänischen Offizieren nach, die ihn direkt in einen verborgenen Reiterhaufen führten. Es gelang ihnen, den Oberst von unserer Truppe abzuschneiden.« András brach ab. Es rang nach Worten.

»Sie haben ihn getötet«, stellte Wallenstein nüchtern fest.

»Ja. Sie haben ihn in Stücke gehauen und ihm dann noch den Kopf abgeschlagen«, bestätigte András. »Wir fanden nur noch ein paar Reste seiner Rüstung.«

Er reichte Wallenstein die Beinschiene, an der noch das Blut des Obersts klebte.

»Und die dänischen Reiter?«, erkundigte sich Wallenstein scheinbar ungerührt.

»Sie sind vernichtet. Nur Mitzlaff ist leider die Flucht gelungen.«

»Gut gemacht«, lobte Wallenstein. »Ich bedaure den Tod von Oberst Pechmann. Er war einer meiner besten Rittmeister und ist immer mutig vorangegangen. Seine Männer sind ein tapferes und verlässliches Regiment, das jetzt einen guten Offizier braucht.« Er sah András prüfend an. »Was denkt Ihr, Oberstleutnant Sporr? Seid Ihr dieser Aufgabe gewachsen? Ich glaube, es wird Zeit, Euch zu befördern.«

András verbeugte sich und dankte dem General. »Ich werde mich Eures Vertrauens würdig erweisen«, sagte er feierlich.

»Davon gehe ich aus«, antwortete Wallenstein.

András' Blick suchte Sibylla, die noch Mühe hatte, sich von den gewaltsamen Bildern in ihrem Kopf zu lösen. Doch sie rang sich ein Lächeln ab und gratulierte András.

»Das werden wir feiern«, kündigte er überschwänglich an und küsste sie auf den Mund, als er dachte, dass keiner mehr zu ihnen hinübersah, doch Sibylla spürte Piccolominis feindseligen Blick auf sich ruhen.

»Leider teile ich mein Quartier mit zwei anderen Offizieren«, gestand er.

»Ich habe eine Kammer für mich allein«, entgegnete Sibylla.

András hob fragend die Brauen. »Soll das eine Einladung sein?«

»Ja«, sagte sie rasch, ehe ihr Gewissen wieder mit irgendwelchen Bedenken kam. »Aber sieh zu, dass es keiner bemerkt.«

Sie musste bis weit nach Mitternacht warten, bis sich die Klinke an ihrer Kammertür senkte und András hereinhuschte. Er warf seine Kleider auf den Boden und schlüpfte zu ihr ins Bett. Sie waren beide so ausgehungert und voller

Lust, dass sie sich nicht lange zurückhielten. Hastig drang er in sie, begierig nahm sie ihn in sich auf. Viel zu schnell war es vorüber. András steckte die Kerze neben dem Bett wieder an und schob die Decke beiseite. Dann streckte er sich neben ihr aus und begann, sie zärtlich zu streicheln und zu küssen.

»Wie wunderschön du bist«, sagte er. »Das letzte Mal hatte ich nicht die Gelegenheit, dich so zu bewundern.«

»Das letzte Mal wussten wir nicht, ob wir den nächsten Tag noch erleben«, erinnerte sich Sibylla mit einem Schauder.

»Niemand weiß, wie lange er noch auf Gottes Erde wandelt. Wir müssen das Leben genießen, solange es uns gewährt wird.«

Sie erwiderte seine Küsse und schickte ihre Finger auf Wanderschaft. Bald schon regte sich seine Lust wieder. Dieses Mal nahm er sich Zeit und forschte in ihrem Gesicht, um ihre Wünsche zu erkennen. Seine Finger und seine Zunge ließen das Feuer in ihr immer höher lodern, bis sie es nicht mehr aushielt und sich ein Stück der Bettdecke in den Mund stopfen musste, um keine verräterischen Laute von sich zu geben, die vielleicht in einem der Nachbarzimmer gehört werden könnten. Als er sie wieder nahm, rollte sie ihn auf den Rücken und setzte sich rittlings auf ihn. Sanft ließ sie die Hüfte kreisen und lauschte seinem Atem. Jedes Mal wenn er zu schnell wurde, hielt sie für einige Momente inne und genoss seine Begierde. Doch schließlich hielt auch sie es nicht mehr aus und kreiste immer schneller und heftiger, eng aneinandergepresst eilten sie der Erlösung entgegen.

Der Marsch nach Nordwesten ging weiter. Wallenstein ließ keine Zeit verstreichen. Während er mit dem Hauptheer nach Cottbus zog, besetzte Hans Georg von Arnim die Pässe und Übergänge in der Mark und im Odergebiet, was Kurfürst

Georg Wilhelm natürlich nicht schmeckte, aber er verhielt sich ruhig. Als Sibylla den Kavallerieführer Arnim zum ersten Mal sah, wusste sie nicht recht, was sie von ihm halten sollte. Er war ein stattlicher Mann mit hellem Haar und hellen Augen, Protestant und hatte für Schweden und für den Mansfelder gekämpft, doch nun bot er Wallenstein seine Dienste an. Der General war sich sicher, dass er ihm trauen konnte und er mit Arnim einen guten Kavallerieführer gewann. Sibylla war sich jedoch unsicher, ob Wallenstein sein Vertrauen manches Mal nicht zu voreilig verschenkte. Vor allem bei Piccolomini waren sie sich uneins. Als Sibylla einmal andeutete, der Kommandant der Leibgarde wäre zu ehrgeizig und eifersüchtig auf seinen eigenen Vorteil bedacht, wies Wallenstein sie streng zurecht und verteidigte den Mann, den er als Freund und eine Art Ziehsohn betrachtete. Sibylla schwieg, obgleich ihr noch ein paar andere Namen einfielen, wenn es um das Thema Vertrauen ging. Auch bei den Grafen von Aldringen und von Marradas schlug in ihr ein verborgener Sinn Alarm. Doch auch ihnen vertraute Wallenstein. Lediglich bei Rudolf von Colloredo waren sie sich einig, dass er weder fähig noch seinem General treu ergeben war. Nur auf ausdrücklichen Wunsch des Kaisers duldete er Colloredo, doch er würde ihm keines seiner Regimenter anvertrauen.

Sibylla sah noch einmal zu Arnim hinüber, doch ihr Inneres schwieg. Vielleicht hatte Wallenstein recht, ihm zu vertrauen. Er schien ein aufrechter Mann, der seinen eigenen Überzeugungen folgte und nur seinem eigenen Gewissen Rechenschaft ablegte. Sie konnte nur hoffen, dass die Ziele des Kaisers nicht eines Tages das Gewissen des Kavallerieführers zu sehr auf die Probe stellen würden.

Im Augenblick jedoch war er Wallenstein eine große Hilfe in Brandenburg.

An diesem Abend zogen sie vor die Grenzfestung Dömitz. Feldmarschall Schlick, der bereits vor ihnen angekommen war, hatte dem Kommandanten von Dömitz zwei Tage Bedenkzeit gegeben. Der durfte nun von seinen Mauern aus zusehen, wie das Hauptheer mit seinen Kanonenwagen heranzog.

Schlick ritt ihnen entgegen und zog vor dem General den Hut.

»Und, hat sich Hauptmann Oberberg schon entschieden?«, erkundigte sich Wallenstein.

Sein Führer der Artillerie schüttelte den Kopf. »Ich denke, wir sollten ein paar Kanonen in Position bringen«, schlug er vor, doch Wallenstein wehrte ab.

»Das wird nicht nötig sein. Oberberg weiß genau, dass diese Festung fallen wird, im Kampf oder ohne, ganz gleich. Spätestens in ein paar Tagen ist Dömitz in unserer Hand. Das weiß ich, und das weiß er.« Wallenstein wandte sich um und suchte Sibyllas Blick. »Wollen wir ihm zeigen, wie sicher der Ausgang dieser Geschichte ist?« Er lächelte ein wenig grimmig, wie es seine Art war, und gab dann den Befehl, Tische und Bänke von den Trosswagen zu laden und sie auf der Straße vor der Festung aufzustellen.

»Ich gebe heute Abend ein Bankett«, verriet er leutselig. »Haben meine Offiziere es sich nicht verdient? Wir haben Schlesien innerhalb weniger Wochen zurückerobert, womit in Wien keiner gerechnet hat. Harrach schreibt, der Kaiser sei über die vielen Fahnen, die ich ihm geschickt habe, zu Tränen gerührt. Über die eroberte Hausflagge des Dänenkönigs war er besonders erfreut. Das ist doch auch für uns ein Grund zu feiern! Ein Festessen für alle – und lasst der Mannschaft eine Extraration Wein ausschenken.«

Er meinte es wirklich ernst. Sibylla konnte es nicht fassen. Wallenstein setzte sich auf offener Straße unter den Kanonen der Festung zu Tisch und feierte mit seinen Offizieren ein rauschendes Fest. Sibylla saß ihm gegenüber, doch ihr Blick wanderte immer wieder zu den Mauern der sternförmigen Festung hinüber, von deren Kasematten aus die Kanonen auf sie gerichtet waren. Es war ihr, als könne sie das Drängen der Besatzung spüren, die Kanonen abzufeuern und dem frechen Festmahl ein blutiges Ende zu bereiten. Ja, vielleicht gar den kaiserlichen General mit einem einzigen Schuss zu töten. Sibylla schielte zu Wallenstein hinüber, den solche Bedenken offensichtlich nicht quälten. Er war heiter und entspannt, als er seinen Offizieren zuprostete.

Wallenstein sah zu ihr herüber. »Entspann dich, meine verehrte Astrologin. Heute lese ich in den Sternen. Der Hauptmann ist vernünftig. Schon morgen wird er die Festung übergeben.«

Es kam, wie Wallenstein es voraussagte. Hauptmann Gerhard Oberberg übergab nicht nur die Festung Dömitz an den General des Kaisers, er trat mit all seinen Männern in Wallensteins Dienst und schwor ihm seine Treue.

Kapitel 23

Holstein, 1627

Es war die Nacht des 31. August, als die kaiserliche Armee das Hauptquartier Tillys und seines Ligaheeres bei Lauenburg an der Elbe erreichte.

Sibylla war so müde, dass sie es kaum abwarten konnte, bis Jascha ihr Zelt errichtet hatte. Sie dankte ihm und kroch unter ihre Decken, wo sie trotz ihrer Erschöpfung keinen Schlaf fand. András war mit seinen Reitern noch immer mit Arnim unterwegs, wobei die Nachrichten, die ihre Boten sandten, mehr als zufriedenstellend waren. Wallenstein lobte die beiden Offiziere und schickte einen Dankesbrief zurück.

»Diese beiden sind mit einer Handvoll Kriegsvolk erfolgreicher als andere mit einem riesigen Heer«, sagte er zu Sibylla, die sich für András über das Lob freute. Immerhin hatten sie es geschafft, die beiden Herzöge von Mecklenburg, die den Dänenkönig – trotz angeblicher Neutralität – offen mit Waffen unterstützt hatten, in den Schoß des Kaisers zurückzutreiben.

Doch Sibyllas Gedanken beschäftigten sich mehr mit einem Treffen, das ihnen am nächsten Morgen bevorstand. Herzog Maximilian machte aus seiner zunehmenden Feindschaft gegen Wallenstein keinen Hehl, Tilly war sein Heeresführer für die Liga. Wie würde er den kaiserlichen General empfangen, der nun noch mehr Befugnisse des Kaisers und noch größere Macht besaß als bei ihrem letzten Zusammentreffen? Wenn Tilly sich querstellte, würde es schwer werden, eine Strategie zu finden, diesen Krieg schnell und endgültig zu beenden.

Sibylla hatte eigentlich eine gute Meinung von dem alten General der Liga, doch an das schnelle Ende des Krieges konnte sie nicht glauben. Zu viele schreckliche Träume spukten noch durch ihren Geist. Nein, so glatt würde es nicht gehen, aber war Tilly der Gegner, der ihnen die Steine in den Weg legte? Sie wusste es nicht, und endlich fiel sie in einen unruhigen Schlummer.

Am Morgen stand sie früh auf und ließ sich von einer Magd aus dem Tross heißes Wasser bringen, um ihre Haare zu waschen und zu frisieren. Sie wählte ein aufwendig besticktes Kleid aus einer der Truhen, die Wallenstein neben den seinen in einem eigenen Karren mitführen ließ. Es kam ihr fast ein wenig seltsam vor, ihre Bewegungsfreiheit wieder durch Unterröcke und Hüftpolster einzuschränken. War sie doch inzwischen so an die ledernen Hosen und Stiefel gewöhnt, die sie während des Feldzugs immer trug. Das einfache Leinenkleid darüber hatte sie auf Wadenlänge gekürzt, sodass es sie beim Ausschreiten und im Sattel nicht behinderte. An kalten Tagen ergänzte ein mit Pelz gefüttertes Wams ihre ungewöhnliche Aufmachung. Heute jedoch musste sie an Wallensteins Seite repräsentieren. Sie zweifelte nicht daran, dass auch er heute viel Sorgfalt auf sein Erscheinungsbild verwenden würde. Jedenfalls waren Jascha und ein weiterer Bursche über eine Stunde bei ihm, ehe die Zeltplane beiseitegeschlagen wurde und der General heraustrat. Begleitet von Piccolomini, der sich ebenfalls herausgeputzt hatte, und der Leibgarde des Generals ritten sie nach Lauenburg hinein, wo Tilly sie auf dem Marktplatz bereits erwartete. Auch der General der Liga war prächtig anzusehen und empfing sie mit Pomp und allen Ehren. Die Trompeter ließen eine Fanfare erschallen, und die Pfeiffer spielten auf, als Wallenstein mit seinem Gefolge nahte. Auch hatten sich schon unzählige Schaulustige eingefunden, die das Treffen der beiden großen Feldherren bejubelten. Tilly schwenkte seinen Hut und bat Wallenstein mit seinem Gefolge in den wohl rasch geschmückten Saal, wo er einen Umtrunk reichen ließ. Es wurde höflich geplaudert, und Komplimente wurden ausgetauscht. Es schien keine Differenzen zwischen den beiden Feldherren zu geben.

Diese traute Harmonie würde dem Herzog von Bayern vermutlich die Zornesröte ins Gesicht treiben, dachte Sibylla. Anderseits konnte auch Maximilian nicht daran gelegen sein, dass der Dänenkönig am Ende als Sieger dastand, aber einen gestärkten Kaiser wollte er auch nicht. Sie würden wachsam bleiben müssen, um rechtzeitig zu spüren, wann sich der Wind drehte.

Als die Becher geleert waren und genug Höflichkeiten gewechselt, zogen sich die Generäle mit ihren höchsten Offizieren in den Ratssaal zurück, um die Bedingungen zu besprechen, zu denen sie zu einem Friedensschluss mit dem Dänenkönig und seinen verbündeten Fürsten bereit wären. Schon am nächsten Tag standen die zwölf Punkte fest.

»Das ist hart«, stellte Sibylla fest, als Wallenstein ihr das Papier vorgelesen hatte. »Denkt Ihr, Christian wird diese Bedingungen akzeptieren?«

»Nein«, antwortete Wallenstein heiter. »Das glaubt niemand. Der König ist noch nicht bereit, das Haupt zu beugen, aber ich sage dir, es dauert nicht mehr lange. Noch ein paar Niederlagen und ein abgemildertes Friedensangebot, dann wird er mit Freuden unterschreiben.«

Sibylla konnte nicht umhin, seine Weitsicht und politische Taktik wieder einmal zu bewundern. Er behielt nicht nur auf dem Schlachtfeld den Überblick, er hatte ein Gespür für Stimmungen und ahnte die Schachzüge seiner Gegner voraus.

»Gut, und wie geht es jetzt weiter?«, wollte Sibylla wissen.

»Jetzt ziehen wir nach Pinneberg«, gab er Auskunft.

Liebe Helena, mein geliebtes Kind,

wir sind noch immer im Norden des Reichs unterwegs. Seltsam, wie man sich an so ein Leben gewöhnen kann. Manches Mal kommt es mir vor, als hätte ich kein anderes Leben zuvor gehabt, als Tag um Tag im Sattel zu sitzen und mit dem Heer durch die Lande zu ziehen oder in einem Lager zu warten, während die Kanonen wieder auf eine neue Stadt ausgerichtet werden. Die Offiziere um mich sind mir fast schon zur Familie geworden. Vor allem András Sporr, den ich sehr lieb gewonnen habe. Natürlich denke ich noch an deinen Vater und liebe ihn noch immer, aber er wird nicht wieder zurückkommen. Ich hoffe, du kannst das verstehen. Und ich wünsche dir, dass auch du Menschen um dich hast, die dich lieben – vielleicht findest du bald schon einen jungen Mann, dem du dein Herz schenken kannst? Du bist ja schon fast erwachsen. Wo sind nur die Jahre geblieben?
Seit zwei Tagen lagern wir also vor Pinneberg. Feldmarschall Schlick und Aldringen haben derweil Schloss Trittau eingenommen. Es hat den Anschein, als wären die beiden Armeen des Kaisers und der Liga zu einer verschmolzen. Wallenstein und Tilly arbeiten Hand in Hand. Ich gebe zu, ich war sehr skeptisch, ob das funktionieren kann, aber zum Glück habe ich mich getäuscht. Es kam übrigens zu einem Gefecht mit einem alten Bekannten aus Prag: Graf Thurn ist noch immer eifrig für die protestantische Seite unterwegs und führt nun einige dänische

Regimenter. Wieder einmal nicht sehr erfolgreich, denn er konnte sich nicht lange halten und hat sich nach Elmshorn zurückgezogen. Um Hamburg dagegen hat das Heer einen großen Bogen gemacht. Die Hansestadt hat sich von Anfang an aus dem Konflikt herausgehalten und beharrt lediglich auf ihre Freiheit im Handel. Die Hamburger profitieren wohl von allen Seiten, denn ihr Talent, alles in kurzer Zeit und in großen Mengen beschaffen zu können, bringt ihnen volle Truhen ein.

Doch zurück zu Pinneberg. Die beiden Generäle haben beschlossen, mit der Beschießung zu beginnen, da sich Pinneberg bislang weigert, seine Tore zu öffn…

Eine Bewegung an der geöffneten Zeltplane ließ sie aufsehen. Wallenstein stand in Stiefeln und Wams vor ihr, den Säbel an der Seite, die Pistole im Gürtel.

»Willst du mitkommen? Wir inspizieren die Wälle. Ich will keine Überraschungen erleben. Sie verhalten sich verdächtig ruhig dort drinnen. Irgendetwas führen sie im Schilde.«

Sibylla nickte und legte die Feder beiseite. Sie zog sich das mit Metallplättchen verstärkte Wams über und folgte dem General zu den Pferden. General Tilly saß bereits im Sattel. Hinter ihm warteten ein Dutzend Musketiere, die sie begleiten würden.

Tilly wartete, bis Sibylla und Wallenstein im Sattel saßen, dann ritt er los. Im Galopp verließen sie das Lager und näherten sich von der Elbe her der Stadt. Tilly ritt ihnen immer ein Stück voraus und schwenkte dann, als sie sich den vorgelagerten Wällen näherten, nach rechts. Aufmerksam studierten die beiden Feldherren die Befestigungen des Feindes. Die anderen Männer folgten. Wallenstein schloss zu Tilly auf und rief ihm etwas zu, worauf sich Tilly zu ihm umwandte.

Etwas blitzte an der Mauerkrone auf. Sibylla stieß einen Schrei aus, doch er ging in dem Krachen von Musketen unter. Instinktiv trieb sie ihr Pferd an, um mehr Abstand zu dem Wall zu bekommen, auf dem sich die Schützen versteckt hielten. Eine neue Salve krachte. Ein Aufschrei von vorn. Sibylla sah mit Entsetzen, wie General Tilly vom Pferd stürzte. Das Tier bäumte sich auf und raste davon. Einer der Musketiere folgte ihm, um es einzufangen, die anderen hoben ihre Gewehre und erwiderten das Feuer, während Wallenstein vom Pferd glitt und sich über Tilly beugte. Sibylla sprang ebenfalls vom Pferd und warf den Zügel über einen Ast, dann eilte sie geduckt zu den beiden Generälen hinüber. Als sie sie erreichte, hatte Wallenstein den Ligageneral bereits hinter eine niedere Feldsteinmauer gezerrt.

»Wie schwer ist er verletzt?«, fragte sie hastig, als sie sich ebenfalls hinter die Mauer duckte. Sie sah das von Schmerz verzerrte Gesicht des Generals, dem man seine siebzig Jahre in diesem Moment ansah. Ihr Blick wanderte zu seiner Hose herunter, die am linken Knie zerfetzt und voller Blut war. Sibylla riss sich den Saum von ihrem Kleid und wickelte den Stoff straff um das verletzte Knie. Dann löste sie Tillys Schärpe und zog auch diese fest. Sie hatte keine Ahnung, wie schwer das Bein getroffen und ob der Knochen zerschmettert war. Zuerst mussten sie sich aus der Schusslinie bringen und den General ins Lager zurücktransportieren. Zum Glück war Wallenstein ein großer, kräftiger Mann und Tilly eher von schmächtiger Statur. Während die Musketiere noch einmal feuerten, trug Wallenstein den Verletzten außer Reichweite und half ihm in den Sattel seines Pferdes. Sibylla sah, wie sehr es Tilly schmerzte. Ihr notdürftiger Verband war bereits blutdurchtränkt. Dennoch hielt Tilly sich aufrecht. Langsam ritten sie zurück und brachten den General in sein Zelt. Wallenstein ließ sofort den Feldchirurgen holen, der nichts Besseres zu tun hatte, als einen ordentlichen Aderlass zu empfehlen, um jeder Vergiftung des Blutes entgegenzuwirken. Dann wickelte er den Verband ab und starrte auf das zerfetzte Knie.

»Ich denke, wir werden das Bein abnehmen müssen«, sagte er. »Je früher, desto besser.«

Obgleich Sibylla sich vorgenommen hatte, sich zurückzuhalten, schrie sie nun auf. »Nein!«, protestierte sie. »Ihr habt ja noch nicht einmal untersucht, inwieweit die Kniescheibe zerschmettert ist.« Sie trat heran und beugte sich über die Wunde. »Das Knie kann heilen! Ja, vielleicht wird es ein wenig steif bleiben und dem General Probleme bereiten, aber ich halte es für übertrieben, gleich sein Bein abzunehmen!«

Tilly und Wallenstein sahen sie an. »Seid Ihr nicht Astrologin?«, erkundigte sich Tilly.

Sibylla nickte. »Ja, aber auch Heilkundige und Wehmutter. Außerdem habe ich mit einem berühmten Arzt in Prag zusammengearbeitet.«

»Sie hat nach der Schlacht am Weißen Berg Pappenheim zusammengeflickt«, bemerkte Wallenstein. »Ich denke, Ihr könnt ihr vertrauen.«

Tilly zögerte nicht lange und warf den Chirurgen aus seinem Zelt. »Dann tut, was Ihr tun müsst, Witfrau Sibylla. Wenn Ihr mir das Knie rettet, könnt Ihr meiner ewigen Dankbarkeit sicher sein. Wenn nicht, dann bin ich auch nicht schlechter dran als mit diesem Quacksalber.«

Sibylla verbeugte sich. »Ich werde alles tun, was in meiner Macht steht, aber ich kann das nicht hier in einem Feldlager, wo mir die Kräuter und andere Zutaten, die ich brauche, nicht zur Verfügung stehen. Außerdem braucht Ihr ein anständiges Bett in einem warmen Haus, wenn die Nächte kühler werden, denn eines kann ich Euch jetzt schon sagen: Es wird Zeit brauchen, bis Ihr wieder auf den Beinen seid.«

»Das habe ich befürchtet.« Tillys Blick wanderte zu Wallenstein. »Nun liegt es allein in Euren Händen. Ich hasse es, aber ich werde mich dem Schicksal fügen.«

Die beiden Generäle reichten einander die Hände. »Macht Euch keine Sorgen. Ich werde während Eurer Genesung gut auf Eure Männer aufpassen, und ich werde dem Dänenkönig ordentlich in den Hintern treten!«

Wallenstein ließ seine Sänfte bringen. Dort betteten sie den General so bequem wie möglich. Sibylla flößte ihm einen Sud aus Teufelskrallenwurzel und Weidenrinde ein, um ihm während des holprigen Transports die Schmerzen zu nehmen. »Wohin soll ich den General bringen?«, fragte Sibylla.

»Bring ihn nach Lauenburg in sein altes Hauptquartier. Dort kann er in Sicherheit genesen, und es gibt auch einen Doktor, der den Titel verdient hat. Wenn du denkst, dass du ihn alleine lassen kannst, dann schick mir einen Boten. Ich werde dich abholen lassen. Komm auf keinen Fall auf eigene Faust«, schärfte er ihr ein, »denn ich kann dir nicht sagen, wie die Fronten in den nächsten Wochen verlaufen werden.«

Sibylla versprach es und nahm Abschied. Dann eilte sie zu Jascha, der ihr helfen sollte, einige Dinge einzupacken.

Sie hätte gerne noch eine Botschaft an András geschickt, doch sie wusste nicht, wo er war, und sie wollte Wallenstein nicht fragen. Sie hatte nie erfahren, ob er von der Nacht in Ungarn wusste. Er hatte zumindest kein Wort darüber verloren, und wenn er ihr heimlich dafür zürnte, so ließ er seinen Unmut zumindest nicht an András aus, über dessen Fähigkeiten er sich lobend äußerte. Immerhin hatte er ihn befördert. Dennoch nahm sich Sibylla vor, sich weiterhin diskret zu verhalten.

Sie brachen auf. Wallenstein gab ihr Jascha mit sowie einen Teil seiner Leibgarde zu ihrem Schutz. Auch einige von Tillys Männern würden sie begleiten, sodass zu ihrer Erleichterung Piccolomini bei Wallenstein blieb. Mit ihm tagelang an der Elbe entlang nach Südosten zu reisen hätte ihr ganz und gar nicht geschmeckt.

Liebe Helena, mein geliebtes Kind,

ich bin noch immer bei General Tilly in Lauenburg. Es geht ihm besser. Ich denke, sein Bein ist gerettet, doch an eine Rückkehr auf das Schlachtfeld, wie er es verlangt, ist noch Wochen oder gar Monate nicht zu denken. So dienen die letzten drei Regimenter, die die Liga anscheinend nur schweren Herzens im Norden gelassen hat, nun unter Wallenstein. Vor allem die Artillerie hat er gern übernommen. Gibt es doch noch genügend Stadtmauern und Festungen, hinter denen sich die Dänen verschanzen. Herzog Maximilian ist über die Situation mehr als nur verstimmt. Ich habe gehört, er tobt vor Zorn und hat beleidigt gefordert, die eroberten Fahnen und Geschütze paritätisch aufzuteilen. Ich denke, dem konnte Wallenstein leichten Herzens zustimmen. An solchen Trophäen liegt ihm nichts. Dagegen höre ich hier die Männer, die in Lauenburg stationiert sind, über den Bayernherzog lachen. Es wird seinen Zorn auf Wallenstein noch anstacheln, wenn ihm die Spötteleien zu Ohren kommen.
Ich bekomme hier nur das mit, was die Boten ihrem General berichten – und er bereit ist, mir nachher zu erzählen. Inzwischen habe ich ihn ins Herz geschlossen, obgleich er auch sehr schroff sein kann. Ich bin so froh, dass meine Heilkünste gut genug sind und er sein Bein nicht verlieren muss. Meist hält er mich den ganzen Tag auf Trab, doch in der Nacht liege ich oft lange wach und denke an dich, an Papa, aber auch an Wallenstein und András, von denen ich oft viele Tage lang nichts höre.
Doch zurück zu dem Krieg, der noch immer unvermindert tobt. Wallenstein hat die Armee geteilt und Schlick mit sieben Regimentern zu Arnim und András geschickt, um gegen die Dänen

unter Herzog Bernhard von Sachsen-Weimar und Markgraf Georg Friedrich von Baden-Durlach zu ziehen. Unsere Männer haben Oldesloe und Segeberg erobert, ehe sie auf die Streitmacht gestoßen sind. Es kam zu schweren Gefechten. Ich habe nichts von András gehört und kann daher nur hoffen, dass er unverletzt daraus hervorgegangen ist. Am nächsten Tag sind die Kaiserlichen dann zum letzten großen Gefecht aufgezogen, bereit, alles in die Waagschale zu werfen, um die Protestanten zu vernichten.

Ich habe in der Nacht davon geträumt. Es war, als würde ich zwischen ihnen schweben. Ich sah die Hauptleute Arnim und Schlick und auch András, angespannt auf ihren Rössern, ihre Männer hinter sich. Die Pferde waren unruhig und scharrten mit den Hufen. Sie warteten auf das Signal, um den Hügel hinunterzupreschen und sich auf die Dänen zu stürzen. Ich schwebte weiter den Hügel hinunter und befand mich unvermittelt zwischen Herzog Bernhard von Sachsen-Weimar und Markgraf Georg Friedrich von Baden-Durlach und ihrem Stab. Alle starrten wie gebannt zu den Hügeln hinauf, wo das kaiserliche Heer dicht an dicht aufgereiht stand. Ein Wald aus Pferden, Lanzen und Musketen. Hinter den Protestanten breitete sich das Meer aus, dessen graue Wogen vom Wind aufgepeitscht wurden. Ich konnte die Furcht spüren, die in den Herzen der Männer aufstieg. Sie legte ihre eisige Faust um sie und presste ihnen allen Mut heraus. Als auf dem Hügel die Trompete erschallte, ging ein Zittern durch die Reihen. Dann plötzlich gab es eine Bewegung. Einige der Offiziere schlugen ihren Pferden die Sporen in die Seite, dass die Tiere wieherten und davonschossen, doch nicht dem Feind auf den Hügeln entgegen. Sie ritten zum Strand, um sich auf ihren Schiffen in Sicherheit zu bringen.

Das war das Ende!

Reihenweise warfen die Soldaten ihre Waffen weg. Ganze Regimenter ergaben sich, von ihren Offizieren schändlich im Stich gelassen. Der Markgraf von Baden-Durlach fluchte und versuchte, sich einen Weg durch seine Männer zu bahnen, die nun mit erhobenen Händen den Kaiserlichen entgegengingen. Für ihn blieb nur noch die Flucht. Gerade einmal zweitausend Reiter folgten ihm nach Flensburg, wo er dem Dänenkönig die schlimme Botschaft überbringen musste, dass nichts vom Herz seiner Armee übrig geblieben sei.

Wie würde es weitergehen? Vielleicht war es schon bald vorüber, und sie würden endlich Frieden schließen? Die Menschen würden aufatmen und sich wieder ihrer Arbeit zuwenden. Die Felder würden bestellt werden, ohne dass eine weitere Armee die junge Saat zertreten und ein neues Jahr voller Hunger und Entbehrung eingeläutet werden würde.

Wie schön wäre es, wenn ich dir versichern könnte, dass dieser Krieg nun endlich zu Ende ist, doch ich fürchte, das ist uns noch nicht vergönnt.
Ich liebe dich über alles, mein Kind, und werde immer an dich denken.

Sie setzte noch ihren Namen unter den Brief, dann faltete sie ihn zusammen und legte ihn in die Kiste mit all den anderen Briefen, die Helena vielleicht niemals würde lesen können. Das blaue Band, das ihre Tochter an ihrem letzten Tag in Freiheit im Haar getragen hatte, hielt die Briefe zusammen.

Ehe sich Sibylla am Abend in ihre Kammer oben über der Schankstube des Wirtshauses in der Elbgasse zurückzog, sah sie noch einmal nach General Tilly, der sie mit einem jovialen Lächeln begrüßte.

»Sieh an, meine strenge Krankenschwester kommt, vermutlich um mir wieder irgendwelche Vorschriften zu machen.«

Sibylla erwiderte sein Lächeln. »Aber ja, General. Ich muss doch verhindern, dass Ihr unvernünftig werdet und am Ende der Chirurg recht und auch noch Euer Bein für sich behält.«

»Ich habe schon verstanden, aber es macht mich rasend, wenn dort draußen ein Krieg tobt und ich nicht bei meinen Männern sein kann. Ich bekomme fast täglich Nachricht von Wallenstein, der mit seinen Offizieren meine Arbeit dort draußen im Feld leistet! Und er macht sie verdammt gut«, fügte er leise hinzu.

»Ihr habt Euch stets tapfer geschlagen. Jeder weiß das und zollt Euch den größten Respekt«, versuchte Sibylla ihn zu beschwichtigen, doch er knurrte nur. »Ich sage Euch nicht, was in dem Schreiben des Herzogs aus Bayern steht.«

»Nein, das müsst Ihr nicht, und Ihr solltet Euch seine Worte auch nicht zu Herzen nehmen. Mit diesem Knie könnt Ihr nicht kämpfen! Nicht jetzt. Und wenn Ihr die Wunde nicht heilen lasst, dann vermutlich nie wieder. Dann kann der Herzog seine Briefe auf Euer Grab legen!«, endete sie in so scharfem Ton, dass Tilly sie erstaunt ansah, doch dann verzog sich das schmale Gesicht und legte sich in unzählige Falten. Er lachte leise.

»Ich glaube, ich weiß jetzt, was Wallenstein an Euch findet. Ihr seid eine bemerkenswerte Frau, und nun tut Eure Arbeit, und sagt mir, dass die Heilung voranschreitet!«

Sie machte sich an seinem Verband zu schaffen, säuberte die Wunde und legte eine neue Lage der Kräuterpaste auf, die sie mit den Zutaten des Apothekers am Markt selbst zubereitet hatte. Dann wickelte sie einen frischen Verband um das Knie und packte den alten in ihre Tasche, um ihn gründlich auszuwaschen.

»Ja, ich bin zufrieden, Herr General. Nun wünsche ich eine gute Nachtruhe und verabschiede mich bis morgen.«

»Wartet, Sibylla, ich habe noch etwas für Euch. Er hat auch

an Euch geschrieben!« Er reichte ihr einen Brief mit Wallensteins Siegel.

»Danke!« Sie drückte das Schreiben wie einen Schatz an ihre Brust und eilte in ihre Kammer zurück, um es in Ruhe lesen zu können. Vielleicht wäre ihr ein Brief von András noch willkommener, doch er schien nicht zu den Männern zu gehören, die gern die Feder in die Hand nahmen. Sicher hatte er keine Zeit dafür. Sie waren im Krieg! Das hieß nicht, dass er nicht an sie dachte oder sie nicht vermisste.

Sibylla versuchte sich auf das Schreiben in ihrer Hand zu konzentrieren. Sie erbrach das Siegel und faltete das Blatt auseinander.

Verehrte Sibylla,

ich kann nicht verhehlen, dass du mir fehlst. Es fühlt sich seltsam leer an meiner Seite an, und ich neige bereits dazu, in meinem Zelt auf und ab zu gehen und mit mir selbst zu sprechen, wenn mich der Schmerz in meinem Fuß nicht dazu zwingt, mich sofort niederzusetzen. Die Stiefel, die du mir mit Fell versehen hast, sind mir eine Erleichterung, doch es ist an manchen Tagen schwer, in den Sattel zu steigen.
Doch sprechen wir nicht von meinen Leiden. Du willst sicher wissen, was im Land vor sich geht. Nachdem ich meinem treuen Arnim Unterstützung gegen Herzog Bernhard und Markgraf Georg Friedrich geschickt habe, bin ich mit meiner Streitmacht meinem alten »Freund« Graf Thurn entgegengezogen, oder soll ich besser sagen, hinterhergejagt? Das trifft die Sache wohl eher. Er dachte wohl keinen Augenblick daran, sich mir entgegenzustellen, sondern ist quer durch ganz Holstein bis nach Rendsburg im Westen von Kiel geflohen, wo sich Christian von Dänemark verschanzt hat. Auf unserem Weg haben wir Elmshorn, Steinburg, Kellinghusen und Itzehoe für den Kaiser zurück-

erobert. Das Schloss war nicht einfach zu nehmen, denn es wurde von Major Dunbar und seinen Schotten verteidigt, der jede Kapitulation ablehnte und lieber sterben wollte, als uns Schloss Breitenburg zu übergeben.
Was soll ich dir sagen? Ich ehre ihn, denn er ist ein tapferer Mann, doch wir konnten es nicht auf sich beruhen lassen. Ich habe es Aldringen überlassen, dem nichts anderes übrig blieb, als jedes einzelne Außenwerk zu erstürmen und die Mauern zu beschießen, bis er eine Bresche brechen konnte. Das hat uns viele gute Männer gekostet, denn die Schotten wussten wohl, sich zu wehren. Am Ende aber fiel das Schloss, als kein Mann mehr übrig war, der eine Waffe hätte führen können. Aldringen fand nur noch Frauen, Kinder und drei alte Bauern im Schloss. War das wirklich nötig gewesen? Ich bin froh, dass wir nicht nur gegen Schotten kämpfen! Doch zurück zum Hauptquartier des Dänenkönigs.
In Rendsburg brach wohl Panik aus, als ich das Heer heranführte. Rasch haben die Bewohner eine Art Bürgerarmee aufgestellt, bei dem alle Männer zwischen fünfundzwanzig und fünfundfünfzig zu den Waffen greifen mussten. Ob das der Dänenkönig in seiner Verzweiflung angeordnet hat? Was er ganz sicher befahl, war die Öffnung der Deiche, um unseren Vormarsch zu stoppen. Auch der Himmel schien auf ihrer Seite. Es goss in Strömen und verwandelte alle noch nicht gefluteten Pfade in tiefen Morast. Du kannst dir nicht vorstellen, was für ein Kampf jeder Schritt war, ohne dass bisher ein einziger Schuss gefallen wäre. Unsere Pferde versanken so tief im Schlamm, dass die Männer absteigen mussten. Die Kanonenwagen blieben stecken und konnten nur noch mühsam mit unbändigem Willen und der Kraft vieler Männer vorangebracht werden. Dennoch brachte ich meine Regimenter so nahe an die Stadt, dass es für die Dänen zum Land hin kein Entkommen mehr gab. Ihr König hat sich allerdings gerade noch rechtzeitig

auf sein Schiff begeben und sich auf die Insel Fünen in Sicherheit gebracht.

Nun stehen wir hier vor den Mauern der Stadt. Der Kommandant hat um zwölf Tage Schonung gebeten. Falls Christian ihm bis dahin keine Hilfe schickt, will er mir die Tore von Rendsburg öffnen. Also warten wir. Wozu Männer in den Tod schicken, wenn mir die Stadt in den Schoß fallen wird? Denn meine Quellen arbeiten gründlich. Christian kann ihm keine Hilfe schicken. Er ist selbst in größter Not. Er ist von Fünen nach Seeland hinüber, doch dort rotten sich die Bauern gegen ihn zusammen. Ihm geht es jetzt nur noch darum, seine Haut zu retten.

Inzwischen dringt Feldmarschall Schlick weiter nach Schleswig vor und steht bereits vor Flensburg. Es wird dich interessieren, dass unser geschätzter Oberstleutnant András Sporr ihm treu zur Seite steht und seine Regimenter tapfer und mit Klugheit unterstützt. Er erfreut sich übrigens bester Gesundheit.

Sibylla ließ den Brief sinken. Sie spürte, wie ihr die Tränen aufstiegen. Er war am Leben, und er war gesund. Der Sieg war nahe. Gott war auf ihrer Seite.

Was für ein seltsamer Gedanken. Unterstützte der Herr im Himmel wirklich die katholische Seite? Diesen geradezu bigotten Kaiser in seinem Missionseifer, der sich auch nicht scheute, die Menschen mit Gewalt zu dem seiner Meinung nach rechten Glauben zurückzuholen?

Nein, das konnte sie nicht glauben. Hatte Wallenstein nicht bei allen Briefen und Verträgen mit dem Kaiser darauf bestanden, dass dieser Krieg kein Kampf zwischen den Religionen sein sollte, sondern allein zur Verteidigung des deutschen Reichs diene?

Sibylla wusste, dass Wallenstein hinter diesen Worten stand, doch was war mit dem Kaiser, der bei seinen Wallfahrten mehr als nur einmal geschworen hatte, das ganze Reich in den Schoß der katholischen Kirche zurückzuführen? Was würde er tun, wenn sein General ihm schon bald den Sieg zu Füßen legen würde?

Ja, der Sieg war nah. Sibylla konnte es geradezu spüren. Sie sprang auf, von einer Unruhe ergriffen, die sie auf und ab gehen ließ. Sie wusste plötzlich, dass sie nicht länger bleiben konnte. General Tilly war hier in guten Händen, die Gefahr für sein Knie gebannt. Die weitere Pflege konnten die Beginen oder eine andere Schwester übernehmen. Sibyllas Platz war bei ihrem General. Und bei András.

Sibylla nahm sich nicht die Zeit, Wallenstein zu schreiben und um Geleit zu fragen. Sie bat Tilly um einige Männer, die sie nach Rendsburg begleiten sollten. Der alte General hatte nichts dagegen einzuwenden, da er sowieso ein Antwortschreiben an Wallenstein verfasst hatte, das ihm unverzüglich überbracht werden sollte.

Er streckte Sibylla seine schmalen Hände entgegen, die sie ergriff und herzlich drückte.

»Dann heißt es jetzt Abschied nehmen. Ich danke Euch. Sagt Wallenstein, ich beneide ihn um seine treuste Begleiterin, und ich hoffe, dass wir uns in diesem Leben noch einmal begegnen.«

»Das werden wir sicher, General«, sagte sie leichthin.

Es würde viel zu schnell wieder Armeen geben, die durch die Lande zogen, und Schlachtfelder, auf denen Tausende Männer den Tod finden würden.

Die zweite Oktoberwoche neigte sich ihrem Ende zu, als Sibylla im Lager der kaiserlichen Armee ankam, die noch immer vor den Mauern oder, besser gesagt, vor den gefluteten Auen der Eider vor Rendsburg lagerte. Wallenstein sah sie einen Augenblick mit hochgezogenen Brauen an, als sie in ihren schlammbespritzten Hosen und Stiefeln vom Pferd abstieg.

Doch dann trat er auf sie zu, um sie zu begrüßen. »Hatte ich dir nicht ausdrücklich gesagt, du solltest nach meiner Leibgarde schicken?«, fügte er hinzu.

Sibylla legte den Kopf schief und lächelte. Sie fühlte sich so seltsam leicht und glücklich, als sei sie nach langer Zeit heimgekehrt. Vielleicht war dies ja auch so. War Heimat nicht der Ort, wo das Herz zu Hause war? Ein Teil ihres Herzens, ihres Geistes und ihrer Seele waren offensichtlich an Wallensteins Seite beheimatet.

»General Tilly schickt mich mit einer Nachricht«, sagte sie und reichte ihm den Brief.

Wallenstein zog eine grimmige Miene. »Ach, und da gab es keinen anderen Boten in Lauenburg, den er hätte schicken können?« Er erwartete keine Antwort. »Na, wenigstens hat er dich nicht alleine durch die Lande reiten lassen«, brummte er versöhnlich, während er das Siegel erbrach und den Brief las. Dann wandte er sich wieder an Sibylla.

»Was ist passiert? Warum bist du gekommen? Es scheint Tilly besser zu gehen, doch er ist noch lange nicht gesund, wenn ich die Zeilen recht lese.«

»Ja, sein Bein ist gerettet«, bestätigte sie, »aber es dauert, was ihn zur Weißglut treibt. Auch er ist kein geduldiger Patient!«

Wallenstein sah sie mit hochgezogenen Brauen an. »Ach nein? Und was meinst du mit auch? Du sprichst doch nicht etwa von mir?«

Sie kicherte. »Aber nein, Herr General, das würde ich nicht wagen. Was macht denn Euer Podagra?«

Seine Miene verdüsterte sich. »Sprechen wir über etwas anderes. Dies ist ein wichtiger Tag. Heute Abend jedoch würde ich es begrüßen, wenn du es dir ansiehst und mir vielleicht etwas gegen die Schmerzen geben könntest.«

Ein Leutnant, dessen Name Sibylla nicht kannte, kam angelaufen. »General, sie haben die weiße Fahne hochgezogen.«

Wallenstein schien zufrieden. »Wie es der Kommandant zugesagt hat. Ich wusste, dass er sich an sein Wort halten wird. Jascha, bring mir mein Pferd!«

Jascha warf dem neuen Burschen Franjo, der eigentlich die Position Jaschas bei Wallenstein übernommen hatte, einen triumphierenden Blick zu und eilte davon. Franjo sah ihm finster nach. Der General dagegen schien das Konkurrenzgerangel unter seinen Burschen nicht zu bemerken, oder es kümmerte ihn nicht. Er wandte sich Sibylla zu.

»Möchtest du mit mir in die Stadt reiten, die uns ihr Kommandant zu Füßen legt?«

Sibylla erwiderte seinen Blick, rührte sich aber nicht. »Was wird mit den Dänen, die sie verteidigt haben, und den Bürgern geschehen?«

Wallenstein hob die Schultern. »Ich werde die höchsten Offiziere für eine Weile verhaften müssen und die Soldaten entwaffnen, die sich nicht meiner Armee anschließen wollen. Dann können sie nach Hause ziehen und ihrem König berichten. Und von den Bürgern verlange ich die Kriegssteuer zur Versorgung meiner Männer, die jeder im Land bezahlen muss. Nicht mehr und nicht weniger.«

»Ihr seid ein gnädiger Kriegsherr«, sagte Sibylla und verlangte nun auch nach ihrem Pferd. »Ich werde Euch mit Freuden begleiten!«

Sie ritten an den äußeren Schanzen entlang und passierten die notdürftig reparierte Brücke über den gefluteten Graben zur Festung. Die Menschen standen schweigend zu beiden Seiten, um dem General ihren Respekt zu zollen. Der Kommandant erwartete sie vor dem Eingang zum Schloss und lud sie mit einer Verbeugung ein einzutreten, um die Übergabe der Festungsstadt zu verbriefen und bei einem Umtrunk zu besiegeln.

Ein paar Tage später kehrten endlich Feldmarschall Schlick und mit ihm András mit seinen Reitern zurück, um Wallenstein zu verkünden, die letzten Dänen seien vom Gebiet des deutschen Reichs vertrieben.

»Zwischen Hobro und Aalborg gelang es uns, sie einzukreisen. Es waren um die dreitausend Mann. Sie ergaben sich, denn sie sahen ein, dass ihre Lage hoffnungslos war«, berichtete Feldmarschall Schlick. »Wie Ihr befohlen habt, haben wir die hohen Offiziere gefangen genommen und die Männer entwaffnet und zu Fuß nach Hause geschickt.«

»Gut!« Wallenstein nickte nur knapp, doch die Männer schienen kein überschwängliches Lob zu erwarten. »Dann ist es also vollbracht. Wir werden drei Regimenter noch eine Weile an der Grenze belassen, der Rest kann sich zum Abmarsch bereit machen. Ich denke, ich werde mich heute Abend niedersetzen und dem Kaiser schreiben, dass es uns gelungen ist, in diesen sechs Wochen Schlesien und den gesamten Norden vom Feind zu befreien und für das Reich zu retten.«

»Sechs Wochen!«, wiederholte András später, als sie sich in Sibyllas Zelt zurückzogen, um ihr Wiedersehen zu feiern.

»Dann hast du mich also vermisst?«, neckte sie ihn.

»Das kannst du glauben«, versicherte er und küsste sie hungrig. Hastig zogen sie sich gegenseitig ihre Kleider aus und pressten ihre nackten Körper gegeneinander. Es wurde nachts bereits wieder empfindlich kalt, dennoch kosteten sie noch ein paar Minuten aus, den anderen auch mit Blicken zu verschlingen. Erst als Sibylla – trotz seiner heißen Küsse – eine Gänsehaut bekam und zu zittern begann, schlüpften sie unter die Felldecke. Auch ihr Hunger war in den vielen Wochen schmerzhaft gestiegen, und so zog sie ihn auf sich. Genussvoll stöhnte sie auf und biss ihm in die Schulter, während er sich langsam bewegte, darum bemüht, die Kontrolle über sich zu bewahren. Doch ihre Finger krallten sich fordernd in sein Gesäß, sodass er das Tempo beschleunigte. Sie steigerten gegenseitig den Rhythmus, ihre Hüften pressten sich aneinander, bis sie die in ihnen aufsteigenden Schreie der Erlösung in einem Kuss erstickten. András rollte sich zur Seite und zog sie auf sich, sodass er ihre feuchte Wärme noch ein wenig auskosten konnte. Seine Hände ruhten auf ihren Pobacken, ihre Wange kuschelte sich an seinen Hals. Satt und zufrieden lag sie in seinen Armen und genoss die Wärme seiner Haut an der ihren. Als die Müdigkeit nach ihr griff, legte sie sich neben ihn. Ihre Hand suchte die seine.

András hob den Kopf, sah sie an und griff das ursprüngliche Thema wieder auf. »Der General ist ein Genie! Nur sechs Wochen – kein anderer hätte das geschafft, nicht einmal in Jahren, das sage ich dir.«

»Das ist gut möglich«, stimmte sie ihm zu. »Aber sehen das die anderen hohen Herren auch so? Ich fürchte, sie schätzen seine außergewöhnlichen Fähigkeiten nicht so, wie es ihm zustünde.«

»Der Kaiser steht auf ewig in seiner Schuld!«, behauptete András. »Er wird das nicht vergessen. So einen Feldherrn bekommt er nie wieder, und das weiß er auch.«

Sibylla hätte sich gern der Hoffnung hingegeben, dass András recht behalten würde.

Kapitel 24

Der Friede von Lübeck, 1628–29

»Sibylla? Wo bist du?«

Es klopfte an der Tür zu ihrem prächtigen Gemach, das ihr der Herzog in seinem Prager Palais hatte einrichten lassen. Sibylla rief ihn herein.

»Was gibt es?«, erkundigte sie sich.

»Sag deiner Kammerfrau, sie soll ein paar Truhen packen. Nimm die besten Kleider mit. Wir fahren nach Brandeis.«

Sibylla, die vor dem Spiegel an ihrem Waschtisch gesessen und sich das Haar gekämmt hatte, legte die Bürste beiseite und erhob sich. »Brandeis?« Der Name des Orts schlug eine Seite in ihr an, die sie erzittern ließ. »Meint Ihr den Ort im Nordosten, in dem Helena gestorben sein soll? Kann ich das Grab sehen?«

Wallenstein nickte. »Ja, es ist die Stadt an der Elbe, die Kaiser Rudolf zur königlichen Kammerstadt erhoben und wo er sich auf dem Felsen über dem Fluss ein Schloss hat bauen lassen.«

»Und was wollt Ihr da?«

»Mich mit dem Kaiser treffen. Er hat die Herzöge von Mecklenburg für die Herrschaft Brandeis für abgesetzt erklärt und gibt sie mir als erbliches Lehen.«

»Oh!« Sibylla starrte ihn an. »Wenn der General nicht nach Wien kommt, kommt der Kaiser zu ihm nach Böhmen?«

»So in der Art. Wir haben viel zu besprechen. Es ist wichtig, jetzt die richtigen Entscheidungen zu treffen, wenn wir das Reich für lange Frist befrieden wollen. Das hat sogar der Kaiser begriffen.«

»Dann bete ich um die Klarheit seines Verstandes«, sagte Sibylla ernst und zögerte. Die folgenden Worte fielen ihr schwer. »Ich weiß nicht, ob es klug ist, wenn ich mit Euch komme.«

»Warum? Ist dir das Wetter zu widrig? Es hat sehr früh geschneit, doch ich denke, es wird nächste Woche wieder wärmer. Im November bleibt der Schnee hier selten liegen. Du kannst in der Kutsche reisen, wenn es dir bequemer erscheint.«

»Es liegt nicht an der Witterung«, wehrte Sibylla ab. »Ein wenig Schnee könnte mich nicht abhalten, mit Euch zu kommen, doch im Augenblick werde ich hier dringender gebraucht.«

»Warum? Meinst du Isabella?« Er machte eine wegwerfende Handbewegung. »Sie hält sich prächtig und ist hier in guten Händen. Wir werden nicht lange fortbleiben. Es dauert doch sicher noch einige Wochen. Du wirst rechtzeitig da sein, um meinem Sohn auf die Welt zu helfen.«

Er war so stolz und frei von Sorge, dass es Sibylla das Herz einschnürte. »Gut, aber ich werde nicht lange bleiben!«

So reisten sie am nächsten Tag nach Brandeis ab. Natürlich nicht ohne Wallensteins üblichen Tross aus Leibgarde und Karren voller Kisten und Truhen, die alles mitführten, was er für seine Auftritte vor dem Kaiser und seinen Räten benötigen würde. Sibylla spottete heimlich ein wenig über diese Prunksucht. Anderseits war ihr klar, dass es den anderen Fürsten gegenüber wichtig war, entsprechend aufzutreten und den richtigen Eindruck zu hinterlassen, auch wenn seine vielleicht übertriebene Pracht bei einigen auf Kritik stieß. Beeindruckt waren die Wiener Räte von Wallenstein, ob sie es nun wollten oder nicht, und das war die Voraussetzung, dass sie ihm zuhörten und über seine Vorschläge nachdachten.

»Wir haben den Dänenkönig besiegt und können ihm nun die Bedingungen für den Friedensvertrag diktieren«, sagte er zu Sibylla, als sie nebeneinander auf der Landstraße ritten. »Sie werden mit harten Bandagen geführt, darauf bestehen die Kriegsräte des Kaisers. Natürlich muss der Dänenkönig auf das Obristenamt in Niedersachsen verzichten und seine Söhne auf die Bistümer Bremen, Verden und Schwerin. Die Dänen haben keinerlei Ansprüche mehr auf irgendwelche Stifte im Reich und müssen Holstein gänzlich dem Kaiser überlassen. Außerdem sind die Kriegskosten von ihnen zu ersetzen und der Sundzoll zu reduzieren.«

»Ihr seid damit nicht zufrieden?«, erkundigte sich Sibylla.

»Ja, schon, doch vielleicht wird Christian dadurch zu sehr geschwächt.«

Sie runzelte die Stirn. »Ist das schlecht?«

»Wenn es den Schwedenkönig aus seiner Höhle ruft, ja. Die beiden haben im ewigen Zank miteinander gelegen. Gustav Adolf war lange mit Polen und den Streitereien um die Ostsee beschäftigt, doch nun könnte er seine Chance wittern, an einen ganz großen Kuchen heranzukommen.«

»Er wird es nicht wagen«, behauptete Sibylla.

»Nein?« Wallenstein wiegte den Kopf. »Das denkt Wien auch, aber ich sehe in ihm die größte Gefahr für das Reich. Und in den Türken, gegen die endlich etwas unternommen werden muss. Darüber will ich mit dem Kaiser sprechen. Ferdinand ist im Augenblick stark wie nie und hat eine schlagkräftige Armee. Das muss er nutzen.«

Sibylla schloss für einen Augenblick die Augen und sah sich auf einem Feldzug gegen eine Horde mörderischer Türken, die – den Namen Allahs auf den Lippen – alles niederbrannten, was ihnen in den Weg kam. Oh Gott! Sie sah zu Wallenstein auf.

»Aber will die Liga und allen voran Herzog Maximilian nicht den Kaiser überreden, das Heer rasch zu demobilisieren, um weitere Schäden im Land zu verhindern? Die Auswüchse nehmen wieder zu! Habt Ihr nicht erst kürzlich einen Offizier, der seine Männer nicht bändigen konnte, hinrichten lassen?«

»Ja, der Sold ist wieder einmal überfällig«, erklärte er. »Die Kontributionen, die wir eingezogen haben, reichen nicht. Auch das ist ein Thema, das ich in Brandeis ansprechen will. Ich muss alles tun, dass der Kaiser nicht auf den Bayernherzog hört. Wenn er jetzt die Truppen entlässt, wird er sich so sehr schwächen, dass er es schon bald bereut. Natürlich ist der Herzog dagegen. Er ist gegen alles, was den Kaiser gegenüber den Fürsten stärkt. Und er ist gegen mich, weil ich der Trumpf des Kaisers bin. Da der Kaiser seine Kurwürde bestätigt hat, kann er nun wieder frei agieren und seine eigenen Pläne verfolgen, und da ist es Maximilian natürlich ein Dorn im Auge, dass mir der Kaiser die Herzogtümer Mecklenburg verleihen will.«

»Um einen Teil seiner Schulden zu begleichen?«

»Natürlich«, stimmte Wallenstein zu. »Wie sonst kann er neues Geld für Ausrüstung und Versorgung seiner Armee von mir verlangen?«

»Und das wird er«, prophezeite Sibylla.

»Oh ja«, stimmte ihr Wallenstein heiter zu. »Die Geldtruhen des Kaisers scheinen bodenlos zu sein. Dafür hoffe ich, dass ich ihn von seinem Wahn, die Jungfrau Maria in alle Lande tragen zu müssen, abbringen kann. Der Kaiser ist besessen davon, die nordischen Stifte, die die protestantischen Fürsten aufgelöst haben, wieder zu neuem Leben zu erwecken, genauso wie er dem Traum nachjagt, seinen Sohn bereits jetzt als erblichen Nachfolger der Kaiserkrone von den Fürsten bestätigen zu lassen.«

»Dazu braucht er die Zustimmung aller, nicht wahr? Auch der Protestanten.«

»Zumindest eine Mehrheit muss er sich sichern, doch das alles darf den Frieden, den wir jetzt schließen müssen, nicht behindern.«

»Dann habt Ihr Großes in Brandeis zu leisten.«

»Das kann man sagen«, stimmte er ihr zu. »Wünsche mir Glück.«

»Erfolg und alles Glück dieser Welt!«, sagte sie. Das würde er brauchen, wenn er sich mit seinen Vorstellungen gegen den Wunsch des Kaisers und seiner Jesuiten durchsetzen wollte.

In Brandeis angekommen, bestand Sibylla darauf, als Erstes das Grab zu sehen, in dem ihre Tochter liegen sollte. Wallenstein hatte sich die Stelle anscheinend genau beschreiben lassen, denn er führte sie ohne Zögern zu einem Feld neben einer Obstwiese, auf der noch die Hügel des Massengrabs zu sehen waren, das die zahlreichen Opfer der Pest barg.

»Sie soll hier irgendwo verscharrt sein?« Verzweifelt sah sich Sibylla um.

»Sie und Deike liegen hier am Rand unter diesem Baum«, behauptete Wallenstein. »Eine Freundin und ihre Töchter haben die beiden hier begraben. Sie wollten sie nicht einfach in das Massengrab zu den anderen werfen.«

Sibylla umrundete den Baum, bis sie das kleine Kreuz sah, das jemand am Fuß des Stamms in die Erde gesteckt hatte. Sie ließ sich in den Schnee sinken, ungeachtet, dass ihre Röcke nass wurden, und versuchte zu beten, doch sie fand keine Worte. Falls Helena hier begraben lag, müsste sie sich ihr doch ganz nahe fühlen, doch sie empfand nur Leere.

Dann lag ihr Kind nicht zu ihren Füßen in der kalten Erde, aber wo war sie dann?

Helena, wo bist du?

Keine Antwort. Die toten Körper in diesem Grab sprachen nicht mit ihr. Die Seelen hatten sich längst aufgemacht, um einen besseren Ort aufzusuchen.

Sibylla hatte gehofft, die Toten, die Helena vielleicht gekannt hatten, würden ihre Visionen beflügeln und ihr einen Hinweis geben können, wo sie ihre Suche fortsetzen sollte, doch nichts geschah. Dafür quälten sie ihre eigenen Vorwürfe wieder.

Hätte sie irgendetwas anders machen können? Die Entführung verhindern oder ihre Suche anders angehen können? Hatte sie eine Gelegenheit, Helena zu retten, ungenutzt verstreichen lassen? Sie wusste es nicht, und die Zeit konnte nicht zurückgedreht werden.

Dagegen schienen der Kaiser und die Räte sehr viel Zeit zu haben. Die Verhandlungen kamen nur zäh voran. Ein paar Tage später überfiel Sibylla eine drängende Unruhe, sodass sie Wallenstein bat, sie nach Prag zurückbringen zu lassen.

»Ist das unbedingt nötig?«

»Ja! Isabella braucht mich.«

Sie sah, dass er ein wenig blass wurde. »Dann wollen wir keine Zeit verlieren. Ich gebe dir ein paar Männer mit. Brecht sofort auf!«

Sie war kaum in Prag eingetroffen und hatte sich gerade zur Ruhe begeben, da schreckte Sibylla bereits wieder aus dem Schlaf. Draußen auf dem Gang waren schnelle Schritte zu hören. Sibylla sprang aus dem Bett und warf sich einen Umhang über die Schulter. Als sie die Tür aufriss, kam ihr die Kammerfrau der Herzogin entgegengeeilt. Ihre Augen waren weit aufgerissen.

»Der Herrin geht es nicht gut«, sagte sie. »Sie stöhnt und ringt nach Atem. Es wird doch nicht etwas mit dem Kind sein?«

Genau das fürchtete Sibylla, daher sagte sie nichts und folgte stattdessen eiligst in die Gemächer der Herzogin, die blass und mit schweißnassem Haar in ihrem Bett saß. Die Herzogin glühte. Dann schüttelte ein Krampf ihren Körper, der sie aufstöhnen ließ.

»Nein!«, schrie sie und schlang die Arme um ihren Leib, als könne sie das Unvermeidliche dadurch verhindern. »Nein«, schluchzte sie, als die nächste Wehe durch ihren Körper rollte. »Es ist doch noch viel zu früh.«

»Sieben Monate«, flüsterte die Kammerfrau, doch Sibylla warf ihr einen warnenden Blick zu, ehe sie noch mehr sagen konnte.

»Geh in die Küche. Weck die Magd, sie soll das Feuer schüren. Wir werden hier heißes Wasser und saubere Tücher brauchen. Und dann richte ein Körbchen für das Kind!«

Die Kammerfrau öffnete den Mund, vermutlich um die letzte Anweisung infrage zu stellen, doch sie blieb unter Sibyllas strengem Blick stumm, nickte nur und eilte hinaus.

»Es kann nicht überleben, nicht wahr?«, stieß Isabella hervor. Tränen rannen über ihre Wangen. »Wie konnte das nur passieren? Ich habe bestimmt nichts Leichtfertiges getan, das musst du mir glauben!«

Sibylla nahm ihre schweißnassen Hände, die im Fieber bebten. »Nein, das weiß ich doch. Niemand trifft irgendwelche Schuld. Es ist zu früh, um zu trauern. Du musst dich nun konzentrieren und dem Kind den Weg in die Welt so leicht wie möglich machen. Dann sehen wir weiter, was wir für ihn tun können.«

Während Sibylla der Herzogin zur Seite stand wie schon Hunderten Frauen zuvor, peinigten sie ihre eigenen Gedanken. War das wirklich nur eine Bosheit des Schicksals, oder trug nicht doch jemand zumindest ein wenig Schuld daran, dass sich das Kind nicht richtig hatte entwickeln können? Sibylla hatte keine Anzeichen eines Rückfalls der Syphilis bei Wallenstein bemerkt, dennoch war sie sich sicher, dass die tödliche Seuche noch immer in seinem Körper innewohnte und dass er sie an Isabella und das Kind weitergegeben hatte. Nein, er war kein Mann, der sich bei jeder Gelegenheit eine Hure kommen ließ, dennoch hatte er sich diese Krankheit irgendwann einmal zugezogen, und nun mussten Isabella und er mit den Folgen leben.

Kurz darauf hielt sie einen winzigen Jungen in den Händen, doch sie würde nicht viel für ihn tun können.

»Er lebt, er lebt!«, jauchzte Isabella, als sie das schwache Krähen vernahm. Sie schluchzte hemmungslos, als Sibylla ihr den Sohn reichte, der niemals erwachsen werden würde, doch sie sagte nichts. Sie wollte nicht die wenigen Tage der Hoffnung zerstören, die der Mutter blieben. Sie hüllte den Jungen in ein Tuch, damit Isabella die Quetschung, die seinen Kopf deformiert hatte, nicht sehen konnte.

»Sibylla, Wallenstein hat einen Sohn!«, flüsterte Isabella. »Wie winzig und zart er ist. Du musst ihm eine gute Amme besorgen, dass er schnell wächst und kräftig wird.«

Sibylla versprach es. »Ich werde jemand finden, aber nun schlaf, und sieh zu, dass du zu Kräften kommst.«

Sie drückte der Mutter einen Kuss auf die Stirn, dann verließ sie das Gemach. Erst als sie die Tür hinter sich geschlossen hatte, ließ sie ihren eigenen Tränen freien Lauf. Die Herzogin würde nicht nur dieses Kind verlieren. Sie würde auch kein weiteres mehr bekommen.

Verehrte Sibylla,

hier in Brandeis geht alles seinen Gang – seinen langsamen Gang, wie wir beide wissen. Zu einem Zug gegen die Türken will sich der Kaiser nicht durchringen, vielleicht auch weil ihm der Vertreter des Bayernfürsten ständig ins Ohr träufelt, wie viel es ihn kosten würde und dass es doch viel besser sei, das Geld zu sparen und die Armee deutlich zu verkleinern. Er hat gar die Frechheit besessen, den Kaiser vor meinen Machtgelüsten zu warnen. Ich würde selbst nach der Kaiserkrone streben und wäre bereit, sie mir wie Cäsar mit meiner Armee selbst zu holen. Das hat sich dieser kleine Graf sicher nicht selbst ausgedacht. Dieses Gift kommt aus der Münchner Residenz, doch zum Glück ist der Kaiser gegen solche Einflüsterungen immun.
Mit den dänischen Friedensverhandlungen steht dagegen alles zum Besten. Ich konnte gar die Zusage von König Christian bekommen, sich nie wieder in die Angelegenheiten des Reichs einzumischen. Es ist ein guter Vertrag, nicht zu hart, um keine neuen Feindschaften zu legen, und ganz ohne das Gift der Religionsstreitigkeiten. Ich bin erleichtert. Ich glaube gar, in Christian einen Verbündeten für spätere Zeiten gefunden zu haben.
Doch wie steht es in Prag? Isabella hat mir geschrieben, dass wir einen Sohn haben. Ich bin überglücklich. Ich hoffe, sie und der kleine Prinz sind wohlauf? Und meine herzallerliebste Prinzessin auch. Ich sende euch meine allerliebsten Wünsche und verspreche, noch rechtzeitig zum Christfest zurückzukehren.

In Ergebenheit und Freundschaft die herzlichsten Grüße

Wallenstein

Sibylla ließ den Brief sinken. Es graute ihr vor der Antwort, die sie ihm schreiben musste. Lange genug hatte sie sich davor gedrückt und die Nachricht Tag für Tag mit der Ausrede verschoben, der Herzog müsse für seine Verhandlungen in Brandeis einen klaren Kopf bewahren. Doch jetzt musste sie ihm die Wahrheit schreiben, auch wenn sie ihm damit das Herz brechen würde.

Das Klopfen an der Tür schreckte sie auf. Es war ein Diener, der die Ankunft eines Besuchers im Palais Wallenstein meldete. Der Besucher begehre den Herzog zu sprechen, richtete er aus.

»Soll ich ihn wegschicken?«, wollte der Diener wissen.

»Wer ist es denn, und was will er?«, wollte Sibylla wissen.

»Was er will, hat er mir nicht gesagt, doch sein Name ist Johannes Kepler.«

Sibyllas Augen weiteten sich. »Bist du sicher? Hast du den Namen richtig verstanden?«

»Ich denke schon«, sagte er ein wenig unsicher. »Warum? Kennt Ihr diesen Mann?«

»Aber ja«, rief Sibylla aus, und sie spürte, wie sich ein Strahlen über ihr Gesicht ausbreitete. »Er ist der Hofmathematicus des Kaisers und sein Astrologe, der seine Horoskope erstellt.«

Der Diener nickte, schien aber nicht sonderlich beeindruckt. Solche Dinge gehörten nicht in seine Welt. Er musste wissen, wie man Silbergeschirr putzte und Parkettböden säuberte, ohne dass sie ihren Glanz verloren. Sibylla aber hob ihre Röcke und eilte ins Vestibül hinunter, wo der Besucher noch immer geduldig wartete.

»Magister Kepler, ach, ich weiß gar nicht, wie ich Euch ansprechen soll. Der verehrte Hofmathematicus und Astronom gibt uns hier in Prag die Ehre!« Sibylla ging mit ausgestreckten Armen auf ihn zu. Johannes Kepler, der in die Betrachtung einer Statue versunken gewesen war, fuhr herum und starrte sie verwirrt an. Es war klar, dass er die Frau in ihrem feinen Gewand, die ihn so überschwänglich begrüßte, nicht einordnen konnte.

»Mir ist es, als seien wir uns zuvor schon einmal begegnet«, sagte er zögernd. »Herzogin?«

Sibylla lachte. »Ja, wir sind uns begegnet, aber ich bin ganz sicher keine Herzogin. Denkt Euch dieses prächtige Gewand weg und dafür eine Hebammentasche in meiner Hand.«

Johannes Kepler starrte sie an. Seine Verblüffung wuchs. »Nein, das ist nicht möglich, doch dieses Haar gibt es nicht noch einmal auf der Welt. Ist es wirklich möglich? Die Wehmutter Sibylla aus Leonberg?«

»Genau diese«, bestätigte sie und reichte Kepler die Hand. Sie lud ihn ein, ihr zu folgen, und führte ihn hinauf in den vorderen Salon, in dem Wallenstein seine geschätzten Besucher empfing.

»Ihr seht mich verwirrt«, gab er zu. »Seid Ihr hier Gast des Herzogs von Friedland?«

»Ein sehr dauerhafter Gast«, verriet sie mit einem Augenzwinkern. »Ich bin die persönliche Astrologin des Generals.«

Das musste Kepler erst einmal verdauen. »Astrologin? Heißt das, Ihr erstellt ihm seine Horoskope für die Feldzüge und über die Lage des Landes?«

»Äh, nein, nicht ganz, obgleich er das immer wieder fordert, aber ich sage ihm ab und zu, was die Sternkonstellationen und die Stellung der Planeten am nächtlichen Himmel für ihn und sein Leben bedeuten.«

Für einige Augenblicke starrte der Astronom sie nur an, dann begann sein Körper zu beben, und er lachte, dass ihm Tränen in die Augen traten.

»So lächerlich ist das gar nicht«, bemerkte Sibylla ein wenig pikiert. »Habt nicht Ihr mir bei unserem letzten Treffen geraten, die Sterne zu Hilfe zu rufen?«

»Ja, das ist wahr, aber ich dachte dabei nicht, dass Ihr die Stelle des Astrologen beim mächtigsten Mann des Reichs einnehmt, ich meine natürlich abgesehen vom Kaiser selbst.«

»Das war so auch nicht vorgesehen«, sagte Sibylla hoheitsvoll. »Es hat sich so ergeben, und ich sage Euch, es war nicht immer leicht, seine Jahreshoroskope zu erstellen, ohne mich in Schwierigkeiten zu bringen.«

»Das kann ich mir vorstellen, wo Ihr von der Astronomie doch keine Ahnung habt.« Er schüttelte den Kopf, als könne er es noch immer nicht fassen.

»Das stimmt so nicht. Nicht mehr«, verteidigte sich Sibylla. »Ich habe bei einem großen Gelehrten studiert und unzählige Abende hier in Prag mit ihm verbracht. Meister Isaak ist ein weiser Mann, der mir viel beigebracht hat. Die ganzen Berechnungen der Winkel und Planetenstellungen sind mir allerdings immer ein Rätsel geblieben.«

»Ihr habt wahrscheinlich auch nicht die richtigen Instrumente, um die Messungen durchzuführen«, vermutete der kaiserliche Astronom.

Sibylla schüttelte den Kopf. »Nein, das ist richtig«, bestätigte sie betrübt.

»Ich dagegen verfüge über alles, was man braucht«, fuhr er fort.

Sibylla sah ihn aufmerksam an. »Habt Ihr diese Instrumente dabei? Würdet Ihr sie mir zeigen und mir ein paar davon erklären? Ich würde so gern noch mehr erfahren. Wie lange gedenkt Ihr zu bleiben?«

Nun wirkte der große Mann der Wissenschaften verlegen. »Ja, also, ich bin hier, um dem Herzog meine Dienste anzubieten.«

»Seid Ihr nicht mehr am kaiserlichen Hof in Linz?«, wunderte sich Sibylla. Die Stadt diente schon seit Jahrhunderten gelegentlich dem Kaiser und seinem Gefolge als Residenz.

»Ja, eigentlich schon, und Ihre Majestät hat meine Stellung auch mit einem guten Honorar ausgestattet, nur ist mir die Hofkammer dieses schon mehr als zwei Jahre schuldig, und es gibt keine Hoffnung, dass sich das in Kürze ändern könnte. Daher habe ich mich nach Prag aufgemacht, um dem Herzog von Friedland meine Dienste anzubieten. Er hat vor Jahren ein Geburtshoroskop von mir verlangt. Ich weiß, dass ihm die Kraft der Sterne wichtig ist. Ich kann einfach nicht länger bei Hof bleiben! Ihr müsst verstehen, ich muss eine Familie versorgen. Ich habe für die Verteidigung meiner Mutter viel Geld eingesetzt, bis ich sie endlich freibekam.«

»Ihr habt es geschafft? Ich habe nicht an Euch gezweifelt, und es freut mich!«

Kepler nickte. »Sie durfte wenigstens ihre letzten Monate in Freiheit verbringen. Ich denke, die lange Kerkerhaft und die Folter waren zu viel für sie. Sie ist schon vor Jahren gestorben.«

»Oh, das tut mir leid.« Für einige Augenblicke war Sibylla wieder zurück in Leonberg. Sie sah die alte Frau, die so gar kein Blatt vor den Mund zu nehmen bereit war und sich mit ihrer direkten Art viele Feinde geschaffen hatte. Nein, bösartig war die Keplerin nicht gewesen, doch sie war auch niemals bereit gewesen, eine unangenehme Wahrheit nicht auszusprechen.

Sibyllas Aufmerksamkeit kehrte zu ihrem Sohn zurück. Dem großen Gelehrten, von dem die Mutter stets gesprochen hatte. Natürlich war sie stolz auf ihren Sohn gewesen, doch auch das wollten die anderen nicht ständig hören. Wie abgespannt er aussah, dachte sie plötzlich. Die Wangen ganz eingefallen, die Spitzen seines langen Schnurrbartes und des Kinnbartes ergraut. Gut gelebt hatte er offensichtlich nicht, oder war er krank?

»Nun, dann habe ich den weiten Weg wohl umsonst gemacht«, sagte er gerade. »Die Stelle ist offensichtlich besetzt.« Er erhob sich und verbeugte sich vor Sibylla.

»Nein, bleibt!«, rief sie. »Ich weiß, dass Wallenstein große Stücke auf Euch hält. Er verehrt Euch und wird Euch ganz sicher sehr gern an seinem Hof hier in Prag haben. Ich schreibe ihm sogleich, also macht Euch keine Sorgen. Es gibt keinen freigiebigeren Mann in ganz Böhmen. Und wisst Ihr was? Er hält immer, was er verspricht, und wird Euch großzügig entlohnen.«

»So spricht man im ganzen Reich von ihm«, bestätigte Kepler.

»Wo ist mein Sohn?«

Noch in Reisemantel und Stiefeln polterte Wallenstein in den kleinen, runden Salon, den Sibylla so liebte. Sie saß mit einer Näharbeit beim Fenster, von dem aus man die Bauarbeiten am Czernin Atrium sehen konnte. Ansonsten war das Palais um seine drei Höfe mit dem großzügigen ummauerten Park, den breiten, gekiesten Wegen, den Statuen und dem quadratisch geformten See am anderen Ende vor der Reithalle so gut wie fertig.

»Ich wünsche einen guten Abend, Euer Gnaden«, begrüßte sie den Hausherrn.

»Dir auch einen guten Abend. Ich wollte nicht unhöflich sein, doch ich möchte meinen Sohn sehen. Deine Worte haben mich beunruhigt. Es ist doch alles in Ordnung mit ihm?«

Sie hörte das Flehen in seiner Stimme. Wie gern hätte sie seine Befürchtungen zerstreut, doch sie durfte ihn nicht anlügen. »Er ist sehr zart und schwach«, sagte sie daher, was streng genommen nur ein Teil der Wahrheit war. Sibylla legte ihre Näharbeit beiseite und erhob sich. »Dann kommt mit. Ich denke, er ist in Isabellas Gemach.«

Sibylla ging ihm schweigend voraus, bis sie die Räume der

Herzogin erreichten. Ein leises Quäken war zu hören. Wallenstein klopfte kurz und riss dann die Türe auf.

»Albrecht!«, rief Isabella aus, sprang auf und eilte ihm entgegen. Er nahm sie in die Arme, drückte sie an sich und wandte sich dann dem Kind zu, das auf einem Lammfell auf dem Bett lag. Es war so dick eingewickelt, dass es fast wie ein normaler Säugling aussah. Die Quetschung am Kopf war fast nicht mehr zu sehen, und dennoch war das Kind schwer krank.

»Da ist er!«, rief Wallenstein aus und hob das Kind hoch. »Wir werden ihn auf den Namen Albrecht Karl taufen. Das wird deinen Vater freuen.«

Isabella nickte. Beide Frauen verschwiegen, dass sie das Kind gleich nach der Geburt einer Nottaufe unterzogen hatten. Sicher war sicher. Keiner wollte riskieren, dass ein Säugling ungetauft starb und der Verdammnis anheimfallen musste.

»Wir werden ein prachtvolles Fest geben, gleich nach Weihnachten!«, fuhr er fort, als das Kind plötzlich zu zucken begann. Sein Mund verzerrte sich, doch es kam nur ein klägliches Wimmern.

Wallenstein erstarrte. »Was ist mit ihm? Sibylla, tu doch etwas!«

Sibylla nahm ihm das krampfende Kind aus dem Arm und wiegte es, während Isabella in Tränen ausbrach. So war es an Sibylla, die Kammerfrau in den Nebenflügel nach dem Arzt zu schicken.

»Er ist der Beste, den es in Böhmen gibt. Wir haben ihm hier ein Zimmer einrichten lassen, damit er jederzeit erreichbar ist.«

»Wenn du es für nötig hältst, dann ziehe ich deine Entscheidung nicht in Zweifel«, sagte der Herzog, der noch immer geschockt wirkte. »Was hat mein Sohn? Sibylla, du hast mir nicht die ganze Wahrheit geschrieben! Was verheimlichst du mir?«

Als der Arzt kam, hatte sich der Krampf gelegt, doch so oder so hätte er nicht viel gegen die immer wieder auftretenden Anfälle von Fraisen tun können.

»Lasst die Amme holen, und seht zu, dass er mehr trinkt«, wies der Arzt an. »Er ist zu dünn!«

Das konnten alle sehen, sobald die vielen Schichten, in die der Knabe gewickelt war, entfernt wurden, doch es lag ganz sicher nicht an der Amme, dass er eher ab- als zunahm. Die Frau bemühte sich redlich, doch auch sie konnte das Kind nicht zwingen. Sibylla hatte versucht, dem Kleinen mittels einer Schweineblase Milch mit allerlei stärkenden Zusätzen einzuflößen, aber das Ergebnis war alles andere als zufriedenstellend.

Sie ließen die Mutter mit der Amme und dem Kind alleine. Draußen vor der Tür packte Wallenstein den Doktor am Arm.

»Ihr werdet meinen Sohn doch durchbekommen? Man sagt, Ihr seid der beste Arzt in Böhmen.«

»Und dennoch kann ich nichts versprechen. So ein Fall ist mir noch nicht untergekommen. Herr General, ich tue mein Bestes, aber Ihr müsst auf das Schlimmste gefasst sein.«

So hatte er sich das Wiedersehen mit seiner Familie nicht vorgestellt. Sibylla und Wallenstein saßen im Speisesaal vor ihren Tellern und schwiegen, jeder in seine Gedanken versunken. Der Platz der Herzogin blieb leer, wie so oft. Sie verließ ihr Gemach kaum noch und ließ sich lieber eine kleine Mahlzeit für sich und Elisabeth in ihr Zimmer bringen.

»Wir werden trotzdem ein Fest geben«, sagte Wallenstein trotzig. »Albrecht Karl wird überleben, und er wird das Herzogtum erben!«

Sibylla sagte nichts. Ihr fehlte es an Kraft und auch an Mut, ihm zu widersprechen. Stattdessen sagte sie: »Ihr habt Besuch. Er ist vor einigen Tagen in Prag eingetroffen, und ich habe mir erlaubt, ihm Eure Gastfreundschaft anzubieten.«

»Wer ist es?«, fragte Wallenstein ohne Interesse. Er musste noch die schreckliche Nachricht verdauen.

»Der kaiserliche Hofmathematicus oder, besser gesagt, der ehemalige Astronom des Kaisers, Johannes Kepler.«

Mit diesem Namen gelang es ihr tatsächlich Wallensteins Aufmerksamkeit zu erringen. »Was führt ihn nach Prag?«, erkundigte er sich.

»Die leeren Kassen des Kaisers und der Hunger seiner Familie«, brachte es Sibylla auf den Punkt. »Ferdinand versäumt es nicht nur, regelmäßig den Sold seiner Soldaten zu bezahlen!«

»Dann will er hierbleiben und für mich arbeiten?« Die finstere Miene wurde von einem Lächeln erhellt. »Das ist wunderbar.« Er ging zur Tür, öffnete sie und rief in den Gang hinaus: »Jascha, geh unseren Gast Johannes Kepler holen, und sage ihm, dass ich ihn im Salon empfange.«

Der junge Mann, der wie üblich irgendwo in Hörweite auf Aufträge wartete, eilte davon. Wallenstein wandte sich wieder an Sibylla.

»Ist das nicht wunderbar? Ich meine, du brauchst nicht denken, dass er dich ersetzen soll. Aber er hat so viele Talente und ist ein großer Forscher des Himmels und der Erde. Ich werde ihm eine Bibliothek und eine Sternwarte einrichten. Er soll einen Lehrstuhl für Astronomie bekommen. Er kann hier in Prag ein Haus haben, oder ich mache ihn zum Hofmathematiker meines neuen Herzogtums Sagan. Was meinst du?« Ohne ihre Reaktion abzuwarten, fuhr er fort. »Ich richte ihm eine eigene Druckerei für seine bahnbrechenden Werke ein. Und natürlich muss er mir ein neues Horoskop erstellen. Sein erstes reichte nur bis in das Jahr

1625. Du hast doch nichts dagegen?« Sibylla schüttelte den Kopf. »Ja, ihr könntet zusammen daran arbeiten, dann wird es sicher noch genauer.« Er sah Sibylla so erwartungsvoll an, dass ihr ein Auflachen entfuhr.

»Ich denke, das Überleben des großen Astronomen und seiner Familie ist gesichert. Das wird ihn freuen. Sein Weg nach Prag war nicht umsonst.«

Kapitel 25

Prag, 1628 – Memmingen, 1630

Es gab zur Taufe des kleinen Albrecht Karl ein rauschendes Fest, zu dem auch Graf von Harrach aus Wien anreiste und Isabellas Schwester Katharina mit ihrem Mann Maximilian von Waldstein, der seinen Vetter freudig begrüßte. Auch der Bankier Hans de Witte kam und brachte ein kostbares Geschenk für den kleinen Albrecht Karl. Die Gäste taten so, als sei das Kind gesund und als hätten sie tatsächlich den künftigen Herzog von Friedland in seiner Wiege vor sich, dabei konnte zumindest das Herzogspaar sehen, dass das Kind von Tag zu Tag weniger wurde, während seine Krämpfe zunahmen.

Es war in der zweiten Januarwoche, als Sibylla an Wallensteins Tür klopfte. Er rief sie herein. Gerhard von Taxis war bei ihm, um die dringlichsten Entscheidungen für das Herzogtum zu besprechen, das trotz des Krieges zu einer Blüte gelangt war, dass es weit über alle anderen Ländereien im Reich herausragte. Die vielen Änderungen, die der Herzog in der Landwirtschaft und im Handwerk durchgesetzt hatte, trugen Früchte. Auch die gezielte Förderung des Handels und die Reform des Bodens, die dazu führte, dass die Bauern – sofern sie sich anstrengten – mehr Früchte ihrer Arbeit davontrugen, ließen das Land aufblühen. In Landeshauptmann von Taxis hatte Wallenstein einen Verwalter gefunden, der seine Wünsche mit allem Nachdruck umsetzte.

Sibylla wartete, bis die beiden Männer ihr Gespräch beendet hatten und von Taxis sich mit einer Verbeugung zurückzog.

»Was gibt es, meine Verehrte?«, erkundigte sich Wallenstein, während sein Blick und seine Gedanken noch auf die Unterlagen gerichtet waren, die der Verwalter ihm vorgelegt hatte.

»Ihr solltet Euch von Eurem Sohn verabschieden!«

Es dauerte einige Augenblicke, bis er die Tragweite ihrer Worte erfasste. Wallenstein sprang auf und stürmte auf sie zu. Er packte sie so hart an den Armen, dass Sibylla aufstöhnte.

»Warum? Wie konnte das passieren? Was ist nur falsch gelaufen? Ich werde diesen Quacksalber von einem Arzt in Ketten legen lassen!«

»Er kann nichts dafür«, widersprach Sibylla sanft. »Er nicht und ich auch nicht und noch weniger Isabella oder das Kind selbst.«

»Ach ja? Und an wen muss ich mich mit meinem Zorn wenden? An Gott und die Heilige Jungfrau?«

Sibylla löste seine Hände von ihren Armen. »Wenn Ihr glaubt, dass sie das Schicksal jedes einzelnen Menschen bewusst in ihre Hand nehmen. Wenn Ihr denkt, dass sie dort oben im Himmel stehen, um Glück oder Krankheit zuzuteilen. Ich will so etwas nicht glauben. Ich kann mir Gott nicht so grausam vorstellen. Ich denke, er hat uns unser Leben und unseren Verstand gegeben, alles andere ist den Launen des Schicksals unterworfen.«

»Und das Schicksal hat beschlossen, meinen Sohn zu verderben, noch ehe er recht leben durfte?«

»So ist es. Und es ist nicht der einzige Schlag, den das Schicksal Euch bereitet«, fuhr sie fort.

Wallenstein kehrte zu seinem Sekretär zurück und ließ sich in den Stuhl fallen. »Was ist noch? Sag nicht, dass auch meine Elisabeth sterben wird.«

»Oh nein«, rief Sibylla. »Sie ist gesund und kräftig, aber sie wird das einzige Kind bleiben, das Ihr und Isabella haben werdet. Sie sollte nicht wieder schwanger werden. Darin sind der Arzt und ich uns einig. Ihr Leben wäre in Gefahr. Wir konnten schon dieses Mal die Blutungen kaum stoppen. Und vermutlich würde sie kein lebensfähiges Kind mehr bekommen.«

»Ich verstehe das nicht«, stieß er hervor. »Sie scheint doch eine gesunde Frau zu sein.«

Dann schwieg er und barg das Gesicht in den Händen. Sibylla schwieg ebenfalls und rührte sich nicht von der Stelle. Sie erwartete einen neuen Ausbruch seiner ohnmächtigen Wut, doch er blieb stumm. Nach einer Weile erhob er sich schwerfällig.

»Dann werde ich mich jetzt von meinem Sohn verabschieden«, sagte er und verließ das Zimmer.

Am nächsten Tag starb der kleine Albrecht Karl. Er schlief einfach ein, sein Körper krampfte sich ein letztes Mal zusammen, dann hörte er auf zu atmen. Isabella war untröstlich, vor allem die Aussicht, nie wieder ein Kind zu bekommen, drückte sie nieder.

»Es ist meine Pflicht, ihm einen Erben zu schenken«, sagte sie immer wieder. »Ich muss ihn freigeben, damit er eine andere Frau nehmen kann.«

Sibylla nahm sie in die Arme. »Das wird Wallenstein nicht tun. Er liebt dich und Elisabeth von Herzen. Es ist nicht deine Schuld, und das weiß er.«

»Aber wer wird nach ihm das Herzogtum übernehmen?«, schluchzte Isabella.

Sibylla sah wilde Szenen in ihrem Inneren aufsteigen. Das

blühende Land würde seinen Herzog nicht lange überdauern. Es würde das Schicksal aller anderen Ländereien in Böhmen und Mähren teilen, denen eine lange, finstere Nacht bevorstand, doch das sagte sie nicht.

»Er wird eine Lösung finden«, sagte sie nur und streichelte Isabellas Haar. »Wie ich höre, wird dein Vater noch eine Weile in Prag bleiben?«

»So hat er es mir gesagt«, versicherte Isabella. Sibylla wusste, warum der Graf die lange Reise nach Wien scheute. Nur allzu bald würde Isabella erneut Tränen vergießen. Sibylla spürte, dass die Lebenskraft des Grafen schwand. Er war erst achtundfünfzig Jahre alt, doch das Ende war nah.

Er starb wenige Wochen später in den Armen seiner Tochter. Kurz darauf setzte Wallenstein seinen Lieblingsvetter Maximilian als seinen Erben ein.

Meine verehrte Sibylla,

ich kann nur aus tiefstem Herzen sagen, dass ich Wien und diese Räte verabscheue und noch viel mehr die Jesuiten, allen voran den Beichtvater unseres Kaisers, der ihm zu jeder Stunde Gift ins Ohr träufelt, als ob es noch Lamormainis Stachel bräuchte, um die Rekatholisierung mit allen Mitteln voranzutreiben. Du müsstest den verzückten Ausdruck des Kaisers sehen, wenn er von seiner Vision spricht, den göttlichen Auftrag zu erfüllen und den wahren Glauben wieder im ganzen Reich fest in jedem Herz zu verankern.
Wir haben schon genug Probleme, die letzten Festungen im Norden einzunehmen, die nach dem Abzug des Dänenkönigs noch geblieben sind. Vor allem Stralsund zeigt sich stur. Die Hansestädte fürchten nicht ganz zu Unrecht um ihre Handels- und vor allem um ihre Religionsfreiheit. Ich habe sie ihnen garantiert, doch das, was sich in Wien zusammenbraut, lässt

mich das Schlimmste fürchten. Ich sehe allen Orts, wie der Kaiser die Jesuiten antreibt und sie mit immer brutaleren Methoden die katholische Lehre wieder durchsetzen. Ferdinand will eine katholische Restauration! Das würde einen Religionskrieg aller Länder Europas bedeuten, den ich immer versucht habe zu vermeiden. Ich sage dir, wenn die Jesuiten in den Norden kommen, wird der Schwedenkönig im Reich landen, und er weiß England, Holland und selbst Frankreich hinter sich. Denn selbst wenn Richelieu in seinem Land die Hugenotten bekämpft, wird er sich auf die Seite der Protestanten stellen, um Habsburgs Macht zu beschneiden. Ach Sibylla, warum will er die Gefahr nicht sehen? Selbst der Kaiser kann das Rad der Geschichte nicht zurückdrehen auf den Stand von vor fast einhundert Jahren. Seit dem Augsburger Religionsfrieden ist zu viel geschehen. Wenn er diesen Weg weitergeht, dann wird er alles verlieren, was seine Armee und ich ihm in den Schoss gelegt haben. Er ist auf der Höhe seiner Macht. Er sollte diese bewahren und mich gegen die Türken ziehen lassen, um dort einen stabilen Frieden auszuhandeln. Auch das soll kein Kreuzzug gegen die Muselmanen sein. Es geht allein um das Territorium, das dem Reich zusteht. Es geht darum, unsere Grenzen zu sichern, nicht seinen Glauben in alle Länder zu tragen!

Doch genug geklagt. Ich werde nicht ruhen, um diese Katastrophe zu verhindern.

Im Übrigen ist General Tilly auch dank deiner Fürsorge wieder in der Lage, sein Pferd zu reiten, und ist mit seinen Regimentern nach Stade gezogen. Ich selbst werde mich wohl, wenn ich meine Mission hier in Wien erfüllt habe, um Stralsund kümmern. Ich hoffe, dass ich die Stadtväter überzeugen kann, dass sie sich auf meine und damit auch auf die Zusagen des Kaisers verlassen können.

Sibylla ließ den Brief sinken und versuchte dem zu lauschen, was zwischen den Zeilen schwang. Sie hatte selten solch eine Verzweiflung gespürt. Wallenstein sah die Zukunft fast so klar vor sich, wie ihre Träume sie ihr zeigten. Sie standen an der Weggabelung und sahen den rechten Pfad klar vor sich, doch sie waren verflucht, miterleben zu müssen, wie andere, allen voran der Kaiser, die Straße ins Verderben wählten.

Als Wallenstein nach Prag zurückkehrte, hatten sich die Sorgenfalten auf seiner Stirn vertieft. Er nahm sich kaum Zeit, Isabella und seine Tochter zu begrüßen, schon zog er sich mit grüblerischer Miene in sein Arbeitszimmer zurück, um sich den Briefen und Verträgen zuzuwenden, die die Verwaltung und den Ausbau seiner Ländereien betrafen. Vielleicht um nicht mehr an das, was er in Wien hatte erleben müssen, zu denken. Sibylla ließ ihn einige Stunden allein, dann klopfte sie, trat ein und setzte sich ein Stück abseits im Erker in einen weichen Sessel. Er tat, als habe er sie nicht bemerkt, und arbeitete verbissen weiter. Sie schwieg ebenfalls und betrachtete ihn. Ein Gefühl von Traurigkeit überkam sie.

Es hätte eine Zeit der Freude und des Triumphes für den General des Kaisers sein sollen, nachdem der Frieden von Lübeck nun von beiden Seiten unterzeichnet worden war. Es war Wallensteins Sieg und sein Friede. Der Vertrag trug seine Handschrift. Er ließ beiden Seiten Luft zum Atmen und versprach eine bessere Zukunft.

Und dennoch musste Wallenstein in diesen Tagen auch seine größte Niederlage einstecken. Das war ihm wohl bewusst. Sibylla konnte es an seiner Körperhaltung und der angespannten Miene sehen. Er hatte alles gegeben und das Schlimmste dennoch nicht verhindern können, denn am 6. März 1629 unterzeichnete der Kaiser das Restitutionsedikt, das vorsah, alle Klöster und Stifte, die vor 1552 katholisch gewesen waren, wieder den Katholiken zuzusprechen. Das bedeutete, die protestantischen Fürsten sollten alle ehemals geistlichen Güter, die sie aufgelöst hatten, wieder der Kirche übergeben. Es ging um eine Menge Land. In manchen protestantischen Fürstentümern um fast zwei Drittel des Herrschaftsgebiets. Außerdem betraf es die Erzbistümer Bremen und Magdeburg und zwölf weitere Bistümer in Norddeutschland sowie Hunderte Abteien, Stifte und Klöster. Natürlich mussten die Bewohner all dieser Landstriche sofort den katholischen Glauben wieder annehmen, was nahezu einer Vernichtung des protestantischen Bekenntnisses gleichkam. Alle anderen reformierten Strömungen sowie der Calvinismus wurden ganz verboten.

Endlich sah Wallenstein auf. »Was willst du?«, fragte er schroff.

»Zuhören oder reden, wie es Euch lieber ist.«

»Was gibt es da noch zu reden? Es ist alles verloren. Ferdinand hat mir den Befehl gegeben, das Edikt mithilfe meiner Truppen durchzusetzen. Maximilian gab die gleiche Order an Tilly, der eilfertig versprochen hat, alle Mittel einzusetzen! Muss ich noch mehr sagen?«

Sibylla konnte nicht verhindern, dass sie ein eisiger Schauder ergriff. In ihrer Zeit an der Seite des alten Ligagenerals war er ihr immer vertrauter geworden. Ja, sie hatte ihn gemocht, doch jetzt zürnte sie ihm, auch wenn sie wusste, dass er den Befehlen des Bayernherzogs und der Liga gehorchen musste. So wie Wallenstein dem Kaiser.

»Was werdet Ihr nun tun?«, fragte sie leise.

»Wenn du glaubst, dass ich jemanden mit vorgehaltenem Schwert dazu zwingen werde, ein Ave-Maria zu beten, dann täuschst du dich in mir.«

»Das habe ich auch nicht angenommen! Aber wie könnt Ihr Euch dem Befehl des Kaisers widersetzen?«

»Ist es nicht die Spezialität der Wiener Räte, alles zu verzögern und erst einmal auszusitzen? Vielleicht bin ich ein gelehriger Schüler?« Er atmete tief ein. »Ja, ich bin Katholik, und ich bin noch immer überzeugt, das Richtige getan zu haben, als ich katholisch wurde. Ich stifte in meinen Herzogtümern Kirchen und gründe Klöster, aber ich werde die Menschen in meinen Ländern zu nichts zwingen und jede Gewalt gegen Protestanten bestrafen. Außerdem habe ich meine Truppen nach Magdeburg geschickt, um mit der Stadt und auch der Hanse einen Kompromiss auszuhandeln, mit dem die Protestanten leben können. Wie ich das dem Kaiser und der Liga vermitteln soll, weiß ich allerdings noch nicht.« Er lachte harsch. »Ich denke, die protestantischen Fürsten, gegen die ich ins Feld ziehe, achten mich inzwischen mehr als meine sogenannten katholischen Verbündeten.«

Sibylla liebte ihn für diese Worte, dennoch fragte sie leise: »Was werden die hohen Herren in Wien und die anderen katholischen Fürsten dazu sagen?«

Wallenstein machte eine wegwerfende Handbewegung. »Ich habe mit allem, was mir möglich war, gegen dieses Edikt gekämpft. Glaube mir, ich habe mir bereits alle katholischen Fürsten und Räte zum Feind gemacht. Von Herzog Maximilian will ich gar nicht erst reden. Ich denke, sein Hass auf mich ist inzwischen so groß, dass er mir am liebsten selbst ein Messer zwischen die Rippen stechen würde, um das Problem ein für alle Mal los zu sein.«

Das hielt Sibylla für übertrieben, doch ihr war klar, dass Maximilian ein mächtiger Feind war, der nur darauf wartete, den verhassten Emporkömmling loszuwerden, der dem Kaiser so viel Stärke verlieh.

»Der Kaiser ist im Irrtum, doch noch ist er verblendet von seinen religiösen Visionen. Selbst der Papst lehnt das Edikt übrigens streng ab. Er sagt, hier ginge es nicht um den wahren Glauben, sondern allein darum, die ehemals geistlichen Güter zur Deckung der Kriegskosten und zur Stärkung des Hauses Habsburg einzuziehen. Der Kaiser hat nämlich nicht vor, all die Klöster und Stifte ihren früheren Eigentümern zurückzugeben!« Wallenstein schnaubte verächtlich und starrte Sibylla dann mit einem gramvollen Blick an. »Der Kaiser gräbt sich mit dieser Entscheidung sein eigenes Grab. Jetzt muss es zu einem Generalaufstand kommen. Frankreich, die Niederlande, England – alle werden sich gegen ihn empören und den protestantischen Fürsten beistehen. Jetzt wird sich auch der Schwedenkönig in die Schlacht werfen. Habsburg und die Liga stehen mit Spanien allein da. Der Sieg über Dänemark und der Friedensvertrag sind nicht mehr das Papier wert, auf dem sie geschrieben sind.« Energisch schüttelte er den Kopf und wechselte dann das Thema. »Wie geht es Magister Kepler? Habt ihr an meinem Horoskop gearbeitet?«

»Ja, es fehlen nur noch ein paar Berechnungen zu Uranus.«

»Ich möchte es dennoch sehen. Willst du Magister Kepler herbitten, dass wir darüber sprechen? Ich denke, ich sollte wissen, was auf mich zukommt.«

Sie nickte widerstrebend, machte sich aber auf den Weg. Nun hatte sie so lange vermieden, über das Unvermeidliche zu sprechen, doch wie könnte sie den großen Astrologen bitten, etwas auszulassen oder gar zu lügen? Sibylla hatte längst das Unheil gesehen, das wie ein riesiger Sturm auf Wallenstein zurollte. Doch sie wusste auch, dass er dieses Unwetter, wie so viele, überstehen würde. Ganz anders sah es mit dem Unglück aus, das Kepler aus der Konstellation der Sterne für das Jahr 1634 voraussagte. Ganz sicher war er sich nicht, was die bedrohliche Stellung der Planeten für den Herzog bedeutete, und Sibylla würde es weder ihm noch Wallenstein sagen. Jetzt musste er sich erst einmal auf den Sturm einstellen, der ihm schon in wenigen Wochen ins Gesicht blasen würde.

Lieber Peter,

Lange hatte sie nicht mehr an ihren verstorbenen Mann geschrieben. Vielleicht auch weil ihr Gewissen sie ab und zu noch immer peinigte und ihr wegen ihrer Beziehung zu András Verrat an seinem Andenken vorwarf – gerade wenn sie von ihm getrennt war und ihn schmerzlich vermisste. Dennoch hatte sie heute das Bedürfnis, ihm über die Ereignisse im Reich zu berichten, die nicht nur Wallensteins Leben durcheinanderwirbeln würden.

ich bin mit Wallenstein nach Memmingen gereist. Wir haben hier Quartier im Herrenhaus der Fugger bezogen und warten nun, was das Schicksal bringen wird. Er weiß so gut wie ich, was die Stunde geschlagen hat, doch er wartet geduldig auf das Urteil. Oder denkt er, der Kaiser würde sich auf seine Seite stellen und seinen General, dem er so viel verdankt, gegen die anderen Fürsten verteidigen?
Seit Graf Harrachs Tod hat Wallenstein seinen eifrigsten Fürsprecher bei Hof verloren. Nein, der Kaiser war noch nie einer, der Position bezogen und diese standhaft verteidigt hat. Nicht gegen Herzog Maximilian und noch weniger gegen seinen Beichtvater Lamormaini.
Den Juni haben wir in Karlsbad verbracht. Vielleicht war es der Druck, dem er zunehmend ausgesetzt ist, der das Podagra wieder ausbrechen ließ, schlimmer als je zuvor. Er konnte sich kaum mehr auf den Füßen halten. Einen Stiefel anziehen und ein Pferd besteigen – ganz unmöglich. Ich muss gestehen, ich wusste auch nicht mehr weiter und riet ihm, die Karlsbader Ärzte zu Rate zu ziehen und sich in den Bädern Linderung zu verschaffen.

András Sporr ist mit den Regimentern wieder nach Norden gezogen. Wallenstein hat ihn mit Arnim und zehntausend Mann nach Polen geschickt, um dem Schwedenkönig Gustav Adolf das Leben schwer zu machen. Der polnische König Sigismund kann jede Hilfe gebrauchen, und Wallenstein ist der Meinung, jede Schwächung, die wir dem Schwedenkönig zufügen, werden wir irgendwann bitter nötig haben.
Doch zurück nach Karlsbad. Als der Anfall abgeklungen war, sind wir weiter nach Memmingen gezogen. Noch einmal ist der große Generalissimus in aller Pracht auf seinem Pferd vor seinen Truppen durch das Land gezogen. Du kannst es dir nicht vorstellen. Fast fünfzig Wagen und sicher über tausend Pferde. Allein seine Leibgarde, die noch immer von Piccolomini angeführt wird, ist auf sechshundert Mann angewachsen. So reisten wir durch das Fichtelgebirge nach Bayern, wurden von den Menschen am Straßenrand mit Jubel begrüßt und von den Ratsherren in feierlicher Robe in ihrem Rathaus empfangen. Sie haben sich verbeugt, süßen Wein gereicht und ein prächtiges Haus am Markt für den großen Feldherrn geräumt. Wallenstein nimmt dies alles wie immer ernst und höflich an, doch ich spüre die Resignation, die sich in ihm ausbreitet. Es ist kein Zufall, dass wir weder in Regensburg noch in München Quartier bezogen haben und stattdessen weiter bis nach Schwaben gereist sind, wo er nun sein Truppenhauptquartier aufgeschlagen hat.

Nun warten wir hier, während der Kaiser und die Reichsfürsten in Regensburg zu ihrem Kurfürstentag zusammengekommen sind.
Maximilian und seine verbündeten katholischen Fürsten verlangen Wallensteins Entlassung und eine drastische Reduzierung des kaiserlichen Heeres, auch um die Belastung, die jedes Land an Kriegssteuer tragen muss, zu verringern. Der Kaiser dagegen glaubt sich auf dem Höhepunkt seiner Macht. Wer sollte ihm

jetzt noch entgegentreten? Er will die Kosten des Krieges auf die Länder verteilen und die Erfüllung seines Herzenswunschs durchsetzen: die Anerkennung seines Sohnes als seinen Nachfolger und späteren Kaiser Ferdinand.
Natürlich kam der Kaiser mit großem Gepränge nach Regensburg, um seine Macht und seinen Anspruch zu unterstreichen. Das war ihm allerdings nur möglich, weil Wallenstein ihm sechzigtausend Gulden vorgestreckt hat. Gibt denn kein anderer dem Kaiser mehr ein Darlehen? Nichts könnte die fatale Lage seiner Kassen besser belegen! Doch eigentlich ist das nicht wichtig. Wallenstein hat seine Beobachter in Regensburg, die ihm täglich berichten. Die katholischen Fürsten treten unter der Führung von Maximilian geschlossen wie nie zuvor auf und haben gar einen Vertreter Frankreichs an ihrer Seite! Der Kaiser dagegen träumt nur von seiner Erbdynastie. Wallenstein gibt sich keiner Illusionen hin. Er erwartet, dass der Kaiser bereit ist, seinem Traum alles andere zu opfern. Auch seinen Generalissimus!
Ach Peter, ich bin so zornig, dass ich die Fäuste ballen muss und kaum weiterschreiben kann. Gibt es denn keinen dort in Regensburg, der für ihn zu kämpfen bereit ist? Er selbst will seine Stimme nicht in den Ring werfen. Das wäre Aufgabe des Kaisers und seiner Räte, doch außer Freiherr von Questenberg und Fürst von Eggenberg würde ich nur noch Baron von Werdenberg nennen können. Die Liste seiner Feinde dagegen ist lang, allen voran sein Vetter Slavata, gefolgt von Khevenhüller, Reichsvizekanzler Strahlendorf und natürlich Kardinal Dietrichstein. Und ich denke, er kann auch nicht mit den Stimmen der einflussreichen Fürsten Trauttmansdorff und Lobkowitz oder Fürstenberg rechnen. Es ist eine Schande, Peter, und doch weiß ich kein Mittel, es aufzuhalten.

Draußen hörte sie Wallensteins Stimme. Sibylla legte den Brief in die Truhe zu den anderen und ging hinaus. Die Atmosphäre war angespannt. Etwas lag in der Luft.

»Was ist geschehen?«, fragte sie.

Wallenstein wandte sich zu ihr um. »Manches Mal hasse ich es, die Dinge – auch ohne einen Blick in die Sterne – so klar vorherzusehen«, sagte er.

Da konnte ihm Sibylla nur zustimmen, selbst wenn sie noch nicht wusste, worum es in diesem Fall ging. »Haben die Fürsten in Regensburg einen Entschluss gefasst?«, fragte sie daher.

»Oh, das dauert noch«, wehrte Wallenstein ab. »Die hohen Herren sind ganz und gar mit sich selbst beschäftigt und werden vermutlich noch wochenlang ihre Streitereien pflegen. Unterdessen ist der Schwedenkönig Gustav Adolf mit einer Armee auf Usedom gelandet.«

»Wie Ihr es vorhergesagt habt«, sagte Sibylla mit einem Stöhnen. »Und der Kaiser? Weiß er es?«

»Natürlich wurde Seine Majestät informiert«, sagte Wallenstein steif.

»Und? Was sagt er? Brechen wir wieder nach Norden auf?«

Er schüttelte den Kopf. »Im Augenblick nicht. Der Kaiser war von dieser Nachricht nicht sonderlich beeindruckt. Seine Worte sollen gelautet haben: ›Da ham mer halt ä Feind mehr.‹«

Sibylla starrte Wallenstein aus weit aufgerissenen Augen an. »Er unterschätzt den Schwedenkönig, nicht wahr?«

»Oh ja, und ich sage dir, das wird nicht nur der Kaiser noch schmerzlich erfahren. Ich habe Boten zu allen meinen Regimentern nach Norden geschickt. Sie wissen, was auf sie zukommt, und werden bereit sein, sobald ich den Befehl geben kann.«

Sibylla dachte an András. Nun ging es also wieder los. Neue Kriegszüge, Belagerungen und Schlachten. Wieder unzählige Tote und Verletzte, die dann meist doch noch elendig starben oder zu einem Leben als Krüppel verdammt waren. Hörte das denn niemals auf?

Jedenfalls nicht so schnell.

Sie sah Wallenstein mit einem bitteren Lächeln an. »Jedenfalls kann der Kaiser nun nicht mehr auf seinen General verzichten und dem Drängen der katholischen Fürsten nach Eurer Entlassung nachgeben.«

»Das sollte man meinen«, murmelte er nur.

Die Sommerhitze des Augusts flimmerte über der Stadt, als sich der Zug mit den beiden hohen Herren aus Regensburg näherte.

Wochen waren vergangen, in denen zumindest der Schwedenkönig nicht untätig geblieben war. Nach seiner Eroberung von Usedom und Wollin zog er nach Stettin, doch der Kaiser fand es noch immer nicht an der Zeit, ihm Einhalt zu gebieten. Seine Gedanken kreisten offensichtlich nur um das eine Thema: die Zukunft seines Sohnes! Musste er diesen Kurfürstentag nicht bis zu seinem triumphalen Ende fortführen? War alles andere im Augenblick nicht unwichtig?

Was für ein weltfremder Träumer!

»So sind die Würfel also gefallen«, murmelte Wallenstein, als er aus dem Portal trat, um die beiden Fürsten zu empfangen, denen das harte Los zuteilgeworden war, dem Generalissimus die schlechte Nachricht zu überbringen – denn dass es sich um schlechte Neuigkeiten handelte, das bestätigten spätestens die Mienen der beiden Botschafter.

Sibylla straffte die Schultern und mühte sich um ein Lächeln, um dem Unausweichlichen mit Haltung zu begegnen. Wallensteins Selbstbeherrschung war heute mustergültig. Ja, er strahlte gar eine seltsame Heiterkeit aus, als er die Herren in den Saal bat, sich höflich nach ihrer Reise erkundigte und sie bewirten ließ. Vermutlich hatte einer seiner Spione ihm längst die Botschaft überbracht, sodass er bereits wusste, welche Worte Freiherr von Questenberg und Baron von Werdenberg auf der Zunge lagen.

Sie ließen sich Zeit und ergaben sich in höflichem Geplauder, lobten die Qualität des Weines und das Essen, das Wallenstein auftragen ließ. Erst als die Teller und Schüsseln wieder abgetragen waren und Wallenstein die Diener hinausschickte, wurden ihre Mienen wieder ernst. Sie erhoben nicht einmal die Stimme, dass Sibylla an Wallensteins Seite blieb, während sie stockend von den Wochen in Regensburg berichteten.

»Euer Gnaden, Ihr wisst, mit welchen unterschiedlichen Begehren der Kaiser und die Fürsten der Liga zum Kurfürstentag nach Regensburg kamen?«, begann Baron von Werdenberg. Er rieb sich die Hände. An seiner Schläfe glänzte der Schweiß, obgleich es hier im Saal des schlossgleichen Fuggerhauses anders als auf dem Marktplatz draußen angenehm kühl war.

Obgleich Wallenstein nickte, fasste er die Punkte noch einmal zusammen.

»Unserer Majestät ging es vor allem darum, das erbliche Kaisertum der Habsburger einzuführen und damit seinen Sohn als den zukünftigen Kaiser Ferdinand bestätigen zu lassen. Außerdem wollte er die Kriegskosten auf die Länder des Reichs verteilen.« Er machte eine kurze Pause und wischte sich mit einem Tuch über die Stirn, ehe er fortfuhr. »Herzog Maximilian und die anderen Fürsten dagegen wollten die Kriegskosten auf keinen Fall tragen. Ihre Hauptforderung war, Euch, Euer Gnaden, des Oberbefehls über die kaiserliche Armee zu entheben und die Truppen drastisch zu reduzieren.« Wieder warf er Wallenstein einen prüfenden Blick zu, doch der wirkte noch immer ungerührt. Er saß aufrecht da, die Hände auf der Tischplatte gegeneinandergelegt, den Kopf ein wenig dem Sprecher zugeneigt.

»Fahrt fort«, sagte er, als der Baron verstummte.

»Die Kurfürsten waren nicht bereit«, übernahm nun Freiherr von Questenberg das Wort, »über die Nachfolgefrage zu sprechen, ehe die militärische Frage nicht geklärt wäre. Sie überhäuften den Kaiser mit Gräuelgeschichten aus dem Krieg, für die sie ... äh, für die sie Euch verantwortlich machten.«

Sibylla stieß einen Laut aus, doch Wallenstein legte ihr seine Hand auf den Arm, sodass sie schwieg.

»Der Bayernherzog und die anderen Fürsten haben den Kaiser schlichtweg erpresst«, mischte sich Baron von Werdenberg ein. »Nur deshalb hat er ihren Forderungen nachgegeben.«

»Erst Wallenstein, dann die Kriegskosten, dann die Nachfolge«, ergänzte von Questenberg. »Selbst der Vertreter Kardinal Richelieus, der Kapuzinerpater Joseph, drängte den Kaiser, den Forderungen der Fürsten zuzustimmen. Nur der Gesandte aus Brandenburg blieb bis zum Schluss neutral.«

»Fürst von Eggenberg hat am lautesten widersprochen, doch er konnte nichts ausrichten. Am Ende hat der Kaiser Eure sofortige Entlassung aus der kaiserlichen Armee bekannt gegeben. Die kaiserliche Armee wird drastisch reduziert, bis auf die Größe der ligistischen Truppen. Die Reichsstände werden in Zukunft die Armeeführung und die kaiserliche Außenpolitik kontrollieren.«

Wallenstein entrann ein Stöhnen, doch seine Züge waren noch immer beherrscht.

»Ihr werdet Euch nun fragen, ob der Kaiser im Gegenzug wenigstens seinen Herzenswunsch erfüllt bekam?«, fuhr

Baron von Werdenberg fort. »Die Antwort lautet: Nein! Die Kurfürsten verwehrten ihm nicht nur die Übernahme der Kriegskosten, sie weigerten sich auch, seinen Sohn Ferdinand als den Nachfolger Seiner Kaiserlichen Majestät zu bestätigen.«

Stille. Sie senkte sich so schwer über den Saal, dass Sibylla sie auf ihren Schultern zu spüren glaubte. Sie merkte, wie sich ihre Hände zu Fäusten schlossen. Ihr Zorn auf den Kaiser und seinen Verrat war so übermächtig, dass sie glaubte, an ihrem Schweigen ersticken zu müssen, doch es war an Wallenstein, darauf zu reagieren, und das tat er mit noch immer bewundernswerter Beherrschung.

»Ihr Herren könnt also sehen, dass der Geist des Kurfürsten von Bayern den des Kaisers dominiert hat, daher kann ich dem Kaiser keine Schuld geben. Es tut mir nur weh, dass Seine Majestät meinen Rat so wenig angenommen hat, dennoch will ich ihm Gehorsam leisten.«

Sibylla presste die Lippen aufeinander. Nein, in diesem Punkt war sie ganz und gar nicht mit dem Herzog einig. Sie konnte den Kaiser nicht von seiner Schuld freisprechen, doch noch immer schwieg sie, auch wenn sie dachte, sie müsse deswegen bersten.

Wallenstein erhob sich. »Ich danke Euch, dass Ihr selbst den langen Weg auf Euch genommen habt, mir die Botschaft persönlich zu überbringen. Bevor Ihr abreist, gebt mir Bescheid – ich möchte Euch noch etwas geben, denn es ist nicht meine Art, die Überbringer schlechter Nachrichten zu strafen.«

Sibylla konnte es nicht fassen. Sie spürte, wie beschämt sich die beiden Adelsmänner fühlten.

Wallenstein schenkte dem Hofvizekanzler Werdenberg sein kostbarstes neapolitanisches Reitpferd. Freiherr von Questenberg übergab er zwei Kutschen, bespannt mit je sechs edlen Hengsten aus seinem eigenen Gestüt in Mecklenburg.

Die beiden Herren verbeugten sich tief, dann wandten sie sich ab und ritten schweigend davon.

Kapitel 26

Böhmen, 1630

Sibylla hörte laute Männerstimmen, als sie sich Wallensteins Studierzimmer näherte. Eine Stimme gehörte eindeutig dem Herzog. Und die andere? Sibylla blieb stehen und lauschte. Nein, das war nicht von Taxis, und dennoch kannte sie den Mann.

»Hört, Euer Gnaden, ich weiß, dass es nicht Eure Schuld ist, aber Tatsache ist, dass ich Euch gegen die Kontributionen der vergangenen Monate aus Böhmen, Schlesien und Mecklenburg für den Sold und die Versorgung des Heeres bereits sechshunderttausend Gulden zur Verfügung gestellt habe.«

Das war der Bankier Hans de Witte, und seine Stimme klang verzweifelt.

»Das ist mir bewusst, doch ich habe das Geld nicht mehr. Der Sold wurde ausbezahlt und die Speicher gefüllt.«

»Ich habe meine Gläubiger«, stöhnte Hans de Witte, »die auf die Rückzahlung der gewährten Darlehen bestehen, gerade jetzt, da sie wissen, dass Ihr Eures Generalmandats enthoben seid.«

»Und genau aus diesem Grund bin ich nicht mehr für die Einziehung der Kontributionen zuständig«, gab Wallenstein zurück. »Ich darf meine Leute nicht mehr schicken. Dafür ist jetzt wieder Wien zuständig. Ihr müsst Euch an den Hofkriegsrat wenden. Er muss Euch die Summe begleichen.«

»Ihr wisst, dass sie das nicht tun werden. Ich stoße auf taube Ohren.«

»Und Ihr müsstet wissen, dass ich nichts für Euch tun kann. Alle Garantien, die ich gegeben habe, waren für und im Namen des Kaisers, und deshalb fallen sie nun an ihn zurück. Selbst wenn ich wollte, ich kann Euch das Geld nicht geben!«

»Die Herbstmesse in Frankfurt steht vor der Tür. Wenn ich die Wechsel dann nicht begleichen kann, bin ich bankrott! Wenn ich nicht zahle, stehe ich vor aller Welt als Betrüger da. Ich bin ruiniert!«

»Ich kann nichts für Euch tun!«, bekräftigte Wallenstein seine Entscheidung.

Sibylla hörte Schritte, dann wurde die Tür aufgerissen. Der Bankier war totenblass, als er an ihr vorbeistürmte. Er vergaß sich so weit, dass er sie nicht einmal grüßte. Seine Verzweiflung hüllte ihn wie eine schwere Wolke ein. Sibylla sah ihm nach, wie er durch die Galerie eilte und dann die Treppe hinunter verschwand.

Sibylla wartete noch einige Augenblicke, ehe sie an die Tür klopfte und eintrat. Wallenstein stand am Fenster und sah hinaus. Er wandte sich nicht um, doch offensichtlich hatte er sie an ihrem Schritt erkannt.

»Ich hätte durch das Horoskop gewarnt sein sollen, doch Magister Kepler sprach vom Jahr 1634. Ich hoffte, ich hätte noch ein wenig mehr Zeit.«

Sie sagte ihm nicht, dass seine Absetzung nicht das große Unglück sei, das der Astronom in den Sternen gelesen hatte. Wie hätte sie ihn in diesem Moment noch tiefer ziehen können?

»Ich habe Post bekommen«, sagte sie stattdessen. »Von

András. Hat er Euch auch geschrieben?« Da Wallenstein nicht reagierte, fuhr sie fort. »Er kommt nach Hause. Anscheinend ist es nicht nötig, dass der Kaiser einen Teil der Truppen auflöst, um seine Armee zu verkleinern. Sie schrumpft von ganz allein, schneller, als man es fassen kann. András schreibt, dass sich ganze Regimenter einfach aufgelöst haben, sobald die Nachricht von Eurer Entlassung bekannt wurde. Sie wollen unter keinem anderen General dienen. Die Offiziere legen zuhauf ihre Kommandos nieder und lassen ihre Männer nach Hause gehen. Zu Tausenden strömen sie in ihre Heimat zurück!«

»Ich habe davon gehört«, bestätigte Wallenstein. »Dabei hat der Kaiser noch nicht einmal einen neuen Heerführer benannt. Er lässt sich Zeit. Wie immer geht in Wien alles seinen gemütlichen Gang, nur ist der Schwedenkönig alles andere als gemütlich! Er nistet sich in Ruhe im Norden des Reiches ein.«

»Das Ihr eben erst von den Dänen befreit habt!«, rief Sibylla zornig.

»So ist es. Doch das ist nicht das Schlimmste. Der Kaiser betreibt militärischen Selbstmord und scheint sich dessen nicht einmal bewusst!«

»Was kümmert uns das noch?«, rief Sibylla laut aus. »Er hat es sich selbst zuzuschreiben.«

»Ja, und dennoch ist er der Kaiser, und ich werde ihm weiterhin mit meinem Rat zur Seite stehen. Wenn er ihn annimmt, gut, wenn nicht, kann ich ihm nicht helfen.«

Sibylla schnaubte abfällig. »Es gibt genug andere Dinge, um die Ihr Euch kümmern müsst.«

»Aber ja«, stimmte ihr Wallenstein zu. »Ich habe meine Ländereien zu verwalten. Ich fürchte zwar, dass ich nicht mehr lange Herzog von Mecklenburg sein werde, wenn Gustav Adolf seine Truppen in Marsch setzt, doch Friedland sollen sie mir nicht nehmen! Ich werde jetzt meine ganze Kraft meinem Land widmen. Ich habe große Pläne. Mein Gestüt in Smrkowitz wird die besten Pferde des Reichs hervorbringen. Ich werde den Handel weiter vorantreiben und Taxis beauftragen, Getreide an Tillys Armee zu liefern – solange er sofort bezahlt. Wenn nicht, dann werden wir mit Hamburg Handel treiben. Die Kaufleute der Hansestadt sind in solchen Dingen absolut zuverlässig.« Wallenstein ging zu seinem Sekretär und nahm einen aufgefalteten Brief zur Hand. »Ich habe auch Post bekommen«, sagte er, doch in seiner Stimme klang nun der Schmerz mit, den er ansonsten gut verbarg.

»Von wem?«, erkundigte sich Sibylla und trat näher.

»Unserem verehrten Astronomen Johannes Kepler. Er klagt über die Zustände in Sagan und im ganzen Herzogtum. Der Kaiser hat wie angekündigt seine Jesuiten von der Leine gelassen. Wie Bluthunde streifen sie nun durch das ganze Land und piesacken die Protestanten, um sie zu bekehren oder aus dem Land zu treiben. Aber hört selbst.« Wallenstein zitierte aus dem Brief Keplers:

»Schon einmal musste meine Familie den Druck und die Feindschaft unseres Glaubens wegen in Linz ertragen, nun hat das Schicksal uns auch hier in Sagan eingeholt. Ich werde mich nicht zwingen lassen, doch bleiben kann ich auch nicht. Erst gestern wurde meine Druckerei verwüstet. Ich warte nicht, bis sie mir an meine Haut wollen, daher mache ich mich auf den Weg nach Prag und hoffe, Euch dort zu treffen.«

Wallenstein legte den Brief weg und kam hinter dem Sekretär vor. »Es geht nun überall so zu. Weißt du, was hier in Prag los ist? Ich kann die Auswüchse vielleicht in Jitschin und meinen Landstädten in Friedland verhindern, doch überall sonst liegt es nicht in meiner Hand, etwas gegen die Umsetzung des Edikts zu tun. Ich kann nur tatenlos zusehen!«

Sein Schmerz traf Sibylla mit solcher Kraft, dass sie nicht nachdachte. Sie trat spontan auf ihn zu und legte ihre Arme um ihn. Der große Feldherr war nun nur noch ein Mensch, der litt und Trost bedurfte. Seine Arme schlossen sich hinter ihrem Rücken, und er presste sie mit der Kraft eines Ertrinkenden an sich. Sibylla sah zu ihm auf. Der sonst so unergründliche Blick saugte sie auf und ließ sie für einen Moment in seine tief verwundete Seele sehen. Dann berührten seine Lippen die ihren. Sie erwiderte den Kuss mit all ihrer Kraft und ihrer Liebe für diesen großen Mann, der ihr Leben verändert hatte. Es hatte nichts mit der Art von Liebe zu tun, die sie für András empfand, redete sie sich ein, und auch Wallenstein schien nicht von körperlicher Lust geleitet. Und doch küssten sie einander, als wäre es das Letzte, was sie am Leben erhalten könnte. Es war eine ganz eigene, starke Liebe, die mit den Jahren stets gewachsen war. Und nun waren ihre Arme das Band, das sie zusammenhielt. Ihre Körper pressten sich aneinander, als wäre dies der einzige Weg, in dieser Welt noch bestehen zu können. So standen sie im nachlassenden Licht des Herbsttages in Wallensteins Studierzimmer und spürten nicht, wie die Zeit verstrich. Erst der Klang einer Stimme ließ sie auseinanderfahren.

»Albrecht!«

Stumm starrten sie einander an. Sibylla sah, wie verletzt und gedemütigt sich Isabella fühlte, und sie dachte, sie müsse vor Scham im Boden versinken. »Es tut mir so leid«, hauchte sie.

»Ich dachte … Ich dachte, wir wären Freundinnen«, stotterte Isabella, während sich ihr Schmerz in Zorn verwandelte. »Du hast es mir geschworen!«, stieß sie hervor.

Sibylla hätte ihr so gern versichert, dass der Kuss nicht bedeutete, was Isabella befürchtete, doch sie wusste, dass es nur nach einer lahmen Ausrede klingen würde. Vielleicht war er nicht der körperlichen Lust gezollt, doch war die innige Verbundenheit und die große Liebe, die sie füreinander empfanden, nicht sogar der größere Verrat an seiner Ehefrau, die ihm diesen Halt nicht geben konnte?

Ihr Blick wanderte von Sibylla zu Wallenstein und verharrte dann nicht weniger zornig auf ihm. »Ah, ich verstehe«, sagte sie. »Da ich dir keinen Sohn schenken kann, musst du einen anderen Weg wählen!«

»Rede keinen Unsinn!«, polterte Wallenstein. »Das ist nichts, worüber du dich ereifern brauchst.«

»Nein? Du meinst, einem Herzog steht dieses Recht zu?«, gab Isabella angriffslustig zurück. »Die Gemahlin sollte still und bescheiden die Augen verschließen. Ist es das, was du forderst? Und noch dazu in unserem eigenen Haus!« Ihre Stimme überschlug sich. Wallenstein stöhnte und schloss gequält die Augen. Wenn er eines jetzt nicht auch noch gebrauchen konnte, dann war es ein Zerwürfnis mit seiner Frau.

»Isabella, ich bitte dich, lass es gut sein. Ich schwöre dir, es ist nur ein Kuss und hat weiter nichts zu bedeuten. Ich bin dein Gemahl, der dir Treue geschworen hat, und ich habe nicht vor, daran etwas zu ändern. Wir haben eine wundervolle Tochter, die mir mein ganzes Glück bedeutet. Ich habe nicht vor, mit einer anderen Frau einen Sohn zu zeugen.«

Ihr Blick sprach Bände. Nein, sie würde ihnen nicht so schnell verzeihen, und ganz sicher würde sie niemals vergessen.

Isabella machte auf dem Absatz kehrt und verließ das Zimmer.

Mit einem Seufzer ließ sich der Herzog auf seinen Stuhl sinken. »Schick mir Taxis. Es gibt viel zu tun.«

Sibylla nickte und machte sich auf, den Verwalter zu suchen.

Ein paar Tage später kam Johannes Kepler in Prag an. Er sah noch schlechter aus als bei seinem ersten Besuch und wirkte geschwächt, als er bei Wallenstein und Sibylla im Salon Platz nahm. Sibylla riet ihm, einen Spezialisten in Prag aufzusuchen.

»Ich kann Doktor Stegmann empfehlen. Er ist ein guter Arzt, für den ich lange gearbeitet habe.«

Doch Kepler wehrte ab. Er beklagte die unerträglichen Zustände in Sagan und gab seinen Sorgen über seine und die Zukunft seiner Familie Ausdruck.

»Wollt Ihr hier in Prag bleiben?«, erkundigte sich Sibylla.

»Ist es hier denn anders? Weht hier nicht auch der giftige Hauch der Jesuiten durch jede Gasse?«

Das konnte sie nicht bestreiten. »Doch wenn Ihr hier im Palais bliebet, würde keiner wagen, Euch nahe zu kommen«, schlug sie vor und blickte zu Wallenstein hinüber, um zu sehen, ob er damit einverstanden war, doch der Herzog hob nur die Schultern.

»Ihr könnt bleiben, wenn Ihr wollt. Ich werde allerdings nach Jitschin reisen. Es ist mehr denn je nötig, dass ich mich um meine Güter kümmere und ein Auge auf alles habe, ehe es mir entgleitet. In meinem Herzogtum bestimme ich und nicht irgendein wahnwitziges Edikt!«

Sibylla fragte sich, wie lange er dem Drängen des Kaisers und seiner Priesterarmee widerstehen konnte. Sie sah zu Kepler, der den Kopf schüttelte.

»Ich danke Euch für alles, was Ihr für mich getan habt, aber Ihr habt jetzt Eure eigenen Probleme. Da solltet Ihr Euch nicht noch die anderer Leute aufhalsen. Ich bin nur gekommen, um mich zu verabschieden und Euch Dank zu sagen. Es ist ein Jammer, dass die gute Saat nun so unbarmherzig zertreten wird, doch es ist nicht Eure Schuld.«

»Wohin wollt Ihr gehen?«, fragte Sibylla, als er Anstalten

machte, sich abzuwenden. »Ich werde nach Regensburg reisen und mich noch einmal an den Kaiser wenden. Vielleicht hat er sich besonnen und wird mich wieder in seine Dienste nehmen.«

Sibylla konnte es noch immer nicht fassen, als Johannes Kepler Prag längst verlassen hatte. »Er will in die Dienste des Kaisers zurück, der das Religionsedikt erlassen hat, unter dem er und seine Familie leiden, und der ihn mit seiner fehlenden Zahlungsmoral fast in den Hunger getrieben hat? Ich begreife das nicht!«

Wallenstein zuckte scheinbar desinteressiert mit den Schultern. »So ist das eben. Ihm ist klar, dass meine Hand nicht mehr so machtvoll ist wie vor zwei Jahren, als er zu mir kam. Sicher fürchtet er, dass mit der Macht auch das Geld schwinden wird, und dann will er nicht auf der falschen Seite stehen.«

»Ach so?«, rief Sibylla zornig. »Dann lieber dem Kaiser zu Füßen kriechen, der alle enttäuscht und verraten hat?«

»Der Kaiser ist seiner Linie von Anfang an treu geblieben. Er hat niemanden hinsichtlich seiner religiösen Ziele getäuscht. Wir haben es nur nicht verstanden, ihm die Folgen klarzumachen.«

»Dann seid Ihr wohl gar selbst schuld, dass der Kaiser Euch den Oberbefehl entzogen hat?«, ereiferte sich Sibylla.

»Nein, das nicht«, widersprach er, »aber ich hätte es wissen müssen. Doch wie anders hätte ich die Armee führen und den Krieg gegen den dänischen König so schnell beenden können? Ich musste so handeln, auch wenn mir schon lange bewusst war, dass ich mir in Maximilian von Bayern einen mächtigen Feind heranziehe. Und natürlich haben meine offenen Reden die Räte in Wien vor den Kopf gestoßen. Sie wollen umschmeichelt, nicht mit den harten Missständen des Landes konfrontiert werden.«

»Oh ja«, rief Sibylla bitter. »Man sollte ihr empfindsames Gemüt schonen und schweigen, wenn Tausende Soldaten verhungern und erfrieren, weil Wien seine Pflicht vernachlässigt und keine Verpflegung schickt!«

»Oder man muss bereit sein, ihre Abneigung zu ertragen«, fügte Wallenstein hinzu.

»Mag sein, aber ich bleibe dabei. Der Kaiser hat Euch verraten. Ihm war die Krone für seinen Sohn wichtiger als sein treuer General, der ihm seine eigene Krone überhaupt erst gesichert hat. Er hat Euch geopfert, für was? Für nichts, aber auch gar nichts! Er ist seinem Traum nicht einen Schritt näher gekommen. Alles, was er damit erreicht hat, ist sich selbst zu schwächen. Es wäre lachhaft, wenn es nicht so traurig wäre.«

»Ja, der Kaiser hat sich in diesem Machtkampf der Fürsten selbst geopfert«, sagte Wallenstein leise. »Das ist ihm nur noch nicht klar. Aber die Erkenntnis wird nicht mehr lange auf sich warten lassen. Die gesamte kaiserliche Armee – oder das, was von ihr noch übrig ist – ist ohne Führung. In den Regimentern schwindet die Disziplin und mit ihr die Schlagkraft, während sich der Schwede darauf vorbereitet, nach Süden vorzustoßen. Ich kann noch nicht sagen, wie weit er kommt, bis der Kaiser und die Liga merken, dass sie ihm nichts entgegenzusetzen haben, aber ich sage dir, die katholischen Fürsten und selbst der Herzog in München sollten sich in ihren Residenzen nicht zu sicher fühlen. Gustav Adolf ist auf dem Vormarsch, und nichts wird ihn so schnell aufhalten!«

Liebe Helena, mein geliebtes Kind,

in was für schlimmen Zeiten leben wir?
Vielleicht ist es seltsam, wenn ich diese Frage gerade jetzt an diesem Ort stelle. Ich bin mit Wallenstein auf dem Gestüt in Smrkowitz, das südöstlich von Jitschin etwa auf der halben

Strecke nach Königgrätz gelegen liegt. Es könnte das Paradies auf Erden sein. Wenn ich durch das Fenster sehe, blicke ich über sanfte Hügel, über deren Kuppen die Herbstbäume im Wind rauschen. Die Hänge dagegen sind mit saftigen Weiden bedeckt bis hinunter zu den Auen der Bäche, die sich kalt und klar durch das Grün winden. Und auf diesen Weiden stehen und grasen sie: Hunderte der schönsten Pferde. Ach, ich wünschte, du könntest sie sehen. Links von mir sehe ich gerade eine Gruppe Zweijähriger mit hochgerecktem Hals und stolz aufgestelltem Schweif zum Bach heruntergaloppieren. Ich kann ihr fröhliches Wiehern hören. Auf der Weide daneben ist eine Herde von Stuten mit ihren diesjährigen Fohlen. Ein schwarzes mit einem weißen Stern ist mir besonders ins Auge gefallen. Wallenstein hat es mir geschenkt. Wenn es alt genug ist, angeritten zu werden, wird er es holen lassen.

Wie viel Wasser wird bis dahin die Bäche hinabgeflossen sein? Wie wird die Welt in zwei oder drei Jahren aussehen? Ich wage nicht, es mir auszumalen. Ich will nicht an die Träume denken, die mich Nacht für Nacht quälen. Ich will diese wundervollen Pferde beobachten, wie der Wind in ihrer Mähne spielt, wie sie Kindern gleich sorglos in den Tag leben. Doch wie sollte ich meinen Geist gegen die schlimmen Nachrichten verschließen, die fast täglich zu uns dringen, ganz gleich, wie tief wir uns ins Land zurückziehen? Trotz der hohen Kosten hält Wallenstein sein enges Netz von Kundschaftern und Boten aufrecht, und so muss auch ich mich der Wahrheit stellen. Das Paradies reicht nicht weit. Dort draußen ist die Welt, in der das Schicksal gnadenlos seine Spiele treibt und seine Opfer verhöhnt.

Das erste hat es sich noch im September gegriffen. Natürlich hat der Kaiser seine Schulden aus den ausstehenden Kontributionen nicht beglichen, und so stand Hans de Witte vor dem Ruin. Er konnte die Wechsel in Frankfurt nicht begleichen. Sein Leben als angesehener Bankier, den der Kaiser vor einigen Jah-

ren in den Adelsstand erhoben hat, war vorbei, und offensichtlich konnte er sich auch kein anderes mehr vorstellen. Er hatte in aller Öffentlichkeit sein gesamtes Vermögen und damit auch seine Ehre verloren. Das glaubte er nicht aushalten zu können, sprang in den Brunnen hinter seinem Anwesen und wählte den Freitod.

Und noch einen Toten haben wir zu beklagen, wenn auch nicht durch seine eigene oder eine fremde Hand: Der große Astronom und Mathematiker Johannes Kepler ist in Regensburg gestorben, nur wenige Wochen nachdem er uns in Prag aufgesucht hat. Er wurde gerade einmal achtundfünfzig Jahre alt und hätte der Welt sicher noch viele Wunder der Natur aufgezeigt. Ein Fieber sei nur wenige Tage nach seiner Ankunft in Regensburg über ihn gekommen und habe ihn so geschwächt, dass er nach wenigen Tagen verschied.

Wenn ich jemand die Schuld an seinem frühen Tod geben kann, dann dem Kaiser, der seine Jesuiten auf alle Protestanten gehetzt hat.

Vielleicht wirst du sagen, das sind einzelne Schicksale. Tragisch, doch sie heben nicht die Welt aus den Angeln. Was ist mit dem großen Krieg, der dort draußen seinen Gang geht? Was mit den Armeen, die durch das Reich ziehen und wieder einmal Dörfer und ganze Landstriche verwüsten, noch ehe es zu einer großen Schlacht zwischen den Gegnern gekommen ist?

Ja, dort draußen herrscht Krieg, aber wir sind nicht dabei. Wir sprechen von Pferdezucht und bewundern die feurigen Hengste und wunderschönen Stuten, als gäbe es das Draußen für uns nicht. Und doch weiß ich, dass Wallenstein nicht davon lassen kann. Ich sehe schon wieder einen Boten drunten im Hof, der ihm einen Brief übergibt. Nachricht aus der Welt und natürlich immer wieder aus Wien und vom Kaiser, der sich nicht scheut, Wallenstein noch immer um seine Meinung zu bitten. Ich wundere mich, dass er sich darauf einlässt. Hofft er, dass sie ihr Un-

recht an ihm bereuen und ihn bitten zurückzukehren? Wenn man seinen Worten Glauben schenken will, dann wird das niemals geschehen. Weder das eine noch das andere. Wallenstein wäre nicht bereit, noch einmal eine Armee für den Kaiser anzuführen. Und doch wird er auf die Schlachtfelder des Reichs zurückkehren. Ich weiß es. Ich sehe es Nacht für Nacht in meinen Träumen. Ich frage mich nur, was wird der Kaiser tun, um ihn zu überzeugen?

»Sibylla?« Wallenstein kam die Treppe herauf und öffnete die Tür. »Du wirst nicht glauben, wer mir geschrieben hat und meine Hilfe erbittet.«

»Unser herzallerliebster Herzog Maximilian aus Bayern?«, erkundigte sie sich spöttisch.

»Nein, seine Notlage ist noch nicht so groß, dass er solch einen Schritt in Erwägung ziehen würde. Zumindest denkt er das. Er schwelgt in dem Triumph, dass Tilly nun auch die kaiserlichen Regimenter unterstellt wurden. Sein Feldherr gebietet nun über alle Männer im Reich, die unter Waffen stehen. Wobei das natürlich nur noch ein Rest von dem ist, was noch vor einem Jahr unter meinem Kommando stand.«

»Tilly ist über siebzig, und sein Knie wird ihm, auch wenn es gut verheilt ist, immer wieder Probleme machen«, empörte sich Sibylla. »Gibt es im ganzen Kaiserreich außer ihm keinen Feldherrn?«

»Offensichtlich nicht«, antwortete Wallenstein, und sie glaubte einen Hauch von Befriedigung in seiner Stimme zu erkennen.

»Er tut mir fast ein wenig leid«, fügte er hinzu. »Tilly hat sich nie um so einen Posten gerissen. Ja, er sagte immer, kein Mann allein kann eine Armee von mehr als vierzigtausend Mann befehligen.«

»Ihr konntet es«, widersprach Sibylla. »Ihr habt es brillant getan!«

Er hob scheinbar desinteressiert die Schultern. »Das ist vorbei, wie du weißt, doch wir waren bei dem Brief hier.« Er hob das Schreiben hoch.

Sibylla kniff die Augen zusammen, um das imposante Siegel erkennen zu können. Es schien nicht das des Kaisers zu sein. Nein, kein doppelköpfiger Adler, aber eine Krone über einem geviertelten Wappen, in zwei Feldern Löwen und in zweien je drei Kronen. Sibylla sah verwirrt zu Wallenstein auf. »Ein königliches Wappen?«

Er nickte und lächelte grimmig. »Ja, das hast du richtig gesehen. Der Brief stammt von Gustav Adolf persönlich, seines Zeichens König von Schweden!«

Sibylla stieß einen Schrei der Überraschung aus. »Was schreibt er?«

Wallenstein schnaubte. »Er drückt mir sein allerherzlichstes Beileid zu meiner Entlassung aus.«

»Oh, wie nett. Er spottet Euer«, vermutete Sibylla. »Er ist sicher froh, nicht gegen eine Armee antreten zu müssen, die Ihr ausgerüstet habt und die Ihr anführt.«

Wallenstein hob die Schultern. »Das ist schon möglich, doch das ist noch nicht alles. Er bittet mich, in seine Dienste zu treten und die Armee der vereinigten protestantischen Fürsten im Kampf gegen Habsburg und die Liga anzuführen.«

Sibylla sog scharf die Luft ein. War es etwa das, was ihre Visionen ihr zu sagen versuchten? Würde Wallenstein tatsächlich die Seite wechseln und sich gegen den Kaiser wenden? Verdient hätte er es, dachte sie noch immer zornig. Und der Herzog von Bayern erst recht! Und doch konnte sie sich nicht vorstellen, dass der Herzog von Friedland in seiner Treue zum Kaiser jemals wanken würde. Sibylla sah ihn fragend an. »Und, was werdet Ihr dem König von Schweden antworten?«

»Ich werde ihm höflich für seine guten Worte danken und ebenso höflich das Angebot ablehnen. Sollten wir uns einst auf dem Schlachtfeld begegnen, dann werden wir nicht auf derselben Seite stehen!«

Kurz vor Weihnachten kam Hans Georg von Arnim zu Besuch nach Jitschin. Sibylla sah, wie Wallenstein sich über seinen Besuch freute. Auch Sibylla spürte, wie sehr es ihr gefiel, den Kavallerieführer wiederzusehen. Er sah gut aus, war elegant gekleidet und schwenkte nun seinen Federhut, während er sich vor ihr verbeugte.

»Wie schön, Euch zu sehen!«, rief sie aus.

»Die Freude liegt ganz auf meiner Seite«, erwiderte er ihre Begrüßung.

Er nahm die Einladung zum Essen gerne an, machte der Herzogin Komplimente und berichtete, was sich im Norden und vor allem in Sachsen in den vergangenen Monaten zugetragen hatte.

»Wie gefährlich ist der König von Schweden?«, wollte Isabella wissen. »Es wird so viel von Menschen geredet, die doch so wenig wissen. Aber Ihr kennt ihn, nicht wahr?«

Arnim nickte und erzählte noch einmal, wie es ihm im vergangenen Jahr gelungen war, König Gustav Adolf auf der Stuhmer Heide in Ostpreußen eine Niederlage zuzufügen.

»Aber habt Ihr nicht früher auch einmal für den Schwedenkönig gekämpft?«, wagte Isabella weiterzufragen. Sibylla wunderte sich, dass sie das wusste, und noch mehr, dass sie den Kavallerieführer darauf ansprach, doch er schien nichts dabei zu finden.

Er ließ sich sein Weinglas noch einmal füllen und antwortete: »Ja, fast zwölf Jahre lang, doch ich bin kein Freund des

Schweden. Heute stehe ich in den Diensten des Kurfürsten von Sachsen, und solange er es mit dem Kaiser hält, kämpfe ich auf der Seite Habsburgs gegen die Schweden.«

»Dann wollen wir hoffen, dass das auch so bleibt und Sachsen nicht die Seite wechselt«, fügte Wallenstein hinzu. »Ich würde ungern einen solchen Feldherrn wie Euch auf der anderen Seite wissen.«

Sibylla spürte, wie tief seine Besorgnis reichte, dass genau das passieren könnte.

Kapitel 27

Böhmen, 1631

Im Januar fiel Schnee. Ungewöhnlich viel Schnee. Es wollte gar nicht mehr aufhören zu schneien. Ganz Friedland versank unter einer dicken weißen Decke. Im Gegenzug dazu schien sich die Stimmung der Herzogin zunehmend aufzuhellen. Vielleicht lag es an dem unbändigen Lachen der fünfjährigen Maria Elisabeth, das die Flure und Räume des Palasts erfüllte. Isabella vergötterte ihre Tochter, vermutlich weil sie wusste, dass sie ihr einziges Kind bleiben würde, und auch Wallenstein war für den Charme der Tochter durchaus empfänglich.

»Sie hat Euch fest im Griff«, neckte ihn Sibylla, wenn sie auf seinen Schoß kletterte und ihm dann ihren Wunsch vortrug, den ihre Mutter vermutlich gerade abgelehnt hatte. Sie sah ihren Vater aus ihren großen, dunklen Augen an, um ihren Willen nun bei ihm durchzusetzen, was ihr meist sogar gelang.

Dann jauchzte sie, schlang ihre Arme um seinen Hals und presste ihre Wange gegen die seine. »Du bist der allerliebste Vater«, sagte sie, während er gerührt lächelte.

»Von keiner anderen Person lasst Ihr Euch so leicht beeinflussen«, hieb Sibylla weiter in die Kerbe.

Wallenstein brummte. »Bei keiner anderen Person wird

mir dabei eben so warm ums Herz. Wer weiß, was das Leben noch alles für uns bereithält. Ich gönne ihr jedes einzelne Jahr ihrer unbeschwerten Unschuld.«

»Die Erinnerungen wird ihr keiner nehmen können«, stimmte ihm Sibylla zu, der es manches Mal schwerfiel, beim Anblick des fröhlichen Kindes den Schmerz zu unterdrücken, den die Erinnerungen an Helena in diesem Alter in ihr aufsteigen ließen. Sie rechnete nach, wie alt ihre Tochter nun wäre. Konnte es wahr sein? Schon neunzehn Jahre? Eine erwachsene Frau, und sie hatte die ganzen Jahre mit ihr versäumt. War es nicht an der Zeit, ihre Suche zu beenden und die Hoffnung auf ein Wiedersehen endgültig zu begraben?

Nein, das konnte sie nicht. Solange sie Helena lebendig in ihren Träumen sah, durfte sie nicht aufgeben.

Ein Bote unterbrach Sibyllas Gedanken und das Idyll von Vater und Tochter. Wallenstein nahm das Schreiben entgegen und brach das Siegel. Sibylla sah, wie seine Stimmung beim Lesen der Zeilen trüber und trüber wurde.

»Was ist geschehen?«, erkundigte sie sich.

»Noch nichts«, sagte er und reichte ihr das Schreiben, »doch die Katastrophe lässt sicher nicht mehr lange auf sich warten. Tilly ist außer sich über den miserablen Zustand der Armee. Er sagt, er habe auch an den Kaiser geschrieben, dass er noch nie eine solch armselige Truppe gesehen habe, der alles Notwendige abgeht: keine Artilleriepferde, keine Offiziere, keine Geschütze, die zu gebrauchen wären, weder Pulver noch Kugeln und kein Geld für Proviant. So kann er dem Feind nicht entgegentreten! Den Schweden freut's. Er macht sich im Reich breit und richtet sich häuslich ein.«

Sibylla fragte sich, was Wien zu der Misere sagen würde, doch ihre Erfahrung mit dem Kaiser und seinen Räten ließen nicht allzu viel Raum für Hoffnung, dass sich für die Armee schnell etwas ändern könnte. Nicht für die Armee und nicht für András, der dort draußen irgendwo bei den Männern war, die vermutlich hungrig und frierend zum Abwarten verdammt waren und jederzeit fürchten mussten, von den Schweden überrannt zu werden. Gnadenlos von ihnen niedergemacht, ohne die Möglichkeit, sich verteidigen zu können.

Sibylla ballte die Fäuste. Ihre Wut auf den Kaiser loderte heller als je zuvor. Sie wäre am liebsten selbst nach Wien gereist und hätte diesen verwöhnten, reichen Wichtigtuern ihre Meinung gesagt. Nicht dass man sie überhaupt empfangen, geschweige denn ihr zuhören würde.

Sibylla versuchte ruhiger zu atmen.

Nun war es an Wallenstein zu fragen, was sie so in Aufruhr versetzte. »Du würdest dem Kaiser gern deine Meinung geigen?«, wiederholte er und schnaubte dann. »Glaube mir, es würde weder deinen Zorn besänftigen noch der Truppe etwas bringen.«

»Das weiß ich, und das macht mich noch zorniger!«, rief sie aus. »Es gibt einfach nichts, was diese Leute aufrütteln und zur Tat treiben kann. Zumindest steht es nicht in meiner Macht!« Sie sah ihn an.

»Ach, du meinst, es stünde in meiner? Hast du vergessen, warum ich hier sitze und nicht bei den Männern im Feld stehe?«

Sibylla schüttelte den Kopf. »Nein, aber ich weiß auch, dass der Kaiser Euch regelmäßig schreibt.«

Wallenstein nickte zustimmend. »Das ist richtig. Er drängt mich, nach Wien zu kommen, doch mehr als meine Meinung zu den strategischen Plänen kundzutun steht mir nicht zu. Ich werde nicht nach Wien reisen! Ich habe dem Kaiser geschrieben, dass mein Zustand es mir nicht erlaubt.«

Sibylla schwieg. Sie wusste, dass es Wallenstein körperlich nicht besonders gut ging. Seine Gichtanfälle in den Füßen kamen immer häufiger und manches Mal so heftig, dass er – trotz all ihrer Kunst – das Bett tagelang kaum verlassen konnte. Dann humpelte er ohne Schuhe durch das Palais, und jeder vermied es, ihm nahe zu kommen, um ja nicht den Zorn des Herzogs auf sich zu ziehen. Sibylla war vermutlich die einzige Person, die gegen seine Launen immun war und die ihm im Gegenteil noch den Kopf wusch, wenn er sich von seinem Zorn hinreißen ließ.

»Es macht die Sache nicht besser, wenn Ihr jeden, der sich Euch nähert, anschreit«, sagte sie stets zu ihm. »Und der Schmerz geht dadurch auch nicht schneller weg!«

»Ach nein?«, schnaubte er. »Woher willst du das wissen? Zumindest lenkt mich die Wut für ein paar Augenblicke von den Schmerzen ab. Das ist es mir wert.«

Sibylla schüttelte den Kopf. Sie sah Wallenstein an, sagte aber nichts. Im Augenblick ging es ihm nicht so schlecht, dass dies der Grund für seine Weigerung sein konnte. Vielleicht hatte er ja recht. Der Kaiser hatte dem Drängen des Bayernherzogs nachgegeben und seinen General davongejagt. Vielleicht war es besser, dem Ruf nicht gleich zu folgen und Wien noch eine Weile fernzubleiben. Der Tag war noch nicht gekommen, da alle Schmach, die man ihm angetan hatte, getilgt werden würde. Sie mussten sich alle noch in Geduld üben und warten. Die Zeit spielte für den Herzog, doch spielte sie auch für die Männer, die dort draußen ihre Haut zu Markte trugen? Für einen Kaiser und seine Adelsmänner, die nicht bereit waren, einen Finger für sie krumm zu machen. Sibylla schloss die Augen.

»András«, flüsterte sie. Sie hätte gern um seinen Schutz gebetet, doch sie wusste nicht, wen sie für ihn anflehen sollte. Wer dort im Himmel interessierte sich schon für die Menschen, die sich überall nur den Tod brachten?

Meine geliebte Sibylla,

Sie faltete den Brief auseinander und starrte überrascht auf den Namen am Ende der zweiten Seite. András schrieb ihr einen solch langen Brief? Bislang waren seine Nachrichten nur spärlich gewesen. Oft hatte sie monatelang nichts von ihm gehört. Über Wallensteins Informanten hatte sie versucht, während des Winters und des folgenden Frühjahrs immer wieder etwas über sein Regiment herauszufinden, und war stets froh gewesen, wenn sie hörte, dass András' Reiter nicht in eine Schlacht hineingezogen worden waren. Nun musste etwas Außergewöhnliches vorgefallen sein, dass András zur Feder gegriffen und zwei Seiten mit seiner etwas ungelenken Schrift gefüllt hatte. Sibylla wandte sich wieder dem Anfang des Briefes zu.

Meine geliebte Sibylla,

ich hoffe, du bist wohl auf und der Brief erreicht dich irgendwo in Prag oder Jitschin. Ich nehme an, du stehst unserem Generalissimus noch immer treu zur Seite. Ja, ich nenne ihn noch immer so, denn ich darf den Gedanken nicht aufkommen lassen, er könne für immer gegangen sein. Das würde meiner Seele den letzten Stoß versetzen und sie in hoffnungslose Finsternis hinabstoßen.
Nein, ich will nicht klagen und dir vom Zustand dieser Armee vorjammern. Es kommt einem vor, als sei Ungarn überall. Dabei dachte ich, in diesem Winter damals das Schlimmste bereits erlebt zu haben.
Halt! Ich muss dir von den letzten Ereignissen berichten. Doch wo anfangen? Was weißt du bereits?
Der Schwedenkönig ist auf dem Vormarsch. Das ist sicher keine Neuigkeit für dich. Sein erster großer Erfolg war die Eroberung

der Festung Greifenhagen bei Stettin und dann auch Gartz auf der anderen Oderseite. Damit war der Weg nach Süden frei. Er hat Pommern an sich gerissen und zog dann nach Mecklenburg. Eine Befestigung nach der anderen fiel, während wir nach Frankfurt an der Oder zogen, ohne den Schweden zu behindern. Seinen Schwager, den Herzog Georg Wilhelm von Brandenburg, zwang der Schwede, von seiner neutralen Haltung abzurücken und ihn zumindest wohlwollend zu unterstützen. Und dennoch wurde unsere Armee von Tag zu Tag kleiner statt größer, aber weder der Kaiser noch die Liga ließen frische Truppen anwerben. Keiner kümmerte sich um uns! Ich will dir gar nicht sagen, wie wir den Winter überlebt haben. Den Menschen hier müssen wir als schlimmerer Feind erschienen sein als der Schwede selbst, doch hatten wir eine Wahl? Die Kornsäcke, die Wallenstein im Herbst aus Friedland hat liefern lassen, waren längst verbraucht. Doch zurück zu den wichtigen Ereignissen. Lange mussten wir Gustav Adolf gewähren lassen. Ich versichere dir, es war keine Feigheit, die General Tilly zögern ließ. Wir hatten nicht einmal genug Munition, um uns auch nur auf ein paar Scharmützel mit den Schweden einzulassen. Endlich im März konnten wir zum Gegenschlag aufbrechen, obgleich es um die Armee noch immer nicht gut bestellt war. Wir zogen vor die Festung von Neubrandenburg. Der schwedische Kommandant lehnte die Übergabe ab, obgleich wir mit fünfzehntausend Mann vor ihre Mauern zogen.

Ich will dich nicht mit Details belästigen. Die Besatzung der Festung kapitulierte am 19. März, und wir zogen nach Neubrandenburg ein. General Tilly beschloss, ein Exempel zu statuieren, und ließ die gesamte schwedische Mannschaft der Festung niedermachen. Dreitausend Mann! Der Krieg ist ein grausames Geschäft. Und meist folgt dem Schlag ein Gegenschlag. Keine Grausamkeit soll ungesühnt bleiben. Doch wer sühnt für welche Sünden und wessen Verbrechen? Der Schwedenkönig jedenfalls schäumte vor Zorn und wandte sich sogleich nach Frankfurt an der Oder, um blutige Rache zu nehmen. Die Stadt hatte keine Chance. Die Schweden brachen durch ihre Mauern und plünderten sie. Alle Soldaten des Kaisers und der Liga wurden als Antwort auf Neubrandenburg abgeschlachtet.

Sibylla hielt kurz inne. Sie hatte von diesen Barbareien bereits gehört. Freiherr von Questenberg hatte an Wallenstein geschrieben und ihm berichtet, dass Seine Majestät ob dieser Nachricht eine ganze Nacht keinen Schlaf gefunden hatte. Erschüttert sei der Kaiser gewesen, doch wie wir uns gebettet haben, so liegen wir, fügte Questenberg noch ein wenig boshaft hinzu.

Sibylla richtete ihren Blick wieder auf András' Brief.

Da der Schwede mit seiner Hauptmacht weiterzog, machte es sich General Tilly zur Aufgabe, Magdeburg für den Sohn des Kaisers zurückzuerobern. Oder besser gesagt Pappenheim und seine Reiter, zu denen auch mein Regiment gehört. Unseren Erfolg haben wir auch den Händlern aus Hamburg zu verdanken. Statt des Kaisers sorgen die protestantischen Krämer der Hanse dafür, dass wir mit Pulver und Kugeln versorgt werden und nicht an Hunger sterben. Ist das nicht seltsam? Für sie ist es wichtiger, die Handelsmesse in Magdeburg zu retten, als den protestantischen Eindringling aus Schweden zu unterstützen. So sind wir also vor die Stadt gezogen, um sie mit unseren Kanonen mürbezumachen. Unser Glück war es, dass der Schwedenkönig sich Zeit ließ, Magdeburg zu Hilfe zu kommen. Als er dann endlich doch einen Teil seiner Truppen in Bewegung setzte, war Magdeburg bereits reif, von General Tilly geerntet zu werden. Am 20. Mai gelang es uns, durch zwei Breschen in die Stadt einzudringen. Der Kampf für unsere Soldaten war zu Ende. Alle stürmten durch die geöffneten Tore in die Straßen

mit ihren prächtigen Häusern, von denen nun nicht ein einziges mehr steht.
Ach, Sibylla, ich will und kann dir nicht beschreiben, was sich in dieser Stadt zugetragen hat. Ich gebe zu, dass wir alle vom Siegesrausch erfasst wurden. General Tilly gab die reiche Stadt zum Plündern frei und entfachte damit einen Sturm der Gewalt und den Rausch eines blutigen Festes. Zu lange mussten die Truppen darben. Zu lange hat der Kaiser jeden Sold verweigert. Und dennoch gibt es nichts, was diese Orgie der Grausamkeiten rechtfertigen könnte.
General Tilly schritt nicht ein. Er ließ die Männer ganze zwei Tage lang gewähren. Überall brachen Feuer aus, und bald brannte die ganze Stadt. Die wenigen Frauen und Kinder, die nicht einem Schwert zum Opfer gefallen sind, flüchteten sich in den Dom und flehten um Gnade. Es fällt mir schwer, dir zu gestehen, dass nicht ich es war, der das Gewissen des Generals erreichte. Es war Pappenheim, der ihn am Arm griff und forderte, dem Treiben endlich ein Ende zu setzen. Tilly ließ die letzten Überlebenden schonen. Es sind nicht einmal fünftausend, und man sagt, die Stadt habe vor dem Angriff mehr als dreißigtausend Seelen gezählt. Was für ein Frevel! Von dieser reichen, blühenden Stadt ist nichts als ein paar rauchende Ruinen und ein paar gebrochene Menschen geblieben. Ich kann mir nicht vorstellen, dass sich diese Stadt jemals wieder erholen könnte.
Seit Tagen fahren nun die Karren zur Elbe hinunter. Tausende Leichen hat der Strom bereits fortgerissen, doch es scheint kein Ende in Sicht. Der Gestank nach Feuer und Tod, der sich über die Stadt gelegt hat, nimmt uns den Atem. So muss es in der Hölle sein.
Bald schon müssen wir weiterziehen. Diese Stadt kann nicht einmal ein einziges Regiment versorgen. Wie sinnlos ist das alles. Warum nur? Ich finde keine Antwort auf meine Fragen. Der Schwedenkönig allerdings kannte eine Antwort. Er ließ

seine Kanonen vor dem kurfürstlichen Palast in Berlin auffahren. Für die Dauer des Krieges hat ihm Georg Wilhelm jede Hilfe aus Brandenburg zugesagt. Was blieb ihm anderes übrig, und ich frage mich, was kommt als Nächstes? Pappenheim sagt, Sachsen wird sich beugen müssen. Ich kann nur hoffen, dass er sich irrt. Wallenstein hat so viel gegeben, um Sachsen wenigstens neutral zu halten, trotz seines Bekenntnisses zu den Protestanten. Ich will mir gar nicht ausmalen, was passiert, wenn die Sachsen nun auch noch unter die schwedische Fahne schlüpfen. Gnade uns Gott!

Sibylla dachte an Hans Georg von Arnim, der sie vor Weihnachten besucht hatte, als ein verlässlicher Kämpfer auf der Seite des Kaisers und der katholischen Liga. Schon damals hatte Wallenstein seine Bedenken geäußert, wie lange es dem Kurfürsten noch gelingen würde, sich zwischen den Fronten durchzulavieren. Für einen Moment gönnte sie sich die Erinnerungen an den charmanten Haudegen, den sie nach der Schlacht am Weißen Berg so lange gepflegt hatte. Er war kein Narr. Vermutlich würde Wallenstein recht behalten, und dann würde Rittmeister von Arnim plötzlich wieder auf schwedischer Seite in die Schlacht ziehen. Sibylla verbot sich die Vorstellung, wie es enden könnte, wenn die Kavallerie von Arnim in der Schlacht auf die Reiterei Pappenheims treffen würde und auf András und seine Reiter. Nein, das wollte sie sich lieber nicht ausmalen.

Im September wurden Sibyllas schlimmste Befürchtungen Wirklichkeit. Der Kurfürst von Sachsen musste seine Neutralität aufgeben, was nicht allein dem Schwedenkönig geschuldet war, wie Wallenstein polterte, als er die Nachricht erhielt.

»Wie das?«, wollte Sibylla wissen, die mit Isabella und der

kleinen Maria Elisabeth im Salon saß. Draußen versank die Sonne und ließ die Blätter der Bäume aufflammen, die sich bereits ihr buntes Herbstlaub übergezogen hatten.

»Der Kaiser wollte sich nicht mehr mit Sachsens Neutralität begnügen und drängte den Kurfürsten dazu, Farbe zu bekennen, obgleich ich ihm strikt davon abgeraten habe.«

Sibylla schluckte die ätzende Bemerkung herunter, die sie auf den Lippen hatte. Sich Rat bei Wallenstein zu holen, darin war der Kaiser eifrig, doch leider nicht klug genug, ihn auch zu beherzigen!

»Tilly hat dem Kurfürsten ein Ultimatum gestellt. Sachsen solle auf der Seite des Kaisers kämpfen oder sich entwaffnen lassen!«

Sibylla stöhnte. »Was er ganz sicher nicht zugelassen hat.«

»Nein, das hat er nicht, aber Farbe bekannt hat Johann Friedrich nun, nachdem Tillys ausgehungerte Armee in Sachsen eingefallen ist, um sich an Kornspeichern und Viehställen zu bedienen. Allerdings hat er die Farben der Schweden gewählt!«

Sibylla schloss für einen Moment die Augen. »Und was ist mit Arnim?«, fragte sie.

Wallenstein antwortete nicht direkt. Vielleicht war es für ihn zu schmerzlich auszusprechen, was nun bittere Wahrheit geworden war: Arnim hatte sich gegen die Kaiserlichen und damit auch gegen ihn gestellt. Stattdessen sagte er: »Die Armeen des Schwedenkönigs und des Sachsenfürsten haben sich nördlich von Leipzig vereint. Es sind mehr als vierzigtausend Mann.«

»Und Tilly?«, fragte Sibylla leise.

»Er ist mit ungefähr dreißigtausend in Leipzig eingezogen, bereit, die Entscheidung zu erzwingen.«

»Und?«, mischte sich nun die Herzogin mit hochgezogenen Brauen ein.

Wallenstein hob die Schultern. »Uns bleibt nur abzuwarten, wie die Würfel des Schicksals fallen.«

»Vielleicht steht das Ende ja bereits in den Sternen geschrieben«, sagte Isabella und sah Sibylla herausfordernd an. »Bist du nicht deshalb noch immer hier?«

Sibylla konnte sich dem unterdrückten Zorn nicht entziehen, den Isabella ihr gegenüber noch immer empfand. Sosehr sie sich auch bemühte, die Herzogin war nicht bereit, ihr diesen Kuss zu verzeihen.

Sibylla spürte, wie sich ihre Wangen röteten. Sie erhob sich eilig und entschuldigte sich mit einer Ausrede. Dann hastete sie aus dem Salon.

Die Bewohner des Schlosses in Jitschin mussten nicht lange auf die Antwort des Schicksals warten. Bereits eine Woche später brachte ein Bote den ersehnten Brief aus Tillys Hauptquartier. Sibylla raffte ihre Röcke und lief die Flure entlang bis zu Wallensteins Arbeitszimmer. Er stand noch mit dem Brief in der Hand mitten im Raum.

»Wie ist es ausgegangen?«, drängte Sibylla, obgleich das schreckliche Gefühl in ihrem Leib es ihr längst verraten hatte. Wallensteins Miene trug auch nicht dazu bei, ihre bösen Ahnungen zu besänftigen. Kraftlos ließ sie sich auf einen Sessel sinken.

»Was ist geschehen?«, fragte sie leise.

»Die Macht des Kaisers ist gebrochen. Das Reich liegt schutzlos da. Der Schwede braucht es sich nur zu nehmen.«

Sibylla entfuhr ein Aufschluchzen, und sie presste sich rasch die Hand vor den Mund.

»Du bist überrascht? Hast du es nicht längst vorausgesehen?«, wollte Wallenstein ein wenig unwirsch wissen.

»Doch, das habe ich, aber ich habe bis heute gehofft, dass ich mich irre.«

»Du irrst nie«, gab er zurück. »Du nicht und auch nicht die Sterne. Jeder muss sein Schicksal erfüllen. Das des Kaisers ist bestimmt, durch ein tiefes, dunkles Tal zu wandeln.«

»Was kümmert mich der Kaiser!«, rief Sibylla erbost. »Er hat seine Haut nicht zu Markte getragen. Das haben Tausende andere für ihn getan, die er dafür nicht einmal anständig entlohnt und ernährt hat!«

Wallenstein trat zu ihr und legte ihr den Arm um die Schulter. »Es sind für uns alle schlimme Zeiten, und ich fürchte, es wird nicht nur für den Kaiser finster werden.«

Sibylla spürte, wie ihr die Tränen in die Augen stiegen. »Wisst Ihr etwas über András? Ich kann sein Schicksal nicht erkennen.«

Wallenstein schüttelte bedauernd den Kopf. »Nein, ich weiß nicht. Bei Breitenstein kam es zur Schlacht, aber ich weiß nicht, wie es für ihn ausgegangen ist. Ich werde Erkundigungen einziehen und es dir schon bald sagen können.«

Geliebte Helena, mein liebes Kind,

ich war lange nicht mehr so voller Angst und Unruhe wie die vergangenen Tage. Meine Sicht war verhüllt. Dunkelheit hat sich über mein Gemüt gesenkt, und es kam mir vor, als sei ich blind geworden. Ich fürchtete das Schlimmste, doch nun die befreiende Nachricht: András lebt. Er wurde bei der Schlacht am Bein verletzt, doch er ist bereits auf dem Weg der Genesung und wird schon bald wieder in den Sattel steigen können, um gegen den Schweden zu kämpfen. Ich weiß nicht, ob ich mich darüber freuen soll. Doch ich will dir nicht nur von meiner Liebe berichten. Vielleicht schmerzt dich das. Ich will das Andenken an deinen Vater nicht trüben, doch wenn du nach ihm gerätst, dann werden dich die Einzelheiten der großen Schlacht interessieren, die nun auch bis nach Jitschin gedrungen sind.

Tilly hat Gustav Adolf das Treffen aufgezwungen. Bei einem Ort namens Breitenstein vor den Toren von Leipzig kam es zur Schlacht, die der Schwede bislang bewusst vermieden hat. Wallenstein sagt, Tillys Ausgangssituation sei ausgesprochen günstig gewesen, doch ausgerechnet Pappenheim brachte das Verderben. Zu ungeduldig ließ er sich vorschnell zu einem Angriff hinreißen. Tilly war wohl entsetzt, ließ die Reiterei aber heraushauen und positionierte sein Heer neu, allerdings ohne den Schweden bei der Aufstellung seiner Schlachtordnung auch nur zu stören, was ihm dann teuer zu stehen kam. Pappenheim griff daraufhin noch einmal den linken Flügel der Schweden an, wurde aber zurückgeschlagen. Nicht nur er selbst wurde dabei schwer verwundet. Viele seiner Reiter fielen oder wurden verletzt, so wie András, für den der Kampf damit zu Ende war. Zum Glück konnte er sich auf seinem Pferd halten und bis zum Tross zurückreiten, wo man die Wunde versorgte.

Unterdessen rückte Tilly auf das Zentrum des gegnerischen Heeres vor. Er hat wohl geschickt die Naht zwischen den Schweden und den nun verbündeten Sachsen gewählt. Ihr Widerstand brach. Sie wurden in Scharen davongetrieben. Selbst die sächsische Reiterei floh! Unter ihnen der Kurfürst Hans Georg persönlich. Man sagt, er habe erst angehalten, als sein Pferd vor Erschöpfung stehen blieb. Seine Männer dagegen fanden noch Zeit, den schwedischen Tross zu plündern, ehe sie endgültig das Weite suchten. In diesem Moment glaubten sich die Kaiserlichen dem Sieg nahe. Tilly soll bereits einen Boten nach Wien gesandt haben, um dem Kaiser so schnell wie möglich die frohe Botschaft zu überbringen. Doch er hatte einen Fehler begangen und sich in größte Gefahr begeben, ohne es zu bemerken. Wie war es dazu gekommen?

Du musst dir vorstellen, wie Tilly gegen die Sachsen vorstieß und sie zurücktrieb. Wie seine Männer in der nun entstandenen Lücke den Platz der Sachsen einnahmen und seine Kampfhau-

fen damit ihre Flanken den Schweden darboten. Ehe Tilly sie herumschwenken und gegen das Hauptheer Gustav Adolfs führen konnte, griffen die Schweden die ungeschützte Flanke der Kaiserlichen an. Wallenstein hat es mir erklärt, wie der Schwede mit kleinen, schnellen Einheiten operiert. Das kaiserliche Heer war dagegen zu schwerfällig und konnte sich der Angriffe nicht erwehren. Sie gerieten ins Kreuzfeuer der Kartätschen. Ihre Ordnung ging verloren. Nicht nur Pappenheim ist schwer verwundet, auch Tilly zog sich mehrere Verletzungen zu. Sein Heer löste sich auf. Ihm blieben nur noch vier Regimenter, mit denen er sich in der Dämmerung geschlagen nach Leipzig zurückgezogen hat.

Wallenstein sagt, diese Niederlage hat die Macht des Kaisers gebrochen und auch seinen Feldherrn, der am Boden zerstört ist. Vermutlich wäre er lieber in der Schlacht gefallen, als dem Kaiser diese Katastrophe samt elftausend Gefallenen zu melden. Die Sachsen und Schweden trugen nicht einmal die Hälfte an Verlusten davon. Entscheidend aber ist, dass die kaiserliche Armee so geschrumpft ist, dass sie dem Schweden nicht mehr die Stirn bieten kann. Gustav Adolf sieht den Süden und den Westen des Reichs schutzlos vor sich liegen, und glaube mir, er verliert keine Zeit, zuzugreifen und die Früchte zu ernten. Der Kaiser ist entsetzt, doch ich vermute einmal, dass er sich keiner Schuld bewusst ist. Und leider verschafft es mir auch nur wenig Befriedigung zu erfahren, dass Maximilian von Bayern in helle Panik geraten ist. Die Welt wird sich verändern, und ich vermute, dass nicht alle protestantischen Fürsten von der schwedischen Unterstützung begeistert sind, doch auch sie werden sich mit dieser Macht aus dem Norden arrangieren müssen. An eine Annäherung und friedliche Gespräche zwischen Katholiken und Protestanten ist nach Breitenstein nicht mehr zu denken. Ja, der Schwede ist überhaupt nicht mehr auf Verhandlungen angewiesen. Er marschiert fleißig durch das Reich und hat sich bereits

das Hochstift Würzburg genehmigt, das für seinen Reichtum berühmt ist. Die Stadt ergab sich ohne Widerstand, die Festung fiel nach einer Woche.
Ich denke, die Beute, die die Schweden heimführen, geht über unsere Vorstellungskraft. War die Marienfeste doch als der sicherste Hort im Reich bekannt, in den so mancher Fürst das brachte, was ihm am meisten am Herzen lag. Nun treten die Schätze ihre lange Reise nach Schweden an und werden das Reich vermutlich niemals wiedersehen. Gustav Adolf dagegen findet Gefallen an Würzburg. Er hat ein Herzogtum Franken gegründet und lässt sich huldigen. Und natürlich verteilt er die Güter der katholischen Herrschaften an seine Offiziere und an manch protestantischen Adelsmann, der ihn unterstützt hat.
Wie soll das nur weitergehen? Sein nächstes Ziel ist Mainz, das der Kurfürst ihm wohl zu Weihnachten auf einem Silbertablett kredenzen wird. Mit Widerstand muss der Schwedenkönig nicht mehr rechnen. Welche Karte sollten die Kaiserlichen noch gegen ihn ausspielen, solange ihr fähigster Feldherr hier in Jitschin noch immer in der Verbannung sitzt?
Ach, mein Kind. Wie finster muss es noch werden, bis wir endlich ein neues Licht in der Ferne erkennen können?
Wallenstein hat jedenfalls erneut die Einladung nach Wien abgelehnt. Das Spiel der Macht ist noch nicht in die letzte Runde gegangen. Irgendwo sind noch ein paar letzte Karten verborgen, die darauf warten, ausgespielt zu werden. Doch wer hält den Joker in der Hand?

Kapitel 28

Jitschin, 1632

Der Verlust Mecklenburgs kümmerte die Herzogin nicht, und es war in ihrem Sinn, dass Wallenstein diese Gebiete ohne Gegenwehr aufgab. Doch nach Breitenfeld sandte Gustav Adolf neue Befehle an den Sachsenfürsten und sein Heer: Sie sollten in Böhmen einmarschieren und sich Prag zurückholen. Der Kurfürst beauftragte seinen fähigsten Mann mit dieser Aufgabe: Feldmarschall Arnim. Wallenstein weilte mit seiner Familie in seinem prächtigen Palais in Prag, als Arnim mit seinem Heer die Grenze überschritt. Nicht nur die Menschen im Palais Wallenstein waren entsetzt, als die Nachricht bekannt wurde. Die ganze Stadt geriet in Aufruhr. Sibylla erlebte zum ersten Mal, dass die Herzogin ihre Fassung verlor.

»Albrecht, du musst etwas unternehmen!«, rief sie. »Für uns. Für dein Kind! Willst du, dass wir alles verlieren, was du dir so hart erkämpft hast? Willst du, dass die Sachsen plündernd und brennend durch Friedland ziehen?«

Sibylla sah zu Wallenstein hinüber, der sich aus seinem Sessel erhob und auf seine Frau zutrat. Er legte die Hand auf ihre Schulter, doch sie schüttelte sie ab. So leicht würde er sie nicht beschwichtigen können.

»Du musst verhindern, dass Arnim nach Prag kommt!«, forderte sie erregt.

»Das kann ich nicht, mein Herz. Das ist Aufgabe der kaiserlichen Truppen.«

»Ach ja? Und wo sind die?«, herrschte die Herzogin ihn an. »Ich kann sie nirgends entdecken.«

Tatsächlich hatte der Kaiser einen Teil der ihm verbliebenen Truppe nach Böhmen gesandt, doch Sibylla wusste auch, dass der Schwedenkönig mit seinen Verbündeten inzwischen über ein Heer von achtzigtausend Mann verfügte, wogegen der Kaiser und die Liga nicht einmal mehr zehntausend Männer unter Waffen hatten. Tilly war bei seinen letzten beiden Niederlagen nicht nur verletzt, sondern gebrochen worden. Er würde den Schweden nicht aufhalten, und die Sachsen in Böhmen ebenfalls nicht.

»Du bist der größte Feldherr, den dieses Reich hat«, begehrte Isabella unter Tränen auf. »Du musst etwas dagegen tun!«

Wieder legte er die Hand auf ihre Schulter, und dieses Mal ließ sie ihn gewähren. Sie schmiegte kurz ihre Wange an die starke Hand, die doch nichts tun konnte.

»Die Bürger Prags flehen dich um Hilfe an. Die Männer würden dir folgen«, versuchte es die Herzogin noch einmal, doch Wallenstein schüttelte den Kopf.

»Es liegt nicht in meiner Macht, die Sachsen aufzuhalten. Das habe ich auch Stadtkommandant Marradas gesagt. Ich habe keine Befehlsgewalt mehr. Ich kann den Bürgern nur raten, sich tapfer zu verteidigen.«

»Sie haben gegen Arnim keine Chance«, mischte sich Sibylla ein, und zu ihrem Kummer nickte Wallenstein.

»Also werden wir einfach warten, bis die Sachsen durch die Tür kommen und sich alles nehmen, was Euch gehört?«, rief sie erbost. Sie spürte zwar, wie schwer Wallenstein seine Untätigkeit fiel, dennoch wollte sie es nicht hinnehmen.

»Nein, wir werden nicht hier sein, um Arnim zu empfangen«, sagte er. »Wir kehren morgen nach Jitschin zurück.«

»Und du glaubst, dort sind wir vor den Sachsen sicher?«, begehrte Isabella auf.

»Das bin ich«, beharrte Wallenstein. »Arnim wird nichts anrühren, was mir gehört, und er wird auch dafür sorgen, dass keiner seiner Männer sich auch nur an einem meiner Hühner vergreift, das hat er mir geschworen.«

Sibylla schüttelte den Kopf. »Er ist Euch noch immer treu ergeben, und dennoch kämpft er auf der anderen Seite.«

»Vielleicht hat Arnim ja erkannt, welches die richtige Seite ist«, sagte Isabella scharf. »Ich kenne den Schwedenkönig nicht, aber den Kaiser kenne ich inzwischen, und noch besser Herzog Maximilian von Bayern, der deinen Kopf gefordert hat.«

»Den der Kaiser auch bereit war zu liefern«, pflichtete Sibylla Isabella bei.

Wallenstein sah von einer der Frauen zur anderen. In seiner Miene stand Entsetzen. »Solche Reden will ich nicht hören! Arnim kämpft auf der falschen Seite, nicht wir! Gustav Adolf ist ein Pirat im fremden Land, der auf Macht und Beute aus ist. Ich habe dem Kaiser meine Treue geschworen, und diesen Schwur werde ich halten bis in den Tod.«

»Selbst wenn er diese Treue gar nicht will?«, hakte Isabella noch einmal nach.

»Oh, er will sie gern wieder. Er bestürmt mich seit Wochen, doch noch ist er nicht bereit, alle meine Bedingungen zu erfüllen. Also muss er noch mehr verlieren, bis er zur Einsicht kommt. Denn ich werde meine Fehler bestimmt nicht wiederholen und mich noch einmal von seinen Räten abhängig machen!« Wallenstein ging zur Tür. Dort drehte er sich noch einmal um. »Packt Eure Sachen zusammen. Wir brechen in aller Frühe auf, und ich kann nicht sagen, wann wir nach Prag zurückkehren werden.«

Es war ein ungewöhnlich stilles Weihnachtsfest, das im Schloss in Jitschin begangen wurde, auch wenn es der Tafel an nichts fehlte. Die Platten und Schüsseln waren voller Köstlichkeiten, doch weder das Herzogspaar noch Sibylla schienen rechten Appetit zu haben. Lediglich die kleine Maria Elisabeth erfreute sich an den Süßigkeiten und lud sich mehr auf den Teller, als vermutlich gut für sie war, doch die Herzogin tadelte sie nicht. Sie war mit ihren Gedanken woanders. Sibylla fiel er nicht schwer zu ahnen, wohin ihr Geist schweifte. Auch Wallenstein war noch wortkarger als zuvor. Ein Diener durchbrach die Stille, um einen unerwarteten Besucher anzukündigen.

»Ein Oberstleutnant Sporr ist angekommen und bittet darum, eingelassen zu werden. Er sagt, er wolle nicht stören, bat aber darum, die verehrte Sterndeuterin des Herzogs sprechen zu dürfen.«

Sibylla sprang auf. »András ist hier in Jitschin?«

»Lass ihn eintreten!«, befahl Wallenstein. »Und bring ihm ein Gedeck. Es soll mit uns speisen und uns berichten.«

Sibylla musste sich zusammenreißen, um nicht loszurennen und sich an seinen Hals zu werfen, als er nun in den Saal trat, den Hut in den Händen, und sich vor dem Herzogspaar verbeugte. Er bedankte sich artig für die Einladung, ehe er sich an Sibylla wandte. In seiner Miene spiegelten sich die unterschiedlichsten Gefühle. Wie mager er geworden war. Wie verhärmt seine Züge. Was für unsägliches Leid hatte er in diesem Jahr gesehen? Sibylla spürte, wie sehr es ihm auf der Seele lastete, doch dann lächelte er, als er ihre Hände nahm und einen Kuss auf ihren Handrücken hauchte.

»Der Gedanke, dich wiederzusehen, hat mich stets aufrecht gehalten«, sagte er leise, dann setzte er sich neben sie und ließ sich das Glas füllen. Wallenstein wartete, bis er seinen Teller das erste Mal geleert hatte, ehe er sich nach den Neuigkeiten erkundigte, die András mit nach Jitschin brachte. »Habt Ihr den Militärdienst quittiert?«, wollte Wallenstein wissen.

András schüttelte den Kopf. »Nein, auch wenn das in diesen Tagen vielleicht gesünder wäre. Es ist geradezu Selbstmord, gegen die Schweden vorzugehen. Und dennoch kann ich nicht einfach weglaufen und ihnen das Reich und den Sachsen Böhmen überlassen.«

»Im Moment bleibt uns aber nichts anderes übrig«, entgegnete Sibylla.

»Ich war in Prag«, berichtete András, »weil ich euch dort zu finden glaubte, aber alles, was ich fand, waren Sachsen, die eifrig damit beschäftigt waren, sämtliche Schätze der Stadt auf Kähne zu laden, um sie nach Norden zu schiffen. Prag blutet aus!«

Die Herzogin stöhnte und bedeckte ihr Gesicht mit den Fingern.

András hob abwehrend die Hand. »Nein, Durchlaucht, Ihr braucht Euch nicht zu sorgen. Ich war beim Palais Wallenstein. Arnim hat eine Ehrenwache aufziehen lassen, um es zu beschützen. Er wird Euer Gut nicht anrühren. Offensichtlich hat er immer noch einen Funken Ehre im Leib, auch wenn er sich dem Sachsenfürsten verpflichtet hat.«

»Ja, noch schont er uns, aber wie lange noch?«, verlangte Isabella zu wissen. Doch darauf konnte ihr keiner eine Antwort geben.

»Ach, und noch eine Neuigkeit gibt es aus Prag. Graf von Thurn ist wie ein König in die Stadt gezogen und hält große Reden über die Heldentaten der Rebellen und den schändlichen Verrat, der an ihnen begangen wurde. Er hat die Köpfe der Hingerichteten – also was nach zehn Jahren noch von ihnen übrig ist – vom Tor abnehmen lassen, um sie ehrenvoll zu bestatten.«

Wallenstein stöhnte. »Soll er, aber verschont mich mit seinem Geschwätz.«

»Das hat Arnim anscheinend so ähnlich formuliert«, lachte András. »Er ist kein großer Freund des Grafen.«

»Wie sollte er. Arnim ist ein großer Feldherr und ein Ehrenmann, was man von Graf Thurn nicht behaupten kann.«

»Ihr steht mit Arnim noch immer in Kontakt?«, fragte András, doch Wallenstein befriedigte seine Neugier nicht und brummte nur.

Es war schon spät, als sich das Herzogspaar in seine Gemächer zurückzog. Die Kinderfrau hatte Maria Elisabeth längst zu Bett gebracht, und auch ein Großteil der Bediensteten hatte sich schon schlafen gelegt. Wallenstein dagegen war nicht müde geworden, András über jede noch so kleine Regung der Militärs auf beiden Seiten zu befragen. Und er wollte wissen, wie es um Tilly stand.

»Nun, ich bin kein Vertrauter des Generals«, wehrte András ab, »doch ich war bei manchem Treffen der Offiziere dabei und habe ihn an vielen Abenden gesehen, wenn er alleine in einer Ecke saß, dem Krug zugetan und in seine düsteren Gedanken versunken. Wenn Ihr meine Meinung hören wollt und die Anmaßung verzeiht, dann sage ich, dass die Niederlagen den General zerstört haben. Vermutlich gilt sein Zorn nicht nur dem Schweden, sondern auch dem Kaiser und seinem Bayernherzog, die ihn und uns alle im Stich gelassen haben. Statt alles daranzusetzen, die Armee zu stärken, hat Maximilian lieber mit dem französischen Kardinal konspiriert. Man munkelt, er habe versucht, ein Neutralitätsabkommen auszuhandeln.«

»Oh ja, das kann ich mir gut vorstellen«, rief Sibylla. »Maximilian war seinem Cousin und Kaiser ja schon immer besonders treu ergeben!«

András hob die Schultern. »Wie auch immer. Ihr habt

nach Tilly gefragt. Er ist kein großer Feldherr mehr, nur noch ein alter Mann.«

Wallenstein sagte dazu nichts. Er sah in sein leeres Glas hinab, schenkte sich aber nicht nach. »Es ist spät geworden«, sagte er nach einer Weile und erhob sich dann, um die Tafel aufzuheben.

Nun lag Sibylla wach in ihrem Bett und konnte nicht einschlafen. Draußen fielen weiße Flocken gegen das Fenster und deckten das blühende Land zu, das Wallenstein geschaffen hatte, so als sei dies ein friedlicher Ort, den nichts stören könne. So als sei dies nur ein Weihnachtsabend wie alle anderen zuvor.

Sibylla drehte sich auf die andere Seite, doch der Schlaf wollte nicht kommen. Ihre Gedanken verließen das Gemach und machten sich durch die Gänge in den weit entfernten Seitenflügel auf, wo der Gast untergebracht worden war. Vielleicht hatte man András mit Absicht so weit wie möglich von ihr entfernt. Sie war sich sicher, dass Wallenstein keine Unzucht unter seinem Dach dulden würde – wenn er davon erfuhr. Doch sosehr sie sich auch quälte, sie brachte es nicht über sich aufzustehen, um einen Mann, der nicht der ihre war, in seinem Bett aufzusuchen.

Ein leises Klopfen an der Tür und eine Stimme ließen sie erschaudern.

»Sibylla, bist du noch wach?«

Mit einem Satz war sie aus dem Bett und lief mit gerafftem Nachthemd zur Tür. Ehe er noch ein Wort sagen konnte, hatte sie die Tür aufgerissen und ihn ins Zimmer gezogen. Dann schmiegte sie sich an seine Brust und bedeckte seinen Hals mit Küssen.

»Meine Frage muss ich dann wohl nicht mehr stellen«, flüsterte er belustigt.

»Welche Frage?«

»Ob du mir noch immer gut bist.«

Sie brummte nur und reckte ihm ihre Lippen entgegen. Er schloss sie in die Arme und tat ihr den Gefallen, dann hob er sie auf und trug sie zum Bett zurück.

»Du wirst noch erfrieren«, murmelte er.

»Nicht in deinen Armen«, widersprach sie und seufzte wohlig, als er sich neben ihr ins Bett schob und sie an sich zog. Seine Hände wanderten unter ihr Nachthemd und strichen über die hungrige Haut, die sich so sehr nach Liebkosung sehnte.

»Ach Sibylla«, hauchte er. »Liebe mich, und lass mich all den Schrecken wenigstens heute Nacht vergessen.« Sie hob die Arme, dass er ihr das Nachthemd abstreifen konnte.

Wie herrlich fühlte sich seine Haut an. Er roch überraschend frisch. Anscheinend hatte er sich ein Bad gegönnt. Sibylla drückte ihre Nase an seinen warmen Körper und sog seinen ganz eigenen Duft in sich ein, während seine Finger über ihren Bauch tiefer wanderten und ihre Lust anheizten. Auch sie schickte ihren Mund und ihre Hände auf Wanderschaft, um den Moment der Vereinigung noch ein wenig hinauszuzögern. Sie wollten die wenigen Stunden, die ihnen noch blieben, in all ihrer Köstlichkeit ausnutzen. Schlafen konnten sie immer noch, wenn sie wieder getrennt sein würden. Bald hielten sie es nicht mehr aus, doch obgleich sie sich in dieser Nacht im prächtigen Schloss des Herzogs von Friedland liebten, hatten ihre Umarmungen etwas von der Verzweiflung jener ersten Nacht in Ungarn, als sie nicht wussten, ob sie noch eine weitere Nacht würden erleben dürfen. Auch jetzt stand die Sache nicht gerade zum Besten, und András hatte bereits klargemacht, dass er nicht lange würde bleiben können. Sein Platz war an der Seite seines neuen Generals. Und er würde ihn halten, bis zum bitteren Ende.

»Ich wünschte nur, ich könnte Wallenstein in die Schlacht folgen. Dann hätten wir eine Chance«, sagte er.

In diesem Moment dachte er allerdings nicht an den Krieg und an das, was noch vor ihnen lag. Seine Miene war entspannt, als er sich von Sibylla löste und mit dem Zeigefinger die Konturen ihres Gesichts nachfuhr, das er in der Dunkelheit ihres Gemachs vermutlich nur erahnen konnte.

»Wann musst du zurück?«, fragte sie, obgleich sie die Antwort fürchtete.

»Ich müsste eigentlich bereits auf dem Weg ins Hauptquartier sein. Ich hatte lediglich eine Botschaft für Marradas in Prag. Aber ich konnte mich nicht auf den Rückweg machen, ohne dich gesehen und mich vergewissert zu haben, dass es dir gut geht.«

»Und einmal mein Bett mit mir zu teilen?«, neckte sie.

»Ja, auch das, denn es sind Erinnerungen an solche Momente, die uns in den finsteren Stunden die Kraft verleihen, nicht aufzugeben. Die uns in der Schlacht vorwärtsstürmen lassen, auch wenn alles verloren scheint. Für was lohnt es sich zu kämpfen, wenn nicht für die, die wir lieben?«

»Für den rechten Gott und die Heilige Jungfrau?«, schlug Sibylla spöttisch vor.

András schnaubte abfällig. »Geht es in diesem Krieg überhaupt darum? Ist der Schwede nicht nur unersättlich in seinem Hunger nach Land und Reichtum?«

»Ja, ganz sicherlich, und dennoch kämpfen die protestantischen Reichsfürsten auch um die Freiheit ihrer Gedanken und ihrer Seele. Ich weiß nicht, ob der Kaiser inzwischen weiß, was er mit diesem Religionsedikt angerichtet hat, und ob er gründlich bereut. Aber vermutlich ist er immer noch überzeugt, dass er den Menschen den einzig wahren Glauben bringt und der Retter ihre Seele ist.«

»Das kann er denken«, erwiderte András. »Doch er wird

keine Gelegenheit mehr bekommen, sein Edikt irgendjemandem aufzuzwingen. Wenn es irgendwann zum Friedensschluss kommt, kann er froh sein, wenn es noch ein Fleckchen gibt, das er als Land der Habsburger bezeichnen kann. Wer weiß, vielleicht enden all unsere Fürsten und selbst der Kaiser noch als Vasallen Schwedens.«

»Oder Frankreichs«, warf Sibylla ein. »Der Kardinal zieht im Hintergrund viele Fäden und weiß sein Gewicht rechtzeitig in die Waagschale zu werfen.«

András nickte. Sie schwiegen und verbannten die Politik aus ihren Gedanken, um sich noch einmal dem kurzen Glück ihrer Liebe hinzugeben.

Der Winter ging, doch die Sachsen blieben in Böhmen und der Herzog mit seiner Familie in Jitschin. András war zu seinem Regiment zurückgekehrt. Sibylla wusste nicht, ob der Herzog von ihrer sündigen Nacht erfahren hatte, doch sie hatte das Gefühl, er behandelte sie seitdem kühler als sonst. Sie selbst sprach das Thema nicht an. Sie hatte kein schlechtes Gewissen. Wallenstein hatte einst gefordert, sie solle András heiraten, doch wie konnte man in solchen Zeiten eine Ehe schließen, in denen man nicht wusste, ob man den anderen noch einmal wiedersehen würde? Dass der Schmerz, ihn zu verlieren, auch ohne das Jawort vor dem Altar nicht kleiner werden würde, war Sibylla bewusst. Sie hatte sich viel zu sehr auf diese Liebe eingelassen.

Derweil ging das Leben in Jitschin seinen Gang. Die Boten, die Wallenstein noch immer über das Land schickte, versorgten die Daheimgebliebenen mit Nachrichten.

Es konnte Wallenstein nicht gefallen, was sie ihm berichteten. Auch wenn es ihm vielleicht Genugtuung sein musste, dass ausgerechnet der Herzog von Bayern nun lautstark seine Rückkehr forderte. Nach Würzburg, Mainz und anderen Fürstentümern war nun auch das Bistum Bamberg in die Hände der Schweden gefallen und geplündert worden. Nun wandte sich Gustav Adolf Frankfurt zu, doch es konnte nur eine Frage der Zeit sein, wann er zur Donau vorstoßen würde, um sich die Kuchenstücke des Bayernherzogs einzuverleiben. Wieder flehte der Kaiser, Wallenstein möge nach Wien kommen, doch er blieb bei seiner Ablehnung.

»Was soll ich dort? Ihm die Hand halten und ihm sagen, dass sich das Schicksal bald wenden wird? Wie sollte es? Das, was ihm geblieben ist, kann man nicht einmal mehr den Rest einer Armee nennen, und dennoch tut er nichts, um sich zu rüsten und sich dem Schweden und seinen Verbündeten entgegenzustellen. Er lässt Tilly die gesamte Last schultern, obgleich jeder weiß, dass er dem nicht mehr gewachsen ist.«

»Wem sollte er sonst den Befehl übertragen außer dir? Etwa seinem Sohn Ferdinand, der vermutlich danach giert, sich zu beweisen?«

Wallenstein knurrte. »Versuche nicht, mich zu beeinflussen. So wie es sich der Kaiser vorstellt, kann ich ihm nicht helfen. Wenn die Sache wirklich Erfolg haben soll, dann geht es nur zu meinen Bedingungen. Verstehst du das?«

»Ich verstehe sehr gut. Ich war dabei, als die Männer zu Hunderten an Krankheit und Hunger starben, weil sie in Wien lieber ihr letztes Geld zusammenhielten, statt ihre Armee zu versorgen.«

Wallenstein stöhnte. »Und genau deshalb kann und darf ich nicht nachgeben, obgleich die Zeit drängt. Wer weiß, vielleicht ist es ja jetzt schon zu spät, das Unglück aufzuhalten. Wenn Gustav Adolf die Donau überquert, dann fällt nicht nur Bayern in seinen Schoß. Dann ist ihm auch der Weg in die Habsburger Erblande offen.«

»Das ist richtig!«, erschallte es von der Tür her und ließ die beiden herumfahren.

Wallenstein erholte sich als Erster von seiner Überraschung. Er ging dem Gast entgegen und reichte ihm die Hand. »Willkommen in meinem Haus, verehrter Freund.«

»Fürst von Eggenberg«, murmelte Sibylla erstaunt. »Was führt Euch hierher nach Jitschin?«, fügte sie hinzu, obgleich sie ahnte, mit welcher Mission er nach Böhmen geschickt worden war.

Er verbeugte sich elegant vor ihr und antwortete: »Ihr wisst doch, wenn der Prophet nicht zum Berg kommt…«

»Dann hat Euch also der Kaiser geschickt, um gut Wetter zu machen?« Sie konnte den Spott in ihrer Stimme nicht unterdrücken.

»So ist es, Witfrau Sibylla«, bestätigte der Besucher aus Wien. »Doch es ist noch mehr. Nicht nur die Freunde unseres Herzogs hier sind sich inzwischen einig. Auch seine erbittertsten Gegner geben inzwischen zähneknirschend zu, dass er der einzige Mann im Reich ist, der die Katastrophe noch aufhalten, die Schweden aus dem Land jagen und dem Kaiser sein Reich retten kann.«

»Da haben sie in Wien aber lange gebraucht, das zu erkennen«, konnte sich Sibylla nicht verkneifen zu sagen. Eggenberg entgegnete nichts, doch Wallenstein hob die Hand.

»Es ist genug, Sibylla. Es ist nicht an dir, meine Ehre zu retten. In dieser Lage sind nur Fakten und Verträge entscheidend. Schriftlich besiegelte!«, fügte er hinzu. Auch er hatte dazugelernt.

Fürst von Eggenberg nickte. »Der Kaiser und die Räte kennen Eure Bedingungen. Ich bin mit allen Vollmachten hier und bitte Euch persönlich und im Auftrag aller in Wien: Lasst nicht zu, dass das Reich vernichtet wird und endgültig in den Schoß des Schwedenkönigs fällt!«

Wallenstein ließ sich mit seiner Antwort Zeit, doch dann ließ er seinen Sekretär kommen. »Ich denke, wir haben einige Verträge aufzusetzen«, sagte er. »Machen wir uns ans Werk. Die Zeit drängt.«

Sibylla zog sich leise zurück und machte sich auf die Suche nach Isabella, um ihr die Neuigkeiten zu überbringen.

Meine geliebte Sibylla,

zuerst muss ich dir beschreiben, was es für einen Aufruhr gab, als die Nachricht im Lager bekannt wurde. General Wallenstein kehrt zurück! Du kannst dir den Jubel nicht vorstellen. Aus einer mutlosen Truppe, die Tag für Tag nur noch dahinvegetierte, ist wieder eine Armee geworden, die bereit ist, sich dem Gegner in den Weg zu stellen und alles zu geben. Und nicht nur das. Seit der Ruf des Generalissimus durch das Reich hallt, laufen die Männer in Scharen zu den Werbeplätzen. Ja, ich hörte, sie können gar nicht so schnell aufgenommen werden, wie sie ihre Dienste anbieten. Das Reich ist aufgewacht, und es ist bereit, sich vom schwedischen Joch zu befreien.
Ich weiß, dass Wallenstein Wunder bewirken muss, um diese Armee auf die Beine zu stellen und mit allem zu versorgen, was sie für diesen Kampf braucht, aber wenn einer das noch in diesem Jahr schaffen kann, dann er. Man spricht von einhunderttausend Mann, die er in die Schlacht schicken will. Dann sind die Tage der Schweden gezählt!
Doch bis es so weit ist, ist jeder Tag eine neue Herausforderung. Gustav Adolf bleibt nicht verborgen, was sich da gegen ihn anbahnt, und so ist er natürlich bestrebt, so viele Eroberungen wie nur möglich zu machen, ehe Wallensteins Regimenter bereitstehen.
Als die Nachricht von seiner Ernennung kam, hat sich Tilly noch einmal erhoben und dem Schweden Mainz entrissen. Es war Balsam auf der Seele unseres geschlagenen Generals, aber es war auch sein letztes Aufbegehren. Als Gustav Adolf von

Mainz erfuhr, rückte er zornentbrannt von Frankfurt auf uns zu, doch Tilly ließ uns an die Donau zurückweichen. Die Furten zu halten, bis Wallenstein kommt – das sollte unsere Aufgabe sein, doch wie hätten wir das bewerkstelligen sollen? Wir mussten eine Verteidigungslinie über unzählige Meilen entlang der Ufer von Donau und Lech aufbauen. Mit welchen Männern? Mit welchen Waffen?

Gustav Adolf ist derweil ohne Kampf in Nürnberg eingezogen und hat sich Donauwörth genommen.

Der Schwede entdeckte an der Donau gleich zwei Furten, und Tilly ließ sich von seinen Absichten täuschen, er habe es auf Augsburg abgesehen. Während er uns mit einem Scheinangriff hinhielt, setzten seine Truppen weiter nördlich in Scharen über den Fluss. Sechs Stunden lang haben wir am Lech alles gegeben, als eine Kettenkugel General Tillys Knie und den Schenkel seines rechten Beins zerschmetterten. Herzog Maximilian befahl den Rückzug. Unser geschlagenes Heer wich nach Ingolstadt zurück. Tilly wurde in seiner Sänfte in die Festung getragen. Kannst du es fassen? Der Schwedenkönig schickte in einer edelmütigen Geste gar seinen eigenen Wundarzt zu ihm, doch nichts und niemand konnte ihn dieses Mal noch retten.

Sibylla, General Tilly ist tot! Und Maximilian verbarrikadiert sich in der Festung von Regensburg. Seine Familie hat sich nach Salzburg in Sicherheit gebracht, während Gustav Adolf nach Süden zieht. Erst Augsburg, dann Ingolstadt und Landshut. Das ist kein Kriegszug mehr! Das ist eine gemütliche Plünderungsreise, aus der sie alles mitnehmen, was nicht niet- und nagelfest ist. Er will Bayern an sich bringen oder es zumindest verwüsten.

Am 17. Mai ist er dann in München eingezogen. Kampflos! Der Bürgermeister hat ihm kniend die Schlüssel der Stadt überreicht und ihm gleich noch dreihunderttausend Gulden versprochen. An seiner Seite ritt Friedrich von der Pfalz. Was muss es

dem Winterkönig von Prag Genugtuung sein, durch die prächtige Residenz des Bayernherzogs zu stolzieren, der ihm den Kurfürstentitel gestohlen und ihn aus Prag davongejagt hat. Derweil kümmert sich Gustav Adolf um die Schätze, die man aus der Residenz nach Schweden abtransportieren kann.
Ich gebe zu, mein Mitleid mit dem Bayernherzog hält sich in Grenzen, doch nun liegen nicht einmal mehr einhundert Meilen zwischen Gustav Adolf und Wien. Keine Truppen trennen ihn vom Thron des Kaisers. Daher kann ich nur hoffen, dass Wallenstein noch schneller und brillanter ist, als wir es bereits von ihm kennen, ansonsten sind die letzten Tage des Reichs bereits gezählt, und nur ein Wunder und der Generalissimus können den Untergang noch verhindern.
Wir erwarten ihn in Ungeduld!

András

Kapitel 29

Alte Veste bei Nürnberg, 1632

Geliebte Helena, meine liebe Tochter,

du kannst dir nicht vorstellen, was sich hier und allerorts für Szenen abspielen. Wallenstein hat Wien einen Vertrag abgerungen, der ihm alle Freiheiten in der Kriegsführung und in der diplomatischen Verhandlung mit den Gegnern zuspricht, ohne dass die Räte ihm ständig dazwischenreden können. Auch die Versorgung der Armee stellt er durch seine eigenen Leute, die auch die Kriegssteuern einziehen, sicher. Der Kaiser ist derart in Panik, dass er ihm alles gewährt, doch nur so kann es gelingen. Wallenstein muss Gustav Adolf ebenbürtig entgegentreten, als Feldherr und als Staatsmann mit allen Freiheiten handeln, so wie der König auch.
Zuerst muss Wallenstein nun die riesige Armee aufstellen, mit der er den Schweden herausfordern kann. Ich hatte meine Zweifel, wie so etwas in kürzester Zeit gelingen soll, doch ich wurde eines Besseren belehrt. Kaum ließ Wallenstein die erste Werbetrommel schlagen, liefen die Männer zu Tausenden herbei. Allein dreihundert Offiziere drängten sich um ihn, um unter seinem Kommando wieder zu dienen: Pappenheim ist gekommen und wechselt vom Ligaheer zu seinem Generalissimus, Isolani, Aldringen, Gallas, Marradas, aber auch ein Johann von

Götz, der im Heer des Mansfelders war, und Heinrich Holt, der in Stralsund gegen Wallenstein gekämpft hat, und Herzog Franz Albrecht von Sachsen-Lauenburg. Leider auch Octavio Piccolomini, den ich nicht wiederzusehen hoffte. Er ist intelligent, das kann ich ihm nicht absprechen, aber eben auch verschlagen, geradezu krankhaft ehrgeizig und gierig nach Gold und Ländereien.

Neben den Männern, von denen es anscheinend genug gibt, ist natürlich auch die Ausrüstung der Armee entscheidend. Wieder muss Wallenstein Wunder vollbringen. Er ist unermüdlich auf den Beinen, bestellt teils das Dreißigfache an Pulver für das Zeughaus in Wien von dem, was der Rat angeordnet hat. Er ordert in Schlesien, Mähren, Polen und der Schweiz. In Böhmen werden große Depots angelegt. Seine Pulvermühlen laufen rund um die Uhr. Es kommen Rüstungen aus Italien, Kürasse aus Florenz und den Spanischen Niederlanden. Nürnberg liefert Pistolen. Ganz Jitschin scheint nur noch eine Werkstatt von Plattnern zu sein. Außerdem plant Wallenstein hier in der Stadt eine Fabrik für Musketen aufzubauen.

Wallenstein hat ein großes Ziel vor Augen. Er will Frieden schließen und eine Versöhnung zwischen Sachsen, Brandenburg und dem Kaiser herbeiführen. Das Restitutionsedikt wird zurückgenommen. Sogar das hat der Kaiser ihm zugesagt, doch davor müssen noch viele Feinde bezwungen werden.

Im Augenblick steht ganz Europa gegen den Kaiser. Neben den Schweden sind es England und die Vereinigte Niederlande, Frankreich und Italien und selbst der Papst, von den protestantischen Reichsfürsten gar nicht zu sprechen. Doch Wallenstein ist der Meinung, dass sogar die sogenannten Freunde dem Hause Habsburg noch gefährlicher sein könnten. Ob er da an einen neu ernannten Kurfürsten aus dem Hause Bayern denkt? Ich fürchte auch, dass wir mit Maximilian noch rechnen müssen.

Jedenfalls ist Wallensteins Armee, während sich der Schwede in Maximilians Residenz in München vergnügte, nach Prag gezogen, um sich mit Arnim zu besprechen. Natürlich sind der schwedische Sondergesandte Graf Solms und erst recht Graf von Thurn entsetzt, aber Arnim hat seine Hauptstreitmacht bereits bis zur Grenze nach Sachsen zurückgezogen. Wallenstein ließ die friedländische Regimentsfahne auf dem Hradschin aufziehen. Prag ergab sich nach wenigen Schuss in seine Hände. Böhmen ist befreit, und es werden bereits Gespräche mit Johann Georg von Sachsen geführt, doch noch wagt er es nicht, sich gegen den Schwedenkönig zu stellen.

Du wirst es nicht glauben. Wallenstein ist noch keinen Monat zurückgekehrt, da meldet sich Herzog Maximilian mit ätzender Kritik aus seinem Exil. Er wirft Wallenstein Rachsucht vor, da er die Armee nicht noch schneller auf die Beine gestellt hat und nicht rechtzeitig nach Bayern geeilt ist, um ihm seine Residenzstadt München zu retten. Doch Wallenstein lässt sich nicht beirren. Er hat sich zuerst darauf konzentriert, Wien und die Stammlande des Kaisers zu schützen, um den weiteren Vormarsch der Schweden aufzuhalten. Nun hat er den Schwedenkönig glauben gemacht, wir würden Arnim nach Sachsen folgen, doch im Geheimen schmiedet er andere Pläne. Während der Schwede missmutig das feine Nest in München verlässt, um dem Sachsenfürsten zu Hilfe zu kommen, sind wir in aller Eile nach Westen unterwegs, um uns mit den letzten Truppen der Liga im Fichtelgebirge zu vereinen. Ich bin gespannt, wie das Treffen zwischen Maximilian und Wallenstein verlaufen wird. Ich vermute einmal frostig, doch der Bayernherzog wird sich hüten, seinen Retter zu vergrätzen. Noch kann er sich das nicht leisten. Mal sehen, wie lange er eine gute Miene zu diesem Spiel macht.

»Unser Plan ist aufgegangen«, frohlockte Wallenstein, als Sibylla zu ihm ins Zelt trat. »Gustav Adolf war völlig überrascht. Er ist im Eiltempo aufgebrochen und über Augsburg nach Schwabach marschiert, nur um festzustellen, dass er nicht nur unser Treffen mit Maximilian nicht mehr verhindern kann. Wir blockieren nun auch seinen Rückweg nach Sachsen, sodass er sich nicht mit Johann Georg vereinen kann.«

»Das gefällt ihm ganz sicher nicht«, sagte Sibylla.

Wallenstein lächelte grimmig. »Oh nein, doch er wird sich daran gewöhnen müssen, dass ich jetzt die Musik spiele und den Tanz vorgebe.«

Sibylla trat auf ihn zu und sah in seine dunklen Augen. »Und an welchen Tanz habt Ihr gedacht?«

Er erwiderte den Blick. Er hielt sie fest und zog sie in die Tiefen seiner so unbegreiflichen Seele. Sie fühlte sich ihm näher, als wenn er die Arme um sie geschlungen und sie an sich gezogen hätte. Für einige Augenblicke waren sie beide in diesem Bann gefangen, ehe er sich aus der Verbindung löste und fortfuhr.

»Wir werden Gustav Adolf einen besonders schönen Tanz bieten. Er darf sich gern in Nürnberg verschanzen. Ich lasse ihn ein wenig zappeln und räume erst einmal hier in der Oberpfalz gründlich auf. Ich denke, Isolanis Kroaten werden hier ihr ganzes Können zeigen. Den Schweden bitte ich danach aufs Parkett.«

Sibylla verließ das Zelt und trat in den Schein der untergehenden Sonne hinaus, die sich anschickte, hinter den Wipfeln der Bäume zu versinken. Sie ließ ihren Blick über das Meer von Zelten schweifen bis hinüber zu den Pferchen, die für die Pferde errichtet worden waren. Hunderte edle Rösser aus Friedland teilten sich ihr Futter mit den Rössern aus anderen Gegenden. Zwischen den Zelten flammten die ersten

Feuer auf. Der Duft von Fleisch und Zwiebeln stieg in ihre Nase. Von den Trosskarren, vor denen sich einige Frauen in aufreizender Kleidung versammelt hatten, erklang Gelächter. Noch war alles so ruhig und friedlich, doch die Spannung lag bereits in der Luft. Die Männer konnten es kaum erwarten, sich in die Schlacht zu werfen. Die Ausfälle gegen die Dörfer und Städte der Oberpfalz waren nur ein kleiner Vorgeschmack, gerade einmal um sie heiß auf den großen Feind zu machen, der sich zwischen Nürnberg und Fürth verschanzte. Sibylla fragte sich, ob es klug war, ihm so viel Zeit zu lassen, seine Verteidigung zu verstärken und noch mehr Männer zusammenzuziehen, aber Wallenstein wusste sicher, was er tat. Vielleicht war es wichtiger, sich erst hier den Rücken frei zu machen.

Sibylla sah einige Offiziere an einem der Feuer stehen. András war unter ihnen, also machte sie sich auf, sich zu ihnen zu gesellen. Gemächlich schlenderte sie zwischen den Zelten hindurch und nahm die Geräusche und die Gerüche in sich auf, die ihr so vertraut waren und die so viele Erinnerungen in ihr aufsteigen ließen. Schöne und schreckliche, die sie lange verdrängt hatte. Nun war es also wieder so weit. Sie zogen in den Krieg, ohne zu wissen, wie es enden würde. Sie stellten sich einem mächtigen Gegner, und Tausende würden bei diesen Schlachten sterben oder verstümmelt werden.

Sibylla schritt an Jaschas Seite zwischen den Zelten umher und betrachtete die Männer, die zusammengekommen waren, um in die Schlacht zu ziehen. Für ein wenig Sold waren sie bereit, ihr Leben zu geben. Das Grauen begann von Neuem, und doch konnte sich auch Sibylla der eigenartigen Atmosphäre von Wallensteins Lager nicht entziehen.

Einer der Männer zog eine Flöte aus seiner Jacke und begann eine heitere Melodie zu spielen. Sibylla summte sie leise mit. Vielleicht war es richtig, diesen Abend zu genießen und alle noch so berechtigten düsteren Gedanken zu verbannen. Auch die Männer wussten, was sie auf einem Schlachtfeld erwartete, doch heute war kein Platz für Ängste und verzagte Fragen. Heute fühlten sie sich stark und unbesiegbar.

Sibylla ahnte, dass sie dieses Gefühl noch brauchen würden, wenn die Kanonen der Schweden zu feuern begannen und die schnaubenden Pferde mit ihren Reitern auf die feindlichen Linien zupreschen mussten.

Am 16. Juli traf das große Heer unter der Führung von Wallenstein in Nürnberg ein. Gustav Adolf hatte lange genug Zeit gehabt, mit Unterstützung der Bevölkerung die Befestigungen zu verstärken und jede Menge Schanzen zu bauen. Sibylla konnte sich nicht vorstellen, wie selbst eine so riesige Armee, wie sie der General des Kaisers anführte, eine solche Festung einnehmen sollte, doch daran schien Wallenstein im Moment auch gar nicht zu denken. Er hielt seine Männer von den Verteidigungslinien der Schweden fern und führte sie stattdessen an der Rednitz entlang bis zu einer Anhöhe südwestlich von Fürth, unweit der Alten Veste, einer Burganlage, die die Nürnberger einst geschleift hatten. Das Gelände war ideal, um der Armee Schutz zu gewähren. Das Hauptquartier wurde über dem Steilabbruch des Höhenzugs südlich der alten Burg aufgeschlagen. Mit Maximilians Ligaheer zusammen waren die Kaiserlichen den Schweden zahlenmäßig leicht überlegen, daher drängte der Herzog von Bayern, sofort anzugreifen, doch Wallenstein lehnte ab. Sibylla wurde Zeuge dieses Disputs zwischen den beiden Heerführern, der nicht der letzte sein würde, doch Wallenstein führte die Hauptmacht und ließ sich von dem zunehmend aufgebrachten Bayernfürsten nicht aus der Ruhe bringen.

»Wir warten!«, sagte er bestimmt. »Der Schwede will, dass wir seine Schanzen berennen und er mit seinen Kanonen blutige Ernte halten kann. Aber den Gefallen werden wir ihm nicht bereiten.«

Herzog Maximilian wischte diesen Einwand mit einem Handstreich weg. »Krieg fordert Opfer. Dazu sind die Truppen da.«

»Wenn Ihr meint«, entgegnete Wallenstein noch immer ruhig. »Ich halte es für besser, die Männer nicht unnötig zu opfern.«

»Und wie wollt Ihr ihn dann besiegen, wenn Ihr ihn nicht angreift?«, ereiferte sich der Herzog, dessen Gesicht sich nun rot färbte. Seine Stimme zitterte vor unterdrücktem Zorn.

»Oh, indem ich genau das mache, was ich gesagt habe. Ich warte ab.«

Sibylla betrachtete die dürre Gestalt des Herzogs unter gesenkten Lidern. Er war kaum so groß wie sie und stand leicht gekrümmt. Offensichtlich litt er unter Drüsenschwellungen. Das rötliche Haar hatte sich bereits gelichtet und stand ihm widerspenstig vom Kopf ab. Er starrte den General des Kaisers an. Die blauen Augen wirkten hart und standen in seltsamem Gegensatz zu Wallensteins dunklen Augen, der den Blick ohne erkennbare Regung erwiderte.

»Steht Euch der Sinn danach, das Reich und die Liga zu vernichten?«, zischte Maximilian.

Wallenstein hob nur die Braue. »Ihr seid müde und wisst nicht, was Ihr redet, Euer Gnaden. Ich schlage vor, Ihr zieht Euch in Euer Zelt zurück und ruht Euch aus. Entschuldigt mich jetzt, ich habe noch viel zu tun. Wir müssen das Lager befestigen. Ich denke, wir werden uns für eine ganze Weile hier einrichten.«

Er wandte sich ab, ohne den Herzog noch einmal zu würdigen. Sibylla folgte ihm.

»Ich dachte, ihn würde gleich der Schlag treffen«, sagte sie, als sie außer Hörweite waren.

»So etwas kommt vor«, murmelte Wallenstein, »aber es kommt selten zur rechten Zeit.«

Sibylla sah ihn von der Seite an, doch er wirkte so, als würde ihn Maximilian nicht sonderlich kümmern. »Was nun?«, erkundigte sich Sibylla.

»Was ich gesagt habe. Wir bauen das Lager auf. Es müssen Bäume gefällt werden. Mehrere Tausend Bäume, um Schanzen und Palisaden aufzurichten. Wie brauchen Pferche für die Pferde sowie Zelte und Hütten für die Männer.«

Keine leichte Aufgabe, dachte Sibylla, bestand der Teil des Heeres, der mit dem General auf die Höhe bei der Alten Veste gezogen war, doch aus mehr als dreißigtausend Infanteristen und zwölftausend Reitern. Hinzu kam der nicht gerade unbedeutende Tross. So viele hungrige Mäuler!

Als habe er ihre Gedanken verfolgt, fuhr Wallenstein fort: »Wir müssen unsere Lebensmittelvorräte für ein paar Wochen sichern und die Schweden von der Versorgung abschneiden. Ich stelle einige Regimenter ab, die dafür sorgen, dass es der Schwede in der Stadt nicht allzu gemütlich hat. Ich denke, Gustav Adolf wird bald auf seine Festtagstafeln verzichten müssen. Was ihm nicht zu sehr schaden dürfte.«

Sibylla kannte den Schwedenkönig nicht, doch sie hatte die Männer über seinen gewaltigen Leibesumfang spotten hören. Nur die größten und kräftigsten Pferde waren in der Lage, ihn zu tragen. Zum Glück für die Tiere verzichtete er meist auf eine Rüstung, die ihn noch mehr in seiner Beweglichkeit eingeschränkt hätte. Außerdem, so hieß es, leide der Schwedenkönig stark unter Kurzsichtigkeit, was seine Leibgarde zuweilen in brenzlige Situationen brachte. Aus der Ferne war es ihm offensichtlich nicht möglich, Freund und Feind zu unterscheiden.

Wallenstein rief seine Offiziere zu sich, um die Aufgaben zu verteilen.

»Ich befehle Euch, haltet Eure Männer im Zaum und provoziert keinen Angriff! Ja, ich meine auch Euch, Isolani. Ihr könnt Eure Kroaten damit beschäftigen, dass sie keinen Karren in die Stadt oder aus ihr heraus lassen. Alle Lebensmittel, denen Ihr habhaft werden könnt, werden hierhergebracht.«

Die Offiziere nickten und begaben sich auf ihre Posten. Sibylla folgte András zu seinen Männern, denen die Aufgabe zufiel, Befestigungen an der alten Fuggerstraße zu errichten.

Die Sommertage verstrichen, und noch immer wurde rund um das riesige Heerlager mit Feuereifer gearbeitet. Die steilen Nord- und Osthänge des Höhenzugs wurden zu einer Sternschanze ausgebaut, von der sich eine lange mit Türmen verstärkte Palisadenmauer nach Nordwesten zog, an der Wallenstein sechstausend Musketiere postierte. Alle Bäume im Abstand von mehreren Schusslängen wurden an den Hängen gefällt. Sie wurden einerseits für die Verteidigungswälle gebraucht, anderseits war es nötig, dem heranrückenden Feind die Deckung zu nehmen und ein freies Schussfeld für die Verteidiger zu schaffen. Das Lager zog sich bis um Zirndorf herum und wurde von der Bibert durchflossen, sodass genug Wasser im Lager war. Die Zirndorfer Mühle oberhalb der Brücke lief Tag und Nacht, um das Mehl für Brot und Getreidebrei zu mahlen. Keiner der Männer sollte hungern müssen. Während die Arbeiten vorangingen, verharrte der Schwedenkönig mit seinem Heer hinter den Mauern von Nürnberg und Fürth. Zwar gelangten kaum mehr Lebensmittel in die Stadt, dafür aber immer neue Regimenter der Schweden und ihrer Verbündeten. Wallenstein befahl strikt, sie nicht daran zu hindern, sich mit dem Hauptheer ihres Königs zu verbinden.

Maximilian blieb das nicht verborgen. Eines Morgens stampfte er auf Wallenstein zu und reckte sich, doch er reichte dennoch kaum an die Schultern des Generals. Sein

Gesicht hatte schon wieder eine bedenkliche Farbtiefe erreicht, doch vielleicht war er auch nur zu lange in der Julisonne gewesen.

»Wisst Ihr eigentlich, welche Scharen tagtäglich nach Nürnberg einziehen?«, schnauzte er Wallenstein an.

»Oh ja, meine Kundschafter erstatten mir regelmäßig Bericht. Noch immer kommen Flüchtlinge aus den umliegenden Dörfern und natürlich die verstreuten Fähnlein, die der König um sich schart.«

»Ach, und das stört Euch gar nicht?« Der Herzog von Bayern stellte sich auf die Zehenspitzen, doch es gelang ihm noch immer nicht, Wallenstein in die Augen zu sehen.

»Nein«, sagte dieser nur kühl. »Ich freue mich gar über jede Familie, die Zuflucht hinter den starken Mauern sucht. Habt Geduld, sie sind die zusätzlichen Sargnägel, die Gustav Adolf gar nicht gebrauchen kann.«

Herzog Maximilian schnaubte abfällig. »Ihr wollt sie aushungern? Ist das Eure Art, Krieg zu führen? Erbärmlich!«

Wallenstein hob nur die Schultern. »Findet Ihr? Gut, das ist Euer Recht, dennoch werden wir nichts anderes tun, als weiter abzuwarten. Ich versichere Euch, Eure Geduld wird nicht mehr lange auf die Probe gestellt. Wie ich aus zuverlässiger Quelle erfahren habe, ist das Futter der Pferde ausgegangen. Sie schlachten die Tiere, doch ihr Fleisch wird sie nicht retten. Ich versichere Euch: Der Schwedenkönig wird bald handeln müssen. Es bleibt ihm gar nichts anderes übrig.«

Ein paar Tage später berichtete András Sibylla, dass in der Stadt eine Seuche ausgebrochen sei. »Ich weiß nicht, an was sie leiden, ob es die Ruhr ist, die Pest oder etwas anderes, doch anscheinend sterben die Bewohner wie die Fliegen.«

Sibylla trat an die Brüstung der Sternschanze und ließ den Blick von Fürth im Nordwesten langsam weiter südlich wandern, wo sich die Mauern von Nürnberg im Dunst des Abends erhoben. Sie konnte sich das Leid in der überfüllten Stadt lebhaft vorstellen. Wer einmal dem Hungertod nahe war, vergisst diese Qual sein Leben lang nicht.

»Du verspürst Mitleid mit ihnen, nicht wahr?«, vermutete András. Sie nickte.

»Du musst dich dagegen verschließen. Der Schwede ist mit seiner Armee wie ein Heuschreckenschwarm über das Reich hergefallen, um es sich in seinem unbändigen Machthunger einzuverleiben. Die deutschen Fürsten dort drüben stellen sich an die Seite des Eindringlings gegen ihren Kaiser.«

»Der sie mit seinem Edikt dazu gedrängt hat!«, widersprach Sibylla.

»Mag sein, dennoch sind sie der Feind, und sie müssen leiden, bis sie das Unrecht einsehen und das Land verlassen.«

»Und die Bürger von Nürnberg und Fürth? Haben sie das Leid auch verdient?«

»Sie haben den Schweden ohne einen Schuss Widerstand in ihre Stadt eingeladen und ihn hofiert. Ja, ich denke, sie haben es sich selbst zuzuschreiben.«

Sibylla schüttelte den Kopf. »So einfach ist das nicht. Möchtest du an der Stelle der Stadtväter stehen, wenn eine riesige Armee vor deine Mauern zieht, der du auf Dauer nicht widerstehen kannst? Erinnere dich, in was für einem armseligen Zustand die Armeen des Kaisers und der Liga waren, ehe Wallenstein zurückgekehrt ist. Hätten sie Nürnberg beigestanden?«

András wand sich sichtlich. »Wohl eher nicht.«

»Und was ist mit den Frauen und Kindern und den alten Menschen in der Stadt, die nun hungern und von den Seuchen dahingerafft werden? Haben die es auch verdient?«

András schüttelte den Kopf. »Nein, ich weiß, sie sind die

unschuldigen Opfer in diesem Krieg. Auf ihrem Rücken tragen die Mächtigen ihre Kämpfe aus. Doch das war schon immer so und wird sich niemals ändern.«

»Weil Gott es zulässt«, sagte Sibylla bitter. »Was ist das für ein Herrscher im Himmel, dem das hier gefällt? Ein barmherziger Gott kann es nicht sein!«

Mit Tränen in den Augen wandte sie sich ab und ging davon.

Kapitel 30

Von Nürnberg nach Leipzig, 1632

Sechs Wochen lang wurde der Schwedenkönig nicht müde, alles zu tun, um den kaiserlichen General zu einem Angriff zu provozieren, doch Wallenstein widerstand sowohl Gustav Adolf als auch dem Bayernherzog. Er versicherte Sibylla immer wieder, er wisse, was er tue. Die Zeit spiele für sie.

Vielleicht hatte er recht, doch Sibylla spürte, wie die zunehmende Anspannung und Unzufriedenheit, die sich im Lager ausbreitete, auf sie übergriff. Es war nie gut, eine Armee zu lange stillzuhalten. Vor allem nicht solch eine riesige! Die Männer langweilten sich. Sie brannten darauf, endlich für ihren General in die Schlacht zu ziehen, doch genau das verweigerte er ihnen, obgleich der Feind in Sichtweite auf und ab paradierte und sie herauszufordern schien.

»Ich halte das nicht mehr aus«, stöhnte Sibylla, als der heiße August sich anschickte, in einen ebenso drückend schwülen September überzugehen. »Und Eure Männer tun es auch nicht mehr lange! Diese Untätigkeit macht mich verrückt.«

Wallenstein legte ihr seine Hand auf den Arm. »Ja, manches Mal ist es schwerer, den Dingen ihren Lauf zu lassen und einfach zu warten, bis sie sich selbst erledigen, aber ich versichere dir, das ist der richtige Weg. Das wird Gustav Adolf schon bald begreifen, wenn er es nicht schon weiß.

Seine Armee wird größer und größer, und dennoch oder gerade deshalb sitzt er in seiner eigens von ihm errichteten Falle. Die Lage in der Stadt ist dramatisch. Er muss sich entscheiden: Entweder zieht er ab, oder er greift uns an. Ansonsten wird seine Armee auch ohne unser Zutun verderben.«

»Wie lange noch?«, wollte Sibylla wissen.

»Vielleicht nur noch Stunden«, sagte Wallenstein seltsam heiter. »Der Schwedenkönig ist reif!«

Und wieder einmal behielt der Generalissimus recht. Am nächsten Morgen zogen die Schweden und ihre Verbündeten in der Morgendämmerung in altbewährter Schlachtordnung auf den Feldern unterhalb des Lagers auf. Sie begannen von Gerbersdorf im Südosten her mit dem Beschuss des Lagers. Ohne Erfolg. Der nächste Angriff der Infanterie weiter südlich scheiterte ebenfalls. Als es dunkel wurde, zogen sich die Schweden zurück.

Wallensteins Kundschafter meldeten, dass die Schweden Behelfsbrücken über die Rednitz schlagen ließen und auf der Hardhöhe weiter nördlich ein befestigtes Lager errichteten. Wallenstein ließ einen Großteil der Truppen auf die nordwestliche Seite des Lagers verlegen.

»Es könnte sein, dass Gustav Adolf unser Lager umrunden und von Westen her angreifen will«, erklärte er Sibylla, doch er wurde eines Besseren belehrt. Am nächsten Morgen zogen die Regimenter der Schweden auf den Feldern nordöstlich des Lagers auf. Und dann begann der große Sturm. Maximilian von Bayern eilte aufgeregt hin und her und wollte seine Truppen zu einem Vorstoß sammeln, doch Wallenstein winkte ab. Er saß an höchster Stelle auf seinem großen dunkelbraunen Pferd, das der Kaiser ihm vor vier Jahren bei ihrem Treffen in Brandeis geschenkt hatte, und gab seine Befehle. Das Rot seines Mantels leuchtete wie eine Fackel in der Sonne und war von allen bis ins Tal hinab zu sehen.

Seine Offiziere umringten ihn. Sibylla stand ein Stück entfernt, doch seine Stimme drang klar und gewaltig zu ihr. Dies war seine Stunde. Nun würde sich zeigen, ob er den richtigen Weg gewählt hatte.

»Keiner wird dieses Lager verlassen!«, befahl er. »Nichts – außer unsere Kugeln. Ich verbiete jeglichen Ausfall über die Schanzen hinaus. Keiner setzt auch nur einen Fuß auf freies Feld. Ihr verbürgt mir mit Eurem Kopf für den Gehorsam der Männer!«

Einige der Offiziere murrten. Vor allem die Reiterkommandeure wollten sich endlich beweisen. Am lautesten schimpfte Maximilian, doch auch er war an den Oberbefehl Wallensteins gebunden und wagte nicht, eigenmächtig zu handeln. Zumindest noch nicht.

Der Sturm der Schweden konzentrierte sich auf die Hauptstellung, sodass die Verteidigung vor allem Aldringen zufiel. Die sorgfältig hinter den Schanzen aufgestellten Kanonen hielten reiche Ernte, doch die Schweden drangen immer wieder vor, wurden zurückgeworfen, eroberten die eine oder andere vorgelagerte Befestigung und mussten dann wieder weichen. Manche der Regimenter rückten bis zu acht Mal vor und wurden doch wieder zurückgedrängt, bis ihre Reihen so gelichtet waren, dass sie sich endgültig zurückziehen und neu formieren mussten.

Vermutlich hatten die Schweden, seit sie einen Fuß in das deutsche Kaiserreich gesetzt hatten, noch nie so kämpfen müssen. Sie versuchten alles, was in ihren Kräften stand. Sie berannten die Palisaden, Faschinen und Schanzen. Sie versuchten die Mauern mit Leitern zu überwinden oder Breschen in die Palisaden zu schlagen, nichts half. Im Musketenfeuer starben sie zu Hunderten. Sibylla war es, als würde die ohnmächtige Wut, mit der die Schweden vergeblich das Lager zu erstürmen suchten, sie wie eine Wolke umhüllen. Sie vermischte sich mit dem Zorn des Bayernherzogs und dem der Offiziere, deren Kürassiere dicht gedrängt auf ihren Pferden auf den Befehl warteten, endlich aus dem Lager zu preschen und wie eine Flutwelle über die Schweden zu kommen, doch Wallenstein blieb hart. Sibylla spürte, wie ihm der Unmut entgegenbrandete, doch er ließ ihn mit kalter Überheblichkeit an sich abprallen. Vermutlich verstand keiner unter seinen Offizieren, warum er so handelte. Sich feige hier verkroch, wie sie dachten.

Der Tag verstrich, und nicht nur das Wetter trübte sich ein. Ihm folgte ein zweiter Schlachtentag mit Regen und noch heftigeren Attacken. An diesem Tag kamen die Schweden von der Hardhöhe im Norden, andere Regimenter nahmen am frühen Morgen auf den Feldern vor dem Örtchen Dambach im Südosten Aufstellung. Sibylla stand neben Wallenstein, als sich das wogende Meer an Männern und blitzenden Waffen aus dem Morgendunst löste. Die drei Flügel erstreckten sich über eine Strecke von mehr als dreitausend Schritten. Sibylla spürte, wie ihr Magen sich zusammenkrampfte. Wie viele Männer standen dort bereit, ihr Leben zu geben, um das der Kaiserlichen zu nehmen?

Wallenstein sah sie von der Seite an. »Du bist beunruhigt? Warum?«

»Nur ein mulmiges Gefühl beim Anblick dieser Kriegshaufen«, versuchte sie leichthin abzuwehren.

Er legte ihr die Hand auf die Schulter. »Du musst dich nicht fürchten. Ich habe alles bedacht. Siehst du dort unten am linken Flügel das riesenhafte Ross mit seinem kaum weniger mächtigen Reiter? Das ist der Schwedenkönig.«

Sibylla betrachtete den Mann, der vor seinen Linien auf und ab ritt. Gleich würde er den Befehl geben. Gleich würden sie sich in Marsch setzen, um sich selbst und anderen den Tod zu bringen.

»Was tut er da?«, wollte Sibylla wissen, als Bewegung in die Truppen kam. Die Reiterei schien einen Bogen nach Süden nehmen zu wollen. Sie spürte Wallensteins Erheiterung.

»Das, meine Liebe, nennt man einen Irrtum. Ich habe mir sagen lassen, dass Gustav Adolf ein Gerücht zu Ohren kam, ich würde mit der Armee nach Südwesten abziehen. Er kann unsere Truppen von seinem Punkt aus nicht sehen. Er gibt sich nun wohl der Hoffnung hin, er könne in meinen Abzug hineinstoßen und ihn in Unordnung bringen. Aber ich werde ihn bitter enttäuschen. Seine Reiter werden stattdessen bei Oberasbach auf eine wohlfeine Schlachtordnung treffen, an der sie sich die Zähne ausbeißen, während wir hier den König mit seinen restlichen Truppen beschäftigen. Aber was tut er denn jetzt?« Ein wenig verwirrt runzelte Wallenstein die Stirn, als sich die Regimenter in Bewegung setzten und auf die Ostseite des Lagers zumarschierten, wo es mit dem steilen Abbruch und der Sternschanze am besten befestigt war.

»Das habt Ihr nicht erwartet«, meinte Sibylla.

»Nein«, gab er zu. »Entweder ist das eine rechte Eselei, die er sich da erlaubt, oder es gibt etwas, das ich nicht weiß. Doch komm, wir wollen ihn von unserer Artillerie gebührend begrüßen lassen!«

Plötzlich war die Schlacht in vollem Gange. Der linke schwedische Flügel konzentrierte sich auf die vorgelagerte Artillerie, die sich bei den Mauerresten der Alten Veste verschanzt hatte. Natürlich hatte Wallenstein auch hier die Bäume fällen lassen, sodass die Kanoniere freies Schussfeld hatten. Sie schossen immer neue Schneisen in die Reihen der Angreifer. Keiner schien an sie herankommen zu können. Dann wurden die Pulverschwaden zu dicht, als dass Sibylla noch etwas hätte sehen können. Nun berannten die Schweden auch die nördliche Befestigung des Lagers. Ja, es kam ihr so vor, als würden die Feinde von allen Seiten kommen, doch Wallenstein war stets dort zur Stelle, wo die Schlacht am heftigsten tobte. Jeden Schrittbreit Boden, den die Schweden eroberten, wurde ihnen umgehend wieder entrissen. Sibylla sah den roten Mantel des Generals in der pulvergeschwängerten Luft flattern, als er zur Sternschanze zurückeilte. Da krachte ganz in der Nähe ein Schuss. Sie wusste nicht, woher er gekommen war, doch das Pferd bäumte sich mit einem Wiehern auf, dann stürmte es los. Sibylla sah mit Entsetzen das aufspritzende Blut, ehe das Pferd abrupt stoppte, vorne einbrach und sich mit seinem Reiter überschlug.

Sibylla rannte los. Sie schrie, doch ehe sie und einige andere Offiziere das sterbende Tier erreichten, hatte sich Wallenstein bereits aufgerappelt und verlangte nach einem neuen Pferd.

»Sibylla, geh in Deckung«, rief er ihr zu, als weitere Kugeln um ihre Ohren zischten. »András, dort nach rechts«, brüllte Wallenstein. »Gallas, schließt die Lücke!«

Jascha brachte bereits ein neues Pferd. Der junge Mann diente nun in András' Regiment, doch er war immer noch stets zur Stelle, wenn sein General ihn brauchte. Wallenstein schwang sich in den Sattel. Sein Ärmel war zerrissen und blutig, doch Sibylla war klar, dass er sich nicht die Zeit nehmen würde, seine Wunde zu verbinden. Scheinbar ungerührt setzte er seinen Ritt zur Sternschanze fort, wo ein weiterer Ansturm zurückgeschlagen wurde.

Der König setzte offensichtlich noch einmal alle Geschütze ein, die ihm verblieben waren. Der tobende Donner wurde von den Kaiserlichen erwidert, doch die Kräfte der Schweden konzentrierten sich nicht wie die Tage zuvor auf die Palisaden und ihre Türme.

»Was hat er vor?«, wunderte sich Rittmeister zu Pappenheim und sah sich mit zusammengekniffenen Augen um. Er blinzelte. Der dichte Pulverdampf reizte die Augen und ließ die Männer husten.

»Verflucht, sie haben es auf den Burgstall abgesehen.« Er sah sich nach Wallenstein um, der unvermittelt an seiner Seite auftauchte. Ihm war die Gefahr nicht entgangen. Von dort drüben würden die Schweden das Lager selbst beschießen können.

»Wir werden das verhindern! Und käme Gott selbst«, rief Wallenstein, dass es den Donner der Kanonen übertönte. »Die Alte Veste nimmt er mir nicht!«

Mit einem Sturmangriff seiner Kürassiere, den er persönlich anführte, fegte Wallenstein gegen die Anhöhe und trieb Herzog Bernhard mit seinem Regiment aus der Redoute.

Der am Morgen noch seichte Regen wandelte sich am Nachmittag zu einem Sturzbach. Dann brach die Dämmerung herein und nahm den Angreifern die Sicht, sodass sie sich zurückziehen mussten. Wallensteins Kundschafter meldeten, der schwedische König verbringe die Nacht im Schutz seiner finnischen Panzerreiter in einem Feldwagen an der Dambacher Brücke. Seine Regimenter waren gezwungen, die Nacht im strömenden Regen an ihren eroberten Positionen auszuharren, doch der Tagesanbruch brachte nur neuen Sturmwind und Regen. Der aufgeweichte Boden machte es den Schweden unmöglich, ihre schweren Kanonen über den Rosenberg im Norden zu schaffen, und auch das Pulver und die Lunten der Musketen wurden mit zunehmender Feuchtigkeit unbrauchbar. Die Schlacht um die Alte Veste war zu Ende.

»Sie ziehen ab!«, rief András. Auch von den anderen Seiten kam der Ruf. Der Kanonendonner verhallte. Die Männer jubelten, doch einige der Offiziere waren nicht zufrieden.

»Wir müssen ihnen nach! General, gebt den Befehl. Lasst unsere Reiter sie jagen und erlegen!«

Natürlich fiel auch Herzog Maximilian in den Chor ein. »Jetzt haben wir sie!«

Doch Wallenstein schüttelte den Kopf. »Nein, das werden wir nicht tun. Er hat noch immer mehr Männer unter Waffen als wir, und wir werden jetzt nicht den Vorteil unseres befestigten Lagers aufgeben, um bei diesem Wetter auf offenem Feld zu erfahren, wie es ist, wenn keine der Musketen mehr feuert, weil das Pulver zu nass ist.«

»Dann lasst Ihr sie einfach ziehen?«, schäumte Maximilian.

Wallenstein blieb gelassen. »Für den Moment, ja.«

»Dann haben wir nichts, aber auch gar nichts gewonnen!«, schrie der Herzog von Bayern.

»Ach nein?«, widersprach Wallenstein, ohne sich aus der Ruhe bringen zu lassen. »Ich sehe das anders. Wir haben sogar sehr viel gewonnen, und das fast ohne Verluste, während der Schwede viele Männer verloren hat. Was aber noch viel entscheidender ist, wir haben ihn gezwungen, sich zurückzuziehen. Der Mythos seiner Unbesiegbarkeit ist gebrochen, und das wird so manchen Fürsten, den er unter seine Fahne gezwungen hat, zum Nachdenken anregen. Es könnte an seinen Rändern zu bröckeln beginnen.«

»Na und? Noch immer stehen seine Besatzungen überall in meinen Städten und Burgen in Bayern. Und Ihr habt ihn mit seinem Heer einfach gehen lassen. Ich verlange, dass Ihr mit mir kommt und Bayern befreit!«

»Alles zu seiner Zeit«, sagte Wallenstein, wandte sich ab und ging davon.

»Wir werden ihm nicht helfen, die Schweden aus Bayern zu vertreiben?«, vermutete Sibylla, als sie mit ihm später allein war.

»Zumindest nicht so, wie er es sich vorstellt. Vertraue mir. Ich werde die richtigen Entscheidungen treffen.«

»Ich vertraue Euch«, versicherte Sibylla. »Ich bezweifle nur, dass Herzog Maximilian es auch tut.«

Wallenstein hob die Schultern. »Das ist sein eigenes Problem. Ich jedenfalls werde das kaiserliche Heer nach Sachsen ziehen lassen und Schlesien von Arnim befreien.«

»Und Maximilian mit der Hauptmacht der Schweden hier alleine zurücklassen?«, rief Sibylla erschrocken.

»Glaube mir, Gustav Adolf wird nicht hierbleiben. Er wird genau das tun, was ich von ihm möchte.«

»Und das wäre?«, wollte Sibylla wissen.

»Uns nach Schlesien folgen. Schließlich hat er den Sachsenfürsten zu diesem Bündnis gezwungen. Nun muss er ihn auch schützen. Das ist der Segen und der Fluch von militärischen Bündnissen.« Wallenstein lächelte. »Wollen wir zusammen essen? Ich hätte heute Appetit auf ein paar Wachteln. Mal sehen, ob wir für unsere Tafel welche auftreiben können.« Er rief nach seinem Burschen und trug ihm seine Wünsche auf.

Sibylla betrachtete ihn kopfschüttelnd. Hoffentlich irrte er sich mit seiner Einschätzung nicht. Eines jedoch war klar, der Hass des Bayernherzogs auf Wallenstein würde wachsen, so oder so.

Liebe Helena, mein geliebtes Kind,

die Schlacht um die Alte Veste vor den Toren der reichen Handelsstadt Nürnberg war für beide Seiten kein echter Sieg, und doch ist Wallenstein mit der kaiserlichen Armee gestärkter aus diesem Schlagabtausch hervorgegangen, auch wenn seine Truppen nicht ganz ungeschoren davonkamen. Die Ruhr hat sich am Ende im Lager ausgebreitet, und ich sage dir, ich hatte alle Hände voll zu tun. Die Krankheitswelle ebbte erst ab, als das Wetter besser wurde und auch die Verpflegung.

Nachdem die Schweden abgezogen waren – zurück nach Bayern, um den Rest von Schwaben zu erobern –, hatte Maximilian einen neuerlichen Tobsuchtsanfall. Schon wieder werden seine Beschwerden über Wallenstein nach Wien getragen. Hatte er zuvor der kaiserlichen Armee noch ausdrücklich verboten, bayerischen Boden zu betreten und seine Felder zu verwüsten, fordert er nun genau das ein, und zwar besser gestern als morgen, doch Wallenstein ist nicht bereit, nach Süden aufzubrechen, allerdings gab er dem Bayernherzog Graf Aldringen mit seinen Regimentern zur Verstärkung mit, als dieser sich wutentbrannt zum Abmarsch bereit machte. Ich bin froh, dass András mit seiner Truppe Pappenheim zugeteilt wird, der mit seinen Reitern zur Hauptarmee gestoßen ist. Ich hätte ihn ungern mit dem Bayernherzog davonziehen gesehen. Ich kann es vielleicht nicht beurteilen, doch ich halte ihn für keinen guten Feldherren, und er verfügt ganz sicher nicht über das Strategiegeschick und den Weitblick Wallensteins, der unser Lager übrigens auch abbrechen ließ, um in einem Eilmarsch nordwärts nach Sachsen zu marschieren. Ein kluger Schachzug, wie ich nun erkennen muss. Zuerst reagierte Gustav Adolf nicht und tat sich noch einmal an Bayern gütlich, während Wallenstein nach schweren Kämpfen Leipzig und die Pleißenburg eroberte. Halle kapitulierte daraufhin. Das musste dem Schwedenkönig seinen Fehler vor Augen führen. Er sammelte seine Truppen und flog geradezu nach Norden, da er nun endlich begriff, dass es nicht nur darum ging, sein Bündnis mit dem Sachsenfürsten einzuhalten. Wallenstein war im Begriff, seinen Versorgungsweg hoch zur Küste abzuschneiden und damit von seinem Nachschub an Geld, Männern und Waffen.

Wir kamen ihm bis Weißenfels entgegen, um den Schweden in eine Schlacht zu locken, doch Gustav Adolf scheint aus seinen Fehlern gelernt zu haben. Er ließ sich nicht herausfordern, verschanzte sich stattdessen in Naumburg und hoffte wohl, Wal-

lenstein würde ihn angreifen und denselben Fehler wie er selbst an der Alten Veste begehen, doch so einfach ist der Generalissimus des Kaisers nicht zu übertölpeln. Wir haben uns stattdessen nach Lützen im Südwesten von Leipzig zurückgezogen und nahe der Grenze zu Sachsen das Hauptquartier aufgeschlagen. Pappenheim wurde ausgesandt, Moritzburg zu erobern, András begleitet ihn mit seiner Truppe.

Inzwischen ging es den Männern wieder besser. Die Anfälle von Ruhr sind abgeflaut, nur um Wallenstein selbst muss ich mir Sorgen machen. Die Gicht plagt ihn wieder, und es will mir einfach nicht gelingen, ein wirksames Mittel gegen die Schmerzen zu finden, das ihn dennoch klar bei Verstand die richtigen Entscheidungen treffen lässt. Nur in der Nacht kann ich ihm die Pein nehmen. Oft sitze ich die halbe Nacht an seinem Lager und wache über seinen Schlaf, was András gar nicht gefällt. Ja, ich gebe zu, wir hatten eine Auseinandersetzung darüber, was unser General braucht. Natürlich sieht er ein, dass ich mich um die Gesundheit des Oberbefehlshabers kümmern muss, doch er ist der Meinung, wenn er schon eine Nachtwache nötig habe, genüge es, wenn sich Jascha oder sein Bursche an sein Lager setzt. Doch ich kann ihn nicht alleine lassen. Manchmal wacht er auf und ruft nach mir. Es sind die dunkelsten Stunden der Nacht, wenn Dämonen sich schwer auf seine Brust setzen und ihm böse Worte einflüstern. Dann ergreift er meine Hand, oder er flüstert den Namen seiner Tochter, die er schon wieder so viele Monate lang nicht gesehen hat.

Ich vermisse András, und dennoch weiß ich, dass Wallenstein mich jetzt dringender braucht. Vielleicht ist es gut, dass András für einige Zeit mit Graf zu Pappenheim unterwegs ist. Ich brauche meine Kraft hier. Für Wallenstein! Wir spüren es beide. Die Zeit, ins Winterquartier aufzubrechen und für ein paar Monate Ruhe zu finden, während der Schnee die Wunden des Landes und die Gräber zudeckt, ist noch nicht gekommen.

Noch ehe das Jahr zu Ende geht, wird eine Entscheidung fallen, auf die eine oder andere Weise, doch es ist mir nicht gegeben, genau zu sehen, wie sie ausfallen wird. Es macht mich fast verrückt, doch Nebel trübt meine Sinne. Der Ausgang mag in den Sternen stehen, aber es ist mir nicht gegeben, ihn zu erkennen.

»Sibylla?«

Stöhnend wälzte sich Wallenstein in seinem Bett im größten Gemach im ersten Stock des Gasthofs »Zum Schützen«. Das Wirtshaus war nicht weit entfernt von dem kleinen Schloss, das die Merseburger Bischöfe einst in Lützen hatten erbauen lassen. Dennoch hatte sich Wallenstein dieses Quartier ausgesucht, und Sibylla hatte ihn nicht nach dem Grund gefragt, als sie sich in einer Kammer neben seinem Gemach einrichtete.

»Sibylla!«, rief er noch einmal. Sie unterbrach ihren Brief und trat ans Bett.

»Ja, ich bin hier«, sagte sie und beugte sich über ihn. Er griff nach ihrem Arm und umschlang ihn so fest, dass sie kurz aufschrie. Wallenstein riss die Augen auf und fuhr hoch. Nun stieß auch er einen Laut des Schmerzes aus, doch er ließ ihren Arm los. Sibylla ließ sich auf den Rand seines Lagers sinken und rieb ihren Unterarm.

»Was ist? Quälen Euch Eure Albträume, oder sind es die Schmerzen in Euren Füßen?«

Er starrte sie an. Offensichtlich war er nun wach, und es schien ihn nicht nur körperlicher Schmerz zu plagen, dennoch sagte er: »Es ist nur das verfluchte Podagra! Wie soll ich mich damit in einem Steigbügel halten?«

Er streckte einen seiner entzündeten Füße unter der Bettdecke hervor. Die Haut war wieder einmal prall und rot, und man konnte am Ansatz der schief stehenden großen Zehe das

Zerstörungswerk sehen, das die Krankheit an den Knochen und Gelenken anrichtete.

Sibylla legte ihre Hand vorsichtig um das geschwollene Gelenk, das heiß pulsierte. »Ich bereite Eure Umschläge vor und gebe Euch noch etwas, was Euch ein paar Stunden schlafen lässt.«

Er beugte sich vor und zog ihre Hand von seinem Fuß weg. Seine Finger umschlangen die ihren, die in seiner großen Hand beinahe verschwanden. »Ich will dir nichts vorjammern. Schmerz ist von unserem Herrgott gesandt, um uns demütig an unsere Sünden zu erinnern, aber ich habe das Gefühl, ich würde in diesem Winter noch gebraucht. Im Sattel eines Pferdes bei klarem Verstand! Du darfst mir nichts geben, was mir die Sinne vernebelt, hörst du? Ich traue dem Schweden nicht. Er scheint mir verrückt genug, die Entscheidung jetzt noch mitten im November herbeizuzwingen. Ich habe so ein seltsames Gefühl.«

»Ja, ich kann es auch spüren«, bestätigte Sibylla. »Ich verspreche, Ihr werdet bis zum Tagesanbruch wieder wach sein.«

»Dann ist es ja gut.« Mit einem Stöhnen ließ er sich zurück in die Kissen sinken, während sich Sibylla erhob, um ihre Tasche mit den kostbaren Tränken und Tinkturen zu holen, die sie im Laufe der Jahre speziell für ihn verbessert hatte. Und dennoch lag es nicht in ihrer Macht, ihn zu heilen. Sie war schon an der Tür, als er sie noch einmal aufhielt.

»Sibylla?«

»Ja?«

»Ich weiß, dass mir nicht mehr viel Zeit bleibt.« Seine Hand wies auf die sorgsam gefalteten Blätter mit den Horoskopen, die Sibylla und Johannes Kepler für ihn erstellt hatten. »1634 wird etwas sehr Schlimmes passieren. Das wusste nicht nur Magister Kepler. Du hast es auch in den Sternen gelesen, nicht wahr? Warum sagst du mir dann nicht, was mich erwartet? Ich muss vorbereitet sein! Ich muss diesen Krieg rechtzeitig beenden, damit der Kaiser mich entbehren kann, sollte es das Ende meines Lebens bedeuten.«

Sibylla sah ihn nicht gleich an. Sie atmete erst einmal tief durch und schloss für einen Moment die Augen, um sich zu konzentrieren, ehe sie sich ihm noch einmal zuwandte.

»Wir schreiben noch immer das Jahr 1632, und Ihr werdet jetzt gebraucht. Ihr werdet noch Großes vollbringen, ehe sich das Jahr dem Ende zuneigt. Sollten wir uns nicht darauf konzentrieren? Manche Ereignisse bringen das Rad des Schicksals zum Schwanken, und dann kommt alles ganz anders, als es selbst die Sterne zu wissen glaubten.«

Er brummte nur. Ganz zufrieden war er mit ihrer Antwort offensichtlich nicht, doch er drängte sie nicht weiter, daher floh sie in ihre Kammer, um das Schlafmittel für ihn anzurühren.

Kapitel 31

Schlacht bei Lützen, 1632

Wallenstein sollte recht behalten. Gustav Adolf überquerte die Saale und erreichte mit seinem Heer Pegau an der Elster, nur wenige Meilen südöstlich von Lützen gelegen. Ohne Umschweife begann er, sein Heer für eine große Schlacht vorzubereiten, wie die Kundschafter dem kaiserlichen General umgehend berichteten. Wallenstein erhob sich schwerfällig. Die schlimmsten Schmerzen hatte ihm Sibylla zwar nehmen können, doch sie fürchtete, jede weitere Medizin könnte den Verstand des Generals trüben, und das durfte im Moment auf keinen Fall passieren. Sie sah, wie seine Kiefermuskeln hervortraten, als er die Zähne zusammenpresste, doch er ging, ohne zu hinken, zum Tisch, um den sich die meisten seiner Offiziere bereits versammelt hatten.

»Gustav Adolf bringt seine Truppen zur großen Schlacht in Stellung. Er ist wild entschlossen, die Entscheidung noch vor dem Winter zu erzwingen. Nun gut, unsere Armee ist nicht in dem schlechten Zustand, wie ich ihm versucht habe, Glauben zu machen. Vielleicht täuscht er sich in dem, was ihn erwartet. Uns jedenfalls bleibt nicht viel Zeit, uns vorzubereiten. Wir dürfen heute Nacht nicht ruhen, denn wenn die Sonne morgen aufgeht, wird sich das Schicksal entscheiden!«

Die Offiziere murmelten zustimmend. Eine knisternde

Spannung schwebte plötzlich in der düsteren Wirtshausstube, die in diesem Augenblick zur Kommandozentrale des kaiserlichen Heeres wurde. Wallenstein verteilte die Aufgaben. Die Männer erhoben sich und eilten hinaus, um die knapp bemessene Zeit nicht zu verschwenden.

Wallenstein wandte sich Sibylla zu, die sich wie immer bei den Besprechungen mit seinen Offizieren im Hintergrund gehalten hatte.

»Wir haben es beide geahnt, nicht wahr? Nun, dann soll der Schwede seine Schlacht bekommen.«

»András«, stöhnte Sibylla.

»Was ist mit ihm?«, fragte Wallenstein.

»Er ist doch mit Graf zu Pappenheim unterwegs nach Moritzburg. Die Reiterei wird uns schmerzlich fehlen.«

Wallenstein schüttelte den Kopf. »Oh nein. Sie werden rechtzeitig zurückkommen. Ich kenne meinen Pappenheimer. Ich habe heute als Erstes, als ich von den Plänen des Schweden erfahren habe, meinen schnellsten Boten losgeschickt. Pappenheim wird kommen!«

»Ich hoffe, Ihr täuscht Euch nicht«, murmelte Sibylla und spürte noch im gleichen Augenblick, dass ein Teil von ihr genau das Gegenteil ersehnte; doch sie beschloss, nicht näher darüber nachzugrübeln. Im Augenblick gab es Wichtigeres zu tun. Zumindest für alle anderen.

Die ganze Nacht war der General auf den Beinen gewesen, hatte eilig Schanzen entlang der Landstraße nach Leipzig anlegen lassen und jede einzelne bei Fackelschein persönlich inspiziert.

»Es wird kein Spaziergang werden«, vertraute er Sibylla an, als diese ihn aufsuchte und wenigstens zu einer schnellen Schale Suppe nötigte. »Aber ich werde vor dem Schwedenkönig keinen Fußbreit weichen. Eher sterbe ich!«

Sie sagte nichts dazu, drehte stattdessen mit ihrem Kessel weiter die Runde, um die anderen Frauen aus dem Tross zu unterstützen, die den Männern etwas zu essen brachten.

Als das Schwarz der Nacht zu verblassen begann, waren die Regimenter bereit. Siebzehntausend Mann standen dem General des Kaisers zur Verfügung. Gustav Adolf hatte einige Tausend mehr. Die Anzahl seiner schweren Kanonen war nur ungleich höher, aber er verfügte zusätzlich über eine ganze Anzahl von leichten Feldgeschützen, doch das würde nicht das Entscheidende sein, hatte zumindest Wallenstein ihr versichert.

»Und nun geh, bevor es losgeht. Hier bist du nicht sicher. Niemand kann vorhersehen, was heute geschehen wird, nicht einmal du.«

Sie widersprach nicht, obgleich sie am liebsten an seiner Seite geblieben wäre, doch sie wusste, das hätte ihn eher geschwächt denn gestärkt. Er musste sich auf die Truppenbewegungen konzentrieren und sich nicht um seine Astrologin sorgen müssen.

Er ließ sein Pferd zu einem gefällten Baum führen und stieg dann mühsam in den Sattel. Sie musste den Blick abwenden und teilte dennoch seine Schmerzen, die ihn schwer atmen ließen, als er seine mit Fell ausgeschlagenen Stiefel in die mit Seide weich gepolsterten Steigbügel schob. Er trug über seinem Wams lediglich einen Lederkoller und zog somit nahezu ungeschützt in die Schlacht, doch sie fragte nicht, welche Pein ihn sonst noch in seinem Leib quälte. Er musste seine Pflicht erfüllen.

Als sich Sibylla zurück in den Ort aufmachte, verdichtete sich die feuchte Luft zu Nebelschwaden, die bald nicht nur ihr völlig die Sicht nahmen und damit den Beginn der Schlacht verzögerten. Sibylla bestieg den Turm des oberen Tores, unter dem die Straße nach Leipzig aus der Stadt hinausführte. Es war eine unheimliche Stimmung. Sie starrte aus dem schmalen Fenster, doch sie konnte weder etwas sehen noch etwas hören. In ihrem Geist jedoch erkannte sie die Regimenter, die nördlich der Straße von der Stadtmauer bis zum Floßgraben, zwei Meilen im Osten, Stellung bezogen hatten. Dort war die Straße erhöht und bot eine gute Verteidigungsposition. Wallenstein hatte seine Kampftaktik den Schweden angepasst und seine Regimenter in kleinere, bewegliche Einheiten aufgeteilt. Die riesigen Terzios, wie man die quadratischen Heerhaufen nannte, mit denen noch Tilly bei Breitenfeld angetreten war und gegen Gustav Adolf verloren hatte, gehörten der Vergangenheit an. Die Reiterlinien waren weiter auseinandergezogen, um größere Strecken zu überbrücken und beweglicher zu sein. Nicht mehr als zehn Mann in der Tiefe, hatte Wallenstein den Kommandeuren eingeschärft. An den Flügeln hatte der General Musketiere aufgestellt, unterstützt von Reitergruppen. Der an die Stadt angelehnte Flügel war durch vier Regimenter gepanzerte Reiterei und vierzehn Kartaunen verstärkt. Etwas schwächer war der linke Flügel im Osten. Ihn sollte Pappenheim verstärken, doch noch immer war nichts von dem Grafen und seinen Reitern zu sehen oder zu hören.

Die Uhr von St. Vitus schlug neun und dann zehn. Nichts geschah. Es ging bereits auf elf Uhr zu. Da endlich begann sich der Nebel zu lichten. Eine erste Salve von Kanonenschüssen ließ Sibylla zusammenzucken. Ein Rasseln stieg zu ihr auf. Die wallonischen Trommeln erklangen. Die Regimenter setzten sich in Bewegung. Die härteste Schlacht, die Wallenstein jemals geschlagen hatte, begann.

Sibylla hörte die Kanonen und die Schüsse der Musketiere. Sie vernahm die Trommeln und die Schlachtrufe der Männer, wenn sie, getrieben von ihren Offizieren, auf den Feind zustürmten. Hier vor den Mauern der Stadt war es noch ruhig. Im Osten aber grollte die Erde unter dem Hufschlag vieler Pferde. Der erste Angriff des Schwedenkönigs war offensichtlich gegen den schwächeren linken Flügel gerichtet. Sibylla nagte an ihren Fingernägeln. Wenn sie doch nur mehr erfahren würde. Endlich kam einer der Boten, die sie beauftragt hatte, ihr regelmäßig über den Stand der Schlacht zu berichten. Sein Gesichtsausdruck verhieß nichts Gutes.

»Was ist geschehen?«, drängte sie.

»Der Schwedenkönig hat höchstpersönlich den ersten Schlag gegen unsere linke Flanke geführt«, bestätigte er Sibyllas Vermutung.

»Und?« Sie stöhnte, als er eine Grimasse zog.

Die schwer gerüsteten finnischen Kürassiere waren wie eine Axt durch dünne Zweige gefahren. »Sie haben unsere leichte Reiterei in alle Winde zerstreut. Verfluchte Polacken und Kroaten. Kein Verlass!«, fluchte der Bote und spuckte auf den Boden.

Sibylla schluckte trocken. »Und dann?«

Die Auflösung des Flügels schien sich bis auf das Zentrum auszudehnen, wusste der Bote zu berichten. »Die Schweden haben die Straße überrannt, als seien die Gräben nicht dicht an dicht mit unseren Musketieren gespickt. Unser General ist zur Stelle und treibt sie voran, doch er hat alle Mühe, sie zusammenzuhalten. Noch dazu, da jetzt Bernhard von Sachsen-Weimar mit den Truppen der protestantischen Fürsten auf unsere Regimenter eindringt.« Er machte eine Pause, ehe er leise ergänzte. »Sie haben sieben unserer großen Geschütze erobert.«

»Heilige Jungfrau«, entfuhr es Sibylla. Hatte sie sich geirrt? War das hier das Ende für die Kaiserlichen und für ihren General? Hatte ihre Gabe sie genarrt und sie dieses Mal im Stich gelassen?

Da ertönte plötzlich ein Trompetensignal, das sich über das ganze Schlachtfeld fortsetzte.

»Was ist das?«

Sie sahen sich fragend an. Donnernde Hufe ließen die Erde erbeben. Die Erkenntnis durchfuhr Sibylla heiß. »Er ist gekommen«, murmelte sie, als András' Bild durch ihren Geist huschte.

»Wer?«, fragte der Bote.

»Marschall zu Pappenheim und seine Reiter sind da!«, rief sie erleichtert aus. »Das Blatt wird sich wenden! Eile rasch zurück, und komm dann wieder, mir zu berichten!«

Wie Sibylla später erfahren sollte, war tatsächlich Pappenheim mit seinen dreitausend Reitern gekommen und fuhr wie der strafende Gott in die Haufen der Schweden, die den linken Flügel der Kaiserlichen auseinandergetrieben hatten. Er verschaffte Wallenstein damit Luft, das Hauptheer wieder zu bündeln und die Schlachtordnung herzustellen. Außerdem hatte er bereits zuvor mehrere Hundert seiner kroatischen Reiter in einem Bogen um die Linien der Schweden herumgeschickt, die nun die Munitionswagen angriffen und die zweite Schlachtreihe erfolgreich vom Geschehen an der Leipziger Landstraße fernhielten. Wallenstein zögerte nicht und trieb seine Männer zum Gegenschlag vor. Die Schweden wehrten sich erbittert, doch sie konnten nicht standhalten. Sie wichen zurück, und die Kanonen wechselten erneut die Seite.

Sibylla war erpicht darauf, vom Verlauf der Schlacht zu erfahren, doch auf diese Nachricht mitten aus dem Geschehen hätte sie gern verzichtet.

Sie sah, wie sie Pappenheim durch das Tor trugen. Mit einem Aufschrei verließ sie ihren Beobachtungsposten und rannte mit gerafftem Rock die Treppe hinunter.

»Wie steht es um ihn?«, rief sie und stürzte an seine Seite.

Die Männer, die ihn auf einem rohen Brett in die Stadt getragen hatten, sahen sie betreten an. Sie ergriff Pappenheims blutige Hand, die er ihr entgegenstreckte.

»Der Engel von Prag!«, sagte er. »Meine Krankenschwester ist hier. Nun kann mir nichts mehr passieren.« Sein Auflachen ging in ein Husten über.

Sibyllas Blick huschte voller Entsetzen über den blutüberströmten Körper.

»Eine Falkonettkugel hat ihn vom Pferd gerissen«, sagte der Trompeter, der an seiner anderen Seite stand. »Ich habe ihn hinter die Linien geschleift. Er hat sehr viel Blut verloren.«

Sein Körper war an der Seite derart aufgerissen, dass sich Sibylla wunderte, ihn überhaupt noch bei Bewusstsein vorzufinden. »Bringt ihn gleich hier in die Stube des Torwächters. Ich werde versuchen, die Blutung zu stoppen.«

Während sie um Graf zu Pappenheims Leben rang, ging die Schlacht draußen weiter, doch wie stand es um die Kaiserlichen? In Sibyllas Kopf wechselten sich die schlimmsten Bilder ab. Ihr Magen krampfte sich zusammen, als der Trompeter mit leiser Stimme berichtete, während sie mit ihrem Messer die Kleider des Verletzten aufschnitt und die Wunde freilegte.

»Seine Regimentskommandeure flohen, als sie ihn fallen sahen, und mit ihnen die meisten seiner Reiter, sodass das Gebiet und unsere Kanonen, die wir eben erst wiedererobert hatten, erneut in die Hände der Schweden fielen.«

Sibylla stöhnte. »Geh zurück. Ich kümmere mich um Marschall zu Pappenheim. Aber schick mir Nachricht, wie es steht!«

Der Trompeter versprach es und verschwand wieder, während Sibylla gegen die starke Blutung ankämpfte und versuchte, die zwei Hand große Wunde zu säubern und zu verbinden. Immer wieder verlor der Marschall das Bewusstsein. Sibylla schickte einen der Torwächter davon, ihr mehr Verbandsmaterial zu holen, während das Toben der Schlacht immer näher zu kommen schien. Da kehrte ihr Bote zurück.

»Wie steht es um unsere Sache?«, rief sie, ohne den Blick von ihren Händen sie lösen, mit denen sie einen weiteren Leinenstreifen eng um den Leib des Bewusstlosen legte.

Der Bote knurrte. »Oberstleutnant Sporr hat alles getan, um seine Männer zu sammeln und die Reiter Pappenheims aufzuhalten, was ihm aber nur zum Teil gelungen ist. Immerhin konnte er erreichen, dass sich die Front wieder stabilisiert hat. Dann hat Oberst Piccolomini mit zwei seiner Regimenter von der Lützener zur Ostseite gewechselt und dort jetzt das Kommando übernommen. Seine Kürassiere reiten einen Angriff nach dem anderen.«

»Und Leutnant Sporr?«, wollte Sibylla wissen. Ihre Gefühle brandeten in ihr wie aufgepeitschte Sturmwellen. Was war mit András?

»Er folgt der Fahne Piccolominis«, gab der Bote Auskunft.

Sibylla spürte etwas wie Groll in sich. Ausgerechnet unter Piccolominis Kommando musste András die schwerste Schlacht dieses Krieges fechten. Sie traute ihm nicht, hatte es noch nie getan, und sie war von seinen Fähigkeiten im Felde nicht überzeugt. Sie fürchtete, er würde nicht zögern, andere in den sicheren Tod zu schicken, um sich selbst zu retten oder auch nur um sich einen Vorteil zu verschaffen. Ihr Herz schmerzte in ihrer Brust, als ihr Blick wieder auf den Verletzten herabsank. Würde sie in wenigen Stunden András in solch einem Zustand zurückbekommen? Oder würde sein Leib gar zerfetzt auf dem Schlachtfeld zurückbleiben?

Der Verletzte stöhnte und öffnete die Augen. Er hob die Hand und umfasste Sibyllas Finger. »Grämt Euch nicht«, sagte er mit heiserer Stimme. »Ihr könnt keine Wunder wirken. Dieses Mal ist es selbst für Eure Heilkünste zu viel.«

Sibylla spürte, wie Tränen über ihre Wangen rannen. Sie sagte nichts. Sie hegte zu viel Hochachtung für Graf zu Pappenheim, um ihn anzulügen, doch es gab nichts, mit dem sie ihm hätte Hoffnung machen können.

Der Nebel, der sich nach der Mittagsstunde wieder verdichtete, stellte sich als Freund der Kaiserlichen heraus. Es gelang ihnen, nicht nur den östlichen Flügel zu stabilisieren, die Regimenter, die nah Lützen standen, drängten die Einheiten, die Bernhard von Sachsen-Weimar befehligte, zurück und brachten gar das Zentrum des Schweden in Gefahr. Entlang der Straße verbissen sich die beiden Heere in einen fürchterlichen Nahkampf. Die Männer starben schneller, als man zählen konnte. Es war ein Grauen, wie keiner es bislang erlebt hatte, begleitet vom ununterbrochenen Feuer der Geschütze, die Menschen und Pferde niedermähten wie die Sichel das Korn. Der Boden war von Blut rot gefärbt. Die Nachrückenden stürmten über die Leichen der eigenen Männer und der Schweden hinweg. Wie sollte dieser Tag nur enden?

Sibyllas Bote stürmte in die Wächterstube.

»Er ist tot! Er ist gefallen!«

Für einen Augenblick war sie starr vor Entsetzen. Von wem sprach er? Von Wallenstein?

Doch da reckte er mit einer Siegesgeste die Faust in die Luft. »König Gustav Adolf von Schweden wurde getötet.«

Gottfried zu Pappenheim hob den Kopf. Etwas wie ein Lächeln umspielte seine Lippen. »Dass ich das vor meinem Tod noch erfahren darf«, flüsterte er.

»Wie ist das passiert?«, verlangte Sibylla zu wissen.

»Der König kämpfte erst im Osten, doch als die Regimenter von Bernhard von Sachsen-Weimar zurückwichen, wechselte er zur anderen Seite. Im Nebel kam er zu nah an Piccolominis Kürassiere heran und wurde von einer Musketenkugel am Arm verletzt. Sein Schimmel wurde ebenfalls am Hals getroffen und rannte dann direkt in unsere Reiter hinein. Der König trug keinen Harnisch, nur einen weißen Leibrock.« Der Bote schluckte.

»Und?« Sibylla sah ihn fragend an.

»Sie haben ihn erschossen und seiner Kleider beraubt. Nur seinem Schimmel gelang die Flucht.«

»Dann ist die Schlacht jetzt zu Ende?«, vermutete Sibylla.

Der Bote schüttelte den Kopf. »Nein, die Schweden erkannten das Pferd ihres Königs und sind auf Rache aus. Sie folgen Bernhard von Sachsen-Weimar und berennen uns noch mehr als zuvor.«

Wie um seine Worte zu unterstützen, erklangen von draußen Schreie. »Feuer! Feuer!«

Sibylla rannte hinaus. Dichter Qualm empfing sie, und sie konnte das Prasseln der in den Himmel schlagenden Flammen hören. Die halbe Stadt schien bereits zu brennen. Waren die Schweden im Begriff, Lützen zu überrennen? Sibylla sah Männer und Frauen mit Wassereimern durch die Gassen rennen, doch sie ahnte, dass es da nicht mehr viel zu retten gab.

Sibylla griff den Boten am Arm. »Wie heißt du? Martin, gut. Hör zu: Wir müssen den Marschall von hier wegbringen.«

»Wohin?«

Sie überlegte. »Nach Leipzig. Wir müssen einen Karren für ihn auftreiben.«

»Wie wollt Ihr das machen?«, rief er entsetzt. »Wir kommen niemals unbeschadet über die Straße.«

»Dann müssen wir eben einen Umweg nehmen.« Sibylla war fest entschlossen, Pappenheim wegzubringen, und auch für sie schien es nicht ratsam, in der brennenden Stadt zu bleiben.

»Komm mit mir!«

Sie schaffte es tatsächlich, einen einfachen Karren und ein mageres Pferd aufzutreiben, das für die Schlacht offensichtlich nicht als tauglich befunden worden war. Martin spannte ein und führte die Mähre zum Tor. Sie trugen den Verwundeten hinaus und betteten ihn auf die Pritsche. Er stöhnte und verlor dann wieder das Bewusstsein. Sie lenkte den Wagen von den Flammen weg durch abgelegene Gassen zum Knoblochstor. Auf direktem Weg war Leipzig sicher nicht zu erreichen. Sie würden einen Umweg einschlagen müssen. Dennoch führte der von ihnen gewählte Pfad sie unerwartet nahe an die Schlacht heran. Das Donnern der Kanonen wurde immer lauter, der Nebel vermischte sich mit beißendem Schwefelgeruch und dem Geruch von Blut und Tod. Sie konnten die Schreie hören und das Wiehern der Pferde. Der Boden unter den Karrenrädern bebte. Die alte Stute schnaubte furchtsam.

»Sollen wir umkehren?«, fragte Martin ängstlich.

Sibylla verließ ihren Platz an der Seite des Verwundeten und rutschte neben ihn auf den Kutschbock. Sie erhob sich und kniff die Augen zusammen, um im Nebel etwas erkennen zu können. Da vernahm sie plötzlich ein Pfeifen, doch noch ehe sie sich Gedanken darüber machen konnte, was das bedeutete, schlug die Musketenkugel in ihre Seite ein, riss ihren Unterleib auf und schleuderte sie vom Kutschbock. Sie spürte noch, wie sie fiel und auf der morastigen Erde aufschlug. Dann kam der Schmerz und mit ihm die Dunkelheit, die sie umhüllte und alle anderen Empfindungen auflöste.

Das Erste, was wieder in ihr Bewusstsein drang, war der heiße, pulsierende Schmerz, der durch ihren Bauch rann und bis in die Brust und ihre Beine ausstrahlte. Dann spürte sie die Hand, die die ihre umklammert hielt. Eine große, raue Hand mit Schwielen, die ihr so vertraut schien. Sie versuchte ihre Finger zu bewegen.

»Sibylla? Hörst du mich?«

»Was ist mit mir?«, murmelte sie.

»Bleib ganz ruhig liegen. Eine Kugel hat deinen Unterleib getroffen. Der Chirurg konnte sie entfernen, aber du hast viel Blut verloren.«

Es war so unglaublich schwer, die Augen zu öffnen, doch nach einer Weile schaffte sie es. Sie wusste nicht, wo sie war, doch den Mann an ihrem Lager erkannte sie, und für einen Moment verdrängte die Freude allen Schmerz.

»Wallenstein«, hauchte sie. »Ihr lebt!«

»Ja, mir ist nichts geschehen. Eine Kugel hat sich in meinem Mantel verfangen, eine andere meinen Sporn vom Stiefel gerissen.«

»Ich habt einen guten Schutzengel«, flüsterte Sibylla und versuchte sich an einem Lächeln.

»Ja, er war bei mir, statt sich um dich zu kümmern. Was hast du mir für einen Schrecken eingejagt, als niemand dich in Lützen finden konnte. Die Stadt ist fast völlig niedergebrannt, und ich musste doch meine Männer nach Leipzig führen.« Er stöhnte. »Doch der Herr ist gnädig. Er gibt uns noch eine Chance, obgleich so viele Männer gefallen sind. Ach Sibylla, es war ein grausiges Sterben überall. Ich glaube, jeder vierte Mann ist tot. Bei den Schweden vermutlich noch mehr.«

»Und András?« Sibylla hielt den Atem an.

»Ich sehe, keiner kann dir unseren Rittmeister Sporr ausreden. Sei unbesorgt. Er lebt. Er hat sich tapfer geschlagen, wurde aber in der letzten Stunde noch von einem Säbel am Bein verletzt. Nichts Schlimmes, er wird es schaffen.«

Sie schloss für einen Moment die Augen. Sie spürte die

Erleichterung, konnte aber die Worte für ein Dankgebet nicht finden. »Was ist passiert? Ich kann mich nicht erinnern«, fragte sie weiter.

»Einer unserer reitenden Boten, Martin Karrer, war bei dir. Weißt du nicht mehr, dass ihr versucht habt, Marschall zu Pappenheim nach Leipzig zu bringen, als du angeschossen wurdest?«

Bilder strömten auf sie ein, dann konnte sie wieder das Feuer riechen und das Toben der Schlacht hören. »Pappenheim? Was ist mit ihm? Lebt er noch?«

Wallenstein schüttelte den Kopf. »Ich habe noch einmal mit ihm gesprochen, doch heute früh ist er verschieden.«

Tränen rannen Sibylla über die Wangen. »Was ist das nur für ein sinnloser Krieg. Ich hoffe, Ihr habt wenigstens den Sieg davongetragen. Ein wenig Lohn für all den Schmerz und das Leid.«

»Das kommt darauf an, wie man es sieht.« Wallenstein wiegte den Kopf. »Wir haben sechzig Fahnen erobert, die Schweden nur fünf. Am Ende habe ich meine Truppen zurückgezogen, doch die Dunkelheit brach bereits herein, und die Schweden waren zu erschöpft für einen weiteren Angriff, sodass auch sie nach Süden abzogen. Piccolomini war mir ein unermüdlicher Unterstützer. Fünf Pferde wurden unter ihm zusammengeschossen, doch er gab nicht auf, bestieg immer wieder ein neues und warf sich mit seinen Männern erneut in die Schlacht. Sechs, sieben Mal, bis der Tag vorüber war.« Kurz zögerte er. »Ein Sieg? Ich weiß nicht recht. Er wird wohl auf unserer Seite verbucht werden. Der Kaiser ist sicher hocherfreut, trotz der hohen Verluste, denn er wird nur sehen, dass der schwedische König im Gefecht fiel. Wir haben lediglich einen treuen Marschall verloren.«

»Der unbesiegbare König ist tot«, wiederholte Sibylla. »Ich hörte, es war Piccolomini mit seinen Männern, die ihn erschossen haben, seinen Leichnam ausraubten und ihn nackt auf dem Schlachtfeld liegen ließen!«

Wallenstein ging nicht auf ihre Worte ein, noch kommentierte er ihren Tonfall voller Abscheu. Er wiederholte nur: »Ja, der unbesiegbare schwedische Löwe ist gefallen. Das Schreckgespenst ist vom Reich genommen.«

Sibylla richtete sich ein wenig in ihrem Lager auf, den Schmerz, der sie durchfuhr, ignorierend. »Ihr seid nicht erfreut darüber? Keine Erleichterung, den härtesten Gegner geschlagen zu haben?«

Wallenstein zögerte. »Er war ein großer Feldherr, ohne Zweifel. Ich habe von seiner Taktik gelernt, und ich habe ihn respektiert. Er hat dem Reich das Fürchten gelehrt, aber er war auch ein Mann, den man studieren und einschätzen konnte. Ein ebenbürtiger Gegner, der jetzt verloren ist. Wer wird an seine Stelle treten?«

»Es gibt sicher keinen Mann, der ihn ersetzen könnte. So wie auch Ihr einzigartig seid.«

Er brummte nur, und plötzlich verstand Sibylla. »Ihr meint, da der Schwede nun besiegt ist, könnte der Kaiser auf die Idee kommen, auf Euch als Heerführer wieder zu verzichten?«

»Dem Herzog von Bayern kommt dieser Gedanke ganz sicher!«, versicherte Wallenstein.

»Das glaube ich gern, aber das schwedische Heer ist noch immer groß, und halb Bayern und Schwaben sind besetzt. Sie brauchen Euch mehr als zuvor.«

»Vielleicht«, sagte Wallenstein nur und erhob sich. »Ich werde dir nun etwas zu essen bringen lassen, und dann müssen wir eine bequeme Kutsche finden, die dich von hier wegbringt.«

»Ihr schickt mich weg?«, rief sie entsetzt. »Wohin sollte ich denn gehen?«

Er beugte sich über sie und strich ihr über die Wange. »Gehen wirst du noch lange nirgendwohin. Und ich schicke dich nicht weg. Ich kehre mit dir nach Prag zurück, wo dir die beste Pflege angedeiht werden wird.«

»Kann uns András begleiten?«, bat sie. »Wenn er am Bein verletzt ist, dann braucht auch er einen guten Doktor, um es nicht zu verlieren.«

Wallenstein schüttelte den Kopf. »So schlimm ist es nicht, und er ist hier in guten Händen.« Dann verdüsterte sich sein Ausdruck. »Und dein Galan wird derweil all die Feiglinge und Verräter jagen und verhaften, die uns in der Schlacht im Stich gelassen haben. Er wird sie nach Prag bringen, und dann werde ich Gericht über sie halten! Ihrer Feigheit verdanken wir es, dass wir das Blatt nicht schnell und vollständig zu unseren Gunsten wenden konnten.«

Am nächsten Morgen brachen sie auf. Die Kutsche rumpelte über die Landstraße und warf Sibylla hin und her, so gut Wallenstein sie auch gebettet hatte. Auch Wallenstein verzichtete an diesem Tag darauf, in den Sattel zu steigen. Er hatte sich die Schlacht über trotz der Pein in seinen Füßen zusammengerissen, doch nun brauchte auch sein Körper ein wenig Ruhe, soweit man diese auf einer Landstraße finden konnte, die sich Meile um Meile nach Süden wand. Prag war weit. Verdammt weit. Vielleicht war es gut so, dass ihre Ohnmacht sie ab und zu eine Weile erlöste und sie in die sanften Arme ihrer Nacht herabzog.

Kapitel 32

Prag, 1632–1633

Als der kleine Zug aus Leipzig Prag erreichte, war Sibylla dem Tode näher als dem Leben. Wenn sie ab und zu erwachte, so bekam sie ihre Umgebung nur durch einen Schleier von Nebel mit, und sie wusste nicht immer, was Traum und was Wirklichkeit war. Nur dass es Wallensteins Hand war, die die ihre immer wieder hielt, war eine beruhigende Sicherheit, die sie vielleicht vor der ewigen Finsternis bewahrte. Oder es waren Doktor Stegmanns Heilkünste. Er kümmerte sich fürsorglich um sie. Einmal glaubte sie auch, András' Stimme zu hören, doch sie war sich nicht sicher. Sie wusste nur, dass sie zwischen Leben und Tod schwebte, sich das Schicksal aber noch nicht entschieden hatte, auf welchen Weg es sie führen würde. Einmal drängte sich ihr der Gedanke auf, dass sie noch nicht sterben könne – ihr Weg mit Wallenstein war noch nicht zu Ende. Hatte sie nicht in vielen Nächten den Schrecken gesehen, der noch auf sie wartete? Wie könnte sie dann jetzt schon vor ihrer Zeit abberufen werden?

Dann wieder träumte sie von Helena, die an ihrem Bett stand und die Hände nach ihr ausstreckte.

Komm zu mir, sagte sie immer wieder. *Nun sind wir wieder beisammen und werden uns nicht mehr trennen.*

Es war Sibylla, als könne sie ihre Haut riechen und ihr Haar, in das sie so gern ihre Nase vergraben hatte, wenn Helena auf ihrem Schoß gesessen und sie ihr vor dem Einschlafen eine Geschichte erzählt hatte.

Die Geschichten, die sie heute erzählen konnte, waren nicht dazu angetan, ein Kind in den Schlaf zu wiegen. Sie bestanden nur aus Grausamkeiten, aus Schmerz und Blut und Tod. Und aus Verrat. Vielleicht war es gut, wenn sie jetzt starb und alles ein Ende fand. Sie würde heimkehren zu Peter.

Wie lange sie nicht mehr an ihn gedacht hatte. *Verzeih mir, mein Liebster.*

Sie bat auch András um Verzeihung, den sie ohne ein Wort des Abschieds würde zurücklassen müssen.

Und Wallenstein?

Er zog und zerrte an ihrer Seele. Sie war ein Teil von ihm. Sie musste hierbleiben und es mit ihm zu Ende bringen, wenn es schon nicht in ihrer Macht stand, das Schicksal zu ändern und ihm eine gute Wendung abzuringen.

Sibylla hörte Schritte. Sie verharrten einige Momente, dann vernahm sie das leise Seufzen der Klinke, die heruntergedrückt wurde. Ein kühler Luftzug erfasste sie, als sich die Tür öffnete.

»Sibylla, bist du wach?«

Schritte näherten sich. Sibylla spürte ihre Anwesenheit und roch das Duftwasser, mit der die Kammerfrau ihre Kleider besprengte.

Sibylla hielt noch immer den Blick auf das Fenster gerichtet, durch das sie den blauen Frühlingshimmel sehen konnte, über den der Wind weiße Wolken wandern ließ.

»Sibylla?« Ein Schatten trat zwischen sie und das Fenster. »Geht es dir nicht gut?«

Sie richtete ihren Blick auf Isabella, die wieder einmal makellos vor ihr stand: ein prächtiges Gewand, das ihre Gestalt vorteilhaft einhüllte, eine wertvolle Kette um ihren weißen Hals, die braunen Locken kunstvoll aufgesteckt und nur von einem Hauch von einer durchscheinenden Haube bedeckt. Auch an ihrer Haltung war nichts auszusetzen, und dennoch konnte Sibylla die ungeweinten Tränen spüren und die Einsamkeit vieler Monate, die sie unter ihrer freundlichen Miene verbarg.

»Ach, Isabella, ich müsste dir nun für deine Fürsorge danken und dir versichern, dass meine Genesung voranschreitet und alles zum Besten steht.«

»Tut es das denn nicht?«, erkundigte sich die Herzogin. Ihre Röcke raschelten, als sie auf dem Fußende des Ruhebetts Platz nahm. »Ich habe mit Doktor Stegmann gesprochen. Er ist sehr zufrieden, dass es ihm gelang, das Wundfieber zurückzudrängen. Deine Wunden haben sich geschlossen, und dennoch sorgt er sich um dich, und ich tue das auch. Hast du noch starke Schmerzen?«

Sibylla richtete sich ein wenig auf und sah Isabella an, deren Miene reine Güte war, und dennoch konnte sie einen tief verborgenen Zorn in ihr fühlen. Wem galt dieser Zorn? Ihr? Ihrem stets abwesenden Gatten? Dem Schicksal, das ihr ein weiteres Kind verwehrte? Oder nur der Einsamkeit, die sie so oft durchlitt?

Vielleicht ist Einsamkeit das erträglichere Schicksal als der Krieg, dachte Sibylla, sagte es aber nicht. Wie hätte Isabella nachempfinden können, dass unzählige Tote durch ihren Geist huschten und ihm keine Ruhe mehr ließen. Der letzte war Graf zu Pappenheim, der seine erneute Verwundung nicht überlebt hatte. Sibylla dachte an ihre gemeinsame Zeit nach der Schlacht am Weißen Berg, als sie mit Erfolg um sein Leben gerungen hatten. Wozu? Um in einer anderen Schlacht zu fallen? Sie konnte den Sinn dahinter nicht erkennen. Ergab dieser ganze Krieg überhaupt einen Sinn?

»Was bedrückt dich?«, erkundigte sich Isabella sanft.

»So viel Leiden, so viel Tod«, stieß Sibylla hervor. »Wann ist das endlich zu Ende?«

Isabella hob die Schultern. »Der Schwede ist tot, doch so wie es aussieht, sind die Protestanten noch immer nicht bereit, die Friedensbedingungen des Kaisers anzunehmen.«

Sibylla hatte eine klare Vorstellung davon, warum das so war. Der Kaiser war noch immer nicht zur Vernunft gekommen. Seine religiöse Verblendung, die von seinem Beichtvater sicher täglich neu geschürt wurde, machte ihn blind für das, was das Land wirklich brauchte: Versöhnung und Ausgleich und die Freiheit der Religion. Doch er war noch immer fest entschlossen, der Jungfrau Maria das ganze Reich zu Füßen zu legen.

»Dann geht es also weiter.«

»Ich fürchte schon«, sagte Isabella. »Noch sind die Heere in ihren Winterquartieren. Albrecht hat die unseren nach Böhmen verlegt, weil er die Männer hier in der Nähe besser versorgen kann. Der Kaiser aber tobt, da er die Last lieber auf Feindesland abwälzen will.«

»Das kann ich mir vorstellen. Wenn es nach Wien und dem Kaiser ginge, dann müssten Soldaten erfunden werden, die nicht essen, nicht trinken und auch keine Unterkunft brauchen – von Waffen und Munition ganz zu schweigen.«

Ein Lächeln huschte über das Gesicht der Herzogin. »Du bist respektlos unserem Kaiser gegenüber.«

Sibylla schüttelte den Kopf. »Ich sage lediglich die Wahrheit.«

»Was nicht immer klug ist«, fiel ihr Isabella ins Wort. »Das hat auch Albrecht nie gelernt, und das wird ihn eines Tages den Kopf kosten.«

Sibylla sah sie überrascht an. Verfügte auch die Herzogin über das Gesicht, oder genügten wache Sinne, um die Gefahr zu erkennen?

»Ich bekomme auch Post aus Wien«, fuhr Isabella fort. »Nicht mehr so häufig, seit mein Vater tot ist, und vielleicht auch nicht mehr ganz so offene Worte, doch ich weiß um die wieder wachsende Kritik und die Feindseligkeit, kaum ist der Freudentaumel über eroberte Fahnen abgeklungen. Ich habe Albrecht geraten, nach Wien zu gehen, um die Kritiker von Angesicht zu Angesicht zum Schweigen zu bringen, doch er hat es vorgezogen, zu seinen Männern zurückzukehren.«

»Er ist ein guter General!«, stieß Sibylla hervor.

Die Herzogin zog eine bekümmerte Miene. »Das glaube ich ja, doch ein wenig mehr Diplomatie wäre gut. Man ist nicht erfreut, dass er nach Lützen so viele Offiziere hat verhaften und nach Prag bringen lassen. Er will sie hinrichten lassen.«

»Wegen Fahnenflucht und Feigheit vor dem Feind, ja, darauf steht in der Armee die Todesstrafe. Neu ist wohl nur, dass es nicht nur den einfachen Mann trifft, sondern auch Männer von Adel mit einem Offizierstitel. Das wird seinem Ruf in der Armee nicht schaden. Ganz im Gegenteil. Die Männer lieben ihn. Er ist streng und oft gnadenlos, aber er ist gerecht. Im Gegenzug belohnt er auch die einfachen Männer, die sich in der Schacht tapfer geschlagen haben, mit Geld und Gütern.«

»Ja, so etwas hat es zuvor noch nicht gegeben«, stimmte ihr Isabella zu. »Doch du weißt, dass er nicht die Männer der Armee fürchten muss, sondern die Herren im seidenen Wams oder in Soutane in Wien!«

»Ich weiß«, sagte Sibylla leise. Beide Frauen schwiegen, während das Licht langsam schwand und sich die Dämmerung schwer auf ihre Gemüter legte.

Im Februar kehrte der Generalissimus nach Prag zurück. Henker Mydlář, der vor mehr als zehn Jahren die Köpfe der Rebellen abgetrennt hatte, schliff seine Axt, um auf dem Altstädter Ring zwölf Offiziere und fünf Reiter ihrer Strafe zuzuführen. Vierzig weitere Männer wurden in Abwesenheit verurteilt.

»Willst du mich begleiten?«, fragte Wallenstein, der in seinem schwarzen Rock mit der roten Schärpe und den großen goldenen Knöpfen prächtig anzusehen war. Sein breiter Kragen war blütenweiß. Er hielt sich gerade und hinkte kaum, als er durch den Saal auf sie zuschritt und ihr beide Hände entgegenstreckte. Sibylla verschränkte ihre Finger in den seinen und spürte, wie seine Kraft und seine Wärme auf sie überströmten. Etwas, das ihrem Körper verloren gegangen schien. Wie sehr hatte sie ihn vermisst! Ihr Blick versank in seinen dunklen Augen.

»Du bist blass«, stellte er fest. »Ich erkenne dich kaum wieder. Du scheinst nur noch ein Schatten deiner selbst zu sein.«

Sie zeigte ihm ein müdes Lächeln. »Und Ihr scheint es noch immer nicht gelernt zu haben, einer Dame Komplimente zu machen.«

Wallenstein runzelte die Stirn. »Lenk nicht ab. Dir geht es nicht gut!«

»Nein«, gab Sibylla zu. »Die Kugel hat meinen Leib übel zugerichtet und ihm seine Kraft, Leben zu schenken, herausgerissen.«

»Aber *du* lebst! Und Doktor Stegmann hat mir versichert, die Wunden hätten sich geschlossen und das Fieber sei besiegt.«

»Und doch kann ich kaum eine Treppe hinaufsteigen, ohne wie ein altes Weib zu stöhnen, oder auch nur eine Stunde lang aufrecht sitzen.«

Er zog seine Hand zurück, nur um sie sanft an ihre Wange zu legen. »Meine arme Sibylla. Doch ich kenne dich. Du bist wie ich und gibst niemals auf. Schmerzen machen uns härter und spornen uns an. Dein Lebenswille wird noch stärker werden!«

Sibylla fragte sich, wo dieser nur geblieben sei. Der Schmerz ballte sich wieder in ihrem Unterleib zusammen und stieg an ihrem Rücken empor. Ihre Knie würden nachgeben, wenn sie sich nicht bald hinsetzen konnte. Noch einmal trafen sich ihre Blicke.

»Ruh dich aus. Ich komme später wieder, wenn es vorbei ist.« Er wandte sich ab und schritt davon. Die Tritte seiner Stiefel hallten durch den Saal.

Sibylla hielt sich aufrecht, bis er durch die Flügeltür getreten war, dann sank sie auf dem Boden zusammen und barg das Gesicht in ihren Händen. Lautlos rannen die Tränen herab, auch wenn sie nicht sagen konnte, weswegen sie weinte.

Am nächsten Tag fühlte sich Sibylla besser und kräftig genug, um im kleinen Speisesaal das Mittagsmahl mit dem Herzogspaar einzunehmen. Sie fragte nicht nach der Hinrichtung, und Wallenstein sprach es von sich aus nicht an. Er berichtete von den Lehren, die er aus der Schlacht von Lützen für seine Armee gezogen hatte.

»Ich habe die leichte Kavallerie verstärkt«, sagte er. »Ich habe die schweren Reiter von ihren Büchsen befreit, die sie mehr behinderten, als von Nutzen waren. Stattdessen werden sie in der nächsten Schlacht einen Brustpanzer tragen.«

»Das wird die Plattner des Landes den ganzen Winter in Atem halten und einen ganzen Haufen Gulden verschlingen«, vermutete Sibylla.

»Ja, doch es ist mir jeden Gulden wert. Außerdem muss die

Versorgung der Soldaten verbessert werden. Es kann nicht angehen, dass die Armee der Willkür ausgeliefert ist, ob es nun frisches Brot gibt oder nicht. Ich werde ein lückenloses Netz an Proviantlagern anlegen lassen und überall vor allem genug Zwieback einlagern. Außerdem wird jedes Regiment eigene Getreidemühlen mit sich führen.«

Sibylla lobte diese Maßnahme, während sich Wallenstein noch eine Scheibe mageres Fleisch auflegen ließ. Da brachte Isabella das Gespräch doch noch auf die Hinrichtungen des vergangenen Tages.

»Ich habe die Diener reden hören. Sie sagen, das Urteil war gerecht, und sie loben dich für deine Strenge und dafür, dass du zwischen Offizier und einfachem Mann keinen Unterschied machst.«

Wallenstein brummte. »Wir können Schlachten nur gewinnen, wenn jeder seinen Teil dazu beiträgt. In dieser war der Sieg nicht auf unserer Seite, weil die Reiterei nach Pappenheims Verwundung sich verweigert hat. Ich habe Oberstleutnant Hofkirchen mehrmals befohlen, wieder anzugreifen, doch er widersetzte sich und rief, dass ich doch selbst gehen und das schwedische Blutbad ausprobieren solle. Von ihm könne das nicht verlangt werden.«

Die Herzogin sog scharf die Luft ein. »Das hat er gesagt?«

»Ja, und ich sagte ihm, er möge ruhig nach Hause zurückkehren. Ich würde ihm dort ein noch heißeres Blutbad bereiten.«

»Er hat es nicht geglaubt«, murmelte Sibylla.

»Ja, der Henker selbst musste ihn eines Besseren belehren. Sie alle haben gelernt, dass jeder sich für seine Handlungen verantworten muss und seinen Lohn bekommt. Ich habe jedem der acht einfachen Reiter, die sich besonders bewährt haben, fünfhundert Gulden gegeben.«

»Und die Männer preisen dich dafür!«, rief die Herzogin.

»Holk darf sich ein böhmisches Gut wählen, Piccolomini bekam zehntausend Taler. Er war tapfer und treu und hat mit das Schlimmste verhindert.« Sibylla zuckte bei dem Namen zusammen. »Auch Sporr hat sich tapfer gezeigt und ist dafür belohnt worden. Ich habe fast einhunderttausend Gulden an die Männer verteilt.«

»András«, wiederholte Sibylla mit belegter Stimme. »Wie geht es ihm?«

»Es gab einige Komplikationen, doch jetzt sitzt er wieder im Sattel.«

Das war nicht ganz die Antwort, die Sibylla wollte, doch sie drängte nicht weiter. Sie hatte sich seine Stimme in ihren Fieberträumen nur eingebildet. Er war nicht gekommen und hatte ihr später, als sie wieder wach war, lediglich einen kurzen Brief geschrieben. Es schmerzte tief in ihrem Innern, wenn sie an ihn dachte. Vermisste sie ihn so sehr, oder war da noch etwas anderes? Grollte sie ihm, dass er nicht an ihr Lager gekommen war? Doch wie hätte er das tun können? Er gehörte zu seinem Regiment.

Wallenstein hätte es ihm erlaubt. Die Männer sind im Winterquartier. Jetzt werden keine Schlachten geschlagen.

Sibylla verdrängte den Gedanken, der sie noch mehr schmerzte, und richtete ihre Aufmerksamkeit auf den Herzog, der sie nach ihrem Befinden fragte.

»Fühlst du dich stark genug, um mit mir nach Prag hinüberzukommen?«

Sie sah ihn erstaunt an. »Weshalb? Das Gericht ist gehalten.«

»Das ist richtig, aber ich möchte dir dort etwas zeigen. Ich lass die Sänfte rufen, dann hast du es bequem.«

Sibylla sah ihn überrascht an. Sie konnte sich nicht vorstellen, was es für sie in der Stadt drüben zu sehen geben könnte und was sein zufriedenes Lächeln zu bedeuten hatte. Sie sah zu Isabella hinüber, deren Miene ganz andere Gefühle widerspiegelte, doch offensichtlich wusste sie, worum es ging. Was war das, was aus ihrem Gesicht sprach? Sibylla glaubte wieder diesen Dunst von Eifersucht zu spüren. Die Herzogin hatte ihr noch immer nicht verziehen, doch Sibylla scheute sich, das Thema anzusprechen. Was konnte sie Isabella mit gutem Gewissen sagen, um ihr Misstrauen auszulöschen?

»Ja, geht ihr nur. Ich habe hier noch viel zu tun«, behauptete sie ein wenig schroff. Sie legte ihr Mundtuch neben den Teller, schob ihren Stuhl zurück und verließ das Speisezimmer.

Wie lange sie nicht mehr in Prag gewesen war, dachte Sibylla, als sie die beiden Brückentürme der Kleinseite passierten und auf die Brücke hinaustraten, deren steinerne Bögen nun schon fast dreihundert Jahre den Fluten der Moldau trotzten. Ein kühnes Vorhaben, das Kaiser Karl IV. damals ins Leben gerufen hatte. Selbst heute gab es kaum eine Brücke, die sich mit dieser hier messen konnte. Sibylla schob den Vorhang der Sänfte beiseite und sah über den Fluss hinaus, dessen trübes Wasser sich träge dahinwälzte. Die Ränder waren von Eisplatten verziert, und auch die Weiden, deren Zweige das Wasser berührten, waren in glitzernd weißer Schönheit erstarrt. Die Helligkeit blendete sie, bis die Sänfte in den Schatten des aufragenden Altstädter Turmes eintauchte. Durch ein Gewirr enger Gassen schoben sie sich durch die Menschen, die geschäftig ihren Aufgaben nachgingen. Die Rufe der Händler auf dem Eiermarkt mischten sich unter die Gesprächsfetzen der Passanten. Unvermittelt entließ sie das Gassenlabyrinth und spie die Sänfte auf dem großen Platz des Altstädter Rings aus. Die golden schimmernden Zifferblätter der astronomischen Uhr glitten an ihrem Fenster vorbei, und sie schickte ihre Gedanken zu den Gassen im Norden des Platzes, wo sich das jüdische Viertel um ihren Friedhof und die Synagogen ausbreitete. Und an dessen Rand ihr Lehrer und Freund wohnte, den sie so lange nicht mehr gesehen hatte.

Beschämt dachte Sibylla daran, wie sehr sie ihn vernachlässigt hatte. Sie spürte, wie sie sich plötzlich nach seiner Gesellschaft sehnte. Isaak stammte aus einer anderen Welt. Schien gar in einer anderen Zeit zu leben. Wie wohltuend wäre es, wieder mit ihm zwischen seinen Karten und Büchern zu sitzen, seine neuen Teesorten zu probieren und über den Wandel der Sterne mit ihm zu plaudern.

Als habe er ihre Gedanken gelesen, wandte Wallenstein sein Pferd am Rathaus vorbei nach Norden. Sibylla schloss schaudernd die Augen. Von den Hinrichtungen war nichts mehr zu sehen, doch es kam ihr vor, als stiege ihr noch der Geruch von vergossenem Blut in die Nase.

Dann plötzlich hielten die Männer an. Wallenstein schwang sich vom Pferd und half Sibylla aus der Sänfte. Sie standen vor einem großen, prächtigen Haus, dessen Tor sich zum Altstädter Ring öffnete. Sibylla sah den Herzog fragend an, doch er nahm ihre Hand und trat unter dem Bogen durch das geöffnete Tor in einen quadratischen Hof. Dann verbeugte er sich, öffnete ihre andere Hand und legte einen Schlüssel hinein.

Sibylla blinzelte verwirrt. »Ich verstehe nicht.«

»Es gehört dir«, sagte Wallenstein, der sich über ihre Verwirrung zu amüsieren schien. »Es ist dein Haus. Komm, öffne mir die Tür, und lass es uns zusammen in Augenschein nehmen, und dann sage mir, wie es dir gefällt.«

Wie betäubt ließ sie sich zum Eingangsportal führen und trat in eine mit prächtigem Stuck verzierte Halle, aus der sich eine breite Treppe nach oben wand. Zur Linken führte ein weiteres Tor zu einem Gewölbe, das vermutlich als Lager genutzt worden war, in dem man aber auch eine Kutsche und einige Pferde unterbringen konnte, wie Wallenstein ihr erläuterte, ehe er sie die Treppe hinaufführte. Von einem Vestibül aus öffneten sich die beiden hellen Räume, deren große Fenster auf den Marktplatz hinauszeigten, und ein kleinerer Salon am Eck. Sibylla trat ans Fenster und sah hinaus. Links ragten die Türme der Teinkirche auf, die einst mit ihrem goldenen Kelch die Hauptkirche der Hussiten gewesen war. Längst hatten die Katholiken sie wieder in ihren Besitz genommen und den ketzerischen Kelch eingeschmolzen, um eine Madonna mit einem Strahlenkranz aus dem edlen Metall zu formen. Auf der anderen Seite erhob sich das Rathaus mit seinen zahlreichen Anbauten aus verschiedenen Epochen.

»Komm weiter«, forderte Wallenstein sie auf und führte sie in den hinteren Bereich, wo sich die Küche und weitere Räumlichkeiten befanden. Ein Stockwerk höher reihten sich vier großzügige Gemächer mit eigenem Ankleidezimmer. Unter dem Dach gab es Kammern für Dienstboten.

»Wie gefällt es dir?«, fragte er, als sie wieder im ersten Stock ankamen und er sie in den kleinen Salon führte, in dem ein wundervoll mit Intarsien geschmückter Sekretär am Fenster stand, das auf die Gasse Richtung Westen zeigte.

Wenn sie sich hinausbeugen würde, könnte sie vermutlich Isaaks Haus sehen.

»Hier sind alle Dokumente und Urkunden, die du brauchst. Ich habe alles in die Wege geleitet. Das Haus gehört dir, wenn du es möchtest. Ich weiß, es ist vielleicht noch ein wenig spärlich eingerichtet, aber ich denke, Isabella kann dir bei der Auswahl weiterer Möbel behilflich sein. Sie hat einen guten Geschmack. Du kannst dir aus Wien oder Paris kommen lassen, was du möchtest.« Er verstummte und sah sie fragend an.

Seltsam, dachte Sibylla. Er war kein Mensch, der sich um das Urteil anderer scherte, doch sie hatte das Gefühl, in diesem Fall sehnte er geradezu ihre Zustimmung herbei.

Keine Frage, das Haus war prächtig und eines reichen Kaufmanns oder gar eines Grafen würdig. Sibylla dachte für einen Moment an das kleine Häuschen in Leonberg, in dem sie mit Peter und Helena so viele glückliche Jahre verbracht hatte. Dann ließ sie den Blick durch den Salon schweifen, auf dessen Parkettboden die Sonne feine Muster malte.

»Das Haus ist wunderschön«, sagte Sibylla mit belegter Stimme. »Aber es kann nicht mir gehören.«

»Warum nicht?«, verlangte Wallenstein zu wissen.

»Weil ich es nicht verdiene. Ich bin kein Rittmeister, der in der Schlacht einen Sieg errungen hat. Ihr müsst mir nichts schenken und mich auch für nichts belohnen. Auch habe ich Euch in Lützen allein gelassen und Euch gar in Gefahr gebracht, als Ihr in der brennenden Stadt nach mir gesucht habt.«

Er trat so nah an sie heran, dass sie seinen Atem auf ihrer Wange spürte. »Du hast versucht, meinen geschätzten Rittmeister zu Pappenheim zu retten, ohne Rücksicht auf dein eigenes Leben.«

»Und was hat es gebracht? Er ist tot, und ich bin völlig nutzlos geworden!«, stieß sie hervor.

»Du bist nicht nutzlos! So etwas will ich nicht hören. Du bist auf dem besten Weg zu genesen, und dann wirst du wieder an meiner Seite stehen, wenn wir in die Schlacht ziehen.«

»Wozu? Um den Kaiser in seinem religiösen Wahn auch noch zu stärken?«

»Um dem Reich endlich Frieden zu schenken«, beharrte Wallenstein.

»Wie soll das gehen, wenn der Kaiser darauf besteht, das

Rad der Geschichte zurückzudrehen? Wollt Ihr der Vollstrecker sein, um mit Schwert und Feuer alle Reformierten in dieser Welt zu vernichten? Wie viel Leid kann man über die Menschen bringen?«

»Der Kaiser wird irgendwann einlenken«, behauptete Wallenstein. »Ich werde einen Frieden stiften, der den Namen verdient. Ich bin nicht nur mit dem Kaiser und den katholischen Fürsten in Kontakt. Ich tausche mich mit dem schwedischen Reichskanzler Graf Oxenstierna aus, der Gustav Adolfs Vermächtnis weiterführt, außerdem mit dem Sachsenfürsten und natürlich Arnim und weiteren protestantischen Heerführern. Die Verhandlungen sind schwierig, aber es wird eine Lösung geben. Dieser Krieg ist jenseits dessen, was man in einer Schlacht mit Waffen gewinnen kann. Das wird auch Wien begreifen und einlenken. Der Kaiser wird das Restitutionsedikt zurücknehmen, denn nur dann kann es Frieden geben.«

Waren seine letzten Worte in Überzeugung gesprochen oder lediglich eine verzweifelte Hoffnung, an die er sich klammerte? Sibylla wollte nicht darüber nachdenken.

»Ich werde es schaffen, wenn der Herr im Himmel mir genügend Zeit dafür lässt.«

Wie gerne hätte sie im Brustton der Überzeugung geschworen, es werde noch unendlich viel Lebenszeit auf ihn warten, doch sie brachte kein Wort heraus.

»Magister Kepler hat es in seinem Horoskop vermerkt. Das Jahr 1634 wird nichts Gutes für mich bringen, nicht wahr?«

»Vielleicht können auch die Sterne irren?«, sagte sie leise, ohne ihn anzusehen.

»Ich denke nicht, aber ich werde keinen Tag, der mir bis dahin bleibt, ungenutzt verstreichen lassen.« Sie spürte seine Hände an ihren Oberarmen und sah zu ihm auf. Sein Blick brannte bis tief in ihre Seele. »Ich brauche dich, wenn es mir gelingen soll, mein Lebenswerk rechtzeitig zu beenden!«

»Ich weiß«, sagte sie. »Ich bemühe mich, bis zum Frühjahr wieder zu Kräften zu kommen. Wenn es etwas gibt, mit dem ich Euch helfen kann, dann lasst es mich wissen. Ich bin immer für Euch da, mein Herzog und General, das wisst Ihr.«

»Ja, ich weiß es. Wir sind eine Seele in zwei Körpern. Wir gehören zusammen.«

Er schlang seine Arme um sie und zog sie an sich. So standen sie da und rührten sich nicht. Die Zeit schien um sie stillzustehen. Die Geräusche der Stadt zogen sich zurück, die Sonne hüllte sie mit ihren wärmenden Strahlen ein. Es war, als würden Gottes Engel zu ihnen herabsteigen, um ihnen diesen einen Moment Glückseligkeit in aller Ewigkeit zu schenken.

Der Schmerz in ihren Eingeweiden holte sie jäh in die Wirklichkeit zurück. Sibylla verlor den Boden unter den Füßen und wäre gefallen, hätte er sie nicht aufgefangen. Sie schwebte in seinen starken Armen.

»Nimm dieses Geschenk an! Oder sieh es als deinen Lohn, wenn du es nicht über dich bringst, es so aus meiner Hand zu empfangen. Vielleicht siehst du die Zukunft klar vor dir liegen und weigerst dich nur, sie mir zu offenbaren, doch ich werde von düsteren Träumen und Ahnungen heimgesucht und will wenigstens in dem Wissen Ruhe finden, dass es dir nach meinem Tod an nichts fehlen wird. Für deinen Unterhalt ist ebenfalls gesorgt. Du findest alles in diesen Urkunden. Wende dich an den Bankier Noah Weißenstern, der das dritte Haus dort die Gasse entlang sein Eigen nennt. Ich vertraue ihm und habe entsprechende Wechsel bei ihm hinterlegt.«

Sibylla fühlte sich zu schwach, um zu protestieren, daher nickte sie nur. »Ich wünsche mir, sie niemals einlösen zu müssen«, hauchte sie nur.

Wallenstein drückte sie noch einmal an sich. »Ich würde auch gerne darauf hoffen.« Dann trug er sie die Treppe hinunter und bettete sie in die Sänfte, die im Hof wartete. Im scheidenden Licht des Wintertages machten sie sich auf den Rückweg zur Kleinseite, während die untergehende Sonne die Wolken über dem Schloss blutrot färbte.

Kapitel 33

Prag, 1633

»Arnim ist mit den schwedischen Regimentern in Schlesien eingefallen!«

Die Nachricht schreckte die beiden Frauen am Frühstückstisch auf. Wallenstein polterte in den Speisesaal und ließ sich auf seinen Stuhl fallen. Der Diener eilte herbei, um Teller und Becher zu füllen, doch der General rührte nichts davon an.

Der Mai war inzwischen ins Land gezogen, doch noch immer schien der Frieden, den Wallenstein erträumte, in weiter Ferne zu stehen. Nun also hatten die Protestanten den nächsten Schritt getan, und es würde wieder ein Jahr voller Schlachten geben mit unzähligen Opfern auf beiden Seiten.

»Wie kann er nur?«, beschwerte sich Isabella, die das offensichtlich als persönlichen Verrat des Mannes ansah, der einst an ihrer Tafel gesessen und mit ihr gespeist hatte.

Wallenstein schien ebenfalls erzürnt, doch er hob die Schultern und sagte nur ruhig: »Das ist seine Aufgabe als guter Feldherr im Dienste des Sachsenfürsten.«

»Wenn es uns nur gelingen würde, ihn auf unsere Seite zu ziehen«, sagte Sibylla.

»Ja, das wäre ein großer Sieg«, stimmte ihr Wallenstein zu.

»Doch solange sich Wien in Sachen Religion so stur stellt, wird das nicht geschehen. Selbst Frankreich unterstützt die Protestanten! Was sicher nicht an der Vorliebe Richelieus für die protestantische Sache liegt. Frankreich macht alles, was Habsburg schwächt. Und wir müssen dafür sorgen, dass es damit keinen Erfolg hat.«

»Dann wirst du also gegen Arnim ins Feld ziehen.« Es war keine Frage der Herzogin, es war eine Feststellung.

»Arnim ist nicht der Einzige, der uns Sorgen bereitet. Herzog Bernhard von Sachsen-Weimar zieht mit der Hauptarmee in den Süden des Reichs. Mich hat ein dringender Ruf unseres alten Freundes Maximilian von Bayern erreicht.«

Sibylla schnaubte abfällig. »Ah, jetzt seid Ihr ihm genehm, wenn es darum geht, sein Land zu retten.«

»So ist es«, stimmte ihr Wallenstein zu und nahm einen Schluck aus seinem Becher mit gewärmtem Bier.

»Wohin werdet Ihr Euch wenden?«, erkundigte sich Sibylla.

»Nach Schlesien, wo ich mit Feldmarschall Gallas zusammentreffen werde. Wir müssen zuerst in Schlesien aufräumen, um die Gefahr für Böhmen abzuwenden. Die Werbung für die neue Truppe ist fast abgeschlossen.«

»Schlesien zuerst? Das wird dem Bayernfürsten nicht gefallen«, murmelte Sibylla, doch er tat so, als habe er es nicht gehört.

Wallenstein verließ einige Tage später mit einer Truppe von fünfundzwanzigtausend Mann Prag. Er hatte seine Männer gut ausgerüstet, auch sonst keinen Aufwand gescheut, und so wirkte der Auszug der Armee in ihrem Prunk fast wie ein Triumphzug. Nun also zogen die Truppen mit ihren neuen Uniformen durch die Stadt, gefolgt von achtundzwanzig Geschützen, für die manche Kirche ihre Glocken hatte einschmelzen müssen. Vierzehn sechsspännige

Kutschen, ihnen voraus zehn Trompeter, deren Instrumente golden und silbern in der Sonne glänzten. Im Gefolge hinter dem Herzog ritten vierzig Kavaliere, Lakaien und Pagen, die er in neue rot-blaue Livreen gekleidet hatte. Selbst die Gepäckwagen, die mit roten Planen aus Preußischleder geschützt wurden, waren prächtig anzusehen.

Wehmut stieg in Sibylla auf, als sie neben der Herzogin stand und den Zug vorüberziehen sah. Am liebsten hätte sie nach ihrem Pferd verlangt und wäre an die Seite des Herzogs geritten, doch sie schwieg und blinzelte, um die Tränen aufzuhalten, die ihr nun so häufig in die Augen stiegen. Sie wusste selbst, dass sie ihm auf diesem Zug nur eine Last wäre. Wallenstein selbst hatte ihr verboten – nach einem langen Gespräch mit Doktor Stegmann –, mit ihm zu ziehen.

»Ich verzichte nur schweren Herzens auf deine Gesellschaft, doch ich könnte es mir niemals verzeihen, wenn du durch die Strapazen Schaden erleiden würdest.«

»Und ich könnte es mir nicht verzeihen, Eure Aufmerksamkeit durch mein Leiden von Euren Männern abzulenken«, stimmte sie ihm zu und schmiegte sich dann an seine Brust. »Ich komme zu Euch, sobald mich Doktor Stegmann reisen lässt.«

Sanft legte er seine Hände auf ihr Haar. »Ich werde auf dich warten. Ruh dich aus, und sei guter Dinge. Richte dein Haus ein, wenn es dir Spaß macht. Ich werde so lange Arnim eine Lehre erteilen und Schlesien befreien.«

Sie zog seine Hände an ihre Lippen und küsste sie. »Ja, tut das, und passt auf Euch auf. Ihr seid nach dem Winter ausgeruht, doch der Teufel des Podagra schläft nur, und ich fürchte, er ist nicht der einzige Feind in Eurem Leib, nicht wahr?«

Er wehrte ab und redete die Schmerzen klein, die ihn doch so oft nachts wach hielten.

»Dies ist nicht die Zeit, sich auf ein Krankenlager zurückzuziehen. Dies ist die Zeit, die Welt zu verändern.« Es klang ein gewisser Trotz in seinen Worten. »Ich habe noch niemals größere Vorbereitungen zum Kriege gemacht: Die Regimenter sind exzellent ausgerüstet, und die Männer haben ihren Sold drei Monate im Voraus erhalten, und doch habe ich auch niemals eine größere Begierde nach Frieden verspürt.« Er schnaubte. »Christian, der König von Dänemark, hat mir geschrieben und bittet, ich möge dem Kaiser helfen, endlich Frieden zu schließen. Oh ja, ich habe ein Konzept ausgearbeitet, das alle Parteien mit Würde annehmen könnten, und ich werde nicht müde, es in Wien zu verteidigen.«

»Aber der Kaiser hat seine eigenen Vorstellungen«, ergänzte Sibylla.

Er wirkte plötzlich sehr müde. »Ja, und sein Jesuitenbeichtvater wird nicht müde, ihn in seiner unnachgiebigen Haltung zu bestärken. Zu Gottes Lob und der Jungfrau Maria. Es wird enormer Druck nötig sein, den Kaiser zu überzeugen, doch ich gebe nicht auf.«

»Er wird Euch den Widerstand nicht danken«, sagte Sibylla.

»Nein, das wird er nicht. Eher das Gegenteil, wie es so viele Männer von Rang und Namen in Wien und München tun.« Er lachte bitter. »Ist es nicht seltsam, dass mich meine Gegner mehr respektieren und verehren als die, für die ich kämpfe und alles gebe?«

Mit diesen Worten zog er aus der Stadt, sandte aber Sibylla wie versprochen regelmäßig Boten mit Nachrichten von der Front.

Meine teuerste Sibylla,

wir haben bei Nachod die Grenze zu Schlesien überschritten und sind über Glatz nach Münsterberg gezogen, wo unsere Regimenter auf die von Gallas trafen. Arnim lag mit der sächsischen Streitmacht westlich von Münsterberg bei Frankenstein. Sie ist kaum halb so stark, und dennoch lagen wir uns am letzten Tag im Mai gegenüber, bereit, die Schlacht zu beginnen, als Arnim mir einen Boten sandte und mich bat, ihm Graf Trčka zu einer vertraulichen Unterredung zu schicken. Ich vertraue meinem Feldmarschallleutnant – er ist ja nun mein Schwager, seit er Isabellas jüngere Schwester geheiratet hat – und kam Arnims Bitte nach. Arnim zog sich mit seinen Regimentern zurück, während wir langsam nach Nordwesten vorrückten und das Städtchen Nimptsch einnahmen. Leider war der Widerstand so groß, dass die Stadt in Flammen aufging. Dann, einige Tage später, standen sich unsere Armeen wieder gegenüber. Ich ließ einige Salven aus unseren Geschützen abfeuern, dann sandte ich Graf Trčka noch einmal zu Arnim. Er kam zu mir in mein Hauptquartier nach Heidersdorf, wo wir einen fairen Waffenstillstand unterzeichneten. Ich weiß, dass Arnim als strenger Protestant versucht, Sachsen und Brandenburg in diesem Konflikt neutral zu halten. Er war nie ein Anhänger Gustav Adolfs und strebt stattdessen – wie ich selbst – eine Aussöhnung der deutschen Protestanten mit dem Kaiser an. Weder er noch ich wollen die Einmischung Schwedens und Frankreichs im Deutschen Reich, doch ich fürchte, Arnims Einschätzung der Schweden ist ein wenig zu euphorisch. So schnell werden sie den Knochen, den sie gepackt haben, nicht bereitwillig wieder loslassen.
Arnim will, dass der Frieden auf Basis des Reichszustands von 1618 geschlossen wird. Das kann er sicher seinem Kurfürsten schmackhaft machen, doch der Kaiser würde zu schlecht aus diesem Beschluss hervorgehen. Böhmen und Mähren würden

wieder protestantisch. Und nicht nur der Kaiser würde verlieren. Maximilian würde all seine Eroberungen aufgeben müssen – einschließlich der Pfalz und der Kurfürstenwürde. Du kannst dir vorstellen, wie er zu so einem Vorschlag steht. Ich denke, eine Rückkehr zu den Grenzen von 1624 oder auch 1622 könnte man Wien schmackhaft machen. Immerhin ist der Kaiser nun endlich bereit, von seinem Restitutionsedikt Abstand zu nehmen und beide Konfessionen zu garantieren.

Du siehst, Arnim und ich sind uns nicht in allem einig, aber für den Sommer steht der Waffenstillstand und gibt mir Gelegenheit, um mich anderen Schauplätzen zuwenden zu können.

Die Tür öffnete sich, und die Herzogin trat ein. »Störe ich?«, erkundigte sie sich. »Du hast Post bekommen?«

»Ja, ein Brief des Generals mit einem Bericht, wie die Dinge in Schlesien vorangehen. Hast du nicht auch ein Schreiben erhalten?«

Die Herzogin winkte ab. »Aber ja. Wie immer erkundigt sich mein Gemahl besorgt nach meinem Befinden und dem unserer Tochter und sendet die besten Wünsche. Über das, was in Schlesien vor sich geht, erfahre ich nur wenig.«

Sibylla hielt Isabella ihren Brief hin. »Dann lies selbst. Wallenstein hat einen Sieg errungen und Waffenstillstand geschlossen, ohne Blut zu vergießen.«

»Verhandlungen statt Schlachten? Das ist nicht das, was Wien hören will«, behauptete Isabella.

»Mag sein«, stimmte ihr Sibylla zu, »doch sind es nicht vor allem die, die satt und warm in ihren feinen Palais sitzen, die das Blut und die Heldentaten anderer fordern?«

»So ist es, und daran wird sich vermutlich niemals etwas ändern.« Isabella überflog den Brief und gab ihn Sibylla zurück, blieb aber vor ihr stehen und sah sie erwartungsvoll an.

»Was gibt es noch?«, erkundigte sie sich.

Die Herzogin schien zu überlegen, doch dann gab sie sich einen Ruck. »Wann wirst du uns verlassen?«

Sibylla runzelte die Stirn. »Doktor Stegmann hat mir die Strapazen eines Kriegszuges untersagt.«

»Ich meine auch nicht, ob oder wann du nach Schlesien ziehst, sondern wann du in dein neues Prager Haus übersiedelst. Ich habe es mir angesehen. Es ist prächtig und in bester Lage am Altstädter Ring. Du kannst dich glücklich schätzen.«

Sibylla runzelte die Stirn. »Es gefällt dir nicht, dass mir Wallenstein das Haus gekauft hat, nicht wahr?«

Isabella zeigte ein gequältes Lächeln. »Warum sollte ich etwas dagegen haben? Der Herzog ist vielleicht der reichste Mann des ganzen Reiches und Herr über weite Ländereien. Er beschenkt seine Offiziere und seine Männer für ihre Taten und ihre Tapferkeit.« Sie ließ die Worte verklingen und schien auf Sibyllas Reaktion zu warten.

»Und da fragst du dich, mit welchen Taten ich mir ein solches Haus verdient habe? Ich habe ihm Horoskope erstellt! Du zweifelst doch nicht wieder an der Treue deines Gatten? Er liebt dich von Herzen und tut alles für dich.«

»Außer in meiner Nähe zu sein«, erwiderte sie mit erstickter Stimme.

»Er ist der General des Kaisers!«, rief Sibylla verärgert. »Und er war den Winter über viele Wochen lang in Prag.«

»Das ist richtig. Weil *du* leidend darniederlagst!«, rief Isabella.

Sibylla zwang sich, tief ein- und auszuatmen, ehe sie antwortete. »Ich kenne viele Männer, deren Ehefrauen geduldig daheim auf sie warten, und ich habe auf den Kriegszügen gesehen, wie sich die Männer leichtfertig Nacht für Nacht irgendwelche Frauen nehmen oder sich jahrelang ihre Geliebten freihalten. Wallenstein gehört nicht zu diesen Männern! Er ist ein ernsthafter Charakter, der seine Liebe nicht leichtfertig verschenkt.«

»Aber er liebt dich!«, stieß die Herzogin hervor. »Mehr als irgendeinen Menschen sonst auf der Welt.«

Sibylla schüttelte den Kopf. »Das vermutest du, nur weil er mir ein Haus geschenkt hat? Das ist für ihn nicht mehr als eine Geste.«

Isabella schnaubte und wiederholte hartnäckig: »Er liebt dich, mehr als für ihn gut ist.«

Sibylla trat auf die Herzogin zu und ergriff ihre Hand. »Er liebt dich und eure Tochter, das versichere ich dir.«

Isabella entzog ihre Hände und trat einen Schritt zurück. »Und dennoch wirst du immer zwischen uns stehen wie ein unheilvoller Schatten, gegen den man nichts tun kann.«

»Ich schwöre dir: Ich habe niemals das Lager mit ihm geteilt und werde es auch niemals tun!«

Isabella legte den Kopf schief. Sibylla konnte den Ausdruck in ihrer Miene schwer deuten. War das Schmerz? Vermutlich.

»Manches Mal wünschte ich, es wäre nur das. Er würde nur ab und zu in den Nächten deinen Körper nehmen, aber es ist mehr, nicht wahr? Du hast seine Seele genommen und er die deine.«

Sibylla hätte es gern abgestritten, doch das konnte sie nicht, daher hob sie nur hilflos die Arme. »Wir sind uns nah, das stimmt, und vielleicht brauchen wir einander, doch ich habe dir nichts weggenommen. Betrachte es als eine starke Bindung, wie sie Bruder und Schwester manches Mal haben.«

»So etwas habe ich mir schon oft einzureden versucht«, antwortete Isabella bitter lachend.

Sibylla spürte Schmerz in sich aufsteigen und senkte den Blick. »Ich bedaure, dass du mich nicht als Freundin sehen kannst, denn ich liebe dich und Maria Elisabeth. Ihr seid zu meiner Familie geworden, nachdem ich meine auf so grausame Weise verlieren musste. Aber wenn mein Anblick dir eine so große Last ist, dann werde ich meine Truhe packen und nach Prag ziehen.«

Sie wandte sich ab, doch nun war es die Herzogin, die nach ihrem Arm griff und sie zurückhielt. »Nein, entschuldige, ich will dich nicht aus dem Palais vertreiben. Ich bin oft froh über deine Gesellschaft. Es ist so ein riesiger Palast, in dem man sich verlieren kann. Ich dachte nur, vielleicht möchtest du dir ein eigenes Heim einrichten, in dem du irgendwann mit einer eigenen Familie lebst.«

»Du weißt, dass ich keine Kinder mehr bekommen kann. Nicht nur, dass mein Alter dies nicht mehr wahrscheinlich erscheinen lässt. Die Kugel hat mein Inneres zerfetzt und alles zerstört.«

Betreten starrte die Herzogin zu Boden. »Ich weiß. Ein Schicksal, das wir beide teilen. Auch mir ist die Freude weiterer Kinder verwehrt. Verzeih mir. Ich dachte an Rittmeister Sporr, der vielleicht dein Heim mit dir teilen wird.«

Die Erwähnung seines Namens versetzte Sibylla einen Stich. Er war lange nicht mehr in Prag gewesen und hatte nur selten kurze Nachrichten geschickt. Vielleicht haderte er selbst noch mit seiner Verletzung, und doch grollte sie ihm, dass er sie mit ihren Schmerzen und ihrem Kummer so allein ließ.

»Du bist hier immer willkommen«, versicherte Isabella. »Nur wenn du es vorziehst, dir ein eigenes Heim behaglich einzurichten, dann helfe ich dir gern. Ich denke, ich habe ein gutes Auge und eine geschickte Hand, die Räume zur Geltung zu bringen und sie mit den richtigen Möbeln und anderen Kleinigkeiten zu schmücken. Ich vermute, Albrecht hat es dir eher spartanisch möbliert.«

Sibylla lächelte. »Ja, das kann man so sagen. Ich nehme

deine Hilfe gerne an, und ich werde nach Prag übersiedeln, sobald ich mich stark genug fühle, in einem eigenen Heim allein zurechtzukommen.«

»Welch seltener Gast!« Isaak streckte der unerwarteten Besucherin beide Hände entgegen, die Sibylla herzlich ergriff.

»Es tut mir leid, dass ich Euch nicht schon längst aufgesucht habe, doch ich war lange Zeit zu schwach und in den vergangenen Jahren zu beschäftigt.«

Der alte Jude nickte und bat sie herein. »Eine Tasse Tee?«, erkundigte er sich.

»Aber ja! Danach sehne ich mich schon seit Langem!«

Sie folgte ihm in sein Studierzimmer, das, wenn überhaupt möglich, mit noch mehr Karten und Manuskripten vollgestopft war als bei ihrem letzten Besuch. Wie lange war das schon her? Damals war sie noch eine ganze Frau gewesen und im Begriff, voller Hoffnung mit Wallenstein gegen den Schwedenkönig zu ziehen, um dem Krieg endgültig ein Ende zu bereiten. Waren sie diesem Ziel wirklich näher gekommen? Viele hatten seitdem ihr Leben lassen müssen, der Sommer war über das Land gekommen, und noch immer wurde verhandelt und gefeilscht, ohne eine Einigung zu erreichen, während sich das schwedische Heer weiter am Süden des Reichs gütlich tat.

»Nun, was führt Euch heute zu mir?«, erkundigte sich Isaak, als er Wasser über die getrockneten Blätter goss.

»Ein Höflichkeitsbesuch neuer Nachbarn«, antwortete Sibylla mit einem breiten Lächeln, denn sie spürte, wie wohl ihr diese Worte taten.

»Ah, dann sind die Gerüchte also wahr, dass die Astrologin des Generalissimus das Haus am Markt bezogen hat.«

»Ihr wisst es schon?«

Er lachte. »Seid nicht enttäuscht. Die Zungen der Menschen sind schneller, als die Mühlen vor der Stadt mahlen, und es gibt nichts, was ihren Augen entgeht. Ja, ich habe davon gehört, und ich bin hocherfreut, Euch in meiner Nähe zu wissen.«

»Ich freue mich auch«, versicherte Sibylla, die die Nähe zum jüdischen Viertel und vor allem zu Isaak tatsächlich irgendwie beruhigend fand.

Sie tranken schweigend ihren Tee. Sibylla suchte immer wieder nach den richtigen Worten, um ihr zweites Anliegen vorzubringen, doch sie wusste nicht recht, wie sie anfangen sollte, daher trank sie die Tasse leer und ließ sie sich noch einmal füllen.

»Was bedrückt Euch?«, half er ihr nach einer Weile und sah sie dabei so gütig an, dass sie wieder einmal Tränen hinter ihren Lidern brennen fühlte. Sie wandte den Blick ab, doch er schien es zu spüren.

Ein wenig schwerfällig erhob er sich, kam zu ihr und legte die Hände auf ihre Schulter. »Mein Kind, ich spüre Euren Schmerz. Ihr wart schwer verletzt und lagt lange darnieder, ich weiß.«

Gab es etwas, das dieser weise Mann nicht wusste? Nein, vermutlich nicht. War er nicht, wie Johannes Kepler, ein wahrer Wissenschaftler der Sternenkunde?

»Sprecht mit mir! Ihr werdet in mir einen guten Zuhörer finden, auch wenn ich Euch, was medizinische Probleme angeht, vermutlich nicht helfen kann. Ihr wisst, mein Fachgebiet ist die Astronomie, nicht die Heilkunde.«

»Ich weiß«, sagte Sibylla und gestattete sich für einen Moment, ihre Wange gegen seine Hand zu drücken. Sie war kühl und trocken, und sie konnte die Knochen unter der Haut spüren, die sie ein wenig an altes Pergament erinnerte. »Es geht nicht um meine Gesundheit. Es geht um den Herzog, den General des Kaisers. Ich sorge mich um Wallenstein.«

Isaak kehrte zu seinem Platz zurück. Er schenkte ihr noch einmal Tee ein und sah sie dann aufmerksam an. »Ihr sorgt Euch um seine Gesundheit?«, wiederholte er ein wenig verwundert. »Wie könnte ich Euch dabei helfen? Ist er nicht mit der kaiserlichen Armee nach Schlesien gezogen?«

»Ja, das stimmt, und ich denke dabei auch nicht direkt an die Leiden, die ihn immer wieder quälen. Seit Jahren hat er schlimme Anfälle von Podagra, doch ich bin mir sicher, dass es nicht seine Krankheiten sind, die sein Leben beenden werden. Schon bald beenden werden!« Sie sah Isaak aus weit aufgerissenen Augen an. »Ihr wisst, dass ich nicht das Wissen habe, in den Sternen zu lesen, und doch sehe ich Blut und Gewalt wie eine unausweichliche Gewitterwand auf ihn zurasen, wann immer ich an die Zukunft denke.«

Isaak sah sie aufmerksam an. »Ihr glaubt, dass dem General schon bald dieses Ende droht?«

»Ja, auch wenn ich nicht den Tag oder den Monat benennen kann. Das hat ein anderer bereits getan: Johannes Kepler!« Sie nahm die Kopie, die sie sich vom zweiten Horoskop des Astronomen abgezeichnet hatte, aus ihrer Tasche, entfaltete sie und reichte sie Isaak. »Er prophezeit Wallenstein für 1634 großes Unglück.«

»Und Ihr meint, dass dieses Unglück zu jenem blutigen Tod führt, den Ihr in Euren Träumen seht?«

»Ja, genau das fürchte ich.«

Isaak sah erst sie und dann das Blatt Papier in seiner Hand sorgsam an, ehe er den Blick wieder hob. »Und wie meint Ihr, könnte ich bei dieser Sache behilflich sein?«

»Ihr seid ein Gelehrter der Astronomie, ein Kenner des Himmels und der Sterne. Bitte, erstellt mir ein Horoskop des Generals. Ich will einfach noch eine fachkundige Meinung zu der Prognose von Magister Kepler.«

»Ihr wünscht Euch, ich könnte Eure Ängste zerstreuen«,

widersprach Isaak. »Aber was, wenn ich zu dem gleichen Schluss komme?«

Sibyllas Schultern sackten herunter. »Dann werde ich mich wohl mit dem Gedanken abfinden müssen, ihn bald zu verlieren. Was für ein unendlicher Verlust für das ganze Reich.«

»Ich weiß nicht, ob Magister Kepler recht hat oder nicht. Wisst Ihr, ich habe viele Jahrzehnte den Lauf der Sterne studiert und mich auch mit der Erstellung von Horoskopen und der Auswertung vieler Prognosen beschäftigt, aber inzwischen bin ich mir sicher, dass nur eines unumstößlich ist: der Lauf der Planeten und die Stellung der Sterne im unendlichen All, deren scheinbare Bewegung wir jede Nacht beobachten. Die Schlüsse, die wir daraus ziehen, sind allerdings so fehlbar wie wir Menschen selbst. Nein, ich glaube nicht, dass die Sterne unser Schicksal bestimmen. Vielleicht gibt es einen Einfluss, wie wir denken oder zu welchen Reaktionen wir neigen, aber ich weigere mich zu glauben, dass irgendetwas in der Zukunft von einem Stern oder Planeten gesteuert unabänderlich zu meinem Schicksal wird.«

Sibylla holte tief Luft. »Dann glaubt Ihr also, dass Magister Kepler sich irrt?«

»Ich glaube, dass er nicht wissen kann, was 1634 geschieht! Das steht nicht im Nachthimmel geschrieben.«

»Und was ist mit meinen Träumen?«, widersprach Sibylla. »Den Visionen, die mich bei Tag und Nacht heimsuchen?«

Sie sah die Traurigkeit in seinem Gesicht. »Das ist etwas anderes. Ihr seid mit einer besonderen Gabe gesegnet. Und doch sagt Ihr selbst, dass Ihr keinen genauen Zeitpunkt benennen könnt. Der Herzog ist der General des Kaisers. Der Krieg ist ein grausames Geschäft, bei dem man leicht zu Tode kommen kann, und nicht immer trifft es den kleinen Mann. Auch General Wallenstein hat schon viele geschätzte Offiziere verloren, und erst im vergangenen Jahr ist König

Gustav Adolf in der Schlacht gefallen. Das heißt aber nicht, dass Wallensteins Ende unmittelbar bevorsteht. Vielleicht wird er noch viele Schlachten für den Kaiser schlagen, ehe er ehrenvoll im Felde fällt.«

»Ich bin mir sicher, er wird nicht in der Schlacht fallen. Sein Tod ist noch grausamer. Ich spüre den bitteren Geschmack des Verrats auf meiner Zunge.«

Kapitel 34

Prag, 1633

Zwei Wochen später, als Sibylla wieder einmal von einem ihrer Besuche bei Isaak zurückkam, stieß sie vor dem Tor fast mit einem Mann zusammen, der vor ihrem Haus stand, den Kopf in den Nacken gelegt, und die reich geschmückte Fassade betrachtete. Dabei trat er einen Schritt zurück, sodass er sie fast zu Boden warf.

»Verzeiht, ich war unachtsam«, entschuldigte sich eine Stimme, die direkt in ihr Herz fuhr.

»András!«, rief sie aus und umfasste ihn, um ihn an sich zu ziehen. »Wie geht es dir? Bist du vollständig genesen?«

Sie drückte ihre Wange gegen seine Schulter, ehe ihr auffiel, dass er die Umarmung nicht erwiderte. Jetzt erst merkte sie, wie ungehörig sie sich verhielt, hier auf dem Altstädter Ring vor ihrem Haus, wo die Leute sie anstarren und über die gar nicht so ehrbare Witwe sich das Maul zerreißen konnten. Sie ließ ihn los und trat rasch einen Schritt zurück.

»Komm mit herein«, forderte sie ihn auf. »Du musst mir erzählen, wie es dir ergangen ist.«

Er warf noch einen Blick zur imposanten Fassade hinauf, dann folgte er ihr in den Hof und die Treppe hinauf. Oben an der Treppe blieb sie stehen und wandte sich zu ihm um. Sie breitete die Arme aus, und nun erwiderte er die Umarmung und küsste sie endlich. Eng umschlungen, stolperten sie in ihr Gemach, dann zog er ihr so ungestüm ihr Kleid aus, dass die Spitze zerriss, doch das war ihr gleichgültig. Er schleuderte sein Hemd, Schuhe und Hose in eine Ecke und drängte Sibylla zum Bett. Ungestüm nahm er sie und stieß kraftvoll, ja fast grob in sie, doch auch aus Sibylla brach die so lange unterdrückte Sehnsucht hervor, dass sie sich ihm mit all dem Hunger ihrer Lust hingab. Selbst der Schmerz, der ihren Unterleib noch immer quälte, trat in diesem Moment in den Hintergrund.

Viel zu schnell war es vorüber, und er rollte sich von ihr herunter. Jetzt erst dachte sie darüber nach, wie ihr nun von Narben entstellter Körper auf ihn wirkte, der nicht mehr der einer richtigen Frau war, die Kinder gebären konnte. Rasch zog sie das Laken über ihren Bauch, doch András hatte den Blick bereits von ihr abgewendet und ließ ihn durch ihr Gemach wandern. Sibylla richtete sich auf und ließ ihre Lippen über seinen Rücken wandern. Doch statt sich ihr noch einmal zuzuwenden, erhob er sich und sammelte seine Kleider auf. Als er in seine Hosen schlüpfte, stieg Sibylla ebenfalls aus dem Bett und wandte ihm rasch den Rücken zu. Sie hob ihr ruiniertes Kleid auf und warf es im benachbarten Ankleidezimmer in einen Korb. Sie wählte ein schlichtes blaues Tageskleid aus und schlüpfte hinein. András schloss die Bänder am Rücken.

»Hast du Hunger?«, erkundigte sie sich, als sie ihn in den nun geschmackvoll eingerichteten Salon führte. András drehte sich einmal um seine Achse. Sein Blick schien die Stuckdecke mit dem Gemälde in der Mitte und die Spiegel mit ihren breiten goldenen Rahmen zu erfassen, die schönen Möbel aus Wurzelholz und rot schimmernden Brokatpolstern, den Teppich aus dem Fernen Osten, der einen Teil des Parketts bedeckte, ja selbst die Porzellanfiguren auf dem Kaminsims, die die Herzogin Sibylla geschenkt hatte.

»Prächtig hast du es hier«, sagte er, doch in seinen Worten schwang keine Bewunderung, ja nicht einmal Billigung. Sie hörten sich seltsam kalt an. Verächtlich?

Sibylla hielt inne und sah ihn fragend an.

»Ja, jetzt ist es ein sehr schönes Zimmer, in dem ich gerne sitze. Möchtest du mit mir speisen? Ich gebe in der Küche Bescheid.«

Sie wusste seinen Blick nicht zu deuten. Die zusammengezogenen Brauen waren aber nicht freundlich.

»Einen Koch hast du also auch?«

Sibylla schüttelte den Kopf. »Nein, so ist es nicht, aber ich bin noch nicht so kräftig, dass ich ein solch großes Haus alleine führen könnte. Ein nettes Ehepaar wohnt in den Kammern unter dem Dach und teilt sich die Arbeit. Monja kocht sehr gut. Außerdem kommt am Vormittag eine junge Magd, die ihr bei der schweren Arbeit hilft und die Wäsche sauber hält. Also, wie ist es, möchtest du mit mir speisen und mir berichten, was in der Welt und vor allem in Schlesien vor sich geht?«

Er ging nicht auf ihre Frage ein. »Du bist zu einer vornehmen Dame emporgestiegen«, stellte er stattdessen fest. Es klang bitter. »Wenn ich daran denke, wie wir uns kennengelernt haben, bei unseren Gewaltmärschen durch die Wälder. Wir waren hungrig, schmutzig und haben gefroren.«

»Ja, was für wundervolle Zeiten«, sagte sie ebenso bitter. »Vor allem die Schlacht bei Lützen, wo ich mir eine Kugel eingefangen habe, die mir meinen Unterleib zerfetzt hat!«

»Es hat dich schlimm erwischt«, erwiderte er betroffen. »Ich habe die Narben gesehen, doch Dr. Stegmann hat offensichtlich ganze Arbeit geleistet. Es ist alles wieder in Ordnung.«

»Wie man es nimmt. Da ich in meinem Alter vermutlich eh kein Kind mehr bekommen hätte, ist nicht zu viel Schaden entstanden, denke ich.«

Nun war er sichtlich verlegen. »Das tut mir leid«, stotterte er. »Aber geht es dir sonst gut? Hast du noch Schmerzen?«

Sollte sie ihm wirklich die Qualen beschreiben, die sie immer wieder heimsuchten? »An Reiten ist nicht zu denken«, sagte sie. »Und ich kann mich noch immer kaum bücken, also verzeih, dass ich sehr dankbar bin, dass Monja und Luka mir zur Hand gehen.«

»So habe ich das nicht gemeint«, verteidigte er sich, »aber es ist nicht gut, dass du hier in diesem Haus alleine lebst und gar einen Mann empfängst.«

»Fürchtest du um meinen Ruf? Weil ich dich hereingebeten habe, so wie früher in mein Zelt?« Sie zog einen Flunsch. »Mein Ruf wird es überleben.«

»Bist du dir sicher? Der General gibt dir ein Haus, in dem du alleine wohnst, und in dem er ein- und ausgehen kann, wie es ihm beliebt.«

»Bist du eifersüchtig?« Sie musste unwillkürlich lachen. »Ich dachte, das hätten wir längst geklärt. Ja, Wallenstein hat mir dieses Haus geschenkt, weil er meint, ich hätte es verdient, und er mich versorgt wissen will, wenn er eines Tages vielleicht nicht mehr sein sollte. Doch eingezogen bin ich, weil die Herzogin es vorschlug.«

András warf die Arme in die Luft. »Warum nur? Muss ich das wirklich fragen? Muss ich mich nicht eher wundern, dass sie den Buhlen ihres Mannes so lange unter ihrem Dach ertragen hat?«

Sibylla stampfte mit dem Fuß auf. »Bist du gekommen, um mich zu beleidigen? Ja, wir stehen uns sehr nahe, aber ich habe niemals mit Wallenstein das Lager geteilt und werde es auch nie tun. Mehr kann ich dir nicht versprechen. Meine Gefühle für ihn kann ich mir ebenso wenig aus dem Herzen reißen wie meine Liebe für dich. Kann dir das nicht genügen?«

»Du meinst mir und der Herzogin? Schickt sie dich deshalb nach so langer Zeit fort? Konnte sie es nicht länger ertragen, es Tag für Tag vor sich zu sehen?«

»*Was* hat sie vor sich gesehen?«, fauchte Sibylla ihn an.

»Die übergroße Liebe, die euch verbindet.«

»Ja, wir sind einander zugetan, das ist richtig. Ich lese für ihn in den Sternen, und ich höre ihm zu, wenn er seine Gedanken ordnen muss. Deshalb will er mich an seiner Seite wissen und wartet darauf, dass ich bald genese und nach Schlesien reisen kann.«

»Ihr seid einander zugetan?«, äffte András sie nach und polterte los. »Wem willst du etwas vormachen? Ihr teilt viel mehr als ein Lager miteinander. Ja, vielleicht könnte ich es eher ertragen, wenn du ab und zu in seinen Armen liegen würdest und er seine Lust an dir befriedigen würde, doch zwischen euch ist mehr«, wiederholte er auf seine Weise Isabellas Worte.

»Genug!«, schrie Sibylla und brach in Tränen aus.

»Es ist viel mehr«, fuhr András ungerührt fort. »Ihr seid miteinander verschmolzen, bis ihr eins wurdet und ohne einander nicht mehr existieren konntet. Ist es nicht so? Er wird immer an erster Stelle bei dir stehen, solange ihr lebt, nicht wahr? Antworte mir!«

Sibylla starrte ihn an, doch sie blieb ihm eine Antwort schuldig.

»Ich habe es mir lange Zeit selbst nicht eingestanden, doch in den Wochen, als ich auf mein Lager gefesselt war und der Arzt nicht sagen konnte, ob er mein Bein retten kann, habe ich nachgedacht, und da ist es mir klar geworden.«

»Warum bist du gekommen?«, fragte Sibylla nun wieder ruhig.

»Ich wollte dich sehen und dich spüren, aber vielleicht musste ich dich auch nur in deinem Haus sehen, mit dem er dich noch ein Stückchen enger an sich bindet, um es endgültig zu begreifen: Für mich ist hier kein Platz, und sei das Haus auch noch so groß. In deinem Herzen und deiner Seele ist jedes Fleckchen von ihm besetzt.«

»Das ist nicht wahr«, protestierte sie leise. »Ich brauche auch dich. Deine Nähe, deine Wärme, deinen Trost. Bitte, bleib bei mir. Ich liebe dich!«

»Nein, Sibylla. Ich wäre gern dein rechtmäßiger Ehemann geworden. Aber als dein Liebhaber, der in einsamen Nächten dein Bett warm hält und der dann das Haus vor dem Morgengrauen heimlich verlässt, um den Ruf der Dame nicht zu beschädigen, tauge ich nicht.«

»So ist es doch gar nicht. Der Krieg hat uns zu so einem Verhältnis getrieben. Wenn er vorbei ist, dann können wir für immer zusammen sein. Gehören wir nicht zueinander?«

Er schüttelte den Kopf und hob die Hand, so als wolle er den ganzen prächtigen Raum erfassen. »Nein, Sibylla, wir gehören jetzt nicht einmal mehr derselben Welt an.«

Damit wandte sich András ab und ging zur Tür. Es war alles gesagt.

Sibylla hinderte ihn nicht. Sie stand reglos da und lauschte, wie seine Schritte auf der Treppe verklangen und er dann den Hof überquerte. Das Tor quietschte leise, als es hinter ihm ins Schloss fiel. Sie war allein. Ganz allein.

Es dauerte noch einige Augenblicke, bis die Tränen kamen, doch dann flossen sie hemmungslos. Fast war sie erleichtert, als sich der Zorn meldete, um sich anstelle der Einsamkeit festzusetzen. Wie konnte er sich erdreisten, so mit ihr zu reden? Was hatte sie getan, solche Abscheu in ihm hervorzurufen, wo sie Liebe zu spüren geglaubt hatte?

Nach dem Zorn kamen die Selbstvorwürfe. Wie hatte sie sich einbilden können, beide bekommen und halten zu können? Hatte er nicht recht mit seinem Vorwurf, dass sie ohne

Wallenstein nicht leben konnte? Dass ihre Seelen sich verbunden hatten? Dass er der wichtigste Mensch in ihrem Leben war und immer bleiben würde?

Die Küsse und innigen Umarmungen waren der Ausdruck ihrer übermächtigen Gefühle gewesen, ob sie nun ein Lager miteinander geteilt hatten oder nicht.

Und dennoch wollte sie auch nicht auf András verzichten. Hatte nicht der Gedanken an ein Wiedersehen sie durch die Nächte voller Schmerzen getragen? War nicht die Hoffnung das beste Heilmittel gewesen? Vorbei. Für immer vorbei.

Sie würde lernen müssen, ohne diese weiterzuleben.

Es würde ihr gelingen. Sie würde nicht daran zugrunde gehen, doch die Welt schien ein wenig düsterer geworden zu sein.

»Ich wünsche Euch einen guten Morgen, Herrin«, grüßte Monja. »Kann ich Euch noch etwas bringen? Was wünscht Ihr heute Abend zu speisen?«

»Ich wünsche dir auch einen guten Morgen«, erwiderte Sibylla den Gruß. Wie üblich aß sie in der Frühe nur sehr wenig, was ihr ein unbilliges Stirnrunzeln ihrer Wirtschafterin einbrachte.

»Nein, im Moment brauche ich nichts mehr, doch ich bitte dich, mir einen Korb mit Reiseproviant zurechtzumachen. Heute Abend wirst du nur für dich und Luka kochen. Heute und die folgenden Tage.«

Monja kniff die Augen zusammen, dann zeichnete sich Entsetzen in ihrer Miene ab. »Ihr wollt verreisen? Aber Ihr seid doch noch zu schwach. Ihr leidet, das weiß ich.«

»Mir geht es inzwischen viel besser, sodass ich mich guten Gewissens nach Schlesien aufmachen kann«, entgegnete Sibylla fest, vielleicht um auch sich selbst zu überzeugen.

Ihre Wirtschafterin zog ein Gesicht, das deutlich ihre Meinung kundtat, doch sie wagte nicht, ihrer Herrin zu widersprechen. »Ich richte Euch einen Korb«, sagte sie grimmig, und Sibylla war sich sicher, dass sie mit dessen Inhalt wochenlang satt werden würde. Monja stapfte in die Küche davon, doch nur wenige Minuten später trat ihr Mann Luka ein und meldete Besuch.

»Es ist die Herzogin«, fügte er ein wenig atemlos hinzu. »Soll ich sie hereinführen?«

»Aber ja«, erwiderte Sibylla und erhob sich, um ihr entgegenzugehen. Draußen waren Stimmen zu hören. Sibylla trat an eines der Fenster, die auf den Hof hinausführten, und sah hinunter. Eine vierspännige Reisekutsche mit einem Wappen am Schlag stand vor dem Tor. Ein modernes, prächtiges Gefährt, wie alles, was das Herzogspaar sein Eigen nannte. Ein wenig verwirrt, runzelte Sibylla die Stirn. Um den Weg von der Kleinseite zu ihrem Haus am Altstädter Ring zurückzulegen, würde nicht einmal die Herzogin solch eine Kutsche anspannen lassen. Was also hatte das zu bedeuten?

»Ich wünsche dir einen gesegneten Morgen, Sibylla. Ich hoffe, ich störe nicht«, sagte Isabella, als sie mit gerafften Röcken den Salon betrat.

Sibylla reichte der Herzogin die Hände. »Nein, Isabella, ganz sicher nicht. Ich bin nur überrascht, dich hier zu sehen, und noch mehr über deine Reisekutsche. Was hat das zu bedeuten? Willst du mich etwa nach Schlesien begleiten?«

»Du willst nach Schlesien? Fühlst du dich stark genug für so eine Reise?«

»Es wird schon gehen«, antwortete Sibylla ausweichend.

Isabella zog die Stirn kraus und dachte nach. »Gut«, sagte sie schließlich. »Ich bin froh, dass du wieder gesund genug bist, um zu verreisen, doch du wirst nicht nach Schlesien gehen!«

Etwas Entschlossenes sprach aus ihrer Haltung, das Sibylla so an ihr nicht kannte. Sie war stets die liebende Ehefrau gewesen, die sich nach den Wünschen ihres Gemahls richtete und ihre eigenen Bedürfnisse hintanstellte. Jetzt aber schien sie einen Entschluss gefasst zu haben, den sie unter allen Umständen versuchen würde durchzusetzen.

Sibylla trat einen Schritt zurück. »Weshalb sollte ich das nicht tun? Wallenstein wartet auf mich.«

»Das ist schon möglich, doch er ist die vergangenen Monate ohne dich ausgekommen, dann wird er es auch noch ein paar Wochen länger überleben.«

Auch der Tonfall war ein anderer geworden. Was war hier los?

»Ach ja?«, sagte Sibylla ein wenig spitz. »Was hast du gegen diese Reise einzuwenden?«

»Du kannst nicht nach Schlesien, denn du musst mit mir nach Wien kommen!«

»Was? Wann? Warum denn so plötzlich?«, stotterte Sibylla.

»Jetzt sofort, das Warum kann ich dir auf unserer Fahrt erklären.«

Sibylla fühlte sich ein wenig benebelt, als sie mit Monja in ihr Gemach eilte und im Ankleidezimmer rasch noch einige Gewänder einpacken ließ, die für Wien angemessen schienen. Kaum eine Stunde später saß sie in der gut gefederten Kutsche der Herzogin gegenüber. Der Kutscher knallte mit der Peitsche. Die vier Schimmel trabten über den Platz und dann durch die Straße auf das Pulvertor zu, hinter dem die Brücke über den Graben in die Neustadt hinausführte. Es wunderte Sibylla nicht, dass ihnen zwei weitere Wagen folgten. Die Herzogin war nicht dafür bekannt, mit leichtem Gepäck zu reisen. Ihr Auftritt war stets tadellos, ihre Garderobe für jeden Anlass die passende. Darin war sie ihrem Gemahl durchaus ebenbürtig. Außerdem würde sie niemals auf ihre Kammerfrau verzichten, die von einem weiteren Diener und einem Mädchen, das Sibylla noch nicht kannte, unterstützt wurden.

Sie passierten bereits das Franziskanerkloster, als die Herzogin endlich bereit war, Sibylla zu berichten, was sie so sehr in Aufregung versetzt hatte. »Mein Vater ist zwar tot, doch noch immer habe ich Freunde in der Stadt. Gute Freunde, die wissen, was sich bei Hofe tut, und die mir davon berichten.« Sie hielt einen Moment inne und sah hinaus auf den Rossmarkt, wo lautstark um jedes Tier gefeilscht wurde. »Ich habe Albrecht bereits zu Weihnachten angefleht, nach Wien zu reisen und die Gerüchte aus dem Weg zu schaffen, doch er wollte nicht auf mich hören. Er tat es mit einem Schulterzucken ab. Das Gerede der Räte sei ihm einerlei, doch das sollte es nicht, denn ich fürchte, inzwischen ist es mehr als nur Gerede von eifersüchtigen Männern, die ihm seine Erfolge neiden oder seine Methode ablehnen, die Rekatholisierung in Böhmen nur langsam und ohne Zwang durchzuführen. Ich fürchte, was in Wien vor sich geht, könnte gefährlich für uns alle werden.«

Euer Gnaden, mein verehrter Wallenstein,

Ihr werdet Euch wundern, meine Post aus Wien zu bekommen, doch vielleicht hat Euch die Herzogin bereits informiert, dass wir nach Wien gereist sind, denn hier braut sich etwas zusammen. Gerüchte machen die Runde: Manche behaupten gar, Ihr würdet mit Oxenstierna über die Krone Böhmens verhandeln und dafür bereit sein, gegen Wien und den Kaiser zu ziehen. Doch auch denjenigen, die nicht an Eurer Treue zum Kaiser zweifeln, geht die Sache nicht schnell genug voran. Sie fordern Schlachten zur Entscheidung und haben genug von den zähen Verhandlungen, die nicht voranzugehen scheinen. Sie sagen, Ihr wärt zahm und zahnlos geworden, und es wird mehr oder weni-

ger offen darüber geredet, wer statt Euch die Armee führen sollte. Der Thronfolger ist ganz wild darauf, sich im Feld zu beweisen, doch noch zögert der Kaiser. Ich denke, ihm ist klar, wie unerfahren sein Sohn ist. Außerdem fühlt er sich an sein Wort gebunden, das er Euch gegeben hat. Noch! Aber wie lange wird er sich dessen erinnern? Was, wenn ihm wieder einmal etwas geboten wird, nach dem er verlangt? Ich würde für das Wort des Kaisers nicht die Hand ins Feuer legen! Anscheinend sitzt er dabei, wenn die Kriegsräte über mögliche Nachfolger sprechen, ohne dem Einhalt zu gebieten. Neben dem Thronfolger ist auch Hofkriegsrat Schlick als General im Gespräch. Er wird noch in dieser Woche abreisen und Euch in Eurem Heerlager aufsuchen, um die Lage zu sondieren. Er wird Euch nicht nur auffordern, aktiver zu werden und dem Gegner mit dem Schwert die Argumente des Kaisers klarzumachen, er will sich auch der Treue Eurer Offiziere versichern! Er hat bereits Freunde in Euren Reihen gefunden – oder sollte ich besser sagen Verräter, die ihn über alles, was in Schweidnitz vor sich geht, auf dem Laufenden halten. Daher bitte ich Euch inständig, seid wachsam. Ich fürchte, das alles ist mehr als ein Gedankenspiel Eurer Neider. Das ist eine Intrige, die Euch Euren Kopf kosten kann!
Ich werde noch in diesen Tagen abreisen und die Herzogin nach Prag zurückbegleiten, um dann auf direktem Weg weiter nach Schlesien zu fahren. Ich fiebre dem Tag entgegen, da ich Euch wiedersehe und Euch hoffentlich in bester Gesundheit und voller Hoffnung für den Frieden finden werde.

Ihn Liebe und Ergebenheit

Eure Sibylla

Ihr Herz begann immer schneller zu schlagen, je näher sie dem Lager vor Schweidnitz kam. Es war das Gefühl heimzukehren. Die Herzogin hatte darauf bestanden, dass sie die Reisekutsche nahm. Ein Knecht folgte mit ihrem Pferd, ein weiterer mit einem Karren voller Dinge, die Isabellas Meinung nach unverzichtbar waren. Die Männer wandten sich staunend zu ihrer Kutsche um, als sie die Reihen von Zelten des Feldlagers durchquerte. Viele begrüßten sie freudig, als sie sie erkannten. Sibylla winkte ihnen zu, während die Kutsche langsam die Häuser der Vorstadt passierte und auf die Mauer mit ihren Türmen zuhielt, die die Stadt umgab. Sie passierte das Tor. Die Wächter wiesen ihr den Weg zum Quartier des Generalissimus, und dann stand sie plötzlich vor ihm. Er trat gerade aus dem Haus, als sie aus der Kutsche stieg.

»Sieh an, meine Astrologin begibt sich wieder an meine Seite. Das kann nur bedeuten, dass meine Sterne günstig stehen.« Ein Lächeln teilte seinen schwarzen Bart, als er den Hut mit einer schwungvollen Bewegung vom Kopf nahm. »Verehrte Sibylla, ich grüße dich. Hattest du eine angenehme Reise?«

Obgleich ihr Unterleib schmerzte, strahlte sie ihn an und versicherte ihm, es sei ihr nie besser gegangen. Und vielleicht stimmte das ja auch. Sein Anblick war Balsam für ihre seelischen Wunden. Wie sehr hatte sie seine Gesellschaft vermisst. Da sie nicht allein waren, knickste sie lediglich und erwiderte den Gruß. Sie fand nicht nur einige ihr bekannte hohe Offiziere an Wallensteins Seite. Auch sein Favorit Piccolomini war bei ihm und musterte Sibylla mit einer Abneigung, die sie aus tiefstem Herzen erwiderte. An seiner Seite stand Hofrat Schlick, der seine Finger nach dem Generalstitel ausstreckte und sie ebenfalls reserviert betrachtete. András war nicht zu sehen. Nun gut, er hatte es zwar für einen einfachen Mann in Wallensteins Armee weit gebracht und führte ein Regiment Reiter als Offizier an, doch zu den ranghöchsten Führern der Armee durfte er sich nicht rechnen. Sibylla war fast ein wenig erleichtert, ihr Wiedersehen noch ein wenig hinauszögern zu können. Es drängte sie viel mehr, mit Wallenstein unter vier Augen sprechen zu können, doch sie musste sich gedulden. Erst spät am Abend ergab sich die Gelegenheit. Er trat in die Stube des Gasthauses, in dem sie ein Quartier gefunden hatte. Sibylla erhob sich und kam langsam auf ihn zu. Sie hatte ihm so viel sagen wollte, und nun fiel ihr kein einziges Wort mehr ein. So starrte sie ihn nur stumm an und ließ die Bilder kreisen, die in ihrem Geist entstanden. Es waren düstere Bilder von Schmerz und Verrat.

Endlich brach er das Schweigen. »So, so, du warst mit der Herzogin in Wien. Was habt ihr beiden euch nur dabei gedacht?«

»Wir mussten Gewissheit darüber haben, was in Wien vor sich geht, nachdem Ihr Euch geweigert habt, selbst Eure Fahne dort zu zeigen«, verteidigte Sibylla ihre Mission. »Habt Ihr eine Ahnung, welch Intrigen im Kriegsministerium gegen Euch gesponnen werden?«

Wallenstein knurrte abfällig. »Die spinnen immer irgendwelche Intrigen gegen mich. Das ist nichts Neues.«

»Ja, aber neu ist, dass sie Euren Nachfolger in Euer Lager schicken. Offiziell ist er hier, um Euch aufzufordern, Eure Truppen in die Schlacht zu schicken.«

»Ja, er hat solches angedeutet, doch ich habe ihm eine deutliche Antwort gegeben.«

Sibylla verbarg ihr Schmunzeln. Wie sie vermutet hatte, war Wallensteins Empfang, den er Graf von Schlick zuteil hatte werden lassen, allenfalls als ungnädig zu beschreiben.

»Ich habe mir jede Einmischung aus Wien zu meiner Kriegsführung verbeten und ihn auf meinen kaiserlichen Vertrag hingewiesen, der mir alle Freiheiten in der Schlacht sowie bei Verhandlungen garantiert.«

»Ich fürchte, dies war nicht der einzige Grund für die

weite Reise des Grafen«, widersprach Sibylla. »Er führt noch anderes im Schilde.«

»Ich habe deinen Brief gelesen. Soll er sich doch unter meinen Offizieren umsehen und erkennen, dass sie treu an meiner Seite stehen.«

Sibylla war nicht überzeugt. »Wie gerne würde ich hoffen, dass alle, an die Ihr glaubt, Euer Vertrauen wert sind, doch es gibt bereits Verräter unter ihnen, die mit dem Kriegsrat korrespondieren.«

»Ich glaube an meine Männer, bis man mir das Gegenteil beweist«, beharrte Wallenstein.

»Was ist mit Marradas?«, wollte Sibylla wissen. »Oder mit Colloredo?«

Wallenstein brummte. »Die sind nicht wichtig.«

Sibylla ließ nicht locker. »Aldringen, Gallas und Piccolomini?«

»Sie sind mir treu ergeben. Ich will nichts anderes hören.«

»Gut, sprechen wir über Hofrat Schlick.«

»Was ist mit ihm?«

»Ich weiß, dass er sich vor dem Kaiser gebrüstet hat, wäre er an Eurer Stelle, würde er mit der kaiserlichen Armee die Sachsen innerhalb weniger Stunden endgültig vernichten.«

»So, hat er das gesagt?« Wallenstein zog die Stirn kraus.

»Ja, so wurde es uns in Wien zugetragen«, bekräftigte Sibylla.

»Dann will ich dir mal etwas sagen«, polterte Wallenstein. »Er will die Sachsen innerhalb weniger Stunden vernichten? Solch einen Blödsinn hätte ich vielleicht von einem der Hofkapläne erwartet, nicht aber von einem Kriegsrat des Kaisers. Sie haben nichts verstanden, gar nichts, sie begreifen einfach nicht, wie sinnlos jede militärische Aktion geworden ist.«

Sibylla schüttelte den Kopf. »Nein, sie wollen Schlachten und Siege von Euch, nichts anderes.«

Wallenstein überlegte. »Nun gut. Ich werde noch einen

Vorstoß wagen. Wenn es Arnim gelingt, seinen Kurfürsten endlich zu überzeugen, und sich die ganze sächsische und brandenburgische Armee mit uns gegen die Schweden verbündet, dann können wir den Krieg noch in diesem Jahr beenden.«

»Wird er das tun?«, wollte Sibylla wissen.

»Wir können nur hoffen!«, gab Wallenstein zurück.

Es sollte nicht gelingen. Arnim weigerte sich, Wallenstein den Oberbefehl über die sächsischen und brandenburgischen Truppen zu übergeben. Im Gegenzug forderte Oxenstierna Wallenstein noch einmal auf, gegen Wien zu ziehen. Schweren Herzens brach der Herzog die Verhandlungen ab.

»Was geschieht nun?«, fragte Sibylla leise. Er stand mit hängenden Schultern vor ihr. Schwermut umgab ihn wie eine düstere Wolke.

»Es bleibt uns nichts anderes übrig, als den Kriegstreibern auf beiden Seiten nachzugeben. Ich werde einige Regimenter über die Lausitz nach Sachsen schicken. Wir werden ein großes Tamtam aufführen und Arnim durch meine Agenten Glauben machen, dass ich meine besten Truppen unter Piccolominis Befehl stelle.«

»Arnim wird ihnen folgen, um Sachsen zu schützen«, vermutete Sibylla.

»Genau das ist der Plan«, versicherte er ihr.

Am folgenden Tag machte sich ein Korps leichter Kavallerie auf den Weg. András war die Aufgabe zugefallen, die Reiter zu führen. Sibylla hatte ihn am Vorabend nur von Weitem gesehen, und nun ergab sich auch keine Gelegenheit für ein klärendes Gespräch. Stumm sah sie ihm zu, wie er sich in den Sattel schwang und den Befehl zum Aufbruch gab. Sie war aufgewühlt, wütend und auch gekränkt. Sollte es so zwischen ihnen enden? Waren die Gefühle, die sie füreinander hegten, nicht zu wertvoll, um sie einfach aufzugeben?

András wandte sich um. Vielleicht hatte er ihren Blick gespürt. Sibylla war sich sicher, dass er sie in der Menge, die gekommen war, um die Reiter zu verabschieden, entdeckt hatte, dennoch blieb seine Miene unverändert. Der Schmerz in ihrer Brust war stärker, als sie vermutet hätte. Sibylla ballte die Fäuste. Vielleicht half nur, sich auf ihre Wut zu konzentrieren. Wie konnte er sie so behandeln? Was bildete er sich ein? Sie war die Astrologin des Generalissimus. Und genau das war das Problem. Sie wandte den Blick ab und schob sich durch die Menge auf den Gasthof zu.

Während András mit seinen Männern davonritt, blieb Piccolomini in Schweidnitz, genauso wie Hofkriegsratspräsident Schlick, mit dem Sibylla Piccolomini einige Stunden später in einer abgeschiedenen Nische des Gastraums sah, den Wallenstein für seine Offiziere requiriert hatte. Sibylla wandte rasch den Blick ab, versuchte aber unauffällig näher heranzukommen. Vielleicht gelang es ihr, ein paar Worte aufzuschnappen. Sie misstraute beiden Männern. Was also hatten sie hier hinter dem Rücken des Generals zu bereden? Dass sie lediglich einen harmlosen Plausch bei einem Becher Bier genossen, wollte Sibylla nicht glauben. Seit Graf von Schlick bei der Schlacht am Weißen Berg flink von der böhmischen zur kaiserlichen Seite gewechselt hatte, waren seine Ambitionen, aber auch sein Neid auf Wallenstein kein Geheimnis. Er hatte unter dem Generalissimus als Feldmarschall gedient, ehe er zum Hofkriegsrat bestellt worden war, um dann gar die Präsidentschaft zu übernehmen. Im Gegensatz zu dem Grafen, dessen Absichten er durchschaute, schenkte Wallenstein Piccolomini noch immer sein Vertrauen. Wenn sie doch nur hören könnte, worüber die beiden redeten. Sie war sich sicher, dass sie Verrat an Wallenstein begingen, doch noch konnte sie es nicht beweisen. Die Beobachtung allein würde nicht reichen, den General von der Gefahr, die ihm von seinen vermeintlichen Vertrauten drohte, zu überzeugen. Sibylla nahm sich vor, die Männer weiterhin im Auge zu behalten. Wenn sie leichtsinnig wurden und ihre Absichten offenbarten, musste sie Wallenstein rechtzeitig warnen.

Kapitel 35

Schlesien, 1633

Liebe Helena, mein geliebtes Kind,

wie gerne würde ich dir verkünden: Es ist endlich Frieden! Das unsägliche Leid der Menschen hat ein Ende, doch leider haben sich all unsere Hoffnungen auf einen schnellen Friedensschluss mit den Schweden und den protestantischen Fürsten zerschlagen. Es ist inzwischen Oktober, und ich bin wieder in Prag, doch ich will dir berichten, was sich in den vergangenen Wochen zugetragen hat.
Ich habe in meinem letzten Brief erwähnt, dass Wallenstein András mit seiner leichten Reiterei als eine Art Köder in Richtung Sachsen geschickt hat. Arnim hat angebissen und ihm seine Armee hinterhergeschickt. Insoweit ging Wallensteins Plan auf. Allerdings zogen nicht alle protestantischen Truppen aus Schlesien ab. Erinnerst du dich an Graf Thurn? Ich habe dir von ihm geschrieben. Er war vor vielen Jahren die treibende Kraft des Prager Fenstersturzes und der Bildung einer neuen Regierung in Böhmen. Als Feldherr hat er allerdings nicht viel Geschick in der Kriegsführung bewiesen. Und auch in den vergangenen Tagen waren seine Entscheidungen nicht von Glück gesegnet. Während Arnim seine Truppen nach Sachsen beorderte, blieb Graf Thurn mit den Schweden, die er befehligte, an der Oder

zurück und wartete darauf, dass Wallenstein Arnim folgen und ihm den Weg nach Böhmen öffnen würde, doch diesen Gefallen tat der Herzog ihm natürlich nicht. In einem Blitzzug marschierte unser Heer an die Oder.

Graf Thurn war völlig überrascht. Statt sich in die starke Festung Steinau zurückzuziehen und den Kaiserlichen das Leben schwer zu machen, ließ er sich einkesseln und kapitulierte innerhalb einer Stunde! Keiner der kaiserlichen Offiziere konnte es fassen, den Sieg über die schwedische Truppe so einfach davongetragen zu haben. Auch Graf Thurn geriet in unsere Hände und ist als Gefangener nach Prag zurückgekehrt.

Ich kann nicht sagen, warum der Graf die Nerven verloren und sich nicht in der Festung verschanzt hat. Eine Belagerung hätte Hunderte Männer des Kaisers das Leben gekostet. Wallenstein sagt, es gibt kaum eine Festung in Europa mit einer stärkeren Besatzung, und doch hat er aufgegeben und auch den anderen Kommandanten der schlesischen Hauptfestungen den Kapitulationsbefehl gegeben: Glogau, Sagan, Liegnitz, Breslau und Frankfurt sind wieder in des Kaisers Hand.

Nun war der Weg frei. Wallenstein schickte seine Truppen in die Lausitz, sie eroberten Görlitz und Bautzen und befreiten ganz Schlesien von den Schweden. Seine Reiter aber sandte er nach Norden an die Oder und ließ Frankfurt besetzen. Landsberg und Warthe kapitulierten. Seine Kavallerie ritt bis Berlin! Ganz Hinterpommern ist nun in kaiserlicher Hand. Neben unzähligen Fahnen und zwölf großen Kanonen gelang es Wallenstein, Pulver und Verpflegung für seine Männer auf Monate zu erobern. Ich weiß, dem Kaiser sind die Fahnen lieber, aber so oder so war das der leichteste und brillanteste Sieg, den Wallenstein jemals errungen hat. Innerhalb von drei Wochen hat er mehr erreicht, als wenn er seit dem Frühling um jede Festung und jede Stadt eine Schlacht um die andere geschlagen hätte, und das, ohne eine nennenswerte Zahl von Männern zu ver-

lieren. Im Gegenzug sind gar sechstausend Schweden in seine Dienste getreten.

Noch einmal wurde in Wien Jubel entfacht und der Generalissimus in seiner Genialität gelobt. Ich wünsche mir so sehr, dass die Stimmung anhält und die Männer, die stetig an seinem Stuhl sägen oder gar seinen Kopf fordern, zum Schweigen gebracht werden, doch ich fürchte, das ist nur ein aussichtsloser Wunsch.

Sie hielt inne, als Wallenstein ins Zimmer trat.

»Nun, seid Ihr gekommen, mich zu fragen, ob ich Graf Thurns Kopf unter dem Schwert des Henkers fallen sehen möchte? Meine Antwort lautet: Nein!«

Er trat näher. Ein Schmunzeln bewegte seinen Bart. »Dann trifft es sich ja gut, dass ich ihn habe gehen lassen.«

»Was?« Sibylla fuhr herum, sodass die Feder einen schwarzen Tintenklecks auf dem schönen Sekretär hinterließ. »Ihr scherzt!«, warf sie ihm vor und tupfte die Tinte vorsichtig mit einem Schwamm von dem schön gemaserten Holz.

»Aber nein, durchaus nicht. Würde ich es mir erlauben, solche Späße mit dir zu treiben?«

»Ihr sprecht im Ernst«, sagte sie verdutzt. »Ihr habt ihn tatsächlich freigelassen. Warum?«

»Was hätte ich denn mit ihm machen sollen?« Wallenstein lächelte nun breit.

»Er hat Euch immerhin vor Jahren als hoffärtige Bestie beschimpft«, erinnerte Sibylla. »Ich hätte zumindest erwartet, dass er einige Jahre in einem Kerker vor sich hat.«

»Nein, ich gebe ihn lieber den Schweden zurück. Wollte der Himmel, die Feinde hätten lauter solche Generäle wie diesen. Ich sage dir, an der Spitze der schwedischen Armee wird er uns weit bessere Dienste tun als im Gefängnis.«

Nun lächelte Sibylla ebenso. »Ich wusste nicht, dass Ihr so boshaft denkt«, spottete sie.

»Das ist nicht boshaft, sondern realistisch, und ich versichere dir, Oxenstierna denkt genauso wie ich. Er wird gar nicht erfreut sein.«

»Wien allerdings auch nicht«, fiel es Sibylla ein, und ihr Lächeln verschwand. »Ich denke, nicht nur der Kaiser würde Thurns Kopf gern rollen sehen.«

»Vielleicht, aber es wäre nicht vernünftig. Außerdem habe ich Eggenberg informiert. Er wird es unserem Kaiser schon beibringen.«

Sie blieben nicht lange in Prag. Schon bald brach der Herzog in Richtung Dresden auf, und Sibylla begleitete ihn. Inzwischen konnte sie, zumindest kürzere Strecken, wieder zu Pferd zurücklegen, und sie genoss jede Minute an Wallensteins Seite. Gerade jetzt, da sich András von ihr zurückgezogen hatte und nichts von sich hören ließ, fühlte sie sich dem General noch näher.

Oder es hatte mit der Gewissheit zu tun, dass ihnen nicht mehr viel Zeit blieb. Wenn das Unvermeidliche kam, dann wollte sie an seiner Seite sein.

»Warum Dresden?«, erkundigte sich Sibylla, während sie durch einen herbstlich gefärbten Wald ritten.

»Ich habe noch einmal mit Arnim und den Kurfürsten korrespondiert, doch sie halten noch immer an Schweden fest. Vielleicht kann es sie umstimmen, wenn ich ein paar Regimenter vor Dresden zusammenziehe. Sie müssen sich endlich für den Kaiser entscheiden und ihre Männer unter meinen Befehl stellen. Dann habe ich die Hände frei und kann mir die Schweden im Südwesten des Reiches vornehmen.«

»Und dann könnte endlich Frieden sein«, sagte Sibylla voller Hoffnung. »Ich wünsche es Euch und uns allen!«

Doch noch ehe sie die Hälfte der Strecke zurückgelegt hatten, stand neuer Ärger ins Haus. Sibylla fand den General mit zornroten Wangen in der Stube seines Quartiers, wo er, einen zerknüllten Brief in den Händen, mit langen Schritten auf und ab ging. »Was ist geschehen? Ich sehe, es gibt schlechte Nachrichten. Wieder einmal Kunde aus Wien?«

Wallenstein sah sie wild an, dann hob er resignierend die Hände. »Ja und nein. Es sind die Forderungen der Spanier, die mich im Zorn erglühen lassen, und die Aufforderung des Kaisers, ihnen Folge zu leisten, wozu er kein Recht hat!« Wallenstein hielt inne und schlug mit der Faust auf den Tisch, dass die Weinbecher klirrten.

Sibylla runzelte die Stirn. »Ich verstehe nicht. Was könnten die Spanier fordern, das Euch so in Zorn versetzt? Wollt Ihr es mir nicht erklären? Ich dachte, Spanien ist auf der Seite des Kaisers?«

»Oh ja, das sind sie. Und sie nutzen ihre Verwandtschaft mit den Habsburgern gern für ihre Zwecke aus.«

Sibylla war damit nicht schlauer. Sie setzte sich auf die Bank unter dem Fenster und schob Wallenstein einen Becher hin. »Bitte, erklärt es mir.«

Er setzte sich zu ihr, nahm den Becher, trank aber nicht. »Spanien ist sehr daran gelegen, seine Landverbindung zu den Spanischen Niederlanden nicht abreißen zu lassen. Deshalb plante König Philipp den Kardinalinfanten Ferdinand mit einem Heer in Begleitung des Herzogs von Feria – er ist der spanische Gouverneur in Mailand – von Mailand durch Graubünden am Rhein entlang bis hoch in die Niederlande ziehen zu lassen. Wie du weißt, stehen die Schweden im Süden des Reiches und würden dieses Heer sicher nicht unbehelligt ziehen lassen. Daher hat König Philipp angefragt, ob nicht Aldringen, der mit einigen unserer Regimenter noch immer im Süden steht, den Durchzug begleiten könne. Dem habe ich zugestimmt, doch nun will Philipp das Vorhaben ein wenig ausweiten.«

Sibylla sah, wie Wallenstein mit den Zähnen mahlte. Seine Kiefermuskeln traten hart hervor. Sie kamen also langsam zum Kern der Sache.

»Philipp hat sich in den Kopf gesetzt, ein eigenständiges Heer unter Feria aufzustellen. Es soll den Schutz des Elsass übernehmen, von Schwaben und Burgund, von Franken, Bayern und Köln!«

Sibylla sah ihn erstaunt an. »Das ist aber ein ziemlich großes Gebiet«, sagte sie.

Wallenstein nickte. »Genau. So viele Männer hat er nicht und bekommt er auch nicht zusammen, daher kam er auf die glorreiche Idee, er könne doch die kaiserlichen Truppen übernehmen, die im Süden des Reichs stehen!«

Sibylla blinzelte und starrte ihn verdutzt an. »Wie soll ich das verstehen?«

»König Philipp von Spanien fordert, dass ich Feria Aldringen und alle meine Regimenter im Süden überlasse!«

»Aber das geht nicht«, stotterte Sibylla. »Dem kann der Kaiser nicht zustimmen. Ich meine, damit würden die Spanier Feria zu einem General des Kaiserreichs machen, und außerdem verstößt das gegen Euer Abkommen mit dem Kaiser, der Euch den alleinigen Oberbefehl zugesichert hat. Er darf Euch diese Regimenter nicht wegnehmen und sie unter den Befehl eines Spaniers stellen!« Sibylla spürte, wie sie sich in Rage redete und ihre Wangen zu glühen begannen.

»Du bist eine sehr kluge Frau und hast den Kern der Sache verstanden.« Wallenstein lächelte und trank nun doch von seinem Wein. »Ja, so ist es, und ich werde das dem Kaiser klarmachen. Dabei brauche ich vermutlich nicht einmal auf unsere Verträge von Göllersdorf hinweisen. Ich könnte mir vorstellen, dass Ferdinand selbst über die dreiste Forderung seines spanischen Vetters erbost ist. Ich werde ihm deutlich sagen, dass er mit Empörung der Reichsfürsten rechnen muss – der katholischen wie auch der protestantischen –, wenn er den Spaniern solche Rechte im Reich einräumt. Sie sind nicht gerade beliebt im Reich. Außerdem würde Kardinal Richelieu so etwas nicht dulden, und wenn wir eines nicht gebrauchen können, dann dass auch noch Frankreich offen zu den Waffen greift. Es reicht, dass sie die Protestanten mit Geld unterstützen.«

»Dann wird der Kaiser das unverschämte Ansinnen ablehnen«, sagte Sibylla erleichtert.

»Ich denke, ja. Der Preis ist, den spanischen Gesandten zur Liste meiner Todfeinde hinzufügen zu müssen«, sagte Wallenstein leichthin.

Es sah so aus, als sollte Wallenstein recht behalten. Die Botschaft aus Wien war unmissverständlich. Die Spanier sollten nicht ins Reich gelassen werden. Die Verteidigung war Aufgabe der kaiserlichen Armee und fiel somit Aldringen in Vertretung Wallensteins sowie Herzog Maximilian und seinen Truppen zu. Doch im Gegensatz zu Wallensteins Erfolg in Schlesien und Sachsen waren die Schweden im Süden noch immer übermächtig. Sie belagerten die Festung Breisach und sperrten damit den wichtigsten Übergang über den Rhein. Das kam Herzog Maximilian gerade recht, der sich nun in Wien zum Fürsprecher der Spanier machte, in denen er einen katholischen Verbündeten gegen die Macht des Kaisers und seines Generals erhoffte.

So rief die nächste Nachricht aus Wien wieder Wallensteins Zorn hervor.

»Der Kaiser hat sich nun auf Drängen Maximilians doch anders entschieden und gestattet dem Herzog von Feria den Zugang zum Elsass.«

»Das ist ein Verstoß gegen das Abkommen von Göllersdorf!«, widersprach Sibylla.

»Ja, so ist es«, stimmte ihr Wallenstein zu, »und ich werde deswegen mit den Zähnen knirschen, aber ich werde dennoch zustimmen und Aldringen anweisen, Herzog Maximilian zu helfen, Breisach zu befreien, auch wenn ich glaube, dass sie einen Fehler begehen, wenn sie mit all ihren Truppen an den Rhein ziehen.«

»Werden die Regimenter von Aldringen nicht dringender andernorts benötigt?«

»Sicher«, sagte er. »Wenn die Protestanten schlau sind, dann werden sie die Lücke, die dadurch entsteht, zu nutzen wissen.«

»Können wir nicht irgendetwas tun?«, wollte Sibylla wissen.

»Du meinst, ich solle nach Süden eilen und Bayern für den Herzog retten, der mir so freundlich in Stralsund und Lützen jede Hilfe verweigert hat, und dafür Schlesien und Böhmen denjenigen zum Fraß vorwerfen, vor denen ich es eben gerettet haben? Die Kurfürsten von Sachsen und Brandenburg halten es immer noch mit den Schweden und werden aus ihrer Erstarrung erwachen, sobald ich ihnen den Rücken kehre.«

»Dann müssen sie im Süden vorläufig alleine aushalten«, schloss Sibylla.

»Ja, das müssen sie, und ich sage dir, was nun passiert, muss allein Herzog Maximilian verantworten, denn es ist seine Fehlentscheidung, sich den Spaniern anzubiedern, die er bitter zu schmecken bekommen wird!«

Natürlich behielt Wallenstein wieder einmal recht,

schrieb Sibylla in ihrem nächsten Brief an Helena. Die Holzkiste, in der sie die Briefe aufbewahrte und die sie stets auf allen ihren Reisen mit sich trug, war bereits so gefüllt, dass sich der Deckel kaum noch schließen ließ, und doch konnte sie nicht aufhören, immer weitere Briefe hinzuzufügen. Würde sie aufhören, würde sie endgültig Abschied von ihrer einzigen Tochter nehmen. Sibylla hatte das Gefühl, dann würden ihr auch noch die Erinnerungen entgleiten, die sie so eifrig bewahrte.

Herzog Bernhard von Sachsen-Weimar hat frohlockt und marschierte sogleich in Regensburg ein. Herzog Maximilian tobte und sah die Schuld natürlich wieder einmal bei Wallenstein, der ihn im Stich gelassen habe, was er nicht müde wird, dem Kaiser immer wieder zu versichern. Ganz offen fordert er nun wieder Wallensteins Entlassung, während Herzog Bernhard seine vorzügliche Stellung in Regensburg ausnützt, um sich an den umliegenden Dörfern und Städten gütlich zu halten. Ich mag mir nicht ausmalen, was seine Beutezüge für die armen Menschen bedeuten, vor allem jetzt im November, da der Winter vor der Tür steht.

»Sibylla?« Wallenstein stand in der Tür und schüttelte den Kopf. »Ich brauche dich nicht zu fragen, wem du schreibst. Warum tust du das immer noch?«

Sibylla faltete das Blatt zusammen und legte es zu den anderen in die Truhe, ehe sie den Deckel mit Nachdruck schloss. »Vielleicht ist es meine Art, mit den Ereignissen umzugehen und sie in meinem Kopf zu sortieren und einzuordnen. Und vielleicht werde ich eines Tages mit diesen Briefen in den Händen am Feuer sitzen und über die Zeit nachdenken, die wir miteinander erlebt haben. Über den schrecklichen Krieg sinnieren, der dann längst vergangen ist!«

»Möge der Herr im Himmel geben, dass wir solche Zeiten noch erleben, doch im Augenblick ist es noch nicht so weit. Pack deine Sachen zusammen. Wir brechen in einer Stunde auf.«

»Was? Wohin?« Sibylla starrte ihn entgeistert an.

»Jemand muss Herzog Bernhard Einhalt gebieten und ihn aus Regensburg verjagen.«

»Ja, schon, aber jetzt? Der Winter steht vor der Tür! Müssen wir auf unserem Weg nicht über die Berge?«

»Ja, das ist alles richtig, aber der Kaiser besteht darauf«, Wallenstein schnaubte verächtlich, »und ich habe ihm versichert, dass wir schon auf dem Weg sind. Ich lasse Gallas mit einigen Regimentern in Schlesien, auf den Rest wartet ein harter Marsch. Also spute dich.«

Vielleicht war es der härteste Marsch, den Sibylla je mitgemacht hatte, vielleicht hatte die Erinnerung an das Vergangene aber auch nur die früheren Qualen gemildert. Ganz gleich, das, was Wallenstein nun von seinen Männern forderte, ging an ihre Grenzen. Innerhalb von zehn Tagen zogen sie von Leitmeritz nach Pilsen und überquerten dann den Oberpfälzer Wald. Erst marschierten sie durch eisigen Regen, dann zerrten Sturmböen an ihren Kleidern. In den Höhen peitschte der erste Schneesturm auf sie ein. Sibyllas Schmerzen nahmen wieder zu, doch sie klammerte sich an ihrem Sattel fest. Es wäre vielleicht vernünftiger gewesen zurückzubleiben, um in einem der Karren im Tross mitzufahren, doch sie wollte bei Wallenstein bleiben. So biss sie die Zähne zusammen und blinzelte die Tränen der Verzweiflung weg. Sie musste nur im Sattel bleiben. Irgendwann würde der Tag zu Ende gehen und der nächste, und dann würden sie irgendwo ein Quartier finden mit einem Feuer im Kamin, einer warmen Suppe und einem Bett, in dem sie ihren geschundenen Leib ausstrecken konnte. Ihre Gedanken kreisten. Die Schmerzen verbanden sich mit dem Nebel, der zwischen den Bäumen in immer dichteren Schwaden umherwaberte und die Armee des Generals einhüllte. Das Geräusch der Hufe verband sich mit dem Rauschen des Sturmwindes zu einem eintönigen Klagelied. Die Schmerzen in ihrem Unterleib wanderten die Beine hinab, von ihren eisigen Füßen stieg ein Taubheitsgefühl auf. Auch ihre Hände konnte sie inzwischen nicht mehr spüren, während sie der Wind an ihren Wangen wie eisige Nadeln piesackte. Zum ersten Mal stieg in ihr die Frage auf, ob sie diesen Gewaltmarsch überstehen konnte. Vielleicht würde sie irgendwo nach der nächsten oder übernächsten Biegung einfach vom Pferd fallen und sterben.

Ihr Kopf war so gefüllt von Schmerz, Kälte und Erschöpfung, dass sie dies nicht einmal bedauern konnte. Vielleicht war die Dunkelheit besser als das, was sie jetzt ertragen musste.

Sibylla merkte gar nicht, dass ihr Pferd langsamer wurde und die Männer sie überholten. Der Nebel war so dicht. Zumindest in ihrem Geist. Irgendwann blieb die Stute einfach stehen, und Sibylla ließ sich auf ihren Hals sinken. Wie graue Schatten schritten die Männer in einem nicht enden wollenden Zug an ihr vorüber. Sibylla schloss die Augen. Bald würde es vorüber sein. Wie seltsam. Sie hätte nie gedacht, dass sie vor Wallenstein diese Welt würde verlassen müssen.

Es gab ihr einen Stich, doch sie war zu erschöpft, um sich schuldig zu fühlten.

»Sibylla?«

Die Stimme schwebte irgendwo im Dunkeln, doch Sibylla fühlte sich zu schwach, um zu antworten. Etwas streifte ihre Wange. »Was ist mit dir? Oh, Herr im Himmel, du bist krank. Halt, du fällst ja gleich in den Schnee!«

Hände griffen nach ihr. »Komm mit auf mein Pferd. Ich stütze dich.«

Sie hätte gern die Augen geöffnet und nachgesehen, ob es wirklich András' Arme waren, die sie umfingen, aber sie fand die Kraft nicht. Das Schaukeln begann wieder, doch jetzt spürte sie den kräftigen Körper in ihrem Rücken, der ihr Halt gab. Es war ein beruhigendes Gefühl, sich in die Schwärze gleiten zu lassen und so der Kälte und dem Schmerz zu entgehen.

Als Sibylla erwachte, war es Tag. Zumindest drang ein graues Licht durch das Fenster neben ihrem Bett. Es war ein einfaches Lager, doch die Laken schienen frisch, und die Decke wärmte sie. Eine alte Frau saß neben ihr und wusch ihr mit einem nach Kräuter duftenden Tuch die Stirn.

»Ah, Ihr seid wach«, sagte sie. »Das wird den General freuen. Ich gebe Euch ein wenig von dieser Suppe, dann sage ich ihm Bescheid. Das Fieber ist bereits gesunken. Ich denke, Ihr seid außer Gefahr. Ist aber auch ein schauderhaftes Wetter, um über die Berge zu reisen.«

Sibylla fühlte sich ganz erschlagen und nickte nur stumm, doch die Frau schien keine Antwort zu erwarten. Sie nahm eine Schale und schob Sibylla einen gefüllten Löffel an die Lippen. Gehorsam schluckte sie die kräftige Brühe. Danach fühlte sie sich schon besser, doch ehe sie sich ihre Fragen zurechtgelegt hatte, hatte die Frau das Zimmer verlassen und die Tür hinter sich geschlossen.

Kurz darauf schreckte ein Klopfen sie auf. Sie ließ den Besucher eintreten, dessen Stiefel über die Holzbohlen polterten.

»Oh, du bist es«, sagte Sibylla. Durch ihren Geist huschten Fetzen von Erinnerungen. Seine Hände, seine starken Arme, die sie hielten, sein Atem an ihrer eisigen Wange.

»Wenn du den General erwartet hast, muss ich dich enttäuschen«, ätzte András.

Sibylla wehrte kraftlos ab. »Lass uns nicht schon wieder streiten. Ich habe nicht die Kraft dazu.«

»Entschuldige, ich wollte dich nicht schon wieder erzürnen«, stammelte András verlegen. »Ich bin nur gekommen, um zu sehen, wie es dir geht. Ich habe mir Sorgen um dich gemacht. Für eine Weile musste ich fürchten, ich könne dich nicht lebend nach Cham bringen.«

Sibylla nickte. »Dann habe ich das also nicht geträumt. Du hast mich auf deinem Pferd mitgenommen.« Sie streckte ihm die Hände entgegen. Er zögerte kurz, dann trat er ans Bett, ließ sich auf die Knie nieder und ergriff ihre Hände.

»Ich danke dir von Herzen, mein Freund. Und ich hoffe, dass ich dich noch so nennen darf, denn wenn nicht, würde es meine Seele quälen.«

»Das will ich auf keinen Fall. Ich denke, es gibt genug, das deinen Körper und Geist quält. Natürlich bin ich dein Freund und gern auch mehr, wenn du mir verzeihst. Ich war ein Narr, und es tut mir von Herzen leid, dich so geschmäht zu haben. Es ist nur«, er hielt inne und hob hilflos die Schultern.

Sibylla entzog ihm eine ihrer Hände und legte sie auf seine Lippen. »Du musst nichts mehr sagen. Ich verstehe dich, aber ich kann dir nur den Teil von mir geben, der noch frei ist. Das musst du hinnehmen, wenn du auch nur ein wenig Liebe für mich empfindest.«

»Ich weiß«, sagte András, »und ich werde es tun, denn ich liebe dich mehr als nur ein wenig. Das ist mir in den Wochen der Trennung klar geworden, und erst recht, als ich dort oben in den Bergen fürchten musste, dich für immer zu verlieren.«

Sibylla versuchte sich aufzurichten, doch da umschlossen sie seine Arme. Seine Lippen suchten die ihren, und sie versank in seinen Küssen.

Vermutlich war es auch András' Besuch geschuldet, dass sich Sibylla schon wesentlich besser fühlte, als Wallenstein einige Stunden später ihr Krankenlager aufsuchte. Er setzte sich auf ihr Bett und umfing ihre Hände.

»Was machst du mir für Sorgen? Ich habe mich nur mit meinen Kundschaftern besprochen, da warst du plötzlich weg, und keiner meiner sauberen Leibgardisten konnte mir sagen, wo du abgeblieben bist.«

»András hat mich gefunden«, sagte Sibylla und reckte ein wenig das Kinn.

»Ja, ich weiß. Da muss ich ihm ja wieder einmal dankbar sein, nicht wahr? Obgleich mir manches Mal der Verdacht kommt, er würde gern ein Messer in meinem Rücken sehen.«

»Das ist nicht wahr!«, protestierte Sibylla und musste husten. »Ihr habt keinen treueren Offizier in Euren Regimentern«, versicherte sie, als sich der Hustenreiz gelegt hatte.

»Und dennoch hadert er«, beharrte Wallenstein.

»Könnt Ihr es ihm verdenken?«, wollte Sibylla wissen. »Er würde Euch dennoch niemals im Stich lassen.«

»Darauf zähle ich«, sagte Wallenstein trocken, ehe er sich nach ihrem Befinden erkundigte.

»Es geht schon. Lasst mir noch einen Tag Ruhe, dann bin ich für die Belagerung von Regensburg bereit«, behauptete sie und musste wieder husten. Wallenstein schüttelte nur den Kopf. In seiner Miene stand Besorgnis. Er reichte ihr einen Becher mit warmem Honigsud.

»Wo sind wir eigentlich? András sagte, der Ort heißt Cham?«

Wallenstein nickte. »Ja. Es wären noch zwei stramme Tagesmärsche nach Regensburg.«

Sibylla horchte auf. »Wären? Was soll das bedeuten?«

Wallenstein hob mutlos die Schultern. »Es geht nicht. Draußen herrscht Eiseskälte. Der Schnee im Böhmerwald liegt inzwischen kniehoch, und auch hier wird es in den nächsten Wochen immer wieder schneien. Mit der Kavallerie kann ich überhaupt nichts anfangen, und auch die Infanteristen erfrieren mir, wenn ich sie vor Regensburg schicke, um Herzog Bernhard zu belagern. Der Winter bindet mir die Hände. Wir müssen den Zug abbrechen und die Männer in ihre Winterquartiere entlassen, wenn wir im Frühjahr noch eine Armee haben wollen.«

Sibylla sah zum Fenster hinüber, wo vor dem düster werdenden Himmel weiße Flocken wirbelten. Wallenstein hatte recht. Daran gab es keinen Zweifel und dennoch… »Der Kaiser wird nicht erfreut sein, und Herzog Maximilian noch weniger.«

Der General nickte mit grimmiger Miene. »Ich weiß, aber ich kann es nicht ändern. Es steht nicht in meiner Macht, die Schweden zu vertreiben, gegen den Winter kann ich nichts tun.«

Kapitel 36

Pilsen, Winter 1633–1634

Wie Sibylla befürchtet hatte, stieß Wallensteins Entscheidung in Wien nicht auf Verständnis, und Herzog Maximilian tobte. Vielleicht hätten die hohen Herren anders gedacht, wenn sie die Regimenter auf ihrem Weg nach Böhmen und Mähren zu ihren Winterquartieren begleitet hätten. Es war ein harter Kampf gegen Schnee, Wind und Kälte. Nicht wenige wurden krank. Sie husteten, und ihre Leiber wurden von Fieberanfällen geschüttelt. In den Bergen lag der Schnee nun so hoch, dass an ein Fortkommen nicht gedacht werden konnte, weder für die Fußtruppen noch zu Pferd. So blieb ihnen nur, die Landstraße nach Pilsen zu nehmen, die noch halbwegs frei war.

Sibylla legte den Weg in einen Karren gebettet zurück, dennoch fror sie und litt Schmerzen. András sah immer wieder nach ihr, und auch Wallenstein hatte ein Auge auf sie und die alte Magd, Jovana, die er angewiesen hatte, an ihrer Seite zu bleiben. Die Alte hatte eine schroffe Art. Sibylla kannte sie vom Sehen. Sie war bereits einigen Feldzügen im Tross gefolgt und hatte schon viel miterlebt. Immerhin hatte sie sich dabei auch einige Kenntnisse über Krankheiten und deren Bekämpfung angeeignet, auch wenn Sibylla manche ihrer Methoden entsetzt ablehnte. Dennoch war sie froh, nicht allein zu sein. Immer wenn sie an einem Gehöft oder in einem Dorf anhielten, sorgte Jovana dafür, dass Sibylla etwas Warmes zu trinken bekam, und wenn sie dafür wie ein Fuhrwerkskutscher fluchen musste.

Sie brauchten fast eine Woche bis Pilsen, für eine Strecke, die Wallensteins Truppen sonst bei einem seiner Gewaltmärsche in drei Tagen hätten zurücklegen müssen. Es war bereits Mitte Dezember, als sie in der Stadt Quartier nahmen. Sibylla vernahm mit Erleichterung, dass sie vorläufig in Pilsen bleiben würden. In einer halbwegs warmen Kammer in einem Bett, das nicht vom eisigen Winterwind umweht wurde, würde sie sicher bald genesen.

Noch schneller, als sich ihre Gesundheit wieder einstellte, kamen die befürchteten Botschaften aus Wien. Nein, es kam noch schlimmer, als selbst Wallenstein angenommen hatte. Graf von und zu Trauttmansdorff und Freiherr von Questenberg, der Einzige im Hofkriegsrat, den Wallenstein seinen Freund nennen konnte, kamen mit neuen Anweisungen des Kaisers nach Pilsen.

»Anweisungen?«, wiederholte Wallenstein ungläubig, als Sibylla in die Stube trat, in der er die hohen Herren empfing. Sie hatte sich rasch angekleidet, als die Magd ihr von der Ankunft der Wiener Adelsleute berichtet hatte. Sibylla fühlte sich noch ein wenig wackelig auf den Beinen, doch sie wollte die Nachrichten aus erster Hand erfahren. Wallenstein winkte sie zu sich, und auch die Herren des Kaisers hatten sich längst an die Astrologin des Generals gewöhnt und verbeugten sich artig vor ihr, ehe sie wieder auf den Grund ihres Besuchs zu sprechen kamen.

»Vielleicht ist es nicht einmal korrekt, von einer Anweisung des Kaisers zu sprechen«, sagte Questenberg und zeigte in seiner Miene deutlich, was er davon hielt. »Der Kaiser befiehlt Euch, Herzog Bernhard sofort anzugreifen. Er hat auch an Oberst Suys einen Marschbefehl herausgegeben, dass er seine Truppen von Oberösterreich an den Inn verlegt.«

Sibylla zog ein wenig den Kopf ein, denn sie kannte Wallensteins Temperament und erwartete einen Wutausbruch, der diesem dreisten Vertragsbruch des Kaisers angemessen war. Die Verträge von Göllersdorf und all seine Versicherungen Wallenstein gegenüber schienen ihm im Moment gleichgültig zu sein. Er und der Bayernherzog wollten nur den Süden des Reichs befreit sehen. Jetzt, sofort, im tiefsten Winter. Dass das nicht machbar war, wollte man nicht allein durch die Witterung einen Großteil der Truppe aufs Spiel setzen, schien sie nicht zu interessieren, oder waren sie so blind, dass sie nicht begriffen, was solch ein Schritt bedeuten würde?

»So, der Kaiser befiehlt«, sagte Wallenstein seltsam ruhig. »Dann werde ich jetzt Oberst Suys befehlen, sich nicht von der Stelle zu rühren. Und Ihr könnt dem Kaiser und den anderen Räten sagen, dass dies auch für den Rest meiner Regimenter gilt. Ich habe den uneingeschränkten Oberbefehl über alle kaiserlichen Truppen, und ich werde meine Männer nicht einem Winterfeldzug opfern, während sich Herzog Bernhard in seiner warmen Stube in Regensburg ins Fäustchen lacht. Sagt dem Kaiser und dem Herzog von Bayern, sie werden sich bis zum Frühjahr gedulden müssen!«

Questenberg erhob sich. »Dann werden wir das dem Kaiser wohl so mitteilen.«

Wallenstein hob die Hand. »Wartet! Ich werde meine höchsten Offiziere zusammenrufen und ihnen das Schreiben des Kaisers vorlegen. Hört selbst, was sie zu solch einem Vorschlag zu sagen haben.«

Freiherr von Questenberg nickte beifällig, während Graf Trauttmansdorff mit zusammengekniffenen Lippen den Kopf schüttelte.

Noch am selben Abend ließ Wallenstein seine höchsten Offiziere antreten, die sich mit ihren Regimentern im Hauptquartier in Pilsen aufhielten. András war nicht unter ihnen. Zu diesem Kreis würde er vermutlich nie gehören, egal wie er sich im Feld verdient machte.

Wallenstein wartete, bis sich die Männer gesetzt hatten und Ruhe einkehrte. Dann hielt er den kaiserlichen Befehl in die Höhe und las ihn laut vor. Noch ehe er geendet hatte, erhoben sich zornige Stimmen und Protestrufe, die er sogleich unterband.

»Meine Herren, Ihr werdet alle gehört. Sagt mir, was Ihr von diesem Befehl haltet und wie ich als Oberbefehlshaber der ganzen Armee darauf reagieren soll.«

Sibylla ließ den Blick schweifen. Die Offiziere waren sich alle einig. Solch ein Unternehmen wäre Wahnsinn. Die Aufhebung der Winterquartiere würde die Männer töten. Sie einigten sich schnell auf ein gemeinsames Gutachten, in dem sie auch empfahlen, den Befehl des Kaisers vor der Mannschaft geheim zu halten, er könnte sonst eine gefährliche Meuterei entfachen.

Wallenstein wandte sich an die Herren aus Wien. »Berichtet dem Kaiser!«, sagte er und ließ sich dann Papier und Tinte bringen, um seine Argumente gegen die Anordnung Ferdinands zu formulieren. Als er geendet und den Brief versiegelt hatte, reichte er ihn Freiherr von Questenberg. »Mein Freund, ich bitte Euch, macht dem Kaiser unsere Position klar. Ich habe keine andere Wahl, als mich für das Wohl der Männer und damit auch des ganzen Reichs zu entscheiden.«

»Ich werde mein Bestes geben, doch ich fürchte, Ihr habt wieder viele Feinde in Wien, und es werden täglich mehr. Der Kronprinz drängt seinen Vater, ihm zumindest einen Teil der Armee zu überlassen, und ich sehe, dass der Kaiser dem Ansinnen nicht ablehnend gegenübersteht.«

»Auch das noch.« Wallenstein stöhnte. »Sagt dem Kaiser, ich werde den Oberbefehl mit keinem teilen. Wenn Seine Majestät es so wünscht, dann biete ich meinen Rücktritt an – dieses Mal ganz sicher endgültig.«

Auch Questenberg sah nicht glücklich drein. »Wie gesagt, ich werde mein Bestes tun und Euch auf dem Laufenden halten.«

Die Männer schieden mit einem kräftigen Händedruck. Auch Graf Trauttmansdorff verabschiedete sich. Nachdenklich sah er Wallenstein an, dann sagte er: »Das Blatt hat sich gewendet. Ob ich darauf wetten würde, dass es noch einmal zu Euren Gunsten ausgeht? Nein, ich denke nicht.«

»War das eine Drohung?«, fragte Sibylla leise, als die Männer sich abgewandt hatten.

Wallenstein überlegte. »Nein, ich denke nicht. Vielleicht eher eine Entscheidung, auf welcher Seite er sich in Zukunft sehen möchte.«

Questenberg hielt sein Versprechen und sandte regelmäßig Nachrichten aus Wien, doch diese waren nicht dazu angetan, die Stimmung zu heben. Zwar hatte der Kaiser Wallensteins Weigerung mit Zähneknirschen akzeptiert, doch er brachte wieder die spanischen Forderungen auf den Tisch und auch die ehrgeizigen Pläne seines Sohnes. Beides lehnte Wallenstein kategorisch ab und forderte den Kaiser im Gegenzug dazu auf, endlich Frieden zu schließen und einen Vertrag anzubieten, der beiden Religionen Gerechtigkeit widerfahren ließ. Er selbst unternahm noch einmal einen eigenen Versuch und sandte seine Boten nach Sachsen, Brandenburg und zu Oxenstierna, doch ohne Erfolg. Das Jahr verabschiedete sich, ein neues zog heran, doch die Lage war verfahren wie zuvor.

Während sich Sibylla von ihrer Krankheit und auch der

Verletzung erholte, warf ein erneuter Anfall von Gicht und vielleicht auch anderen bösartigen Giften Wallenstein auf sein Lager. Es war dieses Mal so schlimm, dass Sibylla mit all ihrem Wissen keinen Rat mehr wusste und es ihr nur unzureichend gelang, ihm seine Schmerzen zu nehmen.

»Es sind meine finstersten Stunden«, vertraute er ihr an. Seine Hand umklammerte die ihre so sehr, dass sie mit Mühe ein Stöhnen unterdrückte. »Es drängt mich, dich zu bitten, mir einen Trank zu geben, der mich für immer von allem befreit. Ist nicht eh alles verloren? Ich habe getan, was mir möglich war. Ich habe mich niemals geschont, um den Kaiser zu stärken und das Reich zu retten und endlich Frieden zu schaffen, doch nun scheint mir endgültig alles aus den Händen zu gleiten. Mein Leben wird nicht mehr gebraucht. Wie aber könnte ich selbst Hand an mich legen und mit der größten Sünde, die man begehen kann, aus dem Leben scheiden? Vielleicht ist das mein Vorgeschmack auf das Fegefeuer, das ich schon zu Lebzeiten erdulden muss?«

Sibylla lag eine scharfe Erwiderung auf der Zunge. Fegefeuer! Das war Blödsinn, den sich die Kardinäle und Priester ausdachten, um ihre Schäflein in Angst und Schrecken zu versetzen. Wenn sie an einen Gott glauben wollte, dann an einen voller Güte und Vergebung, der Seelen nicht in einem satanischen Feuer röstete!

»Ich werde versuchen, Euch heute Nacht die Schmerzen zu nehmen«, versprach sie. »Morgen sehe ich mir Eure Füße noch einmal an. Ich fürchte, wir müssen das brandige Fleisch entfernen. Ich habe nach Doktor Stegmann geschickt. Er hat versprochen, mir zur Seite zu stehen und Euch zu helfen.«

Wallenstein schnitt eine Grimasse. »Dir helfen, an mir herumzuschneiden? Wie schön. Da freue ich mich auf einen weiteren wundervollen Tag!«

Sibylla reichte ihm den Becher mit den schmerzstillenden

Kräutern und erneuerte den Umschlag aus Wasserschierling, der den brennenden Schmerz seiner Füße beruhigen sollte.

»Widerliches Zeug«, kommentierte er ihren Schlaftrunk aus wildem Lattich und Mohn.

»Es schenkt Euch den Schlaf«, widersprach sie, beugte sich vor und küsste zärtlich seine Stirn. »Ruht Euch aus, und vergesst den Schmerz. Ich bleibe bei Euch, bis Ihr wieder erwacht.«

Er drückte noch einmal ihre Hand. »Was würde ich ohne dich anfangen.« Dann schloss er die Augen und fiel in einen tiefen Schlaf.

Einige Tage später kam ein Brief von Freiherr von Questenberg aus Wien. Der Bote betonte, er habe den Auftrag, ihn sofort dem Generalissimus persönlich zu übergeben.

»Der Herzog ist schwer erkrankt und im Augenblick nicht ansprechbar«, wehrte Sibylla ihn ab und streckte die Hand nach dem Schreiben aus. Der Bote zögerte.

»Gut, dann kommt mit, und seht selbst.«

Sie führten den Mann die Treppe hinauf in Wallensteins Gemach, vor dem Jascha Wache hielt. Aus dem einst dürren Offiziersburschen war ein kräftiger junger Mann geworden, der noch immer dem General als Leibgardist hingebungsvoll diente. Sibylla war sich sicher, dass Wallenstein kaum einen treueren Leibwächter würde benennen können. Da gab es unter seinen Gardisten ganz andere – zuallererst ihr Kommandant Piccolomini, den sie noch immer mit Misstrauen beobachtete.

Jascha sprang von seinem Schemel auf und starrte den Boten an. »Der General schläft und darf nicht gestört werden!«

»Ich weiß, aber es kommt wichtige Kunde aus Wien, die er mir nicht aushändigen darf.«

Leise öffnete sie die Tür und sah in das Gemach. Ein übler

Geruch schlug ihr entgegen, den sie vergeblich mit Kräutersäckchen, die sie am Bett aufgehängt hatte, zu bekämpfen suchte.

Wie sie gesagt hatte, schien der Herzog tief zu schlafen. Der Bote trat einen Schritt in das Zimmer und hielt dann inne.

»Ist das Questenbergs Schrift?«

Die Stimme vom Bett her ließ beide zusammenzucken. Sibylla eilte zu Wallenstein und ließ sich auf die Knie fallen. »Ihr seid wach? Ich wollte Euch nicht stören, wenn es nicht besonders dringend ist.«

»Und ist es das?«, erkundigte er sich mit müder Stimme.

»Ich denke schon«, antwortete Sibylla und reichte ihm das Schreiben.

Wallenstein brach das Siegel und gab den Brief an sie zurück. »Ich nehme an, es sind keine guten Nachrichten. Lies sie mir vor!«

Sibylla wartete, bis der Bote das Zimmer verlassen hatte, dann huschte ihr Blick über den Brief. Sie sparte sich die Anrede und die Höflichkeitsfloskeln und begann sogleich, die brisanten Sätze vorzulesen:

Ich muss Euch schlechte Kunde bringen. Der Kaiser hat sich vermutlich endgültig von Euch abgewendet. Zu viele Stimmen fordern Euren Kopf. Auch ist er enttäuscht, dass der Süden des Reichs noch immer in den Händen der Schweden liegt. Die Erfolge in Schlesien und Sachsen, die Ihr für ihn errungen habt, zählen nicht mehr. Es werden im engsten Kreis Pläne geschmiedet, über die ich nichts in Erfahrung bringen konnte, doch ich sage Euch, es geht etwas Unheimliches vor sich, das Euch vielleicht nicht nur Euren Posten, sondern auch Euren Kopf kosten soll. Schlick hat sich in den Reihen Eurer Offiziere ein paar Verbündete gesichert, die nur darauf warten, seinem Befehl zu folgen. Ich vermute, dass Marradas zu ihnen gehört, doch ich kann es nicht mit Sicherheit sagen. Auch mit Aldringen soll Schlick korrespondiert haben. Klar ist, dass sie nicht die Einzigen sind, die ein doppeltes Spiel treiben. Hier in Wien wird nicht einmal mehr die Spur von Anstand gewahrt. Vor allem die Spanier scheuen sich nicht, Euch Hochverrat vorzuwerfen, und es wird Euch nicht wundern, dass der Abgesandte aus Bayern in diesen Chor einstimmt. Vielleicht ist es wirklich an der Zeit, vom Oberbefehl der Truppen Abstand zu nehmen. Vielleicht ist das der einzige Weg, der Euer Leben retten kann.

Sibylla ließ das Blatt sinken und sah Wallenstein an. »Ich denke, dass Piccolomini der Verräter ist«, sagte Sibylla.

Wie erwartet protestierte Wallenstein. Er vertraute dem Mann, den er von Anfang an als eine Art Ziehsohn betrachtet hatte, noch immer. Inzwischen war Piccolomini gar in den Rang eines Generals aufgestiegen, was Sibylla aber nicht beeindruckte.

»Ich habe ihn mit Hofrat Schlick gesehen, wie sie die Köpfe zusammengesteckt haben. Ich sage Euch, er konspiriert mit Euren Feinden in Wien und versucht Euch zu vernichten.«

»So etwas will ich nicht hören!«, polterte Wallenstein.

Sibylla gab es auf und fragte stattdessen: »Was wollt Ihr nun tun?«

Wallenstein richtete sich noch ein Stück weiter auf und warf die Decke von sich. »Als Erstes werde ich dieses Bett verlassen. Noch bin ich nicht tot. Bring mir meine Kleider und die Stiefel.«

Sibylla eilte zu ihm und griff nach seiner Schulter. »Das könnt Ihr nicht tun!«

»Ich kann!«, widersprach er. »Noch bin ich der Hauptbefehlshaber der Armee des Kaisers, und ich werde jetzt meine

Pflicht tun und nicht nur das Land schützen, sondern auch den Kaiser vor sich selbst und vor allem vor den Einflüsterungen dieses verfluchten Jesuiten, der Spanier, der Bayern und …«

Wen er noch alles aufzählen wollte, erfuhr Sibylla nicht, denn als seine verbundenen Füße den Boden berührten, endete seine Rede mit einem Schmerzensschrei.

»Ihr könnt nicht aufstehen! Die Wunden an Euren Füßen sind noch offen.«

»Ja, weil dieser verdammte Arzt mir an meinem Fleisch herumgeschnitten hat«, schimpfte der Herzog.

»Ihr wisst, dass es brandig war und er keine andere Wahl hatte.«

Wallenstein knurrte. »Deshalb darf ich aber doch ein wenig fluchen.«

»Wenn es Euch hilft«, gab Sibylla lächelnd zurück.

Er stöhnte und setzte noch einmal vorsichtig die Füße auf den Boden. »Nein, tut es nicht«, gestand er.

»Dann bleibt im Bett!«

Trotzig schüttelte er den Kopf. »Ich muss mit meinen Offizieren sprechen. Jetzt!«

»Dann lasst sie zu Euch rufen«, schlug Sibylla vor.

Wallenstein sah sich in dem Gemach um, das – wie das ganze Haus in bester Lage am Markt – dem Schultheiß der Stadt gehörte.

»Auf keinen Fall!«, wehrte er ab. »Ich kann die Befehlshaber meiner Regimenter nicht im Bett empfangen.«

»Wir könnten Euch in die Stube hinunterbringen«, überlegte Sibylla. »Wir stellen einen bequemen Sessel hinter den Tisch, der Eure Verbände verbergen wird.«

»Das wird nicht nötig sein. Bring mir meine Stiefel!«

Sibylla stemmte die Hände in die Hüften. »Auf keinen Fall! Ich werde nicht zulassen, dass Ihr Euch in irgendwelche

Schuhe quält. Ihr macht es so, wie ich es gesagt habe, oder ich gehe, und Ihr bleibt in Eurem Bett.«

»Also gut. Aber bring mir ein anständiges Wams und einen Mantel, in dem ich nicht wie ein Landstreicher aussehe.«

»Sehr wohl, Herr General!«

Eine Stunde später saß Wallenstein, wie immer prächtig gekleidet, in einem prunkvollen Sessel, den Sibylla aus dem Rathaus über den Platz hatte herübertragen lassen, in der Halle des Schultheißenhauses. Die Falten des langen roten Mantels verbargen seine dick verbundenen Füße. Jascha und ein zweiter junger Mann der Leibgarde hatten Wallenstein mehr oder weniger die Treppe heruntergetragen. Kein Schmerzenslaut war ihm entschlüpft, doch Sibylla sah an seinen zusammengepressten Lippen und den Schweißperlen auf seiner Stirn, wie sehr er litt. Sie nötigte ihn noch zu einem Trank, der die Pein ein wenig lindern sollte, ehe die Offiziere eintraten.

Dieses Mal waren es nicht nur die höchsten Kommandanten der Regimenter. Er hatte vom General bis zum Leutnant alle höheren Dienstgrade gerufen, die mit ihren Männern hier in der Nähe im Winterquartier lagen. Auch András war unter ihnen. Neunundvierzig zählte Sibylla, nachdem sich als Letzter noch General Flavio Piccolomini von seinem Quartier herbeibequemt hatte, das neben dem ehemaligen Kaiserhaus lag, in das sich Rudolf einst vor der Pest aus Prag geflüchtet hatte.

Piccolomini war sich offensichtlich bewusst, dass er der Letzte war. Er schloss die Tür hinter sich und zog gemächlich die Handschuhe aus.

»Nun, was gibt es?«, erkundigte er sich und maß die Anwesenden mit kritischem Blick, dann sah er Wallenstein an. Sibylla war es, als fände ein Kräftemessen zwischen den beiden Männern statt, bei dem der schwer kranke Wallenstein heute im Nachteil war. Ihr wurde das Herz schwer. Es war ihr, als könne sie den stillen Triumph Piccolominis spüren, der ihn jetzt so stolz den Hals recken ließ.

Wallenstein ergriff das Wort. »Ich könnte Euch nun eine lange Rede halten, doch ich beschränke mich auf die Fakten: Der Kaiser hat das Vertrauen in mich und meine Kriegsführung verloren, daher werde ich von meinem Posten als General und Oberbefehlshaber der kaiserlichen Armee zurücktreten.«

Die Männer waren wie vom Donner gerührt. Es hätte nicht stiller in der Halle sein können wie in diesem Moment, da alle erstarrten. Es dauerte eine Weile, ehe sie seine Worte verarbeitet und über die Folgen seiner Ankündigung nachgedacht hatten. Dann erhob sich Protest, erst zaghaft von wenigen Stimmen, in die der Rest dann einfiel. Die Ersten waren Ilow, Trčka, der Reitergeneral Schaffgotsch und András. Am Ende schlossen sie sich zu einer Forderung zusammen: Wallenstein müsse bleiben! Keiner wollte unter einem anderen Befehlshaber dienen. Keiner konnte sich einen besseren Feldherrn vorstellen, der diesen Krieg doch noch mit einem Sieg beenden würde. Sibylla war sich sicher, dass viele von ihnen aus Treue und Überzeugung heraus sprachen, doch es gab sicher auch einige, die an die leeren Kassen des Kaisers dachten und die Möglichkeit fürchteten, dass ihr Sold ausbliebe, sollte Wallenstein tatsächlich abdanken.

Wallenstein hob die Hände, bis wieder Ruhe einkehrte. »Es ist nicht meine Absicht, Euch und die Männer im Stich zu lassen. Wenn Ihr alle mir Euer Vertrauen aussprecht, ja es mir hier mit Eurem Schwur bekräftigt und mit Eurem Namen unterschreibt, dann will ich bleiben und alles versuchen, um das Vertrauen des Kaisers zurückzugewinnen.«

Keiner der Männer verweigerte sich. Alle neunundvierzig unterzeichneten das Dokument und verpflichteten sich, *an-*

stelle eines körperlichen Eides bei Ihrer Fürstlichen Gnaden ehrbar und getreu auszuhalten, auch Piccolomini unterschrieb.

Wallenstein atmete tief aus, dass es fast wie ein Stöhnen klang. Er faltete das Dokument zusammen und drückte sein Siegel auf. Dann entließ er die Männer. Erst als der letzte die Tür hinter sich geschlossen hatte, rief er Jascha zu sich, um sich in sein Bett zurücktragen zu lassen.

Zwei Wochen vergingen, in denen Wallensteins Leiden nicht besser wurde. Täglich verordnete ihm Doktor Stegmann stundenlange Schwitzbäder und beschnitt erneut einige brandige Stellen an seinem Fuß, doch Besserung wollte nicht eintreten. Sibylla fragte sich wieder einmal, ob es wirklich die Gicht allein sein konnte, die ihn von innen heraus so zerstörte. Ein böses Geschwür schien ihn befallen zu haben, das sich durch seine Eingeweide fraß, und vielleicht auch durch seinen Verstand. Immer wieder fand sie ihn kaum ansprechbar vor, und manches Mal redete er wirres Zeug. Sibylla schirmte ihn, so gut es ging, von seinen Männern ab. Nur Jaschas und András' Hilfe nahm sie in Anspruch, wenn sie den General zu seinen Bädern tragen mussten. Da Jascha nun oft die Nachtwache übernahm, kam sie wenigstens wieder zu einigen Stunden Schlaf, was sie dringend nötig hatte, doch jeden Morgen näherte sie sich mit einem mulmigen Gefühl dem Gemach des Herzogs und fürchtete, was sie an diesem Tag vorfinden würde.

»Da kommt das Licht meines Tages«, begrüßte Wallenstein Sibylla, als sie ins Zimmer trat. Offensichtlich war heute einer der guten Tage. Sie lächelte ihn an.

»Ich freue mich, dass es Euch heute besser geht.«

Er brummte. »Wer sagt das? Ich bin zutiefst beunruhigt. Ich habe schon vor Tagen nach Aldringen schicken lassen, doch er ist noch immer nicht gekommen, noch hat er mir einen Boten mit irgendeiner Nachricht geschickt. Das ist merkwürdig.«

Sibylla stimmte ihm zu. Ihr Herz wurde schwer. Sie sahen einander an und dachten vermutlich das Gleiche, scheuten sich aber, es auszusprechen. Schließlich fragte Wallenstein: »Was sagen meine Sterne? Es fühlt sich so an, als seien sie allesamt untergegangen.«

»Sie sagen zumindest nichts Gutes. Ich fürchte, der letzte Akt hat begonnen. Der Kaiser wird sich nicht mehr umstimmen lassen. Er wird die Männer einen nach dem anderen auf seine Seite ziehen, bis er Euch isoliert hat.«

»Sie haben mir alle ihre Treue geschworen. Sie haben unterschrieben!«, widersprach Wallenstein, doch es klang eher resigniert.

Es klopfte an der Tür. Sibylla öffnete einen Spaltbreit, um nachzusehen. Es war András.

»Ich muss den General unbedingt sprechen!«, forderte er sie auf. Sibylla sah zu Wallenstein hinüber und ließ András eintreten, als er nickte.

»Was gibt es? Wage es nicht, mir noch mehr schlechte Nachrichten zu bringen.«

András sah betreten zu Boden. »Dann muss ich schweigen, Euer Gnaden.«

Sibylla und Wallenstein stöhnten beide auf, doch der Herzog ermutigte András: »Sprich!«

»Seltsames geht im Lager vor sich. Einige Regimenter sind einfach aufgebrochen und fortgezogen, und keiner will sagen, wer den Befehl dazu gegeben hat. Auch ein paar der Offiziersquartiere sind seit gestern verlassen, und es sieht nicht so aus, als würden sie zurückkommen.«

Wallenstein schloss für einen Moment die Augen, dann öffnete er sie wieder und sah András an. »Was ist mit Gallas und Piccolomini?«

»Die sind mit ihren Regimentern noch da«, bestätigte András.

»Gut«, sagte Wallenstein. »Nun lasst mich allein, ich muss nachdenken.«

Sibylla und András verließen das Gemach.

»Ich traue ihnen trotzdem nicht«, sagte Sibylla leise. »Ich wette, dass sie bereits an seinem Grab schaufeln, doch er ist blind und hält noch immer große Stücke auf sie.«

»Ich weiß nicht, vielleicht hast du recht«, sagte András nachdenklich, »aber selbst wenn es so wäre, was könnten wir tun? Du siehst, in was für einem Zustand der Herzog ist. Selbst wenn der Kaiser ihn ersetzt, das ist schlimm für ihn und für unser Land, aber es wird ihn nicht umbringen.«

»Genau da bin ich mir nicht sicher«, widersprach Sibylla. »Ich würde es lieber sehen, wenn wir ihn wegbringen könnten.«

»Wohin? Nach Prag oder nach Friedland?«

Sie schüttelte den Kopf. »Oh nein, wenn es so schlimm kommt, wie ich fürchte, dann wird er da keinen Schutz finden. Der Einzige, der ihn jetzt noch vor seinem Kaiser retten könnte, ist Feldmarschall Hans Georg von Arnim.«

»Sag so etwas nicht. Er ist der Feind!«, empörte sich András. »Er ist Feldherr des sächsischen Kurfürsten! Das wäre Hochverrat.«

»Nicht wenn er nur sein Leben rettet«, widersprach Sibylla.

Kapitel 37

Eger, Februar 1634

Ein Bote aus Wien erreichte Pilsen und ließ sich sofort melden. Es war wieder ein Schreiben von Freiherr von Questenberg, der dem ehemaligen Generalissimus einen letzten Freundschaftsdienst erwies und ihm zumindest ein paar Stunden Vorsprung verschaffte, bis das Dekret des Kaisers die Statthalter und die anderen offiziellen Vertreter der Krone erreichte. Am 20. Februar 1634 hatte Ferdinand ein Dekret aufsetzen lassen, das seinen obersten Heeresführer der Treulosigkeit und der Konspiration beschuldigte und ihn nicht nur seiner Posten bei der Armee enthob, sondern ihn der öffentlichen Ächtung preisgab.

Trotz ihrer Visionen und Träume, die sie schon seit Jahren vor dem Schlimmsten warnten, war Sibylla so entsetzt, dass sie erst einmal kein Wort hervorbrachte, nachdem ihr Wallenstein selbst mit ruhiger Stimme quasi sein eigenes Todesurteil vorgelesen hatte. Denn er war nun vogelfrei und seinen Feinden schutzlos ausgeliefert. Der Kaiser würde keinen Finger mehr für seinen General krumm machen, der ihm nicht nur einmal sein Reich und seine Krone gerettet und ihm so viele Jahre die Treue gehalten hatte. Wie oft hatten Wien und damit der Kaiser ihn im Stich gelassen? Hatten seine Truppen hungern müssen und frieren, waren an Krankheit und Schwäche gestorben, weil Wien zu träge und zu geizig gewesen war, für die Soldaten, die für sie alle kämpften, auch zu sorgen? Ja, er hatte mit dem Kaiser gestritten und ihn immer wieder für seine Überzeugungen zu gewinnen gesucht, doch niemals hatte er auch nur einen Moment in seiner Treue geschwankt. Er hatte den Frieden erringen wollen, mit allen Mitteln und zum Wohle des ganzen Reiches, und so wurde es ihm nun gedankt.

Als Sibylla ihre Sprache wiederfand, konnte sie gar nicht mehr aufhören, den Verrat des Kaisers anzuklagen. Ihre zornigen Worte hallten von den Wänden wider, bis Wallenstein die Hand hob.

»Jetzt ist es genug. Es hilft nichts, die Lage zu beklagen, wir müssen handeln.«

»Was können wir jetzt noch tun?«, wollte Sibylla wissen. »Auch Ilow und Trčka trifft die Reichsacht und jeden, der Euch jetzt noch hilft.«

»Ich weiß. Gallas erhält den vorläufigen Oberbefehl, wie ihm bereits zuvor angekündigt wurde! Anscheinend ging schon vor Tagen ein heimlicher Befehl an ihn. Auch Piccolomini und Aldringen waren lang schon informiert. Du hattest recht, Sibylla. Ich alter Narr war viel zu lange blind.«

»Was sollen wir nur tun?«, fragte auch András, der mit dem Rücken an der geschlossenen Tür stand, so als könne wenigstens das stabile Holz ihm Halt geben. »Nach Prag oder Jitschin können wir nicht. Die Schergen des Kaisers sind sicher schon unterwegs, Eure Güter zu beschlagnahmen.«

»Oh ja, damit werden sie nicht warten, und ich sage Euch, viele, denen ich gestern noch vertraute, sitzen schon wie die Geier bereit, um sich die saftigsten Stücke einzuverleiben. Ich denke, der Kaiser wird sich großzügig zeigen und all jene belohnen, die sich rechtzeitig von mir abwandten.«

Die Bitterkeit seiner Worte schnitt Sibylla ins Herz, doch sie erkannte, wie wahr er sprach. Für einen Moment starrte er noch zu Boden, doch dann riss er sich von dem Schmerz des Verrats los und richtete seinen Blick auf das, was getan werden musste. Er war Wallenstein, der größte Feldherr des Reichs, über den man noch in Hunderten von Jahren sprechen würde, und er hatte nicht vor, hier in seinem Bett liegen zu bleiben, bis jemand die Hand mit dem Dolch erhob.

»Wir brechen noch in dieser Stunde auf. Ich will Ilow und Trčka sehen und all jene, die noch immer bereit sind, zu ihrem Schwur zu stehen.«

András eilte davon, während Jascha und Sibylla die Sänfte fertig machten, in der der Herzog reisen würde. An einen Ritt war in seinem Zustand nicht zu denken.

Es dauerte ein wenig länger als eine Stunde, doch dann verließen sie Pilsen: der Herzog in seiner Sänfte, Sibylla und András, Ilow, Trčka und Kinsky mit ihren Frauen und zehn Kompanien. Sibylla zählte im Geist die Offiziere, die noch zu ihm hielten: da waren der Reitergeneral Schaffgotsch, Generalwachtmeister Sparr und Feldmarschallleutnant Scherffenberg, sowie Oberst Mohr vom Wald und Oberst Losy. Auch der Stadtkommandant von Pilsen versicherte noch einmal seine Treue, ebenso Oberstleutnant Haimle und Freiberger. Noch ehe sie die Stadt verließen, schickte Ilow einen Eilkurier zu Herzog Bernhard von Sachsen-Weimar mit der dringenden Bitte, seine Truppen zum Egerpass an der Grenze zu Sachsen ziehen zu lassen. András selbst bot an, Arnim aufzusuchen und ihm die Lage zu erklären. Er würde seinen alten Freund nicht im Stich lassen, davon war Wallenstein noch immer überzeugt.

»Bring uns Arnim mit seinen Reitern«, beschwor ihn Sibylla beim Abschied. »Sonst ist er verloren.«

»Ich weiß«, sagte András ruhig. »Er und wir alle.« Dann sprengte er los und jagte die verschneite Landstraße hinunter.

Vier Tage waren sie bereits unterwegs, immer weiter nach Nordwesten in Richtung der Grenze nach Sachsen, als sie am Nachmittag endlich die starken Mauern der Stadt Eger aus dem Dunst auftauchen sahen. In Mies, dessen Schloss zu Ilows Besitzungen gehörte, hatten sie sich eine Nacht Ruhe gegönnt. Hier stießen sie auf das Dragonerregiment des Iren Walter Butler. Wallenstein befahl ihm, ihn nach Eger zu begleiten. Butler willigte ein, und so folgten nun auch seine Dragoner dem Zug des abgesetzten Generals.

Nun war es nicht mehr weit zum Pass und zur Grenze, die vielleicht ihre Rettung war.

So schnell können sich die Dinge ändern, dachte Sibylla. Vor ein paar Tagen war Sachsen noch Feindesland für sie gewesen. Sie war unruhig. Nicht nur dass es Wallenstein immer schlechter ging. Noch immer hatten sie weder von Herzog Bernhard noch von Arnim etwas gehört. András war noch nicht zurück. War er etwa aufgehalten worden? Von den Schergen des Kaisers abgefangen? An so etwas durfte sie nicht denken. Sie musste sich auf das konzentrieren, was im Moment zu tun war. Bevor sie die Stadt erreichten, zog ihnen auch noch der Schotte Walter Leslie mit seinem Regiment entgegen, um sich ihnen anzuschließen.

Bereits zum fünften Mal zog Wallenstein in Eger ein, doch nichts erinnerte an die Triumphe der vergangenen Male. In der Garnison war der schottische Oberstleutnant Gordon mit einem Infanterieregiment Trčkas stationiert. Sibylla hoffte, dass auch er Wallenstein die Treue hielt. Und wenn auch nur noch für diese Nacht.

Sie quartierte den Herzog wieder in dem prächtigen Stadthaus an der Nordseite des lang gezogenen Marktplatzes ein, das er schon öfter bewohnt hatte. Zwei Bürgermeister der Stadt hatten hier residiert. Ilow, Trčka und Kinsky bezogen die Häuser nebenan.

»Man weiß noch nichts von der Absetzung des Herzogs«, verkündete Trčka, als er nach einem Erkundungsgang zu Wallensteins Quartier zurückkehrte. Wie ein Fels in der Brandung stand dieser Riese von Mann breitbeinig da, so als wolle er zeigen, an ihm würde kein Feind des Herzogs vorbeikommen.

»Das ist gut«, meinte Wallenstein. »Wir sollten es dabei belassen. Weder Gordon noch Butler oder Leslie müssen das im Augenblick wissen.«

Die Nacht blieb ruhig. Sibylla gelang es, Wallenstein wenigstens einige Stunden zu schmerzlosem Schlaf zu verhelfen, dennoch war er, noch ehe der Morgen graute, wieder wach. Sie fand ihn in einem Sessel vor dem Fenster, wo er in das konturlose Grau des anbrechenden Tages starrte, tief in seine Gedanken versunken.

»Wann brechen wir auf?«, erkundigte sich Sibylla.

»Wir warten auf András. Wir können so nicht über die Grenze, sondern müssen auf eine Nachricht von Arnim warten.«

Sie stimmte widerstrebend zu, auch wenn jede Stunde, die sie hier verbrachten, sie zunehmend nervöser machte.

»Ein Bote ist gekommen. Er bringt eine kaiserliche Botschaft.« Sie wussten beide, was das zu bedeuten hatte.

»Dann lasst Leslie, Butler und Gordon zu mir kommen. Wir müssen ihnen die Lage erläutern und sie auf unsere Seite bringen.«

Die drei folgten seinem Ruf. Hauptmann Deveroux wartete derweil im Hof mit einigen seiner Männer.

Es war Ilow, der eine flammende Rede zu Ehren Wallensteins hielt. Sibylla traten Tränen in die Augen, als sie dem hoch aufgeschossenen Baron zuhörte, der noch einmal all die Verdienste des Generals aufzählte und die Fehlentscheidung des Kaisers betonte, die nur aufgrund von böser Verleumdung entstanden sei. In keinem Fall hatte der General jemals Verrat an seinem Kaiser begangen. Und dennoch war er gerade dabei, sich beim Feind des katholischen Lagers in Sicherheit zu bringen, und verlangte von seinen Offizieren, dass sie ihn dabei unterstützten.

Sibylla sah, wie es hinter der Stirn der drei Stabsoffiziere arbeitete. Am Ende schworen sie ihm Treue, doch sie spürte wohl das Zögern und die Vorbehalte, die sie nicht zu äußern wagten.

Gordon gab die Feder weiter und wandte sich mit einem gezwungenen Lächeln an Ilow und die anderen.

»Das sollten wir feiern, heute Abend bei einem Bankett auf der Burg! Ich hoffe, Euch alle dort zu sehen.«

Die Männer nahmen die Einladung dankend an. »Ein letztes Bankett in der Heimat«, sagte Trčka, der seit der Heirat mit Graf von Harrachs jüngster Tochter mit Wallenstein verschwägert war. »Warum nicht.«

Der Tag neigte sich seinem Ende zu. Bauchige Schneewolken zogen heran. Der Wind frischte auf und heulte durch die Gassen. Als es dunkel wurde, machten sich die Männer fertig, zur Burg hinüberzugehen. Die alte Kaiserpfalz mit ihrem schwarzen Turm, den dicken Mauern und dem Graben, über den eine Zugbrücke führte, erhob sich nur wenige Straßen im Nordwesten über dem Flussufer.

»Du kannst sie gerne begleiten«, forderte Wallenstein Sibylla auf. »Ein anständiges Gelage würde dir nicht schaden. Du bist noch immer so dünn und blass.«

»Was habt Ihr vor?«, entgegnete sie.

»Ich bleibe hier. Ich denke, ich sollte meine Gicht weder mit rotem Wein noch mit Pasteten oder fettem Fleisch anheizen. Ich bleibe hier in meinem Sessel und übe mich in hoffnungsvollen Gedanken. Jascha kann mir aufwarten. Also geh, und lass es dir schmecken.«

Sibylla schüttelte den Kopf. »Ich bleibe bei Euch.«

Also machten sich die vier alleine auf den Weg: Graf von Kinsky, Freiherr von Ilow, Graf Trčka und der Sekretär Rittmeister Neumann. Sibylla sah ihnen nach, wie sie am Rand des Marktplatzes entlanggingen und dann in der Gasse zu ihrer Rechten verschwanden. Plötzlich überrollte sie eine Welle aus Furcht. Es war ihr, als würde sie die Getreuen Wallensteins zum letzten Mal sehen. In ihrem Geist klirrten Waffen. Blut floss. Das Blut dieser Männer.

»Ich habe kein gutes Gefühl«, sagte sie zu Wallenstein gewandt. »Vielleicht sollten sie besser nicht gehen.«

»Du befürchtest eine Falle?«, erkundigte er sich.

Sie hob die Schultern. »Vielleicht, ja.«

»Ich denke, das musst du nicht. Gordon, Leslie und Butler haben noch vor wenigen Stunden Treue geschworen. Sie haben es unterschrieben von ihrer eigenen Hand.« Er deutete auf den Tisch, wo das Dokument noch immer lag.

»Und dennoch quälen mich schreckliche Ahnungen.«

Wallenstein streckte die Hand nach ihr aus. »Komm, setz dich zu mir, und lass uns zusammen ein leichtes Mahl genießen. Es ist unser letztes hier in Böhmen.« Er wandte sich zu Jascha um. »Geh in die Küche, und sorg dafür, dass die uns was Genießbares heraufbringen.«

Jascha salutierte und eilte hinaus.

Während des Essens beruhigten sich ihre Gedanken ein wenig. Sie trank zwei Becher von dem roten Wein, den Jascha ihr einschenkte. Er stieg ihr schon bald zu Kopf und benebelte ihren Geist. Auch ihre Ängste waren ihr kurzfristig genommen, zumindest bis sie gegessen und Jascha die Platten und Krüge wieder in die Küche hinuntergeräumt hatte.

Draußen schlug die Turmuhr acht. Das Hallen der Glockenschläge schien die Nebelfetzen in ihrem Kopf zu vertreiben. Die Unruhe erfasste sie wieder. Ja, es war eine solch tiefe Furcht, dass sie aufsprang und nicht mehr still sitzen konnte. Immer wieder trat sie ans Fenster und sah zur Burg hinüber, die im Nordwesten hinter den Häusern verborgen lag. Irgendetwas ging dort vor sich.

»Sibylla, setz dich, du machst mich ganz wirr mit deiner Umherrennerei«, schimpfte Wallenstein.

»Ich kann nicht. Irgendetwas stimmt nicht. Vielleicht ist András zurück, und sie lassen ihn nicht herein?«, überlegte sie laut. »Ich werde zum Nordtor gehen und nachsehen.«

Wallensteins Rufe verhallten ungehört. Sie hüllte sich in ihren Mantel und ging zur Tür. Dort wandte sie sich noch einmal zu ihm um. »Ich bin gleich zurück. Dann geht es mir bestimmt wieder besser.«

Er lächelte ihr zu. »Bring András und gute Nachrichten von Arnim mit! Dann geht es auch mir besser.«

Sie erwiderte sein Lächeln. »Ich gebe mir Mühe.«

Dann wandte sie sich ab und eilte die Treppe hinunter, doch Jascha stellte sich ihr in den Weg. »Du willst doch jetzt nicht bei Nacht und Schnee allein auf die Straße gehen? Ich komme mit dir!«

Sibylla lehnte ab. »Das ist nicht nötig. Ich muss meine Gedanken ordnen und einen klaren Kopf bekommen. Ich laufe nur zum Tor hinüber und vergewissere mich, dass András nicht vergebens die Nacht vor verschlossenen Türen verbringen muss. Dann komme ich zurück. Bleib du bei Wallenstein. Er braucht dich nötiger.«

Sie sah Jascha an, dass er mit ihrer Entscheidung nicht einverstanden war, doch er wagte nicht, zu widersprechen. Er wandte sich ab und ging wieder die Treppe hinauf. Sibylla schob das Tor auf und trat auf den Marktplatz hinaus. Dicke

Flocken wirbelten im Nachtwind, der eisig an ihrem Mantel zerrte. Für einen Moment erwog sie, in die warme Stube zurückzukehren, doch der Gedanke, dass András diese unwirtliche Nacht vielleicht draußen vor den Mauern zubringen musste, bewog sie, eiligen Schrittes in die Gasse rechts abzubiegen und zum Tor zu gehen. Während sie im Schutz der aufragenden Mauern der Häuser voranging, kamen die Ängste zurück.

Sie sah Graf Kinsky, wie er – einen Degen durch seinen Hals gestoßen – in seinem Blut darniedersank. Den riesigen Ilow, wie er nach einer Klinge griff und Leslie die Hand durchstach, doch dann wurde auch er überwältigt und niedergestochen. Nur Graf Trčka kämpfte noch wie ein Löwe, während sich Rittmeister Neumann schwer verletzt aus dem Saal schleppte. Sibylla taumelte. Ihr schossen Tränen in die Augen. Das waren keine Träume. Das war die grausame Wahrheit. So würde dieses Bankett in der Burg enden, das sie Wallensteins Getreuen als Falle gestellt hatten!

Ihre Knie gaben nach, und sie taumelte gegen die Wand. Sie musste irgendetwas tun. Musste helfen, die Männer retten. Doch sosehr ihre Gedanken auch rasten, sie wusste, dass es dazu längst zu spät war.

Und wer hätte Hilfe bringen sollen? Wer sollte den Männern befehlen, die mit ihnen nach Eger gekommen waren? Wallenstein konnte sich nicht auf sein Ross schwingen und das Schwert ziehen. Konnte nicht mehr mit seiner donnernden Stimme die Männer hinter sich scharen, dass sie bereit waren, sich mit Begeisterung in jede Schlacht zu werfen. Das war vorbei. Nicht in diesem Zustand, in dem er sich gerade befand.

»András!«, stöhnte sie.

Als wäre es ihren Gedanken gelungen, ihn aus dem Nichts hervorzurufen, vernahm sie den Hufschlag eines Pferdes.

Dann kam der riesenhafte Braune in Sicht, hinter dessen Hals sich András vor dem Wind niederduckte. Sein Pferd wieherte und scheute, als es die zusammengekauerte Gestalt gewahrte. András stieß einen Schrei aus.

»Sibylla?« Er stieg aus dem Sattel und band sein Pferd in der nächsten Toreinfahrt fest, ehe er zu Sibylla eilte und sie hochzog. »Was ist passiert? Sibylla, was tust du in der Nacht hier draußen? Du holst dir den Tod.«

»Eine Falle, die Männer sind in eine Falle gelaufen«, wimmerte sie.

»Was? Wovon redest du?«

»Kinsky, Ilow, Trčka und Neumann. Butler hat sie zu einem Bankett auf die Burg geladen, doch es war eine Falle, um sie zu töten.«

»Woher weißt du das?«

»Ich habe in meinem Geist gesehen, wie sie in ihrem Blut starben.«

»Du hast wieder eine deiner Schreckensvisionen. Du stehst unter Druck. Sie sind sicher alle wohlauf. Und nun komm ins Warme. Ist Wallenstein auch mitgegangen?«

»Nein, er ist mit Jascha oben in der Stube.« Sie erstarrte. »Sie werden gleich kommen und auch ihn holen. András, wir müssen den Herzog retten. Wir müssen ihn aus der Stadt bringen und zur Grenze – zu Arnim – begleiten.«

András schüttelte Sibylla am Arm. »Er wird nicht kommen!«, sagte er barsch. »Arnim wird nicht kommen. Wallenstein ist verloren. Alles geht hier zu Ende.«

Sibylla riss sich los. »Nein, komm schnell, wir bringen ihn weg, ehe die in der Burg etwas davon merken. Jascha ist bei ihm. Er kann uns helfen.«

András legte den Arm um sie und schob sie auf das Ende der Straße zu, die sich in den Marktplatz weitete. Sie hatten die letzten Häuser gerade erreicht, als sich aus einem der Gebäude ein Wehklagen erhob. Eine Frauenstimme, in die eine zweite einfiel.

»Schurken, elendige Mörder«, schallte es über den Platz.

András und Sibylla hielten inne und starrten zu dem Haus hinüber, in dem die Grafen Kinsky und Trčka mit ihren Frauen Quartier bezogen hatten.

Sibylla wollte András gerade weiterziehen, als von der anderen Seite her einige bewaffnete Männer auftauchten, die geradewegs auf das Haus zustrebten, in dem Wallenstein residierte. Als sie näher kamen, erkannte Sibylla Butler mit einem ganzen Haufen Männer. Fünfzehn Dragoner postierte er direkt vor dem Hoftor, weitere fünfzehn vor dem Portal. Dann rief er Hauptmann Deveroux zu sich und schickte ihn mit sechs Dragonern ins Haus.

»Schnell, wir müssen etwas tun!«

András hielt sie zurück. »Nein, wir müssen nichts tun. Sie werden den Herzog verhaften, dagegen können wir nichts unternehmen. Nicht im Moment.«

»Verhaften?«, stieß Sibylla hervor und starrte ihn an. »Sie werden ihn ermorden, wie seine Männer in der Burg!«

Wieder versuchte sie sich loszureißen, doch András' Griff war eisenfest. »Selbst wenn sie das tun, können wir sie nicht daran hindern. Ich werde nicht zulassen, dass du dich in einen Degen wirfst. Dadurch würdest du sein Schicksal nicht ändern. Er ist ein großer Mann, der größte Feldherr aller Zeiten vielleicht, aber hier geht es für ihn zu Ende. Du hast ihn gesehen. Du warst die letzten Tage bei ihm. Sei ehrlich zu dir selbst. Es wartet kein Leben mehr auf ihn. So oder so. Das ist das Ende!«

»Nein, nicht so. Das darf nicht sein«, weinte Sibylla. »Was bist du für ein Feigling! Auch du lässt den General im Stich.«

»Das ist nicht wahr. Ich habe alles getan, bis zum Schluss, doch jetzt muss ich mich zwischen zwei Leben entscheiden. Seines kann ich nicht mehr retten, aber deines, und ich werde nicht zulassen, dass du es sinnlos wegwirfst.«

Sibylla zog und zerrte, doch sie hatte keine Chance. Stück für Stück schob András sie zurück. Aus der Stube oben hörten sie Waffengeklirr und einen Schrei, der vielleicht aus Jaschas Kehle gekommen war. Armer Junge. Sein Schicksal war nun auch besiegelt. Gequält schloss Sibylla die Augen, doch ihre Ohren konnte sie vor dem Triumphgeheul der feigen Meuchelmörder nicht verschließen. Sie hatten keinen Gegner vorgefunden. Nur einen kranken Mann, dem man leicht eine Partisane in den Leib stoßen konnte. Oben wurde ein Fenster aufgestoßen.

»Deveroux, was habt Ihr vor?«, rief eine Stimme vom Platz her.

»Schmeißen wir seine Leiche aus dem Fenster«, antwortete dieser von oben. »Der große Wallenstein. Aus ist es mit Euch, endgültig, Generalissimus. Kommt, fasst mit an!«

»Nein, lasst es sein«, widersprach Butler.

»Gut, dann wickeln wir ihn in den Teppich und nehmen ihn mit.«

»Ja, werft ihn zu den anderen auf den Karren«, bestätigte Butler. »Wir können sie auf der Burg in der Kapelle aufbewahren, bis sie in Wien entschieden haben, was mit ihnen geschehen soll.«

Sibylla sank von stummen Weinkrämpfen geschüttelt in die Knie. András hinter ihr war erstarrt. Vielleicht hatte er noch immer gedacht, sie würden ihn verhaften und vor den Kaiser bringen. Narr!

»Vielleicht war es gnädiger so, als ihn in Ketten nach Wien zu schaffen, um ihm dann als Verräter den Kopf abzuschlagen«, sagte András leise.

Sibylla schwieg. Sie fühlte sich leer und ausgelaugt. Hatte sie nicht von Anfang an das blutige Ende vorausgesehen?

Doch heute, am entscheidenden Tag, hatte ihre Gabe sie im Stich gelassen und sie viel zu spät davor gewarnt, was geschehen würde. Sie hätte es verhindern können. Sie hätte Wallenstein in Sicherheit bringen müssen!

Nein, so war das Schicksal. Es ließ sich nicht von seinem Pfad abbringen, wenn es den Weg einmal festgelegt hatte. Vielleicht hatte es so kommen müssen.

»Ich habe mich nicht von ihm verabschiedet«, sagte sie mit brüchiger Stimme.

András strich ihr sacht über die Wange. »Komm jetzt. Wir müssen von hier fort. Wenn wir uns nicht heimlich davonmachen, landen wir auch noch auf diesem Karren.«

Sibylla hob den Kopf. Der Schnee hatte den Klang der Pferdehufe gedämpft, doch sie konnte das Quietschen der Räder hören. Da kamen sie auch schon in Sicht. András drängte sein Pferd tiefer in die Toreinfahrt zurück und zog Sibylla mit sich. Sie saßen hoch zu Ross: Butler, Leslie und die anderen Mörder. Dahinter rumpelte der Karren, in dessen Stroh die ausgeplünderten Leichen der Offiziere lagen, neben ihrem Feldherrn Wallenstein, dessen Blut sich mit dem ihren vermischte.

Kapitel 38

Prag, 1634–1636

Sie ritten den ganzen Tag. Sibylla wusste nicht wohin, und es interessierte sie auch nicht. Der Schnee umwirbelte sie und zwang sie, die Augen zu schließen. Sie spürte András' Arme um sich, doch sie fühlten sich fremd an und gaben ihr keinen Trost.

Wallenstein war tot! Der große Heerführer, der Herzog, der für seine Bürger und Bauern ein Land geschaffen hatte, das mit keinem anderen Fürstentum im Reich vergleichbar war und das nun mit ihm untergehen würde.

Sie hatte davon gewusst. Kepler hatte ihn vor diesem Jahr gewarnt, und doch hatte das Schicksal sie unvorbereitet getroffen. Hatte sie sich wirklich eingebildet, es mit solch einem Gegner aufnehmen zu können?

Wer oder was war das Schicksal? Wer verbarg sich hinter diesem Wort, diesem machtvollen Schatten, der sich anmaßte, alles zu bestimmen und jeden Weg zu lenken? War es Gott? War der Herr im Himmel wirklich so grausam?

Sibylla dachte an Helena, an ihre Tochter, die ihr so früh genommen worden war, und die Ungewissheit, die sie manches Mal fast in den Wahnsinn trieb. Sie dachte an ihre Mutter, die unschuldig den Feuertod auf dem Scheiterhaufen hatte erdulden müssen.

Aber wenn es nicht Gott war, wer war dann verantwortlich? Satan? Der gefallene Engel aus der Hölle? Aber warum ließ ihn Gott dann gewähren? War nicht er der Allmächtige? Brauchte es nicht nur einen Wink seines Fingers, um alles zum Guten zu wenden? Warum rührte er diesen Finger dann nicht? Warum ließ er zu, dass sich die Menschen hier unten nun schon seit sechzehn Jahren auf Schlachtfeldern zu Tausenden grausam töteten und die Bauern und Bürger in Armut und Krankheit elendig zugrunde gingen? War ihm das alles egal? Oder amüsierte es ihn gar, wie die kleinen Menschen bis zum Tod um die wahre Lehre stritten? Um den Papst, die Art des Abendmahls und um seine Mutter Maria? Was war das nur für eine Welt?

Sie fand keine Antwort. Sie war leer, kalt und ohne Hoffnung. Was sollte jetzt noch kommen? Vielleicht wäre es besser, wenn sie mit ihm gestorben wäre. Vielleicht wäre sie nun mit ihm im Himmel und könnte Gott ihre Fragen stellen – wenn der höchste Richter bereit wäre, ihre Fragen anzuhören, was sie bezweifelte.

Als es dunkel wurde, erreichten sie einen befestigten Weiler, dessen Namen Sibylla nicht kannte. In einem einfachen Gasthaus fanden sie Zuflucht. Es waren nur wenige Reisende unterwegs, sodass der Wirt sie erfreut aufnahm und sich selbst in die Küche begab, um ihnen den Fleischeintopf vom Vortag aufzuwärmen.

Sibylla aß und trank, doch sie schmeckte nichts. Sie legte sich unter die Decke auf die klamme Strohmatratze, doch das Zittern in ihr wollte nicht aufhören. Irgendwann holte die Erschöpfung sie in die Dunkelheit, doch nun stiegen Träume auf, die sie weiterquälten.

Sie war wieder in Eger. Oben in der Burg, in der alten Kaiserpfalz, die der große Kaiser Barbarossa einst gegründet hatte, um seine Reichstage hier abzuhalten. Ihr Geist huschte weiter auf die Doppelkapelle mit ihren kleinen Rundbogenfenstern zu, die dem Heiligen Martin und der Ursula geweiht war. Sie schlüpfte durch das kleine, runde Fenster unter dem Dach und schwebte dann hoch oben unterhalb der Decke. Sie sah auf ihn herab. Auf seinen kalten, geschundenen Körper, aus dem seine Seele längst gewichen war.

Ach Wallenstein, mein geliebter, verehrter Herzog und General, wie hat man Euch unrecht getan! Euer toter Leib müsste glanzvoll aufgebahrt werden, von Kerzenglanz umstrahlt, wo all die vielen Menschen, die auf Euch gezählt und Euch verehrt haben, Euch die letzte Ehre erweisen könnten. Stattdessen liegt Ihr hier neben den nackten Leichen Eurer letzten Getreuen. Bald werden sie kommen und Euch holen, und ich kann es nicht verhindern. Ich kann nichts mehr für Euch tun. Vielleicht konnte ich das nie. Vielleicht war alles nur eine grausame Illusion.

Plötzlich vernahm sie Schritte. Die Tür knarrte, als die Männer eintraten. Octavio Piccolomini! Sibylla spürte, wie der Zorn sie schüttelte. Der Verräter trat an den toten Feldherrn und kickte mit seiner Schuhspitze gegen die von Kälte steif gefrorene Leiche.

»Packt sie alle ein. Wallenstein nehmen wir mit nach Prag.« Sibylla sah das triumphierende Lächeln, das seine Lippen umspielte. »Wir werden seine Leiche öffentlich ausstellen, wie es einem Verräter gebührt!«

Seine Männer warfen die Toten in einfache Brettersärge, doch Wallenstein war zu groß. Vergeblich mühten sie sich ab, den erstarrten Leichnam in die Kiste zu bekommen. Da griff einer der Männer zu einer Keule und schlug auf die Beine des toten Generals ein, bis sie brachen.

Mit einem Schrei fuhr Sibylla auf. András war sofort an ihrer Seite. »Du hast geträumt. Es ist alles gut!«

»Nichts ist gut«, sagte sie. Ihre Augen brannten, doch es wollten keine Tränen fließen.

»Ich muss nach Prag zurück!«, verlangte sie.

András schüttelte den Kopf. »Das ist zu gefährlich. Sie werden auf alle Jagd machen, die Wallenstein nahestanden. Sie werden uns verhaften und wer weiß was mit uns anstellen. Das können wir nicht riskieren.«

So blieben sie noch einige Tage in dem namenlosen Ort in der Weite des Landes zwischen Böhmen und Sachsen, doch dann war András' letzte Münze aufgebraucht, sodass ihnen nichts anders übrig blieb, als aufzubrechen.

Wohin? Er hatte nichts, keinen Zufluchtsort, zu dem er sie hätte bringen können, außer das einfache Gehöft seiner Eltern, doch Sibylla weigerte sich. Sie verlangte, dass er sie nach Prag brachte.

Vielleicht würden sie einer Frau nicht mit der Gnadenlosigkeit begegnen wie den Offizieren und anderen Männern, die bis zum Schluss zu ihrem General gehalten hatten?

Widerstrebend gab András nach. Er wurde immer angespannter, je näher sie den Toren von Prag kamen, doch schließlich waren sie in der Stadt, ohne dass sie jemand aufgehalten hatte. Sie ritten über den Altstädter Ring auf das Haus zu, das Wallenstein ihr geschenkt hatte. Halb erwarteten sie, Wachen des Kaisers zu sehen, doch es wirkte alles friedlich. So wagten sie, in den Hof zu treten.

»Sibylla!«

Der Ruf einer Frauenstimme ließ sie herumfahren. Oben an der Treppe stand die Herzogin. Hinter ihr tauchte Maria Elisabeth auf. Acht Jahre alt war Wallensteins Tochter mittlerweile. Blass und dünn wirkte das Mädchen, wie es mit weit aufgerissenen Augen zu den beiden Ankömmlingen herunterstarrte.

Sibylla raffte ihren schmutzigen Rocksaum und stieg die Treppe hinauf. »Isabella, wie bin ich froh, euch beide wohlauf zu sehen.« Die Frauen umarmten einander. Dann trat Sibylla einen Schritt zurück und betrachtete die Herzogin, die in ihrem schlichten Kleid ohne Schmuck und mit dem zu einem Knoten geschlungenen Haar unter einer weißen Haube eher wie eine einfache Bürgersfrau aussah denn wie die Herzogin von Friedland – die sie nicht mehr wahr. Sibylla tat das Herz weh.

»Was tut ihr hier?«

Isabella hob kraftlos die Arme. »Wir wussten nicht, wohin. Ich hoffte, du würdest uns für eine Weile aufnehmen. Wir haben nichts mehr. Sie haben uns alles genommen.«

Sibylla hatte eine gute Vorstellung davon, wen die Herzogin mit »sie« meinte. Vielleicht waren es dieselben Männer des Kaisers, die vor Jahren die Güter der protestantischen Rebellen beschlagnahmt und für die Krone eingezogen hatten.

»Sie haben keine Zeit verloren«, sagte Isabella bitter, als sie später zusammen im Salon vor dem hell lodernden Feuer des Kamins saßen. »Kaum war die Ächtung öffentlich, stürmten sie in das Palais und vertrieben uns. Natürlich gehört ganz Friedland nun wieder dem Kaiser.«

»Was ist mit dem Herzog geschehen?«, fragte Sibylla leise. »Piccolomini wollte seine Leiche öffentlich ausstellen und der Schändung preisgeben.« Sie spürte bei der Vorstellung den Kloß in ihrem Hals.

Isabella schüttelte den Kopf. »Diese Schmach blieb uns erspart. Ich habe gehört, General Gallas hat den Leichenzug in Mies aufgehalten. Seine Offiziere haben dort im Kloster der Franziskaner ein ehrliches Begräbnis bekommen. Nur Neumann haben sie unter dem Galgen verscharrt. Ich weiß nicht, warum.«

»Und Wallenstein?«, drängte Sibylla.

»Sie haben auch Albrecht dort bestattet. Ich war aber noch nicht dort. Ich wusste nicht, ob ich es wagen kann, an seinem

Grab zu beten. Ich kann nicht riskieren, dass unsere Tochter auch noch ihre Mutter verliert.«

Sibylla sah sie verständnisvoll an. »Wir werden ihn heimholen. Irgendwann wird es uns gelingen. Und wir werden auch dafür sorgen, dass du zu deinem Recht kommst. Die Güter des Herzogs sind sicher verloren, doch sie dürfen dir das, was er dir geschenkt hat, und das Erbe deines Vaters nicht streitig machen! Dafür werden wir kämpfen.«

Nun mischte sich András ein, der bislang geschwiegen hatte. »Gibt es Nachricht aus Wien? Was hat der Kaiser mit Friedland vor?«

Isabella stieß einen ächzenden Laut aus. »Ja, ich habe Briefe aus Wien erhalten, aber ich denke, für meine Seelenruhe wäre es vielleicht besser, ich hätte sie nie gelesen. Questenberg berichtete, dass Maximilian, Wallensteins geliebter Vetter und Erbe, zu Ehren seines Mörders Leslie ein Bankett in Wien gegeben hat.«

Sibylla stieß einen erstickten Schrei aus, doch Isabella sprach unbeirrt weiter. Vielleicht musste sie sich diese Worte endlich von der Seele reden.

»Der spanische Gesandte preist den Mord an ihm als Gottes Gnade, die er dem Haus Habsburg erwiesen hat, und unser allseits verhasster Beichtvater des Kaisers Lamormaini meinte, Gott habe es gefallen, die Pläne des Kaisers zu segnen! Die jubelnden Worte des Herzogs von Bayern will ich nicht wiederholen.« Sie machte eine kleine Pause, vielleicht um sich zu sammeln. »Nur Arnim bekundete mir sein Beileid, und ich hörte den Ekel aus seinen Worten, als er mir schrieb, ihm wolle kein Exempel einfallen, dass ein christlicher Kaiser und seine Regierung jemals dergleichen getan hätte.

Nun suchen die Männer des Kaisers eifrig in den Unterlagen und Briefen des Herzogs, um ein Dokument präsentieren zu können, das den Vorwurf des Hochverrats bestätigen und den Mord rechtfertigen soll, doch es will sich einfach nichts finden lassen. Der Kaiser soll ›Ach, mein Wallenstein‹ gestöhnt haben, als man ihm die Nachricht von seiner Ermordung überbrachte, und angewiesen haben, dreitausend Seelenmessen für ihn lesen zu lassen.«

»Der bigotte Heuchler wie eh und je«, kommentierte Sibylla mit einem verächtlichen Schnauben. »Er wird erleichtert sein, nun seine Millionenschulden bei Wallenstein auf so einfache Weise losgeworden zu sein.«

»Der Kaiser wird auch die Fürstentümer Sagan und Großglogau für sich behalten. Alles andere wurde schon verteilt. Der Kaiser ist großzügig zu den Mördern und Verrätern. Gallas bekommt das Stammherzogtum mit Friedland und Reichenberg und Kinskys Palais in Prag. Piccolomini den Grundbesitz Trčkas und die Herrschaft Nachod, Aldringen die Herrschaft Teplitz. Selbst jeder einfache Soldat, der an der Ermordung beteiligt war, kann sich über fünfhundert Taler freuen. Der Henker Deveroux wurde befördert und darf sich drei Güter aus dem wallensteinschen Kuchen nehmen. Gordon und Leslie bekommen ein eigenes Regiment und irgendwelche Ländereien. Man kann also nicht sagen, der Kaiser würde nicht für seine getreuen Meuchelmörder sorgen.«

»Man wird sie nicht Mörder nennen. Der Kaiser hat den General zum Vogelfreien erklärt«, wagte András zu bemerken.

»Ach, macht das die Sache in deinen Augen entschuldbar?« Isabella hatte die Hände zu Fäusten geballt. In ihren Augen standen Tränen des Zorns.

András senkte den Blick. »Nein, natürlich nicht. Ich denke, der Kaiser hat mehr Schuld auf sich geladen als die, die die Klinge führten.«

»Wallenstein hat nichts getan, dass er so ein Schicksal verdient! Er hat diesen Kaiser immer verteidigt und nie in seiner Treue zu ihm geschwankt, ganz egal was für irre Entscheidungen Ferdinand auch traf. Ist das nun der Dank?«

Sibylla erhob sich, trat zu Isabella und legte ihr den Arm um die Schulter. »Ich teile deine Wut und auch deine Trauer.«

»Ich weiß. Du warst immer der Mensch, der ihm am nächsten stand. Er hat dich mehr geliebt als alles auf der Welt. Nein, widersprich nicht. Ich weiß, Eure Seelen waren auf ungewöhnliche Weise verbunden.«

Sie schwiegen, und nur noch das Knistern des Feuers war zu hören.

Zwei Tage blieb András, dann sattelte er sein Pferd und packte sein Bündel. Sibylla griff nach seinem Arm.

»Wohin gehst du?«

Er hob die Schultern. »Ich weiß es noch nicht. Wichtig ist, dass ich von hier weggehe.«

»Warum?«, verlangte sie zu wissen.

»Weißt du es nicht? Sie haben Sparr, Scherffenberg, Oberst Mohr vom Wald und den Stadtkommandanten von Pilsen verhaftet und sie zu lebenslangem Kerker verurteilt. Schaffgotsch soll gefoltert worden sein, doch auch ohne Schuldgeständnis werden sie ihn wohl hinrichten.«

»Schaffgotsch? Der Reitergeneral?«

»Deshalb muss ich gehen. Wenn ich bleibe, würde ich Euch in Gefahr bringen. Solange ihr Frauen allein seid, besteht die Hoffnung, dass ihr in Vergessenheit geratet.«

Sibylla stemmte die Hände in die Hüften. »Sie sollen uns aber nicht vergessen. Wir werden kämpfen, bis Isabella zu ihrem Recht kommt – und Wallenstein, zumindest in seinem Tod, Gerechtigkeit widerfährt.«

András schüttelte den Kopf. »Du hast nichts dazugelernt. Mach, was du für richtig hältst. Ich kann dir bei diesem Kampf nicht helfen.« Er beugte sich vor und küsste ihre Wange, dann wandte er sich ab und ging davon.

Zwei Jahre vergingen in ihrem Kampf um Gerechtigkeit. Sibylla ließ nicht locker, obgleich Isabella immer wieder den Mut verlor. Sibylla gab nicht auf, reiste nach Wien und bedrängte Freiherr von Questenberg, bis dieser versprach, in der Sache etwas zu unternehmen. Doch wie immer arbeiteten die Mühlen in Wien langsam. Endlich, zwei Jahre nach Wallensteins Tod, war der Kaiser bereit, Isabella wenigstens die Herrschaften Neuschloss und Böhmisch-Leipa zu überlassen, die ihr Wallenstein Jahre vor seinem Tod geschenkt hatte. Aus »christlicher Nächstenliebe«, wie er in seinem Brief schrieb. Sibylla hätte das Schreiben am liebsten zerknüllt und in den Ofen geworfen, doch Isabella war des Kampfes müde und willigte ein. Außerdem durfte sie Wallensteins Leiche aus Mies holen. Sibylla und Isabella brachten den Toten nach Walditz und bestatteten ihn in der Kartause, die er einst auf seinem früheren Besitz hatte errichten lassen. Nun ruhte er neben seiner ersten Gemahlin Lukrezia und seinem Sohn Albrecht Karl.

Seite an Seite standen die beiden Frauen neben dem steinernen Sarg, jede in ihre eigenen Gedanken versunken. Auch auf ihrer Rückreise sprachen sie kaum miteinander. Erst als sie durch das Stadttor nach Prag einfuhren, durchbrach Isabella die Stille.

»Ich werde mit Maria nach Neuschloss umziehen. Albrecht hat den alten Bau und die neuen Flügel bereits vor Jahren, als er die Herrschaft übernahm, ausbauen lassen.«

Sibylla erinnerte sich an das stattliche Schloss auf einem Felssporn über dem Robitzer Bach, das zu den prächtigsten in Böhmen zählte, und an die schnurgerade Lindenallee, die Wallenstein hatte anlegen lassen.

»Wir werden deine Gastfreundschaft nicht länger ausnutzen.«

»Du weißt, dass ich nicht so denke«, protestiert Sibylla. »Ihr dürft gerne in Prag bleiben. Ihr seid jetzt meine Familie.«

Die Herzogin neigte den Kopf. »Ich danke dir. Ich werde es dir nie vergessen, doch jetzt ist es an der Zeit, dass ich mich um meine Angelegenheiten kümmere und um Marias Zukunft.«

Sie schwiegen wieder, bis die Kutsche in den Hof einfuhr. Sie stiegen aus. Isabella war schon oben an der Treppe, als das Tor erneut geöffnet wurde. Sibylla wandte sich um. Sie erkannte den Mann sofort, der in den Hof trat und den Hut zog.

»András! Es ist lange her. Wie schön!« Sie eilte auf ihn zu. Hinter ihm trat eine Frau aus dem Schatten, die verlegen zu Boden sah. Sie war noch jung. Ein wenig über zwanzig Jahre vielleicht. Als die Sonne ihr Haar traf, zuckten rötliche Flammen durch die blonden Strähnen. Sibylla prallte zurück, als wäre sie gegen eine unsichtbare Wand gelaufen. Ihr Herz begann zu rasen. Nein, das war nicht möglich, und doch reckten sich ihre Hände ohne ihr Zutun der fremden Besucherin entgegen, die ihr nicht fremd sein sollte. Hatte sie es nicht immer gefühlt, dass sie noch lebte? War ihr nicht bewusst, dass das Grab in Brandeis nicht das ihre sein konnte? Ihre Lippen formten den Namen, den sie sonst nur noch im Schlaf murmelte: »Helena!«

Auch der Besucherin traten Tränen in die Augen, dann eilte sie in Sibyllas Arme.

Sibylla führte sie ins Haus und rief Monja, den Gästen ein Festmahl zu bereiten. Dann traten sie in den Salon, wo Isabella sie fragend ansah.

»Das ist meine Tochter Helena, nach der ich so lange gesucht habe. Vierzehn Jahre war sie wie vom Erdboden verschluckt.« Sie wandte sich András zu. »Wie ist dir dieses Wunder nur gelungen?«

Er hob die Schultern. »Ich kann es dir nicht sagen. Auf meiner ruhelosen Wanderung hat uns der Zufall in Brandeis zusammengeführt. Es war ihr Haar, das mir ins Auge fiel und mein Herz schwer machte. So kamen wir ins Gespräch, und ich erzählte ihr von Wallensteins Astrologin, der noch immer mein Herz gehört. Von der Mutter, die einst aus Leonberg fortzog, ihr Kind zu suchen …«

»Ich verstehe das nicht ganz!« Sibylla griff sich an den Hals, um den die beiden silbernen Kreuze hingen. »Wallenstein sagte mir, sein Bote nahm die Kette vom Hals einer Toten. Er sagte, du und Deike, die sich deiner angenommen hatte, lägen in diesem Grab.«

»Ja, es ist Deikes Grab«, bestätigte Helena, »und das eines anderen Mädchens, das sie ebenfalls wie eine Tochter aufgenommen hat. Die beiden waren mir bis zu ihrem Tod herzensgute Freundinnen, daher gab ich Marla meine Kette mit auf ihre letzte Reise.«

Sibylla betrachtete ihre Tochter voller Staunen. Noch immer konnte sie es nicht glauben, dass dieses schöne, erwachsene Wesen ihre Helena war. Ihr eigenes Haar war inzwischen von grauen Strähnen durchzogen, der Kummer hatte seine Spuren in ihrem Gesicht hinterlassen, doch das war nicht mehr wichtig. Sie waren wieder beisammen, und sie würden sich nicht wieder trennen.

»András, ich danke dir. Ich kann nicht ausdrücken, was es mir bedeutet.«

Er trat zu ihr, legte in einer vertrauten Geste seine Hände auf ihre Schultern und küsste ihr Haar. »Ich weiß, und es ist meine größte Freude, dass ich dir dieses Geschenk machen darf.«

Monja trat ein und bat alle zu Tisch. Im Speisezimmer brannten Dutzende von Kerzen und ließen die Tafel erstrahlen, auf der ein wirkliches Festmahl angerichtet war. Sibylla wunderte sich, wie ihre beiden Bediensteten es in so kurzer Zeit geschafft hatten, solch ein Festessen zuzubereiten. Dankend nahm sie Platz. Sibylla konnte ihren Blick nicht von Helena wenden. Das plötzliche Glück ließ ihr Herz rasen. Sie verspürte weder Hunger noch Durst. Sie wollte sich einfach an ihrem Anblick sattsehen und sie immer wieder in ihre Arme nehmen. Sie erhob sich, trat hinter sie und legte ihrer Tochter die Hände auf die Schultern.

»Das Leben ist ein seltsames Ding«, sagte sie. »Wenn man glaubt, dass es einem nichts mehr zu bieten hat, dann überrascht es einen noch einmal mit dem Schönsten, was man sich denken kann.«

Helena wandte sich ihr zu und lächelte glücklich.

Epilog

Prag, 1648

Mein verehrter und geliebter Wallenstein,

die Truhe mit den Briefen ist längst geleert, seit Helena zurück ist und ich sie ihr überreicht habe. Ein Stück meines Lebens, das sie in aller Ruhe nachlesen konnte. Seitdem füllt sich die Truhe mit neuen Briefen. Euren Briefen, von denen ich leider nicht hoffen kann, sie Euch eines Tages in die Hand legen zu können. Und dennoch muss ich mich immer wieder hier ans Fenster setzen, über den Platz zur Teinkirche hinübersehen und Euch schreiben.
So viele Jahre sind seit Eurem Tod nun schon vergangen, doch ich hatte immer das Gefühl, Euer Geist sei noch um mich. Vielleicht weil Euer Vermächtnis noch nicht vollendet war. Vielleicht weil dieser mörderische Krieg kein Ende finden wollte, obgleich wir zuerst noch Hoffnung schöpften. Wie Ihr sicher ahnt, haben der Kronprinz Ferdinand, Gallas und Piccolomini Euer Erbe als Führer der kaiserlichen Armee übernommen. Ich muss zugeben, dass sich der junge Ferdinand als Feldherr nicht schlecht angestellt hat. Es gelang ihm, Regensburg zu befreien und zusammen mit Herzog Maximilian und seinen Truppen den größten Teil von Bayern zurückzugewinnen. In der Schlacht bei Nördlingen hat er mithilfe der Spanier Herzog Bernhard von

Sachsen-Weimar eine empfindliche Niederlage beschert. Ja, Bayern war befreit, aber wie hat das Land, wie haben die Menschen unter den Schweden und den Kämpfen gelitten!
Ganz anders hingegen verliefen die Ereignisse in Sachsen. Der Kaiser hat Colloredo ein Kommando gegeben, um gegen Arnim zu ziehen. Ihr ahnt es, er war damit schlecht beraten. Colloredo war Arnim nicht gewachsen und verlor Tausende von Männern. Der Kaiser war so erzürnt, dass er Colloredo gar vor ein Kriegsgericht stellen und zu einer Haftstrafe verurteilen ließ. Später bekam er dann doch wieder ein Kommando und brachte neues Unglück über die Kaiserlichen!
Aber vor allem hat sich nach Nördlingen Eure Vorarbeit in Sachsen und Brandenburg endlich ausgezahlt: Kurfürst Georg Wilhelm von Brandenburg wandte sich wieder dem Kaiser zu – worauf die Schweden in Brandenburg fürchterlich hausten. Und auch der Kurfürst von Sachsen brach mit den Schweden und schloss sich mit einem Friedensvertrag hier in Prag dem Kaiser an, nachdem Ferdinand – wie Ihr schon immer verlangt habt – das Restitutionsedikt ausgesetzt hatte, was die meisten protestantischen Fürsten an seine Seite zurückbrachte. Diese Entscheidung und die militärischen Erfolge, die die Schweden aus dem Süden des Reichs an die französische Grenze zurückdrängten, bescherten dem Kaiser und dem Reich einen neuen, mächtigen Feind an der Seite der Schweden: Frankreich! Spätestens seit diesem Zeitpunkt war es kein Krieg mehr, den Protestanten gegen Katholiken führten. Es war ein Krieg der Habsburger und des Reichs gegen seine Feinde ringsumher, der mit immer größerer Erbitterung und noch mehr Grausamkeit geführt wurde, wenn das überhaupt möglich war.
Es war natürlich eine Katastrophe für den Kaiser, dass Frankreich nun offen in den Krieg eingriff. Ich weiß, wie viel Verhandlungsgeschick Ihr darauf verwendet habt, genau das zu verhindern. Der Anlass war wohl, dass spanische Truppen die von den

Franzosen besetzte Stadt Trier eroberten und den Kurfürsten gefangen nahmen. Frankreich forderte seine Freilassung, was die Spanier verweigerten und so einen Gegner ins Reich riefen, der zusammen mit den Schweden furchtbar wütete.
Ich kann die Schlachten und Kämpfe nicht aufzählen, die Jahr für Jahr geschlagen wurden, die Armeen, die durch das Land zogen, hungrig und auf Beute aus, die doch immer weniger wurde. In den Dörfern war längst nichts mehr zu holen. Die Bauern geflohen, an Seuchen verendet oder ermordet, die Felder nicht mehr bestellt, die Scheunen leer. Zu Tausenden zogen elendige Gestalten über die Landstraßen, auf der Suche nach etwas, das sie den nächsten Tag überleben ließ.
Drei Jahre nach Eurem Tod starb der Kaiser. Ich denke, er hat nicht begriffen, was für unendliches Leid er mit seinem unnachgiebigen Glauben an die reine katholische Lehre, die er mit allen Mitteln durchzusetzen bereit war, über das Land gebracht hat. Für ihn war es noch immer sein Versagen, dass er am Ende sein Restitutionsedikt wieder hatte zurücknehmen müssen.
Wie erwartet übernahm der Prinz das Erbe des Vaters und wurde zu Kaiser Ferdinand gekrönt. Er ist zu einem ruhigen, schwermütigen Mann herangewachsen, intelligenter als sein Vater und weniger bigott, dennoch gibt er nicht allzu viel Anlass zur Hoffnung. Auch er verehrte übertrieben die Mutter Gottes und war zu keinerlei Toleranz in religiösen Dingen bereit. Vor allem bei der Gründung neuer Klöster hat er sich hervorgetan, nach den Anfangserfolgen dafür weniger als Heeresführer.
Euer Tod hat eine große Lücke gerissen! Und ich versichere Euch, es gab nicht wenige, die das heimlich oder offen viele Jahre beklagt haben. Die Schweden dagegen schienen keine Schwierigkeiten zu haben, Gustav Adolf durch andere fähige Männer zu ersetzen. Vermutlich gelang es ihnen auch, die Moral und die Ausrüstung ihrer Truppen besser zu halten, als es der alte und der neue Kaiser je verstanden haben. Nein, seit

Eurem Tod gab es hier kein Regiment mehr, das es auch nur annähernd mit einem der Euren hätte aufnehmen können. Wo sind nur die Männer geblieben, die in Reih und Glied auf jedes Wort hörten, die stark und aufrecht in ihren glänzenden Rüstungen dastanden und wie ein einziger Mann auf Euren Befehl vorpreschten? In den Jahren nach Eurem Tod bestand die kaiserliche Armee nur noch aus Drückebergern und Halunken, die gezwungen waren, sich durch Plünderungen selbst zu ernähren, deren Kleider und Schuhe auseinanderzufallen drohten und die froh sein konnten, wenn sie in der Schlacht genügend Kugeln und Pulver hatten.

Und auch über ihre Generäle kann ich nichts Gutes sagen. Piccolomini kann man gerade einmal als mittelmäßig bezeichnen, während Gallas derart erfolglos agierte, dass man ihm heimlich den Spitznamen »Heeresverderber« gab, bis der junge Kaiser ihm endlich das Kommando entzog, ohne einen Mann finden zu können, der es mit Bernhard von Sachsen-Weimar aufnehmen konnte. Ach, er hat Tausenden kaiserlichen Soldaten den Tod auf dem Schlachtfeld beschert und mit Hilfe der Franzosen große Gebiete zurückerobert, bis ein Aufstand in der Normandie Kardinal Richelieus ganze Aufmerksamkeit forderte und dem Kaiser ein wenig Luft verschaffte, die Ferdinand dazu nutzte, Gallas erneut zu berufen, der nichts Eiligeres zu tun hatte, als dem Kaiser eine weitere schwere Niederlage zu bescheren. Die Schweden standen bei Chemnitz dem vereinten kaiserlichen und kursächsischen Heer gegenüber, doch Gallas erlaubte ihnen, nicht nur seine gesamten Kanonen zu erobern. Er machte ihnen damit den Weg nach Böhmen frei. Bis jetzt sind wir hier in Prag noch einmal davongekommen, doch das Schwert der Schweden schwebte seit diesem Tag über unserem Haupt.

Was soll ich Euch noch weiter berichten? Es wurde schlimmer und schlimmer für die kaiserliche Seite. Ferdinand berief 1640 einen Reichstag nach Regensburg, doch die Verhandlun-

gen zogen sich ohne Ergebnis dahin, während die Schweden in Bayern weiter Land eroberten, bis sie vor den Toren der Stadt standen. Es war lediglich dem Wetter geschuldet, das das Eis der Donau rechtzeitig tauen ließ, sodass die Schweden wieder abziehen mussten und Regensburg dieses Mal verschont blieb.
Ich denke, in diesem Jahr war das Sehnen nach Frieden auf der Seite des Kaisers endlich so groß, dass er seine Ohren gegen die Hetze der Jesuiten verschloss, die den Konflikt immer und immer weiter angeheizt haben. Ja, ich bin überzeugt, wenn es die Gesellschaft Jesu mit ihrem fanatischen Drang zu missionieren und ihrem unerbittlichen Machtstreben nicht gegeben hätte, wäre dieser Krieg schon vor vielen Jahren beendet worden.
Doch nun mischte der Tod des Kurfürsten in Brandenburg die Karten neu. Sein Nachfolger lehnte den Prager Frieden ab, den Ferdinand als Grundlage der neuen Ordnung ansah, und stellte die Kämpfe gegen die Schweden ein. Wieder eine Niederlage für den Kaiser! Und dann ließ sich sein Feldherr Lamboy noch von den französischen Truppen auf der Kempener Heide völlig überraschen, sodass er zu Beginn der Schlacht seine gesamte Artillerie verlor! Die kaiserliche Armee wurde daraufhin völlig zerschlagen. András war dabei und ist knapp mit dem Leben davongekommen.
Die Kaiserlichen verloren ganze Landstriche an die verbündeten Schweden und Franzosen, die Dörfer und Städte entlang des Niederrheins verwüsteten. Im Frühling 1642 führten die Schweden wieder einen Feldzug gegen Sachsen. Sie belagerten Leipzig, Piccolomini gelang es aber, sie nach Breitenfeld zurückzudrängen, wo es zu einer Schlacht unfassbaren Ausmaßes kam, wie elf Jahre zuvor unter Tilly und Gustav Adolf. Dieses Mal glaubten sich die Kaiserlichen gut gerüstet. Sie waren den Schweden um zwanzigtausend Mann überlegen und hatten mit den neuen Kettenkugeln eine starke Artillerie, und doch waren es die Schweden mit ihren kleinen, beweglichen Truppen und

ihren schnellen Vorstößen, die den Kaiserlichen das Fürchten lehrten. Erzherzog Leopold Wilhelm gelang es nicht, seine Vorteile zu nutzen. Ach, Wallenstein, wenn Ihr dort gewesen wärt, hätten wir den Sieg davongetragen. Ich weiß es bestimmt!
Leopold Wilhelm war gezwungen, sich mit dem Rest seiner Armee nach Böhmen zurückzuziehen. Dort hielt er ein schreckliches Strafgericht. Er beschuldigte die Offiziere eines ganzen Regiments der Feigheit und ließ ihnen den Kopf abschlagen. Die Unteroffiziere ließ er hängen und Dutzende Männer der Mannschaft erschießen. Und wisst Ihr, was er tat, während draußen das Blut in Strömen floss? Er ließ sich in der Kirche die Kommunion geben und bat Gott um Erleuchtung!
Im Dezember des Jahres 1642 starb Kardinal Richelieu. Seine Nachfolge trat Kardinal Mazarin an, der den Kampf gegen Spanien und den Kaiser fortsetzte. Falls Frankreich je Bedenken hatte, aufseiten der protestantischen Länder zu kämpfen, so überwog doch das Ziel, Spanien zu besiegen und zu beschneiden und somit über die Habsburger und das Kaiserreich die Vormachtstellung in Europa einzunehmen. Bei Rocroi kamen sie ihrem Ziel nah. Sie schlugen die Spanier vernichtend. Es wird behauptet, niemals zuvor hätte Spanien eine Niederlage im Feld erlitten. Nun lag es darnieder und würde sich nicht so schnell erholen. Was das für den Kaiser bedeutete, könnt Ihr Euch ausmalen. Ein Jahr später ließ sich Gallas an der Elbe so fürchterlich schlagen, dass von seinen Männern kaum fünfzehnhundert das Gemetzel überstanden. Ich war so froh, dass András in dieser Schlacht nicht mit dabei war.
Gallas flüchtete mit den wenigen Überlebenden nach Böhmen und bat um Entlassung, während die Schweden Kursachsen besetzten. An seine Stelle trat Franz von Mercy, endlich ein Mann, der sich zu Recht Feldherr nennen durfte und den Franzosen einen schweren Schlag versetzte, sodass sie sich über den Rhein zurückziehen mussten. Bis ihn 1645 eine verirrte Kugel

tödlich traf, hat er noch manchen Sieg für den Kaiser errungen. Danach stand es wieder schlecht um die Güte der Generäle, die sich um den Kaiser scharten.
Zu dieser Zeit wurde wieder intensiv um einen Friedensplan gerungen, doch wie immer war es ein Gezänk und Gezerre, das nicht von der Stelle zu kommen schien. Für uns war die Lage inzwischen prekär geworden. Die Schweden hielten sich hartnäckig in Böhmen und standen nur zwei Tagesritte vor Prag, als Kaiser Ferdinand den Befehl zum Angriff gab. Man sagt, die Mutter Gottes sei ihm im Traum erschienen und habe ihm zu dieser Schlacht geraten.
Nun, dann kann ich nur blasphemisch sagen, dass sie auch nicht zum Feldherrn taugt, denn auch dieses Mal stand das Glück auf der Seite der Schweden.
Man sagt, die Kaiserlichen hätten sich nicht schlecht gehalten, doch dann eroberten sie den Tross der Schweden und hatten nichts mehr anderes im Sinn, als diesen gründlich zu plündern. Der schwedische General reagierte sofort, richtete seine Truppen neu aus und stieß gegen die katholische Infanterie vor. Es war ein Todesstoß, nicht nur für die kaiserliche Truppe, auch für Prag. Ferdinand, der sich gerade in der Stadt aufhielt, kehrte fluchtartig Prag den Rücken.
Und wieder muss ich hart mit den kaiserlichen Generälen ins Gericht gehen, die keine Disziplin in ihrer Truppe halten konnten, während die Schweden Disziplin wahrten, natürlich auch weil die Lieferung von Geld und Waffen aus den Niederlanden und England nicht abriss.
Übrigens kehrte Gallas noch einmal zur Armee zurück, nachdem er sich eine Zeit lang nur dem Glücksspiel und der Trunkenheit ergeben hatte, doch dieses Mal kam der endgültige Abschied in Gestalt des Todes, ehe er noch ein paar Regimenter verderben konnte.
Indessen gingen die Verhandlungen weiter. Es ist wohl Graf von

Trauttmansdorff geschuldet, dass der Kaiser nicht alles verlor. Er erreichte die Einigung in immer mehr Punkten, als die Jesuitenschlange wieder ihr Haupt erhob und mit neuen Hetzparolen jedes Zugeständnis den Protestanten gegenüber ablehnte. Die Kompromisse stellten eine Beleidigung Gottes und der wahren Religion dar! Ein Friede, der die Häresie dulde, könne kein christlicher Friede sein, warfen sie Trauttmansdorff vor. Kann man solch eine Verblendung fassen?

Doch zum Glück befürworteten die meisten katholischen Reichsstände den Friedensplan, und selbst Herzog Maximilian war kriegsmüde geworden. Dennoch zogen sich die Verhandlungen weiter hin, und die Schweden rückten auf Prag zu. Es war im Juli, als sie mit einem Handstreich die Kleinseite einnahmen und auf dem Hradschin einzogen. Als sie sich aber daranmachten, die Brücke zu überqueren, stellte sich ihnen ein letztes Aufgebot entgegen: ein paar kaisertreue Söldner, Studenten, Bürger und selbst die Mönche der Klöster bewaffneten sich. Colloredo versuchte den Widerstand aufrechtzuerhalten, doch die Schweden gaben nicht auf. Immer wieder stießen sie vor. Die Zahl der Opfer stieg mit jeder Stunde. Prag weint um die vielen jungen Männer, kaum dem Knabenalter entwachsen, die mit allem, was man für eine Waffe halten konnte, gegen die Schweden antraten und statt Ruhm und Ehre nur den Tod fanden, obgleich der Friedensvertrag bereits unterzeichnet war! Doch bis die Nachricht in Prag eintraf, gingen die Kämpfe erbittert weiter. Endlich verbreitete sich die Kunde! Der Krieg ist aus. Die Schweden hörten daraufhin zwar auf zu schießen, doch sie ließen sich nicht davon abhalten, alles zu plündern, was ihnen in die Finger kam. Sie drangen auch in Euer ehemaliges Palais ein und nahmen all die schönen Skulpturen mit, die Euren Park zierten. Sechzig Gepäckwagen haben sie mit Gemälden und anderen Schätzen beladen, ehe sie abzogen. Einige Männer drangen auch in mein Haus ein, doch außer ein paar silbernen Kerzen-

leuchtern und ein paar Kleinodien, die Isabella mir geschenkt hat, sind wir gut davongekommen. Meister Isaak hat uns in seinem Haus Schutz geboten, bis sie wieder abzogen.
Ach, mein verehrter Herzog und General, heute schreiben wir das Jahr 1648. Ich bin eine alte Frau geworden, mein Haar ist grau, doch ich darf den Tag erleben, da der Kaiser endlich mit den protestantischen Ländern Frieden geschlossen hat. Hätte er nur auf Euch gehört. Man hätte dem Land und den Menschen so viele Jahre Leid erspart. Nun endlich darf das Pflänzchen der Hoffnung wachsen und für eine bessere Zukunft erblühen.
Was gibt es sonst noch zu berichten? Im tiefsten Tal, aus dem ich keinen Ausweg mehr sah und voller Verzweiflung Euren Tod beweinte, hat mir das Schicksal die Hand zur Versöhnung gereicht und mir aufgeholfen. András ist gelungen, an was keiner mehr geglaubt hat: Helena zu finden. Die Tote war nicht Helena, die ihre Kette um den Hals trug. Sie lebte im Verborgenen weiter und ist zu mir zurückgekehrt.
Und András?
Es hat nicht sollen sein. Ich kann nicht sagen, warum. Ich liebe ihn, und er liebt mich. Wir sind uns gut, und er kommt, wann immer es ihm möglich ist, und doch treibt es ihn nach einer Weile wieder in die Welt hinaus. Früher in den Krieg, aber ich fürchte, auch der neue Friede wird nichts an seiner Ruhelosigkeit ändern. Er sagt, Ihr würdet für immer zwischen uns stehen. Daher könnte ich ihm nie ganz gehören.
Vielleicht ist das wahr, auch wenn ich hoffe, dass Eure Seele nun endlich Frieden findet und zur Ruhe kommt, so wie das geschundene Land und die Menschen, denen wie Euch so viel Unrecht widerfahren ist.
Isabella und Eure Maria sehe ich nur noch selten. Nachdem sie mir hier in meinem Haus zwei Jahre Gesellschaft geleistet haben, während sie um ihr Erbe kämpften, haben sie sich nun auf ihre Herrschaft in Neuschloss zurückgezogen. Isabella ver-

waltet sie mit so viel Eifer und Geschick, wie Ihr es ihr stets vorgelebt habt. Über Eure Güter in Friedland und anderswo will ich nicht sprechen. Es ist ein trauriges Kapitel. Alles wurde zerschlagen und verteilt und so schnell zugrunde gerichtet, dass man nur weinen mag.

Nun aber will ich mit einem glücklichen Moment schließen. Maria Elisabeth hat Rudolf, den Freiherrn von Kaunitz, geheiratet und ist ihm in Liebe zugetan.

So sitze ich hier an meinem Fenster in dem wunderschönen Haus, das Ihr mir geschenkt habt und das mich jeden Tag an Euch erinnert, und sehe über den großen Platz hinaus, auf dem das bunte Leben weitergeht. Die Sonne scheint auf den Turm des Rathauses, und gleich beginnen die Glocken zu läuten. Die Zeiger rücken ein Stück vor und zeigen eine neue Stunde an, vielleicht auch ein neues Sternbild, das uns hoffentlich in glückliche Zeiten führt. Wer weiß. Meine Träume sind zur Ruhe gekommen, die Sterne am Himmel schweigen. Das Schicksal zieht im Verborgenen weiter seine Fäden.

In Liebe und ewiger Treue

Eure Sibylla

Dichtung und Wahrheit

Sibylla habe ich erfunden. Eine Astrologin Wallensteins hat es nicht gegeben. Wahr ist, dass Wallenstein an die Macht der Sterne glaubte und sich von Johannes Kepler schon früh ein Horoskop erstellen ließ, das er immer bei sich trug. Auch bei allen anderen Details über Wallensteins Leben und den Verlauf des Dreißigjährigen Krieges habe ich mich sehr nah an die Biografie von Hellmut Diwald gehalten (3. Ausgabe, Esslingen 1984), da mir seine Darstellung ausgewogen erscheint. Er berücksichtigt und bewertet die Quellen und kommt für mich zu einem stimmigen Bild Wallensteins. Lediglich bei einigen Details bin ich abgewichen. So trat Piccolomini erst 1627 als Oberst in Wallensteins Dienste und wurde Kommandant seiner Leibgarde, war allerdings schon früher bei den Kämpfen mit dabei: 1620 unter Bucquoy bei der Schlacht am Weißen Berg, dann unter Graf zu Pappenheim in Italien.

Piccolomini unterschrieb als erster Offizier das Pilsener Revers am 13.1.1634, in dem sich Wallenstein der Treue seiner Offiziere versicherte, und berichtete dann darüber an den Kaiser, wodurch er die Ächtung Wallensteins erreichte. Gleichzeitig setzte er sich mit Gallas, Aldringen und Marradas an die Spitze des Komplotts gegen Wallenstein. Piccolomini erhielt nach dem Mord an Wallenstein den Orden vom Goldenen Vlies, Geld und die Herrschaft Nachod in Ostböhmen.

Ulrike Schweikert

Das Heilige
Römische Reich
um 1648
Hambu
Kassel
Brüssel
Rhein
Bam
Würzburg
Nürnb
Leonberg
Donau
Frankreich
Memmingen
Schweiz
Mailand

Preußen
Danzig
Weichsel
Polen
Sachsen
Dresden
Jitschin
Eger
Rakonitz
Prag
Böhmen
Pilsen
Moldau
March
Mähren
Göding
Wien
Österreich
Österreichisch-Ungarn
Graz
Osmanisches Reich

Geografische Namen früher und heute:

Flüsse:

Waag	*Váh*
March	*Morava*

Städte:

Olmütz	*Olomouc*
Kremsier	*Kroměříž*
Göding	*Hodonín*
Jitschin	*Jičín*
Sagan	*Żagań*
Jägerndorf	*Krnov*
Rakonitz	*Rakovník*
Pressburg	*Bratislava*
Neutra	*Nitra*
Brandeis	*Brandýs nad Labem-Stará Boleslav*

Zwischen heiliger Inquisition
und höfischen Intrigen:
Das farbenprächtige Spanien des
15. Jahrhunderts erwacht zum Leben.

512 Seiten. ISBN 978-3-7341-0196-0

Auf den Spuren einer jungen Hofdame, die im 15. Jahrhundert an der Seite von Isabel von Kastilien lebte, ist die deutsche Journalistin Isaura mit ihrem Freund Marco auf Rechercheireise unterwegs. Die historischen Orte üben eine seltsame Wirkung auf Isaura aus: Immer wieder sieht sie fremdartig gekleidete Gestalten und beobachtet merkwürdige Geschehnisse, die nicht in ihre Zeit zu passen scheinen. Als Isaura und Marco einen jahrhundertealten Palast in Córdoba besichtigen, kommt es zu einem Unfall – Isaura stürzt und verliert das Bewusstsein. Als sie wieder erwacht, scheint sie in einer anderen Welt zu sein …

Lesen Sie mehr unter: **www.blanvalet.de**